Le Défi

Ce livre est une fiction. Les noms, caractères, professions, lieux, événements ou incidents sont les produits de l'imagination des auteurs utilisés de manière fictive. Toute ressemblance avec des personnages réels, vivants ou morts, serait totalement fortuite.

Image de couverture : © Shutterstock : fmbackx
Couverture : Camille Decoster

34-36 rue La Pérouse
75116 Paris
Collection dirigée par Franck Spengler
Ouvrage dirigé par Marie Maublan

Dépôt légal : mai 2022
ISBN : 9782755696097
Imprimé en Espagne en octobre 2022 par CPI Blackprint

ÉMILIE MAY

Le Défi

Une seule règle : pas de sexe.

Hugo Poche

NEW ROMANCE®

PROLOGUE

PARKER

Fais un petit effort. Calme-toi. Calme-toi...

Après un dernier regard mauvais, je relâche l'élastique de mon caleçon qui claque contre mon ventre.

Mon sexe est en feu.

Il n'y a pas d'autres mots. Je me fais de la peine, à tenter de me calmer dans l'endroit le plus crade du quartier. Je suis comme ce gars qui a décidé de gravir le Machu Picchu : je regarde de tout en bas la date fatidique qui se trouve au sommet, et j'ai la sensation que je ne l'atteindrai jamais.

Privé de sexe.

Abstinent.

Ça ne m'était plus arrivé depuis mes quinze ans. Treize ans plus tard, après avoir accepté de jouer les cobayes, voilà à quoi j'en suis réduit : me cacher dans les toilettes pourries de ce bar pour éviter de faire une bêtise. Bien sûr, il n'y a personne pour me voir craquer, mais quand je m'engage, j'y vais à fond. Pas question de céder avant le vingt-deux… du mois prochain. Bordel.

Pourtant, cette fille que j'ai quittée comme si elle avait la peste m'envoie tous les signaux : poitrine en avant, jeu de cheveux, sourire en coin, doigts qui m'effleurent par-ci par-là. J'ai frôlé la crise cardiaque quand elle a posé « par inadvertance » sa main sur ma cuisse.

Le pire, c'est que ce n'est pas réellement elle qui me fait réagir. Je souhaiterais même devenir impuissant si ça pouvait m'éviter de vivre la torture que je subis depuis quelques semaines. Toutes les personnes de mon entourage savent que je ne suis pas l'homme le plus patient. Alors, ne pas pouvoir décider de ma vie comme je l'entends me met dans un tel état de frustration que je suis sur les nerfs à peu près vingt-quatre heures sur vingt-quatre.

Les premiers jours ont été supportables. Je passais plus de temps dans ma paperasse ou arrivais plus tôt au bureau. J'ai même construit la bibliothèque de ma mère qui attendait que je le fasse depuis plus d'un an. Puis Miss Casse-pieds est arrivée, et c'est devenu le gros bordel. Là, tout est vraiment parti en cacahuète.

Et ça l'est encore plus ce soir.

Tout ce que je vois, c'est qu'elle n'est pas là et que je ne pense qu'à elle.

Qu'est-ce qui pourrait être pire que ça ?

CHAPITRE 1

PARKER

Deux mois plus tôt

– Appelez-moi si vous avez besoin de quelque chose, souris-je en aidant la petite blonde à descendre. De n'importe quoi.

J'insiste sur la dernière partie de ma phrase.

Ma cliente acquiesce et plante son regard dans le mien. Ses lèvres esquissent un demi-sourire.

– Et si j'ai besoin de vous joindre après les horaires d'ouverture de la société ?

C'est dans la boîte. Je n'ai même pas à faire d'efforts.

– Je vous laisse mon numéro perso ? Au cas où ?

– C'est une idée parfaite.

Je trouve aussi. Tout au long de la journée, j'ai eu l'occasion de me rendre compte que nous avions probablement d'autres points communs que celui d'aimer naviguer. Les rires et les sourires sont la récompense de mon travail acharné, qui que soient mes clients, mais si ça peut se finir avec une jolie fille, je ne dis pas non.

Caroline enregistre mon numéro que je lui dicte consciencieusement. Je ne prends jamais les coordonnées d'une conquête ; je donne toujours les miennes. C'est moins de tracas, et si on se voit, c'est parce qu'elle le veut.

– À très vite, murmure-t-elle en posant ses lèvres sur ma joue.

Je reste quelques instants à mater ses fesses alors qu'elle rejoint ses amis qui ont déjà atteint le bout du port. Vraiment, vraiment pas mal. Vu la manière dont elle m'a regardé toute la journée, mon téléphone va bientôt sonner. Ça tombe bien, j'ai besoin de me distraire de mon ex. Je me pince l'arête du nez ; rien que de penser à elle, ça me fout la migraine.

Dans un soupir, je calcule le temps qu'il me faut pour tout ranger. Avec les groupes de jeunes, c'est toujours un peu plus le bordel, mais je suis content d'arriver à toucher plusieurs cibles. Fish & Man, ma société, est spécialisée dans la prestation de séjours pêche et journées en mer. Je suis en veille constante sur ce qui se fait, et pour le moment ça porte ses fruits. Je sais qu'avec la saison qui démarre sur les chapeaux de roues, les sorties en voilier seront peau de chagrin à côté de mes heures au bureau, alors je profite. La mer m'apaise quand elle fait peur à certains. Elle est tumultueuse, magnifique et authentique.

Mon téléphone vibre sur le banc. Quand je constate qu'il s'agit d'un numéro inconnu, je souris avant même de lire le message qui s'affiche.

Salut, c'est Caro.
Ravie de t'avoir rencontré.
J'espère qu'on pourra aller
visiter ensemble
ce coin dont tu m'as parlé
aujourd'hui…

De même. En attendant, tu peux venir
boire un verre chez moi.
Il paraît que la vue de ma chambre
est à couper le souffle.

Je fixe quelques secondes l'horizon, me gorgeant du paysage. La mer me rend tellement heureux. Je ne pourrais pas vivre loin d'elle. Une réponse arrive quelques secondes plus tard : un simple « OK » qui promet une formidable soirée.

Je ne cherche pas de relation.
On est sur la même longueur d'onde ?

Juste un petit interlude,
mon beau capitaine.

Je souris, rasséréné. Je ne veux plus me mettre en couple, mais je ne suis pas un salaud pour autant. Un accord clair, pas de passé à raconter, ni d'attentes ou de déceptions.

Je viens te chercher ?

Non. Je te rejoins chez toi
dans une heure,
donne-moi ton adresse.
J'ai hâte de voir cette vue…

Je tape les indications avant de foncer vers ma voiture dont la peinture noire étincelle au soleil. Si je veux avoir le temps de repasser au bureau récupérer mon ordinateur et rentrer pour prendre une douche, il faut que je bouge.

Au bout de quelques minutes de trajet, j'abandonne : je n'ai pas avancé. Mon GPS m'indique encore trente minutes de bouchons. En ce début juin, les embouteillages piègent la ville par leur flot de véhicules ; les touristes ont tous migré vers le soleil et la mer dès les premiers rayons arrivés. Je vais être obligé de rentrer directement chez moi. Tant pis, j'irai plus tard au bureau… je ne pense pas qu'elle restera toute la nuit.

Après avoir galéré dans la circulation, je file dans ma salle de bain et j'ai à peine le temps de quitter à contrecœur le jet d'eau fraîche que l'on sonne à la porte d'entrée. Je vais ouvrir, cheveux humides et pieds nus.

– Re ! dit Caro en posant tout de suite sa bouche sur mes lèvres dans un sourire.

– Entre, je t'en prie.

Nous pénétrons dans mon salon ouvert sur la cuisine et je lui fais signe de s'installer sur le canapé.

– Je t'offre quelque chose à boire ?

– J'ai exactement deux heures devant moi avant de devoir rejoindre mes amis pour manger au restaurant. Je te propose qu'on zappe les présentations pour passer aux choses sérieuses, annonce-t-elle en retirant ses chaussures.

Au moins, ça a le mérite d'être clair. Je dépose le verre que je venais de sortir du placard et la rejoins près du canapé. J'aime quand c'est aussi simple que ça. Elle tourne la tête vers la baie vitrée d'où la vue est imprenable sur la mer. Je suis tombé amoureux de cette pièce dès la première seconde. C'est ce qui m'a poussé à acheter cette maison. Un peu sur un coup de tête et pas pour les bonnes raisons, mais je ne regrette pas.

Caro m'observe, les yeux pétillants d'envie.

– Je te propose une visite de ma chambre ?

– Le sofa fera l'affaire, rigole-t-elle en me tendant la main.

Je suis à peine assis à son côté qu'elle se hisse sur mes genoux et caresse mon visage.

– J'adore les barbus.

– Ça tombe bien, approuvé-je avant de l'embrasser à pleine bouche.

Mes mains naviguent sur son corps, totalement dans l'instant présent. Pas de passé, pas d'histoire, juste une relation passagère qui ne marquera en rien ma vie. Je me perds dans cette étreinte jusqu'à ce qu'une voix me fasse sursauter.

– Non, mais dites-moi que je rêve !

Je repousse Caro sur le canapé et me lève d'un bond, une paume sur la nuque. Melinda est debout dans mon salon, les mains sur les hanches, et j'ai la sensation qu'elle va exploser d'une seconde à l'autre. Elle me fixe méchamment puis revient à la blonde qui a eu la décence de descendre sa jupe sur ses jambes.

– Qu'est-ce que tu fais là ? demandé-je, gêné.

– Vraiment ? C'est tout ce que tu trouves à dire ?

– Ce n'est pas ce que tu crois… ?

La réplique ne vient pas de moi, mais de la fille à mes côtés. J'ouvre de grands yeux, ne comprenant pas ce qui se passe.

– Je t'ai envoyé Caro parce que tu es le meilleur, pas pour que tu couches avec elle, Parker !

– Quoi ?

– Ma copine. Caroline. Ma copine de piscine. Celle dont je t'ai parlé. Celle dont Weston a géré la résa.

Merde, merde et triple merde. Ça me dit vaguement quelque chose, mais je lui avais demandé de me prévenir avant. Comment veut-elle que je fasse le rapprochement ?

– Si ça peut te rassurer, Melinda, j'ai été bien servie. On a passé une journée de dingues, émet ladite amie.

Elle m'enfonce. Elle ferait mieux de se taire. Melinda devient rouge. Je sens qu'elle est sur le point de craquer.

– Je suis désolé, Missie, essayé-je.

– Je m'en moque.

– On s'est bien entendus avec ton frère. Ce n'était pas vraiment prémédité, avance Caro.

Ma sœur la cloue sur place d'un seul regard.

– Le « vraiment » est de trop. *Bro Code*, Caro, *Bro Code* !

– Bah ! Il est canon.

Merci.

– Et c'est tout ?

– Il a des abdos de folie et des fesses à croquer, ajoute-t-elle avec un sourire en coin.

J'apprécie le compliment mais ne le montre pas. Ma sœur serait capable de me décapiter avec un couteau à peine aiguisé pour que je souffre. C'est la plus jeune de notre fratrie de quatre enfants, mais c'est aussi la plus dangereuse.

– Juste parce qu'il est canon, tu plonges tête la première dans son pieu ? Je t'ai pourtant prévenue qu'il ne sortait avec personne. Plus. Jamais. Il enchaîne les filles comme un cuistot de burgers dans un fast-food.

– Tu ne crois pas que tu en fais des caisses, Missie ? interviens-je. On est adultes.

– C'est vrai, confirme la copine Caro.

– Vous savez quoi ? Débrouillez-vous !

Et sur ces mots, elle nous laisse en plan. Je me tourne vers Caro qui semble quand même un brin gênée. Moi de même. Maintenant que je sais que c'est une copine de ma sœur, je ne vais pas coucher avec elle. Hors de question. Trop de problèmes, même si c'est bien dommage.

– Bon, je crois que je vais y aller… souffle-t-elle en remettant ses chaussures.

C'est une bonne idée, en effet. Je la raccompagne à la porte et quand je me retrouve seul, je soupire. Melinda m'en veut à mort, c'est sûr et certain. Je décide de crever l'abcès tout de suite en l'appelant, sauf qu'elle ne décroche pas.

Tu es fâchée, petite sœur ?

Laisse-moi digérer
ce que je viens de voir.
Mes yeux saignent encore.

Elle exagère, on avait encore tous nos vêtements.

Rends-moi mes clefs
et ça ne se reproduira plus.

Ça veut dire que tu vas enfin
te décider à passer à autre chose ?
Fini les plans d'un soir ?

Je ne réponds pas, elle sait très bien ce que je pense. À quoi bon jeter l'ancre dans un port quand je sais que je n'y resterai pas ?

CHAPITRE 2

PARKER

Dimanche sacré.

Bordel de merde.

Je soupire en claquant la porte de ma voiture. Le reflet que me renvoie la carrosserie me fait grincer des dents. J'ai la tête du mec qui sort du lit, les cheveux en bataille et une barbe plus touffue que celle du Père Noël. Fish & Man me prend tout mon temps, impossible de trouver un moment pour aller chez le barbier. Cependant nous sommes dimanche, et comme tous les dimanches midi, je déjeune chez mes parents. Que je me lève à une heure du matin pour bosser, que je rentre au lever du soleil après avoir fait la fête, en cas de tempête, de grêle ou de déluge biblique, je suis présent. C'est la seule chose que mon père nous ait demandée quand nous avons quitté le cocon familial. Et même s'il y a des semaines où mon lit m'appelle, je ne rate pas un seul rendez-vous.

Mes doigts fourragent dans mes boucles brunes dans l'espoir de les arranger, sans succès. Je suis bon pour le sermon du dimanche à la Maria Doretta. Au moins, mon tee-shirt est repassé ! Mes chaussures crissent sur le gravier, annonçant mon arrivée, et je vois débouler Francis qui accourt vers moi comme un bulldozer. Je me prépare au choc qui survient quelques secondes plus tard. Ses pattes se posent sur mes épaules alors qu'il remue la queue avec frénésie. Après une gratouille derrière l'oreille et une léchouille dégoûtante sur mon visage, il repart heureux, laissant deux énormes traces blanches sur mon torse. Ce bouvier fauve est presque aussi casse-pieds que ma sœur. Tel chien, tel maître.

La porte en bois grince de ce bruit caractéristique qui m'a longtemps trahi quand je sortais en douce le soir. Mes yeux rencontrent des iris noirs identiques aux miens alors que je pénètre dans la cuisine.

– Bonjour, maman, la salué-je en l'embrassant sur la joue. Comme d'habitude, je suis le dernier ?

– Tu as au moins pris quelque chose de moi. On pourrait penser que ton père t'a fait seul, tu lui ressembles tellement.

– C'est pour ça que je suis ton préféré !

Elle fronce ses sourcils bruns, mais ne fait pas de commentaire. C'est inutile. Jamais ma mère ne ferait de distinction entre ses quatre enfants. Même quand Weston et moi nous battions sur le tapis du salon et que c'était lui qui m'avait cherché, en tant qu'aîné, je prenais aussi, parce que j'aurais prétendument dû montrer l'exemple.

Foutaises. Il était perdu d'avance.

– Comment va mon grand garçon ?

Elle me sourit en tentant de replacer mes cheveux. J'ai beau avoir vingt-huit ans, je suis encore un enfant à ses yeux.

– On a eu un problème avec un des bateaux. J'ai dû bosser dessus toute la nuit et j'ai une tonne de paperasse en retard.

Elle se redresse et pose ses mains sur ses hanches.

– Parker, tu en fais trop ! Tu devrais recruter quelqu'un pour t'aider, au moins pour l'administratif. Fish & Man a pris de l'ampleur. Tu gères douze bateaux. Je sais que tu adores naviguer et servir de formateur, guide, ou appelle ça comme tu veux, mais tu ne vas pas tenir dix ans à ce rythme. Être sur tous les fronts, c'est impossible, même pour toi !

Je grogne en piquant une tomate cerise dans le saladier et reçois un coup de cuillère en bois sur la main en réponse. Je sais tout ça, bien sûr. Weston n'arrête pas de me le répéter, mais j'ai du mal à déléguer. Personne n'est plus compétent que moi pour gérer Fish & Man.

– J'y penserai, Mamma, cédé-je pour la calmer. Et sinon, comment s'est passée ta semaine ?

Son visage s'illumine.

– Je suis allée voir Darla. Sa petite nièce revient vivre dans la région.

Je retiens un soupir en sentant le complot arriver. Depuis que Lucan, mon frère aîné, est casé et que mon statut est passé de « en couple » à « célibataire », elle s'attaque à moi. Sauf que je n'ai aucune envie de me remettre en selle. Je préférerais me tailler les veines avec un couteau suisse plutôt que de recommencer.

– Tu sais, ses parents et elle avaient déménagé suite à la promotion du père. D'ailleurs, ils ont divorcé. Sa femme l'a trouvé en fâcheuse posture avec la voisine. Quelle idée ! Je peux te dire que si ça avait été moi, jamais il ne serait sorti vivant de la pièce.

Et on se demande d'où je tiens mon côté sanguin !

– Tu aurais fait quoi ?

– J'aurais cuisiné ses roustons aux petits oignons, quelle question ! Tout ça pour te dire que Darla est très heureuse de retrouver ses racines. Peut-être qu'on pourrait organiser un repas ensemble, sa nièce ne connaît plus personne.

Et voilà ! Ça sentait le guet-apens à plein nez.

– Elle doit avoir l'âge de Weston. De mémoire, ils sont allés dans la même école. Je suis certain que ça lui fera plaisir de l'inviter quelque part, rétorqué-je.

– Ne me parle pas de ton frère ! se renfrogne-t-elle. Il oublie que j'ai dû pousser pendant douze heures pour faire sortir sa grosse tête de ma *patcholina* pour me créer autant de soucis. Alors, on organise ça la semaine prochaine ?

Je grimace en imaginant la scène. Très mauvaise idée.

– On verra, maman, dis-je en m'éclipsant sur la terrasse.

Je salue mon père, préposé au barbecue, comme d'habitude. Ce n'est pas faute de vouloir prendre sa place, mais il refuse chaque fois. Je rejoins ensuite Weston, Lucan, Melinda et ma belle-sœur, Caldie, sous la pergola près de la piscine.

Quand mes yeux se posent sur la jambe de mon frère cadet, je comprends la crise de ma mère. Weston a un nouveau tatouage et, comme on pouvait s'y attendre, il n'a pas fait dans la dentelle. Un crâne entouré de roses rouge sang couvre l'intégralité de son mollet.

Quand est-ce qu'il a eu le temps de faire ça entre hier soir et ce matin ?

Je m'apprête à émettre un commentaire, mais m'arrête en voyant le verre de Missie.

– J'espère que ce n'est pas de l'alcool, demoiselle !

J'embrasse ma sœur sur le front et me laisse choir dans le fauteuil en rotin près d'elle.

– Tu fais ce que tu veux. Je fais ce que je veux, conclut-elle.

OK. Elle m'en veut encore. Et je suppose que vu que personne ne fait de commentaire, Melinda a dû s'empresser de leur raconter. L'intimité n'existe pas dans cette famille.

– Ne mélange pas tout.

– Tu sais que j'ai presque vingt et un ans, quand même ?

Je soupire. Je ne peux pas l'oublier. Missie a toujours été mignonne, un teint pâle, un visage fin, de grands yeux expressifs… Le temps a fait son œuvre et elle est désormais une jeune femme magnifique. J'aurais préféré – pour ma santé mentale – qu'elle ait toujours six ans et qu'elle s'amuse à sauter sur mon dos pour me faire avancer comme un canasson. La première fois que j'ai vu un mec poser les mains sur elle, j'ai eu des envies de meurtre. Elle nous rend chèvres et, comme nous aimons dire pour la contrarier : « Pourquoi a-t-il fallu que papa et maman remettent ça ? »

– Tu buvais même avant d'en avoir l'âge légal. Est-ce que tu souhaites que je te rappelle le jour où tu as voulu escalader le château d'eau et que tu t'es cassé le bras ? Et que j'ai dû te gratter l'intérieur de ton plâtre dégueulasse avec une baguette chinoise ? Et ça, pendant deux mois !

– C'est quoi cette histoire ? demande Lucan, soudain intéressé. Les seules baguettes qu'il y avait à la maison, c'était…

Il tourne son visage fâché vers nous en jurant.

– Putain, ne me dites pas que j'ai continué à les utiliser pour mes ramens alors que tu as gratté son bras atrophié avec !

– Lucan ! l'engueule ma mère à l'autre bout du jardin. Pas de ça ici !

– Oreilles supersoniques, murmurons-nous en chœur.

J'accepte la bière que Weston me tend et abandonne l'idée de me battre avec ma sœur. Quand elle pense avoir raison, c'est une vraie teigne. Seulement elle n'en a pas fini avec moi :

– On est d'accord que coucher avec la copine de sa sœur, ce n'est pas fair-play ?

– Missie, je ne savais pas.

– C'est bien ça le problème. Tu ne prends pas même la peine de les connaître.

– C'est mon procès ? Tiens, prends mon téléphone, tu verras qu'il n'y a pas tant de numéros que ça.

Elle tend la main et je le lui donne, confiant. Elle navigue dans mon répertoire et finit par froncer les sourcils. Sa bouche est pincée.

– Alors, tu vois ?

– Ouais ouais, dit-elle, encore plus énervée.

Lucan, sentant le vent tourner, amène la discussion vers un terrain beaucoup moins glissant. Il me lance tout de même un regard circonspect qui m'indique qu'il est d'accord avec notre sœur mais il ne m'enfonce pas plus.

– Comment se passent les cours, Missie ? Les examens sont finis ?

– Dernier partiel passé et…

Elle s'arrête dans un geste, puis nous observe tour à tour avant de planter son regard dans le mien.

– C'est ça ! s'exclame-t-elle.

– Qu'est-ce qu'elle raconte encore ?

– Elle a dû être bercée trop près du mur, me répond Weston avec un grand sourire.

– J'ai lu un article qui disait que les relations de couple durent plus longtemps quand on s'abstient d'avoir des relations sexuelles les premiers temps. C'est exactement ce qu'il faut !

– Hein ? N'importe quoi ! ricane mon plus jeune frère.

Tous les dimanches, Missie nous sort un truc loufoque. On commence à être habitués : avec ses études de psycho, elle passe son temps à se documenter sur les comportements humains et à nous ressortir des anecdotes et conclusions toutes plus improbables les unes que les autres.

– Espèces d'idiots, écoutez !

– On est vraiment obligés ?

Missie lance un regard noir à Wes.

– Un homme qui ne peut pas coucher les premières semaines fera plus attention aux détails et sera plus regardant sur la personnalité de la femme qu'il fréquente.

Je manque de m'endormir au milieu de sa phrase. Mon regard se perd sur la piscine entourée de pelouse et l'eau turquoise qui m'appelle.

– Ça conduira forcément à une histoire plus sérieuse et à plus long terme, complète Melinda. Enfin, ça, c'est ce que je veux démontrer. Je dois être meilleure que les autres si je veux que le professeur me prenne l'année prochaine.

– Comment ça ? demande Lucan en grattant la cicatrice sous son menton.

– Est-ce que tu viens de dire que tu veux te taper ton prof ? renchérit Weston.

Ma sœur soupire, agacée.

– Je dois me démarquer. Pour ça, je vais mener cette étude et être prise au poste d'assistante du prof. C'est l'assurance d'avoir un bon stage dans un cabinet de psycho ou dans un centre.

L'esprit de compétition Doretta dans toute sa splendeur ! S'il y a un trait de caractère que nous avons tous en commun, c'est bien celui-ci.

– C'est là que vous entrez en piste ! Parker, tu es célibataire, Weston aussi et Lucan, ça te permettra d'entretenir le désir avec Caldie… Vous allez être mes prochains cobayes ! s'exclame-t-elle.

– Pour ce qu'on fait ! intervient Caldie. Tu peux participer, mon cœur.

Le silence se fait sur la terrasse avant que l'information ne percute nos cerveaux.

– Quoi ? demande mon grand frère alors que nous éclatons tous de rire.

– Je crois qu'elle a dit que tu avais la vie sexuelle d'un mollusque, se moque Weston. Caldie, tu n'as pas misé sur le bon cheval. À vingt-cinq ans, je suis le plus vaillant et je t'assure que je ne sais pas ce que signifie « panne sexuelle ».

Je jette un coup d'œil au jardin. Encore heureux que papa soit occupé à rouspéter après ses saucisses et maman, suffisamment éloignée pour ne pas nous entendre. Ils auraient fait une syncope. Les sourcils de notre aîné se rejoignent sous l'effet de la contrariété. Il semble réfléchir, puis se lève d'un bond. Sans plus de cérémonie, Caldie est balancée sur son épaule tandis que dans la manœuvre, il nous expose sa culotte… mauve. Je détourne les yeux, gêné.

Caldie et Lucan, c'est une histoire qui dure depuis l'adolescence. Elle est devenue un membre de la famille, une sœur d'adoption qui m'a plus d'une fois tiré des mauvais pas dans lesquels je me fourrais.

– Qu'est-ce qu'ils font ? nous interroge mon père en arrivant avec le plat fumant.

– Ils reviennent, l'informe Missie avec un sourire angélique.

– Oh, mince ! J'aurais dû leur demander de me rapporter le plat pour sortir les épis de maïs du feu, se désole ma mère. Je vais y aller…

– Assieds-toi, maman ! la coupé-je. Lucan le prendra en revenant.

Il ne manquerait plus quelle tombe sur son fils en train de s'envoyer en l'air, même si je sais de source sûre que c'est déjà arrivé. Trois garçons, ça laisse des traces, sans mauvais jeu de mots. Moi-même, je ne suis pas certain d'avoir pris tant de précautions que ça. À seize ans, j'étais plus concentré sur les sensations que me provoquait le fait de baiser que sur les bruits qui pouvaient filtrer de la porte de ma chambre.

Le repas était excellent, comme d'habitude. Mes parents sont rentrés dans la maison il y a un petit moment : papa doit dormir dans le canapé la bouche ouverte et maman, à l'étage avec un feuilleton. Caldie et Lucan sont partis rejoindre des amis pour une séance de paddle. Quant à Wes, Missie et moi, nous sommes installés au bord de la piscine, essayant de faire passer la double ration de purée de pomme de terre, les *ribs* et tout ce que nous avons englouti en deux heures. Allongé sur un transat, un bras sur le visage pour filtrer les rayons du soleil, je m'accorde juste une heure de repos et après je file. J'essaie de ne pas prêter attention à la conversation, mais c'est sans compter Melinda.

– Alors, vous le faites ?

Je soupire.

– Tu veux être psychologue ou sexologue, sérieux ?

– Tu sais que quarante-huit pour cent des mariages voués à l'échec sont sauvés par une thérapie ? cite-t-elle en soulevant ses lunettes de soleil pour planter son regard dans le mien.

– C'est moins de la moitié.

– C'est mieux que rien ! Tout ça pour dire que les hommes ne savent plus y faire avec les femmes, et que ça reste tout à fait dans mon champ de compétences. Et puis, avec tous les mauvais coups que j'ai eus dans ma vie, je me demande si le destin n'essaie pas de m'envoyer des signes pour me guider dans cette voie.

– Punaise, grommelle Weston tandis que je fusille ma sœur du regard.

Ça nous fait aussi mal à l'un qu'à l'autre de savoir que notre petite sœur a : petit un, des relations sexuelles ; petit deux, des relations sexuelles décevantes.

– Vous êtes vraiment coincés ! Si j'avais pu, j'aurais pris papa et maman. Eux au moins savent s'amuser.

Elle exagère, je m'amuse ! Dans toutes les positions du Kama-sutra et celles qui n'existent même pas encore. Je suis un homme créatif, d'autant plus quand il s'agit de jouir. Ce que j'aime dans le sexe, c'est le Big Bang qui se produit après avoir attendu encore, encore et encore… jusqu'à la délivrance. Mais ça, ma sœur n'a pas besoin de le savoir.

– Raison de plus pour choisir quelqu'un d'autre. Je suis sûr que tu peux trouver une liste de cobayes aussi longue que…

– Ta bite ? s'exclame Weston.

Consterné, je soupire – encore. Je ne suis pas prêt à renoncer à mes relations. Pas que je sois accro, c'est juste que je déteste que l'on me dicte quoi faire de ma vie. Je bosse dur tous les jours que Dieu fait, et le sexe est un bon moyen de relâcher la pression.

– Bien sûr je pourrais trouver facilement, il y en a suffisamment qui m'abordent, confirme ma sœur. Mais justement, ça ne concerne pas que l'étude. Ils s'imaginent que vu que je parle librement de sexualité, je suis open. Tous les gars que j'ai rencontrés en voulaient plus à ma petite culotte qu'à l'avancée de la science. Mais bon, si la seule option que j'ai pour réussir mes études, c'est de fréquenter ce genre de mecs…

Elle nous fixe un à un. Son sourire angélique veut tout dire.

La peste.

CHAPITRE 3

PARKER

Melinda nous harcèle depuis une semaine.

Tu ne veux pas que je réussisse ?

Je refuse de finir psychologue
dans une maison de retraite.

Sois sympa.

Ton sexe a besoin de repos.
Je suppose qu'il pleure des larmes
de sang tellement tu t'en sers.

Tu me dois bien ça.

Caroline…

J'ai fini par arrêter de répondre. Sauf que, comme tous les dimanches, je suis dè nouveau chez mes parents. Même s'il n'est pas question que je me laisse embrigader dans cette mascarade, elle ne lâche pas l'affaire. En deux heures, j'ai suffisamment de fois entendu le mot « sexe » dans la bouche de ma sœur pour me couper toute envie jusqu'à la Saint-Glinglin. Cette petite aura ma peau !

J'aurais dû m'en douter quand maman l'a ramenée à la maison et qu'elle a hurlé pendant deux mois non-stop. Même du haut de mes sept ans, j'ai pris conscience que quelque chose venait de changer. Melinda a déclenché un cataclysme dans notre vie et apporté tout ce qui manquait à notre famille ; c'est pour ça que je l'adore, vraiment. Sauf lorsqu'elle se met en tête de nous prendre comme cobayes pour ses études. Chaque minute qui passe me fait craindre le pire.

– J'attends de vous que vous notiez toutes vos interactions avec le sexe opposé. Le but de cette étude est de prouver que les actes sexuels sont à proscrire en début de relation.

– Qu'est-ce qu'il ne faut pas entendre, marmonné-je.

– Je suis certaine que tu ne connaissais même pas l'âge de la dernière femme avec qui tu as couché, Pakou !

– Faux. Je pourrais même te donner son signe astrologique.

– Mais quel menteur ! Si tu as retenu son prénom plus de cinq minutes, c'est un exploit.

– Petite fille, pour qui est-ce que tu me fais passer ? Je suis un gentleman.

Même si c'est vrai que je pourrais même me faire tatouer : « Vacciné de toutes les fucking relations de couple » tellement je suis loin de vouloir retenter l'expérience. Et puis, je n'ai pas le temps pour ça. La saison commence et vu que ma chargée de séjour s'est fait la malle avec un de nos clients justement, je me retrouve à devoir assurer cette fonction en plus de toutes les autres.

– Je n'ai pas besoin de te faire passer pour quoi que ce soit, reprend Missie. Si tu passes direct au lit sans avoir discuté, ça ne mènera qu'à une étreinte éphémère.

– Et voilà qu'elle nous fait sa donneuse de leçons, assène Wes. Si tu fais une thèse chaque fois qu'un mec doit te brouter le minou, tu m'étonnes qu'il n'arrive pas à te faire jouir. Vas-y franco, peut-être que tu grimperas au rideau !

Je lui envoie une claque derrière la tête.

– Tu te rends compte que tu parles à ta sœur ?

– Elle veut savoir si je m'envoie en l'air. Je peux bien lui donner quelques conseils avisés.

– À sa décharge, ça pourrait faire un bon slogan pour un tee-shirt ! le défend Missie.

– Le temps où le sujet du sexe était tabou me manque, soupiré-je en passant la main dans mes cheveux.

– Pour résumer, mon cher Weston, poursuit Missie, quatre-vingt-dix jours, aucun rapport sexuel, mais je vous invite à prendre du temps pour faire des rencontres. Vous êtes potables, ça ne devrait pas être trop compliqué.

– Potables ? s'insurge-t-il en caressant son crâne rasé.

– Ne cherche pas les compliments, minus !

– Comme s'il en avait besoin, m'exclamé-je. Wes a plus d'ego que tous les Doretta réunis.

Avec ses tatouages et son mètre quatre-vingts, il aurait pu être impressionnant s'il ne passait pas son temps à plaisanter.

– Il n'y a pas que mon ego qui est gros. À ce sujet, je n'ai qu'une chose à ajouter…

Il sourit et à la manière dont ses yeux se plissent, je comprends qu'il s'apprête à lâcher une bombe.

– Jane est de cet avis, assène-t-il.

Je retiens ma respiration. Jane est une très bonne amie de notre sœur. J'espère qu'il n'a pas vraiment fait ça. Entre lui et moi, il n'y en a pas un pour rattraper l'autre. Missie devient rouge et l'instant d'après se jette sur Weston pour l'étrangler. Francis, couché à nos pieds, essaie de se joindre à la fête, mais sa maîtresse est trop occupée à mater mon petit frère.

– J'y crois pas ! C'est toi le super coup ? Quand je pense que je lui ai dit que je voulais ton numéro…

– Ravi d'apprendre qu'elle a vanté mes mérites.

– Même si tu n'étais pas mon frère, je peux t'assurer que ton côté trop sûr de toi aurait agi comme le meilleur des répulsifs. Espèce de sale cafard !

– Je t'aime aussi, Mini-puce !

Quand ces deux-là se mettent à se disputer, on en a pour une éternité. Lucan n'est jamais là lorsqu'on a besoin d'aide ! Il règle l'ordinateur des parents depuis bien vingt minutes, il devrait avoir terminé, non ? Missie se rassied en gonflant ses joues et en marmonnant qu'au moins l'honneur de ses copines sera sauf pendant le temps de l'étude. Il faut dire que notre frère n'en est pas à son coup d'essai. À sa décharge, certaines amies de Melinda sont vraiment très persuasives… Au moins elle me laissera tranquille avec l'histoire de Caroline. Ce que je ne lui ai pas dit, c'est que sa copine m'a recontacté il y a deux jours. Bien qu'elle soit attrayante, j'ai décliné sa proposition. Ma sœur est tout pour moi.

– Tu rigoles, elles n'auront qu'encore plus envie de moi ! se pavane Wes. Bref, tu devrais nous faire un topo avant qu'on accepte. Est-ce que les sextos sont interdits ?

– Les sextos ne sont pas défendus. Mais si c'est pour écrire « Je brûle de te voir » ou « Je n'ai pas vu plus belle étoile que toi dans le ciel », tu peux t'abstenir.

Le visage de Weston se ferme.

– Tu as lu mes messages, petite peste ?

– Coupable ! s'exclame-t-elle, amusée. On est quittes. C'était tellement tentant. Ton téléphone était là et moi aussi…

– Ne me dis pas que tu as envoyé ça à une fille, intervient Lucan, qui sort de la maison. Attends, si en fait ! Est-ce que tu as conclu ?

– Taisez-vous avant que je ne vous noie dans la piscine, marmonne Wes. Bon, sexto : OK. On a le droit de faire l'amour par téléphone ?

Missie réfléchit quelques instants.

– OK pour l'amour par téléphone, accède-t-elle. Mais pas de masturbation, pas de touche-pipi.

– On n'a plus le droit de se masturber ? hurle Wes en se tenant la tête. Tu sais que ça peut provoquer la mort ?

– Je voulais dire que personne d'autre que vous n'a le droit de vous toucher pendant ces quatre-vingt-dix jours.

Le soupir de soulagement de mon frère m'arrache un sourire.

– Est-ce qu'on peut se frotter ? poursuit-il.

Il a quel âge, sérieux ?

– Pas de frotti-frotta non plus. Vous avez le droit aux bisous, avec la langue ou sans.

– On peut caresser des poitrines ou des fesses ?

– Une petite main aux fesses, OK. Avec des vêtements bien entendu, répond très sérieusement Melinda.

– Et la sodomie ?

Missie devient rouge de gêne et tousse pour cacher son malaise. J'en profite pour intervenir.

– Est-ce que tu veux vraiment connaître ce pan de notre vie ? Réfléchis. Tu ne veux pas plutôt faire une étude sur… les astuces pour rester marié ? Par exemple. Tu pourras demander à papa et maman. Trente-cinq ans ensemble, tu imagines tout ce qu'ils pourraient te raconter ?

– Bien essayé, Parker, mais non. Pour répondre à ton interrogation précédente, mon cher Weston, c'est interdit.

Cette conversation va trop loin !

– Donc quand tu dis « pas de sexe », c'est pas de sexe du tout. Même pas un petit doigt baladeur ?

– Interdiction formelle de jouir en présence d'une autre personne.

– Ah ! proclame-t-il, victorieux. Donc, si elle est derrière une porte du genre *glory hole*, ça marche !

Je me suis toujours demandé comment Weston fait pour déblatérer autant de conneries à la minute.

– Et la croix de saint André ou le bondage ? Techniquement ce ne sont pas les mains de quelqu'un sur nous, mais des ficelles. Donc si on jouit, ce sera grâce à un objet et…

– Weston, pas de sexe, pas d'objets, pas de murs, rien, zéro, nada, s'impatiente Missie.

– Tortionnaire !

Il se lève, place sa main sur son cœur et mime une mort subite. Il s'écroule dans l'herbe à côté du transat dans un geignement qui pourrait lui valoir un Oscar. Mon frère est fait pour être comédien. Il a raté sa vocation.

C'est le signal qui annonce mon départ. Je me lève et range mon téléphone dans la poche de mon pantalon. Trois paires d'yeux me fixent. Weston et Missie arrêtent même leur chamaillerie.

– Tu pars ? rouspète Missie.

– J'ai du boulot.

– Parker a la frousse ! Parker a la frousse ! chantonne Wes, toujours étendu sur le sol.

– Faites-vous embrigader si vous voulez, mais je suis hors jeu sur ce coup !

– Tu n'en es pas capable, c'est pour ça que tu te débines, continue-t-il. On sait tous quelle relation tu as avec le sexe.

Qui a dit qu'être fils unique, ce n'était pas bien ?

– Qu'est-ce que tu veux dire par là ? demandé-je en croisant les bras.

Mon ex adorait que je fasse ce geste. Elle disait toujours que ça me conférait un côté sauvage qui lui donnait envie de me sauter dessus.

– Tu es un peu accro. Tu baises plein de filles différentes. Même Weston n'arrive pas à atteindre ta cheville alors qu'il essaie vraiment, explique Melinda.

– Précise le terme *plein*, s'il te plaît. Je suis célibataire, je peux bien coucher avec qui je veux, quand je veux.

– À d'autres, Pakou, lâche Missie dans un soupir à fendre l'âme.

J'arque un sourcil. Si mes frères se retiennent parfois de me dire ce qu'ils pensent, ça n'a jamais été son cas.

– C'est juste un substitut pour t'empêcher de réfléchir au fait que tu es toujours seul à bientôt vingt-neuf ans, alors que tu étais voué à être le prochain casé et à être harcelé par maman pour surpeupler la planète déjà mourante avec des petits démons Doretta.

Je me tends. Tout mon corps se couvre de frissons. L'analyse est presque trop juste, trop douloureuse.

– Missie… intervient Wes.

– Tu bosses comme pas possible et les seules femmes constantes de ta vie sont dans cette maison, poursuit Melinda. Enfin presque, Caldie est absente.

Je serre les poings.

– Ça me convient très bien comme ça.

– Tu parles ! Et ne fais pas ta tête d'ours mal léché avec moi. Tu es dans une phase où l'idée de l'engagement te donne de l'urticaire. C'est pour ça que tu es le bon candidat. Je comprends qu'après *l'autre* ce ne soit pas facile, mais il ne faut pas que ça te bloque dans tes relations futures. Arrête d'utiliser le sexe comme un bouclier pour ne pas rencontrer quelqu'un de vraiment sympa et qui pourrait te plaire. Une personne avec qui tu pourrais construire quelque chose d'authentique.

– Le cul est un exutoire pour Parker, intervient Lucan. Ton étude, là, il va l'envoyer valser au premier coup de mou. Si *l'autre* pointe le bout de son nez et qu'elle s'applique à lui raconter des conneries, il va se réfugier chez la première fille docile qui lui fera oublier qu'il a le cœur brisé.

– Je suis là et je t'emmerde.

« *L'autre* », c'est le surnom qu'ils ont donné à mon ex parce que, selon eux, elle ne mérite même pas qu'on l'appelle par son prénom. Ils sont catégoriques. Il n'y a que Weston qui n'entre pas dans ce jeu. Être une famille soudée, ça a parfois du mauvais.

– Ne t'énerve pas, tente de me calmer mon aîné en levant les mains devant lui.

– Je suis tout à fait capable de ne pas toucher une femme. Tu m'as pris pour un adolescent en rut ? On dirait que je passe ma vie à culbuter des filles. Je suis presque non-stop au bureau ou sur l'eau. J'ai eu le malheur de tomber sur Caro et me voilà le pire queutard de la côte.

– OK, bah fais-le alors ! me titille Weston.

J'en ai marre de devoir me justifier. Mais si c'est la seule solution pour qu'ils me voient autrement et qu'ils me lâchent…

– Si ça peut vous faire plaisir, OK, Missie, je suis ton homme !

– Tope là ! dit-elle en me tendant sa main. T'as pas le droit de reculer, hein.

Mon ego me perdra.

– Je n'ai qu'une parole, grogné-je. Je peux partir maintenant ?

– Attends ! Je ne suis pas une tortionnaire, je vous accorde une semaine de liberté avant de commencer l'étude. On s'y met le lundi 22 juin. Ça vous laisse le temps de prendre vos dispositions.

– On devrait corser les choses et faire un pari, propose Weston avec un sourire vicelard.

– J'en suis ! s'exclame Lucan.

Quand il s'agit de jeu ou de défi, c'est le premier dans la course. Je crois que c'est dans notre ADN, même si avec Lucan, cela peut prendre des proportions démesurées.

– Parker ? m'interroge-t-il.

– Au point où on en est… Qu'est-ce que vous proposez ?

– Mille euros, baby !

– Si maman apprend qu'on a parié de l'argent, elle va nous brûler, précise Wes.

– Alors, ça reste entre nous ?

Oui, et tous les coups sont permis.

La vengeance est un plat qui se mange à la sauce Parker !

CHAPITRE 4

PARKER

J – 4. J'espère que tu es prêt.

Je lance mon téléphone sur mon bureau d'un geste rageur. Encore quatre jours de liberté avant que les choses sérieuses ne commencent. Ce décompte est en train de me rendre dingue. Ces trois mois vont être longs, surtout si je dois faire des comptes rendus quotidiens à ma sœur. Ma tactique est simple : éviter au maximum de me confronter aux femmes. Mon portable émet un nouveau bip. Je peste. Cette fois-ci, c'est Lucan.

Prépare la monnaie.
Je te donne deux semaines.

Il m'énerve !

Cette histoire lui monte à la tête. Mais ce qu'il ne sait pas, c'est que j'ai un atout dans ma manche que je suis prêt à utiliser s'il me gonfle. Je ne serai pas celui qui craquera le premier. Je jure de tenir jusqu'au 22 septembre. Dit comme ça, ça me semble encore plus long. Je m'adosse à ma chaise et tape ma tête contre le dossier. Trois coups résonnent à la porte. Je passe la main dans ma tignasse puis relève le menton sur Gwen qui entre dans mon bureau. Ses cheveux frisés sont lâchés sur ses épaules et couvrent les bretelles de son top blanc. Pendant une seconde, mes yeux se fixent trop bas avant de revenir à son visage souriant.

– Bonjour, Parker.

Elle se retourne pour fermer la porte, me donnant tout le loisir d'admirer son fessier moulé dans un pantalon à pinces rouge. Même si j'apprécie ce que je vois, qu'elle soit ici ne présage rien de bon.

– Gwen. Qu'est-ce qui t'amène ?

Elle chaloupe jusqu'à moi avec un léger rictus. Ses mains se posent à plat sur mon bureau, mettant sa poitrine en avant.

– Pas besoin de faire cette tête, Parker. Quand je viens te voir, ce n'est pas tout le temps pour t'annoncer de mauvaises nouvelles, s'amuse-t-elle en détaillant la pièce de son regard perçant.

Rien n'a changé depuis sa dernière visite. Si Missie n'était pas venue avec ma mère pour tout rénover, j'aurais toujours un bureau bancal et une photo de truite accrochée au mur. Pas très vendeur. Surtout quand, de nos jours, tout le monde accorde de l'importance à l'apparence. Depuis, les murs ont été repeints en taupe, un pot en osier contenant un palmier a été ajouté et des canapés design ont été installés.

Fish & Man est née il y a bientôt cinq ans, et j'ai l'impression d'en avoir pris dix. Mais la fierté de la voir prospérer vaut toutes les nuits d'insomnies ou ces fêtes entre potes que je rate parce qu'il faut bosser. Je suis libre de mon emploi du temps et je n'ai aucun compte à rendre. J'ai toujours eu cette sensation d'étouffer, alors cette vie me convient parfaitement. Si l'on me demandait de choisir entre l'écran plat que Lucan m'a forcé à acheter et un bateau avec une seule couchette, je choisirais la deuxième option sans hésiter. En y repensant, je me suis fait avoir en beauté. Ce téléviseur était juste une belle excuse pour squatter chez moi à chaque match. De n'importe quel sport.

– Tu laisses pousser tes cheveux. Ça te va bien.

Instinctivement, mes doigts passent dans mes boucles. À la seconde où je me rends compte de mon geste, je me fige.

Hors de question, mon vieux, arrête ça tout de suite !

– C'est comme ça que tu arrives à embobiner ton monde ?

Elle s'esclaffe en rivant son regard de chat au mien.

– Tu vois Parker, c'est ce que j'aime chez toi. Tu ne t'embêtes pas avec les formes, et même si tu as la réputation d'être un connard, ça fait ton charme. Ça l'a toujours fait…

Sceptique, je lâche le rapport que je faisais mine de compléter. Si être droit, dire toujours ce que je pense et n'avoir qu'une parole font de moi un connard, alors j'assume.

– Arrête de me passer la pommade. On se connaît assez tous les deux pour savoir que ça ne fonctionne pas sur moi. Il se passe quoi et combien ça va me coûter ? soupiré-je en m'appuyant contre le dossier de ma chaise.

Je serre les dents en attendant qu'elle m'annonce la douloureuse. Gwen travaille pour la très riche famille Dalley avec qui je suis en affaires, et c'est une femme occupée qui ne se déplace que lorsque c'est important.

– Il faut que tu refasses la demande d'exploitation pour le séjour sur l'île aux Oiseaux, prononce-t-elle rapidement.

– Tu te fiches de moi ?

Mon poing se resserre alors que je la fusille du regard. « L'île aux Oiseaux et son lac » est le séjour qui me rapporte le plus, surtout l'été où les prestations familiales sont mises en avant. Papa peut pêcher, maman et les enfants profiter des activités, du jacuzzi ou de la piscine. Malheureusement, je ne suis qu'exploitant et la famille Dalley s'en met plein les fouilles chaque année.

Gwen gère cette partie pour Dalley. Elle fait la pluie et le beau temps. Son poste n'est pas clairement défini, mais si elle ne vous aime pas, vous pouvez dire adieu à votre place au soleil. Pour résumer, elle se ramène avec ses talons dans les bureaux de tous les chefs d'entreprise pour leur taxer un max et repart avec un grand sourire rejoindre le lit du fils Dalley.

Rob Petite-enflure Dalley.

Rob Petite-bite Dalley.

Rob Sale-con Dalley.

– Celle que tu as soumise n'est pas passée, explique-t-elle d'un air mielleux.

– Tu veux plutôt dire que je n'ai pas mis un assez gros chèque dans l'enveloppe. Je croyais que tu étais là pour négocier les tarifs.

Elle fait le tour du bureau et pose sa main sur mon épaule.

– Tu sais bien que je fais toujours tout pour t'arranger, Parker.

C'est vrai, mais quand même. Nous nous affrontons du regard pendant quelques secondes avant que je ne finisse par céder. À quoi bon ? Si je veux continuer à travailler, mon argent ira dans les caisses des Dalley, alors autant serrer les dents.

– Combien je dois rajouter ?

Elle m'indique le montant avec ses doigts manucurés. Je secoue la tête en ouvrant le tiroir de mon bureau et prends mon chéquier. Sans discuter, je note la somme à quatre chiffres et lui tends le papier.

– Merci.

– C'était un plaisir, dis-je, sarcastique.

– Maintenant que nous avons réglé cette partie, avance-t-elle, j'ai une heure devant moi…

Avec un grand sourire, elle récupère son sac et quitte mon bureau. Je tourne mon fauteuil pour avoir la vue sur les hautes cimes des arbres et la mer, et souffle. Ma jambe tressaute alors que je pense aux deux mille euros qui se sont envolés vers le compte en banque de Dalley. Comme si ce con avait besoin de ça. Il a déjà tout ce qu'il lui faut, même plus. Il a… Je gonfle les joues, en colère. Une rage sourde me prend aux tripes. Je me lève d'un bond, prends les clefs de mon pick-up et descends dans le bureau de mon frère cadet. Weston lève les yeux de son ordinateur avec un grand sourire quand il me voit passer la porte.

– C'est Gwen qui vient de partir ?

Wes travaille avec moi depuis qu'il a eu son diplôme de gestion, il y a deux ans. Au début, je ne voulais pas l'engager. Les affaires et la famille, ça ne fait jamais bon ménage, et je souhaitais surtout qu'il découvre autre chose avant de faire sa carrière ici. Il est venu bosser chaque jour jusqu'à ce que j'accepte. L'obstination, un autre trait de caractère des Doretta. Ça, et le fait d'être soudés. Ça aurait été difficile de lui en vouloir. Weston me ressemble beaucoup trop, en plus inconscient et tête brûlée.

– Ouais. Je me suis allégé de deux mille euros.

– La vache ! Rob va pouvoir rajouter une nouvelle option à sa Tesla. Estime-toi heureux, ça a dû coûter le double aux autres.

– Ouais. Je dois m'absenter. Tu gères.

– T'inquiète, frérot ! Je comprends que tu doives te sacrifier. Si un jour tu veux que je prenne ta place, n'hésite pas. Je suis prêt à avoir plus de responsabilités.

– Ta gueule, Wes !

Son rire me suit jusqu'à ce que la porte de Fish & Man se ferme. Je saute à l'intérieur de mon pick-up et prends la direction de Castel. Plus j'avance, plus je m'enfonce dans une forêt de sapins et de cèdres. Le soleil peine à filtrer à travers les feuilles touffues, si bien que l'humidité est quasiment omniprésente dans cette partie de la ville. Et puis soudain, tout en haut de la route, au détour d'un virage, il y a cette vue à couper le souffle sur la mer et les rayons du soleil qui brillent sur les légers clapotis de l'eau. Mon esprit s'apaise, se vide alors que mes yeux s'émerveillent.

Je ne m'en lasserai jamais.

Pourtant, je suis en train de faire une connerie.

Dix minutes plus tard, après avoir emprunté un chemin en terre, j'arrive à destination. Sans attendre, je sors de ma voiture et monte les marches en bois qui craquent sous mon poids. Le bruit est familier. Le chant d'un oiseau perce le silence au loin alors que je pousse la porte pour pénétrer dans la maison. Tout est à sa place, le canapé marron devant la cheminée, la table en chêne dans un coin près de la petite cuisine et la photo du voilier qui trône sur le mur blanc. La pièce est vide, mais des chaussures traînent dans un coin. Une veste est posée sur l'une des chaises et dans le couloir se diffuse une légère lumière rouge, m'indiquant que les rideaux ont été tirés. Tout est tellement intime, personnel. Je me déchausse, pose mes clefs sur le comptoir en granit et m'avance vers la porte du fond. Le silence est épais, seuls mes pas font chuinter le plancher. Une odeur sucrée dans l'air m'indique qu'elle m'attend. Mon regard se braque sur elle à l'instant où je pénètre dans la pièce.

Son corps est alangui sur les draps. Je m'approche pour embrasser son cou. Son parfum m'enveloppe et me rappelle des souvenirs qui peinent à s'estomper. Elle pose son téléphone sur la table de chevet, se retourne vers moi et me lance ce regard que je lui connais bien.

– Salut, chuchote-t-elle.

Ses longs cils papillonnent alors qu'elle attrape le col de mon tee-shirt. D'elles-mêmes, mes mains se positionnent sur ses hanches. Sa bouche se rapproche dangereusement, son souffle se mêle au mien, nos regards se soudent, mais je lutte. Juste pour la forme, car je sais très bien qu'après être venu jusqu'ici, je ne partirai pas. Mon sexe se réveille dans mon jean face à ce mélange d'émotions : l'interdit, la hargne et le besoin de possession.

– Tu es en colère, murmure-t-elle en me forçant à reculer.

– Je n'ai pas envie de parler, grogné-je en repoussant ses doigts de ma joue.

Mes lèvres se plaquent sur les siennes, forçant le barrage de ses dents pour accaparer sa langue. Nos souffles heurtés s'enroulent autour du désir qui grimpe, seconde par seconde. C'est exquis. Rien que ça. Juste ses lèvres qui me demandent d'aller plus loin et plus vite, de lui prendre ce qui ne devrait pas être pour moi.

Délicieux et interdit.

Quand elle remue contre moi, que ses doigts caressent avec plus d'insistance mon ventre, je me recule. D'un geste, j'enlève mon tee-shirt et fais sauter le bouton de mon jean. Je n'ai pas de temps à perdre dans des baisers. Ce que nous voulons, c'est me sentir aller et venir en elle jusqu'à la jouissance. Ses yeux avides me contemplent. Quand mon caleçon tendu à l'extrême suit le reste de mes vêtements au sol, elle se mord la lèvre si fort qu'elle y laisse une marque.

Ouais, c'est exactement ça !

Je grimpe sur le lit et son souffle se bloque. Un mélange d'attente et d'envie voile ses traits quelques secondes. Elle serre ses cuisses et je sais qu'elle est prête alors que je n'ai pas commencé à la caresser. D'un geste précis, mon doigt vient se loger entre ses lèvres et mon pouce trouve sa place sur son clitoris. Le gémissement qu'elle laisse échapper fait durcir mon membre encore davantage. Je joue quelques instants avec elle avant de m'emparer du préservatif que j'ai posé sur la table de chevet.

– Pas tout de suite, susurre-t-elle.

Sa main me pousse pour que je m'allonge. Les yeux fixés dans les miens, elle attrape la base de mon érection et la fait glisser entre ses doigts fins. Je serre les dents tandis que mon excitation grimpe d'un degré. Sa bouche s'approche en douceur, sa langue sort pour venir goûter le bout de mon sexe et des étoiles apparaissent sous mes paupières. Elle soupire comme si c'était la meilleure chose au monde.

Elle sait à quel point ça me rend dingue.

Je pourrais la prendre tout de suite rien que pour ça. Et elle n'attend qu'une chose, que je perde le contrôle. Bordel, oui, ça pourrait vraiment arriver. Mes doigts glissent dans ses cheveux, mes hanches se soulèvent d'elles-mêmes, cherchant une délivrance que je sens poindre. Je grogne chaque fois qu'elle m'aspire et que je tape contre le fond de sa gorge.

– Vas-y, putain ! scandé-je, alors qu'elle m'enfonce davantage dans sa bouche.

Je ne pense qu'à jouir, mais elle en décide autrement. Le bruit de succion quand mon sexe s'échappe de sa bouche est proche de me faire éjaculer. Ses cuisses s'ouvrent dans une invitation silencieuse, puis elle resserre ses jambes autour de mes reins. Nos deux corps se frôlent et il ne faudrait qu'un coup de hanches pour être en elle. Elle bouge sur moi, m'incitant à parcourir le chemin restant. Hors de question. Je me décale pour glisser la protection sur mon érection et la plaque sur le ventre avant de la pénétrer d'une seule poussée.

– Bordel, oui ! Gwen !

CHAPITRE 5

PARKER

Que celui qui n'a jamais couché avec son ex me jette la première pierre.

Je me débarrasse du préservatif usagé dans la poubelle de la salle de bain. Après un dernier coup d'eau sur mon visage transpirant, je reviens dans la chambre. Gwen n'a pas bougé. Sur le dos, une jambe pliée, l'autre étendue, elle me sourit quand je m'étends à ses côtés. Son rire léger me rappelle des souvenirs de nous deux, exactement à cet endroit. Nous avons acheté cette cabane une bouchée de pain. Elle voulait un terrain avec du potentiel, je voulais une vue sur la mer que je n'ai pas eue. J'aurais pu tout lui donner, jusqu'à ma chemise. À l'époque, nous étions heureux. Maintenant, nous ne sommes que deux personnes prenant leur pied ensemble.

– Qu'est-ce que tu fais demain soir ? m'interroge-t-elle.

– Rien d'intéressant.

– C'est-à-dire ?

– Je vois des potes, réponds-je contre sa bouche avant de mordiller sa lèvre inférieure.

Sa langue passe sur mes lèvres alors qu'elle me jette un regard velouté.

– Mais encore ?

Ça m'agace quand elle fait ça. Je l'attrape par la nuque pour l'embrasser. J'aspire sa langue, la taquine, en espérant qu'elle oublie sa question. On pourrait encore profiter l'un de l'autre avant de retourner à nos vies. Je pince son téton qui roule entre mes doigts. Sa peau se couvre de frissons tandis que j'accentue notre échange avec ma langue. Déjà prêt à recommencer, autant en profiter, car dans quatre jours je serai privé de sexe.

Je m'allonge sur Gwen sans cesser de la picorer. Ma main descend dans le vallon entre ses seins, s'éternise sur son ventre…

« Un jour il y aura des bébés Parker là-dedans. »

Je secoue la tête pour chasser les réminiscences de notre relation. J'appuie un peu plus fort mon corps sur le sien, juste assez pour que ses ongles entrent en contact avec mon derme, comme j'aime les sentir. Je trouve qu'il n'y a rien de plus érotique que les doigts d'une femme griffant mon dos… Ça a le don de me faire monter en pression aussi vite qu'un coup d'accélérateur sur un hors-bord.

– J'ai envie de toi, encore et encore, susurre-t-elle.

Elle prend les rênes en se mettant à cheval sur moi. Nos deux sexes se cajolent, glissant l'un contre l'autre, et j'ai de plus en plus de mal à ne pas dévier. On devrait mettre un préservatif. Si je la mets enceinte, cette situation va passer de pourrie à vraiment merdique. Ni elle ni moi n'avons envie de vivre ça. Pas ensemble.

– Gwen, arrête.

Elle continue et, d'un mouvement, m'enfonce en elle. Putain !

Même si je la retiens, je suis trop loin. L'air siffle entre mes dents. Mes paupières se ferment d'elles-mêmes. Gwen fait pression, appuyant sur mon torse pile à l'endroit où ma boussole est tatouée. Je ne suis pas censé perdre le nord avec elle, mais elle me rend maboule.

Elle gémit, se stimule avec le bout de mon gland et… puis merde ! S'il y a une femme avec qui je peux baiser sans latex, c'est bien elle.

Son téléphone sonne pile au moment où la raison me déserte. Nous nous figeons tous les deux. J'ai toujours détesté ça, qu'elle mette une sonnerie définie pour chacun de ses contacts, et celle-ci me donne de l'urticaire. Une bile acide monte dans ma gorge tandis qu'elle se décale pour attraper l'appareil. Elle décroche et s'exprime d'une voix claire, comme si mon pénis n'était pas planté en elle quelques secondes plus tôt.

– Allô ?… Je suis en rendez-vous. Hmmm…

Un sourire ironique s'affiche sur mon visage. Si seulement Rob savait, il ferait une crise cardiaque. Gwen, si parfaite et si douce, qui s'envoie en l'air avec son ex entre quatre et cinq.

– Je t'appelle plus tard. Oui… D'accord… Moi aussi.

Moi aussi quoi ? Je t'aime ? Je pense à toi ? Tu me manques ?

Ça me fait l'effet d'un électrochoc. Mon cœur fait un looping dans ma poitrine et rien que pour ça, je la déteste. J'attrape mon jean et le boutonne en gardant un œil sur elle. La direction qu'ont prise les événements me laisse un goût amer dans la bouche. Un peu comme ferrer un poisson, le sentir au bout de sa canne et retrouver un hameçon vide sans appât.

– Tu t'en vas déjà ? m'interroge-t-elle après avoir raccroché.

– Ouais.

– Mais, on pourrait… reprendre.

Gwen doit comprendre à ma tête que ce n'est pas au programme.

– OK, capitule-t-elle. Tu veux qu'on discute un peu, alors ? Ça fait longtemps qu'on n'a pas pris du temps. Avant, on pouvait passer des heures à discuter de tout et de rien. Comment va ta mère ?

Voilà qui me rappelle à la réalité. Nous couchons ensemble, mais ça s'arrête là. Elle ne fait plus vraiment partie de ma vie. À part des banalités, je ne parle pas de mon quotidien ni de ce que je fais et surtout pas de qui je vois. Ce sont les seules limites que je me suis fixées. Je lui impose les mêmes.

– Tu veux vraiment parler de mes parents, là ? Sérieux, Gwen ?

– Je veux savoir comment tu vas, Parker…

– Super. Je vais super bien.

Je ne lui retourne pas la question. À vrai dire, égoïstement, j'espère qu'elle ne va pas si bien que ça. Puisqu'elle prend encore son pied avec moi, ça signifie que tout n'est pas si parfait dans le monde des Dalley, non ? Finalement, l'étude de Missie va peut-être servir. Il est temps que j'arrête mes conneries.

– D'accord. Donc, tu sors demain soir… Il y aura des filles ?

J'en rigolerais presque. C'est du Gwen tout craché.

– Ne fais pas ça.

– Tu es avec quelqu'un en ce moment ?

J'attrape mon tee-shirt et le passe à la va-vite.

– Qu'est-ce que ça peut bien te faire si je sors avec une fille ? Tu comptes quitter ton mec de bonne famille pour revenir avec moi ?

– Est-ce que c'est ce que tu me demandes ?

– Ce n'est pas à moi de prendre tes décisions, Gwen.

– Tu sais bien que la situation est compliquée… chuchote-t-elle comme si elle n'osait pas le dire trop fort.

Toujours la même réponse.

– Je me casse.

– Tu dois me répondre, Parker ! exige-t-elle d'une voix cassante.

Un sourire, cette fois ironique, apparaît derrière ma barbe. C'est la goutte d'eau qui fait déborder le vase. D'abord l'argent, puis Rob, et… Rob. Ce petit mec est à lui seul une raison d'être énervé.

– Excuse-moi, j'ai cru entendre que je te devais quelque chose ? Est-ce que je te demande si Rob te prend aussi bien en levrette que moi ? Non. Alors ne viens pas me faire chier. J'ai du travail et toi aussi. Ce ne sont que des interludes, c'est bien ce dont on était convenus. Si tu veux plus, tu as ton millionnaire.

– Parker… soupire-t-elle. Pourquoi est-ce que tu le prends comme ça ?

Elle doit le faire exprès. J'expire par le nez en sentant la haine s'insinuer en moi.

– Comment est-ce que je le prends ?

– Tu dis ça comme si tout était ma faute…

Je lui en veux tellement. J'ai beau me persuader tous les jours que tout va bien, la brûlure que je ressens dans mon estomac me prouve que jamais je ne pourrai oublier.

– Il n'y a plus que de la baise entre nous, Gwen. C'est ce que tu voulais, non ?

J'agis comme un salaud sans cœur, mais ses décisions ont tout changé entre nous. L'air de la pièce s'alourdit en une fraction de seconde. Comme s'il avait été brusquement retiré pour ne laisser qu'une épaisse fumée qui me prend à la gorge.

– Tu ne penses pas ce que tu dis ! Toi et moi, c'est…

– On prend notre pied, tous les deux. Ne viens pas tout gâcher une fois de plus. Et une dernière chose, que tu sembles avoir oubliée : en couple, je suis fidèle.

Sa bouche s'ouvre, choquée. J'ai les nerfs, il vaut mieux que je quitte cette maison avant d'envenimer la situation. Un objet s'explose contre la porte que je m'apprête à passer. Je me recule et mon cœur se met à battre plus vite. Le colibri en céramique présent quelques instants plus tôt sur la table de chevet gît désormais au sol en une dizaine de morceaux.

– Ne recommence jamais ça, grondé-je en quittant la pièce.

Deux minutes plus tard, je suis dans ma voiture et quitte le chemin de terre, l'esprit encore plus encombré qu'il ne l'était en arrivant. Sous mes roues, la fumée poussiéreuse s'envole tandis que je dérape dans le virage. Mes mains sont accrochées au volant comme s'il tenait le reste de mon corps.

Et si Gwen m'avait touché ? Qu'aurait-elle fait, cette fois ?

Une bordée de jurons s'échappe de mes lèvres. Je croyais en avoir fini avec ces conneries. Pense-t-elle avoir encore un quelconque droit sur moi ? C'est elle qui a cramé nos cinq ans de vie commune, pas moi. Elle qui est partie, et encore elle qui s'est remise avec quelqu'un seulement quelques semaines après notre rupture. D'accord, c'est une décision qu'on a prise à deux, et c'est moi qui ai claqué la porte le premier. Mais moi, je suis revenu. Je pensais naïvement que ce n'était qu'une mauvaise passe, qu'on resterait ensemble. Et tout a volé en éclats.

Un an que nous sommes séparés. Je me demande ce qu'on fout. On s'obstine tous les deux dans une voie sans issue.

Mon téléphone sonne, pas besoin de le regarder pour savoir que c'est elle. La rancœur m'étouffe. Je ne suis pas de nature possessive dans mes relations, mais Gwen reste cette femme dont je suis tombé amoureux. Celle qui m'aidait à défaire des nœuds d'hameçons, qui frottait les ponts avec moi sous une pluie glacée, celle qui s'amusait de vivre dans un deux-pièces sur le port et qui souriait quand je la réveillais en pleine nuit pour l'embrasser.

J'avais tiré un trait sur nous.

Vraiment.

Nous n'étions plus ensemble et je comptais me la jouer gros bourrin en l'effaçant de la planète Parker. Selon mes frères et Missie, il paraît que c'est un endroit escarpé où tout le monde est ronchon et bourru. Ouais, voilà, je comptais faire comme ça.

Les premiers temps ont été plutôt faciles. Je lui ai laissé nos amis et tout le tintouin. Je ne suis pas quelqu'un de sociable. C'est après que ça s'est corsé. Il a suffi d'une soirée. Elle a frappé à ma porte, en pleurs. Je lui manquais. Elle aussi me manquait, c'était plus dur à encaisser que ce que je laissais paraître. Elle a dormi chez moi, on a couché ensemble. C'était volcanique. Et ça a été le début de la fin.

De petit ami dévoué, je suis passé à sex-friend détaché. La situation me convient. Sauf quand Gwen pète les plombs. C'est d'ailleurs l'une des raisons pour lesquelles on s'est séparés, même si ce n'est pas la plus importante… À un moment donné, on aurait fini par s'entretuer. Dans les derniers temps de notre relation, Gwen a fracassé l'ensemble de nos assiettes, verres et tout ce qui lui passait sous la main dans notre cuisine en essayant de me les envoyer à la tête. J'ai fini à cheval sur elle un nombre incalculable de fois à la maintenir contre le sol jonché de détritus pour essayer de la calmer, ses ongles enfoncés dans ma chair. Elle me blessait physiquement et moralement. Aujourd'hui, j'ai aperçu les vieux démons de notre relation. J'aurais pu tout envoyer valser, dans cette maison, mais je ne suis plus cet homme-là.

Je suis raisonnable.

J'allume l'autoradio pour tenter de passer à autre chose. La playlist se lance, poussée au maximum. J'arrive à hauteur du croisement et tourne la tête.

Non, non, non !

Mes doigts se resserrent sur le volant. Je freine, mais pas assez vite.

– Putain, le con ! hurlé-je en braquant le volant au maximum.

Mon pied s'enfonce dans la pédale, mais c'est trop tard. La voiture s'encastre dans un bruit sourd dans ma porte côté passager. Mon pick-up est soulevé par la pression, et les étincelles du choc entre les deux véhicules brillent comme un feu d'artifice. Ça ne dure que quelques secondes, mais à la vitesse où ce chauffard a déboulé sur moi, je peux déjà dire que ma voiture est bonne à réparer. Il ne manquait plus que ça pour terminer cette journée.

Sidéré, je touche mon corps pour vérifier qu'il ne me manque rien et ouvre ma portière en grand. Je me jette à l'extérieur pour, un, constater les dégâts, et deux, me faire ce petit enfoiré qui s'est cru tout permis avec sa Dodge. Un coup d'œil à la plaque me prouve qu'il n'est pas d'ici.

Même si le tourisme est mon gagne-pain, ça ne m'empêche pas de regarder les choses en face. Chaque été, c'est la même chose : incivilité, pollution et déchets à gogo. À croire qu'être en vacances dispense de toutes les règles élémentaires de savoir-vivre. Je manque toutefois de tourner de l'œil quand j'arrive du côté accidenté.

– C'est pas vrai ! éructé-je en prenant ma tête entre mes mains.

C'est pire que ce que je pensais. Mon aile est totalement enfoncée et d'énormes rayures blanches sont visibles sur la peinture noire. Je tourne la tête à droite puis à gauche, et je sens déjà le peu de self-control qu'il me restait s'envoler : le conducteur n'est même pas sorti de sa voiture. Il est tranquillement garé sur le côté comme si de rien n'était, en train de finir sa conversation téléphonique, je suppose. Le salaud ! Je ne vois pas comment il aurait pu louper l'énorme ligne indiquant le stop. Je fais rouler mes épaules, craquer mon cou et en trois enjambées me retrouve près du véhicule. La colère brûle ma gorge quand je remarque que sa voiture est largement moins abîmée que la mienne.

Je me penche à sa fenêtre. Vitre teintée, en plus ? Je toque deux coups secs.

– Ça vous dérangerait de sortir ?

Ma voix gronde aussi fort qu'une batterie dans un festival underground et mon corps est si tendu qu'il suffirait d'une petite piqûre pour le faire exploser.

– Si ça ne sait pas conduire de grosses voitures, ça n'en achète pas ! Surtout quand on ne sait pas lire des putains de panneaux… Vous comptez sortir ou je m'en charge moi-même ?

Toujours pas de réponse.

S'il ne réagit pas dans les cinq prochaines secondes, je pète un câble.

Je compte intérieurement : un, deux, trois… quatre… cinq.

Bordel, je vais lui faire sa fête.

CHAPITRE 6

PARKER

Mes doigts agrippent la poignée et la tirent d'un coup sec.

C'est une femme. Ma main retombe mollement le long de mon flanc.

– Ne m'approchez pas !

Je me recule d'un pas et lève les mains en l'air. La conductrice se tient droite comme un I sur son siège. Ses doigts parsemés de taches de rousseur agrippent le bas de sa robe avec force. Elle a l'air en état de choc.

– Est-ce que vous avez mal quelque part ?

Je déteste avoir à gérer ça. J'aurais préféré que ce soit un mec, je n'aurais pas pris de gants. Là, je n'ai vraiment pas envie qu'on m'accuse de tentative d'agression.

D'un mouvement, elle sort de la voiture, souffle bruyamment pour enlever ses cheveux d'un roux flamboyant de devant son visage et me regarde enfin droit dans les yeux.

– Non, ça va. Je crois.

Elle palpe son torse et soupire de soulagement avant de planter à nouveau son regard dans le mien. Le trouble que j'y ai lu quelques secondes plus tôt disparaît au profit d'une nouvelle émotion.

– J'aurais pu y passer. Tu ne pouvais pas faire attention ? m'engueule-t-elle.

Ses yeux vert clair m'incendient. La bouche pincée, le menton levé vers moi avec son mètre moins vingt, elle ressemble à une petite boule de feu prête à m'exploser au visage.

– Pardon ?

– En plus je suis tombée sur un sourd, souffle-t-elle. J'ai dit…

– Mademoiselle, je pense que l'on peut descendre d'un ton, la coupé-je.

Les mains posées sur ses hanches fines, elle me toise.

– Mon ton est parfaitement adapté à la situation, vu que tu es entré dans ma voiture.

OK, donc on oublie les politesses. Je ne suis pas fan du tutoiement quand on se connaît à peine, mais puisqu'elle veut la jouer comme ça, pas besoin de me chauffer plus longtemps, Gwen s'en est déjà chargée.

– *Je* suis rentré dans *ta* voiture ? C'est une blague. Tu t'es cogné la tête contre le tableau de bord ?

Je balaie en vitesse sa silhouette. Des dizaines de taches de rousseur parsèment son visage et ses bras à peine couverts par les bretelles de sa robe fluide. Je lui donne vingt-cinq ans, peut-être moins.

– Tu m'as coupé la route ! Priorité à droite. Mais peut-être que tu ne sais pas reconnaître ta droite et ta gauche, ironise-t-elle.

Très bien.

– On va mettre les choses au clair, Roxy Red. S'il y en a un qui ne sait pas conduire, ici, ce n'est pas moi.

– Tu viens de m'appeler comment, là ? Roxy Red ?

Je hoche la tête tandis qu'un sourire ironique se peint sur mon visage.

– Sérieux ? On ne t'a jamais dit que c'est impoli de décrire quelqu'un par une de ses caractéristiques physiques ?

Parfait, Madame n'aime pas les petits surnoms. J'ai essayé d'être gentil, mais elle a décidé de me prendre la tête. Alors si je peux la foutre plus en rogne encore, je prends ça comme une victoire.

– Tu aurais préféré que je te surnomme Ginger ? Ou Vulcano ? Ouais, Vulcano, ça te va bien.

– Si j'avais été noire, tu m'aurais appelée Kirikou ou Blackmamba ?

Quelle chieuse !

Mais elle a du répondant, je dois bien le reconnaître.

Nous nous jaugeons du regard, c'est à celui qui baissera les yeux le premier. Mais même le bruit des klaxons mécontents ne me fera pas flancher.

– J'essaie de garder mon calme, là. Signons le constat, on est en train de former un bouchon.

– Tu vas t'excuser avant qu'on aille plus loin.

Pardon ? Je m'esclaffe tandis que ses joues deviennent rouges de colère. Je hausse un sourcil tout en conservant mon air narquois : j'ai pris ma « face de connard », celle qui arrive à faire vriller n'importe qui ; testée et approuvée. Roxy Red ne fait pas exception : ses yeux roulent dans un remake de *L'Exorciste*.

– C'est-à-dire que… (Je lui fais un grand sourire accompagné d'un clin d'œil.) Non.

Un automobiliste baisse sa vitre pour nous insulter. Je l'ignore. La circulation se densifie, mais là, je suis en plein milieu de quelque chose. Vulcano va bientôt faire irruption si elle continue à bouillir de colère. J'en jubile presque. Pourquoi est-ce que je serais le seul à avoir une journée de merde ?

– On ne va pas y passer la journée. Tu t'excuses. On signe. On s'en va chacun de notre côté et on ne se revoit jamais, prononce-t-elle entre ses dents.

– Si j'étais en tort, il n'y aurait aucun problème, mais là, tu peux toujours courir.

– Tu es… Je n'y crois pas.

– Bon, j'ai d'autres chats à fouetter que de me prendre la tête avec le sosie de Goupix première version. On peut activer ?

– Goupix ?

Une nouvelle salve de klaxons résonne autour de nous.

– Un Pokémon. Tu sais, le renard…

– Espèce de sale con !

– Ce n'est pas très joli, Roxy Red.

– Ce n'est pas parce que tu mesures deux têtes de plus que moi que je vais me laisser impressionner.

– C'est bien ! Je suis fier de toi, mais ça ne changera pas le fait que tu as grillé le stop et que tu es donc… cent pour cent en tort. Tu vois ça ? (Je lui pointe la ligne blanche sur le sol ainsi que le panneau.) C'est ce qui va être inscrit dans le constat. Refus de priorité, Roxy, tu l'as dans le cul. Sans mauvais jeu de mots, milady.

Elle plisse les yeux, encore plus énervée. Mon téléphone sonne, mais je n'y prête pas attention. Elle regarde de nouveau la ligne, puis le panneau.

– Je l'ai… dans le cul ? répète-t-elle, sous le choc.

Elle me fait penser à un hibou.

Elle fixe la signalisation, puis regarde sa voiture et son visage perd un peu de ses couleurs.

– C'est pas vrai ! s'exclame-t-elle en prenant conscience de la situation.

– Alors ? On le signe ce constat ?

Je jette un coup d'œil sur le côté et prends conscience que si on ne se dépêche pas, la police risque de débarquer. Le carrefour à quelques mètres de là est saturé et vu la tête que tirent les automobilistes qui passent à nos côtés, on n'est pas loin de se faire de nouveau insulter.

– Oui, je suis…

– Désolée ? Tu peux l'être, ma belle. Surtout avec tout ce sketch que tu as fait.

– Il y a eu méprise. C'est juste que je viens d'arriver en ville et je ne connais pas bien les routes. Enfin, bref, sortez un constat, qu'on en finisse.

– On se vouvoie, maintenant ? rigolé-je. De mieux en mieux, Roxy Red ! Je pensais que m'avoir traité de sale con nous avait rapprochés. Tu brises mon cœur.

Elle se dirige vers sa portière d'un pas raide sans répondre à ma provocation et revient vers moi avec le constat en main.

Roxy Red 0 – Parker 1.

– Vous avez vos papiers ? m'interroge-t-elle d'une voix chargée de colère.

Je hoche la tête tandis qu'elle prend appui sur sa voiture le front plissé. J'étale le document sur le capot de ma caisse et lui tends la main pour qu'elle me donne ses papiers. Mes yeux se posent sur le nom indiqué sur la carte grise.

– David ? Je me disais que cette voiture était celle d'un homme.

– Je ne vous demande pas de faire de commentaires, grince-t-elle.

– Ton mec ne va pas être content, si tu veux mon avis.

– Encore une fois, ça ne vous regarde pas.

La sonnerie de mon téléphone résonne de nouveau. Suivie d'un message de Wes.

Rappelle-moi, urgent !

– Deux minutes, je reviens.

Je m'éloigne et rappelle mon frère dans la foulée.

– *Il faut que tu te ramènes tout de suite, Parker ! Genre maintenant*, s'excite Weston à l'autre bout du fil.

– Pourquoi ?

– *Je ne peux pas parler. Mais bouge-toi, c'est tout.*

OK. En un tour de main, je remballe mes papiers, rends les siens à la rousse et me dirige vers ma voiture devant son air ébahi avant de faire demi-tour. Je lui tends un stylo et un bout du ticket de caisse qui traînait dans ma poche.

– Écrivez votre nom et votre numéro. On se retrouve ce soir pour faire le constat.

– Pardon ?

– J'ai une urgence au travail. Je dois partir tout de suite. Faites-moi confiance, j'ai envie de faire réparer ma voiture, je viendrai.

Elle griffonne les chiffres et son nom sur le papier puis me le tend. Au moment où j'essaie de l'attraper, elle fait machine arrière. Elle secoue la tête en émettant un petit bruit agaçant.

– Tutututu ! Avant, tu vas t'excuser.

À nouveau le tutoiement. Elle est bipolaire ou quoi ?

– Tu plaisantes ?

– J'ai l'air ? Non, tu vas demander pardon pour tous tes petits commentaires déplacés, et seulement après tu auras le sésame.

Mes mâchoires se resserrent, je n'ai pas le temps pour ça.

– Pardon, maintenant donne-moi ce fichu papier.

– Mieux que ça…

– Est-ce que tu peux s'il te plaît, me donner ce papier, merci.

Elle me donne enfin la feuille alors qu'un sourire s'étire sur son visage.

– Eh bien voilà, ce n'était pas bien compliqué, me nargue-t-elle.

– Je te contacte.

Elle hoche la tête. Je fourre le ticket dans ma poche, grimpe dans mon véhicule – enfin, ce qu'il en reste –, et démarre en trombe.

Roxy Red 1 – Parker 1.

CHAPITRE 7

PARKER

– Vous êtes un arnaqueur. Soyez sûr que je vais vous mettre la pire note qui existe.

J'essaie de calmer le client à la chemise hawaïenne qui me hurle dessus depuis plus d'une heure. Au coin de sa bouche, des paquets de salive se sont formés et j'ai dû recevoir plus de postillons dans les soixante dernières minutes que dans toute ma vie.

– Monsieur, je suis navré pour le désagrément.

– Vous vous moquez de moi ? Un désagrément ? Ma fille a failli se noyer parce que le capitaine s'est cru dans une course d'Ocean Race. Je veux réparation !

Ma nuque est raide. J'ai usé de toutes les phrases d'excuses de mon vocabulaire, rien n'a fait décolérer ce père de famille. Je le comprends, la peur de perdre un être cher a fait grimper sa tension à un niveau tel qu'il n'arrive pas à redescendre, mais de là à pratiquement m'insulter, il y a des limites.

– Soyez certain que le salarié en faute ne fait plus partie de notre entreprise, continué-je d'un ton calme.

– Remboursez-moi le séjour et je consentirai peut-être à ne pas vous faire de la mauvaise pub.

Mon poing se serre le long de mon corps. Weston me fait signe de la tête de me contenir. Tout ce pataquès pour de la thune. Un consommateur mécontent en parle à dix de ses amis tandis qu'un heureux en parle seulement à deux. Je vais devoir prendre sur moi.

S'ensuit une longue, très longue négociation.

Quand je me pose enfin, deux heures se sont écoulées. Je soupire en passant mes doigts dans mes cheveux. La journée ne pourrait pas être pire. Le chèque, ma dispute avec Gwen, mon accident de voiture, ce client et l'employé que j'ai viré. On ne peut pas dire que ça tombe bien avec la haute saison.

Outre le fait qu'il a failli tuer quelqu'un, mon ex-skipper a aussi abîmé le bateau alors que j'ai plusieurs réservations pour cet été. J'ai forgé ma réputation sur la confiance et même si j'ai réussi à me faire un nom au bout de cinq ans, une expérience comme celle-ci peut tout détruire. Un juron s'échappe de mes lèvres, ma paume s'abat sur le bureau.

– Ça va ? me demande mon frère en passant la tête par l'encadrement de la porte.

Non, ça ne va pas ! Je baise mon ex, je me fais baiser par un client et on a baisé ma caisse ! La boucle est bouclée !

J'émets un bruit indescriptible, un mélange de mots mâchés et de grognements, avant d'expirer fort. La colère a tendance à me faire perdre mes moyens.

– Ce n'est même pas un accident. Il naviguait beaucoup trop vite. Tu imagines si l'un des enfants était mort ?

– Oui, mais ce n'est pas arrivé, me calme Wes. Tu l'as remboursé, alors ?

– Oui, d'un bon cadeau d'une valeur de trente pour cent de son séjour à utiliser sur toutes nos prestas. C'est toujours mieux que de devoir lui faire un virement…

– Au moins il reviendra, blague Weston pour me détendre.

Je lève les yeux au ciel.

– Je m'en serais bien passé. Dimitri a remballé ses affaires ?

– Yep.

– Tu sais ce qui me met le plus en colère ? Il n'en avait rien à faire. Il m'a simplement répondu : « Ça arrive, Boss. » J'avais envie de lui exploser sa petite face d'inconscient.

– Ça peut s'arranger, juge Weston en pianotant sur son menton. Je connais des gens…

Mon regard arrête mon frère.

– Si j'entends que tu traînes dans des affaires louches, c'est moi qui te botte le cul.

– Je plaisantais, Parker, s'esclaffe-t-il en se laissant tomber sur la chaise face à moi. En tout cas, ça parle déjà à l'atelier.

Je repousse ses pieds qu'il s'apprête à poser sur mon bureau. Je suis las d'avance.

– Pourquoi ?

Wes s'esclaffe en me lançant un regard du genre : « Sérieux ? »

– Tu as sorti ta face d'ours mal léché, celle qui terrorise tout le monde.

– Pas tout le monde, il faut croire, marmonné-je dans ma barbe.

– Comment ça ?

– J'ai eu un accident de voiture avant de venir.

Je repense à Miss Vulcano et à sa repartie. Les yeux de Wes s'ouvrent en grand. Il se lève d'un bond et me rejoint de mon côté du bureau.

– Quoi ? Et tu ne me le dis que maintenant ?

Il approche son visage du mien, soulève ma main et s'apprête à ausculter d'autres parties de mon corps, mais je le repousse.

– Stop ! Je vais bien.

– Tu es sûr ? On devrait peut-être aller à l'hôpital. Tu sais, les commotions, c'est invisible à l'œil nu.

– C'est peut-être ce dont tu souffres depuis que tu es né. Ça expliquerait beaucoup de choses.

– Très drôle !

– Qu'est-ce que tu fais ? lui demandé-je en le voyant sortir son téléphone portable.

– J'informe les femmes de notre famille.

– Repose ça, Weston, soupiré-je. Pas la peine de les inquiéter. Je te le répète, je n'ai mal nulle part.

– Si tu ne minimisais pas tout quand ça te concerne, je te croirais sur parole. Mais tu as tendance à penser que tu es Hulk et que rien ne peut te terrasser.

– Tu exagères !

– Tu as attendu de t'effondrer devant moi et que ton appendice explose pour aller à l'hôpital.

– Il n'a pas explosé, Wes. Je t'assure que je vais bien. À part mon cœur qui souffre de voir ma voiture abîmée, je n'ai pas été touché. Tu veux bien te rasseoir, maintenant ?

Il consent à faire ce que je lui demande, non sans une dernière évaluation de mon état.

– Comment ça s'est passé ?

– On m'a grillé la priorité. L'autre véhicule s'est encastré dans ma portière et a rayé tout mon côté passager.

Il hoche sa tête rasée et prend un instant de réflexion.

– Montre-moi le constat. On ne sait jamais, si tu as omis une information.

Il a l'air tellement adulte. Il est si souvent insouciant que j'en oublierais presque qu'il me dépasse d'une tête et qu'il a fêté ses vingt-cinq ans. Et dire qu'enfant, il était chétif !

– C'est vrai que tu es un pro dans ce domaine. Combien d'accidents tu as eus depuis que tu as ton permis ? Trois ? me moqué-je.

– Quatre… Pour ma défense, la plupart n'étaient pas de mon fait. Donc, ce constat ? demande-t-il en tendant sa paume vers moi.

– Je ne l'ai pas encore rédigé. La situation a un peu dégénéré là-bas. Je suis tombé face à un petit volcan prêt à entrer en éruption.

– Comment ça ? Et après tu me dis que tout va bien !

Un soudain élan d'affection me saisit. Wes a beau être un blagueur compulsif, quand il s'agit de défendre sa famille, il est toujours présent. C'est le propre des Doretta, être soudés envers et contre tous.

– La conductrice n'était pas d'accord. Pour elle, j'étais en tort. Je lui ai démontré qu'elle m'avait grillé la priorité. Au moment où on allait signer, tu m'as appelé et je suis parti. Je dois la recontacter ce soir pour finaliser les papiers.

– Je viens avec toi ! Si elle ramène ses frères, son oncle et toute sa famille, on ne sera pas trop de deux.

– Comme si j'avais besoin de toi pour me défendre !

– J'ai fait huit ans de taekwondo.

– Et c'est moi qui t'ai tout appris ! Allez, rentre chez toi et profite de ta soirée avant que ce ne soit plus possible.

– Toi aussi. Tu devrais penser à te détendre.

– Je règle ce problème de voiture.

– OK frérot. Pense à moi si tu as besoin d'aide avec ton constat.

Quand il a quelque chose en tête, il ne l'a pas ailleurs. Un dernier signe de la main et le voilà parti. Je déplie le bout de papier en prenant mon téléphone portable dans la poche de mon jean. Tandis que mon regard se pose sur l'écriture fine tout en courbe, mes lèvres s'étirent.

Roxy Red. 033-978-5145

Dire qu'on s'est pris la tête pour ce surnom et que j'ai même dû présenter des excuses.

– Parker ? m'interpelle Wes en repassant sa tête par l'entrebâillement. Elle était sexy, la conductrice ?

– Surtout très agaçante.

– C'est bête, sinon tu aurais pu lui demander des dommages et intérêts en nature.

– Arrête de réfléchir avec ton sexe. Elle a bousillé ma caisse.

Pour moi, c'est comme si elle avait une dentition aussi pourrie qu'un poisson *pacu*. Celui qui dévore les testicules. Bref, elle a perdu toutes ses chances. C'est dommage, elle m'amuserait presque. J'aime les filles avec du répondant. Bon, pas au point de Gwen, mais j'ai toujours trouvé que ça rajoutait un peu de piment dans une relation. Et le sexe est torride.

– Parfois, tu es beaucoup trop vénal.

– Matérialiste, Weston. Apprends à utiliser les bons mots si tu veux me casser, petit frère. Salut ! conclus-je en l'invitant à sortir de mon bureau.

Je me cale dans mon fauteuil et compose le numéro. Une première sonnerie résonne à mon oreille avant que j'entende une voix de femme. J'écoute, ne percutant pas tout à fait ce qu'on me raconte. Je recompose le numéro et quand je bascule encore sur ce canular, je serre les dents. Mon regard se voile, mon estomac se contracte. Je la sens au creux de mon ventre comme si un foyer ardent venait de s'allumer en moi : la colère. Je balance mon portable sur le bureau, puis le reprends quelques secondes plus tard. D'un coup de talon, je me retourne vers la baie vitrée donnant sur les docks. La mer est paisible. Le soleil décline sur l'eau, c'est mon moment préféré de la journée. J'expire par le nez en essayant de me détendre devant de ce spectacle, mais la colère ne reflue pas. Pas comme ces vagues qui viennent taper contre le ponton pour repartir l'instant d'après.

Têtu, je réessaie une nouvelle fois. J'ai peut-être mal composé le numéro. Toujours la même réponse.

« *Le numéro que vous demandez n'est pas attribué. Veuillez contacter le service des renseignements.* »

Encore et encore cette annonce, même après la quatrième, la cinquième et la sixième fois. Je comprends alors le sourire victorieux qu'elle avait en me tendant le papier.

Un surnom ridicule.

Un faux numéro.

Impossible de me souvenir du nom indiqué sur la carte grise.

Je sais pertinemment qu'il n'y a pas de caméra à cet endroit.

Le pire dans tout ça, c'est que je n'ai même pas pris le numéro de sa plaque. Il ne me manque que quelques plumes et je pourrai concourir au titre de parfait pigeon de compétition.

Je soupire et m'enfonce dans mon siège. Je me suis bien fait avoir.

Roxy Red, si je t'attrape, tu es fichue !

CHAPITRE 8

PARKER

J'ai toujours eu horreur du lundi et aujourd'hui ne fait pas exception : c'est un jour de merde. De mon arrivée au bureau à mon départ, ça a été un véritable cirque. Entre mon téléphone qui n'a cessé de sonner, mes rendez-vous à travers la ville et diverses emmerdes qui se sont accumulées, je n'ai pas arrêté. Et ça continue, pour mon plus grand malheur.

Nous sommes le 22 juin.

C'est le jour J.

Le jour où tout commence.

Le début de l'abstinence.

Le plus révoltant, c'est que ma dernière relation sexuelle a été un fiasco. Pas l'expérience en elle-même, mais tout ce qui a suivi : la dispute avec Gwen, et maintenant le fait qu'elle me harcèle de messages. Je la *ghoste*, purement et simplement. Ce n'est pas terrible, mais il faut que je mette une barrière.

Mes yeux se reposent sur le questionnaire de ma sœur et je manque de m'étouffer.

• Êtes-vous sexuellement actif : oui/non.

Mon index écarte le col de mon tee-shirt dans l'espoir d'endiguer le malaise qui m'envahit. Missie sait très bien comment nous aborder et a encore une fois montré sa supériorité. J'ai plongé tête baissée dans son piège à cause de mon foutu ego et me voilà désormais coincé. Une parole est une parole chez les Doretta, et ni Wes ni Lulu n'auraient accepté que je change d'avis. Avec un peu de chance, Weston se fera embrigader à une soirée par l'un de ses colocataires et il craquera. Quant à Lucan, j'en fais mon affaire.

• Les rapports sexuels ont-ils une importance dans votre relation avec le sexe opposé/et/ou personne du même sexe : oui/non.

Je jette un coup d'œil à mes frères et me rembrunis en écrasant un peu plus le stylo dans ma main. Leur air serein m'énerve. Suis-je le seul à me faire la réflexion que cette situation est bizarre ? La feuille toujours vierge de mes réponses me nargue. Dire que les résultats seront bientôt lus par ma petite sœur. Ça me met vraiment mal à l'aise.

• Nombre de rapports par semaine : ...

Est-ce que plusieurs fois en une nuit compte comme une seule fois ou... Voilà ! Son truc n'est même pas clair. Quel intérêt de savoir ça pour l'étude ? Le but est de démontrer que commencer une relation sans coucher amène plus de solidité pour le futur. Mouais. Je ne suis pas convaincu.

• Pratiquez-vous la masturbation ? Si oui, combien de fois par jour/semaine/mois ?

Impossible que je réponde à ça ! Je me lève d'un bond, ouvre le frigo et décapsule un soda avant d'en boire la moitié d'une traite. Une bière, ou même plutôt douze, aurait été mieux, mais mon esprit doit rester clair.

– Tu as déjà fini, Pakou ? s'étonne ma sœur.

Mon regard noir lui fournit la réponse. Je me rassieds lourdement sur la chaise de bar.

– À quoi ça te sert de savoir combien de fois je me touche ? Tu crois que ça va avoir une influence sur le fait de rencontrer la femme de ma vie ?

– Réponds, c'est tout !

Plus les minutes avancent, plus mon mal de crâne s'intensifie. Je parcours le reste des questions et manque d'envoyer valser les feuilles. La patience et moi, ça n'a jamais été une histoire qui roule.

– Il est mal ! se moque Weston en grignotant le bout de son stylo. Mais je comprends, ces questions sont vraiment personnelles.

J'arrête immédiatement de passer ma main dans mes cheveux. Lucan et Weston ont fanfaronné à cause du pari depuis qu'ils sont arrivés chez moi.

Si je montre le moindre signe de faiblesse, je suis foutu.

– C'est utile pour dresser votre profil. Et je ne vous ai pas forcés, fait remarquer Missie en nous toisant un à un.

– Comme si on avait eu le choix. Tu m'étonnes que ces mecs aient cru à une invitation, marmonné-je.

J'expire par les narines tout l'air de mes poumons et reprends ma lecture.

• Êtes-vous déjà tombé amoureux ?

De mieux en mieux.

• Croyez-vous au coup de foudre ?

Elle aurait pu me demander si la Petite Souris existe, elle aurait eu la même réponse.

• Quelles sont les trois qualités qui vous séduisent chez une femme/un homme ?

Sans hésiter : qu'elle ne m'envoie pas d'objet à la figure, qu'elle ne soit pas déjà en couple et qu'elle ne me prenne pas la tête. Ce que je résume par : « Constante, fidèle et indépendante. »

• Qu'attendez-vous d'une relation ?

Rien. Je n'ai pas envie d'être en ménage.

Je ne note pas ça. Melinda serait capable de prévoir un autre questionnaire rien que pour moi. À la place, j'inscris : « Qu'elle aime avoir sa liberté autant que j'apprécie la mienne. »

• Qu'elles sont les trois choses importantes dans votre vie et que votre compagne/compagnon doit prendre en considération ?

La première chose qui me vient à l'esprit est : ma famille. Puis mon travail, car je ne peux pas être libre comme je le voudrais. Pour la dernière, je réfléchis encore.

Je relève la tête à la voix de Weston qui s'esclaffe à mes côtés.

– « Combien de rendez-vous avez-vous avant le premier rapport ? », lit-il à voix haute. Est-ce que zéro, c'est une réponse ? Généralement, les filles tombent sous mon charme.

– Oui. Ça ne m'étonne pas du tout de toi, rigole Missie. Soyez honnêtes, c'est tout ce que je vous demande.

– Toujours ! promet Lucan en restant concentré sur sa feuille. Tu ne nous verras plus de la même façon, en revanche.

Si elle peut encore nous regarder après ça.

– Ne vous inquiétez pas. Vous êtes les meilleurs frères du monde. J'ai de la chance de vous avoir, minaude-t-elle en envoyant des baisers dans l'air.

– Quand tu seras super riche et que tous les gens bizarres viendront te voir parce que bien évidemment tu es une Doretta, donc tu seras la meilleure, tu te souviendras qu'on t'a confié nos cœurs et nos *palle* pendant trois mois, indique Wes.

– Parole de scout. Et vous, vous n'oublierez pas de me remercier de vous avoir aidés à trouver la femme de votre vie. Enfin, pas toi Lucan, tu as déjà Caldie. Elle me va très bien comme belle-sœur.

– D'ailleurs, je ne comprends même pas pourquoi tu participes, Luc, l'interrogé-je.

– J'ai mes raisons… Pourquoi ? Tu as peur de perdre ? fanfaronne-t-il en me jetant sa cravate au visage.

Je ne sais pas comment il fait pour supporter d'être en costume toute la journée. Nos looks sont à l'opposé.

– Ne me provoque pas. J'ai une arme secrète dans ma manche. Je ne voudrais pas avoir à l'utiliser, lui réponds-je en lui renvoyant son bien. Missie, comment tu comptes t'y prendre pour que je trouve la « femme de ma vie » ?

– Arrête avec ce petit air, Parker. Ce n'est pas parce que tu es tombé sur un fruit pourri qu'ils le sont tous. Fais-moi confiance !

– La dernière fois que tu as dit cette phrase, je me suis retrouvé avec une tête de taulard parce que tu avais raté ma coupe.

À ce souvenir, Melinda s'esclaffe en me glissant un petit « désolée ». J'ai porté un bonnet pendant plus d'un mois pour cacher ma boule à zéro.

– Je ne pourrai pas trouver la perle rare si tu fais ta tête de cochon. Aucune fille ne serait assez folle pour tenter le coup, continue Melinda.

– Et tu ne l'as pas vu en ce moment au travail, rajoute mon frère cadet. Tout le monde tremble quand il arrive. Tu sais, depuis que…

Weston mime un accident de voiture avec ses mains, suivi d'une explosion. Excédé, je lève les yeux au ciel.

– Il va falloir que tu y mettes du tien, ajoute Missie.

– On verra. Je te promets déjà de ne pas me retrouver dans un lit avec une autre personne pendant les quatre-vingt-dix prochains jours.

– Merci ! Tu es vraiment mon grand frère préféré. (Wes et Lucan poussent des cris de protestation à nos côtés.) Réponds aux questions, je ne te vois pas écrire grand-chose. Tu sais que c'est super important pour moi, précise-t-elle.

Et voilà, je suis coincé.

Je soupire et hoche la tête pour confirmer à Missie que le message est bien passé.

– Wes, tu en es où ?

– À « Avez-vous un rituel pour inviter une femme ? » Réponse : « Lui dire que j'ai un dessert qui se marie bien avec la crème Chantilly. »

Il rit si fort qu'il manque de tomber du fauteuil. Le romantisme ne le tuera pas, lui.

Au bout d'une heure, nous avons tous les trois remis les fiches à Melinda. La pizzeria d'à côté a eu notre commande de quatre pizzas, dont une avec un supplément ananas et cheddar, que j'ai réglée sous les protestations de mon grand frère. On est chez moi, c'est moi qui paie, c'est comme ça. Depuis, nous sommes avachis sur le canapé à regarder un match de rugby que seul Lucan suit vraiment. Melinda envoie vingt messages à la minute, Wes a pioché dans le stock de chips au fromage que j'achète juste pour lui, et je travaille sur mon ordinateur portable. Ils ont bien sûr essayé de me faire décrocher, mais ils ont bien compris que je fais toujours ce dont j'ai envie ; et puis le lundi, c'est vraiment une journée pourrie. J'envoie quelques e-mails, commande du matos supplémentaire pour pallier les imprévus et termine par le contrôle des réservations. Cinq nouvelles demandes. Il est inscrit sur mon site Internet : « Réponse dans les vingt-quatre heures », alors je vais devoir les traiter avant d'aller me coucher. Je mets tout en œuvre pour respecter mes promesses, quitte à ne dormir que trois heures.

– Le recrutement en est où, Wes ?

J'ai fini par lui confier l'embauche du skipper et de la chargée de séjour, après avoir sciemment menti à ma mère quand elle m'a à nouveau interrogé à ce sujet. La contrarier équivaut à déclencher une tempête tropicale. J'ai mis Weston sur le coup en lui faisant promettre de tenir sa langue sous peine que je ne lui confie plus rien. Bien sûr, il s'est empressé d'accepter le deal.

– Hier, on était dimanche, avance-t-il.

– Et ? Je te l'ai demandé samedi, répliqué-je.

– Je n'ai pas eu le temps de m'en occuper avant ce matin. Mais ne t'inquiète pas, je gère. Avant jeudi, j'aurai trouvé quelqu'un.

– On avait dit demain.

– Sois raisonnable. Tu veux une personne compétente, non ? À qui tu peux confier des tâches les yeux fermés ? Même si pour toi, lâcher du lest, c'est comme demander à papa d'arrêter de fumer en cachette dans la cour après le repas. C'est impossible.

– Quoi ? Papa fume ? s'exclame Missie. C'est super mauvais. Déjà que je me bats avec toi !

Bravo ! C'est sûr que maman sera au courant dans moins de vingt-quatre heures.

– Bon alors, le recrutement, Weston ? demandé-je à nouveau.

– Je n'ai pas encore eu le temps parce que pour ma défense, j'ai fait un marathon, rajoute Wes.

– Depuis quand tu cours ? Aurais-tu repris une bonne hygiène de vie ? Fini les beuveries avec tes colocs ?

C'est une bonne surprise, mais ça m'étonne fort de lui. Et son sourire ne me dit rien qui vaille.

– C'était quel marathon ? Où ça ? s'intéresse Lucan en se détournant enfin de l'écran.

Quand on parle sport, il est toujours à l'écoute. Au moins, ses cadeaux d'anniversaire ne sont jamais compliqués à trouver : il y a toujours un match qui se joue.

Wes se frotte la lèvre du pouce, faisant durer le plaisir, avant de répondre fièrement :

– En sport de chambre !

CHAPITRE 9

PARKER

Trois jours se sont écoulés depuis que nous avons rempli le questionnaire et commencé l'étude de ma sœur. Ce soir, c'est l'occasion de se retrouver, mais c'est surtout le moment du bilan.

– Mes bien chers frères, débute Missie. Il est l'heure de faire le point sur ces trois premiers jours.

– Rien à signaler de mon côté, avancé-je.

C'est le calme plat et l'amour de ma vie n'a pas encore pointé le bout de son nez. Ma sœur et mes frangins sont ma seule interaction sociale de ces derniers jours, en dehors de la serveuse que j'ai remerciée lorsqu'elle nous a placés dans le box à notre arrivée au bar. Tous les candidats que Weston reçoit en entretien sont, selon ses dires, une catastrophe, alors je cours après le temps, et encore, c'est sans compter les précieuses heures que j'ai perdues à amener ma voiture au garage. La rouquine n'a jamais refait surface, et en attendant mon pick-up ne va pas se réparer tout seul.

– Et toi, Lucan ? l'interroge Melinda.

– Je faillis à tous mes devoirs conjugaux.

Je jette un regard à mon frère cadet qui soupire, à moitié avachi sur le fauteuil vert pomme. On peut dire que le propriétaire n'a pas eu peur d'oser la couleur. Chaque mur est peint d'une teinte différente. On croirait presque que l'artiste n'avait que des fonds de pots pour décorer l'endroit.

– Et moi, je n'ai pas joué à la maman et au papa depuis dimanche. Mes érections me le font sentir, c'est assez douloureux, grimace Wes.

– Vous avez compris que tout ne tourne pas autour du sexe, quand même ? Vous êtes censés faire des rencontres, converser, peut-être même avoir le coup de foudre.

– Ça fait beaucoup de choses à caser en trois mois, rétorqué-je. Mon emploi du temps est surchargé.

Ma sœur me fait de gros yeux. En réponse, je pique dans son assiette de tapas. Au moins, elle aura une raison de râler.

– Moi, ça me déprime surtout de me dire que je vais devoir repartir seul ce soir, déclare Weston en parcourant la salle du regard.

– Dis-le, si tu penses que tu vas craquer. Je ne cracherais pas sur deux mille euros, le provoqué-je avec un sourire. J'en ai besoin pour les réparations de ma voiture.

– Les enchères ont augmenté ? s'intéresse Lucan avec un regard pétillant. Je ne suis pas au courant.

– Pas du tout, je comptais ta mise aussi.

– Je te préviens que si tu demandes à Caldie de me faire des attouchements pendant que je dors, ça ne compte pas ! m'accuse-t-il.

– *Te faire des attouchements ?* Mais tu as quoi, douze ans ?

J'attends que Wes confirme mes propos, mais il a décroché. Son regard est fixé sur le décolleté de la serveuse qui apporte une nouvelle carafe d'eau. Elle lui sourit, pas le moins du monde gênée, et repart en lui lançant une œillade intéressée.

– C'est moi ou j'ai une ouverture, là ?

– Tu as eu l'idée de venir ici, alors, ne te plains pas, soupire Lucan.

– Oui, mais je ne pensais pas qu'il y aurait autant de tentation… À croire que toutes ces femmes m'attendaient, bave-t-il. Et puis, tu pourras toujours te tripoter la nouille en regardant Caldie dans la douche.

– J'espère pour toi que tu n'es pas en train d'imaginer ma femme nue !

– Jamais ! fait mine de vomir Wes. Elle me fait trop peur pour ça.

Je souris.

– Bon, les frérots, plus sérieusement ! Lulu, tu dois organiser des sorties avec Caldie. Et pour vous, les céli… batards, Je vous prépare une petite surprise.

– Est-ce que je vais devoir être poli ? demandé-je.

– Tu sais que personne ne te demande de changer. Nous, on t'aime comme tu es, mais si tu mettais de l'eau dans ton vin, ça ne ferait pas de mal. Même le serveur mignon qui nous a accueillis a eu droit à ton merveilleux sourire de tueur.

– Il reluquait ma petite sœur devant moi. Ce mec ne tient pas à la vie.

Ce soir ses cheveux bruns savamment tirés vers l'arrière dégagent son visage et accentuent davantage ses grands yeux bleus. Quand elle ne fait pas d'efforts, elle est belle, mais lorsqu'elle s'apprête, ma sœur est renversante. Avec la robe qu'elle porte, c'est sûr que je ne vais pas la lâcher d'une semelle. Si c'était moi qui étais allé la chercher, elle aurait enfilé une de ces grosses mailles qu'elle affectionne lorsqu'elle reste à la maison.

– J'ai hâte qu'une femme entre de nouveau dans ta vie. Tu arrêteras de me surveiller comme le lait sur le feu.

Je n'ai jamais contrôlé les femmes avec qui je suis sorti, et ce n'est pas près d'arriver.

– Ne fronce pas tes sourcils, Parker !

– Je…

– Tiens, ce n'est pas ton ex, là-bas ? nous coupe Weston.

Je tourne la tête et tombe en effet sur Gwen, entourée d'amies qui descendent du toit-terrasse. Elles s'installent à un mange-debout proche de notre table.

– Je vous confirme, marmonné-je.

Gwen porte ses éternels talons et ses cheveux bouclés tombent sur ses épaules nues. Elle est toujours superbe, même au naturel, mais ça ne me fait plus autant d'effet qu'auparavant.

– Belle à l'extérieur, mais laide à l'intérieur, marmonne Missie en la fusillant du regard.

La cible de sa remarque se lève et se dirige vers nous.

– Quel culot !

Je pose ma main sur celle de ma sœur en lui intimant de se calmer. En temps normal, Gwen aurait évité cette table, quitte à faire un détour, mais je n'ai répondu à aucun de ses messages depuis que nous nous sommes vus, et je sens que c'est ce qui la pousse à prendre les devants.

– Salut, vous tous, dit-elle en se plantant devant nous.

Ma famille répond d'une seule voix et simplement par politesse. Gwen a conscience qu'elle est sur la liste rouge des Doretta. Un peu comme une mafia, en version décontractée. Même si je suis persuadé que Melinda pourrait commanditer un meurtre et que personne ne la soupçonnerait.

– Qu'est-ce qui t'amène ici ? aboie-t-elle justement.

Mon ex lui retourne un regard triste. Missie a longtemps tenu une place particulière dans son cœur, elle était comme sa petite sœur, et c'était réciproque. Maintenant, Melinda préférerait manger un poulpe vivant plutôt que de passer une soirée avec elle.

– Parker, on peut se parler ?

Toujours cette assurance. D'un léger mouvement de tête, je lui indique de m'attendre plus loin. Je me lève, la main de ma sœur s'agrippe à la mienne.

– Qu'est-ce qu'elle te veut ?

– C'est sûrement pour le boulot. Je reviens. Cinq minutes.

Lucan me lance un regard irrité. J'espère que Weston va tenir sa langue : ils ne sont pas au courant que je continue de fréquenter Gwen. J'emboîte le pas à mon ex en direction de la terrasse. Une fois à l'étage, elle se dirige vers un coin peu éclairé. Les plantes luxuriantes cachent les tables, conférant une atmosphère intimiste.

– Tu ne m'as pas rappelée, attaque-t-elle.

– Comme tu as pu le voir.

Une musique d'ambiance résonne en fond sonore, un peu plus forte qu'au rez-de-chaussée, nous permettant de parler sans nous faire entendre.

– Ne sois pas comme ça avec moi, Pakou.

Je me hérisse. Ce surnom, c'est Missie qui me l'a donné. Petite, elle n'arrivait pas à prononcer mon prénom. Seuls les membres de ma famille proche m'appellent ainsi, et Gwen en a perdu le droit.

– À quoi ça sert que l'on en parle ?

– Je suis désolée. Je ne sais pas ce qui m'a pris.

Elle tend la main pour agripper mes doigts avec douceur, mais je ne la laisse pas faire. C'est trop facile. Combien de fois ai-je entendu ça ?

– Comme d'habitude. Je passe la soirée avec mes frères et ma sœur, je n'ai pas envie de me prendre la tête avec toi.

– Moi non plus. J'ai traversé la ville pour venir ici.

– Va voir tes copines et amuse-toi, alors.

– Tu n'as pas compris. C'est pour te voir, Parker. Melinda a publié un post il y a quelques heures. J'espérais que tu serais là aussi et…

Je la coupe en levant la main.

– Tu es en train de me dire que tu espionnes ma famille parce que je suis injoignable ?

– Tu m'as manqué, cette semaine. Je voulais juste te le dire.

– À quoi tu joues, Gwen ? Tu me fais crise sur crise. Si notre arrangement ne te convient plus, dis-le. Ce n'est pas moi qui suis en couple.

Elle ouvre la bouche, vexée, mais se tait. Ses lèvres se pincent et elle me lance un regard énervé.

– Je suis jalouse de toutes les femmes qui s'approchent de toi, avoue-t-elle au bout de quelques secondes.

– Qu'est-ce que tu veux ? Que je ne refasse jamais ma vie ?

– J'ai besoin de toi.

Je soupire, las. Ses yeux bruns s'emplissent de larmes tandis qu'elle vient se coller à moi. N'importe qui pourrait arriver. Nous sommes imprudents. L'enflure qui lui sert de mec pourrait très bien faire fermer ma boîte en un claquement de doigts s'il apprenait que je couche encore avec elle. Pourtant, il existe encore ce lien invisible que ni elle ni moi n'avons sectionné jusqu'à présent.

– Tu es l'amour de ma vie, Parker.

Ma respiration se coupe. Elle crochète ses bras autour de mon cou, ses lèvres se posent sur les miennes une fraction de seconde avant qu'elle ne se recule, jaugeant ma réaction.

– Je t'aime, OK ? Rien ne changera ça, continue-t-elle.

Elle s'approche de nouveau pour embrasser le coin de ma bouche, mais je fais un pas en arrière.

– Arrête, n'essaie pas de ressusciter quelque chose qui n'existe plus. Rien n'allait plus entre nous.

– Je n'étais pas prête pour te donner tout ce que tu attendais de moi.

– Ni avant, ni maintenant. Je me demande ce qu'on fait…

– On s'aime…

– Je ne suis plus sûr de t'aimer, Gwen.

Ses grands yeux bruns s'ouvrent tandis qu'une larme coule sur sa joue.

– Je vais rejoindre ma table, conclus-je en reculant.

Sa main retient mon bras.

– À bientôt ?

– Prends soin de toi, Gwen.

Je dévale les escaliers. Mon cœur tape dans ma poitrine à un rythme effréné. J'applique une expression neutre sur mon visage avant d'arriver à notre table, et je pousse Melinda pour m'asseoir dans le coin de la banquette. Tous m'interrogent du regard, mais je suis tellement à fleur de peau que si je desserre les dents, je risque d'exploser. Gwen a tout gâché.

– Alors ? demande Missie. Elle t'a fait son grand show ?

– Qu'est-ce que tu racontes ?

– Rien, laisse tomber, soupire-t-elle.

– Tu as du rouge à lèvres, juste là, intervient Lucan.

Par automatisme, je porte ma main à ma bouche, avant de comprendre.

– C'est pas vrai ! s'étouffe presque Missie.

Je déglutis avec peine.

– Ne me dis pas que tu recommences ! m'engueule mon grand frère.

– Qu'est-ce que ça peut te faire ?

Ses poings se serrent. Ce n'était peut-être la bonne réponse.

– Elle est en couple ! Avec Rob !

– Ah, je me sens mieux ! Je déteste garder des secrets ! s'exclame Weston.

Nous nous tournons tous vers lui.

– Parce que tu savais ? Et tu ne l'en as pas dissuadé ? éructe Lucan.

Il hausse les épaules.

– Non, mais je lui ai quand même proposé de prendre sa place. Après tout, c'est bénéfique pour la société. Et puis ce n'est pas comme si c'était une étrangère, c'est Gwen.

– Justement, idiot ! C'est celle qui a brisé le cœur de Pakou, s'exaspère Missie dont les pommettes sont devenues toutes rouges.

– La discussion est close, grogné-je.

– Tu imagines, si Rob vient à l'apprendre ? Tu vas tout perdre ! continue Lucan.

Pourquoi est-ce qu'il n'arrête pas ? Je ne suis pas en état d'encaisser quoi que ce soit.

– Elle se sert de toi !

– J'ai dit : la discussion est close.

– Elle veut le beurre, l'argent du beurre et le cul de la crémière. Sauf que le cul, c'est le tien, et qu'après avoir fourré sa langue dans ta bouche, elle va se coucher tranquillement dans le lit du fils Dalley. Et bien sûr, elle lui racontera sa soirée en omettant de dire qu'elle t'a vu.

Mes mâchoires sont si serrées qu'elles me font mal.

– Tu n'es qu'une pièce interchangeable. Je suis certain que si ce n'était pas toi, ce serait un autre. Reprends-toi, Parker !

– Je fais mes propres choix et je n'ai pas besoin qu'on les commente.

– Si nous ne pouvons pas te dire les choses en face, qui le peut ? Tu n'es qu'un jouet pour elle, rien d'autre.

Je balance quelques billets sur la table, bien assez pour payer la note, et me lève.

– Dans ce cas, le jouet se casse. Trinquez pour lui !

Je sors du restaurant en balançant des insultes silencieuses à l'encontre de Lucan. Il est allé beaucoup trop loin. Le parking est complet et ma colère m'aveugle tant que je mets une éternité à trouver ma caisse.

Quelle soirée de merde !

Quelle semaine de merde !

Quelle vie de merde !

Je retrouve finalement mon pick-up et ne perds pas de temps. Mon moteur ronronne comme au premier jour. Une satisfaction typiquement masculine m'envahit en passant la marche avant. Je roule, je roule sans direction précise, et c'est seulement après de longues minutes de silence rythmé par le bruit du moteur que je me résigne à rentrer. Pourtant, lorsque je pousse la porte de chez moi, ma maison est désespérément vide. J'ai besoin de vie, de mouvement. J'ouvre la baie vitrée et m'assieds sur ma chaise longue en teck avec un verre de vin à la main pour observer la mer, mais elle est calme. Il n'y a rien pour me distraire. Même les animaux qui se font entendre en cette saison m'ont abandonné à mon sort. Maintenant que la colère est passée, je me sens surtout épuisé, et seul.

Trop seul.

J'aurais pu faire comme d'habitude, choisir ma dernière conquête, lui téléphoner et tout oublier en allant la rejoindre pour la nuit. Sauf qu'il y a cette étude et que j'ai assez déçu ma famille pour ce soir. Quand suis-je passé de frère modèle à frère à sauver ?

Mon esprit s'égare vers ce qu'aurait dû être ma vie, vers toutes ces choses que j'aurais dû faire et qui n'arriveront jamais. Je reste ainsi de longues minutes, jusqu'à ce que mon verre se vide et que mon corps frissonne. Au moment où je me lève, la sonnette retentit. À tous les coups, un de mes frères et sœur. Nous avons du mal à rester fâchés. Je longe le couloir et allume sur mon passage. Je tourne la poignée, soupirant d'avance, et me renfrogne.

– Qu'est-ce que tu fais ici, Gwen ?

Je jette un coup d'œil aux alentours, mais sa voiture de luxe n'est garée nulle part. Il n'y a que le chat du voisin qui traverse la rue.

– Comment es-tu venue ?

– En taxi.

Elle ne veut certainement pas que quelqu'un reconnaisse sa berline. Même si nous habitons dans une grande ville, nous nous impliquons assez tous les deux dans la communauté pour que notre nom soit connu. Et aller chez un homme après 23 heures alors qu'on est en ménage, ça fait jaser.

– Je peux entrer ?

Je cède, me décalant vers la droite pour la laisser passer. Si on doit avoir une discussion, autant l'avoir à l'intérieur.

Une fois la porte fermée, je croise les bras sur mon torse et appuie une épaule contre le mur. Son parfum emplit mon espace vital, ravivant de vieux souvenirs.

J'adorais rentrer à l'appartement après elle et me blottir contre son cou. Je me sentais chez moi rien qu'avec ce simple geste. Aujourd'hui, tandis qu'elle arpente mon salon, je me demande ce qu'elle fait ici. Elle n'y est pas à sa place. Quelques secondes passent, où elle se contente d'errer dans la vaste pièce, le bruit de ses talons résonnant contre le haut plafond.

– Tu as bien aménagé l'espace, commente-t-elle sans pour autant tourner son visage vers le mien.

Je n'ai rien à faire des banalités. Elle n'est venue que trois fois ici. Le premier soir de mon aménagement en fait partie. Après que mes amis et ma famille eurent quitté les lieux, Gwen m'a rejoint. *« Les bonnes nouvelles s'arrosent toujours avec des bulles »*, m'a-t-elle dit en me tendant une bouteille de champagne. De fil en aiguille, nous nous sommes retrouvés nus sur le parquet du salon. Je sais qu'elle y pense quand elle inspire, étant donné la manière dont elle laisse errer sa paume contre le plan de travail de la cuisine où je l'ai plaquée pour l'embrasser. À cette époque, je croyais qu'il y avait encore une possibilité pour qu'on oublie le passé pour mieux se reconstruire ensemble.

– Pourquoi es-tu là ? répété-je. Je pensais avoir été clair tout à l'heure.

– Je ne peux pas te perdre, Parker. Nous avons vécu trop de choses pour que tu sortes de ma vie comme ça, sur un simple coup de colère.

Nos regards se lient. C’est vrai, nous avons un passif ensemble. Ce ne sont pas que des souvenirs heureux, mais c’est ce qui a fait que j’ai aimé Gwen plus que n’importe qui. Lorsque je l’ai rencontrée, elle portait cette robe blanche qui tranchait avec sa peau chocolat. Elle virevoltait sur la piste et, du haut de mes vingt-deux ans, je l’ai trouvée magnifique. Au moment où mes yeux se sont posés sur elle, tout ce qui m’importait, c’était le sale type qu’elle repoussait et qui n’arrêtait pourtant pas de revenir à la charge. Quand ses mains se sont placées un peu trop près de ses fesses, je suis intervenu. J’ai simplement pensé que si ça avait été ma petite sœur, j’aurais aimé que quelqu’un le fasse. J’ai tiré Gwen par la taille, plaqué ma main contre son dos en lui lançant : « Désolé mon sucre d’orge, je suis en retard. » Elle a levé les yeux et le soulagement que j’y ai vu m’a valu un froncement de sourcils. Puis, elle s’est blottie contre moi, sa main s’est posée sur mon ventre et c’est ce qu’elle a continué à faire pendant près de cinq ans…

Quand elle a eu son accident et qu’un chauffard l’a envoyée valser, je suis allé la voir tous les jours alors qu’on venait à peine de se rencontrer. Quand j’ai dû aller la récupérer dans un club où elle s’était encore une fois mise dans une situation difficile, je l’ai soutenue. Quand on a échangé notre premier baiser. Quand elle n’a pas eu son diplôme. Quand on s’est disputés la première fois, quand elle m’a dit qu’elle m’aimait, quand je l’ai présentée à mes parents, quand elle a appris qu'elle ne pourrait pas donner son rein à son père, quand je lui ai dit qu'elle était la femme de ma vie, quand ma mère l'a appelée « ma fille », quand elle jalousait toutes celles qui posaient le regard sur moi, quand elle se sentait heureuse, quand elle était mal sans savoir pourquoi, quand elle hurlait, quand elle a passé la porte de notre nouvel appartement pour la première fois, quand son père est mort, quand elle m'a jeté le premier verre au visage, quand nous nous sommes juré de rester ensemble quelles que soient les épreuves, quand je l'ai quittée et qu'elle m'a supplié de revenir, quand je lui faisais l'amour et qu'elle relâchait un dernier soupir comblé, quand elle m'a quitté et qu'elle est revenue, quand je suis revenu et qu'elle est partie… Et ce soir, elle s'agrippe encore à moi comme s'il était inconcevable d'abandonner, alors que tout est fini.

– Dis quelque chose, me supplie-t-elle.

– Rob va se demander où tu es.

– Arrête de me parler de lui, je te parle de nous. (Elle marque une pause.) Je n'arrête pas d'y songer…

– Gwen, l'avertis-je.

Je laisse mon regard errer vers la mer que l'on aperçoit de la baie vitrée. Je me concentre sur le croissant de lune qui s'y reflète.

– Je n'arrête pas de réfléchir à tout ce qu'on aurait pu faire.

Je tente d'arrêter de penser, mais le mal est fait. Je préférerais que ce souvenir ne soit pas si profondément ancré dans mon esprit. Combien de fois un cœur peut-il se briser avant de céder ? Parce que c'est chaque fois la même émotion, la même douleur physique qui me saisit. J'accuse le coup et m'éloigne de Gwen à grandes enjambées vers la terrasse. J'ai besoin d'air.

Ma paume tape contre ma poitrine, une fois, deux fois, jusqu'à ce que la douleur sourde qui fait battre mon cœur à tout rompre se dissipe. Une main passe sur mon dos dans un geste qui se veut doux, mais qui me tend davantage.

– Tu n'as pas le droit de te pointer ici et de me balancer ça, sifflé-je entre mes dents.

Il y a tellement de jours où nous nous sommes réveillés heureux, de soirées tendres qui se sont soldées par des discussions où nous refaisions le monde, que j'ai du mal à me fixer dans le présent.

Ce vague à l'âme que je ressens m'énerve.

– Pourquoi j'ai l'impression que tu me fuis, Parker ? On s'aime et il n'est possible d'aimer qu'une seule fois de cette manière. Je ne veux pas passer à côté de nous…

Elle ne veut pas ? C'est elle qui me dit ça ?

– Un an, m'énervé-je. Un an que tu dors avec un autre, que tu pars en vacances, que tu vis… Gwen, tu ne crois pas qu'il est trop tard ?

– On n'a jamais vraiment cessé d'être ensemble, Parker, insiste-t-elle. Rob est là, d'accord, mais ce n'était qu'un substitut de toi.

– Ne m'insulte pas, s'il te plaît. Lui et moi n'avons rien en commun à part qu'on baise la même femme.

– Il ne me baise pas…

– Ah ! C'est pour ça que tu reviens me voir à chaque fois ? Tu as besoin qu'on te tire par les cheveux et qu'on te prenne jusqu'à ce que tu hurles ? Mais Rob ne sait pas le faire, n'est-ce pas ? Il est trop bien sous tous rapports, tempêté-je en abattant mon poing sur le plan de travail.

– Qu'est-ce que je pourrais faire pour que tu me croies ? Je t'aime et j'ai beau te le dire, tu ne l'entends pas.

– Parce que ce ne sont que des paroles. Tu sais ce que j'ai fait, moi ? Je t'ai laissée filer avec un autre alors que ça me foutait en l'air.

Que ça me brisait, putain !

– Park…

– Tu m'as abandonné, Gwen. Quand j'ai eu le plus besoin de toi. Tu n'as pas été capable de rester à mes côtés. Tu as beau me crier que tu m'aimes maintenant, je n'arrive pas à me dire que c'est la vérité.

Sa main se pose sur mon bras et le serre avec douceur. Nous nous sommes tellement aimés que quand notre relation s'est terminée, je me suis abîmé comme un navire dans une tempête. Il ne reste que la structure de base, rafistolée, repeinte pour donner un semblant de neuf mais en réalité, je suis un homme brisé.

– Te voir comme ça me détruisait…

– Je sais.

Nous nous regardons dans les yeux. On aurait pu être heureux.

– Je pourrais peut-être rester avec toi ce soir ? J'ai besoin d'être près de toi cette nuit. S'il te plaît, ne me refuse pas ça. Juste pour ce soir, Parker, murmure-t-elle en avançant vers moi, mais je me recule.

Qu'est-ce qu'il nous reste, si on enlève les quelques relations éphémères qui nous lient, Gwen et moi ? Tout se conjugue au passé alors que le présent n'est fait que d'incertitudes. Ne serait-ce pas le bon moment pour couper les ponts ? Pour mettre cette distance que je n'ai pas réussi à instaurer entre nous ? S'il n'y avait pas cette étude, j'aurais peut-être fait comme d'habitude depuis un an, je me serais perdu en elle pour essayer de me raccrocher à des fragments de ma vie qui n'existent plus.

– Je t'appelle un taxi pour rentrer, lâché-je.

– Parker…

– Ce n'est pas négociable.

Je me détourne et rejoins l'intérieur, le cœur encore plus abîmé qu'en début de soirée.

CHAPITRE 10

PARKER

– C'était super ! J'ai vu trois mille dauphins.

Il exagère un peu, mais en effet les cétacés sont venus jouer dans les vagues créées par le bateau pendant de longues minutes. Ce n'est pas rare en cette saison. Même si j'y suis habitué, je ne me lasse pas de ce spectacle.

– Parker, je veux être comme toi quand je serai plus grand ! poursuit le gamin en sautillant comme un petit crabe autour de moi.

Le compliment me torpille le cœur. Il virevolte autour de moi, continuant à babiller sur notre excursion. Sa mère l'attrape juste avant qu'il n'aille trop près du bord du quai, où l'eau vient se fracasser dans une houle aux sonorités apaisantes.

Les grandes étendues ont toujours eu cet effet sur moi, et c'est exactement ce dont j'avais besoin. J'ai déserté le bureau depuis deux jours. Weston gère le navire, et j'espère qu'il ne va pas le faire couler.

J'avais besoin d'une pause après la visite de Gwen et ma dispute avec mes frères et sœur. Je suis arrivé à mon bureau vendredi matin, et je n'ai pas pu rester. J'ai réorganisé les plannings, pris les excursions les plus éloignées de Fairban et mis mon téléphone en mode silencieux. Je n'ai répondu qu'à Weston pour des questions de travail. J'avais besoin de temps pour réfléchir. J'ai même dormi sur mon bateau au lieu de rentrer chez moi.

– On pourra refaire ça ? m'interroge le garçon.

– Je serai ravi de te revoir si tu veux naviguer avec moi, dis-je en me penchant à sa hauteur. Et n'oublie pas de toujours respecter l'environnement. C'est grâce à ça qu'on pourra profiter des dauphins encore des dizaines d'années.

– Promis, prononce-t-il avec un air sérieux en me tendant son petit doigt pour le crocheter au mien.

Je me redresse en lui ébouriffant ses cheveux et me tourne vers ses parents.

– J'espère que la balade vous a plu.

– C'était exceptionnel. Vous êtes un vrai professionnel ! Je pense que notre fils s'est découvert une nouvelle passion grâce à toutes les explications que vous nous avez fournies.

« Professionnel » n'est pas le terme que j'aurais utilisé. Non, j'ai la mer en intraveineuse, les lacs en passion et la navigation est mon oxygène. J'aime être en contact avec la nature parce qu'il y a tout de vrai, d'authentique. Je ne me vois vivre nulle part ailleurs qu'entouré de cette eau vivifiante, des lacs si vastes qu'il n'est pas possible d'en distinguer la fin, de cette mer si proche que l'on se demande si un jour elle ne va pas engloutir la ville.

– Je vous en prie, c'était un plaisir.

– Nous en parlerons à nos amis, soyez-en sûr. Merci, Parker !

Je les raccompagne jusqu'au portique de sécurité et retourne sur le bateau afin de tout mettre en ordre pour les prochains clients. Une fois le bateau rangé, je me pose sur le matelas installé sur le pont avant et ferme les yeux. Le vent souffle dans les cordages de cet air familier qui résonne comme une douce mélodie. L'odeur d'iode est partout autour de moi. Je respire à pleins poumons, mon corps se relâche. Je ne pense à rien d'autre qu'à cette sensation que m'apporte le fait de ne pas avoir les pieds sur terre. C'est la belle vie. Bientôt, je vais devoir reprendre mes responsabilités, mais avant ça, je vais profiter de l'air marin et de la brise qui soulève les mèches de mes cheveux de mon front.

– C'est là que tu te caches ?

Je soupire et ouvre juste un œil pour voir Caldie approcher. J'enfonce ma casquette sur mon crâne, laissant la visière recouvrir le haut de mon visage. Une fois sur l'embarcation, ma belle-sœur embrasse ma joue et se jette sur le matelas dans un rire.

– Qu'est-ce que tu fais ici ?

– Je n'ai pas le droit de rendre visite à mon beau-frère préféré ?

– Ça dépend. Est-ce que tu es là en éclaireuse ou parce que je te manquais ?

– Si je te dis un peu des deux, ça fonctionne ?

– Tu peux retourner d'où tu viens…

Je l'entends soupirer avant qu'elle ne s'agenouille face à moi. Elle a laissé sa veste de tailleur dans un coin, enlevé ses chaussures et remonté ses cheveux violets en un chignon sur le haut de son crâne.

– Je t'ai envoyé deux messages. Pas de réponse. J'ai dû me déplacer jusqu'à ta tanière, puis au port, et on a raté l'*happy hour*.

– Tu portes une jupe droite et tu as la tête de celle qui vient de finir de bosser. Quoi qu'il arrive, je suis certain qu'on n'aurait jamais pu arriver à l'heure. Et puis tu gagnes assez bien ta vie pour ne pas avoir à profiter des *happy hours*. Laisse ça aux étudiants !

– Tu ne connais pas le dicton : « Il n'y a pas de petites économies ? »

– Si, bien sûr, c'est même toi qui as dû l'inventer. C'est ce que tu fais tous les jours, non ? Générer des bénéfices pour les entreprises pour lesquelles tu bosses ? Mais je parie que tu sors de ton bureau et que tu as demandé à Weston où j'étais. Tu n'as jamais été très douée pour les jeux de piste.

Je me redresse sur mes coudes pour la toiser. Elle continue de me sourire sans pour autant se laisser impressionner par ma mine patibulaire.

– On va au bar du coin ?

– À condition que tu ne me harcèles pas au sujet de ce qui s'est passé jeudi.

Caldie balaie ma demande d'un geste du menton et se remet sur ses jambes. Sa main se tend dans ma direction. Elle a l'espoir, avec son poids plume, de réussir à me lever. Je la repousse gentiment et me mets debout.

– Celui qui vend des nachos et des bières artisanales, continue-t-elle.

– Espèce de ventre sur pattes. Je me demande ce que Lucan peut bien te trouver.

– … Dit le mec qui engloutit une pièce de huit cents grammes comme si c'était un steak pour enfant. Et pour ton frère, il est tombé amoureux quand j'étais encore jeune, fraîche et que j'en avais quelque chose à faire de ce que les gens pensaient de moi.

– Et maintenant ?

– Je les emmerde.

Je m'esclaffe en lui tendant la main pour la faire descendre du bateau. Caldie est comme une meilleure amie, une cousine, c'est ce qui se rapproche le plus d'une confidente. Autant Lucan s'ennuie avec les convenances – ça, il le tient de mon père –, autant Caldie n'en a rien à faire. Ils forment un couple détonant.

– Je suppose qu'on n'invite pas Weston…

– Il a un rendez-vous.

Elle éclate de rire avant de secouer ses cheveux qui tirent sur le prune. Dire que c'est une des meilleures analystes financières de la région ! Elle gagne même plus que mon frère qui pourtant porte le costume aussi bien que James Bond, sauf que son boulot est beaucoup moins cool qu'agent secret. Non, lui est simplement ingénieur informatique.

– Qui est la pauvre fille qui va devoir le supporter toute une soirée ?

– Encore une qui s'est fait embobiner par sa belle gueule et ses tatouages, plaisanté-je. Non, je lui ai demandé de gérer les recrutements. Il reçoit quelqu'un aujourd'hui.

– Le recrutement que tu es censé avoir déjà fait, d'après ta mère ?

– Comment tu sais ça, toi ?

– Mon deuxième nom est détective Columbo, répond-elle en se déplaçant pour se cacher derrière un poteau.

Ma belle-sœur est complètement dingue.

– Attends, j'ai oublié de mettre la trousse de secours dans le coffre-fort, lui indiqué-je.

– Tu as changé le code ?

– Pourquoi je le ferais ?

– Parce que c'est la date d'anniversaire de ton ex de qui tu es séparé depuis un an. Enfin, séparé est un bien grand mot…

– Ne commence pas, l'avertis-je. Mais pour te prouver ma bonne foi, je vais le faire tout de suite.

Son air devient plus sérieux alors que je m'esquive à l'intérieur de la cabine pour ranger le matériel. Quand je réapparais, elle n'a pas bougé.

Au contraire, elle a l'air d'autant plus déterminée à me faire cracher le morceau.

– Lulu m'a dit que tu étais parti avec elle et que tu étais revenu avec la tête à l'envers. Tu ne crois pas que tout ça commence à traîner en longueur ?

Bien sûr que si, mais c'est fini.

– Tu veux qu'on fasse un rapide tour de vos premières années avec Lucan ?

Caldie me jette un regard désespéré.

– Peut-être. Mais on était jeunes. On n'avait pas de baraque ensemble, pas de projets de mariage, je n'avais pas arrêté ma pilule… En fait, on n'avait pas de projets du tout, contrairement à vous.

Mon silence lui répond.

– Même si tu as l'air d'un monsieur ours, tu as un grand cœur. D'accord, il faut passer outre ton caractère de cochon, mais tu es un mec génial, Pakou. La preuve, je sais que tu fais livrer des fleurs à ta grand-mère toutes les semaines pour perpétuer la tradition de ton grand-père…

– On va le boire, ce verre, ou tu comptes brosser mon portrait chinois ? marmonné-je.

Elle m'emboîte le pas en se moquant de moi.

– Parker est bourru, mais sous cette apparence se cache un cœur tendre. Il ferait tout pour sa famille et est loyal quoi qu'il se passe. Si vous aimez les grands ours mal léchés aux origines italiennes, alors il est fait pour vous. Bonus, il a une belle-sœur fantastique.

Lorsque nous arrivons dans le bar coloré de vert, orange, jaune et rouge, où la musique brésilienne est distillée par les haut-parleurs, je remarque plusieurs de mes employés attablés. Je ne peux pas faire autrement que passer à leur côté.

– Salut, patron ! Vous restez boire un verre avec nous ? propose Omar, l'un de mes skippers.

J'ai pour habitude de ne jamais mélanger le boulot et ma vie privée. Si ça nous arrive de prendre des apéros ensemble, ça ne va jamais plus loin.

– Non, ça ira. Mais je voulais te voir. Tout est OK pour le carénage du *Mary* ? J'ai su qu'il ne serait peut-être pas prêt.

– C'est réglé. Le fond de cale est aussi propre que le cul d'un bébé, assure-t-il en déclenchant le rire de la tablée.

– Bien. Et la réservation du 7 pour la baie, tu as pu voir pour ramener le matériel en avance ?

Caldie me tire par le bras.

– Désolée les amis, mais on n'est pas venus parler boulot. Messieurs, je vous l'enlève.

– Profitez bien, boss ! Vous avez l'air sur les nerfs en ce moment, lance Omar alors que je suis Caldie en direction du box.

Nous commandons plus de *nachos* qu'il n'est possible d'en manger, des *quesadillas* pour compléter le tout et deux bières mexicaines au piment. Dans la famille, il n'y a qu'elle qui partage mon penchant pour cette boisson, Lucan et Weston trouvent le goût horrible. C'est vrai qu'au fond, sur la langue, on sent un léger picotement, mais c'est ce qui fait son charme. Nos boissons à peine arrivées sur la table, elle attaque.

– Donc tu fais la gueule à tous ceux qui tiennent à toi parce qu'ils ont osé te dire tes vérités en face ? Pour info, Lucan a tourné dans le lit toute la nuit.

– En fait, tu penses à toi et ton sommeil, bougonné-je. Pas à nous.

– Tu vas finir par me vexer ! Tu sais que je t'aime plus que n'importe qui. À part Lucan, ça va de soi. Sinon, pourquoi est-ce que je t'aurais choisi toi pour remonter l'allée de l'église ? Hein, Parker ?

Je marmonne dans ma barbe. Bien sûr que je connais son affection pour moi. Elle déborde tellement que parfois, elle m'étouffe avec ses petits bras de poulet.

– Bon, c'est quoi le problème ?

– Il n'y en a aucun. Je ne veux pas de relation. Alors, qu'est-ce que ça peut bien leur faire, que je me tape Gwen ? Ou une autre ? Ou toutes les femmes sur cette putain de planète ?

– Ils t'aiment. Bon sang, Parker ! Tu allais lui demander de t'épouser avant tout ça !

Je lui jette un regard noir.

– Oui, mais elle ne le sait pas, et je ne compte pas le lui dire. De toute manière, la discussion est close. On arrête les frais, c'était ce qu'on se disait.

– Pourquoi tu es parti comme ça, alors ?

– Parce qu'ils insistaient. Tu me connais, j'ai besoin de temps. Et jeudi, en discutant, j'ai compris que c'était vraiment fini. Sauf qu'ils ne m'ont pas laissé un instant pour le digérer, ils n'arrêtaient pas… Alors je me suis emporté et j'ai explosé.

– Parker…

Caldie me regarde d'un air compatissant qui me fait me sentir bête.

– Arrête tout de suite ! Je sais très bien qu'on ne se remettra jamais ensemble. Mais Gwen… C'est Gwen. C'est compliqué.

– Tu es toujours amoureux d'elle ?

Je secoue la tête.

– Non.

– Raison de plus pour te réconcilier avec Melinda et Lucan.

– Comme si je pouvais rester loin d'eux !

– Bien ! Parce que je hais lorsque notre famille est brouillée.

Ça me plaît qu'elle dise *notre famille*. Parce que cette famille, c'est tout ce qu'il me reste. Ça, et ma société. Et s'il y a quelque chose que Caldie supporte encore moins que les chats, c'est de nous voir nous fâcher.

– Bon, bon, bon ! lance-t-elle pour clore le sujet. Il paraît que Missie a une surprise pour vous ?

– Ne m'en parle pas ! J'espère qu'elle ne s'est pas mis en tête de nous faire subir un casting, comme dans cette émission débile qu'elle regardait. C'était quoi déjà ?

– *Mon prince et moi !* s'exclame ma belle-sœur en rigolant. Tu vas appeler Lulu et Boucles brunes ?

– Je passerai les voir demain. Mais dis-moi, pourquoi acceptes-tu que Lucan participe à cette mascarade ?

– C'est plutôt drôle.

– On n'a pas la même définition de l'humour. Je ne comprends pas pourquoi il est OK avec ça alors qu'il t'a, toi, dans son lit.

– Tu sais parler aux femmes, Parker ! Je ne voulais pas que mon mari rate un moment privilégié avec ses frères et sœur.

– Privilégié ? Tu rigoles ? Missie peut dire combien de fois je me suis masturbé la semaine dernière.

– Et ?

– Et ça me pose un problème !

– Non, je souhaitais connaître le chiffre, dit-elle en essayant de garder son sérieux.

– Tu ne veux pas savoir ça.

– Pas besoin, j'ai le sens du détail et ta main gauche est plus développée que la droite.

Je la bouscule gentiment pour la faire taire.

– Tu vas être mon arme secrète, tu le sais, ça ? Lucan ne pourra pas résister et je vais gagner sans avoir à faire d'efforts.

Caldie boit une gorgée de sa bière et s'adosse à la banquette.

– Tu es conscient que le but est quand même d'aller jusqu'au bout de l'étude ?

– Oui, mais Lucan a de la chance, il a déjà l'amour de sa vie…

Le visage de ma belle-sœur se ferme soudain. Elle baisse le menton pour ne pas croiser mon regard, mais trop tard. J'ai perçu une lueur qui ne me plaît pas du tout.

– Tu as ta tête que je n'aime pas. Qu'est-ce qui se passe ?

– Quelle tête ?

– Celle qui dit : « Discussion sérieuse en approche, besoin de ravitaillement. » Je reviens.

Je me lève et commande au comptoir quatre shots de *cachaça*. C'est un peu comme un rhum, mais avec une autre saveur. Je me rassieds en face de Caldie cinq minutes plus tard.

– Bois et parle !

J'entrechoque mon verre contre le sien et, d'un mouvement du poignet, le liquide disparaît. Nous reposons les récipients vides dans un bruit sourd. Les secondes défilent, mais elle se tait. L'inquiétude me gagne. Caldie expire et finit par souffler :

– On veut un enfant.

Mon cœur tressaute dans ma poitrine. Ma bouche s'assèche, y laissant un goût amer. J'acquiesce en attendant qu'elle poursuive. Je pourrais me réjouir de cette nouvelle, mais à son expression, il doit forcément y avoir un problème.

– On essaie, mais ça ne marche pas.

La brûlure est plus vive que l'alcool qui a laissé un feu dans ma trachée.

– Est-ce que tu es stérile ?

Le gros mot est sorti. Celui qui peut détruire une vie, un couple, tout un équilibre. Ce n'est pas si terrible en soi, mais le diktat de la société te fait te considérer comme un paria si tu n'arrives pas à cocher une case parmi toutes celles qu'elle t'impose d'avoir remplies avant tes quarante ans. Caldie secoue la tête et fronce les sourcils.

– Je suis en train de passer tous les tests.

– Et Lucan ? Y a-t-il une possibilité que le problème vienne de lui ? Je ne comprends même pas pourquoi il ne m'en a pas parlé.

– Ça pourrait venir de lui comme de moi. Il intériorise. Toute cette situation le stresse. C'est un sujet plus que sensible entre nous.

– Et toi ? Comment le vis-tu ?

Caldie fait tourner son verre sur la table, les yeux baissés.

– Pour répondre à ta question de tout à l'heure en étant honnête, si j'ai accepté que Lucan participe à l'étude de Missie, c'est pour lui donner un peu d'air.

Elle marque une pause. Caldie, elle qui est si forte d'habitude, semble sur le point de s'effondrer. J'ai envie de la serrer dans mes bras, mais ça l'agacerait plus qu'autre chose. Elle n'est pas du style câlin, contrairement à Melinda.

– Je comprends mieux. Je savais que tu n'étais pas le genre de femme à annoncer : « J'ai mal à la tête, pas ce soir chéri ! »

Elle esquisse un sourire qui me réchauffe.

– Dans l'idée, tu vas me dire que c'est débile de perdre encore trois mois. Mais on a besoin tous les deux de cette coupure pour éviter de penser que depuis deux ans, on n'arrive à rien.

– Deux ans… ? (J'avale ma salive avec la sensation d'étouffer.) Pourquoi avoir attendu si longtemps avant de voir un médecin ?

– Luc refuse toute discussion. J'ai parfois l'impression d'être seule face à ce problème. À peine s'il veut me toucher. Je pense qu'il a peur de me voir m'effondrer une fois de plus. Tu le connais, quand il le décide, il peut être aussi têtu que toi.

Je hoche la tête et pose ma main sur celle de Caldie pour tenter de la rassurer.

– Tu aurais dû m'en parler avant. Je… J'aurais pu…

– Rien du tout. Tu l'aurais pris sur tes épaules comme tout le reste, mais tu avais assez de problèmes comme ça, Parker.

Je tressaille, la douleur irradie dans ma poitrine. Nos yeux se rencontrent. Deux ans, c'était pile quand… À cette époque, je n'étais là pour personne.

Elle me tend le verre plein et trinque avec celui qu'elle tient dans son autre main. Caldie presse mon épaule et me sourit.

– Je ne désespère pas. Et puis, j'ai déjà le prénom quand il ou elle pointera le bout de son nez.

– Ah oui ?

Elle émet un petit rire.

– Oui, je l'appellerai Désiré.

– Ça me semble pas mal, approuvé-je en essayant d'oublier que mon cœur vient à nouveau de se briser. Si je peux faire quoi que ce soit, dis-le-moi.

– À part encourager les spermatozoïdes de Luc, je ne vois pas.

– Il y a une méthode pour ça ? Est-ce que je dois murmurer à l'oreille de son sexe ? plaisanté-je.

– Tu peux m'expliquer où se trouve l'oreille d'un pénis, Parker ?

– Je dirais que c'est le méat. Après tout, c'est le seul trou qu'il y ait à cet endroit…

Elle pince ses lèvres avant d'éclater d'un rire sonore qui couvre la musique latine. J'aime la voir sourire. Caldie est vraiment importante pour moi.

Mon portable vibre sur la table. Mon petit frère.

J'ai trouvé quelqu'un
pour les deux postes !

OK, parfait.

Tu veux les rencontrer ?
Je voulais les faire commencer lundi,
mais si tu veux donner ton aval avant,
on reporte l'intégration à mardi.

On a déjà pris trop de retard.
On en parlera demain
chez les parents, leur nom
me suffira. Je te laisse
gérer toute la paperasse.

N'oublie pas que tu fais
des contrats pour trois mois.
On les teste avant de signer
pour une durée indéterminée.

OK, de toute manière
je les fais venir lundi.
Kian Rodriguez et Angie Baffin.

Caldie lit, comme d'habitude, par-dessus mon épaule.

– J'espère pour elle que cette Angie n'est pas trop jolie !

– Pourquoi ?

– Elle ne va bosser qu'avec des mecs. Ils vont essayer de sortir avec elle si c'est un canon.

– Ça n'arrivera pas. On a une éthique dans cette entreprise. Chacun doit se sentir à l'aise en venant travailler.

– Interroge-le quand même !

Caldie demande si elle est belle.

C'est une question piège ?
Tu comptes mettre de côté
la règle selon laquelle
on ne batifole pas entre employés ?

N'y pense même pas !

– On verra bien, soupire Caldie. Ça sera la surprise du chef. Et puis, au pire, celle-ci restera. La dernière est partie avec un de tes clients alors…

– Garce ! marmonné-je.

Après avoir attendu le chauffeur de taxi avec Caldie, je me mets sur la conversation de groupe incluant Lucan, Wes et Missie. Caldie a raison. Je ne peux pas rester fâché contre mes frères et ma sœur. Ils n'y sont pour rien si ma vie n'est pas celle que j'espérais.

Désolé. Je suis un idiot.

Je patiente quelques instants avant qu'une première réponse ne me parvienne de ma sœur.

Ce n'est pas trop tôt !
On te pardonne pour cette fois.

+ 1.

Ce message concis vient de Lucan. Il doit certainement profiter de l'absence de Caldie pour regarder un match à la télé.

Je n'étais pas fâché.
Cela fait de moi ton frère préféré.

Pas besoin de préciser de qui provient le dernier message. Je verrouille mon téléphone.

Un souci de moins.

***

Après l'éternel repas chez mes parents, hier, une discussion et des excuses présentées à mes frères et ma sœur, j'ai mieux dormi. Être en conflit avec ma famille ne m'a jamais plu et ce n'est pas près de changer. Nos valeurs, nous les tenons de nos racines italiennes et ce serait bafouer mon grand-père que de les renier. C'est pourquoi, en ce lundi matin, je me suis réveillé en forme. À 6 heures, j'avais déjà enchaîné mon café et un jogging sur le sable avant de venir au bureau et de commencer les rénovations du voilier qui attendaient. J'essuie la sueur qui coule sur mon front avec le bas de mon tee-shirt. Depuis ce matin, je m'affaire dans le hangar à bateaux à la rénovation d'un voilier. Après un dernier coup de pinceau, je contemple avec fierté le bois azur et blanc. Il est bientôt 15 heures. La pause déjeuner est passée à l'as. Je voulais finir. Lorsque j'ai quelque chose en tête, je suis obligé d'aller au bout. J'avale d'une traite tout le contenu de la bouteille d'eau au pied de l'échelle, sans me sentir réhydraté pour autant. L'eau a eu le temps de chauffer et le liquide est presque imbuvable. Tant pis. À grandes enjambées, je me dirige vers l'extérieur du bâtiment. Mon corps est si chaud que je pourrais faire cuire un œuf sur mon ventre. Je retire mon tee-shirt en me dirigeant vers le point d'eau qui sert normalement à laver les embarcations quand mon attention est attirée par des éclats de voix. Un instant, je pense à une dispute entre plusieurs gars. Je tends l'oreille, mais des rires résonnent sur le parc à bateaux.

À tous les coups, ça vaut le détour !

La dernière fois que je les ai entendus aussi excités, un des skippers s'était endormi pendant la pause déjeuner et s'était retrouvé au milieu de l'eau sur un matelas gonflable. Se réveiller le pantalon mouillé ne l'a pas enchanté, mais ses collègues, eux, en ont ri pendant des semaines. Depuis, plus personne ne s'aventure à pioncer au bureau.

Un petit cercle s'est formé près du *Mary*, qui devait être remis à l'eau ce matin. Ça ne présage rien de bon. J'avance jusqu'à me retrouver à la limite du groupe.

– Il se passe quoi, ici ?

Tout le monde pivote vers moi, sourire aux lèvres. Ils ont tous l'habitude de ma voix autoritaire, sauf Kian, le petit nouveau que Weston m'a présenté ce matin, qui regarde ses chaussures.

– Parker, j'allais justement venir te voir ! s'exclame mon frère.

J'entends une voix qui me rappelle vaguement quelque chose, puis aperçois un éclat roux entre deux de mes skippeurs. Un mauvais pressentiment me gagne. Cette voix… je suis sûr de la connaître. Et la dernière fois que je l'ai entendue, c'était…

Le groupe s'ouvre en deux et je découvre l'objet de leur distraction.

Non, mais dites-moi que je rêve !

CHAPITRE 11

PARKER

– Toi ! m'écrié-je en me ruant vers elle et en m'arrêtant à quelques centimètres de son visage.

Sous le choc, sa bouche s'ouvre légèrement, mais elle la referme vite d'un air pincé. Nos yeux se percutent, aucun de nous ne détourne le regard. Je sens le frisson de la vengeance grimper le long de ma colonne vertébrale et éclater dans ma tête.

– Roxy… soufflé-je en dévoilant mes canines. C'est gentil de me rendre visite. Je ne t'attendais plus.

– Génial, siffle-t-elle.

Pas contente de me voir, Vulcano ? Comme c'est étonnant !

Elle se redresse, carre les épaules et secoue la tête en levant les yeux au ciel. Le silence s'est fait autour de nous.

– Vous vous connaissez ? nous interroge Wes.

– Plus ou moins, marmonne-t-elle.

Je la détaille pour pouvoir faire son portrait-robot si l'envie de s'enfuir la saisit. Sa robe jaune a disparu pour laisser place à un slim bleu foncé. Elle a toujours cet air juvénile renforcé par la rougeur de ses joues couvertes de taches de rousseur. À la voir, on pourrait la croire inoffensive, mais elle n'est clairement pas à ranger dans la catégorie des petites chattes sans défense.

– Tu sais que c'est moche ce que tu as fait, Roxy ? Tu provoques des accidents et tu t'évanouis dans la nature. Que dirait ta mère, si elle apprenait que tu arnaques les gens ?

Une lueur s'allume au fond de ses pupilles.

– Je t'ai communiqué mon téléphone. J'ai attendu quelques jours, mais je n'ai reçu aucun appel de ta part. J'ai pensé que les dégâts n'étaient pas aussi importants. Et ne parle pas de ma famille, s'il te plaît.

– Tu m'as donné un faux numéro ! hurlé-je si fort qu'une mouette posée sur l'un des lampadaires s'envole dans un cri mécontent.

– Pas du tout ! contre-t-elle, les bras croisés.

– Pause ! s'écrie Wes. Quelqu'un peut-il bien m'expliquer ce qui se passe ? Parker ?

Un ricanement me fait tourner la tête. Tous mes salariés nous dévisagent. J'ai pourtant horreur de me donner en spectacle.

– Vous ne voulez pas des pop-corns, aussi ? Circulez, il n'y a plus rien à voir !

Ils se dispersent sans attendre et mon regard énervé se pose de nouveau sur la rousse à forte tête et mon frère.

– Au bureau, tout de suite.

Sans leur laisser le temps de répondre, je pars en trombe, leurs pas me talonnant sur le bitume. Je bouillonne de colère. À peine Wes a-t-il refermé la porte que j'explose.

– Cette fille est une menteuse, une voleuse ! C'est… l'arnaqueuse !

– Quoi ? s'exclame la concernée. Ça ne va pas bien ?

Mon cadet semble enfin comprendre la situation.

– C'est le chauffard de la mafia russe qui t'est rentré dedans il y a une semaine et demie ?

– Oui.

– Ne dis pas n'importe quoi, se défend-elle. À quoi ça m'aurait servi, de ne pas te répondre ? Ma voiture a beaucoup plus morflé que ton tank, Rambo !

Elle essaie de garder son calme, je le vois bien. Je ne sais pas ce qui m'énerve le plus : qu'elle ne semble pas désolée ou qu'elle ait l'air de dire que tout est ma faute ?

– Peut-être à ne pas débourser les trois mille putains de ronds que ça m'a coûtés !

– Prends un Xanax, sérieux ! Ta voiture avait à peine une petite égratignure.

Je m'étrangle à moitié.

– Ta mémoire te fait peut-être défaut. À moins que ce soit une habitude chez toi de mentir.

– Je te dirais bien d'aller te faire voir, mais j'ai peur que ça te plaise…

La garce !

Je sens d'ici battre la veine de ma tempe. Je me retiens, mais si elle commence, je ne donne pas cher de son mètre cinquante.

– C'est dommage, si le constat avait été signé le jour même, tu n'aurais eu que la franchise à payer. Tu n'avais qu'à attendre !

– Attendre quoi ? Que tu me contactes alors que tu n'avais pas mon numéro ? L'opération du Saint-Esprit ? Je t'ai appelée à peu près cinquante fois.

Elle tapote son doigt sur sa bouche d'un air concentré.

– On peut faire des miracles avec la foi, me lance-t-elle avec un sourire. Et pour ta gouverne, je n'ai reçu aucun appel.

Je n'ai jamais levé la main sur une femme, mais je paierais bien Caldie pour qu'elle lui en mette une.

Nous nous jaugeons. Wes se racle la gorge.

– Bon, je n'avais pas imaginé votre rencontre ainsi, intervient-il en frottant son crâne rasé d'un air embêté. Mais, Parker, je te présente Angie Baffin, la chargée de séjour que j'ai recrutée…

Angie ? Ça ne lui va pas du tout. C'est doux, presque comme une caresse. Rien à voir avec le volcan prêt à cracher sa lave ou à défoncer votre voiture qui se tient devant moi. Non, Vulcano ou

Roxy Red, ça, ça lui convient parfaitement. La garce approuve d'un petit mouvement de tête contrôlé. Elle jubile et sa bouche esquisse un sourire. C'est comme si elle me chantonnait de sa voix légèrement voilée : « Tiens, prends-toi ça dans les dents ! »

– La nouvelle ne semble pas te réjouir… Parker, susurre-t-elle.

Elle prononce mon prénom comme une mixture impossible à décoller de son palais. Le dernier R a l'air de rouler sur sa langue avant de ricocher comme un jet acide de sa bouche.

– J'aurais préféré que tu m'annonces que tu l'avais trouvée dans une maison close et mise en cloque, grincé-je.

– Parce qu'en plus d'insulter mon physique, tu me traites de prostituée, maintenant ?

– Je suis sûr qu'elle a fait couler des sociétés après avoir piqué dans les caisses, continué-je sans lui prêter attention.

– Parker… me prévient Wes.

– Tu es complètement malade. Il est toujours aussi sympathique ? demande Angie à mon frère. Je vais devoir collaborer avec lui ?

– On ne va pas du tout travailler ensemble, Vulcano ! Tu vas sortir ton chéquier, me payer les réparations et t'en aller le plus loin possible, rétorqué-je.

– C'est-à-dire que… commence Wes en me lançant un regard désolé.

– Hors de question qu'elle travaille ici. On trouvera quelqu'un d'autre.

– En fait, le contrat est signé depuis vingt minutes.

Quoi ? Ce n'est pas possible !

– Bon, maintenant que cette histoire est réglée, j'aimerais bien rencontrer le reste de l'équipe, et surtout le patron, enchaîne fièrement Roxy.

Le patron ? Elle n'a pas compris ? *Oh, ça va me plaire.*

– Tu as fini ? lui demandé-je.

– Si tu as compris que je ne compte pas partir, j'ai terminé, oui. Enfin, une dernière chose : je m'appelle Angie et il serait bien que tu utilises mon prénom, comme un être humain civilisé.

– C'est noté, *Angie*. Tu veux ce poste, tu ne partiras sous aucun prétexte, et je n'ai pas mon mot à dire.

– C'est ça, répond-elle comme si elle avait affaire à un demeuré.

Je garde mon sourire. Elle arque un sourcil en me toisant. Weston me connaît et sait bien que ce n'est jamais bon quand je cède si facilement. Je lui jette un dernier regard avant de me détourner.

– Si tel est ton désir…

Elle me toise, sceptique. Je fais quelques pas, puis reviens vers elle, comme si j'avais pris une décision.

– Je pense qu'on devrait reprendre les présentations en bonne et due forme.

Je lui tends la main, prêt à passer l'éponge sur les derniers événements, un air cordial plaqué sur le visage. Elle hésite, je vois bien qu'elle fait un effort, mais elle finit par serrer ma main en retour.

– Angie Baffin, prononce-t-elle sèchement.

Alors qu'elle s'apprête à retirer son bras, je resserre ma prise sur ses doigts, accentuant mon sourire. Je la sens se crisper, son air bravache se fissure, une lueur de panique brille dans ses prunelles. *Oh, que c'est jouissif !*

– Parker Doretta, me présenté-je. Propriétaire de cette société.

CHAPITRE 12

ANGIE

Non. Non non non non non.

Ce n'est pas possible ! J'ai dû mal entendre…

Ma main retombe le long de mon corps tandis que je lis l'éclat de victoire dans ses yeux.

– Je, tu, vous… êtes mon patron.

Je bégaie sans arriver à trouver les bons mots. Je crois que j'hyperventile. Depuis que j'ai remis les pieds à Fairban, les catastrophes s'enchaînent.

– Exactement. Je ne dirais pas « enchanté », ce serait mentir, conclut-il en me lançant un nouveau regard sardonique.

J'ai envie de lui faire ravaler son sourire. Ce n'est pas parce qu'il mesure deux têtes de plus que moi que je vais me laisser faire. J'en ai vécu, des situations craignos, et dans des pays où il ne fait pas bon être une femme, et jamais je ne me suis laissée faire. Ce n'est pas aujourd'hui que ça va commencer ! Du moins, c'est ce que j'aimerais lui dire… mais je dois me rendre à l'évidence : Parker, *alias* le gars de l'accident, est mon nouveau patron.

Qu'est-ce que j'ai fait pour mériter ça ? J'ai dû faire des actes horribles dans une vie antérieure parce que dans celle-ci, j'en chie. Pourtant, j'essaie de faire les choses correctement : j'œuvre pour la reforestation en France, j'ai travaillé dans une réserve d'éléphants maltraités en Thaïlande… J'ai même nettoyé toutes leurs déjections. Et ça en fait des tonnes. Rien que pour ça, je devrais être sanctifiée.

– Angie ? m'interpelle Weston. Est-ce que tout va bien ?

– Oui, ça va, déglutis-je.

Je lance un regard furtif à Parker, qui ne s'est pas départi de son sourire. Comment ai-je pu me retrouver dans cette situation ? Quand Weston m'a parlé du grand patron, j'avais imaginé un homme d'une quarantaine d'années. Il a quoi, trente ans ? Comment a-t-il fait pour monter sa boîte aussi jeune ? Est-ce qu'il a été escort pour réunir suffisamment d'argent pour en arriver là ? Il est taillé pour : des abdos, des obliques et les épaules d'Hercule. Il a beau être totalement obtus, on ne peut pas nier qu'il est bien bâti. Vu la manière dont ses muscles bougent à chacune de ses respirations, il aurait effectivement pu se faire pas mal d'argent.

– Bon… Aucun de nous ne s'attendait à cette nouvelle, reprend Weston, mais je pense qu'on peut convenir que c'est un malheureux malentendu. N'est-ce pas, Angie ? Parker ?

Je hoche la tête, mais m'arrête en voyant Parker plisser ses lèvres pour ne former qu'un trait. Envolé, le sourire.

– Un malentendu ? Je ne crois pas, non.

Ses yeux noirs me détaillent. J'ai la sensation qu'il veut me faire disparaître – et il va peut-être y réussir, à force de me fixer comme ça.

– Oui, un malentendu. Mon numéro est le…

– Assez !

Parker ne me laisse pas le temps de finir, la colère enflamme son regard. Non mais, pour qui il se prend ? Où est passée sa putain de politesse ?

Sûrement au même endroit que la mienne.

– Wes. Dans mon bureau, exige-t-il.

Encore un ordre. Weston secoue la tête en soupirant. Comme tout à l'heure, Parker part sans s'assurer que mon recruteur le suit. Cet homme est la joie incarnée.

– Angie, vous voulez bien m'attendre ? S'il vous plaît. On en a pour cinq minutes, me supplie Weston en voyant mon hésitation. Ne partez pas avant que je ne redescende, d'accord ?

Il est gentil. Il l'a été dès notre entretien.

– OK, accepté-je en soufflant.

Il me laisse et part rejoindre M. Grognon. Encore un qui va me pourrir la vie. Lui et sa foutue bagnole… Comme si je n'avais pas déjà assez de problèmes avec David ! Bon sang, quand il est revenu et qu'il a vu sa voiture dans cet état, ça a été la Troisième Guerre mondiale. Tout ça, c'est sa faute. C'est pour lui que je suis là et tout ce qu'il trouve à faire, c'est de partir une semaine pour ses foutues photographies. Il n'y a que ça qui compte pour lui. Ça, ses modèles, ses clichés. Comment ne pas lui en vouloir quand je passe après ? C'est sûr, qui suis-je, pour lui ? *Une aventurière solitaire endettée jusqu'au cou, têtue, caractérielle.* Et même si je cherche des solutions, ça reste incroyablement compliqué.

J'expire en frottant mes avant-bras couverts de frissons. Ce n'est pas le moment d'y penser. Je n'ai pas encore décidé quel tournant je vais donner à notre relation, même si c'est notre ultime chance de recoller les morceaux.

Mon regard erre dans la pièce. Mon bureau se trouve dans l'entrée, comme me l'a indiqué Weston en me faisant visiter les locaux. Une verrière sépare l'espace menant à un escalier, avec juste en face un canapé vert molletonné et une porte de chaque côté. La première sur la gauche est le bureau de Weston. Sur la droite, un local où sont entreposées toutes les fournitures. De la fenêtre, on aperçoit la mer et le mouillage des bateaux. Le cadre est vraiment agréable et j'étais enthousiaste à l'idée de commencer ce nouveau boulot : horaires parfaits, salaire attractif, CDD de trois mois idéal pour me laisser voir venir avec David.

Mais voilà : en haut de l'escalier, le bureau du Grinch. Un énorme problème d'un mètre quatre-vingts qui semble me vouer une haine sans nom et qui est accessoirement mon patron. Mais si je pars, je me retrouve coincée à Fairban avec David. Et ça, c'est hors de question. Le deal, c'était de rester trois mois, d'essayer de faire fonctionner les choses, et de partir. Jamais rien ne m'a tenue en laisse. J'ai toujours tout fait pour être libre, j'y tiens comme on a besoin de respirer. Et si j'abandonne ce poste, je n'aurai pas les moyens de reprendre ma liberté.

Alors, je n'ai pas le choix : on va avoir une petite discussion, Parker et moi. Je vais m'excuser, lui aussi. On pourra repartir sur de bonnes bases entre patron et employée.

Après tout, on est entre adultes, non ?

CHAPITRE 13

PARKER

J’essaie de garder mon calme en fixant la houle qui fait balancer les embarcations devant ma fenêtre.

– Tu vas me la virer, et sur-le-champ ! hurlé-je en entendant mon frère arriver.

On repassera pour le calme.

La porte se ferme, puis Wes se place face à moi, me cachant partiellement la vue de l’extérieur.

– Ce n’est pas possible, décrète-t-il en croisant les bras.

– Je n’ai jamais signé son embauche.

– Tu l’as fait, en me disant que ce serait plus rapide. Je te proposerais bien d’aller baiser pour te détendre, mais on sait tous les deux que ce n’est pas possible en ce moment. Alors souffle, ça va passer.

Il se fout de moi, en plus. *C’est ça, de ne pas gérer les choses soi-même !*

– Romps la période d’essai.

– Je pourrais le faire… si j'avais mis cette clause dans le contrat.

Il est sérieux ? C'est le b.a.-ba du recrutement ! Je pince l'arête de mon nez pour tenter de ne pas hurler.

– Et si je le voulais… continue-t-il. Écoute, Angie a l'air qualifiée. On a besoin de quelqu'un pour rattraper tout le retard en paperasse qu'on a accumulé. Tu ne t'en sors pas et pour être honnête avec toi, la relation client, ce n'est pas ton fort.

J'encaisse, même si ça fait mal.

– Qu'est-ce que tu racontes ? Tu veux que je te rappelle combien on était, quand j'ai monté cette boîte ?

– Même si ça me coûte de l'avouer, il y avait Gwen. Je ne dis pas que tu ne sais pas gérer, Park, mais ce n'est pas ce que tu préfères et ça se ressent. Faire des niaiseries aux gens et sourire comme un faux cul, ce n'est pas dans ton caractère. Et Angie a les compétences…

Mon ricanement lui répond.

– Tu n'as pas fait les entretiens, contrairement à moi, continue-t-il.

– Pour une fois que je te confie…

Son regard se fait dur.

– Ne finis pas cette phrase, Parker. Le CV d'Angie et toutes ses références sont sur le réseau. Reçois-la en entretien si tu ne me fais pas confiance.

Il pince ses lèvres en expirant. Si je suis sanguin, Wes a cette capacité à péter les plombs quand la coupe est pleine. C'est un faux calme. Avec le temps, j'ai appris à reconnaître les signes, et là, j'ai merdé. Fait chier. Cette fille n'attire que des problèmes. Par sa faute, je me dispute avec mon frère.

– Ce n'est pas ça, Weston, soupiré-je. Elle a plié ma caisse !

– Passe à autre chose et conduis-toi en adulte au lieu d'un gamin à qui on a cassé son jouet ! Tu as pris le temps de t'expliquer posément avec elle ? Non. Tu l'as agressée sans préambule.

Me faire remonter les bretelles par mon petit frère, c'est loin d'être agréable. Je soupire et m'assieds enfin sur mon siège. Puisque c'est la seule option qu'il me reste…

– Très bien. On va parler tout de suite.

– Tu ne veux pas te calmer avant ?

– Je *suis* calme !

– D'accord… Mais laisse-lui une chance, insiste mon frère alors qu'il sort en laissant la porte ouverte. Dis-toi que dans trois mois, elle ne sera plus là !

Quelques minutes plus tard, Angie toque à la porte. D'un mouvement de tête, je lui signale d'entrer. Elle avance jusqu'à mon bureau, déterminée, mais son air bravache a disparu.

– Mettons tout de suite les choses au clair, commencé-je. Je suis le patron. Aucune marque d'irrespect ne sera tolérée.

– Bien, Captain.

– Je ne plaisante pas.

– Je vous ai bien entendu, monsieur Doretta.

– Parker suffira, soufflé-je, agacé. Je ne te fais pas confiance, mais j'ai promis à Weston de te laisser une chance. Il n'y en aura qu'une. Au moindre écart, c'est dehors.

Elle hoche la tête, l'air sérieuse.

– Parfait. Je suis compétente.

– Cela reste à prouver. Je t'accorde le bénéfice du doute à cause de mon frère. Enfin, après que tu m'auras apporté un extrait de casier judiciaire.

– Sérieusement ? s'exclame-t-elle, ahurie.

– J'ai l'air de plaisanter ?

Elle marmonne quelque chose que je n'arrive pas à entendre.

– Très bien, cède-t-elle de mauvaise grâce.

– Bien. En attendant, réglons notre différend…

– Je ne t'ai pas donné un faux numéro.

– Je n'ai plus le papier pour le prouver. En tout cas, le résultat est que tu me dois trois mille euros pour les réparations.

– Tu sais que ton assurance est censée agir dans ces situations, justement ? Tu peux te faire rembourser, si tu es bien passé par un garage agréé…

Merde, je me sens con de ne pas avoir vérifié. Cependant, ça ne change rien. Elle est responsable de l'accident.

– Tu t'y connais bien. Ce n'est pas ton premier coup d'essai, n'est-ce pas ? Et de toute façon, les réparations ont été faites par un ami.

– Ah ! Donc c'est ta faute. Je ne vois pas pourquoi je paierais alors que tu avais les moyens de faire prendre en charge les travaux. Je ne nie pas que j'étais en cause, mais j'attendais vraiment ton appel. Et si on part du principe que c'est toi qui es parti, les torts sont partagés.

Non mais, dites-moi que je rêve !

– Écoute, je suis d'accord pour te rembourser la moitié, ajoute-t-elle. C'est déjà une sacrée somme que je n'aurais pas eue à régler si on était passés par nos assurances.

– Et si tu n'avais pas basculé ton numéro sur une boîte vocale.

– Encore cette rengaine… Écoute, j'essaie de te prouver ma bonne foi. On va travailler ensemble, je souhaite vraiment repartir sur de bonnes bases.

Mes yeux la détaillent. De toute manière, ai-je vraiment le choix ?

– OK, accepté-je. Dans ce cas, je te souhaite la bienvenue…

... en enfer.

Angie me sourit en hochant la tête. Si elle pense que j'ai mis de côté cette histoire, elle se trompe. Je lui donne deux jours avant qu'elle ne démissionne. Enfin, si je n'ai pas trouvé dans l'intervalle comment la virer.

CHAPITRE 14

ANGIE

Je me tape la tête une nouvelle fois contre le volant avant de jeter un regard mauvais à la voiture rutilante garée près de moi. Celle que j'ai emboutie, celle de Parker. Mon téléphone émet un bip et je m'empresse de le déverrouiller.

Bonne chance, mon ange !

Un sourire vient balayer mon angoisse. Lara, ma meilleure, amie. Ça me fait d'autant plus plaisir qu'elle se trouve à des milliers de kilomètres de moi, au Pérou. Même avec les six heures de décalage horaire, elle ne m'oublie pas.

Merci Larry.
Ton soutien me va droit au cœur.

Tu te ramollis ma vieille !
Et surtout, n'oublie pas que tu dois
être polie et courtoise.

Ne montre pas tout de suite
ton sale caractère.

Trop tard.

Promis.

Je sors de l'habitacle en récupérant le sachet d'un rose bonbon pétant, plus sereine. Je suis passée à la boulangerie avant de venir et il déborde de viennoiseries en tout genre : croissants, pains au chocolat et beignets à la fraise. Il paraît que le sucre apaise les tensions, alors je vais en avoir besoin. Mon sac sous le bras, je rejoins la salle de pause située à l'extérieur du bâtiment principal une heure plus tôt que mon heure d'embauche prévue. Officiellement, je commence à 9 heures, mais je me suis dit que ce serait sympa de venir avant pour avoir le temps de faire plus ample connaissance avec mes collègues. Ça me donnera l'occasion de tous les rencontrer.

Un brouhaha de voix d'hommes résonne à peine ai-je poussé la porte. Tous les regards se tournent vers moi. L'équipe n'est pas complète, juste six personnes prennent le café dans cette salle assez grande pour accueillir une trentaine de personnes. Trois canapés noirs sont installés au centre autour d'une table basse en bois brut où des magazines de pêche sont disposés. Une grande table type cantine entourée de bancs est installée plus loin ainsi qu'une cuisine avec tout le nécessaire. C'est propre, fonctionnel, il ne manque plus que la télé et on se croirait à la maison.

– Angie ! Tu es revenue ! s'exclame l'un des skippers.

À ma tête, il doit se rendre compte que je ne me souviens pas de son prénom.

– Omar, me rappelle-t-il avec un grand sourire. Et voici Julius, Gaétan, Paul, Freddy et Sam.

Je lève ma main pour leur faire un salut collectif, sachant pertinemment qu'il me faudra trois jours pour mémoriser leurs prénoms.

– Avec ce qui s'est passé hier, on n'était pas certains de te revoir, enchaîne le grand costaud à la peau d'ébène.

– C'est réglé avec le boss. Et j'ai apporté des viennoiseries ! m'exclamé-je pour changer de sujet.

Ils me remercient d'une seule voix avant de me prendre le sachet des mains pour disposer son contenu dans une corbeille en osier.

– Un café ?

J'accepte avec plaisir et m'assieds à leurs côtés. Je suis contente qu'Omar n'insiste pas sur la raison de ma discorde avec Parker.

– Tu verras, c'est une bonne boîte. On est tous amoureux de la mer, le grand chef est le pire d'entre nous, m'apprend-il. Tu bossais dans une entreprise similaire avant d'arriver ici ?

– Ça ne fait que deux mois que je suis à Fairban. Avant j'ai voyagé pendant plus d'un an. Je reviens d'Asie, j'ai fini par la Thaïlande. Mais oui, avant de partir, c'était ce que je faisais.

Je leur raconte mon voyage, du moins en partie. Les minutes passent et je me sens déjà acceptée. C'est toujours plus agréable d'avoir des collègues avec qui le courant passe.

– Bonjour à tous.

Je me retourne et croise le regard de Parker. Je souris et lui lance un bonjour – pas de réaction. Il va se servir un café et se met à discuter avec l'un des gars à propos d'une réparation de voilier. Il est déjà plus habillé que la veille, mais arbore toujours cet air renfrogné comme s'il portait le monde sur ses épaules. Pendant les dix minutes suivantes, il m'ignore complètement alors qu'il a un mot pour chacun. Il boit son café d'une traite et s'apprête à partir quand je le retiens.

– J'ai apporté des viennoiseries, Parker.

Il s'arrête et me détaille comme si j'étais un nuisible à évacuer à coups de bombe répulsive.

– Je n'aime que le chocolat noir.

– Ça m'aurait étonnée, marmonné-je.

– Pardon ?

– C'est noté…

Il n'a pas l'air dupe, mais ne fait aucun commentaire. Omar semble avoir parfaitement entendu ce que j'ai dit, car il ricane dans sa barbe à mes côtés. Il faut que je tienne ma langue. J'ai besoin de ce travail, absolument besoin, même. Alors, s'il faut que je morde jusqu'au sang pour empêcher ma bouche de dire n'importe quoi, je le ferai.

– Angie, sois dans mon bureau dans cinq minutes. Tu vas attaquer tout de suite, j'ai besoin que tu prennes en charge la commande de peintures que j'ai choisies. À moins que, là non plus, mes goûts ne te conviennent pas ?

Formidable. En plus d'avoir mauvais caractère, il a aussi une ouïe surdéveloppée.

Je sens qu'on va s'amuser, pendant trois mois…

***

– Angie !

Mon prénom résonne une nouvelle fois, peut-être pour la centième, depuis ce matin. Je lève les yeux au ciel en soupirant. Au moins, mes fesses remercieront Parker ! Arpenter autant les escaliers en une journée, ça ne peut qu'être bénéfique. Je m'empresse de rejoindre son bureau avant qu'il ne me fasse une réflexion. À croire que la vie l'a placé sur mon chemin pour m'apprendre le self-control. Ce n'est pas gagné, mais j'y mets vraiment du mien.

Après m'être fait pourrir la première journée, puis ignorée le lendemain, houspillée les deux jours suivants et rebelote, je peux dire avec fierté que j'ai tenu une semaine.

Un jour de plus à rayer sur mon calendrier avant la fin de mon contrat.

Si j'avais le choix, que je n'étais pas prise à la gorge après avoir dilapidé toutes mes économies, je lui aurais dit d'aller se faire voir quand il m'a demandé une copie de mon casier judiciaire.

Comme si j'avais la tête d'une criminelle !

La seule fois où je me suis retrouvée face aux forces de l'ordre, c'était lors d'une soirée déguisée et l'agent possédait une matraque en plastique. J'ai quand même apporté le document à Parker, ainsi qu'une copie de mon passeport, de ma carte de sécurité sociale et de mon groupe sanguin. Il n'a pas apprécié la blague, mais j'ai été fière de moi. Heureusement que Weston est top et que le reste de l'équipe aussi. La situation est un peu moins dure à encaisser.

Je serre les dents, remonte le menton avant de passer la porte et m'enjoins de ne pas répondre à une seule de ses attaques, même si ça me démange. Il y en aura forcément. Il prend un malin plaisir à me pousser à bout. Derrière son bureau, Captain Doretta a l'air encore plus grand qu'il ne l'est en réalité. Mes doigts s'accrochent au bloc-notes – sait-on jamais, je pourrais le lui envoyer en plein visage. Ce mec est insupportable, un peu comme un grésillement agaçant qui siffle dans mes oreilles, *encore, encore et encore*, jusqu'à ce que je n'en puisse plus. C'est dommage parce qu'il est vraiment sexy.

– Est-ce que tu peux m'apporter un café ?

Ma tête se tourne brusquement vers le coin de la pièce où une cafetière trône fièrement. Une lutte silencieuse débute, comme chaque fois qu'il fait valoir son droit féodal. Ses cils longs et épais battent juste une fraction de seconde, le noir de ses pupilles si profond qu'il en est presque dérangeant me happe et je m'engouffre dans les catacombes de ses yeux. Je sens presque son souffle caresser la peau de mes joues et sa voix rauque raviver tout un tas d'émotions en moi, dont la soif de meurtre. C'est comme s'il me soufflait : « Allez, Roxy, abandonne-toi ! »

J'aimerais ! Mais parce qu'il y a toujours un *mais*, j'acquiesce d'un geste sec. Je sais quand résister et quand battre en retraite. Je pose mon bloc-notes sur le rebord de la table basse et me dirige vers la machine rutilante. Je sens ses yeux noirs fixer mon dos et la satisfaction qu'il ressent à me voir me plier à ses moindres demandes.

Tout ça pour une voiture.

Ça le rend fou de ne pas savoir si je me suis volontairement trompée de numéro, et moi, ça me fait jubiler. Si l'on m'avait dit qu'en signant, je deviendrais assistante/esclave et non pas responsable de séjours, je me serais cassé une jambe. Il n'y a que peu de personnes qui arrivent à me mettre dans des états pareils ; Parker en fait désormais partie. Il est même prêt à devenir le numéro un sur ma liste de têtes à abattre. Lara attend avec impatience le récit de ma semaine. Elle ne va pas être déçue.

J'ajoute un sucre, touille le mélange et me dirige vers son bureau le dos bien droit. J'essaie de ne pas laisser transparaître l'agacement qu'il provoque chez moi, mais plus les jours passent, plus c'est compliqué. Pourtant, je me donne à deux cents pour cent. Je suis attentive, conciliante, alors même que Parker redouble d'efforts pour saboter mon intégration quand Weston fait tout pour m'apprendre les clefs du poste. À part lui apporter la gazette *Chasse et Pêche* et son café, et classer des dossiers poussiéreux qu'il range sans les consulter – alors que ça m'a pris une bonne heure pour tout organiser selon ses souhaits –, je ne lui suis d'aucune utilité.

Je lui tends la tasse, qu'il saisit sans un merci. J'espère qu'il va se brûler. Jusqu'à tard le soir, dans mon lit, j'en viens même à imaginer les tortures que je pourrais lui infliger. Et ça, seulement au bout d'une semaine ! Lui coller la bouche à la glu, taguer sa voiture qu'il aime tant, enlever les vis de sa chaise pour qu'il se vautre… et ce sont les plus soft. Avec un peu de chance, il va finir par se lasser. Mais pour le moment, le petit jeu « Soixante-neuf moyens de rendre folle Angie » n'a pas l'air de lui déplaire.

– Tu as mis du sucre ? me demande-t-il en grimaçant.

Bien sûr ! Si j'ai appris quelque chose chez M. Doretta, c'est qu'il n'aime vraiment pas le sucré, mais surtout qu'il a horreur du gaspillage.

– Désolée. Je peux t'en refaire un, si tu veux…

Il m'observe un instant, sceptique. Ni lui ni moi ne sommes dupes. Nous jouons la comédie jusqu'à ce qu'il cède et me laisse faire le travail pour lequel j'ai été engagée. Je baisse les yeux sur mon Post-it et trouve l'occasion de changer de sujet.

– La famille Luis souhaite venir un jour plus tôt. Est-ce que ce sera possible selon toi ? Je peux…

– Je m'occupe du complément de séjour. Je les contacte avant de partir.

Ça m'aurait étonnée ! Je prends cependant sur moi pour ne pas réagir : il n'attend qu'un faux pas de ma part pour rompre mon contrat. Je l'ai entendu en discuter avec Weston quand il me croyait à la photocopieuse.

– Nous avons également reçu une demande de devis pour un certain M. Martin, continué-je sans me laisser abattre.

– M. Martin, tu dis ? (Il marque un temps d'arrêt et me jauge.) Tu te sens capable de t'en charger ?

Je suis si surprise que je bafouille avant de pouvoir lui fournir une réponse claire.

– Oui ! Je m'en occupe tout de suite. À part si tu as besoin de moi ?

Je prie pour que ça ne soit pas le cas, mais d'un geste de la main, il me congédie. Une fois la porte refermée, j'effectue une petite danse la joie. Je me le suis juré, Parker ne m'aura pas à l'usure. Il n'y a pas plus têtue que moi et là, j'en fais un défi personnel. Il va plier et avant la fin du mois, il m’encensera. Croix de bois, croix de fer, bientôt El Captain Doretta ne pourra plus se passer de ma présence. La preuve, je viens de remporter mon premier dossier.

M. Martin, à nous deux !

CHAPITRE 15

PARKER

Chaque jour, la première personne sur laquelle je tombe lorsque j'arrive au bureau ou que j'en sors a les cheveux roux et un grand sourire qui s'évanouit quand j'entre en scène. *Roxy Red*. Même quand je ne la vois pas, son odeur d'agrumes reste après son passage comme pour me narguer. Aujourd'hui ne fait pas défaut. Impossible de l'ignorer, elle tient la porte à deux de mes skippers qui ne devraient pas être ici. Bizarrement, je suis certain que si elle n'était pas aussi jolie, ils seraient moins pressés de rejoindre les bureaux.

– Bonjour Omar, tu n'as pas un rendez-vous ? lui demandé-je en le fixant.

– Salut patron. Oui, j'y allais justement. Je suis venu saluer notre collègue.

Sa voix traînante, qui d'habitude me fait déjà soupirer, m'énerve un peu plus aujourd'hui.

– Tu n'aurais pas dû te donner tout ce mal… rétorqué-je avec un sourire à l'attention de Roxy.

Elle tient le coup, mais plus pour longtemps. Bientôt elle prendra son sac, son petit air bravache et sa grande bouche pour retourner d'où elle vient. Les deux hommes s'éclipsent sans demander leur reste. Si les yeux verts de Miss Vulcano pouvaient tuer, je serais en croix sur le sol.

Je prends la direction du bureau de Wes sans un mot.

Lorsque j'entre, mon frère lève les yeux de son ordinateur et pointe un doigt vers son oreille, signifiant qu'il est en conversation téléphonique. Je rumine en faisant les cent pas dans son bureau. Toutes les tasses de café que j'ai ingurgitées ne sont pas venues à bout de ma nouvelle employée, mais auront peut-être raison de moi.

– Salut Parker ! sourit-il en tapant sur son clavier. Deux minutes, je note ça avant d'oublier. Tu vas bien ?

– Melinda me harcèle pour savoir si j'ai rencontré l'amour de ma vie, ça va super, ironisé-je.

Ça aussi, c'est en train de me rendre dingue.

– Tu aurais dû refuser, pour Missie.

– Comme si j'avais le choix. Elle m'en voulait à mort pour sa copine, et vous m'avez cherché.

– Ça, c'est ton plus gros problème, Pakou, ricane-t-il. Ton ego.

– Tu plaisantes ? Je l'ai mis de côté en acceptant que la fille qui me l'a bien mis à l'envers travaille pour moi. Je pense que c'est une preuve suffisante de ma grandeur d'âme.

Je ne peux faire un pas dans ma société sans entendre ou voir Angie alors que je n'ai qu'une envie : lui tordre le cou.

– Tu venais dans mon bureau pour une raison précise ou juste pour râler ?

– Un peu des deux. Missie t'envoie aussi des SMS pour savoir si tu as rencontré l'amour au détour d'un trottoir ?

– Bien sûr…

Sa voix sonne atrocement faux.

– Tu mens, Weston.

– Non.

– Si.

– OK, il y a une fille qui me plaît pas mal.

J'ouvre la bouche. C'est une nouvelle plutôt inattendue.

– Elle s'appelle comment ? Pourquoi tu ne me l'as pas dit ?

– Je préfère ne pas en parler pour le moment. C'est tout récent et rien n'est vraiment fait. Tout ce que je peux te dire, c'est qu'elle est canon et intelligente. Tout comme moi.

– Est-ce qu'elle s'aime autant que toi, tu t'idolâtres ?

– Impossible. Si je pouvais m'épouser, je le ferais. Mais dormir seul toute sa vie, c'est plutôt triste.

– Ça me va, personnellement.

– Parker, souffle mon frère.

– La vie de famille, ce n'est plus dans mes projets, Wes.

– Tu dis ça maintenant, mais peut-être qu'un jour, tu auras envie de plus…

D'un nouveau bateau, d'une cave à vins, de vacances, oui, mais pas d'une relation suivie. Si Melinda s'imagine que me rendre abstinent pendant trois mois va y changer quelque chose, c'est qu'elle ne comprend pas à quel point tout cela me fait horreur. C'est presque devenu une phobie.

– Impossible. Gwen m'a tout pris. Je n'ai plus rien à donner.

– Je comprends pourquoi tu penses ça. À ta place, je ne sais pas ce que j'aurais fait, mais le temps est le meilleur ami du pardon et apaise la douleur.

Je ne suis pas sûr de ça, mais je ne relève pas. Comment pourrais-je oublier Gwen ? Comment pourrais-je effacer ce qu'il y a eu entre nous ? Le temps n'y fera rien.

– Bon, je retourne bosser.

C'est la seule chose que j'ai trouvée pour échapper au seul sujet qui arrive à me mettre à terre.

– À plus dans le bus !

Quand je sors du bureau, mes yeux tombent de nouveau sur Roxy. Elle ne m'a pas entendu approcher, concentrée comme elle est. Elle mordille la pointe de son stylo entre ses dents puis écrit quelque chose sur sa feuille. Je ne résiste pas à l'envie de la reprendre – ça me changera les idées.

– Merci de ne pas dégrader les fournitures.

Elle lève la tête vers moi, ne semblant pas comprendre. Je lui indique d'un geste de la main le stylo qu'elle retire prestement de sa bouche.

– Oh, ça ! Ce n'est qu'un capuchon, il n'y a pas mort d'homme.

– Peut-être, mais même ce stylo fait partie du matériel de Fish & Man.

– Ne t'inquiète pas, ça aussi je te le rembourserai. On n'a qu'à le mettre sur la note de ce que je te dois, propose-t-elle, sarcastique.

– Prépare le devis pour la prestation de Louis Piona… Je l'attends pour dans quinze minutes. Pas une de plus.

– Je ne suis pas au courant de cette résa.

– Ah bon ? Eh bien, tu m'as dit que tu étais compétente. C'est le moment de le prouver…

Je la laisse sur ces mots et alors que je me retourne une dernière fois, je la vois baisser avec empressement sa main. Je suis sûr qu'elle m'a fait un doigt d'honneur. Je ferme la porte et me laisse choir lourdement dans mon fauteuil, puis règle la minuterie de mon téléphone sur quinze minutes. On verra bien si Angie arrive à sortir ce que je lui demande. Pour une débutante, c'est presque impossible, mais voyons ce que la perle de Weston a dans le ventre. S'il n'y a rien, autant dire que je vais me faire un malin plaisir d'appuyer là où ça fait mal…

CHAPITRE 16

ANGIE

Encore une journée à essuyer les remarques du Grinch. Angie par-ci, Angie par-là, « Un café, Angie », « Fais-moi une copie de ça, Angie », « C'est trop long, Angie »… J'ai beau me démener, rien n'y fait.

Mes yeux se posent sur le magazine que je voulais lui donner avant qu'il ne se mette encore à m'engueuler comme une gosse. De colère, je le tords entre mes mains avant de l'ouvrir d'un geste sec. Je fixe sa photo et j'ai envie de la poignarder avec mes ciseaux à bouts ronds. Parker affiche cet air mi-fâché mi-décontracté qui lui est propre et qui doit plaire aux filles. D'accord, il a certains atouts qui ne me laissent pas indifférente, mais ils sont noyés par tous les adjectifs désobligeants que j'accole après son nom.

Parker Doretta, patron de Fish & Man et jeune entrepreneur fait un tour

de force en imposant son entreprise dans la sphère du tourisme local. Ses prestations allient la pratique du sport qu'est la pêche et le farniente du sud.

Blablabla.

J'aimerais les voir travailler avec lui. Je sors mon marqueur noir avec un sourire machiavélique. On va rendre justice à M. Parfait. Je retire le capuchon avec mes dents et le jette sur mon bureau. D'une main, je dessine des cornes, rajoute un sourire. Voilà, c'est beaucoup mieux. Je ricane en voyant mon dessin. Je forme une petite bulle et écris quelques mots à l'intérieur. Mon téléphone pro sonne et la voix de Captain Doretta résonne à mes oreilles.

– Angie, je viens de recevoir un appel du journal local. Ils m'ont fait parvenir un exemplaire du magazine avec l'article concernant Fish & Man.

Je baisse les yeux vers mes jolis rajouts. *Oh punaise !* Le sang déserte mon visage.

– C'est-à-dire que… Il faut que je vérifie…

Il marmonne et raccroche dans la seconde. Je l'entends descendre l'escalier et je panique. C'est sûr, je suis morte. Mes mains transpirent et d'instinct, je déchire la page au moment où je l'aperçois. Par la verrière, je le vois ouvrir la bouche, sous le choc. J'ai toujours la feuille bien en évidence dans la main alors qu'il arrive devant moi, l'air furieux. Je cache le magazine dans mon dos, mais c'est trop tard.

– C'est la *Gazette du Sud* que tu tiens ?

– Pas du tout. C'est mon magazine féminin. J'ai fait le test sur…

J'essaie de me souvenir du dernier test que j'ai effectué, assise sur ma valise à l'aéroport, et quand ça me revient je ne peux décemment pas le dire à voix haute. Le titre était : « Êtes-vous un bon coup ? »

– Et bref, le résultat ne me plaisait pas, alors…

Je m'arrête de déblatérer lorsque Parker fait le tour de mon bureau et qu'il me prend la feuille des mains. Je rentre la tête dans les épaules dans l'espoir de disparaître. Je vois à son expression le moment où il lit la petite bulle que j'ai pris tant de plaisir à écrire : « Patron tortionnaire et j'adore ça ! » Ses lèvres se pincent et je m'attends à ce qu'il me demande de faire mes cartons illico, mais il me dit simplement :

– Demande un autre exemplaire, et je le veux enrobé d'excuses.

Il tourne les talons, la page toujours serrée dans sa main, et je soupire. Foutu karma.

Je reçois le magazine le lendemain matin, après avoir expliqué au type que j'ai eu au téléphone que nous ne l'avions pas reçu. Je toque à la porte du bureau de Parker avec une légère appréhension. Je patiente pendant plus de trois minutes avant qu'il ne daigne me demander d'entrer, puis m'approche et lui tends la nouvelle revue.

– Tu ne l'as pas dégradé, celui-ci ?

– Non. Le facteur vient de me le déposer. Je vais informer la *Gazette* que cette fois-ci, il est arrivé intact.

Il le feuillette devant moi avant de le reposer sur le coin de son bureau. Je me glisse jusqu'à la porte telle une anguille, mais il m'arrête de sa voix forte.

– Je crois que tu as oublié quelque chose.

Je pensais pouvoir y échapper, mais c'était sans compter sur sa ténacité. Je marmonne des excuses et fuis à toutes jambes. Je me laisse tomber sur ma chaise en me détestant de m'être fait prendre, puis tape mon visage contre le bloc-notes posé sur mon bureau. Il ne faut pas que je craque. Si je ne démissionne pas, c'est parce que je ne trouverai pas mieux. Je dois garder ça en tête. Ce n'est pourtant pas faute d'avoir épluché les offres d'emploi, mais à cette période, tout est déjà pourvu.

J'ai besoin de ce travail.

Le cadre est bien. Les bureaux sont neufs et il y a pire que de voir la mer par la fenêtre.

J'ai besoin de ce travail.

Mes collègues sont sympas. Voilà, déjà les points positifs. Ça aurait pu être pire. J'aurais pu tomber sur une entreprise entière de salauds.

J'ai absolument besoin de ce travail.

J'ai...

– Absolument besoin de ce travail, termine une voix à ma place. À peine recrutée que tu penses déjà à partir ?

J'abaisse le bloc en me fustigeant. Weston se tient devant mon bureau avec un sourire avenant.

– Désolée, ce n'est pas ça. C'est juste que…

Comment formuler ça de manière correcte ?

Parker est un connard ? Non. Trop violent.

J'ai envie de brûler ses sourcils avec un briquet quand il les hausse pour me montrer qu'il n'a que faire de ce que je lui dis ? Un brin psychopathe.

– Les débuts sont un peu compliqués, je sais, termine-t-il à ma place.

Sauvée ! Les gens ont toujours tendance à finir les phrases des autres. Je souris à Weston en hochant la tête.

– Fais tes preuves et ça se calmera.

– Pourquoi a-t-il tout le temps l'air d'être en colère ?

– Il n'a pas… débute-t-il.

Ma moue dubitative l'arrête.

– Je peux te dire le fond de ma pensée ?

– Comme si tu allais te retenir.

Je lui réponds d'un sourire. J'ai dû mal à me dire que l'homme professionnel qui m'a recrutée et le grand gaillard tatoué qui s'agite devant moi sont la même personne. Autant mon aversion pour Parker est immense, autant je me suis attachée à Weston en peu de temps. J'adore ce mec, son caractère jovial, ses blagues un brin *too much* et sa gentillesse.

Il n'est pas lisse, mais farfelu, chaleureux, amusant, optimiste… Au début, j'ai gardé mes distances puis, un soir, il m'a prise entre quatre yeux pour me dire de ne pas me casser la tête avec son frère et de le considérer, lui, comme un collègue sympa avec qui j'irais boire un verre en sortant du bureau. Et c'est exactement ce qui s'est passé.

Il y a deux jours, Weston a été témoin d'une énième remontrance de son frère envers moi et il m'a proposé d'aller boire une bière pour, je cite, « enlever cet air coincé de mon minois ». La vérité, c'est que je me retenais de retourner à l'étage pour enfoncer le stylo de Fish & Man bien profondément dans la gorge de Parker, et ainsi l'empêcher de me balancer des saloperies à la figure à longueur de journée. J'ai accepté, et nous avons noyé mon chagrin dans un bar.

– Tu dis ça parce que c'est ton frère, mais quand il ne râle pas, il fait la tête. Je l'ai observé et ce n'est pas qu'avec moi. Est-ce qu'il est né en faisant la gueule ?

– Il n'a pas toujours été comme ça…

– Quoi, il est resté coincé comme ça un jour de grand vent ?

– Ça aurait pu, mais non. Ça aurait été tellement plus simple d'aller chez un chiropracteur. Parker n'a pas un mauvais fond, Angie, c'est même tout le contraire.

– Sauf qu'il me déteste. Je suis certaine qu'il prie tous les soirs de toutes ses forces pour que je disparaisse. Est-ce que ça a un rapport avec une fille ?

– Ça a toujours un rapport avec une fille quand un homme va mal, rigole-t-il doucement.

– Mais… c'est nul ! m'enflammé-je avant de m'arrêter net, la main sur la bouche.

Weston me regarde avec espièglerie en secouant la tête.

– L'amour est le premier des maux sur terre.

Je le regarde en posant mes deux mains sous mon menton et en papillonnant des cils.

– C'est mignon. Pourquoi es-tu célibataire, déjà ?

– Parce que je ne t'avais pas encore rencontrée…

– Désolée, mais je ne suis pas libre pour toi. Ma meilleure amie m'a montré assez de films romantiques pour savoir que sortir avec son patron est une très mauvaise idée. La fille se retrouve toujours sans emploi et le mec la fait souffrir.

– Mais l'interdit pimente les choses !

J'ai déjà un homme qui me la complique, ce n'est pas pour me rajouter d'autres problèmes.

– Si j'ai besoin d'épicer ma vie, je mange mexicain, merci.

– Enfin, tout ça pour dire que ça va aller. J'ai confiance en tes capacités et tu m'as montré que tu es faite pour ce poste.

Au moins un des deux a conscience que je peux apporter quelque chose à cette boîte.

– Merci. D'ailleurs j'aimerais savoir s'il y a un dossier sur lequel tu souhaites que je me mette en particulier ? J'ai remarqué que la fiche des partenaires n'était pas à jour sur le site.

– Lèche-cul ! me rembarre-t-il. Plus sérieusement, j'étais pourtant certain de l'avoir fait. Je veux bien que tu t'en occupes. Est-ce que tu peux contrôler les séjours programmés sur l'île aux Oiseaux également ? Vu le prix qu'on paie pour pouvoir y aller, j'aimerais autant que ce ne soit pas pour avoir des annulations de dernière minute.

– OK. Je vérifie et te fais un retour. Autre chose ?

– Non. Tu as tous les fichiers sur le réseau avec les tarifs. Si tu as des questions, n'hésite pas.

Il regagne son bureau en face du mien et alors que sa porte se referme, je soupire. Plus qu'à se remonter les manches et prouver à Parker que ma place est méritée.

***

Mon ordinateur portable posé sur l'îlot central et mes fesses sur le tabouret, je compile toutes les recherches que j'ai effectuées depuis que je suis rentrée. Après avoir corrigé l'intégralité des offres partenaires, je me suis attelée à la vérification des séjours. Et là, surprise, je me suis aperçue qu'en plus de reverser un pourcentage sur chaque séjour pour se rendre sur l'île, chaque année Fish & Man verse une coquette somme au propriétaire, Rob Dalley. Je suis persuadée qu'on peut trouver plus rentable, et c'est là que je vais pouvoir faire mes preuves. Il ne me reste plus qu'à découvrir la perle rare dans cet archipel de joyaux.

Mais c'est là que ça se complique.

J'ai épluché tous les sites Internet, et rien. Il faut que je dégotte une île qui offre à la fois une traversée assez longue pour que le client se sente dépaysé, un lieu où la pêche est autorisée et un cadre idyllique pour un séjour avec ou sans enfants, en couple ou entre amis. Bref, une prestation qui plairait au plus grand nombre. Je soupire, épuisée.

Je donne tout ce que je peux pour montrer que je suis à la hauteur de mon poste. D'autant que Parker m'a rappelée à l'ordre il y a peu concernant le dossier Martin. J'ai bien avancé sur ce projet mais pas assez à son goût. Depuis, je lui transmets chaque jour ma progression sur le dossier et même si je ne reçois pas de réponses, il ne me dit pas d'arrêter non plus.

De : Angie Baffin
À : Parker Doretta
Objet : Point du jeudi 9 juillet

Parker,
J'ai envoyé plusieurs devis à M. Martin que tu trouveras en pj. Nous avons déjà conversé à plusieurs reprises sur ce qu'il souhaite et je pense être arrivée au plus proche de ses attentes.
N'hésite pas à me faire part de tes commentaires.
Je reste disponible si tu souhaites discuter des éléments ci-joints de vive voix.

P. S. : Tu me fais passablement suer à m'ignorer.
Bis : Je rentre tous les soirs avec des migraines infernales.

Bis bis : J'ai retiré toutes les agrafes de ton agrafeuse. C'est puéril mais ça m'a fait du bien.
Bis bis bis : M. Martin me rend dingue. Je sais que tu m'as donné ce dossier exprès pour me tester.
Bis bis bis bis : Dommage que tu sois imbuvable parce que tu as des fesses plutôt pas mal.

J'efface les dernières phrases quand je me rends compte de ce que je viens d'écrire. Je secoue la tête, énervée. Je ne peux pas le trouver mignon, impossible avec tout ce qu'il me fait subir. À la place de mes divagations, j'inscris simplement : « cordialement » et envoie l'e-mail. J'éteins ensuite mon ordinateur en me sermonnant.

P. S. à moi-même : Ne plus jamais mater les fesses de Parker. Jamais !

Mon regard erre dans la cuisine, puis se pose sur les photos accrochées au mur. Elles représentent surtout des paysages, et sont toutes prises par David. Je me lève pour me dégourdir les jambes et arpente la pièce en m'arrêtant devant un des cadres. L'eau turquoise lèche le sable qui a l'air brûlant et au fond, on aperçoit une petite cabane. L'endroit semble fantastique et je donnerais cher pour m'y trouver en ce moment. Dire que Lara s'amuse au Pérou !

La porte d'entrée claque, indiquant que dans quelques secondes, ma solitude bien appréciée sera terminée. Je ne me retourne pas aux bruits des pas. Je ne suis pas d'humeur à me disputer.

– Tu es là, ma puce ! s'exclame David.

– Salut.

Je l'entends déposer son fatras sur la table basse en acajou – vestige d'un de ses nombreux voyages – et s'approcher de moi. Mon corps se tend tandis qu'il se positionne face au mur blanc à mes côtés. Sa main se pose sur mon bras qu'il caresse légèrement en signe de bonjour.

– On a l'impression d'y être, pas vrai ?

– C'est beau, oui. Ça se trouve où ?

Il semble surpris que je m'intéresse à son cliché. Depuis que j'ai emménagé ici, il y a de ça un peu plus de deux mois, on ne peut pas dire que notre relation ait été au beau fixe. La plupart du temps, je vais me promener au bord de l'eau pour ne pas rester enfermée entre ces quatre murs.

La maison en elle-même n'est pas désagréable. Il y a un joli séjour ouvert sur la cuisine. À l'étage se trouvent une salle de bain, trois chambres et un balcon, le tout est harmonieux et dans des teintes de bois clair. Les murs sont couverts de photographies. Le quartier me plaît, les voisins sont agréables, sauf qu'ici avec lui, j'ai l'impression de manquer d'air. Vivre avec David me donne la sensation d'être comme un papillon épinglé dans un album, dans l'incapacité de reprendre son envol. Après un an à voyager, à découvrir des dizaines de villes à travers l'Asie, le choc a été rude. Devoir pour une fois poser mes valises et surtout m'attacher à quelqu'un… Ce n'est pas dans mes habitudes.

– C'est l'île Malahoe. À quelques miles d'ici. Elle n'est accessible que par bateau.

Dans ma tête, le signal du jackpot s'allume. À défaut d'avoir vraiment gagné au loto, j'espère que mon intuition est bonne.

– C'est privé ? On peut y aller ?

– À confirmer. J'ai fait un shoot l'été dernier. Il y a un petit hôtel, ce n'est pas très grand et assez loin. Pourquoi toutes ces questions ?

– Le travail.

– Tu as trouvé quelque chose, c'est super, Angie !

Il s'apprête à poser sa main sur mon épaule, mais se rétracte à la dernière seconde.

– Un contrat de trois mois. Je ne sais pas si je vais m'éterniser, de toute manière.

– Angie… soupire-t-il.

– Tu sais très bien que nous deux, dis-je en nous pointant du doigt, c'est compliqué.

Il encaisse le coup.

– Comment veux-tu que ça marche ? Tu es arrivée ici avec la certitude de ne pas rester. Je me demande pourquoi tu t'es donné tout ce mal. Autant repartir tout de suite.

– Je croyais qu'on devait se donner une chance ?

– Pour ça, il faudrait que tu me laisses entrer. Tu gardes la porte fermée à double tour.

Parce que tu m'as fait souffrir ! On dirait que c'est moi la méchante dans cette histoire. David m'a déjà trahie une fois, il peut très bien recommencer.

Mes yeux se fixent sur son visage émacié.

– Je dois avoir le numéro du petit couple qui gère l'hôtel. Je te le laisse sur le comptoir plus tard, soupire-t-il en voyant qu'il n'aura pas d'autre réponse que mon silence.

– Merci. J'apprécie.

– Je t'aime, Angie. Quoi que tu en penses, je veux que tu le saches et que tu le prennes en considération.

J'essaie de rester impassible. C'est si simple de prononcer ces mots. Je serre les dents et la rancœur étouffe mes autres sentiments. On peut faire tant de promesses et ne jamais les tenir. J'aimerais lui dire que je l'aime aussi, sauf que je n'y arrive pas. David passe sa main dans ses cheveux châtains, attendant une réaction. Nous nous regardons dans les yeux, lui cherchant à abattre les remparts que j'ai construits, moi essayant de les ériger encore plus haut.

– Je ferai tout pour que ça fonctionne, ma puce. Tout. Je veux que tu en sois bien consciente.

– Et si l'amour n'était pas suffisant pour tout réparer, David ?

CHAPITRE 17

ANGIE

Je rêve M. Martin.

Je dors M. Martin.

Et quand ce n'est pas à lui que je pense, c'est au tortionnaire qui me sert de patron. Si Parker m'a confié ce dossier, ce n'est pas un gage de confiance, mais une nouvelle façon de pointer ma nullité à ce poste. Weston me l'a plus ou moins confirmé en m'avouant que M. Martin était un gros poisson qu'ils n'avaient jamais réussi à attraper. Obtenir sa signature, ça relève de l'improbable.

– Vous comprenez, mademoiselle Baffin, que c'est important pour moi de bien choisir mes vacances, s'évertue à m'expliquer au téléphone M. Martin.

Mais ce n'est qu'un séjour, bon sang !

C'est comme ça depuis une demi-heure. Même si je n'ai jamais vu Martin Mystère, j'imagine qu'il doit posséder des implants capillaires pour combler la chute de sa chevelure blonde jaune pisse, et une copine parfaite. Un matin, il a dû se réveiller avec cette nouvelle lubie de vouloir pêcher et ça tombe sur moi. Malgré cela, mon objectif est de tout faire pour que M. Maxi-luxe signe chez Fish & Man ses prochaines vacances. Même si je n'aurai plus une once d'énergie à la fin de mon contrat.

– Je suis certaine que vous apprécierez nos prestations, monsieur Martin, déclaré-je pour la énième fois depuis le début de notre conversation.

Ce n'est pas comme si c'était notre cinquième rendez-vous téléphonique !

– Voyons, je vous ai dit de m'appeler J. C. ! se gausse-t-il comme si c'était un privilège. J'ai vraiment hâte de vous rencontrer.

Je mime un haut-le-cœur, espérant qu'il passe vite à autre chose, quand la porte s'ouvre sur une petite brune à l'air avenant. Le bouton muet activé, je lui demande de patienter le temps que je termine ma conversation. Je raccroche quelques minutes plus tard avec un « Je reviens vite vers vous, monsieur Martin ! » et me tourne vers la nouvelle venue.

– Bonjour, bienvenue chez Fish & Man, l'accueillé-je finalement. Et désolée pour l'attente.

– J'adore ta robe, s'exclame-t-elle en guise de salutations.

Je baisse les yeux vers mon vêtement vaporeux couleur amande et la remercie.

– Angie, c'est ça ? On m'a parlé de toi, continue-t-elle en me détaillant.

Je me tends soudain. D'un coup d'œil, je peux dire que cette fille se sent bien dans sa peau. Avec son jean noir assorti à des bottines cloutées et son top blanc décolleté, ses cheveux bruns bouclés laissés libres et le khôl autour de son regard espiègle, elle a l'allure d'une rock star. Elle me sourit à nouveau.

– J'espère que c'est en bien.

– Je ne pensais pas que tu étais aussi jolie… Mais après tout, ça ne devrait pas m'étonner ! dit-elle en haussant les épaules.

Qu'est-ce que c'est censé vouloir dire ?

– Qu'est-ce que tu fais là ? nous interrompt le despote avant que j'aie pu poser la question.

Ce mec est un ninja : malgré sa carrure imposante, je ne l'entends jamais arriver. Il sort du bureau de Weston alors que celui-ci est absent. Cela fait plusieurs fois que je remarque ce petit manège. Je suis certaine qu'il met son nez de fouine dans ses dossiers pour vérifier que tout est fait correctement. Captain Doretta est légèrement maniaque du contrôle.

La jeune femme se retourne, hausse un sourcil puis revient à moi comme si Parker ne l'avait pas interpellée. Personne ne lui tient jamais tête, et elle, elle lui tourne carrément le dos !

– On doit avoir le même âge. Tu es d'ici ? continue la fille.

Je l'observe un instant, elle semble plus jeune que moi.

– Je vais sur mes vingt-cinq ans et non, je ne suis pas de Fairban, l'informé-je.

– Je te parle ! tonne la voix grave de mon patron.

– Arrête, je fais connaissance avec Angie. Et moi, je ne te parle plus ! s'exclame-t-elle en bougonnant.

C'est décidé, j'aime bien cette fille.

– Qu'est-ce que tu racontes ? Qu'est-ce que j'ai encore bien pu faire ? soupire-t-il en s'avançant vers elle, l'air troublé.

J'en reste sans voix. *Aurait-il un cœur, finalement ?*

– Tu t'enfonces en posant la question, Pakou ! Retourne à tes occupations, vu que tu n'as pas le temps pour moi, l'engueule-t-elle en croisant les bras.

Pakou ? Je pouffe en entendant ce surnom. C'est si mignon que je décide de le noter et de m'en servir le jour où il m'énervera. Il essaie d'obtenir grâce, mais la fille continue de le snober. Je les observe avec l'impression d'être de trop, mais après tout le spectacle de Parker se faisant remettre à sa place vaut le détour. Merci à elle, qui qu'elle soit. Il s'appuie sur le comptoir de l'accueil, passant une main pour dégager ses cheveux de son front. Le geste tend ses muscles et je me renfrogne davantage. Le voilà qui essaie de jouer de ses atouts.

– C'est dommage… Je viens d'acheter ton cadeau d'anniversaire, dit Parker.

Elle lève un sourcil, soudain intéressée, mais continue de fixer la fiche des consignes de sécurité accrochée près de la porte d'entrée.

C'est bien, ma belle, ne te laisse pas avoir ! Les mecs qui offrent des présents pour se faire pardonner sont des clochards !

– Tu as ignoré mes appels toute la semaine, contre-t-elle.

– Il est dans mon bureau, répond Parker.

– Sérieux ? Je peux l'avoir maintenant ?

Parker sourit. Pour de bon. Un sourire lent, empreint d'affection et d'amusement, que je ne lui ai jamais vu. Même avec son frère, il n'est pas aussi détendu. Comme quoi, c'est bien vrai, un sourire peut changer une personne. Il a presque l'air sympa.

Est-ce que c'est sa copine ?

Elle pourrait peut-être bien être sa lubie du moment ? Ou pas… Il doit préférer une femme docile qui dit oui à toutes ses volontés. J'ai bien compris qu'il ne supporte pas qu'on le contrarie.

Foutu Doretta !

Doretta avec un R et deux T. C'est ce qu'il m'a déclaré quand j'ai signé le premier chèque pour le dédommager de notre accident. Nous sommes convenus que je lui rembourse une partie des réparations tous les mois jusqu'à la fin du contrat. J'ai eu la bêtise de demander à voir la facture avant de lui régler quoi que ce soit, ce qui ne lui a pas plu. Pas du tout. Après tout, il aurait très bien pu me demander de payer une somme plus importante. Même si ça ne ressemble pas au Captain ; non, lui est droit, presque rigide. Même si ce n'est pas l'impression qu'il donne en cet instant. Malgré moi, mes yeux se posent sur sa bouche, la barbe qui entoure ses lèvres qu'il pince pour ne pas rire.

Je l'exècre.

Son tempérament, sa confiance en lui, son air bravache, tout ça me donne envie de lui coller des baffes. Je lève les yeux après avoir fixé un peu trop longuement ses lèvres et tombe sur son regard posé sur moi. J'ai cessé d'écouter leurs chamailleries depuis quelques secondes, et je me rends compte que ça a fini par se voir. Nos pupilles s'accrochent le temps d'une lutte éphémère pour savoir qui cédera le premier.

– Si je le trouve, je le garde ! lui apprend la fille, l'obligeant à détourner son attention.

Il me jette un ultime coup d'œil puis s'élance derrière la jeune femme qui s'enfuit vers son bureau. Je les entends monter l'escalier, sa voix grave qui lui dit d'arrêter, le rire de cette dernière, un brouhaha et le silence une fois que la porte est refermée sur eux. Je relâche enfin le souffle que je retenais.

– Salut, Angie !

Je sursaute en émettant un petit un cri de surprise. Perdue dans mes pensées, je n'ai pas entendu Weston arriver. Il me sourit et mes yeux s'écarquillent.

– Quoi ? dit-il en voyant l'air que j'affiche.

– Qu'est-ce que c'est que ça ?

– Un piercing ! Je l'ai fait entre midi et deux. Un nouveau salon vient d'ouvrir et je rêvais depuis longtemps d'avoir un anneau. Tu n'aimes pas ? m'interroge-t-il en fronçant les sourcils.

Ce n'est pas laid, mais je ne suis pas fan.

– Tu sais que si tu continues, tu vas devenir un cliché ambulant ? Crâne rasé, tatous sombres, piercing au nez…

– La perceuse a dit que ça m'allait. Que ça faisait très Lenny Kravitz ! Tu le trouves comment ?

Je l'observe triturer son nez en essayant de se voir dans le reflet de la fenêtre de la verrière.

– Pas mon style.

– Dommage. J'aurais pu assouvir ton fantasme.

Je lève un sourcil dubitatif.

– Il faudrait trouver un autre mec sexy et viril avec un piercing, proposé-je.

Il arrête de s'agiter pour planter ses billes grises dans les miennes.

– Sexy et viril, tu dis ?

– Oui.

– Je pense que je peux tout à fait tenir le rôle ! Prends une photo de moi, m'oblige-t-il en me tendant son téléphone.

– Pour quoi faire ?

Il s'agace en me poussant légèrement pour que je me presse.

– Je vais la poster sur Instagram avec les hashtags *#mectatoué, #piercing #mecpercé.*

– « Hashtag le-nouveau-Lenny-Kravitz » !

– Ça va me faire plein de followers, tout ça !

J'imagine bien. Mes abonnements Insta le prouvent. *Manlovecoffee* est de loin mon préféré. Des mecs bien foutus à moitié nus qui se détendent avec une tasse de café... C'est mon petit péché mignon.

– Allô la Terre ? s'impatiente Weston.

Je le photographie après qu'il a pris la pose, un sourcil relevé et le sourire aguicheur, ses yeux plantés dans l'objectif.

– On dirait que tu as fait ça toute ta vie !

– Je suis mannequin à mes heures perdues. Surtout pour les étudiantes en art... me confie-t-il avec un clin d'œil.

Je lève un pouce en souriant. Il récupère son téléphone et hoche la tête en avisant le cliché.

– Parfait ! Mais ça manque de peau... Il me faut une photo sans tee-shirt pour faire grimper les vues. Tu as un rendez-vous, là ?

– Non, mais j'ai beaucoup de travail, notamment celui de terminer la mise à jour des informations sur le site avec les nouvelles résas. Vous savez qu'il existe des logiciels qui le font automatiquement ? Vous vous embêtez pour rien !

– Discutes-en avec le boss.

– C'est un peu compliqué, tous les deux.

Même si je m'entends bien avec Weston, il reste quand même le frère de Parker, alors je préfère ne pas m'étendre.

– T'inquiète pas, ça lui passera. Si tu lui parles rentabilité, il t'écoutera avec attention. Bon, viens dans mon bureau, ça va être rapide.

– On ne va pas faire ça ici, Weston ! rétorqué-je en croisant les bras sur ma poitrine. Déjà que Parker me déteste, je ne veux pas lui donner l'occasion de me virer.

– Je me suis porté garant, je n'ai pas l'intention de te causer du tort – j'en entendrais parler jusqu'à la fin de mes jours. Alors ne fais pas ta chochotte, ça va prendre dix minutes grand max ! Je ne le vois pas, là.

– Il est dans son bureau avec une femme.

– Une femme ? Oh, oh, peut-être que je vais gagner finalement. Elle est comment ?

– Brune. Gagner ?

– Ah. Ça doit être Gwen, soupire-t-il, déçu.

– Gagner quoi ? demandé-je à nouveau.

Il s'arrête de sourire, approche son visage du mien et me souffle.

– Tu es prête à quoi pour connaître la réponse à ta question ?

CHAPITRE 18

PARKER

Dernier tour au bureau. Il n'y a plus un chat dans les locaux, la plupart de mes gars sont en excursion. Le vendredi est synonyme de week-end et de plus de travail pour les skippers, et à 19 heures passées, Weston doit être en train de faire la fête avec ses colocataires. Mes cheveux sont emmêlés par le sel marin et ma peau, chauffée par le soleil. Ce n'était pas prévu que je revienne, mais j'ai oublié un document.

Sur mon bureau, les dossiers organisés par Angie sont parfaitement rangés, avec une couleur pour chaque prestation. C'est un sacré gain de temps, Angie est plus efficace que je ne l'aurais pensé. Elle a revu une bonne partie des formulaires à remplir par les clients et s'est occupée du rendez-vous avec la mairie que je repoussais depuis bien trop longtemps. Alors oui, elle fait ses preuves, seulement j'ai toujours du mal à lui faire confiance. C'est quelque chose qui se gagne et on ne peut pas dire qu'elle n'ait eu que des victoires jusqu'à présent. Quand je repense au fait qu'elle a pris Melinda pour ma copine ! Beurk. Lorsque Weston lui a expliqué le malentendu après deux ou trois allusions de sa part auxquelles personne ne comprenait rien, elle est devenue rouge comme une pivoine – elle avait l'air encore plus gênée que nous. Ça lui apprendra à se mêler de ce qui ne la regarde pas.

Papier en main, je me dirige vers la salle de l'imprimante au rez-de-chaussée. Plus qu'à scanner pour compléter le dossier et je rentre. Lorsque je pénètre dans la pièce, je m'arrête net. Roxy est là, dos à moi. Sa tête se balance de droite à gauche, accompagnée par de petits mouvements de hanche. Ses cheveux relevés sur sa nuque me laissent voir un écouteur à son oreille.

Objectivement, elle a quelque chose d'attirant. Peut-être sa manière de se mouvoir comme si elle faisait un gros pied de nez au monde, ses cheveux d'un roux éclatant ou son air insolent… Vulcano fait son petit effet. J'ai surpris les gars en train de discuter d'elle et du fait qu'ils étaient certains qu'avec son tempérament, elle devait brûler les draps en pleine action. Je suis sceptique. Tout ce que je peux affirmer, c'est que c'est un danger public sur la route et qu'elle fait exprès de rajouter du sucre dans mon café.

Je claque fort une pochette que j'ai en main sur la porte afin de mettre fin à son spectacle, mais elle n'entend pas. Elle se déhanche, les bras levés, fredonnant une chanson que je ne reconnais pas. Elle se met à chanter faux, pire que Nonna, alors qu'elle a été virée de la chorale de la paroisse ! C'est une torture. Son manège continue et malgré moi, mes yeux se portent sur la cambrure de ses reins et je me mets à sourire avant de me reprendre. Bien roulée, mais agaçante. Elle pousse la chanson en prenant sa main pour un micro et effectue un tour sur elle-même. Nos regards se croisent et elle émet un cri aigu en posant la main contre son cœur. Désormais collée à l'imprimante, Roxy maintient des documents contre sa poitrine avec un air plutôt comique.

– Merci, grâce à toi, je pense avoir perdu une partie de mon audition.

– Désolée. Je pensais être seule et… bref, je te laisse la place… s'excuse-t-elle en s'activant.

Ses joues sont plus rouges que le chemisier qu'elle porte. Elle ramasse les papiers imprimés dans le bac et fourre le tout dans un dossier cartonné avec précipitation. Son regard coupable allume une alarme dans ma tête. Elle devrait être partie depuis un moment. Roxy passe à mes côtés et je jurerais l'entendre retenir son souffle.

– Pas si vite, je l'arrête en allongeant mon bras jusqu'à l'encadrement de la porte.

Elle se fige et lève la tête vers moi.

– Qu'est-ce que c'est ? lui demandé-je en pointant du menton les documents.

D'un geste instinctif, elle resserre les papiers contre sa poitrine.

– C'est pour un dossier.

Non, non. Pas d'accord. Si elle pense pouvoir imprimer des trucs personnels aux frais de la princesse, elle se trompe.

– Quel dossier ? insisté-je.

Ses yeux verts se plantent dans les miens, agacés. Elle mord sa lèvre pour ne pas m'envoyer paître et quelque chose en moi espère qu'elle fasse cette erreur.

– Je…

– Tu… ? On peut faire tous les pronoms comme ça, Roxy. Je n'ai pas tout mon temps.

Je la presse en effectuant un pas dans sa direction, la dominant de toute ma hauteur, si bien qu'elle se retrouve à devoir reculer. Ma main se tend pour lui indiquer de me donner ce qu'elle tient de si précieux contre elle.

– Alors ?

Comme elle ne bouge pas, je lui arrache le dossier des mains. Je n'ai droit qu'à un regard plein de rancœur. J'inspecte le tout d'un œil et me crispe : il s'agit des prestations que nous proposons, mais transposées sur une autre île. Elle est en train de me voler mes idées pour la concurrence.

J'avais raison de ne pas lui faire confiance.

– L'espionnage industriel est passible d'une amende.

– Quoi ? s'exclame-t-elle, la bouche grande ouverte.

– Et cela va jusqu'à une peine carcérale.

– Mais… Pas du tout ! Ce n'est pas ce que tu crois, Parker !

– Pour qui travailles-tu ? Je te laisse une chance avant d'appeler la police.

– Tu as vraiment un problème…

Elle n'a même pas la décence de se sentir coupable.

– Réponds au lieu de sourire ! Qui t'a engagée ?

– Un gros con qui se prend pour le roi du monde. Ça te dit quelque chose ?

Je pense tout de suite à Merescale, la nouvelle société qui vient d'ouvrir. Pour le reste, la plupart de mes concurrents, je les connais et en cinq ans d'exploitation, aucun problème à déclarer. Si c'est le patron de Merescale, ça se réglera devant les tribunaux. À moins que je lui rende une petite visite.

– Tu crois vraiment être en position de jouer aux devinettes ?

Elle hausse les épaules et me sourit encore, effrontée.

– Tu sais ce qu'on dit : « foutue pour foutue »…

Zen, Parker !

– Son nom ! aboyé-je.

– Si tu insistes. Tu m'écoutes bien ?

– Angie.

– Tu es sûr que tu ne veux pas enregistrer ? Ça pourrait te servir de pièce à conviction pour le juge.

– Même comme ça, tu n'arrêtes pas de faire ta maligne. C'est plus fort que toi, n'est-ce pas ?

Plus jeune, ce devait être le genre de tête brûlée qu'on envoyait souvent en colle.

– Son nom, Roxy. Tout de suite.

– Est-ce que tu vas compter jusqu'à trois et me mettre la fessée si je ne réponds pas ?

L'image d'elle penchée sur l'imprimante perce mes pensées comme un flash.

– Ne fais pas cette tête, c'est bon. Parker.

– Dis-moi son nom, alors !

– Je viens de le faire, avance-t-elle tandis que son sourire s'agrandit.

Je patiente alors qu'elle étire le suspense à son maximum.

– Je ne fais pas d'espionnage, boss ! Ces documents sont pour un projet que je comptais te présenter, une fois finalisé.

Je l'observe, essayant de démêler le vrai du faux. J'ai du mal à la croire. Une lueur se fait dans mon esprit tandis qu'elle se mord la lèvre pour cacher un rictus.

– Donc, si je comprends bien, c'est moi le gros con ?

Elle pâlit mais garde la tête haute.

– Je ne suis pas tout à fait certaine que c'est le mot que j'ai utilisé. Je pense avoir dit : le gros méchant.

Je hausse un sourcil en soupirant, agacé.

– On peut sortir de cette pièce ? Je commence à devenir claustro. Promis, je ne vais pas m'enfuir, je vais tout t'expliquer, ajoute-t-elle en constatant mon air sceptique.

Je me décale pour lui donner enfin accès à l'extérieur, puis la suis jusqu'à son bureau où elle dépose le dossier sur le comptoir. Nos yeux se croisent, et malgré moi je ne peux m'empêcher de trouver son air bravache un brin attirant. Elle relève le menton et se lance dans ses explications :

– Weston m'a confié la vérification des séjours pour le mois prochain. J'ai remarqué que la marge de bénéfice sur l'île aux Oiseaux était plus faible que pour tout le reste. (Je m'apprête à l'interrompre, mais elle poursuit en dardant son regard sur moi.) Donc, j'ai pensé que si l'on transposait l'intégralité de cette prestation ailleurs, on pourrait obtenir un gain substantiel.

– Et tu t'es aperçue que ce n'est pas faisable, contré-je. Je suis né à Fairban, je connais la plupart des îles aux alentours. S'il avait été possible de faire ce que tu me présentes, ça serait déjà mis en place.

– La plupart, reprend-elle. C'est bien là la nuance. (Elle sourit, sûre d'elle, en sortant du dossier une photo qu'elle me place sous le nez.) Voici l'île Malahoe. C'est une île publique. Tu paies déjà tes taxes tous les ans pour exercer ton activité, ce qui signifie donc un supplément, mais minime par rapport au pourcentage que tu verses au propriétaire de l'île aux Oiseaux.

– OK… accordé-je, sceptique.

– J'ai contacté les propriétaires de l'hôtel. Ils m'informent que même en cette période, on pourrait visiter le complexe et y séjourner. Ils sont intéressés par un partenariat. Il y a juste quelques points qui doivent être confirmés, mais je pense vraiment que c'est une solution que tu devrais envisager, Captain !

Quelques secondes s'écoulent. Je fronce les sourcils. Si vraiment cette île peut me permettre un gain, il faut que je prenne le temps d'étudier le projet.

– Montre-moi ça de plus près !

Elle ravale son sourire. Je regarde avec minutie sa présentation alors que Roxy trépigne d'impatience à mes côtés. Finalement, peut-être que je ne vais pas la virer tout de suite.

– Je dois avouer que je suis surpris. Finalise-le et on verra ce qu'on peut faire.

C'est la vérité. Son projet peut tenir la route. Il faudra plancher sérieusement dessus mais là, Angie m'impressionne. Seulement je ne laisserai pas passer son petit écart.

– D'accord ! Je m'y remets dès demain.

– Eh Roxy ? Qu'on soit bien clairs, c'est la dernière fois que tu me traites de gros con.

– Hmmm, hmmm !

Je secoue la tête, excédé, avant de me diriger vers l'imprimante. Quand je me retourne, Angie est en train d'effectuer une petite danse de la joie et s'arrête l'air de rien quand elle constate que je regarde de nouveau dans sa direction.

– Tu n'auras pas le dernier mot avec moi, Angie. Il faut que tu te mettes ça dans la tête.

Pourtant, dans ses yeux, je lis tout le contraire : *« C'est ce qu'on verra, Captain. C'est ce qu'on verra... »*

CHAPITRE 19

PARKER

Elle pince ses lèvres avant de laisser échapper un sourire. Ses cheveux lâchés sur ses épaules suivent le mouvement de son corps gracieux. Son souffle caresse la peau de mon cou et j'en frissonne.

– Si j'ai bien compris, je n'ai pas le droit de te toucher, c'est ça ?

Je déglutis alors qu'elle fait tourner ma chaise de bureau pour s'agenouiller devant moi. Mon regard accroche ses yeux qui brillent de malice tandis qu'elle ouvre la bouche.

– Laisse-moi te montrer qu'avec un peu d'imagination, on peut faire beaucoup de choses…

Ses doigts se posent sur le bouton de mon jean et…

Je me réveille en sursaut. Je tourne la tête de gauche à droite avant de me laisser retomber contre mon coussin. Je suis seul dans mon lit. Mes doigts appuient sur mes paupières pour effacer les images qui peuplent encore mon esprit. Un rêve érotique… mettant en scène Roxy. Il y a un truc qui ne tourne pas rond chez moi. Ou c'est de la faute de ce foutu pari. Je ne vois que ça. Je grimace en replaçant mon érection dans mon caleçon. Même dans mon esprit, Angie vient me torturer. À croire que Weston l'a recrutée pour se venger de moi. C'était quand même foutrement sexy.

Je saute de mon lit. Le soleil se lève à peine, autant en profiter pour aller dépenser toute cette énergie dans un jogging. J'enfile mes baskets, mon short et mes écouteurs, et pousse la musique à plein volume. Tout, mais pas le silence.

Trois heures plus tard, après un footing et une douche glacée, je saute dans ma voiture. J'allume l'autoradio et là encore augmente le volume pour remplir l'espace. Quand j'arrive devant la maison rose saumon et que je pousse la porte, mon vœu est exaucé. Un joyeux brouhaha vient saturer mes oreilles et une odeur de nourriture italienne remplit mon nez. Tout est à sa place, ici. Presque. Je me dirige vers les voix et arrive dans le salon où ma famille est installée. Mes parents sont assis sur le canapé, tandis que Missie, Lulu, Caldie et Wes sont avachis sur le tapis avec des albums photo sur les genoux.

– Salut vous !

– Pakou, tu es déjà là ! s'étonne mon père.

– Matinée off. J'en ai profité pour venir plus tôt. Vous faites quoi ? demandé-je en avisant un cliché de Melinda, les joues tartinées de confiture de fraise.

– Je cherchais des images de moi petite pour les faire numériser et Weston a fini par parier avec Lucan que sa bicyclette était jaune, alors on a dû tout sortir pour savoir qui avait raison.

Je m'assieds à côté de ma mère et l'embrasse sur la joue, sa main caressant mes cheveux.

– Elle était verte.

– Merci ! salue mon grand frère. Il est têtu. Il paie la note au prochain resto.

Weston me dit de ne pas en rajouter et je m'esclaffe. Quel mauvais perdant !

Nous ressortons les vieux souvenirs, les anniversaires, les kermesses, les fêtes de famille, les moments de vie capturés et rangés dans ces classeurs. J'englobe ma famille du regard et mon cœur se serre. Un album est resté sur l'étagère. Mon esprit s'égare un instant et c'est lorsque je sens une pression sur ma cuisse que je redescends sur terre. Tous les yeux sont tournés vers moi.

– Quoi ?

– Pierre, feuille, ciseaux, pour celui qui met la table. T'en es ? demande Missie.

Mes parents secouent la tête avant de se lever. J'entends mon père dire à ma mère : « Laissons-les se débrouiller » et Mamma rouspéter.

– C'est sans moi. Les paris, les jeux, j'ai donné cet été.

– Oh, allez ! Fais pas ton rabat-joie, me taquine Lucan.

– On dirait que vous le vivez bien ! Il n'y a que moi qui trouve toute cette histoire totalement saugrenue ?

Pas de relations sexuelles pour prouver quoi ? Que je peux construire quelque chose de solide avec le néant ? C'est n'importe quoi. J'attends une réponse de mes frères qui ne vient pas. Weston fait les gros yeux à Lucan, qui souffle. Il y a anguille sous roche.

– Vous avez craqué ?

– C'est de l'argent facilement gagné, nie mon grand frère en haussant les épaules. Je tiendrai jusqu'au bout.

Je ricane. On n'est pas tous logés à la même enseigne. Il peut quand même s'endormir dans les bras de sa femme et la câliner. Son lit n'est jamais froid. Peut-être que je devrais demander à Caldie de m'aider ?

– Caldie…

– Ne me mêlez pas à vos affaires, rigole ma belle-sœur.

Raté.

– Je lui ai déjà demandé, m'apprend Weston. Si on cumulait toutes mes heures passées à surfer sur les sites pour adultes, je serais membre Platinum.

Mon rêve me revient en mémoire comme un boomerang.

– Je vais mettre le couvert. Vous me donnez mal à la tête.

Parole, parole, parole.

***

Deux jours plus tard, une fenêtre pop-up s'ouvre en bas à droite de mon écran, affichant le début d'un e-mail qui me cloue sur place. Je lis les quelques lignes puis recommence. Je compose le numéro direct d'Angie et lui demande de me rejoindre dans mon bureau. Elle frappe à la porte quelques instants plus tard, Post-it et stylo en main. Je remarque qu'aujourd'hui, elle a changé de coiffure et opté pour deux tresses africaines plaquées sur sa tête.

– Comment as-tu fait ?

– De quoi tu parles ? se braque-t-elle aussitôt.

– M. Martin.

Elle hausse un sourcil, mais ne fait aucun commentaire. Deux années que nous lui faisons devis sur devis et jamais il n'a franchi le pas... jusqu'à aujourd'hui. Cette fille est démoniaque. J'en suis toujours à me demander comment elle a sorti l'île Malahoe de son chapeau. Et surtout, comment ai-je fait pour passer à côté ?

– Je viens de recevoir un e-mail disant qu'il voulait signer.

Un éclair de triomphe se lit sur son visage, mais elle se reprend vite.

– C'est une bonne chose ?

– Ça l'est... réponds-je en la jaugeant.

Enfin... s'il signe vraiment. Nous verrons si elle arrive à faire des miracles. Après tout, elle est encore là au bout de quinze jours alors que je ne lui en donnais que deux chez Fish & Man.

– On le rencontre quand ? me demande-t-elle, professionnelle.

Où est donc passée la fille qui, quelques jours plus tôt, me traitait de con ?

– Je confirme le rendez-vous pour mercredi à 15 heures. Je veux les plaquettes, les tarifs, une tablette avec les vidéos chargées… et que tu sois prête pour répondre à toutes les questions.

Parce que bien entendu, il nous attend tous les deux, comme précisé en gras dans son e-mail : « J'espère que mademoiselle Baffin sera présente. Elle a été plus que décisionnaire dans mon envie de travailler avec vous. »

– Pour ça, il faut que tu valides les corrections que j'ai apportées. Tu n'as pas répondu.

Roxy fait le tour du bureau pour se poster à mes côtés.

– Je peux ? m'interroge-t-elle en montrant ma souris.

J'acquiesce. Je me décale un peu, et alors qu'elle se penche vers moi pour m'expliquer toutes les modifications qu'elle a apportées sur la future présentation, mon rêve me revient de plein fouet. Son parfum d'agrumes m'assaille en traître. Je l'écoute d'une oreille distraite en hochant de temps en temps la tête.

– Est-ce que ça te convient ?

– Oui, oui, acquiescé-je d'un ton bourru.

– OK, je serai prête pour mercredi. Tiens-moi au courant si tu veux que j'ajoute des éléments dans la présentation.

Je hoche la tête en lui faisant signe de partir, l'esprit encore embrouillé. Elle a une manière de me faire vriller, c'est agaçant ! Il faut que je reprenne les choses en main, et vite. À commencer par ce dossier : Angie et M. Martin se sont un peu trop rapprochés, et si elle s'imagine diriger l'entretien avec ce client, elle croit encore au Père Noël. Je vais remettre les points sur les I, et on verra bien lequel déstabilisera l'autre.

CHAPITRE 20

PARKER

14 Juillet. On aurait dû partir
en voilier, refaire le monde depuis
le pont et manger du fromage italien
et du raisin à s'en éclater l'estomac,
avec beaucoup de vin.
J'espère que ça va.

Je serre mon téléphone dans ma main. La bile me remonte dans la gorge. J'ai fait un cauchemar, ça n'était pas arrivé depuis un moment. J'ai encore la sensation d'y être.

La pluie qui vient taper doucement les carreaux de mon parebrise tandis que je conduis, les mains rivées au volant. Les vitesses que je passe machinalement, avalant les kilomètres comme s'ils n'existaient pas. Le bruit des gouttes sur la carrosserie. Mon esprit qui tourbillonne. Mon cœur battant…

Tout est bien trop ancré dans le présent. Je ressens ce malaise depuis que je me suis levé, qui me reste en tête et m'empêche de respirer correctement. Cette date est particulière, et ce cauchemar est là pour me rappeler tout ce qui n'est plus. Habituellement, je navigue ce jour-là, sauf depuis deux ans. Je suis nostalgique aujourd'hui, le moral dans les chaussettes, et Gwen me connaît tellement bien qu'elle le sait.

Ça va. Passe une bonne soirée, Gwen.

Tu n'es pas en mer ?
Vu que tu as ton téléphone,
je suppose que non.

Pas cette année.
Je suis chez mes parents.

Je vois trois petits points apparaître avant que son message ne s'affiche.

RDV dans une heure à la marina ?

Je suis tenté d'accepter. Vraiment tenté.

Ce n'est pas une bonne idée.

Dire qu'à cette heure-ci,
j'aurais déjà été dans tes bras.
Tu me manques.

C'est comme ça. Et pourtant ça fait toujours aussi mal de se dire qu'on n'a plus rien en commun à part notre passé.

– Je rêve ou Gwen t'envoie des messages ? s'exclame Caldie à mes côtés.

Elle secoue ses cheveux mouillés et je grogne en réponse. Ma belle-sœur se laisse choir à côté de moi et tape ma cuisse assez fort pour que le claquement fasse lever l'oreille à Francis.

– On ne t'a jamais dit que c'est malpoli de lire par-dessus l'épaule de quelqu'un ?

– Elle veut quoi, Gwen ?

– Que je la rejoigne à la marina.

Elle me prend l'épaule et la serre.

– Je comprends. Pourquoi tu n'es pas allé naviguer ?

– Parce que maman tenait à ce que je sois là.

Aujourd'hui, je ne me fais pas confiance.

Caldie hoche la tête, mais ses yeux me transpercent.

– Ton père a toujours sa liqueur de pêche ?

– S'il n'a pas fait un apéro avec Nonna, je suppose. Pourquoi ?

– Parce qu'on va se prendre une cuite.

– Il est 11 heures du matin et je ne suis pas en congé demain.

– Oh, allez papi !

Je me rallonge en attendant que Caldie revienne, et reçois un autre message.

???

Je suis en famille, je vais rester là.
J'espère que ta journée sera bonne.

Toi aussi. Et refuse si Caldie
te propose de boire.

Comment tu sais ?

Cinq ans, mon amour.
Ça ne s'oublie pas comme ça.
Ils me manquent tous.
Mes parents t'embrassent.

Tu n'es pas avec Rob ?

J'avais espoir de te voir aujourd'hui...

Je lève le nez de mon téléphone et fixe l'eau turquoise de la piscine. Ça me brûle de l'intérieur.

– Tu veux bien arrêter de glousser, c'est insupportable ! m'exclamé-je en fusillant Wes du regard.

Il est à moitié avachi sur le transat, son téléphone en main, qu'il n'a de toute façon pas lâché depuis que je suis arrivé.

– Oui oui, dit-il, mais il recommence quelques secondes plus tard.

– À qui tu parles ? Encore ton meilleur ami qui fait des siennes ?

– Non, à Angie.

– Angie, comme Angie ?

– Je n'en connais pas d'autre.

– Et qu'est-ce que vous vous dites ?

– Depuis quand est-ce que ça te regarde ? me rabroue mon frère en continuant de taper frénétiquement sur son écran.

Depuis qu'elle intervient dans nos réunions de famille !

– On dirait que tu ne peux plus de passer d'elle.

– C'est vrai. J'ai failli lui demander de passer, mais je me suis dit que ce n'était pas le bon jour pour ça…

Je me crispe.

– Je ne veux pas qu'elle vienne ici. C'est une employée, pas une copine.

– Parle pour toi ! Je suis déjà en train de réfléchir au prénom de nos futurs enfants.

Je lève un sourcil ; s'il y a bien quelque chose que je ne vois pas autour de Wes, en tout cas pas maintenant, ce sont bien des enfants. Mon scepticisme doit se voir, parce qu'il se sent obligé d'ajouter :

– Tout me montre que la vie est trop courte pour se prendre la tête.

Je me fige. C'est à moi qu'il dit ça… Finalement, je vais peut-être profiter de la bouteille de Caldie.

Lorsque je rentre chez moi en fin de journée, je m'écroule sur ma terrasse. Un long frisson dévale mon échine quand je vois passer une étoile filante dans le ciel. Ça fuse autant dans ma tête qu'au-dehors. Je me ressers un verre de whisky et lève le verre bien haut en m'exclamant :

– Joyeux 14 Juillet, bébé !

Mais seul le silence me répond.

***

À 14 h 30 le lendemain, je rejoins Angie pour notre rendez-vous. Dossier sous le bras, pantalon de tailleur à carreaux gris, chemisier blanc et escarpins vernis, elle semble avoir une discussion animée avec Weston. Je ne sais pas ce qu'il lui dit, mais ça a le mérite de la faire rire. Il lui touche l'épaule et elle lui rend son sourire. Ce simple geste me tend et fait vriller quelque chose dans mon cerveau. Comme si me lever avec la gueule de bois ce matin n'était pas suffisant. Quitte à continuer cette journée pourrie, autant y aller à fond.

– Tu fais quoi alors ce soir ? lui demande mon frère d'une voix veloutée.

– Je ne sais pas encore. Je suis fatiguée, je vais peut-être simplement rentrer chez moi.

Elle me jette un coup d'œil et se redresse.

– Tu me diras, hein ? insiste-t-il.

Ils se voient en dehors du travail ?

– Parker ! s'exclame mon frère. C'est que tu es beau, comme ça !

Il détaille ma tenue – un jean noir, une chemise bleue dont j'ai laissé les deux premiers boutons ouverts et une paire de chaussures blanches basiques – et siffle d'approbation.

– Tu pourrais presque m'arriver à la cheville, blague-t-il en passant son bras autour des épaules de Roxy. Tu as de la chance d'être entourée de deux mâles virils et beaux garçons, et ça, tous les jours.

– Je suis en parfait émoi, répond-elle en battant des cils.

Wes lui plante un baiser sonore sur la joue comme si c'était la chose la plus naturelle au monde. Je me tends une seconde fois. Je les ai plus d'une fois surpris en pause, le midi ou en journée, en train de discuter et de sourire. Ils s'entendent vraiment bien, et ça me contrarie. Cette fille est une source de problèmes, ça m'emmerderait vraiment si mon frère commençait à s'enticher d'elle. Il va falloir que j'aie une discussion avec lui et que je lui rappelle une règle importante : « Les relations entre employés sont formellement interdites. »

– Si vous avez fini de vous raconter votre vie et de vous faire des papouilles, on pourrait peut-être y aller.

– Tu les as vraiment à l'envers… soupire Weston. Ça commence à devenir vraiment désagréable, tu sais.

– La porte est grande ouverte.

Je ferme les yeux au moment où je me rends compte de ce que j'ai dit. Bien sûr que je ne le pense pas, j'adore travailler avec mon frère, mais c'est trop tard. C'est sa faute, aussi ! Il me pousse, tout le temps, et je dois toujours être celui qui a les pieds sur terre. Weston accuse le coup, reculant légèrement, son visage si avenant d'habitude se transformant en un masque de froideur.

– Tu commences à me les briser menu, Parker. Il faudrait arrêter d'être tout le temps furieux après le monde entier ! Après la saison, je te fous d'office en vacances. Tu pourras aller faire l'ermite sur ton bateau et revenir de meilleure humeur.

– Je serais peut-être moins à bout de nerfs si je pouvais disposer de ma vie comme je l'entends, m'emporté-je à mon tour.

– T'as qu'à baiser si c'est ça qui te rend si imbuvable. Finalement, rien ne vaut ma tranquillité. Tu n'as qu'à prendre mes mi…

– On ne va pas en parler maintenant.

Wes secoue la tête et part dans son bureau en prenant soin de claquer bien fort la porte.

– On y va, grogné-je à l'attention de la rousse qui n'a pas l'air d'apprécier mon comportement.

– Oui, patron, articule-t-elle avec une politesse exagérée.

Une fois dans la voiture, j'allume la radio assez fort pour lui faire comprendre que je ne veux pas faire la conversation. Bon sang, qu'est-ce que je donnerais pour m'allumer une clope, alors que je ne fume même pas ! Le 14 Juillet est passé. Ça devrait aller mieux. Pourtant, je suis toujours à fleur de peau. C'est juste que tout aurait dû être différent.

Au bout de quelques minutes de trajet dans un silence pesant où j'ai vu Angie du coin de l'œil ouvrir et refermer la bouche sans qu'aucun son n'en sorte, elle se tourne vers moi. Elle se mord la lèvre avant de la relâcher dans un bruit agaçant.

– Je sais que je ne devrais probablement pas te dire ça parce que ça ne me regarde pas, mais… Tu pourrais au moins être aimable.

– Tu n'es là que parce que M. Martin le souhaite. Si ça ne tenait qu'à moi…

Elle me coupe en levant la main, irritée – comme la première fois que je l'ai vue.

– Tu ne veux pas changer de refrain, Parker ? J'ai compris que tu étais le seul maître à bord et que tu pouvais faire la pluie et le beau temps. Pourtant j'ai fait tout ce qu'il faut, mais rien ne trouve grâce à tes yeux.

– Je ne vois pas du tout ce que tu entends par là.

– Ah bon ? Tu veux que je te rafraîchisse la mémoire ?

Mon rictus lui répond tandis qu'elle soupire à nouveau.

– Non, c'est bien ce que je pensais, Captain. Mais je ne disais pas ça pour moi. Ton frère se casse le…

Elle s'arrête, hésite, alors je poursuis :

– … Cul. Et, oui, ça ne te regarde en rien. Ce n'est pas parce que tu t'entends bien avec lui que ça te confère le droit de donner ton avis. Je pensais qu'on était convenus tous les deux que je n'en avais rien à faire ?

Elle ne pipe pas un mot de plus. Ça me va parfaitement. S'il n'y avait pas son parfum entêtant, je pourrais me croire seul dans la voiture.

Nous ne mettons pas plus d'une demi-heure pour rejoindre la marina où M. Martin nous attend. Une fois que nous sommes arrivés, Angie claque la portière un peu trop fort avant de marcher toujours un pas devant moi sur le trottoir, et ça a le don de m'agacer.

M. Martin nous attend dans le hall luxueux de l'hôtel dans lequel il est descendu pour le week-end, vêtu d'un polo de marque aussi blanc que ses dents et des mocassins brillants aux pieds. Il vient vers nous et son sourire s'accentue quand son regard se pose sur Angie.

– Enchanté, Parker Doretta, me présenté-je. Je suis ravi de faire enfin votre connaissance, monsieur Martin.

– De même, me salue-t-il, le regard fixé sur Angie.

– Je vous présente Mlle Baffin. C'est avec elle que vous avez conversé.

– Mademoiselle Baffin, bien sûr, susurre-t-il comme s'il dégustait du miel. Je suis vraiment heureux de vous rencontrer.

Pour appuyer ses propos, il lui fait un baisemain. Angie sourit comme s'il venait de lui décrocher la lune.

– Moi de même, monsieur Martin.

– Je vous ai déjà dit de m'appeler J. C., insiste-t-il en posant sa paume sur son bras.

Pour mettre fin à cette mascarade qui me hérisse les poils, je lui fais signe de me suivre, mais si je n'étais pas là, ce serait pareil : il ne voit qu'Angie.

Il vient de donner le ton de la réunion : Martin pose exclusivement ses questions à Roxy, qui ne cesse de sourire. Je suis presque surpris qu'elle puisse être aimable si longtemps. Avec moi, ça ne dure jamais. Elle répond à ses interrogations avec professionnalisme et sans faute, si bien que je me renfrogne à ses côtés. J'en arrive à un point où j'aimerais qu'elle foire un client à cinq zéros juste pour le plaisir de la remettre à sa place et de lui ôter le sourire insupportable qu'elle ne cesse de faire à notre client. Il y a un truc qui ne tourne pas rond chez moi.

– Monsieur Doretta, j'imagine que vous êtes un homme occupé. Je suis certain qu'Angie peut me faire visiter le *White Spirit*. N'est-ce pas ma chère ?

Oui, parce qu'au bout de dix minutes, il s'est octroyé le droit de l'appeler par son prénom. Sans surprise, il me demande de quitter gentiment la partie.

– Ne vous inquiétez pas, monsieur Martin, je suis enchanté de vous faire cette visite.

Angie me lance un regard de travers, blessée de ce qu'elle pense être un manque de confiance. Ne se rend-elle pas compte qu'il la drague ouvertement ? À moins qu'elle ne comprenne pas la subtilité ? Ce mec-là s'est dit qu'il allait se payer un petit cinq à sept avec la nouvelle chargée de séjours de Fish & Man, c'est certain. Ma réponse ne semble pas lui convenir non plus, car son sourire se fane.

– Très bien, montrez-moi la bête ! accepte-t-il.

Sur le bateau les choses se poursuivent sur le même ton. Sourires, œillades, proposition de venir le rejoindre à Capri un de ces jours – et le pire, c'est qu'elle ne décline pas l'invitation. Je vois rouge. Ma réputation est en jeu et j'y suis très attentif. Si elle croit qu'elle peut organiser un rendez-vous galant comme si on était sur une application de rencontres, elle se trompe. Ça sera Capri ou son poste.

Au bout de deux heures de supplices, M. Martin nous informe qu'il doit rejoindre sa suite pour un rendez-vous d'affaires.

– Je vous recontacte très vite. Angie, vous êtes délicieuse, merci pour vos précieux renseignements, la salue-t-il en l'embrassant sur les deux joues.

Je n'ai pas ce privilège et suis récompensé par une poignée de main plutôt molle.

Une fois le client parti, nous nous retrouvons, Roxy, ma colère et moi, sur le pont du bateau. Quelques secondes passent avant que ses épaules se détendent, alors que je suis toujours aussi sur les nerfs.

– Ça s'est bien passé, avance-t-elle en lâchant un gros soupir.

– Je ne t'ai jamais vue aussi souriante, ironisé-je.

Son regard se détache des vagues qui roulent au loin et se plante dans le mien.

– Si ça peut nous rapporter un contrat… considère-t-elle en haussant les épaules.

– Oui, et une invitation à Capri en prime… Que demander de plus ?

– Qu'est-ce que tu sous-entends ? siffle-t-elle, droite comme un piquet.

Je m'oblige à garder mon sang-froid, mais son ton cassant me rend dingue.

– Je n'insinue rien, je te le dis clairement : tu n'es pas là pour draguer les clients ni te faire inviter pour des vacances tous frais payés, Angie !

Le silence répond à mon accusation. Ses joues se colorent d'une teinte rouge vif tandis qu'elle avance d'un pas. Elle pénètre dans mon espace jusqu'à ce que nos deux pieds soient quasiment collés.

– Retire ce que tu viens de dire, Parker.

– Sinon quoi, Roxy Red ?

– Tu es mon patron, mais ça ne te dispense pas d'être respectueux. On fera le compte rendu de ce rendez-vous professionnel quand tu te seras calmé !

Elle tourne les talons et quitte le bateau. Je saute à mon tour pour la rejoindre sur le pont. Le ciel a beau être bleu, c'est l'orage que j'entends gronder dans ma tête.

– Tu n'as pas intérêt à partir ! m'époumoné-je.

– Regarde-moi faire !

Elle fait volte-face en levant la main dans un salut à la limite du doigt d'honneur. Tu parles de respect… Je marche sur ses talons, la somme de s'arrêter, sans succès. Alors que j'arrive à sa hauteur, Roxy se prend les pieds dans un cordage.

Je vois la scène au ralenti et avant que j'aie pu la retenir, elle tombe à l'eau dans un bruit retentissant. J'ai à peine le temps d'esquisser un pas vers l'avant que déjà elle remonte à la surface. Elle crachote en retirant ses cheveux de devant ses yeux et en faisant une brasse approximative avec son autre main.

– Ça va ?

– J'ai l'air d'aller bien ? Je suis tombée dans le port !

Elle me regarde d'un air furieux tout en peinant à rejoindre le bord, mais chaque fois qu'elle tente de me rabrouer, de l'eau s'infiltre dans sa bouche et elle boit la tasse. Le choc de la voir tomber se transforme vite en fou rire. J'essaie de me retenir, mais c'est peine perdue. Bien entendu, mon hilarité l'énerve davantage.

– J'ai essayé de te retenir.

– Tu parles ! Je suis certaine que tu m'as poussée, s'agace-t-elle en attrapant l'échelle.

– Je n'en ai pas eu besoin, tu t'es bien débrouillée seule.

Je ne peux pas m'empêcher de la piquer. Une si belle occasion ne se présentera peut-être pas deux fois. Je tends quand même la main pour l'aider et me pince les lèvres en sentant une nouvelle vague de rire me gagner. Bon sang, cette chute ! S'il y avait eu une caméra, elle vaudrait tous les bêtisiers de Noël.

– On ne t'a jamais dit que rire du malheur des autres, ce n'est pas poli ?

– Désolé, mais la situation est assez comique.

Elle accepte ma main tendue avec un sourire.

– Dans ce cas… annonce-t-elle.

J'ai le temps de voir ses yeux briller de malice, mais pas celui de parer son coup. Je sens juste mon corps partir vers l'avant alors qu'elle me tire de toutes ses forces, et je m'échoue lamentablement dans le port, tête la première. L'eau rafraîchie par le vent saisit mon corps et je peine à ne pas ouvrir la bouche pour crier de surprise. *Je vais la tuer !*

Deux mouvements de bras plus tard et je suis à la surface, prêt à noyer Angie.

– TU TE FOUS DE MOI ?

L'eau salée me remplit la bouche. Ça me rappelle quelqu'un.

– J'ai pensé qu'un bain te permettrait de recouvrer ton sang-froid, rigole-t-elle en grimpant enfin sur le quai.

Mon jean et mes chaussures sont tellement gorgés d'eau que j'ai la sensation de peser une tonne. Bon nageur, il ne me faut cependant pas plus de quelques secondes pour me retrouver près de Roxy.

– Tu te rends compte de ce que tu viens de faire ?

– J'ai perdu ma chaussure ! contre-t-elle.

J'hésite entre la remettre à l'eau pour la noyer et l'ignorer. Je choisis la deuxième option – trop de paperasse pour un meurtre. Qu'elle la cherche seule, sa foutue godasse !

Une grosse flaque se forme sur le bitume à mes pieds et mon jean manque de se faire la malle. J'essaie d'essorer ma chemise, mais c'est comme si je pissais dans un violon.

– Je l'ai retrouvée ! s'exclame Roxy en tendant son escarpin vers le haut comme un trophée.

Elle attend que je la regarde mais je ne pourrai pas le faire sans avoir envie de la secouer.

– Oh, allez Captain ! Je croyais que c'était drôle ! Je voulais qu'on rigole ensemble.

– Hilarant.

– Et puis, tu l'as bien mérité. Il ne fallait pas me traiter de cette manière.

Je me tourne enfin vers elle pour l'incendier. J'ouvre la bouche, prêt à en découdre, mais les mots me manquent. Elle est debout près de moi, son chemisier mouillé collé à sa poitrine. Par transparence, je distingue son soutien-gorge qui laisse entrevoir ses tétons, et une douce sensation m'envahit.

– Tu crois qu'on peut se rincer sur le bateau ? m'interroge-t-elle.

Je déglutis, le regard planté sur ses seins. Roses. Qui caressent son haut à chacun de ses mouvements alors qu'elle essore ses cheveux devenus presque bruns avec l'eau, et ne cesse de me sourire.

– Un poisson a mangé ta langue ?

– Laisse tomber ! lancé-je en détournant les yeux.

Je me dirige vers le voilier que nous venons de quitter sans rien ajouter. Il faut que je m'éloigne.

Pour la première fois depuis que je l'ai rencontrée, je vois en elle autre chose qu'un renard vicieux. Je vois une femme tout en grâce et dont les atouts féminins semblent faire réagir mon corps… Et ça, ça ne me plaît pas du tout.

CHAPITRE 21

ANGIE

J'observe le dos de Parker quelques instants avant de le rejoindre. Il a l'air très en colère, mais j'espère qu'il se sent suffisamment mal de la saloperie qu'il m'a jetée au visage pour ne pas me remettre tout de suite ma lettre de licenciement. Je pouffe encore au moment où je pénètre à mon tour dans la petite pièce du bateau, alors qu'il entre dans la salle de douche non sans m'avoir jeté un regard noir. Si je gagnais un dollar chaque fois qu'il a l'air de souhaiter ma disparition spontanée, je serais riche.

Au milieu de la pièce, je n'ose pas m'asseoir. Tout l'intérieur est fait de cuir bleu nuit et de bois plus lustré que celui d'une Cadillac, et je n'ai pas envie d'avoir à rembourser une nouvelle dette. Deux minutes plus tard, la porte s'ouvre à nouveau sur Parker, cette fois torse nu. Il me jette une serviette en plein visage. J'ai à peine le temps de l'attraper qu'il a déjà fermé la porte de la chambre sur la droite et actionné le verrou.

– Je ne comptais pas entrer, lancé-je en haussant la voix.

Le silence me répond.

– Il aurait pu me laisser la place, marmonné-je en entendant l'eau couler.

J'enlève tous mes vêtements et les place dans l'évier afin qu'ils ne trempent pas davantage le sol, gardant simplement ma culotte, puis je m'enroule avec le linge soyeux et me frictionne. Il est tellement grand que je peux sans problème faire deux fois le tour de mon corps avec. La serviette sent la lessive à la lavande, comme Parker.

La porte s'ouvre cinq minutes plus tard sur mon boss, accaparé par son téléphone, un tee-shirt et un short à l'effigie de Fish & Man sur le corps. Le seul détail qui pourrait trahir son récent plongeon, ce sont ses chaussures dans sa main droite. Il range son portable dans sa poche, lève la tête et se fige. Quelque chose passe dans son regard. Ses yeux descendent et remontent lentement le long de mon corps avant de se fixer derrière moi. Je suis son regard et remarque qu'il observe mes vêtements dans l'évier.

– Tu es nue là-dessous ? prononce-t-il d'une voix gutturale.

– Eh bien, oui. Je n'allais pas garder mes vêtements mouillés.

Il tressaille et je prends alors conscience que nous sommes deux adultes à moitié nus dans une seule et même pièce, et j'ai soudain chaud.

– C'est incorrect.

Je ne suis quand même pas à poil.

– Incorrect ? Parce que te pointer devant moi torse nu, ce n'était pas déplacé ?

– Si la serviette n'était pas aussi épaisse, je verrais tes tétons pointer de là où je suis ! s'étrangle-t-il.

Il a l'air tellement outré que ça m'exaspère. J'attrape ma serviette pour la resserrer et avance vers lui.

– Arrête-toi ! panique-t-il. Stop, Angie, je ne rigole pas !

À l'évidence, il n'a pas compris mon intention. Ce qui veut dire qu'il pense que je vais lui sauter dessus… et ça m'énerve encore plus.

– Pourquoi ? Après tout je suis une fille facile, non ?

– Mais moi pas ! dit-il en reculant.

Connard.

– Je ne sais pas quelle femme serait assez bête pour tomber sous ton charme, mais certainement pas moi, Parker. J'avais juste froid, rétorqué-je d'un ton glacial.

Il se fige et plisse les yeux.

– Tu dis ça parce que tu es vexée que ton petit manège ne fonctionne pas sur moi.

– À quel moment as-tu cru que je m'intéressais à un mec aussi con que toi ? Désolée, mais j'ai trop d'estime de moi-même pour m'abaisser à…

Je n'ai pas le temps de terminer qu'il prend ses clefs sur la table et me frôle en passant.

– Tu fermeras.

Il passe la porte de la cabine et je le suis en maintenant ma serviette comme je peux. Il a déjà atteint le bas du ponton, me laissant bouche bée.

– Tu me laisses là comme ça ? Je rentre comment ?

– Par tes propres moyens !

Il s'éloigne déjà avant de se retourner et de terminer d'une voix forte :

– Ça te laissera le temps de réfléchir à ta prochaine candidature !

***

– Je suis maudite ! pleurniché-je dès que la communication commence.

Deux heures que je suis rentrée et je suis toujours dans la même position : allongée sur mon lit, les pieds qui dépassent et la tête penchée vers l'avant. Je suis tellement en colère après mon altercation avec Parker que je peine à me calmer.

– Pourquoi ? Désolée si le réseau est mauvais, il ne fait pas très beau ici, m'apprend Lara.

– J'aurais dû venir avec toi ! continué-je en m'enroulant dans mes draps, si bien que je me retrouve entortillée.

Le doux rire de Lara résonne à mes oreilles alors que je bataille avec ma couette pour me sortir du piège dans lequel je me suis fourrée. Même sa voix me manque.

– Tu peux me rejoindre. Le Pérou, c'est magnifique.

– Ne sois pas désagréable, s'il te plaît ! rétorqué-je en me renfrognant davantage.

– Je t'aime aussi, mon ange. Alors, qu'est-ce que j'ai loupé dans ta vie ? Comment va le parfait connard canon ? Il est toujours insupportable ?

La première fois, j'avais trouvé Parker impressionnant. Des épaules larges, une mine fermée, des yeux presque trop noirs pour être réels. Les cheveux humides de sueur, le tee-shirt coincé dans le passant de son short…

Un vrai gâchis !

J'attrape le coussin pour le coller à mon visage.

– Je n'ai jamais dit qu'il était canon ! C'est un monstre.

– Je te fais un screen de l'e-mail que tu m'as envoyé ?

– Chuuuut ! Son corps ne contrebalancera de toute façon jamais son foutu caractère. Il a insinué que j'ai dragué un client !

– Oh, Angie ! rigole-t-elle.

Je continue sur ma lancée, heureuse de pouvoir parler de ma souffrance psychologique.

– On s'est un peu frittés, et puis j'ai glissé et je suis tombée à l'eau. C'est un vrai connard imbu de sa personne, il est parti et m'a laissée me débrouiller pour rentrer. Autant dire qu'il m'a fait cadeau de deux heures. Je n'allais pas rentrer au bureau avec un tee-shirt trop grand pour seul vêtement. Tu imagines, si mon sac était tombé à l'eau avec moi ? En plus, je ne sais même pas si je travaille encore là-bas.

– Qu'est-ce que tu as fait, Angie ?

Elle me connaît trop bien.

– Quoi ? Rien… Je lui ai juste dit qu'il n'avait aucun respect, qu'il était odieux, ce genre de chose…

– Et ?

– … Et je l'ai poussé dans le port.

Lara s'étouffe dans le combiné. J'ai carrément déconné, mais avec son insinuation tordue, je n'ai pu faire autrement que sortir de mes gonds. M. Martin m'a fait l'effet d'une éruption de pustules sur mon corps, et je me suis forcée à rester polie pendant toute la durée du rendez-vous. Je m'attendais à des félicitations à la sortie, pas à un lynchage en règle.

Lara s'esclaffe en me traitant de folle. À ma décharge, la soupape est sur le point d'exploser depuis bien trop longtemps.

– Qu'est-ce que tu vas faire ?

– À ton avis ? Je n'ai pas trop le choix… Je vais continuer à travailler et me venger. Un peu.

Pas besoin d'en dire plus. Lara connaît tout de ma vie, y compris les raisons qui m'ont amenée ici.

– Le pauvre ! Il ne sait pas ce qui l'attend avec toi…

– Je suis un amour ! Alors, raconte-moi… comment sont les Péruviens ?

– Les Péruviens, aucune idée, mais j'ai fait la connaissance d'un Australien… Lilian.

– Lilian, hein ? rigolé-je. Et tu l'as rencontré comment ?

– Il fait du bénévolat dans la même organisation.

Elle m'explique que ça a été un coup de cœur. J'imagine à ce moment ce que doit être la vie là-bas. J'aurais tellement voulu être avec elle…

– Il est doux, viril et… ce soir, je dois le rejoindre dans sa tente, continue-t-elle, des cœurs dans la voix.

– Ne zappe pas la capote ! Je suis sûre que les fluorescentes seront tout à fait adaptées, dis-je en essayant de garder mon sérieux.

– Tu es complètement timbrée ! Mais merci d'avoir pensé à ça pour mon cadeau de départ.

– Ça te fera des souvenirs. Enfin, si tu oses. Tu sais ce qu'on dit, les souvenirs s'envolent, les photos restent !

– Comme celle de la soirée *color red*, n'est-ce pas ?

– Ne sois pas désobligeante, Lara.

– Je ne me permettrais pas…

Même si plusieurs milliers de kilomètres nous séparent et qu'elle ne peut pas me voir, je lui souris. Il paraît que ça peut se sentir dans la voix. Après ça, nous parlons de tout, de son voyage sac au dos à travers le Pérou, des personnes qu'elle a croisées sur sa route, de sa vie là-bas, de mes rencontres, de mes amours inexistantes, de ce nouveau boulot…

Et ça, jusqu'à ce que je n'entende plus qu'un mot sur deux.

– Comment ça se passe avec David ? La cohabitation n'est pas trop compliquée ?

Je me doutais qu'elle me poserait la question. Lara s'inquiète toujours trop pour moi.

– C'est comme me demander si les Capulet pourront un jour s'entendre avec les Montaigu. La situation n'a pas changé.

– Tu sais que tu n'es pas obligée de subir ça, n'est-ce pas ?

– Quand j'aurai mis de côté assez d'argent, je pourrai penser à partir. Avant, ce n'est pas possible.

– C'est triste d'être pauvre, quand même, rigole Lara. Dommage que je sois aussi fauchée que toi !

– À qui le dis-tu !

– Je vais devoir te laisser, on a épuisé tout le réseau péruvien.

– Vole comme un oiseau, petit papillon.

– Merci. Et, mon ange ? N'oublie pas que les connards font les meilleurs amants ! rigole-t-elle avant de raccrocher.

Ça, ça reste à prouver.

CHAPITRE 22

ANGIE

Je geins en m'éventant d'une main comme je le peux. Quand je suis revenue de pause déjeuner, la climatisation réversible ne diffusait plus d'air frais. L'appareil est bloqué et envoie de l'air chaud. J'ai eu beau essayer d'appuyer sur tous les boutons, rien n'y a fait. J'en suis arrivée à éviter tous mouvements inutiles pour éviter de me consumer.

– Bon sang ! C'est un sauna, ici, s'exclame Weston en arrivant à l'accueil.

– La clim est en panne. Je vais bientôt me liquéfier.

– Chochotte. Je croyais que tu revenais d'Asie ? Tu n'es pas censée craindre la chaleur.

– Ce n'est pas la même chaleur, rétorqué-je. Tu n'as qu'à toucher ma peau collante si tu ne me crois pas.

– On est devenus comme un vieux couple, ça y est ?

Il pose son sac sur le comptoir et me tend la main.

– Elle fonctionnait ce matin, non ? Donne-moi la télécommande, je vais regarder.

– Tu serais mon sauveur ! Oui. J'ai même demandé à Parker mais il n'a pas réussi non plus. Il doit contacter le technicien.

Weston rebranche la prise et aussitôt une brise digne des Caraïbes se met à souffler dans la pièce. Si je m'écoutais, je me mettrais en soutien-gorge et culotte tellement je crève de chaud. Weston trifouille tous les boutons et je me retiens de lui dire que j'ai déjà tout essayé.

– Il n'y a pas de piles dans la télécommande.

– Quoi ?

Parker a pourtant vérifié et… OK, j'ai compris.

– Sûrement un des gars qui en avait besoin, avancé-je pour Weston.

Ce matin, alors que je pensais que Parker allait me demander ma lettre de démission, il n'a rien dit. Il m'a juste lancé ce regard indéchiffrable. Je ne sais pas ce qui l'a fait changer d'avis, mais il n'a même pas reparlé de ce qui s'est produit hier. Je me dis qu'il doit probablement essayer de me faire craquer. Pour gagner, même sur un terrain aussi minable. S'il s'attend à ce que je me laisse faire sans rien dire, c'est qu'il ne me connaît pas encore assez bien !

La conversation que nous avons eue avec Wes au sujet de Parker me revient en mémoire. *Que veut-il gagner ?* Mon ami n'a rien voulu me dire. J'ai réfléchi à la question, mais j'ai beau me creuser les méninges, je n'arrive pas à comprendre de quoi il retourne. J'avais même décidé de lâcher l'affaire, sauf qu'avec le coup foireux que Parker vient de me faire, j'ai changé d'avis. Si je dois démissionner, autant m'amuser un peu et finir mon contrat en beauté.

– Je ramène le petit déjeuner pendant une semaine, débuté-je.

– Tu sais que tu es une perle, s'enthousiasme Weston.

– Attends, je n'ai pas terminé.

Je croise les doigts pour que son amour pour le sucre et les muffins triple choco soit assez fort pour lui faire cracher le morceau.

– Viennoiseries à gogo, jus d'orange pressé et tout ce que tu voudras rajouter si tu me dis ce qui est en jeu entre toi et Parker.

Il ouvre la bouche, surpris, avant de s'esclaffer.

– Tu te souviens de ça ? Mince ! Tu as une mémoire d'éléphant. Pourquoi veux-tu savoir ?

– Parce que je suis curieuse. C'est comme un point d'interrogation qui flotte dans ma tête quand je pense à Parker.

– Petit déjeuner pendant une semaine ? s'assure Wes.

Je hoche vigoureusement la tête. C'est trop facile !

– On a fait un pari. Voilà !

Quoi ? Non, hors de question qu'il s'arrête là.

– Et ?

– Eeeeet… Tout ce que je peux te dire, c'est que Parker s'est fait embrigader comme un bleu. On sait tous qu'il ne refuse jamais un défi. Il suffisait de le titiller un peu. C'est tout ce que tu sauras, annonce Wes en reculant vers son bureau.

Intéressant. Je note cette information dans un coin de ma tête. En attendant, je vais réfléchir à quelques petits tours qui feront enrager Parker.

Assise sur ma chaise de bureau, je me laisse peu à peu embraser par le souffle de la vengeance. Mes neurones ont surchauffé une bonne partie de la journée, mais ce n'est rien comparé à la joie qui m'envahit lorsque j'entends Parker hurler mon prénom en revenant du hangar.

– Roxy !

J'ai envie de me lever de ma chaise pour faire le *moonwalk*, mais à la place je reste sagement assise, prétextant travailler sur un dossier qui accapare toute ma concentration.

– Plaît-il ?

– Est-ce que tu peux m'expliquer pourquoi ma tête est affichée en dessous de l'écriteau « pêche au thon » ?

Il tient dans sa main la feuille froissée que j'ai imprimée et collée sur le tableau des informations, dans les toilettes, la salle de pause et à quelques endroits stratégiques. Omar, mon collègue, m'a dit que j'étais folle… oui, de rage ! Rien que pour le plaisir de voir la tête qu'il fait, sourcils froncés et lèvres pincées, je le referais.

– Je ne sais pas, mais cette personne a beaucoup d'humour.

– Cesse de te moquer de moi, je ne suis pas d'humeur !

– Quand l'es-tu ? Et la présomption d'innocence, Parker, tu en fais quoi ? susurré-je en continuant à taper sur mon clavier.

– Tu veux vraiment me prendre pour un idiot ?

Je lève lentement la tête, mon cœur battant la chamade d'excitation.

– Pourquoi est-ce que dès qu'un truc ne va pas dans cette société, c'est forcément ma faute ? On ne peut pas dire que tu es très agréable quand tu t'y mets. Je ne suis peut-être pas la seule avec qui tu t'es accroché ces derniers temps. N'est-ce pas, Parker ?

Semer le doute, puis achever d'un coup de grâce, c'est ça la technique Angie. Il gratte sa barbe comme s'il réfléchissait à cette éventualité. Le petit démon sur mon épaule fait la danse de la joie.

– Donc tu veux dire que ce n'est pas toi ?

– Je n'ai pas dit ça.

Ses mâchoires se serrent tandis qu'il expire bruyamment.

– Ouais, je ne le saurai jamais, quoi ! Un peu comme le fait que tu n'as toujours pas avoué m'avoir filé un faux numéro le jour de l'accident.

On en revient encore à ça.

Je hausse les épaules, mordille ma lèvre puis la relâche dans un petit claquement qui, je le sais, a le don de l'exaspérer. Il déteste tout ce qui est bruit de bouche, je me fais donc un plaisir d'en faire un maximum quand il est à proximité. *Lorsqu'une fille lui fait une fellation, est-ce qu'il lui demande de s'activer en silence ?*

– Peut-être bien que oui, peut-être bien que non, reprends-je. Qui sait ? Un jour, tu connaîtras peut-être la vérité. Mais pour ça tu vas devoir être super sympa avec moi, susurré-je en souriant.

– Difficile d'être cordial quand tu me tapes sur les nerfs.

Il croise les bras sur son torse, faisant ressortir ses biceps dorés par ses longues heures au soleil. Cet homme est hyperactif.

– Je suis touchée que tu m'accordes autant d'importance. On est un peu comme des meilleurs ennemis tous les deux.

– Sauf que je paie ton salaire. Autant te dire que tu n'auras jamais l'avantage.

Je me fais violence pour ne pas le mordre à la jugulaire.

– Ne me sous-estime pas ! Je suis plus solide qu'il n'y paraît, Captain.

Un rire bref me répond. Il tourne les talons pour rejoindre son bureau, mais je l'arrête.

– Ah, au fait Parker ! M. Martin m'a envoyé un e-mail ce matin.

– Pour organiser ton futur voyage avec lui ?

– Si je ne te connaissais pas, je pourrais penser que tu es jaloux. C'est vrai quoi, être mis de côté par le client que tu essaies de ferrer depuis des années… Aïe, ça doit faire mal à l'ego, ça.

– Ce qui m'a déplu, c'est la parade nuptiale que vous avez dansée pendant trois heures. Tout ça pour qu'au final, il change une énième fois d'avis et nous laisse en plan. Ne rêve pas, ton petit jeu ne suffira pas pour le convaincre. Tu as juste réussi à m'agacer en me mettant de côté.

Il serre la mâchoire avant de continuer :

– Autant te le dire tout de suite : je ne suis pas un mec passif. Je préfère prendre les choses en main, alors oui… ça m'a un peu dérangé.

Ses pupilles me détaillent et s'arrêtent quelques instants sur ma poitrine. Je m'apprête à lui rentrer dedans, mais son regard se plante dans le mien et un petit sourire satisfait apparaît sur ses lèvres. Ça ne pourrait pas être plus clair que s'il m'avait dit texto : *Au lit, c'est moi qui commande, bébé*. À cette pensée, une chaleur se diffuse dans mon bas-ventre. La phrase de Lara me revient en mémoire : *Les connards sont ceux qui baisent le mieux*. Qu'est-ce qui se passe ? Je dois me faire violence pour ne pas baisser les yeux, car son regard me perturbe. Mes joues rosissent malgré moi et quand ses lèvres s'étirent davantage, je bous de colère. Parker sait parfaitement ce qu'il fait.

– Alors, Roxy, émet-il, la voix plus basse que d'habitude. Que disait cet e-mail ?

Je me reprends. Il vient de me donner de quoi rebondir. Je me redresse et un large sourire vient fleurir sur mes lèvres.

– Oh, il voulait simplement me remercier et… me renvoyer le contrat signé. Celui que j'ai pris soin de lui transmettre dès que je suis arrivée ce matin.

Il écarquille les yeux, surpris.

Échec et mat, mon vieux !

CHAPITRE 23

PARKER

– C'est bon ?

Malgré moi, mes yeux dévient sur la courbe de son corps et cèdent à la tentation de mater ses fesses. Mes pupilles reviennent à ses reins et les miens s'enflamment. Je la vois déjà à genoux en train de me demander si…

Roxy tourne la tête dans ma direction et les mots prennent enfin sens dans mon esprit. J'ai deux câbles qui se touchent, c'est certain. Je ne sais pas ce qui me prend de la reluquer depuis ma chute dans le port il y a sept jours, j'ai dû me cogner la tête. Je ne vois que ça. Angie me fixe et j'essaie de faire redescendre mon début d'érection au goût de culpabilité. Bander en pensant à mon employée, ça n'a jamais été au programme. Sauf que cela fait exactement un mois et un jour que l'étude a commencé. 23 juin. Un mois !

– Ici la Terre, j'appelle la Lune ! Tu pensais à ton prochain coup foireux ?

Je tourne la tête dans sa direction. Ses pupilles brillent d'espièglerie.

– Je ne vois pas ce que tu veux dire, assuré-je en pressant mon sexe.

Je ne sais pas si j'affiche un air coupable mais elle s'arrête un instant pour me détailler. Mon menton se relève pour la défier. Ses lèvres frémissent mais elle finit par soupirer en indiquant le dossier de Mme Fanion dont elle attend la validation.

– Ouais. Ouais. Donc, c'est bon ?

Je regarde l'heure.

– Pour aujourd'hui, oui. Je dois y aller.

– Déjà ? Un jeudi à quinze heures ? Tu ne pars jamais avant moi d'habitude. Tu as un *date*, avoue !

Je me lève et récupère mon portefeuille et mes clefs avant de rejoindre ma voiture. Je ne vois pas en quoi cela la regarde pourtant je masque un sourire sous mon arrogance.

– À demain, Angie !

– Mais tu connais mon prénom ! Ma foi, il a fallu pratiquement un mois, mais tu as réussi.

Cette fille va me rendre dingue. On va finir par s'entretuer pour de vrai si l'un de nous deux ne s'arrête pas au bout d'un moment. Chaque jour je me demande ce qu'elle va trouver pour me rendre la vie impossible et chaque jour, elle m'étonne un peu plus. Avec elle, j'ai l'impression de retrouver mes vingt ans. Cela fait bien longtemps que ce n'était pas arrivé. Je perds mon sérieux et même si j'ai toujours mis des limites avec mes salariés, avec Roxy cela a l'air tout bonnement impossible. Elle m'agace toujours énormément mais… je ne la déteste plus. Elle se moque de moi, et pourtant je n'explique pas pourquoi je suis en train de sourire alors que je n'étais pas d'humeur en me levant ce matin.

– *Hasta la vista*, Pakou…

Je m'arrête net.

– Tu m'as appelé comment ?

Elle hausse les épaules d'un air mutin.

Rira bien qui rira le dernier.

Je ne mets pas longtemps pour arriver au centre-ville. À cette heure-ci, tous les touristes sont à la plage et désertent ce quartier. J'aperçois ma belle-sœur qui patiente près de notre point de rendez-vous. Arrivé à sa hauteur, je l'embrasse et nous nous mettons en route.

– Merci de venir avec moi, me souffle Caldie au bout de quelques instants.

– Je suis toujours là pour toi. Même si, je te l'accorde, savoir que tu seras nue à quelques mètres de moi me provoque de drôles de sensations, plaisanté-je pour détendre l'atmosphère.

Elle me frappe le ventre de toutes ses forces, mais un léger sourire apparaît tout de même sur ses lèvres. Tout n'est pas perdu. J'enfonce ma main droite dans ma poche et passe mon bras autour de ses épaules. Nous avançons ainsi jusqu'à ce qu'elle s'arrête brusquement, son attention fixée sur les piétons, le bus, la publicité représentant la plage la plus célèbre de la région, partout sauf sur les lettres capitales indiquant « Hôpital de Fairban ».

– Ça va aller, Caldie.

– Oui, je pense… C'est juste que je ne voulais pas être seule. Tu vois… Au cas où ce serait mauvais.

Mes deux paumes se posent sur ses épaules crispées. Le bruit du trafic remonte jusqu'à nous. C'est assez rassurant de savoir que là, quelque part, il y a des gens heureux, des personnes pour qui la vie n'est peut-être pas sur le point de changer. C'est à ça que je me raccrochais quand j'étais au fond du trou. Je m'installais seul en terrasse et j'observais la vie autour de moi en me disant que rien ne s'arrêtait vraiment, que tout continuait de bouger bien que mon cœur ait été roué de coups. Même si j'avais la sensation qu'on m'ouvrait la poitrine en deux, ça n'allait pas durer. Et c'est vrai. Sauf qu'il y a des jours où ça fait un peu plus mal que d'autres. Alors, en observant Caldie, je sais que quoi qu'il advienne, ça ira.

– Je ne me sens pas assez courageuse pour pouvoir entrer là-dedans, Parker.

– Qu'importe ce qu'il annonce, il y aura une solution. Même si ce n'est pas la première que tu aurais envisagée.

Elle se renfrogne, mais hoche tout de même la tête. Ça ne sert peut-être à rien pour le moment, mais il faut qu'elle le sache.

– Mini-puce…

– Appelle-moi encore comme ça et je te castre ! me menace-t-elle en appuyant ses poings sur ses hanches.

Que Caldie s'agace pour quelque chose d'aussi insignifiant est la preuve que ses nerfs sont sur le point de craquer. Elle grogne, mais son mur s'effrite. Elle renifle et bientôt ses yeux se remplissent de larmes. Mes lèvres se posent sur son front dans une étreinte rassurante.

– Ça va aller, ma belle, et si ce n'est pas le cas, on ira se soûler. Ça avait bien marché pour moi.

J'ai droit à un faible sourire en guise de réponse. La voir ainsi me donne envie de taper mon poing dans un mur. Lorsqu'un membre de ma famille souffre, je douille. Encore plus quand je ne peux rien faire. J'ai toujours été celui qu'on vient trouver lorsqu'on ne va pas bien. Je ne sais pas pourquoi, mais j'ai assumé ce rôle dès mon plus jeune âge. Quand Weston a été recalé de son équipe de basket, quand Lucan n'a pas eu son diplôme et qu'il a dû repiquer une année. Quand le cavalier de Melinda l'a abandonnée lors de la réception de fin d'année, que maman a perdu grand-père, que papa s'est fait opérer du dos et qu'il était trop têtu pour rester au lit… Et maintenant encore, alors que Caldie est sur le point de savoir si elle pourra un jour porter la vie.

– Je veux être mère, Parker. Je souhaite vraiment l'être. Et c'est tellement frustrant de ne pas y arriver. Je ne fume pas, ne bois pas à outrance, ne me drogue pas ou seulement quand Lucan se prend à rejouer notre jeunesse. Je... c'est... (Elle s'énerve en serrant les poings. Je caresse son dos tandis qu'elle pleure contre ma chemise en jean.) C'est injuste. Il y a des dizaines de personnes rien que dans mon entourage qui ne mériteraient pas d'en avoir un seul, qui ne s'en occupent pas ou...

Elle ravale un sanglot de douleur et secoue la tête avant de poursuivre :

– Est-ce que je n'ai pas droit à ça, moi aussi ?

Sa souffrance me laisse muet quelques secondes. Je la serre davantage contre mon torse, mes pieds bien ancrés dans le sol. Caldie s'agrippe à mon dos avec un peu plus de force.

– Je sais ce que tu ressens. Tu as l'impression que rien ne pourra apaiser ce sentiment. Mais, Caldie, même s'il faut que j'attache mon frère, que je t'accompagne à cinquante rendez-vous ou que tu t'affales sur mon canapé pour la cinquième fois de la semaine, je serai là.

Ses sanglots redoublent d'intensité.

– J'ai la sensation que Lucan ne se sent pas concerné et de porter toute cette peine à bras-le-corps.

– Tu ne souhaites toujours pas que je lui en parle ?

Caldie secoue la tête en essuyant ses yeux.

– Je crois qu'il ne veut pas tout ça. Il n'arrête pas de me dire : si ça doit arriver, ça arrivera. Est-ce qu'il n'est pas censé me soutenir ? Dans toutes les épreuves ? Tu vois, je connais par cœur nos vœux de mariage et c'est lui qui m'a dit qu'il serait là à chaque étape. Sauf qu'il est au travail à traiter avec des bureaucrates dont il n'a rien à faire alors que je suis ici à pleurer sur ta chemise.

– Peut-être qu'il n'a pas conscience de ce que ça représente pour toi. Parlez-vous, il n'y a que la communication qui permet d'avancer.

Elle émet un soupir à fendre l'âme.

– On y va, c'est bientôt l'heure, esquive-t-elle en se détachant de moi.

Elle passe les portes de l'hôpital la tête haute, comme si elle ne venait pas de s'effondrer. Je lui emboîte le pas et nous nous dirigeons au quatrième étage, au service gynécologique. L'ascenseur sent le détergent et l'odeur me soulève le cœur. Toute cette histoire met mes nerfs à mal. Je ne vais jamais dans les hôpitaux. C'est un lieu synonyme de mort et de maladie.

Le sas métallique s'ouvre sur un couloir rose flashy qui m'agresse la rétine. Je grimace en posant mon regard sur un mantra accroché au mur.

– Rassure-moi, ton gynécologue n'est pas chaman ?

– Je ne sais pas, mais s'il pouvait faire un miracle, ce serait génial.

Elle se dirige vers une femme aux cheveux gris qui a certainement l'âge d'être à la retraite, et s'annonce.

– Vous êtes venue avec votre époux, aujourd'hui, c'est une bonne chose, s'exclame la secrétaire, ravie.

Caldie se tend à mes côtés.

– Vous me croyez assez fou pour l'épouser ? Non, je suis simplement son amant.

La femme ouvre la bouche, hésitante, puis finit par hocher la tête.

– C'est mon frère. Ne l'écoutez pas ! rectifie Caldie en me fusillant du regard.

– On voit tellement de choses de nos jours, vous savez, ça ne m'aurait même pas étonnée. Le docteur va vous recevoir, madame Doretta.

Elle nous fait signe de nous diriger vers la salle d'attente.

Dans la pièce vide et stérile, il n'y a aucune odeur caractéristique, mais des photos de bébés pullulent au mur. Ça me fout en l'air. Ils ne pensent pas aux personnes pour qui ce ne sera toujours qu'un rêve ? Je grogne et détourne les yeux avant de voir que Caldie m'observe.

– Merci d'être là, Pakou.

– Je serai toujours présent pour toi, mon petit gnome violet.

– Ça va, Parker ?

– Nickel. Avec la saison qui a débuté, je suis sur tous les fronts. Mais l'avantage quand tu es patron, c'est que tu travailles pour toi et c'est gratifiant.

– Je te parlais de toi.

– J'ai été occupé.

– Par Gwen ?

Je lève les yeux au ciel.

– Encore cette histoire… soupiré-je en passant ma main sur mon visage. Par Gwen, non, mais elle m'a lâché qu'elle allait quitter Rob.

– Et tu la crois ?

– Oui bien sûr, confirmé-je avec un rire blasé. C'est une possibilité. Mais j'ai envie de dire : qu'est-ce que ça change ?

Mon regard est de nouveau attiré par le cadre où un visage poupin sourit à l'objectif.

– Si elle est de nouveau célibataire, rien n'est pareil, Parker.

– En quoi ? On ne modifie pas le passé. Notre relation était déjà finie avant qu'on se sépare.

Caldie attrape ma main pour que je la regarde dans les yeux.

– Tu sais très bien que ce n'est pas le fond du problème. Est-ce que tu es définitif ? Tu ne reviendras jamais avec elle ? L'aimes-tu encore ?

Je lui jette un regard d'avertissement. Vu son air déterminé, elle ne va pas me lâcher.

– Je ne l'aime plus. Je suis attaché à nos souvenirs, mais l'amour, lui, a disparu depuis longtemps. On ne s'entend plus, on baise de temps en temps, et encore, tu peux le conjuguer au passé avec l'étude de Missie. Mais ce n'est ni le lieu ni le moment de se pencher sur ma vie.

Je pince l'arête de mon nez en soufflant quand elle se remet à parler :

– Si vous vous êtes séparés, ce n'est pas seulement parce que vous ne vous entendiez plus. C'est simplement l'une des nombreuses répercussions de…

– Ne le dis pas, tranché-je d'une voix que je ne reconnais même pas.

Si je fais un effort pour ne pas la laisser en plan, là toute de suite, c'est simplement que je ne reviens jamais sur une promesse.

– Parker…

– Caldie, je suis sérieux. Pas un mot de plus. Gwen reste Gwen, mais si on n'est plus ensemble aujourd'hui, ce n'est pas seulement à cause de… *ça*. Elle est colérique, trop, et elle attendait des choses que je n'aurais jamais pu lui donner. Je suis quelqu'un de simple, nos visions de l'avenir ne collaient plus.

– Très bien, mais vends cette cabane, fais une croix sur votre histoire et avance. Cet endroit, ça aurait dû être votre rêve, l'accomplissement de votre couple, de votre amour…

Pas un vulgaire baisodrome. Caldie met à vif un pan de ma vie que je préférerais oublier. Elle utilise peut-être ce stratagème pour ne pas penser à ses propres problèmes, mais c'est injuste.

– Vous vous devez au moins de finir votre histoire dans le respect. Boucle la boucle, Parker !

Fais confiance au destin et éclate la bulle dans laquelle tu t'es enfermé…

Je n'ai rien le temps d'ajouter : déjà, le médecin arrive dans sa blouse blanche, son carnet à la main.

– Madame Doretta ?

– En parlant de destin… Je crois que je vais devoir faire face au mien.

– Ça va aller, murmuré-je.

Je me répète, mais c'est la seule chose à dire. Mais je ne sais pas qui j'essaie de convaincre : elle, ou moi.

CHAPITRE 24

ANGIE

Je ne regrette pas d'avoir accepté l'invitation de Weston à venir les rejoindre, lui et sa sœur, dans ce club du centre-ville. L'endroit est décoré de telle sorte qu'on a l'impression d'être sous l'eau. Le plafond bleu océan est traversé de leds et un énorme bateau y est accroché. Au mur, des tentacules se déploient jusqu'au-dessus du bar en cuivre, et toutes ces lumières bleues donnent la sensation de nager avec les poissons dessinés au sol. Le designer a fait un travail fantastique. J'en prends plein la vue et pour un jeudi, l'endroit est animé.

– Du coup, Wes m'a dit que tu as beaucoup voyagé. Comment tu as atterri à Fairban ? m'interroge Melinda en me tirant de mes pensées.

– Longue histoire larmoyante et pas du tout passionnante, rétorqué-je avec un sourire.

Je n'ai pas envie d'en parler. Avec le temps, j'ai appris que face à des situations désespérées, il vaut mieux faire l'autruche et attendre que ça passe.

– Laisse-moi deviner ! Rupture qui s'est mal terminée et besoin de changer d'environnement ?

– Je n'ai jamais pleuré pour un mec, et ce n'est pas près d'arriver !

Melinda se penche par-dessus la table en prenant un air de conspirateur. Elle tapote son menton avant de revenir à la charge.

– Bon, je fais encore un essai. Tu as été attirée par les opportunités qu'offrait la ville ?

– Pas vraiment.

– Tu vois bien que tu l'ennuies, la coupe Weston qui vient à ma rescousse en posant une nouvelle tournée sur la table en cuivre.

– OK, mais tu finiras par me le dire. Personne ne me résiste, sourit Melinda en buvant le fond de son verre d'une traite.

Je veux bien la croire. En plus d'être jolie comme un cœur, elle a un sacré tempérament. Je la vois tout à fait dans son futur métier de psychologue. Une poigne de fer dans un gant de velours. Moi qui pensais que tous les psys étaient soit fous soit plus vieux que la voiture de Lara, elle me fait réviser ma copie. Je soupire davantage et m'enfonce dans le canapé représentant un poulpe. Il m'enveloppe comme un cocon. Quoique, cette sensation est peut-être due au premier cocktail que j'ai terminé comme s'il s'agissait de petit-lait ?

– Donc, pour résumer, tu es seule au monde ici ? continue Melinda.

– On va dire ça, oui.

– C'est tellement triste ! Ne t'inquiète pas, je déclare solennellement que nous sommes amies.

– On dirait que je viens de me faire adopter, plaisanté-je.

– Comme Francis ! C'est mon chien. Une vraie boule d'amour.

– Qui pèse une tonne, perd ses poils et bave sur chaque partie du corps qu'il arrive à atteindre, complète Weston.

Melinda balaie la réflexion de son frère d'un geste de la main et se concentre sur moi. Je décèle en elle quelques ressemblances avec Parker que je n'avais pas remarquées la première fois, notamment la forme des yeux et le nez. Mais le sourire, ça, c'est quelque chose qu'elle a en commun avec Weston.

– Tu fais quoi samedi soir dans quinze jours ? On sera le 8 août.

– Comme tous les autres jours de la semaine depuis que je suis revenue ici : télé, chips et sandwich aux cornichons.

Son expression exprime le choc. On dirait presque que je l'ai insultée. Elle secoue la tête et sa coiffure recherchée ne bouge pas d'une mèche. Si j'avais dû me faire la même chose, j'aurais passé des heures devant le miroir sans être certaine d'obtenir un résultat.

– Tu rigoles, pas vrai ?

– Pas du tout. Les semaines sont assez intenses au bureau.

Je ne précise pas que Parker me donne des ulcères à l'estomac et que je rêve même qu'il me hurle dessus la nuit parce que j'ai négligé de lui transmettre un dossier. Ça, et bien d'autres choses…

– C'est si difficile de travailler avec mes deux frères ? m'interroge Melinda d'un air espiègle.

– Tu veux quelle version ? Celle où je n'oublie pas que tu pourrais tout répéter ou l'honnête ?

– Dis toujours ! Je déciderai de ce que j'en fais après, plaisante-t-elle.

– Weston, et ce n'est pas parce qu'il est là, est un amour.

Ce dernier bat des cils en me remerciant. Ce mec est en total décalage avec son look. Derrière ses tatouages se cache un vrai cœur tendre. Bien qu'il use de son charme à outrance, il ne ferait pas de mal à une mouche. Il a suffi d'aller chercher un sandwich à la boulangerie avec lui un midi et de le voir faire avec la vendeuse pour le comprendre. Il aime simplement plaire.

– Fais gaffe à ce que tu dis ! Il va croire qu'il a une ouverture avec toi, déclare Melinda.

– Pas du tout ! rigolé-je. Ma relation avec Weston est platonique. On a mis les choses au clair tous les deux.

– Ah bon ? s'exclame ce dernier, les yeux grands ouverts.

– Si ce n'était pas évident, elle vient de le faire, se moque Missie en me faisant un clin d'œil.

Wes se cale dans le canapé, secoue la tête et tapote ses doigts sur la table avec espièglerie.

– Ce n'est pas plus mal, lâche-t-il avec un sourire.

Il a l'expression de celui qui détient un secret capital.

– Enfin bref, pour en revenir à samedi prochain, Angie, je t'annonce que tu as désormais quelque chose de prévu ! Tu es conviée à mon anniversaire.

– Je…

– Avant de dire non, réfléchis-y ! Le thème, c'est Hawaï et j'ai même un ami qui va cracher du feu.

Carrément !

– Tu devrais accepter tout de suite, intervient Weston. Melinda a une force de persuasion hors du commun. Il y a quatre ans, j'ai dû porter une couche-culotte pour jouer Cupidon avec tout l'attirail. Arc, flèches et un cœur rouge dessiné sur mon torse. Je ne sais pas si tu te rends compte de la dégaine que j'avais.

Imaginer ce grand mec costaud avec une couche me tire un sourire. Connaissant Weston, il a dû en jouer, à fond dans son rôle de dieu de l'amour.

– Il reste des preuves accablantes ou tu as tout effacé ? Je donnerais cher pour voir ça !

– Moi vivant, jamais !

– Dans la vie, il ne faut jamais dire jamais, plaisanté-je. Je te confirme pour samedi prochain, d'accord Melinda ?

– Je te rajoute sur la liste !

Un autre trait de caractère des Doretta : ils n'aiment pas qu'on leur dise non. Mais ça, c'est plutôt son côté Parker.

***

La soirée se poursuit et ma sobriété s'envole. À plusieurs reprises, Melinda dégaine son téléphone pour prendre des selfies de nous. Il faut dire que sa tête avec deux pailles dans chaque narine vaut le détour. On grimace, on rigole, on s'étreint. À l'allure où ça avance, j'aurai très certainement d'ici quelques heures fait pipi la porte ouverte pendant qu'elle m'aura parlé de ses histoires de cœur.

Sur la dernière photo, je tire la langue dans un clin d'œil et Melinda envoie un baiser par-dessus son épaule. Je la regarde mettre toute une liste de hashtags avec dextérité, totalement dépassée : *#amies #Jacksbar #cocktail #BBF #frère #amour* et le dernier, *#Lesseinsdehors*, qui me fait rire plus fort que je ne l'aurais voulu.

– Angie ! Ça fricote avec le boss, s'exclame une voix familière.

Un de mes collègues de travail se trouve devant notre table. Je me lève pour le saluer et il m'embrasse sur les deux joues, comme à son habitude.

– Omar, mon petit crabe, si je m'attendais à te voir.

– Et moi donc ! Tu négocies ta promotion ? Je ne pensais pas ça de toi.

– Que veux-tu, je suis une femme qui cache bien son jeu.

Il salue Weston, s'intéresse à sa sœur et badine quelques instants avec elle. D'après ce que je sais, il travaille pour Parker depuis la création de son entreprise. C'est un bavard et même si j'ai honte de l'avouer, je lui ai soutiré quelques informations sur notre patron. Je n'ai pas découvert grand-chose. Captain Doretta n'a pas l'air de beaucoup se confier.

– Mais dis-moi, c'est que tu as fait des efforts, ce soir ! m'exclamé-je en le détaillant.

Il carre les épaules et son sourire s'élargit. Sa chemise est cintrée, bien loin des tee-shirts tachés de cambouis qu'il porte lorsqu'il est à l'atelier.

– Tu es venu seul ? s'enquiert Melinda.

– Non, je suis avec des collègues. On fête un anniversaire, tournée des bars. Mais j'ai besoin d'une pause.

– Bah alors papy, on fatigue ? plaisanté-je.

– Un peu de respect, je n'ai que trente ans. Et toi, qu'est-ce que tu sirotes ? me demande-t-il en pointant ma boisson jaune.

– *See me naked.*

J'aspire le cocktail à base de coco et d'ananas et reporte mon attention sur mon rayon de soleil quotidien. Entre lui et Weston, je n'ai pas le temps de m'ennuyer.

– Est-ce que c'est une proposition ? balance-t-il avec un sourire charmeur. Parce que tu n'as qu'un mot à dire, Angie.

– Désolant, s'exprime Weston en soupirant. Fais la queue, mon vieux.

– T'as pas ta chance, on a déjà eu cette discussion tous les deux. Angie n'est pas intéressée par ton petit chocolat au lait, contrecarre Omar.

– Ni par ta barre chocolatée, rigolé-je sans pouvoir m'arrêter.

– Tu n'as pas succombé parce que tu n'as pas encore vu l'étendue de mes talents.

– Tes talents, hein ?

– Ouais. On va danser ?

Je regarde sa main tendue, hésite puis cède à sa demande. Omar me récompense par un immense sourire.

– En piste, ma jolie Angie.

– Facile, la rime.

***

Nombre de cocktails ingurgités : *error. Le compte ne peut pas être affiché.*

État : transpirante, mais heureuse.

L'heure avance et nous avons fait une seule table, avec Omar et ses amis. Plus on est de fous, plus on rit, il paraît. La soirée se déroule dans une bonne ambiance. J'ai dansé plus que dans toute ma vie entière. Wes me penche vers l'arrière, sa main calée sur mes reins, puis me redresse pour me coller à lui. Il a pris la place d'Omar après que celui-ci a affirmé que j'avais bien trop d'énergie pour lui.

– Une pause s'impose ! m'écrié-je, à bout de souffle.

– Je t'ai annoncé qu'avec moi, tu allais demander grâce, avance-t-il avec un clin d'œil. Je suis fait pour durer toute la nuit. *All Night Long*[1].

Je pouffe dans ma main en quittant la piste de danse. Ce mec est infatigable. Je m'affale sur le canapé et descends un grand verre d'eau. Je ne sais pas qui est le saint qui l'a posé ici, mais je le remercie mille fois. Mes cheveux sont tout collants, si bien que mon roux habituel tire presque sur le brun.

– C'était chaud là-bas, s'évente Melinda, le regard brillant.

– N'importe quoi, balayé-je d'un geste de la main.

Je m'enfile un deuxième verre d'eau cul sec avant de poser ma tête sur le dossier moelleux. Mes yeux se lèvent vers le plafond tandis que j'expire pour calmer les battements de mon cœur. Les lumières bleues ont l'air beaucoup plus agressives, d'un coup.

– Je vous ai filmés si tu ne me crois pas, continue Melinda.

Je me redresse d'un bond. Mes globes oculaires sortent de leurs orbites. Elle me tend son téléphone, la mine réjouie, alors que la vidéo débute.

1. Titre de Lionel Richie.

– C’est une story en plus ? Sérieux, Melinda ? dis-je en détachant mon regard de l’écran pour le poser sur son sourire angélique. Déjà trente vues. Tu as combien d’abonnés ?

– Oh, un peu moins de deux mille, fanfaronne-t-elle. Vous ne faites que danser, non ? Il n’y a pas de mal.

Non, c’est vrai. Alors pourquoi, en nous voyant danser l’un contre l’autre, ai-je l’impression d’avoir fait une erreur ?

CHAPITRE 25

PARKER

Un simple bout de tissu noir avec de la dentelle sur le décolleté et un collier qui vient se perdre dans la naissance de sa poitrine. Je me lève du canapé en tapant des mains. Lucan sursaute et fronce les sourcils tout en me détaillant.

– Tu fais une crise d'épilepsie ou quoi ?

Lorsqu'il a sonné à ma porte un peu plus tôt dans la soirée, je n'ai pas posé de questions. Je suis le mieux placé pour savoir ce qu'a fait Caldie cet après-midi et toutes les répercussions que cela a pu avoir sur eux.

– Et si on allait boire un verre ? proposé-je.

Il bâille à s'en décrocher la mâchoire puis secoue la tête.

– On est en plein match de basket et on a tout ce qu'il faut. Bière, chips, et un canapé.

Mes yeux reviennent au téléviseur où les joueurs bataillent pour une victoire.

– On bouge ? Je suis motivé. Ça se fait rare, essayé-je à nouveau.

– Je te l'accorde. Et où veux-tu aller ?

– Au Jacks Bar. Allez, ça fait longtemps qu'on n'est pas sortis tous les deux !

– Je suis en jogging.

– Melinda et Weston y sont, tenté-je, en dernier recours.

– Tu te plains toujours que tu les vois trop.

Je soupire en me rasseyant sur le canapé. Je ne peux décemment pas le laisser tout seul à la maison. Pourtant, ce n'est pas l'envie qui me manque.

– OK, consens-je finalement.

Je demeure accroché à mon téléphone pendant toute la deuxième mi-temps, vérifiant les nouvelles notifications comme un chien devant un os. Notre équipe a perdu et bien que cette nouvelle n'ait habituellement pas d'incidence sur mon humeur, ce soir je le vis comme un coup du sort. Je suis à fleur de peau. Je ne sais même pas ce qui m'arrive. Ou si, mais c'est tellement insensé que c'en est inconcevable.

Mon frère a fini par s'endormir et pionce sur le canapé en ronflant. J'envoie un message à Caldie pour l'informer qu'il passe la nuit à la maison. Elle répond par un simple merci. J'en conclus que pour ce soir, elle ne m'en dira pas plus. Il faut toujours lui tirer les vers du nez et en ce sens, nous nous ressemblons. Une fois la télé éteinte, je reste quelques instants dans le noir, perturbé par les bruits de moteur qu'émet Lucan, mais surtout par la story de Melinda. J'ai beau me forcer à laisser l'appareil de côté, je le reprends chaque fois.

Qu'est-ce que ça peut me faire qu'ils se voient tous en dehors du bureau ?

Et qu'ils ne me l'aient pas proposé ? Je dis souvent non, OK. C'est de ma faute.

Mais qu'elle, elle y soit ?

Je rejoins ma chambre. Lucan se lèvera dans la nuit et ira s'échouer dans la chambre voisine de la mienne. De toute manière, elle est toujours prête pour les squatteurs. Pas le courage de le réveiller, d'autant plus qu'il y a une chance sur deux pour que sa sieste l'ait assez revigoré pour lui donner envie de se tailler une bavette à 3 heures du matin. Allumer le barbecue à n'importe quel moment, c'est l'une de nos vieilles habitudes.

Mes draps sont froids lorsque je m'y allonge les bras ouverts, mon téléphone dans la main. Je compte les secondes avant de recevoir une nouvelle notification. Il faudrait que je parle à Missie du danger de poster toute sa vie sur les réseaux sociaux, mais ce soir, je dois dire que ça m'est bien utile. Utile à quoi ? Je ne sais pas trop. Mes doigts se serrent autour de l'appareil quand la voix de ma sœur s'échappe du haut-parleur.

– *On va prendre un taxi pour aller chez Omaaaar !*

Je jette un coup d'œil au réveil qui indique 1 h 10. À cet instant, j'ai envie de botter les fesses de Melinda, de mon frère pour l'avoir laissée boire autant, mais encore plus de Roxy, accrochée au bras de Wes. J'approche le téléphone de mon visage comme si je pouvais entrer à l'intérieur et la décoller de son torse. À en croire les dizaines de vidéos précédentes, il doit être fixé à la Super Glue. S'il veut, je peux l'aider. Ça fera peut-être un peu mal, mais c'est pour son bien.

– *Angiiiiie ! Monte sur les genoux de Wes, y a pas assez de place pour nous, sinon !* crie Missie.

Chacun son siège avec sa ceinture. Point barre. Pourquoi prendre des risques inutiles, bon sang ! J'attends la suite, mais la vidéo se coupe.

Je me redresse, en rogne, m'apprêtant à mettre mes chaussures, récupérer mes clefs et aller déloger tout ce petit monde pour que chacun rentre chez soi, puis je m'arrête quand je prends conscience de ce que je suis en train de faire. De colère, mon poing s'abat sur le matelas.

« J'ai *stalké* votre soirée comme un foutu pervers et j'ai décidé de gâcher la fête » ? C'est bien ça que je leur dirai ?

Un éclair de génie illumine mon cerveau.

Je suis là s'il faut venir te chercher.

Melinda est accoutumée à ce genre de message. Les minutes s'égrènent et toujours pas de réponse. Pas qu'elle ait l'habitude de m'en donner, mais ça m'énerve davantage ce soir. Il est tard, je me lève à 6 heures et, me connaissant, je ne vais pas pouvoir m'endormir sans savoir si, oui ou non, ils ont tous fini la nuit là-bas.

Mon portable vibre sur une nouvelle notification et je les retrouve dans l'appartement d'Omar. Quelqu'un allume les enceintes, Melinda est debout sur le canapé et des amis de mon employé boivent des verres. Wes est toujours près de Roxy et je comprends qu'ils s'installent pour une partie de billard. Je me demande si Omar s'en sert vraiment, à part en soirée. Après tout, c'est comme les piscines. Une fois qu'on a en a une, on oublie qu'elle est là. Mais à cette pensée, une autre vient tout de suite. Peut-être qu'il l'utilise comme terrain de baise ? L'image de Roxy, ses cheveux roux étalés sur la surface verte et nue, ses petits seins pointant dans ma direction, me saisit.

Bordel de merde.

J'arrache presque ma tignasse de mon crâne tellement je tire fort sur mes boucles. La technique du « inspire, expire » ne fonctionne pas. Ma tête n'est plus froide du tout.

Nouvelle notification de Missie.

– *La soirée n'est pas finie*, annonce Weston en se tournant pour répondre à quelqu'un.

Son putain de bras est autour de la taille de Roxy qui le regarde en rigolant.

– *Elle nous mate !* plaisante un des gars.

– *Je vous avais dit ! Ma coéquipière est du genre à bien savoir manier une queue.*

J'ai envie de le boxer. Elle le repousse en le frappant sur le torse.

– *De billard, Angie, de billard*, précise Weston sans cesser de rire.

Mon téléphone atterrit à l'autre bout de la pièce dans un bruit sinistre. Avec un peu de chance, il est cassé et j'arrêterai de perdre mon temps à décortiquer les images d'une fête à laquelle je n'ai même pas été invité.

Depuis quand ce qu'elle fait m'intéresse ?

Je me désape puis me fous sous le drap. Il me reste moins de cinq heures à dormir avant d'aller au boulot, un peu de sommeil me fera le plus grand bien. Demain, j'aurai les idées claires. Je tape les coussins, cherche ma position, puis refais le geste en expirant pour détendre mes muscles. Les secondes passent, lentement… Immobile dans mon lit, mes paupières fermées, je me somme de m'endormir, mais même avec la meilleure volonté du monde, le marchand de sable a oublié ma baraque. Je fixe le plafonnier en espérant que la barre en métal et les petites ampoules me lassent, mais rien, mon cerveau tourne en boucle. Mes yeux se posent sur mon téléphone qui gît toujours dans un coin de la pièce. Sans pouvoir me retenir, je m'empresse d'aller le ramasser. Il n'a rien et j'en suis presque frustré.

Pas de nouvelles notifications. Pas de message de Missie. Ils doivent bien s'amuser.

Et comme un con, je lance les vidéos encore et encore depuis le début. Surtout celles d'Angie. Je coupe le volume pour ne pas entendre les voix de ma sœur et des inconnus.

Mon cœur tape furieusement dans ma poitrine.

Parce que ce que j'ai envie de faire, là tout de suite, me semble inavouable, y compris à moi-même.

Mais quitte à continuer dans le pathétique, autant y aller jusqu'au bout.

Je saisis mon sexe, un frisson me parcourt, tandis que de ma main droite je relance le moment où Angie rigole face caméra. Je rejoue la vidéo à l'infini, jusqu'à ce que mon souffle soit court, que mes reins s'enflamment et que je jouisse en fixant ses lèvres silencieuses.

***

Avant de passer la porte du bureau, je jette le gobelet de café que j'ai pris sur le chemin. Outre le fait d'avoir été obligé de voir mon frère se gratter le cul pendant qu'il pillait mon frigo, celui-ci a voulu faire la conversation au réveil. Autant dire que pour moi, c'est impossible. Tout le monde sait que j'ai besoin d'un temps d'adaptation le matin. Surtout lorsque mes rêves ont été peuplés de bouche rosée et de cheveux roux. Mon esprit s'est si bien emmêlé qu'un instant, ce matin, quand mon réveil a sonné, j'ai cru que Roxy était enroulée dans mon drap et que nous avions passé la nuit ensemble.

Je grogne en me passant la main dans les cheveux. Tout ce bordel me monte à la tête. Il faut que je trouve un moyen d'arrêter ça, sinon je ne pourrai plus la voir sans avoir la trique. Roxy doit rester le fantasme d'une nuit.

Le soleil est assassin, brûlant le bitume, mais j'apprécie cette sensation ; ce n'est pas donné à tout le monde de vivre dans une région pareille. L'air est chargé du sel marin, je m'arrête quelques instants pour contempler les montagnes qui pointent au sud et soupire. Ce n'est pas dans mes habitudes de me mettre la tête à l'envers pour une femme qui n'a aucune importance dans ma vie. J'ai déjà assez à faire avec Gwen…

Pourtant, alors que je passe devant la salle de pause, l'angle par lequel j'arrive me donne une vue plongeante sur Weston et Angie qui, une tasse à la main, rigolent. Mon sang bat contre mes tempes. J'ai envie de lui hurler que « je l'ai vue le premier » alors que ça n'a pas de sens. Avant même d'avoir pu réfléchir à ce que j'allais dire, je suis devant eux. Wes me salue joyeusement et j'ai envie de grogner. Bon d'accord, ils ne sont pas tout seuls. Ils discutent avec deux autres de mes employés, mais mon esprit se focalise sur le bras que mon frère n'a cessé de passer autour de ses épaules toute la soirée et sur ce que je n'ai pas vu hors caméra. *Est-ce qu'ils ont couché ensemble ?*

– Tu cherchais l'un de nous, boss ? s'inquiète Omar.

– Non, pourquoi ? dis-je en serrant les dents.

– J'sais pas. T'es entré avec l'air d'avoir envie de découper quelqu'un.

– Non, j'ai juste besoin d'un café. Mais j'aimerais bien entendre cette blague qui vous fait tant rire, m'exclamé-je avec tant d'engouement que ça se voit tout de suite que je m'en fous complètement.

– On parlait d'un truc qui s'est passé hier soir, ça ne sera pas drôle pour toi, m'apprend Omar.

Il est suicidaire, ma parole !

– Bon, Angie, le téléphone n'arrête pas de sonner. Je n'ai pas besoin de te dire de retourner à ton poste, n'est-ce pas ? tranché-je. Vous autres, j'attends le rapport de vos missions de la semaine avant 16 heures.

Ça ronchonne et tout le monde se disperse. Ma chargée de séjours me jette un regard d'un froid polaire et rien que cela me donne l'envie de remonter sa jupe et de la basculer sur la table pour lui mettre la fessée de sa vie. Elle me contourne, laissant dans son sillage son odeur d'agrumes.

Je ne me sens pas mieux pour autant, c'est même pire.

– Alors comme ça, vous êtes sortis tous ensemble hier soir ? attaqué-je mon frère. La soirée était bonne ?

Et Roxy ? ai-je envie de lui demander, mais je me retiens de justesse.

– Oui ! Ce n'était pas prévu, avec Omar. Un hasard, mais c'était sympa. Par contre, je suis bien content qu'on soit vendredi, je suis mort. Je n'ai pas beaucoup dormi cette nuit.

– Est-ce que ça veut dire que tu as perdu le pari ?

– Jamais ! Je suis encore dans la course, mais on a tous pioncé chez Omar. Je ne sais pas qui, de Melinda ou d'Angie, a ronflé le plus fort.

– Tu as dormi avec elle ? m'étranglé-je.

– On a tous créché dans le salon. Moi au sol sur un vieux matelas qu'Omar a dû avoir à ses quatorze ans.

– Vous vous entendez bien, toi et Angie…

Très subtil, Parker !

– Comment pourrait-il en être autrement ? Il n'y a qu'avec toi que ça a du mal à passer. Même si j'avais l'impression que depuis le rendez-vous clientèle, ça allait mieux…

Mon frère croise les bras et s'appuie contre l'évier en m'étudiant.

– Je ne vois pas ce qui t'a fait dire ça.

– Tu n'es pas venu te plaindre d'elle dans mon bureau, depuis. Je me suis enflammé pour rien vu la façon dont tu viens de lui parler…

– Pourquoi ça a l'air de te tenir autant à cœur que l'on s'entende ?

– Je l'aime bien. C'est une chouette fille et je compte continuer à la voir en dehors. Ce n'est pas qu'une jolie petite nana bien roulée, elle est drôle, sympa et elle a de la repartie.

– Si je ne te connaissais pas, je pourrais penser qu'elle te plaît.

– Il faudrait être aveugle pour que ça ne soit pas le cas, mais tu me connais…

J'essaie de garder un ton calme alors qu'à l'intérieur, je bous. Je ne sais même pas pourquoi ça me contrarie autant.

– Tu sais que je ne veux pas de relation entre les employés.

Il rit, balayant ma remarque d'une main.

– Mais tout est là, Parker. Qui te parle de relation ?

CHAPITRE 26

PARKER

J'ai passé la semaine à ruminer. « *Qui te parle de relation ?* » Qu'est-ce que ça signifie ? Qu'il veut simplement coucher avec elle ? Ça ne devrait pas autant m'énerver, sauf que c'est plus fort que moi, et j'en deviens odieux avec Angie. Je suis persuadé qu'elle doit compter les jours qui la séparent du week-end. Plus que demain. J'espère aussi pouvoir mettre de la distance entre elle et moi pour arriver à ordonner mes pensées. Il y a ce truc qui retient mon attention quand elle est dans les parages.

Quand on parle du loup… Angie pénètre dans mon bureau en brandissant une pochette cartonnée jaune.

– Parker, le *Navy* est réservé jusqu'à la fin septembre, s'exclame-t-elle, enjouée. J'ai booké la dernière date à l'instant.

Elle se renfrogne face à mon absence de réaction. Elle me tend finalement le document, les lèvres pincées et j'en profite pour la détailler. Son petit caraco est ouvert sur un fin débardeur en mousseline et sa jupe à volants me donne envie de… Je m'en veux instantanément en pensant à mon frère et ça me met en colère. Si Roxy l'intéresse vraiment, mes yeux devraient regarder ailleurs. Je vérifie l'annotation du client concernant les demandes exceptionnelles pour m'empêcher de me lever et de mettre mon désir à exécution.

– Tu as finalisé le dossier de M. Martin ? Tu sais qu'il l'attend, l'interrogé-je sans la regarder dans les yeux.

– Il est en cours. J'ai un ou deux trucs à caler dans le planning, mais je pourrai te le présenter demain.

– C'est maintenant que j'aurais voulu le voir ! tranché-je. Le problème, Roxy, c'est que tu n'anticipes rien.

Elle accuse le coup en serrant les poings le long de son corps.

– Quoi, Angie ? C'est plutôt simple, ce que je te demande, non ? An-ti-ci-per. On n'a plus le temps, M. Victoire va arriver d'un instant à l'autre.

– Je vais l'accueillir, dans ce cas.

– Non. Attends-moi dans la salle de réunion.

Je vois bien qu'elle ronge son frein, mais ça m'est égal. Elle sort de mauvaise grâce et je me pince l'arête du nez, agacé. Je me dépêche de descendre et retrouve mon client dans l'entrée, que j'amène prestement dans la salle.

– Monsieur Victoire, je vous en prie, asseyez-vous. Je vous présente Angie, la stagiaire.

Angie ouvre la bouche, mais le partenaire de l'office de tourisme lui tend déjà la main.

– Enchanté.

– Je ne suis pas…

Mais le client est déjà lancé sur le sujet :

– Je ne savais pas que vous preniez des stagiaires. J'ai ma petite nièce qui serait intéressée, je pense. Elle doit avoir à peu près ton âge. Elle est à la fac et elle suit mes traces. Le tourisme, voyez-vous.

– Pour tout vous dire, je ne pense pas réitérer l'expérience.

Angie me lance un regard noir. Je sais qu'elle est assez professionnelle pour ne pas me mettre en porte-à-faux, mais que ça la démange de rétablir la vérité.

– Tu peux nous faire deux cafés, s'il te plaît ? lui demandé-je à peine a-t-elle posé ses fesses sur la chaise.

Elle se relève d'un bond, agacée. Je fais tout pour la pousser à bout, pour que nous nous disputions, pour trouver quelque chose qui me déplairait chez elle, que je ne voie plus son sourire, ses yeux verts qui pétillent quand elle se détend en ma présence, que je n'entende plus son rire quand Weston fait le pitre. Je sens bien qu'elle est au point de rupture.

– Sans sucre pour nous deux. Ne te trompe pas, cette fois.

– Merci, ma douce, en rajoute M. Victoire.

Je sais qu'il n'est pas méchant. C'est le genre d'oncle qui te tend un billet de dix euros en disant : « Ne le répète pas à tes parents. » Pourtant, la remarque me fait tiquer aussi.

– On a eu beaucoup de demandes sur les prestations maritimes depuis le début de la saison. On a bien entendu donné votre carte, commence-t-il.

– Merci beaucoup.

– Le seul problème, ce sont les tarifs, qui freinent parfois les clients. Vous faites toujours affaire avec Rob ? Je sais que l'exploitation n'est pas donnée. Peut-être pourriez-vous revoir les coûts ?

– C'est en projet.

Angie revient et pose les cafés devant nous de mauvaise grâce.

– Et cette chère Gwen ? Comment va-t-elle ?

– Je suppose que ça va. Au fait, Angie, as-tu préparé la clef USB que je t'avais demandée ? lancé-je en me tournant vers elle.

– Tu m'as demandé le fichier sur CD.

– Mais enfin, Angie, plus personne n'utilise ça !

Elle reste quelques instants figée, se concentrant sur les sièges à la mousse bleue. Elle cligne plusieurs fois des cils avec lenteur puis se tourne de nouveau vers moi.

– Je vais faire la copie sur USB.

– Oui, merci.

Elle quitte la pièce en marmonnant dans sa barbe, sûrement des insultes à mon encontre. Je ne devrais pas être aussi énervé contre elle et pourtant la raison m'a quitté en même temps que s'est effacée la distance entre elle et Weston.

– Je comprends pourquoi vous ne voulez pas réitérer l'expérience du stage. Elle n'a pas l'air très dégourdie.

J'entends les pas de Roxy résonner dans l'escalier puis se figer. Je sais qu'elle a entendu. Je me sens soudain mal. Que je la martyrise, c'est une chose, mais qu'une personne extérieure dise du mal d'elle, c'en est une autre.

Angie revient au bout de quelques minutes et garde la bouche fermée, le dos droit et la nuque raide tout au long de la réunion. Le rendez-vous se termine au bout d'une heure et demie avec la promesse d'une nouvelle rencontre le mardi suivant. Angie salue M. Victoire avec un sourire professionnel et m'adresse à peine un regard. Elle range déjà le projecteur et le *paperboard* sorti pour l'occasion.

Une fois le client raccompagné, je remonte dans mon bureau sans rejoindre la salle de réunion. Si je n'étais pas d'aussi mauvaise foi, j'irais la féliciter, car c'est elle qui s'est entièrement occupée du dossier et qui a fait un excellent travail. J'irais même peut-être m'excuser. Mais toute cette situation est de sa faute : elle aurait dû démissionner. Elle n'aurait pas dû rougir quand je lui ai fait un compliment. Et elle aurait dû jeter son dévolu sur un autre que mon frère. Quant à moi, je devrais arrêter ce foutu pari et aller baiser jusqu'à plus soif pour ne plus penser à elle. Même si on a eu quelques moments d'accalmie, on est comme l'huile et l'eau. On ne peut pas se mélanger.

Ma porte s'ouvre dans un fracas sur une Roxy furieuse.

– La stagiaire se casse, siffle-t-elle.

Elle balance une feuille sur mon bureau et s'en va sans rien ajouter d'autre. J'attrape le bout de papier entre mes doigts et lis la première ligne, rédigée en caractères gras.

Reconnaissance de dette
entre les deux parties :
M. Parker Doretta et Mlle Angie Baffin

Quoi ?

Je la rattrape dans le couloir, juste avant qu'elle ne dévale les marches.

– Tu m'expliques ?

– J'arrête, c'est terminé. Tu m'as poussée à bout. Je me barre. C'est ma dernière minute dans ta boîte.

– Hors de question.

Mais qu'est-ce que je fais ? Il y a quelques secondes, je souhaitais qu'elle ne soit jamais venue, mais le fait de savoir qu'elle veut vraiment démissionner me met en rogne. Quand est-ce que je suis devenu si soupe au lait ?

– Pourquoi ?

– Parce que je l'ai décidé, tranché-je en la dominant de toute ma stature.

Elle avance jusqu'à ce que nos corps soient pratiquement collés l'un à l'autre. Ses joues sont rouges, ses yeux verts étincellent de colère. Et moi, je reste bloqué sur son odeur.

– Est-ce que tu te moques de moi ? Je peux et je le fais ! Espèce de Cro-Magnon !

– M. Martin ne veut travailler qu'avec toi. Tu ne peux pas nous planter avec ce gros client.

– Tu aurais dû réfléchir avant de faire de ma vie un enfer, Captain ! Tout ça pour une voiture.

– Je n'en ai rien à faire de ça, Roxy.

– Faut te faire soigner. Tu es dingue.

Je me mords l'intérieur de la joue pour retenir tout ce que j'ai envie de lui balancer. Que ses joues roses quand elle s'énerve me rendent dingue chaque fois que je pose les yeux dessus car elles me donnent d'autres idées, qu'elle m'exaspère autant qu'elle me donne envie d'elle, qu'elle apporte cette vie qui faisait défaut dans mes locaux, ce liant avec l'ensemble de mes salariés, que je cherche toujours des excuses pour aller la voir… Que, tout simplement…

– C'est toi qui me rends dingue !

CHAPITRE 27

ANGIE

C'est moi qui le rends dingue ?

Je souffle aussi fort que possible pour retenir mon envie de lui envoyer mon poing dans le nez. Je n'ai jamais su taper et Parker a quand même l'air solide. Je ne sais pas ce qu'il a depuis la fin de semaine dernière, mais il est imbuvable. C'est comme si en une nuit, il avait avalé une pilule magique le faisant passer de sympathique à énorme enfoiré sans que je sache pourquoi. Quand je suis partie jeudi dernier, j'avais la sensation que nous avions franchi un cap, mais le lendemain, ça a été la douche froide. Et le week-end ne l'a pas détendu, bien au contraire.

– Tu sais quoi ? Tu es un gros con et même si je conçois que certaines personnes puissent t'apprécier – ta famille, ton plan cul, les fous ou les simples d'esprit –, ce n'est pas mon cas. On va se quitter en ayant établi cette vérité, si tu veux bien. Maintenant c…

Il se déplace à la vitesse de la lumière. Bon, peut-être que j'exagère, mais je n'ai le temps de cligner qu'une seule fois des paupières que déjà, il me domine de son mètre quatre-vingts. Sa main s'abat sur le mur derrière moi, m'emprisonnant. La brusquerie de son geste alliée à son parfum musqué agit sur moi comme un anesthésiant. Je ravale la phrase qui allait s'échapper de mes lèvres.

– Roxy, gronde-t-il d'une voix de ténor qui me fait frissonner.

Vu notre proximité, il doit très certainement entendre les battements assourdissants de mon cœur. J'essaie de déglutir dans l'espoir de me calmer, mais il s'emballe davantage quand je comprends que Parker ne semble pas vouloir reculer. Il continue de me fixer sans un mot.

– Va te faire voir, lancé-je.

Je me moque de la manière dont je lui parle. Je démissionne. *Hasta la vista*. Ciao, bye et va brûler en enfer. Il expire par le nez, marque une pause, ses paupières se fermant légèrement.

– Tu te sens mieux ? prononce-t-il d'une voix plus basse qu'à l'accoutumée.

– Non, et tu es toujours un gros con. Qui en plus empiète sur mon espace vital.

Il esquisse un sourire et, en réponse, mon corps frissonne dans un mélange de peur et d'excitation. Sa main se lève et j'expire parce que c'est la seule chose que j'arrive encore à faire sans réfléchir.

Puis je reprends une brusque inspiration quand je comprends qu'il ne va pas toucher une quelconque partie de mon anatomie. Non, il replace simplement une mèche de ses cheveux tombée sur son front. Ça me met en colère, plus que je ne le suis déjà, et je ne comprends pas pourquoi.

Aucun de nous deux ne baisse la garde et j'ai la sensation que même un souffle d'air ne pourrait pas passer entre nous. Une partie de moi me dit : « recule ! » et l'autre me somme d'avancer pour me coller à son torse. C'est contradictoire et totalement désarmant.

– Tu n'as qu'à me faire bouger, Roxy, ricane-t-il, un sourcil légèrement remonté et un sourire goguenard aux lèvres.

Mes deux mains viennent se poser sur son torse ferme pour tenter de le repousser, en vain. Il ne se décale pas d'un iota, comme un tronc d'arbre échoué au milieu d'une trois-voies. Un putain de tronc d'arbre chaud et massif.

– Dégage, sifflé-je pour ne pas montrer à quel point sa proximité me perturbe. Je te rends dingue, alors laisse-moi récupérer mon sac et m'en aller.

– Pas d'accord.

– Parker, arrête et pousse-toi !

Il secoue la tête de gauche à droite. Je vois rouge. Ma main se lève pour s'abattre sur sa joue couverte d'une barbe sombre, mais mon geste est arrêté dans son élan. Ses doigts se sont enroulés autour de mon poignet, serrant juste ce qu'il faut pour me faire comprendre que je n'ai pas intérêt à tenter quoi que ce soit.

– Je t'assure que tu n'as pas envie de faire ça.

Il a l'air plus qu'énervé. Cette fois, c'est sûr, il va me bouffer. Ses iris plus noirs qu'une nuit sans lune me détaillent. Je suis chacun de ses coups d'œil, prête à m'enfuir si l'envie de m'égorger le saisit.

Parker pose une main sur mon épaule et la serre légèrement. Au lieu de prendre ça comme le signe que je devrais me calmer, j'en rajoute une couche.

– Je ne te comprends pas, Parker. Un moment tu es presque sympa et la minute d'après, tu te transformes en Mister Hyde. Tu as une double personnalité ? Tu es obligé de lutter contre ton jumeau maléfique ?

Mon père me disait toujours que même face à une situation désespérée, je ne saurais pas me taire. Je me félicite tout de même pour la référence. Je suis totalement bidon pour ce genre de choses, Lara serait fière de moi.

– Tu as fini ? siffle-t-il entre ses dents.

– Ouais, j'emballe mes affaires et on ne se revoit plus *jamais*.

Enfin, dès qu'il se sera reculé. Il souffle et l'odeur du café qu'il a bu juste avant me chatouille le nez. Je suis persuadée que si Parker ne dirigeait pas Fish & Man, il serait propriétaire d'un magasin servant des boissons aux grains moulus par des chèvres. La chèvre, c'est un animal qui lui correspond assez bien. Têtu et qui beugle pour rien.

Tout Parker, quoi ! Et maintenant, j'associe tout arôme de caféine à Parker. Je ne peux même plus me faire un expresso sans penser à lui. Il me traumatise. Je devrais lui demander des dommages et intérêts.

– Tu vois, c'est ça le truc entre nous, Roxy. On n'arrive pas à communiquer.

– Ce n'est pas ma faute. (Bon, peut-être un peu, mais ce mec me met à fleur de peau.) Tu fais tout pour que je sorte de mes gonds. La *stagiaire*, Parker !

– Et toi ? Les torts sont plus que partagés. L'affiche, ma chaise qui s'est dévissée comme par magie, le son de bateau chaque fois que je cliquais sur la touche Entrée de mon clavier…

J'essaie de masquer le petit sourire qui me vient. Bien fait, Doretta !

– Et, la dernière en date, le café bouillant que tu as renversé sur mon pantalon. Cette fois-là, j'aurais dû te forcer à réparer tes bêtises, continue-t-il.

– Je me suis excusée, tu n'aurais pas voulu que je me mette à genoux et que je le nettoie moi-même, non plus ? m'exaspéré-je.

Aussitôt dit, aussitôt regretté. Le regard de Parker se pose sur mes lèvres. L'atmosphère se fait lourde. Ses yeux flamboient et mon cœur bat un peu plus fort. Beaucoup trop vite.

– Peut-être, chuchote-t-il en se rapprochant davantage.

– Qu'est-ce que ça veut dire ?

Je déglutis. Je garde mon regard arrimé au sien, plus fière que jamais. Sa main attrape une mèche de mes cheveux, juste au niveau de ma poitrine, et mes tétons se dressent. Mon cœur sursaute. Mon corps se couvre de frissons tandis que je lève les yeux vers lui.

– Ça veut dire ce que ça veut dire, énonce-t-il, énigmatique.

Il se recule avec un sourire en coin, me laissant pantelante.

– J'ai une *confcall* à 17 heures avec le propriétaire de l'hôtel pour la prestation de Malahoe. Il me faudrait le dossier.

Comment passer du coq à l'âne en moins de cinq secondes.

– Je te rappelle que je ne travaille plus ici. J'ai démissionné il y a deux minutes.

– Et j'ai refusé. Maintenant que la situation est clarifiée, peux-tu, s'il te plaît Angie, m'apporter ce que je te demande ?

– Tu as dit « s'il te plaît » ! Je crois qu'il va neiger en été. En fait, le dérèglement climatique vient de toi. Déjà que tu t'amuses avec les clims…

– Tu n'as aucune preuve, Roxy, mais si tu as fini de me provoquer, on pourrait peut-être convenir d'une nouvelle dynamique ?

À ces mots, je repense à sa proximité et à la manière dont j'ai désiré glisser mes mains dans ses cheveux bouclés. Mon esprit s'échappe vers une autre scène incluant deux corps nus et une surface plane. Mes joues s'échauffent, mais il ne fait aucun commentaire. J'ai envie de me foutre des baffes.

– On passe à autre chose juste comme ça ?

– Exactement, Roxy Red.

Ce qu'il peut m'agacer ! Son sourire illumine un instant son visage. Mes nerfs sont pires qu'un sac de nœuds et il continue de se moquer de moi. Une chose est sûre, cette petite guerre entre nous ne peut pas se terminer aussi facilement. Alors, autant en profiter jusqu'au bout.

– Très bien, alors je veux que tu t'excuses, affirmé-je.

Je mordille ma lèvre en essayant de ne pas flancher. Son regard s'y pose une fraction de seconde.

– Si tu le fais aussi.

– Je ne vois pas pourquoi, refusé-je en croisant les bras.

Lara dirait que c'est une posture défensive. Avant de partir pour le Pérou, elle dispensait des formations.

– On peut le faire ensemble à trois, si tu veux. Un, deux…

– Je ne vais pas faire ça ! protesté-je avant qu'il n'arrive à la fin du décompte.

Je secoue la tête pour bien lui faire comprendre que même si ma vie était menacée, je ne m'excuserais pas.

– Mets-y un peu du tien ! On repart sur de bonnes bases, là, soupire-t-il en croisant les bras à son tour.

Ses muscles se contractent, me donnant la certitude que je n'aurais pas l'avantage si je décidais de lui sauter dessus pour me venger. J'avoue que je le mate une fraction de seconde – peut-être un peu plus.

– Tout ça parce que je voulais démissionner. Tu as peur que je t'assigne aux prud'hommes ?

– Et je peux savoir pour quoi ?

– Abus d'autorité, harcèlement et…

– Harcèlement ? répète-t-il d'une voix plus basse.

– Ouais, sexuel ! Tu t'es collé à moi, tu m'as empêchée de m'en aller, tu…

Je le regarde s'approcher jusqu'à ce que ma poitrine touche son torse. La tête baissée, il me scrute comme s'il cherchait à lire dans mon esprit.

– Je ne touche jamais une femme sans son consentement, Roxy. Et avec toi, ça n'arrivera pas, même si tu me supplies de le faire.

Puis il se recule.

– Ça n'arrivera jamais. On pourrait même parier mon job que je serais sûre de remporter la partie.

– C'est que tu ne t'es jamais frottée à moi…

– Et moi, je suis certaine que jamais je ne te supplierai pour quoi que ce soit.

– C'est un challenge ?

Ma conversation avec Weston me revient en mémoire. Parker, son ego, son incapacité à le laisser de côté.

Je te tiens, Captain ! Nous allons jouer un peu.

– Tu es tellement sûr de toi. Dans ce cas, je te propose un petit jeu, Parker. Un deal pour prouver que je suis plus forte que toi. Une série de défis jusqu'à ce que l'un de nous craque.

– J'ai passé l'âge, Roxy.

– Tu as peur.

Parker ricane en secouant la tête.

– Tu vas le regretter. Qu'est-ce qui est mis en jeu ?

– Si je gagne, je ne te rembourse pas. Si tu gagnes, je te donne le double, ou ce que tu souhaites. On ne refuse aucun des défis sinon l'autre est déclaré maître suprême. Pas de coups bas, pas d'entourloupes.

– Alors, attends-toi à m'appeler maître très vite !

– Dans tes rêves, Captain !

CHAPITRE 28

PARKER

Qu'est-ce qui m'a pris d'accepter un nouveau défi ? Toutefois, je dois dire que depuis jeudi, cela se passe plutôt bien. Cinq jours sans se prendre la tête. Je mets de l'eau dans mon vin. La preuve, nous sortons du rendez-vous avec M. Victoire, et sans que l'on se soit entretués. Quand il a dit : « Tiens, vous avez ramené votre stagiaire », j'ai cru que Roxy allait péter les plombs, alors je me suis empressé de rétablir la vérité. Enfin, j'ai simplement expliqué que je l'avais engagée à l'issue de sa période d'essai. M. Victoire m'a regardé comme si j'étais devenu fou, mais a eu la correction de ne faire aucun commentaire.

– On va au café à l'angle, comme ça, on peut débriefer et on enchaînera sur le prochain rendez-vous.

Elle hoche la tête et nous continuons à marcher jusqu'à ce que j'entende un gargouillis.

– Tu as faim ? On peut aller manger avant.

Je n'y avais même pas pensé. Généralement, quand je suis en ville, je prends juste un café et ne m'attarde pas.

– Non, ce n'est pas la peine… Ça va aller.

Comme pour la faire mentir, son ventre émet un bruit que même les poissons ont dû entendre.

– Tu seras plus concentrée le ventre plein. Je connais un restaurant au bout du port, si tu veux.

– C'est parfait.

Les rues sont remplies de touristes la tête en l'air ou penchée sur un plan. Les pavés au sol reflètent le soleil, me faisant un instant plisser les yeux.

– Tu devrais marcher de l'autre côté, on ne sait jamais, si tu décides de reprendre un petit bain, juge-t-elle en me lançant un regard en coin.

– Très drôle, Roxy.

Pourtant, même si j'essaie de ne pas sourire, mes lèvres s'incurvent. Je tourne la tête pour qu'elle ne me voie pas. Sur le port, les badauds se dirigent vers les bateaux faisant escale autour des îles ou vers les restaurants. C'est une magnifique journée et il y a tout juste assez de vent pour une sortie en voilier. Quand j'étais plus jeune, il m'arrivait de sécher les cours pour partir en virée avec mon grand-père.

– C'est un restaurant jamaïcain, j'espère que ça te va ? J'y vais rarement parce que Weston ne supporte pas ce qui est épicé et j'en entends parler pendant des jours.

– Je voulais le tester, c'est parfait.

Nous sommes accueillis par un grand sourire et la musique jamaïcaine diffusée dans les haut-parleurs nous met tout de suite dans l'ambiance.

Roxy a les yeux qui pétillent. Un immense bananier dans un pot aux couleurs du drapeau jamaïcain trône au milieu de la petite salle. Le serveur nous installe au fond et nous tend les menus. Angie parcourt la carte avec intérêt. Je cache mon sourire derrière ma main. Elle ouvre la bouche avec l'air de vouloir tout dévorer.

– Tout a l'air trop bon. Je vais être obligée de revenir pour tester les autres plats. Morue à la jamaïcaine, haricots rouges, *jerk chicken*, brochettes de poulet piment et sucre de fleur de coco…

– Pour une fille qui n'avait pas trop faim…

– L'appétit vient en mangeant – ou en sentant les plats parfumés. Dès que j'ai mis un pied à l'intérieur, j'étais fichue.

Elle a raison. L'air sent les épices. On ne peut qu'avoir hâte de goûter toutes ces saveurs.

– Le rendez-vous s'est bien passé, non ? s'enquit-elle.

– Oui. Tu as fait un bon travail.

Roxy repose doucement son verre avant de porter la main à son cœur.

– Est-ce que c'est un compliment que tu viens de me faire ? Je crois que je vais pleurer.

– Tu es immature, tu le sais, ça ?

– C’est faux. C’est toi qui es bien trop sérieux. Même si je dois avouer que me mettre une fausse mygale dans mon tiroir, c’était digne d’un enfant de dix ans.

– Qui te dit que c’est moi ?

– Qui d’autre voudrait me provoquer un arrêt cardiaque chez Fish & Man ?

– Je ne sais pas. Est-ce que tu as fait du tort à quelqu’un d’autre qu’à moi ?

– Nope, Pakou !

– Tu sais que tu n’es pas autorisée à m’appeler comme ça ?

Elle balance sa tête au rythme de la musique avant de me répondre.

– Pourquoi ? Je trouve ça trop mignon et tu as l’air beaucoup moins effrayant, d’un coup.

– Comme si je t’effrayais ! Tu n’aurais même pas peur si un enfant te visait avec un flingue tellement tu es inconsciente.

Elle rigole et c’est comme si ce son venait caresser ma peau, me déclenchant un frisson. Le serveur arrive avec nos plats, et nous le remercions d’une seule voix.

– Comment as-tu monté ta boîte ? m’interroge-t-elle de but en blanc.

Elle pique dans son assiette avant de porter la fourchette à sa bouche. Le son qui s’échappe de ses lèvres me fait perdre un instant le fil de mes pensées. Il est assez érotique pour que mon corps se tende.

– Comment ça ?

– Tu es jeune, bien installé…

– C'est vrai, mais j'ai beaucoup travaillé. Encore plus ces deux dernières années.

– Mes théories sont donc fausses.

– Tes théories ? Tu pensais à quoi ? L'argent de papa et maman ? Un héritage ?

– Tueur à gages ou… escort.

– Escort ? répété-je, incrédule. Pourquoi ?

– J'ai une imagination fertile, rigole-t-elle avant de reprendre une bouchée de son plat, comme si de rien n'était.

Pourtant, ses yeux qui m'évitent en cet instant m'en disent bien plus long que son silence.

Le repas se déroule dans la même ambiance détendue et j'en suis le premier surpris. Roxy me fait rire à plusieurs reprises comme ça n'était pas arrivé depuis longtemps. Quand on gomme nos différends, c'est une fille ultra intéressante. Elle a voyagé, vu des pays que je rêverais de visiter et sa culture générale est impressionnante. Cela n'empêche pas que nous nous chamaillions sur la plupart des sujets que nous abordons. Ça, ça ne changera pas.

– J'ai vraiment trop mangé ! s'exclame-t-elle en parcourant le restaurant du regard. Je vais rouler jusqu'au prochain rendez-vous. On commande un café ?

– Au moins je suis certain que celui-ci sera moins infect que le tien.

– Tu peux aussi te le faire tout seul.

– Et me priver du plaisir de t'ennuyer ? Non merci.

– Tu sais que j'ai encore plus d'un tour dans mon sac, Parker ?

– J'ai hâte de voir ça.

– Tu n'as pas quelqu'un à ennuyer à part moi ? Du genre une petite amie ?

J'avale la fin de mon verre d'eau de travers. Si j'avais une copine, je n'aurais certainement pas passé tout le repas à la reluquer dès qu'elle avait les yeux baissés.

– Pourquoi ? Tu veux postuler pour ce rôle ? Ma sœur me laisserait tranquille, au moins…

– Pourquoi ? Elle en a marre que tu dragues ses copines ?

– Entre autres…

Elle rougit en détournant les yeux. Je me demande ce qui lui est passé par la tête. Quand elle me regarde de nouveau dans les yeux, ses pupilles sont légèrement plus dilatées.

– C'est-à-dire ?

– Que ma société me prend beaucoup de temps, mais tu as raison, j'aurais dû me lancer dans l'escorting. J'aurais plus de temps pour moi.

– Donc, ton truc, ce sont les histoires sans lendemain, c'est ça ?

Elle n'aurait pas pu viser plus juste.

– Tu poses trop de questions.

– Mais…

– Mange ce piment et tais-toi, Roxy.

– Pourquoi ?

– Je te défie de le faire, dis-je en haussant les épaules.

Roxy pose ses couverts et croise ses mains devant elle. Je pense qu'elle va se dégonfler, mais elle se saisit du condiment d'un rouge vif sans hésitation.

– Tu sais que tu vas me le payer, Parker ?

– C'est toi qui as proposé ce jeu stupide. Si tu veux abandonner, tu peux. Je ne t'en tiendrai pas rigueur.

– Ce mot n'est pas dans mon vocabulaire.

Je l'ai bien compris et je ne sais pas pourquoi cela me plaît autant qu'elle soit une adversaire à ma hauteur. Elle approche le piment de sa bouche et croque dedans. Elle le mâche avant d'être prise d'une quinte toux.

– Du lait, il me faut du lait, s'étrangle-t-elle.

Elle tend la main comme si elle souhaitait que je l'aide. La panique me saisit. J'ai déjà entendu l'histoire d'un homme qui est parti à l'hôpital après avoir mangé un piment. Je lui tends un morceau de pain, mais elle secoue la main.

– Je vais… débute-t-elle avant de subir une nouvelle crise.

Les clients autour de nous commencent à s'intéresser à la situation. Est-ce que ça peut être pris pour une tentative d'homicide ? Je me lève d'un bond en regardant autour de moi, à la recherche du serveur.

– Excusez-moi ! l'interpellé-je d'une voix forte avant de me précipiter pour taper dans le dos de mon employée qui est sur le point de suffoquer.

Juste au moment où je m'apprête à abattre doucement ma main pour l'aider à mieux respirer, Roxy explose de rire. J'écarquille les yeux, incrédule. Le serveur arrive dans notre direction et je lui demande une bouteille d'eau pour ne pas passer pour un idiot.

– Si tu voyais ta tête !

– Tu l'as fait exprès ? m'époumoné-je, incrédule.

– C'est un piment végétarien. Il ne pique pas.

Elle papillonne des cils en levant la tête vers moi. Elle est belle, les joues rosies et les yeux brillants, mais j'ai quand même envie de l'égorger.

– Tu n'es pas possible, soufflé-je.

– Je t'avais dit que j'allais me venger. Tu veux toujours un café ?

– Allons le prendre dehors, j'ai besoin de reprendre mes esprits.

Nous sortons sous le soleil de plomb, je prends un instant pour regarder la mer qui fait tanguer les bateaux. Weston a raison, je crois qu'après la saison, je vais partir une semaine sur mon voilier et faire le tour de la côte. Ça me manque beaucoup trop.

Je tourne la tête vers Angie.

Oui, le voilier. Ça me videra la tête, j'en ai bien besoin.

– Merci, Captain. Pour le repas et pour le fou rire.

– C'est un plaisir de passer pour un idiot.

Elle me sourit en secouant la tête.

Nous marchons tranquillement, profitant du soleil, jusqu'au café. La devanture en bois est sobre et l'extérieur ne paie pas de mine, mais il y a toujours foule. Ils font les meilleures boissons chaudes de la ville. C'est pour cette raison que j'y vais dès que je suis dans le coin. Seulement trois tables vintage sont disposées et accolées à la vitrine de cette rue passante. Mon téléphone sonne au moment où nous pénétrons dans l'enceinte. L'odeur me prend au nez et m'apaise.

– Je dois répondre, indiqué-je à Angie. Il s'agit du prestataire pour le voilier pour Malahoe.

– J'espère que ça va le faire. Prends l'appel quand même, tu as le temps.

– Comme si j'avais besoin de ton autorisation, marmonné-je.

Son rire me répond et elle me tourne le dos. On peut dire que nous avons une relation plutôt atypique. J'ai toujours mis de la distance avec mes employés, sauf avec elle.

Je me dirige vers l'extérieur avant de décrocher. La conversation est rapide et sa proposition plutôt correcte. À voir ce qu'il en sera sur le terrain. On me tape sur l'épaule au moment où je raccroche.

– Déjà… m'étonné-je en pensant voir Angie.

– Coucou ! Je me disais bien que c'était toi.

Gwen. Elle s'avance pour m'embrasser sur la joue ; avec ses talons, elle fait pratiquement ma taille.

Elle s'attarde comme d'habitude un peu plus longtemps que nécessaire. Dans sa petite robe d'été rose poudré qui tranche avec sa peau mate, et au milieu de cette ruelle, elle fait presque trop apprêtée. Gwen a une classe naturelle qui ne s'apprend pas.

– Tu allais te prendre un café ? Je ne pensais pas que tu avais toujours tes habitudes ici. Comment tu vas ?

– Tout va bien. Tu vas voir un client ?

– Non, je suis en repos aujourd'hui.

– Un mardi en plein mois d'août ? Qu'est-ce qui t'arrive ?

Gwen rigole tout en me tapant sur le bras.

– C'est toi qui parles ! L'homme qui ne s'arrête jamais. Tu te rends compte que pour nos quatre ans, j'ai dû venir te déloger au bureau ?

– Dans mes souvenirs, ce n'était pas une mauvaise soirée, contré-je.

Je ne devrais pas m'aventurer sur ce terrain.

– On la fait quand, cette sortie en mer ? reprend-elle. Ça me manque. Je n'ai pas navigué depuis six mois.

La dernière fois que nous avons navigué ensemble, ça s'est mal terminé. Elle est partie après avoir passé la journée dans mes bras. Envolée. Encore.

– Ce n’est pas une bonne idée…

Elle se rapproche de moi quand un client sort du café.

– Avant que tu ne dises autre chose, même si nous ne sommes plus en couple, on peut quand même être proches tous les deux, non ? Tu manques à ma vie, Parker. C’est comme si j’avais perdu mon meilleur ami.

Dire qu’elle n’a pas laissé un vide serait mentir. Elle a creusé un trou béant, mais je suis presque certain de ne pas avoir envie qu’elle le comble de nouveau.

– On verra pour le bateau… cédé-je tout de même. Mais en fin de saison, pour l’instant, je n’ai pas le temps de sortir.

– Super ! En attendant, tu devrais m’offrir un *chaï latte* pour me remercier. Je viens de me souvenir que c’est grâce à moi que tu connais cet endroit, sourit-elle doucement. Je suppose que tu as cinq minutes avant ton rendez-vous ?

C’est vrai qu’elle a toujours échangé des adresses avec Weston. Pour ma part, je ne change pas trop ma petite routine. J’aime que les choses soient bien en ordre et faciles dans mon quotidien. Au moment où je m’apprête à lui répondre, la voix d’Angie me parvient.

– Tiens, un café noir comme ton âme ! rigole-t-elle en me tendant le gobelet en carton recyclé.

Est-ce qu'on peut empêcher une chute avant qu'elle n'arrive ? Car c'est cette sensation d'impuissance que je ressens à l'instant, alors que Gwen se tend à mes côtés. Et *spoiler alert*, la réponse est non.

CHAPITRE 29

ANGIE

J'adore ce café typiquement français. Je sais que ça ne veut rien dire, mais pour une fille qui a voyagé, ça a un sens. Il y a cette atmosphère de croissant chaud et de charme avec les banquettes en bois qui ne se retrouve qu'en France. Parker connaît vraiment de bonnes adresses. Le barista prend ma commande et je rajoute un sachet de café venant d'Équateur. Il paraît que c'est l'un des meilleurs qui se fait. Impossible que je le rate, ça me donnera l'avantage sur mon cher patron. Il ne va pas comprendre ce qui lui arrive quand je vais lui servir ça. En attendant, je récupère le café sans sucre et sans lait de Parker et mon macchiato caramel après avoir réglé les deux boissons au comptoir.

Je me dirige vers Captain D. de bonne humeur. Je dois dire que tout se passe bien depuis cinq jours et c'est assez apaisant de venir travailler sans s'attendre à vivre une journée de guérilla. Parker est quand même allé jusqu'à retirer les capuchons de l'ensemble de mes stylos. Bon d'accord, j'ai remplacé l'encre de son stylo fétiche par une cartouche rose. Je l'ai entendu jurer jusque dans mon bureau. Très enfantin, je l'avoue.

– Tiens, un café noir comme ton âme ! m'exclamé-je en lui tendant son gobelet. J'ai hésité à te prendre quelque chose à la cannelle ou bourré de sucre, mais je me suis dit que tu serais de mauvaise humeur après. Et ne me remercie pas, c'est offert.

– Angie…

Je prends conscience qu'il n'est pas seul quand son regard dévie vers la jolie Métisse qui se tient à ses côtés. Elle doit mesurer une tête de plus que moi, possède des jambes taille mannequin et n'a certainement pas de problème avec son dentiste, car elle affiche un sourire poli parfaitement parfait.

– Oh, désolée, je pensais que vous attendiez quelqu'un, je n'avais pas compris que vous parliez à Parker.

– Ce n'est pas grave. Gwen, enchantée.

– Angie, mais je crois que vous l'avez entendu…

Le silence s'installe entre nous, seulement perturbé par le bruit des passants et de la route. Bien, c'est gênant. Nous nous tournons toutes les deux vers Parker.

– Je ne savais pas que tu n'étais pas seul, Parker, ajoute Gwen, sinon je ne t'aurais pas proposé de boire un verre.

Est-ce que c'est moi ou je sens une pointe de reproche dans sa voix ?

– Angie est mon employée. Ma nouvelle chargée de séjours.

Quelque chose en moi remue et je ne sais même pas pourquoi. Parker est mon patron, je suis son employée, mais ça semble tellement réducteur. Et depuis quand il se justifie ?

– Ah bon ? dit-elle en semblant se détendre. Je ne savais pas que tu avais recruté. C'est bien. Il n'est pas trop compliqué ? me demande-t-elle gentiment.

Et en plus d'être jolie, elle est sympa.

– Ça dépend de la dose de café qu'il a ingurgitée le matin, plaisanté-je. C'est pour ça que j'essaie de le fournir quotidiennement.

– Je le reconnais bien là. Bon, je suppose que si vous êtes ici tous les deux, c'est que vous avez un rendez-vous.

– Exactement, répond Parker sans préciser quoi que ce soit.

– Je ne vais pas vous retenir. Angie, c'était un plaisir. Parker, on s'appelle. Je rentre chercher ma dose de café aussi. Une mauvaise habitude, même si j'ai diminué ma consommation depuis un an…

Elle nous fait un signe de la main et rejoint la file à l'intérieur du magasin. Nous nous mettons en route silencieusement. Parker semble perdu dans ses pensées. Quant à moi, je me repasse le film de cette brève rencontre. Il faut que je sache si mon intuition est vraie : Gwen et Parker n'ont pas fait que jouer aux cartes ensemble. Ou ce n'est pas loin d'arriver. Cette espèce de soulagement qu'elle a laissé transparaître derrière sa couche de politesse n'est pas passée inaperçu. Quand nous sommes assez loin du café, je ne résiste pas à l'envie de le questionner.

– Un plan couette en devenir ou qui s'est déjà terminé ?

– Non.

– À quelle proposition ?

– Au deux. Maintenant, arrête de me poser des questions avant que je ne décide d'aller à ce rendez-vous seul.

J'approche la boisson de mes lèvres pour cacher mon sourire.

– OK, donc un plan couette qui s'est mal fini…

– Roxy… grogne-t-il. Dernier avertissement.

– Bon OK, parlons d'autre chose. J'ai un appel téléphonique en fin de journée avec la gérante de l'île Malahoe, mais avant de bloquer quoi que ce soit, je voulais confirmer avec toi.

– Fais-moi le topo.

– On partirait trois jours sur un voilier. J'ai fait le planning étape par étape : départ du port, traversée, excursions, logement, tout est bon. Il ne me manque plus que ton aval.

– Très bien, je vais confirmer les dates au propriétaire du *Poséidon*. Départ le vendredi 3 septembre et retour le dimanche 5, c'est exact ?

– Tout à fait ! La gérante est d'accord sur le fond, reste plus qu'à tester.

– Tu as réussi, alors… s'étonne Parker.

– Bien sûr. Tu en doutais ?

– Plus rien ne m'étonne de ta part, Roxy…

CHAPITRE 30

PARKER

Une fois rentré à l'entreprise, je me suis isolé dans mon bureau. Je m'attaque aux prévisions du mois quand la porte s'ouvre doucement. La tête de Roxy passe par l'entrebâillement.

– Parker ? Tu as cinq minutes à m'accorder ?

Je lui fais signe d'entrer. Elle porte à bout de bras plusieurs brochures.

– M. Martin veut qu'on modifie le menu prévu le midi et que l'on change les coussins pour du rouge. Il paraît que le bleu lui rappelle trop la mer…

Elle a l'air agacée. Ses yeux sont plissés alors qu'elle me tend les documents. Ça la rend encore plus séduisante.

– Propose-lui autre chose dans ce cas.

Elle secoue la tête et soupire.

– Ça fait cinq fois qu'on le modifie. Tu crois qu'il va finir par être d'accord sur quelque chose ?

– Martin, c'est ton client, je te laisse gérer, dis-je en lui rendant les documents.

– Oui, et je comprends pourquoi tu m'as donné le dossier. J'étais crédule. À l'époque, j'imaginais que tu m'accordais ta confiance.

Je souris, j'aime qu'elle soit à l'aise avec moi et qu'elle ne cache pas le fond de ses pensées.

– Je te fais confiance, Angie.

– Depuis que tu as décidé que faire la guerre, c'était éreintant, rétorque-t-elle en me toisant.

– Je suis un patron adorable. La preuve, tu es restée.

– Tu me fatigues, grogne-t-elle.

– On n'est pas partis sur de bonnes bases, mais on s'apprécie maintenant, non ?

Convenir d'une nouvelle dynamique, ça ne veut pas dire que je ne peux pas continuer à m'amuser. Elle lève les yeux au ciel en soupirant.

– Je fais quoi pour M. Martin ? Tu vas vraiment accepter qu'on change les coussins ? Ça va nous coûter plus que ça ne va rapporter.

– Bien sûr que non ! Fais en sorte qu'il le comprenne.

– Facile à dire, marmonne-t-elle.

– Tu veux bien me faire un café s'il te plaît ?

– Avec ou sans poison ?

– Très drôle !

Elle se dirige vers la machine et sort deux tasses. Elle s'appuie ensuite sur le bord de la table, ses yeux verts fixés sur moi. Je laisse tomber l'idée de finir mes chiffres alors que sa présence perturbe ma concentration. Je n'oublie pas que j'ai manqué de l'embrasser dans le couloir. Je ne sais pas par quel miracle je me suis retenu, mais il faut croire que le bon sens ne m'avait pas totalement déserté à ce moment-là. Ça, et un brin de culpabilité.

– Comment c'est possible, Parker ?

– Quoi donc ?

– Qu'on arrive à communiquer sans se hurler dessus.

– On a décidé d'être adultes.

– Parle pour toi !

– Roxy.

– Parker.

– Le café, Roxy ! m'exclamé-je en me levant pour la rejoindre.

Elle se retourne et peste dans sa barbe contre sa bêtise. Je lui tends les essuie-tout pour qu'elle éponge la mini-catastrophe. Nos bras s'effleurent. Nos yeux se soudent. J'ai envie d'enlever la mèche qui est venue se coller à ses lèvres.

– Ne reste pas planté là, aide-moi ! m'engueule-t-elle.

Je me mets en action comme si elle m'avait soudain réveillé, et à nous deux, nous maîtrisons la catastrophe.

– Je vais le faire moi-même, ricané-je.

Elle émet un bruit désapprobateur, pourtant elle se décale pour me laisser prendre les choses en main. Au bout de quelques minutes, les tasses sont prêtes et posées sur la table près du canapé et des fauteuils. Elle s'installe du bout des fesses tandis que je prends place face à elle. Nous nous fixons sans rien dire, buvant notre café comme si de l'or y était enfermé. Je ne devrais pas la reluquer. En y réfléchissant cinq secondes, j'ai déjà pas moins de cinq raisons de ne pas le faire. L'une d'elles fait référence à ce fameux vendredi soir où elle a dansé collé-serré contre Weston.

Ton frère, Parker ! Ton putain de frère qui a toujours été là pour toi.

Quand je me penche vers elle, Roxy sursaute. Elle aussi a senti ce petit flottement entre nous.

– Le menu deux, lâché-je enfin.

Ses sourcils se lèvent.

– À quel moment as-tu regardé ?

– J'ai beaucoup de talents cachés.

Et je connais surtout toutes les propositions par cœur. Je lis minutieusement chaque compte rendu qu'elle m'écrit. Elle s'avance à son tour, la table basse nous séparant.

– Ah oui ? Donne des exemples.

– Je sais faire du macramé.

– Toi ? Impossible, juge-t-elle en secouant ses cheveux roux.

– Demande à Weston.

– Comme si c'était une référence.

– Ce n'est pas faux. Mais plus sérieusement, ma grand-mère avait une entreprise d'objets faits main.

Je suis le seul de la famille assez patient. Je l'aidais quand j'étais plus jeune.

Je ne sais pas pourquoi je lui raconte ça.

– Patient ? Toi ? (Elle émet un rire moqueur.) Bon, peut-être parce que là, tu ne pouvais crier sur personne.

– À t'entendre, je ne fais que ça…

– Je ne parlerai qu'en présence de mon avocat. Et maintenant ? Tu es trop occupé ou ta grand-mère a arrêté ?

– Elle est trop vieille. Mince, si tu la croises un jour, ne lui répète surtout pas que j'ai dit ça. De toute manière, je nierais.

– On dirait que tu as peur.

– Si tu la connaissais, tu me comprendrais.

– Ça alors ! Le grand Parker Doretta qui a la frousse. Je veux la rencontrer. Comment s'appelle-t-elle ? Elle vit ici ?

– Lucilla. Pas très loin, à une heure de route, mais c'est de plus en plus compliqué de la faire venir jusqu'à Fairban.

– Elle est fatiguée ?

– Nonna ? Non, elle pète la forme ! Elle vit seulement une troisième jeunesse. Il me semble qu'aujourd'hui, c'est cours de Zumba.

– C'est mignon, quand tu parles d'elle tu as l'air doux comme un agneau. C'est comme ça que tu t'attires les faveurs des femmes, avec un côté tendre et un plus brut de décoffrage ?

– Ne crois pas que j'essaie de te séduire, Roxy.

Enfin, je ne devrais pas. Mon regard dévie vers sa poitrine parfaitement moulée par un fin chemisier crème.

– Lève les yeux, Captain ! m'engueule-t-elle.

– Tu dois déjà me mettre au tribunal pour harcèlement sexuel. Quitte à manger de la bouillie, faire pleurer ma mère et oublier mon héritage, j'en profite.

– Je m'en voudrais de rendre triste ta maman.

– Elle a deux autres fils. Et elle serait plutôt du genre à me battre à mort pour avoir osé toucher une femme sans son consentement.

– J'aime déjà ta mère. Tu as l'air d'avoir une famille vraiment géniale.

– C'est le cas, même si parfois j'échangerais bien Wes. Tu es fille unique ?

Son visage se ferme et un pli sur son front apparaît.

– Malheureusement. J'aurais adoré avoir une grande fratrie, mais mes parents n'ont fait que moi.

– À mon avis, ils n'ont pas voulu prendre le risque d'en faire deux comme toi.

– Je ne te ferai pas le plaisir de te répondre.

– Tu vois, tu te vexes pour rien !

– Parce que c'était un compliment, peut-être ? m'interroge-t-elle en haussant un sourcil.

Mon sourire parle à ma place, elle me fusille du regard. Ma main vient s'enfoncer dans mes cheveux dans un geste mécanique.

– Je peux t'assurer qu'autrefois, j'aurais vendu Lucan, Wes et Missie au marché noir pour rester ne serait-ce qu'une journée seul avec mes parents. Même maintenant, il y en a toujours un pour squatter chez moi.

– C'est ce qui est super. Tu partages des moments avec tes proches. Tu n'es jamais livré à toi-même.

– J'aimerais, parfois. Wes a cassé tous les voiliers de collection qu'on m'offrait plus jeune, pour ne te citer qu'une seule raison.

– Des bateaux, toujours des bateaux. C'est une passion alors. Fish & Man, les navires, la pêche, la mer… Ça t'est venu comment ?

– Est-ce que toutes ces informations vont être utilisées contre moi ? Ma belle-sœur m'a déjà créé un profil sur *rencontreentrecelibataires.com*. Ce n'est pas la peine de penser à m'inscrire sur un quelconque site.

– En fait, tout le monde a l'air cool dans ta famille… sauf toi, conclut-elle comme si de rien n'était.

Balle au centre.

Nous nous jaugeons et encore une fois, aucun de nous ne veut baisser les yeux.

– Ça me vient de mon grand-père… Il m'a tout appris.

– Je dois admettre que tu t'es bien débrouillé. À trente-huit ans, c'est un beau parcours.

La garce.

– Vingt-huit ans, Roxy. Tu ne peux pas t'en empêcher, hein ?

– Ça m'écorche la bouche de dire ça, mais ton grand-père doit être fier de toi.

– Il est mort il y a deux ans.

– Tu sais comment gâcher l'ambiance, marmonne-t-elle.

Elle réfléchit et son air sérieux me prend de court. Elle se penche en avant pour planter ses billes vertes dans mon regard.

– Ma mère me disait toujours que chaque âme se loge dans une étoile. C'est pour ça qu'elles mettent des milliers d'années à s'éteindre. Et qu'il suffit de lever les yeux vers le ciel pour voir à quel point on est aimé.

Je ne crois pas à tout ça, d'habitude ; je trouve que c'est simplement une façon de mettre de côté son deuil et de passer à autre chose sans culpabiliser. Pourtant, pour une fois, j'ai envie d'y croire. J'ai envie de me dire que ceux qui ont compté pour moi brillent parmi les étoiles.

Elle hoche la tête, soudainement mélancolique, et je comprends qu'elle a partagé quelque chose de précieux avec moi. Ce que je veux à cet instant, c'est effacer cette lueur triste que j'aperçois dans ses yeux. Sauf que je ne peux pas. Plus jamais je ne m'impliquerai dans la vie de quelqu'un. Je n'en ai pas le courage.

– Parker ?

– Je réfléchissais à combien va me coûter ce secret.

– Cher, très cher Captain ! Bon… Je vais retourner travailler avant que mon boss m’engueule. Il n’est pas commode.

– Ce n’est pas ce que j’ai entendu. On m’a vanté ses qualités. Et puis, il paraît qu’il est plutôt beau gosse.

Elle mime une fermeture Éclair sur sa bouche, puis jette la clef imaginaire par-dessus son épaule. La porte se referme sur son sourire.

CHAPITRE 31

PARKER

C'est seulement lorsque la maison rose saumon au coin de la rue s'élève devant moi que je me rends compte que j'ai emprunté la route qui mène chez mes parents. J'étais perdu dans mes pensées, caressé par la brise chaude de ce mois d'août, et mon subconscient m'a conduit jusqu'ici. Quitte à être pratiquement arrivé, autant leur rendre une petite visite. Ils ne m'attendent pas, mais la porte est toujours ouverte.

Quelques minutes plus tard, je suis garé dans la cour entretenue avec soin par mon père. Les massifs de rosiers bordant l'allée commencent à perdre de leurs couleurs, mais bientôt de nouvelles fleurs prendront leur place. Maman adore les plantes et papa fait en sorte que chaque année, le jardin soit plus luxuriant que la précédente.

Quand ma portière claque, Francis aboie, signalant une intrusion, mais au moment où il sent mon odeur, sa queue se met à frétiller. Le chien s'allonge à mes pieds, si bien que je n'ai pas d'autre choix que de caresser son ventre jusqu'à ce qu'il décide qu'il en a assez. Il me suit jusqu'à la porte d'entrée, manquant me faire tomber à deux reprises. Ma mère arrive pile au moment où je pénètre dans la cuisine. L'air sent bon les plats maison et la verveine qui sèche près de la fenêtre en prévision des longues soirées d'hiver ou des repas trop copieux.

– Mon chéri ! s'exclame-t-elle en s'élançant dans ma direction.

– Bonjour Ma, tu es toute belle !

Mes bras l'entourent et, comme à leur habitude, ses doigts viennent se perdre dans mes boucles semblables aux siennes. Mes lèvres se posent ensuite sur sa joue et son odeur familière de lavande m'enveloppe. Enfant, j'adorais me poster à côté d'elle juste pour avoir le plaisir de sentir son parfum.

– On est sortis, ton père et moi, on est rentrés il y a une heure et je n'ai pas pris le temps de me changer. Qu'est-ce que tu fais là ? me demande-t-elle en se reculant pour m'observer sous toutes les coutures.

– J'avais juste envie de passer vous voir…

– C'est gentil mon bébé, dit-elle en me poussant vers le salon où mon père, en claquettes, short et tee-shirt, feuillette un magazine.

– Regarde qui je te ramène !

– J'avais entendu sa voiture, Maria.

Elle marmonne quelques mots puis retourne dans la cuisine pour ouvrir à Francis qui gratte à la porte. Je me laisse tomber au côté de mon père. J'ai la sensation de ressentir d'un seul coup toute la fatigue accumulée ces derniers jours. Sa main tapote ma cuisse dans un geste d'affection tandis que je pose la tête contre le dossier en soupirant.

– Tu as sorti ta femme, alors ? plaisanté-je.

– Elle le mérite. Comment se passe le travail ? Tu as l'air épuisé.

– Ça va, c'est l'été. La période est propice à l'activité, je ne vais pas m'en plaindre.

– Et la vraie version, fils ? Je sais que tu nous aimes, mais te voir là en pleine semaine, c'est un peu étonnant.

– Je n'avais pas envie de rentrer chez moi.

Et d'être seul.

Roxy a réveillé quelque chose tout à l'heure, un manque, un besoin d'être près de mes parents. Je sais qu'en ce moment, je ne suis pas au top, je râle beaucoup, mais j'ai la chance d'avoir toujours quelqu'un vers qui me tourner si je le souhaite.

– Tu as mangé, Parker ?

Il change délibérément de sujet. Mon père a toujours su lire en moi un peu trop clairement.

– Si je réponds non, est-ce que maman va faire une syncope ?

Il me sourit en hochant la tête. Pour ma mère, sauter un repas équivaut à un sacrilège. Si elle savait de quoi est constituée mon alimentation en ce moment, elle m'obligerait à venir tous les jours chercher des boîtes débordantes de plats cuisinés.

Le vent soulève les rideaux verts accrochés aux grandes baies vitrées, captant mon attention. L'été est ma saison préférée. Tout le monde a l'air plus heureux, comme si la chaleur et le soleil pouvaient panser certaines blessures. À une période, c'était un peu le cas pour moi.

Ma mère revient avec un plateau débordant d'un plat de pâtes à la sauce tomate. Elle le pose sur la table basse avant de caresser ma joue d'un air tendre.

– Ta sœur n'est pas là, tu as de la chance. Il y a des restes.

– Comme si tu faisais à manger pour trois ! Elle croit que vous êtes toujours à la maison, intervient mon père.

Je remercie ma mère et attaque le plat avec appétit. Elle s'assied dans le fauteuil en face de moi.

– Darla m'a dit que tu n'avais pas rappelé Sasha…

– Maria, tu ne vas pas remettre ça, la reprend mon père.

Je lui exprime ma gratitude d'un coup d'œil.

– J'ai compris ! cède-t-elle en levant les mains. Mais tu es si beau et intelligent, c'est dommage.

– Je suis ton fils. Même avec une jambe plus courte que l'autre ou la calvitie précoce de grand-père, tu aurais tenu un discours identique.

– Qu'il profite. Il aura le temps de se mettre en ménage. Il fait comme son père.

– On s'est rencontrés à dix-neuf ans et tu étais vierge, Lucio !

– Tu sais bien que c'est faux.

– Ne me contredis pas ! Toutes les autres femmes ne comptent pas.

Ils sont beaux. Quand j'étais plus jeune, je trouvais ça écœurant, mais qui peut se vanter d'être resté toute sa vie avec son premier amour ? Je souris parce que mes parents ont tous les deux cessé de parler pour me regarder. Seulement, je ressens cette pointe au creux de l'abdomen qui me tiraille. Pourtant c'est de plein gré que j'ai choisi de ne pas m'engager avec qui que ce soit.

Pendant les heures qui suivent, ma mère m'amène plus de plats que je ne peux avaler et, bien entendu, me force à tout finir. Quand je suis repu, nous discutons tous les trois, Francis affalé sur mes pieds. Il faut dire qu'il a bien compris où se placer pour pouvoir manger. Après le blockbuster diffusé sur la chaîne locale, c'est désormais le film policier d'après 23 heures qui défile à la télé.

– Tu n'oublies pas de bloquer le samedi de la mi-septembre ? me rappelle mon père.

Mon cœur se comprime douloureusement. Il me faut un instant pour avaler la boule qui s'est logée dans ma gorge.

– C'est fait. Ça avance avec l'association ? Si vous avez besoin d'aide, dites-moi.

– On gère pour le moment, ne t'inquiète pas pour ça. (Ma mère me tapote gentiment la main avec un sourire maternel.) Tu n'es pas forcé de participer, si tu ne te sens pas…

Nos regards se lient un instant. Elle ne devrait pas s'inquiéter pour moi, je gère. La plupart du temps du moins.

– Je serai là, maman.

Elle esquisse un bref sourire, attendri, que je lui rends. Je m'étire ensuite un peu dans mon fauteuil, je sens que la fatigue pointe le bout de son nez. Ma nuque est raide et je bâille à m'en décrocher la mâchoire.

– Tu es épuisé, mon chéri, me rabroue ma mère.

– Tu devrais rester dormir. De toute manière, le lit est fait dans ton ancienne chambre, complète mon père.

À l'inverse de mon petit frère, je ne reste pratiquement jamais. La dernière fois remonte à la mort de *Nonno*. Weston, lui, vient disperser ses microbes dès qu'il tombe malade en reprenant sa chambre d'adolescent pour avoir le plaisir de se faire cajoler par mon père. Ce dernier lui passe tout. Même le fait qu'il soit couvert de tatouages. Avant, il disait que c'était anormal de se gribouiller dessus, que c'était pour les punks. Son discours a changé depuis que Wes a fait son premier : une horloge, tirée du célèbre tableau de Dalí. Depuis, il déclare que « c'est sa fibre artistique qui s'exprime ». Tout ça parce que c'est son peintre préféré.

Papa dessinait à une époque, puis il a travaillé pour nous élever et sa passion a pris de moins en moins de place dans sa vie. Jusqu'à ce que, l'année dernière, nous lui offrions un stage d'une semaine avec le meilleur artiste peintre de la région. Il a râlé. C'était sans compter sur son épouse qui l'a forcé à y aller. Depuis, plusieurs de ses tableaux décorent les murs de la bâtisse.

– Je ne comprends pas pourquoi vous n'en avez pas fait une salle de sport, un atelier de peinture, une bibliothèque ou n'importe quoi d'autre…

– Parce que ta mère a l'impression de vous mettre dehors, intervient mon père en me lançant un regard consterné.

– Maman, tu sais que j'ai acheté une maison ? Je ne compte pas revenir habiter ici.

– Ne m'embêtez pas, tous les deux ! râle-t-elle. Va au lit, Parker, je te préparerai un bon déjeuner demain matin.

– Ma… soupiré-je.

– La discussion est close. Bonne nuit mon chéri !

Autant se battre contre le vent. Je me lève et les embrasse avant de me diriger vers l'étage. La chambre est telle que je l'ai laissée la dernière fois : l'édredon bleu nuit recouvre le lit deux places, la lampe taillée dans le bois par mon grand-père est posée sur la table basse et des affiches de bateaux décorent les murs. La nostalgie me saisirait presque.

Je soupire, retire mes vêtements puis plonge sous les draps. Après tout, je peux bien lâcher du lest pour une fois. Juste une nuit.

Un corps froid se colle à moi, me réveillant. J'ouvre les paupières, légèrement désorienté, et glisse un coup d'œil à la pendule qui indique 1 heure du matin.

– Missie ? gémis-je.

– Chut ! Rendors-toi…

Melinda frotte ses pieds glacés contre mes jambes, me faisant sursauter. Je jure dans ma barbe tandis qu'elle se love davantage contre mon flanc.

– Missie, t'as pas un lit ?

– Je veux dormir avec toi. J'ai vu ta voiture. Pourquoi t'es ici ?

On sent bien qu'elle ne vient pas de se réveiller, elle.

– Maman m'a gavé comme une oie avant les fêtes de Noël. Puis j'étais trop crevé. Maintenant, bonne nuit.

Je rabats le drap sur nous avec un sourire.

– Je suis contente que tu sois là. Ça me manque de plus pouvoir faire ça, continue-t-elle.

– Quoi donc ? Coller tes pieds crochus sur mes jambes ? marmonné-je.

– Mes pieds sont mignons, comme moi ! Enfin, ça, ce n'est pas l'avis de tout le monde.

– Je dois frapper quelqu'un ? demandé-je sérieusement.

Je lève son menton pour pouvoir la regarder dans les yeux. Elle me sourit en secouant la tête.

– Personne, Parker. Mais, promis, si un jour j'ai besoin qu'on lacère les testicules d'un homme, tu seras le premier informé.

Je serre les bras autour du corps de ma petite sœur et l'embrasse sur le front.

– Parce que je suis le plus fort ?

– Bien sûr ! Regarde-moi ces abdominaux, approuve-t-elle en me flanquant un grand coup sur le ventre.

– Je peux me rendormir maintenant ? bâillé-je.

– Une dernière question.

– OK.

– Est-ce que ça va vraiment, toi ?

Surpris, je mets quelques instants à réagir.

– Cette période, je sais qu'elle n'est pas facile à cause de tout ce qui s'est passé avec Gwen et… Je me demandais si tu encaissais. Tu n'es pas tout le temps obligé d'être celui qui nous porte à bout de bras.

– Il ne faut pas t'inquiéter, petite sœur. Je suis solide.

– Tu sais que je t'aime, Parker ?

– Ça fait deux questions, princesse Sissi. Maintenant, fais de beaux rêves.

– D'un prince charmant qui m'enlèvera dans un cabriolet ?

– N'est pas né celui qui t'emmènera. Arrête de parler de ça, tu vas me faire me coucher fâché.

Cette petite peste glousse, fière d'elle.

– Je t'aime, mon frère.

– Moi aussi, Mini-puce.

***

Le lendemain matin, je me réveille avec le bras endolori. Les cheveux de ma sœur sont étalés sur la moitié de mon visage et mon tee-shirt est mouillé à l'endroit où elle bave en ronflant. J'essaie de la décaler en douceur, mais son corps est tellement imbriqué contre le mien que c'est quasiment mission impossible. Je lui laisse cinq minutes, mais après il faudra que je me lève si je ne veux pas arriver en retard au travail. Pendant ce temps où je ne peux rien faire à part attendre, je parcours mon ancienne chambre du regard. Rien n'a changé sauf qu'elle est toujours nettement mieux rangée que quand je l'occupais. Il y a même encore la première corde nouée que j'avais réussi à faire seul, sous le regard bienveillant de mon grand-père. Les cinq minutes écoulées, je retire le bras de Melinda, décale sa jambe, tiens sa tête pour la placer sur l'oreiller et…

– Tu ne peux pas être plus doux, râle-t-elle en ouvrant les yeux.

– Il faut que je me lève, marmonné-je en m'étirant enfin.

Je passe à la salle de bain avant de descendre l'escalier pour prendre un café. L'odeur des toasts grillés titille mon nez et me met l'eau à la bouche.

Ma mère presse des oranges dans la cuisine quand j'arrive. Je l'embrasse sur la joue et salive à la vue des *cornetti* posés sur le plan de travail. Ces croissants en plus sucré et plus calorique sont l'une de mes pâtisseries préférées.

– Dis-moi qu'ils sont fourrés à la crème, Ma !

– Bien sûr, tu me prends pour qui ? rigole-t-elle. Tu as bien dormi mon chéri ?

– Missie est venue s'incruster dans mon lit. Elle a ronflé dans mon oreille, dis-je pour embêter ma sœur que j'entends arriver derrière moi.

– Je suis une princesse ! Maman, pourquoi je n'ai pas le droit à ça tous les matins ?

Ma mère secoue la tête et lui tend le plateau pour qu'elle l'apporte sur la terrasse. Elle bougonne, tout le monde sait que Melinda n'est pas du tout une lève-tôt. Mon père est déjà installé à sa place en bout de table et nous salue joyeusement quand il nous voit arriver. Nous nous asseyons tous les quatre et Melinda engloutit plus de *cornetti* que mes parents et moi.

– Tu m'as acheté quoi alors pour vendredi ?

– Vendredi ? demandé-je distraitement en donnant un bout de gâteau à Francis.

– Mon anniversaire, Pakou ! s'exclame-t-elle, excédée.

– Comme si j'avais pu oublier… Tu verras bien. Bon, ce n'est pas que je m'ennuie avec vous, mais j'ai une boîte à faire tourner.

– Tellement prétentieux, dit ma sœur en levant les yeux au ciel.

– Non, réaliste. Tu le constateras quand tu auras ton cabinet ! Papa, maman, on se voit dimanche vu que vendredi, c'est entre jeunes.

– Tant mieux, on pourra faire des folies avec ta mère !

– C'est dégoûtant ! Vous ne pouvez pas vous retenir pendant que nous sommes là ? Tu connais les prix d'un psy ?

– Rien du tout ! Ta sœur te fera des consultations gratuites.

– Comme si j'allais lui raconter tous mes petits secrets. Déjà qu'elle me contraint à trouver l'amour en trois mois…

– C'est sûr que vu comme ça, tu y mets du tien…

Je ne couche avec personne, qu'elle ne me demande rien d'autre.

– Ce n'est pas comme dans les films, Missie. Tu attends qu'au détour d'une allée, je me trompe de caddie et que je tombe sur *la* fille qui sera douce, rougissante, et que je lui propose de boire un café pour me faire pardonner ?

– Une femme gentille, tu la croquerais ! Ce qu'il te faut, c'est quelqu'un qui te tiendra tête et qui osera te dire que tu es un sale con quand tu t'y mets.

Immédiatement, mon esprit part en direction de Roxy. Un sourire fleurit sur mes lèvres. Il y en a une qui ne se gêne pas.

– Melinda, ton langage, l'engueule ma mère en se levant avec la carafe vide à la main.

– Pardon, s'excuse-t-elle du bout des lèvres. Mais ton fils m'exaspère.

Elle la fusille du regard spécial Maria Doretta et embrigade mon père pour qu'il vienne l'aider à ranger. Je reste seul avec ma sœur sur la terrasse. Elle semble ne pas avoir terminé ce qu'elle a à dire.

– Tu foires mon étude avec ta mauvaise tête.

– Je fais des efforts. Ce n'est pas comme si j'avais eu un coup de cœur pour quelqu'un ou, pire, un coup de foudre. Je suis indisponible parce que je gère une boîte, que c'est la pire saison de l'année et que je n'ai pas envie de recommencer quelque chose sans l'assurance que ça va marcher.

Melinda lâche sa serviette d'un geste rageur.

– Qui a cette certitude quand il se lance dans une aventure ? Personne n'est devin, Parker, et encore moins moi. Je suis la première à savoir que les sentiments sont compliqués.

– Il y avait bien un mec, alors ? J'ai raison ?

– Oh, ma chérie, tu as trouvé un amoureux ? s'exclame ma mère en revenant.

Mon père lui caresse le cou avec tant d'affection que ça déborde sur nous. Elle attend patiemment la réponse de sa petite dernière et dans ses yeux, je vois de l'excitation.

– Mais non, c'était hypothétique, souffle-t-elle. Quoi qu'il arrive, si j'ai quelqu'un, il ne viendra pas ici avant que je sois certaine qu'il est suffisamment amoureux de moi pour ne pas s'enfuir.

– T'inquiète pas, je lui casserai les deux jambes. S'il repart, ce sera en rampant.

Je l'embrasse sur le front en me penchant sur la table. Elle bougonne, mais la tempête est passée. Mes parents ont tellement l'habitude de nos prises de bec qu'ils n'y prêtent même pas attention.

– Ton amour va m'étouffer.

– Impossible ! Je ferai des efforts. C'est promis ! J'y vais, je dois repasser à la maison pour prendre une douche et l'heure est déjà bien avancée.

– On n'a pas d'eau chez nous ? m'engueule ma mère.

– Si ! Mais je ne compte pas mettre les slips de papa !

– À mon époque, on était moins prude. Moi, j'aurais porté ça sans caleçon. Laisse un peu tes roubignoles à l'air libre. Ça ne fait jamais de mal.

– J'aurais trop peur que mon matos sorte de mon short, dis-je sans y penser.

Ma mère est sur le point de me réprimander, mais mon père me tape sur l'épaule avec un sourire fier.

– C'est vrai que tu es un Doretta. Au moins, tu n'auras jamais à rougir en te déshabillant devant une demoiselle.

– Si on pouvait arrêter de parler des attributs reproductifs de mon frère, je pourrai peut-être finir d'avaler mon petit déjeuner sans avoir la nausée, se lamente Missie.

– Rajoute ça à ta petite fiche, Melinda ! J'ai un charme fou, comme mon géniteur.

– N'encourage pas ton père dans ses délires et prends le sachet que j'ai posé sur la table en partant, me rabroue ma mère. C'est pour Weston.

J'embrasse tout le monde, incluant Francis qui se met de nouveau sur mon chemin, et claque la porte de la maison de mon enfance. En grimpant dans ma voiture, je me fais la réflexion que j'ai vraiment une famille de fous, mais une famille que je n'échangerais pour rien au monde.

CHAPITRE 32

ANGIE

– Foutue photocopieuse ! Tu vas fonctionner, oui !

– Je t'ai déjà dit de ne pas dégrader le matériel !

Je sursaute et manque de m'éborgner contre l'angle de cette machine infernale. Je me relève et jette un regard mauvais à Parker. Ce matin, je me suis levée du pied gauche et ce satané engin ne fait rien pour améliorer mon humeur.

– Au lieu de me réprimander, pourrais-tu m'aider s'il te plaît ? Je dois imprimer le dossier Piona pour le leur envoyer mais ça ne fonctionne pas.

– Laisse-moi voir.

Je me décale dans le coin pour lui laisser l'accès. Parker tripote les boutons d'un air concentré. Il se penche et retire le réceptacle où se trouvent les toners. Il tire dessus pour les sortir et au même moment, l'encre lui gicle au visage. Je ne peux retenir un « oh » de surprise, puis un fou rire. Son visage et son tee-shirt sont recouverts d'encre. Il a l'air de s'être fait cracher dessus par un Schtroumpf.

– Bon sang ! jure-t-il en passant sa main sur son visage. Ça te fait rire en plus. Tu l'as fait exprès ?

– Bien sûr.

– Roxy, grogne-t-il.

– Je contrôle les machines, Captain. Je vais bientôt devenir la maîtresse du monde.

Il essaie de se nettoyer mais ne fait qu'empirer les choses. Son visage ressemble à un tableau de Zao Wou-Ki.

– Le bleu te va bien.

– Ha. Ha. Très drôle. Tu veux bien m'apporter une serviette au lieu de rester plantée là ? Il y en a dans le placard de mon bureau ou dans le hangar.

– C'est si gentiment demandé.

Il sort du local et se dirige vers les toilettes. Je grimpe les marches pour rejoindre son antre : tout est parfaitement rangé, comme d'habitude. Je souris en me dirigeant vers son bureau avec l'envie de le mettre en désordre. Son stylo favori est posé bien en évidence. Il ne signe les gros dossiers qu'avec celui-ci, c'est un tic. J'ai une petite idée et c'est l'occasion ou jamais. Je glisse l'objet dans ma poche, récupère deux serviettes et redescends. Je m'arrête sur le pas de la porte des toilettes, derrière laquelle j'entends l'eau couler. Mes joues s'enflamment et je détourne un instant les yeux avant d'y revenir. Parker a retiré son tee-shirt et il a carrément la tête sous l'eau.

– Ah, tu es là.

Il se tourne vers moi, et je reste quelques secondes sonnée, fixée sur les gouttes d'eau bleutée qui glissent le long de son torse. Il me tend la main et je me fige, dans l'incompréhension. Mon ventre se contracte. Parker arque un sourcil.

– La vue te plaît ? susurre-t-il en plantant son regard dans le mien.

Ma bouche s'assèche. Je reviens sans cesse à ses abdos et à la boussole tatouée sur son pectoral.

– Qu… quoi ? Non, répliqué-je un peu trop fort. Je regardais l'affiche derrière toi.

– Celle qui explique comment bien se laver les mains ?

Un sourire étire ses lèvres.

– OK, concède-t-il en me faisant un clin d'œil.

– OK, répété-je. Je… vais retourner à mon devis…

– Les serviettes, Roxy !

Les serviettes. Oui. Je les avais oubliées. Je m'approche de lui, toujours avec ce souffle court. Nos mains s'effleurent, nos yeux restent accrochés et je lis beaucoup d'amusement dans les siens.

– Merci.

– Euh, ouais.

Je suis ses mouvements secs. La serviette qu'il passe dans ses cheveux, l'autre qu'il met autour de son cou avec la bouche légèrement entrouverte. Même si Parker est insupportable, il n'en reste pas moins attirant. Le dessin sur son torse est sublime, mais je suis surtout curieuse d'en connaître la signification. Je ne me suis jamais fait tatouer parce que je trouve qu'il y a quelque chose de définitif et je déteste ne pas avoir le choix. Une fois que notre chair est marquée, on ne peut plus revenir en arrière. En revanche, je sais que derrière un tatouage, il y a toujours une histoire, que ce soit un pari entre amis, une envie soudaine, le reflet d'un souvenir qu'on ne veut pas oublier… Et quelque chose me dit que Parker est trop réfléchi pour l'avoir fait sur un simple coup de tête.

– Pourquoi une boussole, Parker ?

– Tu poses trop de questions, Roxy.

– Tu étais déboussolé ?

– Tu fouines beaucoup trop pour une employée.

– Et toi, tu te défiles beaucoup trop pour un mec qui est censé en avoir.

– Tu veux que je te prouve que j'en ai assez pour faire ce qui te passe par la tête là, tout de suite ? chuchote-t-il en approchant de moi.

Mon corps s'enflamme. Un pas de plus et Parker me coince contre le lavabo. Je parcours frénétiquement des yeux son torse bronzé, ses abdos dessinés, la ligne fine de poils qui s'évadent plus bas sur ses hanches, avant de détourner mon attention sur le pain de savon à l'huile d'olive posé sur un coin de la vasque.

– Et tu crois que je pense à quoi, exactement ?

Avant que je ne puisse esquisser le moindre geste, ses deux mains m'emprisonnent entre son torse nu et le lavabo. Ma respiration se fait plus lourde, si bien que je dois me concentrer pour ne pas entrer en apnée.

– À toi de me le dire…

Il faut que je change de sujet. Il faut qu'il s'éloigne.

– Captain, vais-je devoir invoquer le… défi ?

– Pourquoi ça t'intéresse ? demande-t-il avec sérieux.

– Pourquoi pas ?

Je ne sais pas vraiment. J'ai juste envie d'en savoir plus sur lui.

– Pourquoi une boussole ? Je te défie de me dire la vérité.

Il souffle et passe sa main sur son visage.

– Il y a un moment dans ma vie où je n'ai plus réussi à trouver la bonne direction. J'étais perdu, répond-il avec sincérité.

– Et maintenant ?

– Maintenant, je me retrouve à jouer à celui qui pisse le plus loin avec une fille qui a embouti ma bagnole et qui travaille pour moi.

J'aimerais lui poser plus de questions, mais je sais qu'il n'en a pas envie. S'il m'a révélé la signification de son tatouage, c'est seulement parce que je l'ai forcé.

– Elle doit avoir quelque chose de spécial. Je suis certaine qu'elle est belle, intelligente et qu'elle a beaucoup d'humour.

– Peut-être, accorde-t-il en fixant mes lèvres. Elle est particulière, c'est sûr…

Il me fait un clin d'œil et se recule brusquement. Avant même que j'aie le temps de percuter, il quitte les toilettes en coup de vent, me laissant pantelante. J'ai la tête qui bourdonne et une drôle de sensation au creux de l'estomac. Mais le pire… le pire, c'est l'état dans lequel se trouve ma culotte.

CHAPITRE 33

PARKER

Ma main s'enroule autour de ma hampe. Je me mets à aller et venir doucement. Mes yeux se ferment et soudain, deux petites pointes roses saillant sous un fin chemisier blanc se matérialisent dans mon esprit. Des tétons fermes. Une bouche sensuelle qui déverse des paroles exprès pour me provoquer

Malgré moi, ma main accentue le mouvement. De plus en plus vite, jusqu'à sentir des frissons de plaisir. Mon poing se serre, monte et descend à un rythme plus rapide. Je ne contrôle plus rien. Ni mon corps ni mon esprit qui vagabonde vers ces petits seins tendus dans ma direction.

– Bon sang !

Je grogne, le souffle court. Je ne suis focalisé que sur le plaisir que me provoquent mes doigts en en imaginant d'autres à la place. Ma main agrippe le dossier du canapé, un des magazines posés sur la table basse voltige au sol tandis que, dans les frissons du plaisir, mon pied heurte le meuble.

C'est bon. Beaucoup trop. Mais il sera temps de me fustiger plus tard, quand j'aurai cessé d'imaginer me finir sur le faible vallon de sa poitrine.

Roxy.

Il n'en faut pas plus pour me faire basculer. Je pousse un râle en frissonnant. L'onde de choc se répercute dans chaque cellule de mon corps. Mes abdos se contractent, ma main se resserre sur mon sexe tendu. Et là, la délivrance.

Je ne devrais pas jouer. Ce n'est pas correct vis-à-vis de Weston, pourtant je fonce tête baissée. Mais je ne fais rien de mal, si ? Après tout, je ne couche pas avec elle. Je garde les yeux clos, le souffle court, le pénis encore sensible dans ma paume. Après le regard qu'elle m'a lancé, je n'ai plus pu débander.

– Il y a quelqu'un ?

– Parker ?

Deux voix résonnent. L'une étrangement proche de moi. Je me tends sur le canapé.

– C'est bizarre, tout est allumé. Il est peut-être à la douche.

Je fixe ma main couverte de sperme, puis mon short de sport, et c'est la panique. Je me redresse aussi vite que je peux, essuie ma main avec l'un des mouchoirs du paquet qui traîne sur la table et fonce au robinet.

Qu'est-ce qu'ils fichent ici ?

– Eh, tête de pioche, t'es où ? On apporte le ravitaillement ! crie Lucan.

Merde. C'est jour de match. *Comment ai-je pu oublier ça ?*

J'ai à peine le temps de me rincer les mains qu'ils entrent déjà tous dans la pièce.

– Ah bah t'es là ! me salue Lucan. Pourquoi tu n'as pas répondu ?

Je me gratte la tête et vais aider Missie avec le sac de courses qu'elle tient à bout de bras. Des tas de merdes remplies de sucre et de cholestérol débordent du paquet.

– Désolé, j'étais… occupé.

Poser mon regard sur Weston me cisaille. Melinda plisse les yeux, cherchant je ne sais quoi. Le malaise grimpe au fur et à mesure qu'elle m'étudie.

– Qu'est-ce que tu as ? demande-t-elle en me toisant.

– Mais rien, enfin ! Vous avez pris de la bière brune, j'espère ?

Je tente de changer de sujet, mais ma sœur me retient par le bras.

– Tu es tout seul ?

– Tu veux que je sois avec qui ?

– Je ne sais pas, t'as l'air bizarre. Tu faisais quoi avant qu'on arrive ?

Cette petite est un calvaire ! Je grogne que ça ne la regarde pas en déposant le cabas sur le plan de travail.

– J'étais au téléphone. C'est fini l'interrogatoire, Melinda ?

– Laisse-le tranquille, Missie, me défend Lucan. Quelle pizza tu veux ? On a choisi en chemin.

– Quatre fromages, répond Wes en même temps que moi. Vous voyez ? Tellement prévisible ! On aurait pu aller plus vite en commandant dans la voiture. On ne va pas être livrés avant deux heures.

– Bouffe ça et arrête de te plaindre, dis-je en lui lançant le paquet de chips.

– Avant que le match commence, j'ai apporté ça, signale Missie en sortant sa tablette de son sac et plusieurs feuilles.

Elle les pose à plat sur la table de repas.

– J'ai étudié toutes vos réponses et les ai compilées dans un tableur. Ça m'a donné des notes d'un à cinq selon les thèmes. Sans surprise, Weston, tu obtiens un cinq, la plus haute note sur l'importance du sexe dans ta relation.

– Que veux-tu, quand on a un corps comme le mien… s'exclame-t-il en faisant rouler ses muscles tatoués.

– Parker, tu n'es pas loin avec un quatre sur cinq. Et Luc, tu es le dernier avec un trois sur cinq.

– Tu m'étonnes que Caldie soit toujours de mauvaise humeur ! ricane Wes.

– « Vous pensez que l'amour est un objectif à atteindre » : Parker, deux sur cinq, c'est un peu triste, mais je comprends. Vous deux, dit-elle en désignant mes frères, vous êtes dans une moyenne de quatre. Enfin, tout ça pour vous annoncer que suite à ces résultats, j'ai prévu…

– Si c'est un atelier *coach lifestyle*, tu m'oublies, marmonné-je.

– Je ne veux pas vous changer, Parker ! Vous avez chacun vos qualités… Certains plus que d'autres, ça va sans dire.

– Est-ce que je dois le prendre pour moi ? demande Weston.

– Pas du tout.

Mon frère s'affale dans le canapé avec le paquet de chips qu'il garde pour lui tout seul, du sel plein le visage.

– Apporte-moi un essuie-tout, s'il te plaît, demande-t-il à Missie.

– Y en a sur la table devant toi !

Il se penche, prend la boîte dans ses mains et la secoue, râlant car celle-ci est vide.

– Maman et papa t'ont fait avec des jambes, sers-t'en, grogné-je.

– Ils m'ont surtout fait avec une grosse flemme. De toute façon, il y en a un juste là.

Weston porte devant son visage un mouchoir posé sur la table. Le mouchoir dans lequel je me suis essuyé après…

– Attends ! hurlé-je presque.

– Quoi ?

– Ne fais pas ça !

– Pourquoi ? (Nos regards se croisent, il renifle le papier puis affiche un air de dégoût.) Merde ! Ne me dis pas que tu as spermé là-dessus.

Mon visage consterné lui répond. Weston mime un haut-le-cœur et balance le mouchoir sur la table basse.

– Je savais que tu avais une mine coupable ! s'exclame Missie d'un air offusqué en fixant l'objet du délit.

– Tu imagines, si on t'avait trouvé le pantalon sur les chevilles ? Tu aurais pu faire ça la porte fermée, quand même.

– Je suis chez moi. Rendez-moi vos clefs et on n'aura plus ce problème.

Ils font la sourde oreille, bien entendu. Ma baraque, c'est la planque.

– Tu pensais à quoi pour…

Wes mime la masturbation, allant jusqu'à ouvrir sa bouche et révulser ses yeux.

– À personne, laisse tomber.

À Roxy.

Au vert de son soutien-gorge, à celui de ses pupilles étincelantes.

À ses fesses aussi captivantes que son sourire.

– Allez, raconte-nous tout, insiste Wes.

Je ne peux pas lui dire. Je me suis branlé sur la fille avec qui il a dansé collé-serré. Celle dont il ne cesse de faire les éloges. Peut-être même celle qu'il a choisie pour cette fichue étude. J'avale la boule qui s'est logée dans ma gorge.

– Laisse. Tomber.

– Bon, il est donc vraiment temps que je fasse quelque chose pour vous si vous en arrivez là. Sachez donc que je vous ai organisé un *speed dating* pas plus tard que demain ! s'exclame Missie avec entrain.

– Hors de question ! exprimé-je en me renfrognant davantage.

– Je ne te laisse pas le choix. Ne t'inquiète pas, je suis certaine que tu vas t'amuser. Prends ça comme une nouvelle expérience. Tu pourras cocher ça dans ta *bucketlist*.

– Ma quoi ?

Melinda frappe son visage de ses mains en soupirant exagérément.

– Que Dieu me vienne en aide ! J'ai un frère désespérant. Vous savez ce que c'est, au moins, Luc et Wes ?

– Bien sûr ! répond Lucan.

– Tu vois ! Même Lulu connaît ! Une *bucketlist*, c'est une liste de tout ce que tu rêves de faire avant de mourir.

– Je ne veux pas entendre celle de Wes.

– Simple, avance-t-il. Baiser sur tous les continents. Trouver une pièce d'or. Avoir soixante pour cent de mon corps tatoué, dont ma queue. Acheter un loft. Rencontrer l'amour. Faire un combat de *freefight* dans un hangar clandestin. Adopter un iguane. Et toi, Parker ?

– Faire le tour du monde avec mon bateau. Voir les aurores boréales en Norvège. Sauter en parachute. Garder un potager plus de trois mois.

Et baiser Roxy.

– Et, bon… Je pense que je vais rajouter « faire un *speed dating* », du coup ?

CHAPITRE 34

ANGIE

J'avale une gorgée de mon thé et en recrache la moitié dans ma main. Il est brûlant. La journée commence bien.

– Ces manières ne viennent pas de moi, ironise une voix dans mon dos.

– Je me demande bien ce que je tiens de toi.

David me sourit en actionnant la machine à café. J'observe un instant ses cheveux bruns parsemés de quelques mèches blanches, ses lèvres fines, à la recherche d'une quelconque ressemblance. Rien, à part ces mêmes iris verts. Il croise les bras sur sa poitrine en prenant appui sur le comptoir derrière lui.

– Comment se passe le travail ?

– Bien.

– Tu t'entends bien avec tes collègues ?

À part un boss tyrannique et sexy, tout est parfait.

– Nickel.

Question à sens unique. J'ai du mal à me dire qu'aujourd'hui, ça l'intéresse. Je devrais me sentir chanceuse.

Tout ça à cause d'une foutue promesse !

– Tu penses pouvoir te libérer pour le dîner de ce soir ?

Plutôt crever. Être dans la même pièce que David me donne déjà de l'urticaire, alors, me coltiner un repas guindé avec lui et son fan-club sans pouvoir m'échapper avant la fin, non merci. Quand je réfléchis à tout ce qui s'est passé, je me demande comment je fais pour y arriver. Dans un sens, je devrais le remercier de m'avoir appris plusieurs leçons dans la vie.

La première : on ne peut compter que sur soi.

La deuxième : ne rien devoir à personne.

Et la troisième, mais pas des moindres : la trahison peut venir de n'importe où.

À cette ultime règle, on pourrait ajouter un petit astérisque : et même de sa famille. Tout au long de mon existence semée d'embûches, j'ai été confrontée à cela. Au fait que personne ne m'aiderait même en cas de galères. Même Lara, dans une certaine mesure. Elle est comme ma sœur, mais même si elle m'a tendu la main, je garde à l'idée qu'un jour, peut-être, elle aussi me trahira. Cela fait de moi quelqu'un de cynique, très certainement, mais c'est ce que la vie m'a appris.

– Non. Merci.

– Tu es sûre ?

Je souris ironiquement et retiens de justesse la phrase assassine qui me brûle les lèvres.

– Tu sais que tout le monde serait ravi de te voir ?

– Hmmm.

Et où était ce *tout le monde* pendant toutes ces années, hein ? Aux fêtes de Noël ? Aux vacances d'été quand je me retrouvais coincée dans notre petit trois-pièces à regarder au-dehors en attendant que ma mère se réveille après sa garde ? Quand on m'a retiré les dents de sagesse et que je me suis évanouie, pour ouvrir les yeux trente minutes plus tard allongée de tout mon long dans le couloir ? Je ravale mes paroles pleines de rancœur. Ce *tout le monde* peut bien aller se faire voir.

– Je pensais que tu étais venue pour qu'on renoue et je t'aperçois à peine.

Je prends soin de souffler sur la tasse avant de la porter à mes lèvres. Sa main se pose sur la mienne et me fait frissonner.

Tu étais où quand j'avais besoin de toi ?

– Et si on évitait de jouer à la petite famille parfaite, David ?

Je me relève, retirant ses doigts de ma peau. Le tabouret beige s'écrase au sol dans un fracas. Je ne le ramasse pas. Il faut que je me casse de cette baraque. Cette maison où ma mère n'est pas, où je n'ai aucun souvenir, où je ne peux rien créer.

– Angie…

J'attrape mon sac sur la table et claque la porte d'entrée derrière moi. Elle s'ouvre juste après sur David, le visage rougi et un brin en colère.

– Arrête de faire l'enfant !

Je m'immobilise dans l'allée bordée d'une pelouse parfaite. C'est comme un électrochoc. Cette phrase, ces quelques mots, ce sont ceux qu'il m'a dits la dernière fois que l'on s'est vus. Il rouvre cette blessure aussi facilement qu'il l'a créée. Cette impression que dès que je m'accroche à quelqu'un, il part ; que dès que je m'autorise à lâcher un peu de lest, ça se retourne contre moi ; David n'y est pas pour rien.

– Dis-moi de m'en aller, dans ce cas. On sait tous les deux que ça ne marchera pas, affirmé-je en le toisant.

– Pour que tu me donnes tous les torts, comme tu sembles déjà le faire ? Tu devrais te remettre en question. Tu es seule, personne ne prend de tes nouvelles depuis que tu t'es installée ici, à part Lara. Non, si tu pars, ce sera ta décision.

La violence de ses paroles me cloue sur place.

Je ne peux pas. Je ne peux pas partir.

Non, je ne peux pas partir définitivement sans avoir essayé, mais je peux quitter cet endroit au moins quelques heures, sans quoi je ne suis pas sûre de survivre. Il me faut quelques secondes pour arriver à bouger. Je grimpe dans ma voiture et démarre sans un regard de plus pour David.

Je me gare sur le parking de Fish & Man comme un automate. Quand j'arrive près du mouillage, mes jambes sont en compote. Je vacille puis m'assieds sur le ponton en bois. Tout est paisible alentour. Seul le léger clapotis de l'eau brise le silence par intermittence. Les garçons doivent déjà être au port ; la plupart de nos bateaux partent de là-bas. C'est plus pratique pour les clients. Mes jambes pendent au-dessus de la surface et mon regard se perd à l'horizon. Un poisson vient manger du plancton sur la poutre immergée, cela me tient occupée pendant quelques instants où je ne pense pas à ce que David m'a jeté en plein visage.

« *Tu es seule.* »

C'est comme si l'écho de sa voix résonnait tout autour de moi, dans le vide matinal. Ça ne devrait pas me blesser parce que j'ai toujours été habituée à ce qu'il en soit ainsi. Pourtant, venant de lui, j'ai la sensation que c'est la pire des insultes. Une larme s'échappe de mes yeux, puis une deuxième et une troisième, jusqu'à ce qu'elles fassent des taches plus sombres sur les lattes de bois à l'endroit où elles s'échouent.

– Tu es tombée du lit ?

Mon cœur rate un battement. Puis mon cerveau reçoit le message que je connais cette voix et qu'il n'y a pas de danger. J'essuie mes joues avec empressement avant de me retourner, mais Parker surprend mon geste.

– Il s'est passé quelque chose ?

Sa voix est inquiète. Je me repositionne face à la mer pour ne pas avoir à le regarder en face.

– Rien. Tu peux retourner à tes occupations, déclaré-je en gardant la tête résolument baissée.

Mes doigts serrent le bord en bois du ponton alors qu'il s'accroupit à mes côtés. Il prend mon visage dans ses mains avec douceur. Je résiste un instant, mais il ne lâche rien. Ce mec est trop têtu.

– Roxy. Dis-moi ce qui se passe.

Nos yeux se croisent. Parce que je ne peux pas résister à l'attraction que je ressens quand il est près de moi, je dis la première chose qui me vient à l'esprit.

– Tu es un idiot, Parker.

Il ouvre de grands yeux, ses prunelles s'allument comme une dizaine de lampions lancés dans le ciel un soir de Nouvel An chinois. Elles se promènent sur mon visage et ne dévient pas une seule fois pendant des secondes qui me paraissent des années.

– Tu as raison, accepte-t-il avec un sourire tendre.

Ses deux bras m'emprisonnent contre son torse. Je hoquette de surprise, mais il resserre sa prise.

– Tu ne veux pas parler, j'ai compris. En revanche, ma mère m'a toujours dit qu'il ne fallait pas s'enfuir devant une femme qui pleure.

– Considère que j'ai un phallus et va-t'en.

Son rire fait vibrer sa poitrine, mais il ne fait pas pour autant ce que je lui demande. Nous restons silencieux de longues minutes avant qu'il ne parle de nouveau.

– Si tu as besoin de te moucher, ne le fais pas dans mon tee-shirt, s'il te plaît.

Je soupire. Ses bras sont toujours comme un étau autour de moi. Je pense à ce que diraient les *fishermen* s'ils nous voyaient ainsi et cela dilue un peu ma morosité.

Il sent le mâle, une odeur marine qui lui colle à la peau comme si la mer l'avait choisi. Ça me bouleverse. Il n'en demande pas plus, il se contente d'être là, et c'est plus que ce dont j'ai l'habitude. Je m'accroche à son dos, mes mains calées entre ses omoplates, la tête enfouie dans son tee-shirt.

– Est-ce que c'est grave de vouloir une famille ?

Je vois bien qu'il est surpris, mais qu'il prend ma question en considération.

– C'est-à-dire ? me demande-t-il avec prudence.

– Une famille à moi…

– Dans le genre avec des enfants, un mari, une maison, un jardin et un chat qui court après un chien ?

– Peut-être.

– Je n'en sais rien, avoue-t-il.

– Pourquoi vouloir me faire parler alors que tu me donnes des réponses évasives ? Tu es un emmerdeur, bougonné-je.

– C'est un compliment venant de la reine des emmerdeuses.

Un sourire me gagne, et alors que je devrais lui dire que désormais, ça va, je me colle davantage à lui. Il rit et je le trouve plus que beau. Quand il n'a pas cet air sévère, il devient un autre homme. Nos regards s'accrochent, ma respiration s'emballe.

– Pourquoi tu pleures, Roxy ?

– Problème menstruel.

Il pouffe et son souffle vient balayer mon visage.

– Je croyais que tu étais toujours honnête, Roxy, souffle-t-il en replaçant une mèche derrière mon oreille.

– On s'en fout un peu. Tu ne peux pas faire comme tout le monde et détourner les yeux ?

– Le truc, c'est que lorsque ça te concerne, j'ai du mal à ne pas te voir.

L'air se bloque dans ma poitrine. J'ouvre la bouche mais il me coupe l'herbe sous le pied :

– Il faut dire que tu es du genre à prendre un peu de place.

À quoi je m'attendais ?

– Sérieusement ?

– Petite, mais…

Je le repousse et il se marre en laissant tomber son corps en arrière. Furieuse de m'être laissée aller, je me relève en époussetant mon jean.

– Fais comme si tout ça ne s'était pas produit, lancé-je en lui jetant un regard noir.

– C'est mieux ainsi.

Je fronce les sourcils, confuse. J'essaie de ne pas suivre la main qui caresse son estomac. Je sais qu'en dessous se cache une rangée d'abdos qui ont de quoi me faire baver.

– Quand tu recommences à être une chieuse, c'est que ça va…

– Connard !

– Je croyais qu'on était convenus que tu ne m'insulterais plus.

– De gros con, oui. Toutes les autres injures n'étaient pas incluses dans le contrat.

Il se relève pour se mettre face à moi. Je déteste quand il utilise sa taille pour me dominer.

– Roxy, tu te fatigues pour rien. On sait tous les deux que si on comptait les points, je serais loin devant.

– Ah bon ? Je n'ai pas la même impression, bizarrement.

– Va bosser, Roxy, l'heure tourne et j'ai du mal à me dire que je jette de l'argent par les fenêtres en babillant avec toi.

– Tu le fais depuis cinq ans avec l'île aux Oiseaux, rétorqué-je.

– On n'a pas encore testé le séjour. Ne te déclare pas gagnante trop vite.

– Je suis sûre de moi.

– C'est l'un de tes défauts. Tu étais certaine de ne pas avoir grillé ce stop, pourtant…

Il a le don pour me faire vriller en moins de temps qu'il n'en faut pour le dire. *Quel mufle !* Néanmoins je ne peux pas m'empêcher d'être excitée…

– Je te défie de faire le coq.

– Le coq ? s'exclame-t-il, ahuri. Pourquoi ?

– Par pur plaisir.

Et pour faire redescendre la température. Son visage s'illumine, il s'approche de moi et je déglutis.

– OK, mais si tu fais la poule !

J'ouvre la bouche avant d'éclater de rire. Jamais il ne me laissera le dernier mot…

CHAPITRE 35

PARKER

J'ai failli l'embrasser.

J'ai dû me faire violence pour ne pas céder à la tentation.

La voir si vulnérable m'a donné envie de la réconforter. J'aurais dû faire demi-tour, je n'ai pensé qu'à ça toute la journée. Notre proximité, le fait qu'elle ne m'ait pas révélé pourquoi elle semblait si troublée et… je ne sais quoi encore. Ça m'a rendu marteau. Roxy, qui a l'air si coriace, ne l'est pas tant que ça. Ça a réveillé un instinct en moi. Eh merde ! J'aurais bien voulu le laisser endormi. Il faut que je me la sorte du crâne. Une forte tête avec des problèmes, ça me rappelle vaguement quelqu'un. J'ai encore du mal à régler mes histoires, ce n'est pas pour replonger tête baissée dans un autre nid à emmerdes.

– Tu as réussi à soudoyer Missie pour en savoir davantage sur ce qui nous attend ? me demande Weston en me sortant de mes pensées.

Je secoue la tête tandis que son sourire s'accentue.

Comment peut-il être aussi content ?

Melinda nous a envoyé un message groupé cet après-midi en nous sommant d'être à l'heure. Juste pour la contredire, j'avais envie de faire tout le contraire, mais ses représailles m'ont fait hésiter. Une fois, ma sœur a rasé la tête de Lucan alors qu'il dormait pour une vague histoire de moelleux au chocolat disparu du frigo. Autant dire que je n'ai pas envie d'être la cible de sa vengeance.

– Lulu a juste à organiser un repas avec Caldie. J'aurais échangé nos places sans discuter, continué-je.

Une main sur le volant et l'autre dans mes cheveux, je soupire.

Si j'ai à me taper une soirée craignos, j'espère qu'au moins, ça leur permettra de régler leurs différends.

– Allez, ça va être drôle, Parker ! On va rencontrer des célibataires !

– Des célibataires qui veulent qu'on leur passe la bague au doigt. Je ne sais pas ce que Missie leur a raconté, mais autant te dire que la soirée va être longue.

– Tu peux abandonner maintenant. Si c'est trop dur pour toi, tout ça, tout ça… J'ai déjà une idée de ce que je ferai avec ton fric.

Il mime une envolée de billets avec ses deux mains.

– Ça n'arrivera pas. Même si là, je rêve d'une soirée pizza-billard, d'une trilogie de *Saw* et d'un bain de minuit dans un jacuzzi à la maison, je ne suis pas assez désespéré pour te laisser gagner.

– Depuis quand tu as un jacuzzi ?

– Je n'en ai pas. À quoi ça servirait ? Je ne suis jamais chez moi.

– J'ai toujours rêvé de faire un trio dans des bains bouillonnants. C'est une raison valable, garantit Weston avec sérieux.

Il a manqué de quelque chose dans son enfance ou ma mère l'a trop longtemps nourri au sein, ce n'est pas possible, mais cette fixette qu'il fait sur le sexe est désespérante. J'aime baiser, OK. Seulement, je sais aussi penser à autre chose, contrairement à Wes. Plus jeune, on l'a surpris plus d'une fois le pantalon sur les chevilles, et je donnerais cher pour oublier ces scènes.

– Tu peux toujours rêver après ce que tu viens de dire. J'ai une question à te poser…

Je veux savoir comment Angie se porte. J'ai navigué toute la journée et je n'ai pas eu le temps de repasser au bureau.

Mais en quoi ça me regarde, bon sang !

– Si c'est pour me demander si je bande du matin au soir, la réponse est oui. La dernière fois que j'ai vu les bas d'une grand-mère, j'ai eu une érection, dit-il.

– Dis-moi que tu te moques de moi ?

Comme d'habitude, mon frère est dans l'exagération. Il aurait très certainement pu faire carrière dans la comédie. Toute l'attention rivée sur lui, il aurait été comme un petit poisson dans l'eau.

– Si seulement, soupire-t-il. Le pire, c'est que j'entends mes colocs baiser et que je me contente de me toucher comme un vieux cabot abandonné sur une aire d'autoroute en imaginant que je suis à leur place. Je te préviens, à l'issue des trois mois, je prends une semaine de congé.

– J'ai peur de te poser la question, mais je ne recule jamais devant un danger, alors… Pourquoi ?

– Pour pouvoir la passer au lit avec une, deux, cinq filles. Je ferai des roulements et des plannings.

Weston plaisante, mais c'est l'occasion de faire amende honorable. J'ai été un véritable idiot avec lui.

– C'est vrai que tu es plutôt bon pour la planification. D'ailleurs… je voulais m'excuser.

Nos regards se croisent une fraction de seconde et avant qu'il n'ouvre la bouche, je sens que mon frère va dire une connerie.

– D'être moins beau que moi ? T'inquiète, on s'y fait avec le temps.

– Je suis désolé d'être sur les nerfs en ce moment.

– C'est la séquence émotion ? Je sors les mouchoirs ?

– Je suis sérieux, Wes !

Sa main s'abat sur mon épaule avant de la serrer doucement.

– Je sais. On est frères, s'il y a bien quelqu'un qui peut te supporter, c'est moi. Mais si tu souhaites vraiment te faire pardonner, achète ce jacuzzi.

– Il ne faut pas déconner non plus. Mais un restaurant, ça se négocie.

– OK. *Le Luxuriant*. Et je veux le plat spécial du chef.

Un étoilé, rien que ça !

– La seule fois que j'y suis allé et que j'ai payé la note, c'est parce que je savais que la fin de soirée se terminerait en apothéose, déclaré-je.

– Allez, tu es le gars le plus généreux que je connaisse.

– Ce n'est pas en me flattant que je vais accepter.

– Ne fais pas semblant, Pakou ! Tu crois que je ne sais pas que tu rajoutes des billets dans mon portefeuille dès que j'ai le dos tourné ? Et que tu aides tous les mois la femme de Chuck depuis qu'il a eu son accident ?

Comment est-il au courant pour Chuck ?

– Je ne vois pas de quoi tu parles… marmonné-je.

– Bien sûr que si. C'est lui qui me l'a dit quand je l'ai croisé en ville. Mais ce n'est pas grave, si tu as envie de te la jouer Robin des Bois, je peux faire comme si cette conversation n'avait jamais eu lieu.

– Si je suis Robin des Bois, qui es-tu ?

Il éclate de rire et remonte le son de la radio.

– Tu ne veux pas le savoir…

La discussion sera pour plus tard, car nous arrivons devant le restaurant privatisé pour l'occasion. Le patron est le père d'une excellente amie de Melinda, ce qui explique qu'elle ait pu réserver le lieu gratuitement.

Ma sœur nous accueille puis nous installe en vitesse. Son niveau de stress crève le plafond et ce n'est pas pour me rassurer. Je ne me suis jamais retrouvé dans cette situation et je me rends compte que je ne sais absolument pas comment fonctionnent les *speed datings*.

Qu'est-ce que je suis censé dire ? Y a-t-il une trame à suivre ? Est-ce que je dois parler de la météo ?

Mon prénom est indiqué sur le petit sticker collant que Melinda m'a *gentiment* plaqué sur la poitrine avec un peu plus de force que nécessaire en me disant : « Mets-y du tien, Doretta ! » Les six tables couvertes d'une nappe noire sont espacées les unes des autres pour laisser un peu d'intimité. Une bougie est allumée sur chacune d'entre elles et ajoute une touche de romantisme à toute cette atmosphère. Installé au fond de la salle face à un immense tableau abstrait et atroce, je surveille l'aiguille de l'énorme pendule de style industriel, posée sur le sept, heure à laquelle je suis censé commencer cette mascarade.

Vingt minutes par rencontre.

Vingt minutes pour se raconter qui nous sommes.

Vingt minutes pour plaire.

Vingt minutes, *fois je ne sais combien*, gâchées parce que je suis certain qu'aucune ne fera battre mon cœur. Il y a certains jours où je me demande s'il est encore là. C'est tellement rapide, sans véritables émotions, mais j'ai promis de faire des efforts.

Missie a convié six hommes en quête d'amour : Wes, qui affiche son sourire à faire tomber amoureuse une nonne ; Elliot, le meilleur ami de Weston ; trois autres gars avec qui je n'ai pas pris le temps de discuter ; et moi.

Six pauvres couillons qui attendent dans une salle que leurs prétendantes débarquent.

Le chrono démarre et je retiens de justesse mon grognement. La première candidate au titre de reine de l'amour s'approche. Ju-quelque chose. Je n'arrive pas à lire tellement son nom est mal écrit. Elle me fixe avec des yeux ronds, tellement anxieuse que j'ai l'impression qu'elle veut se fondre dans la chaise.

– Je suis désolée, je suis un peu nerveuse, débite-t-elle en continuant de fixer son verre d'eau pétillante.

– C'est aussi ma première fois, dis-je pour essayer de détendre l'atmosphère, mais elle pique davantage du nez.

Ce sont les vingt minutes les plus longues de ma vie.

Quand l'horloge indique la fin du temps, je saute presque de ma chaise.

– Tu es censé rester là, Parker, m'engueule Melinda. Une nouvelle personne va venir te rencontrer.

Je me rassieds sagement et prends mon verre d'eau pour essayer d'avaler le chat qui s'est bloqué dans ma gorge. Quelques secondes plus tard, une autre femme arrive. Elle n'est pas mal et son prénom est lisible sur son chemisier jaune pâle.

Euthanasia.

Est-ce que c'est une blague ?

Je relis en plissant les yeux. À croire que non, je ne suis pas atteint d'une soudaine dyslexie.

Où est-ce que Missie est allée les chercher, sérieusement ?

Un rire que je masque d'un toussotement plus tard, Euthanasia, d'un ennui mortel, me raconte comment ses parents se sont décidés à mettre ce prénom sur son acte de naissance. Si je n'étais pas bloqué et que nous étions dans une situation normale, il va sans dire que j'aurais déguerpi dès la deuxième minute. Elle est assommante. Pour faire passer le temps, je vide la bouteille d'eau. J'aurais bien besoin de quelque chose de plus fort.

Si j'avais voulu faire un enfant ce soir, j'aurais trouvé la perle rare en la prétendante numéro trois, qui m'a avoué qu'à trente ans, elle souhaitait fonder une famille et que j'étais le candidat idéal. Il lui a fallu trois minutes pour en convenir, assez flippant quand on y pense. J'ai décliné l'invitation. Je ne veux pas d'enfant. Ou, pour être plus exact, je ne veux *plus* d'enfant. De l'eau, des larmes, ma séparation et tout un tas d'autres trucs ont coulé depuis – bien au fond de l'océan.

La quatrième ne m'a pas laissé en placer une. Aussi ai-je appris que son chien était un bichon appelé Lady, qu'elle aimait le sport, mais qui ne fait pas transpirer – même après m'être creusé les méninges, je n'ai pas trouvé – et qu'elle rêvait d'adopter un bébé tigre.

Dès que je peux, je troque l'eau contre un rhum-cola.

La cinquième m'a ouvertement proposé de me toucher le sexe sous la table. Là encore, j'ai refusé sous prétexte que je suis là pour trouver l'amour. Elliot s'en accommoderait très certainement, lui qui n'est pas tenu de le garder bien sagement dans son pantalon.

Chanceux.

Et actuellement, la sixième candidate me débite son *curriculum vitae* comme si elle passait un entretien d'embauche. Très beau parcours, d'ailleurs, je devrais peut-être cocher la case « café » signifiant que je souhaite un deuxième rendez-vous avec elle, juste pour lui demander ses coordonnées.

En somme, je n'ai pas trouvé la femme de ma vie.

La sonnerie agaçante annonçant la fin du temps imparti résonne de nouveau. Je jette un regard circulaire aux tables. Weston semble sur le point de ronger le bord en bois et quand je tourne la tête, je comprends pourquoi. L'Hispano-Américaine qui vient de partir est tout à fait le genre de petit amuse-gueule qu'il aime se mettre sous la dent. Je lui adresse un sourire de connivence, auquel il me répond en levant son majeur. « Pas-de-sexe-pendant-trois-mois », articulé-je pour bien enfoncer le clou. Il me répond par un deuxième doigt d'honneur avant d'attraper son stylo pour cocher sans aucune hésitation la case « café ». Melinda revient dans la salle avec un grand sourire et tout mon être espère que la torture s'achève maintenant.

– C'est fini ? demandé-je avec espoir.

– Une petite pause seulement. Comment ça se passe, les gars ?

– J'ai envie de crever, de me perforer les tympans et de vider le bar.

– Arrête de dramatiser, Pakou. Tu verras avec les suivantes, je suis sûre que tu trouveras la perle rare.

Je marmonne qu'elle doit encore être dans une huître, bien accrochée à son rocher, mais elle ne m'écoute déjà plus. Weston pleurniche pour avoir une dérogation seulement pour ce soir, mais notre sœur refuse. Évidemment.

– Tu peux t'avouer vaincu, Wes ! le provoqué-je.

– Je ne suis pas loin, mon frère, soupire-t-il en se grattant le crâne. Il y en a une qui t'a tapé dans l'œil ?

– Aucune. Elles étaient toutes… lisses. Pour qu'une fille me plaise, il faut qu'elle ait un minimum de personnalité. Les jolies plantes vertes, ce n'est pas mon truc.

– Tu es trop difficile, celle avec la petite robe noire était sublime.

– Elle s'appelle Euthanasia… Sérieusement, j'ai cru que j'étais dans le couloir de la mort tellement elle m'a barbé.

– On m'a demandé si j'étais mannequin, ricane Elliot en recoiffant ses cheveux blonds.

– Encore une qui est tombée sous ton charme ! l'embête Melinda.

– Tu sais que mon cœur est déjà pris par toi, Princesse, surjoue-t-il avant de s'arrêter net en voyant ma tête.

– Règle numéro un, on ne touche pas ma petite sœur. Et règle numéro deux, je ne suis pas responsable des dommages corporels si tu essaies, expliqué-je calmement.

C'est aussi un petit message à tous les autres. Elliot lève les mains en signe de reddition. C'est un jeu entre eux, mais s'ils pouvaient éviter de le faire devant moi, j'en serais plus qu'heureux.

Il faut quand même que je donne un os à ronger à Missie. Amélie était plutôt sympa. Mignonne, intelligente et drôle. Sauf qu'elle n'a pas provoqué la moindre émotion chez moi. Je coche tout de même « café ». Si aucune ne m'intéresse, je suis certain que ma sadique de sœur est capable de réitérer cette expérience.

– Bon, on reprend. Quelques candidates sont encore impatientes de vous rencontrer !

Mon dos se couvre d'un frisson d'effroi. Cette soirée est mon pire cauchemar. Des filles qui cherchent le prince charmant, qui attendent qu'on leur passe la bague au doigt et d'élever plusieurs marmots d'ici trois ans… J'avise le verre de rhum devant moi et le bois d'une traite. Il va me falloir du courage pour rester aimable.

CHAPITRE 36

ANGIE

Les filles à mes côtés sont stressées et je ne comprends pas pourquoi. Je prends une gorgée de mon fabuleux cocktail. L'expérience sera drôle. Je ne joue pas ma vie ni mon futur. Je rends juste service. Et si je peux rencontrer du monde en même temps et m'en faire des amis, ce n'est que bénéfique. À part Melinda, Omar et Weston, je ne connais personne.

– C'est mon tour ? demandé-je alors que Melinda me fait signe de venir près d'elle.

– Bientôt, la session doit se finir dans cinq minutes, juste le temps de souffler. Je n'ai pas eu l'occasion de te le dire, mais tu es ravissante.

– Merci. Et, zen !

Elle tripote sa tresse, l'œil rivé à sa montre. Derrière la porte close, les six célibataires sur lesquels mon amie n'a rien voulu me dire. Il paraît que ça fait partie du charme du *speed dating*. Quoi qu'il arrive, je me laisse porter, sûrement aidée par les martinis que le serveur sympathique me verse en secret. Je crois que je lui ai tapé dans l'œil, mais mon objectif de ce soir n'est pas de repartir avec un mec. Je suis là pour l'expérience, l'aventure et surtout parce que la jolie brune en face de moi m'a suppliée. Une candidate s'est désistée à la dernière minute et elle a pensé à moi pour la remplacer.

– J'espère que ta copine te fera un beau cadeau. Ce n'était pas sympa de sa part de te laisser tout organiser. La gastro, ça peut briser des amitiés.

Melinda rigole en parcourant la salle du regard. Pour la soirée, les lieux ont été aménagés. D'ici on ne voit rien de ce qui se passe dans la pièce adjacente. C'est drôle, j'ai la sensation de me retrouver dans le *Bachelor*. À qui Brandon donnera-t-il la première rose ?

– Ça en vaut la peine. Enfin, j'espère, souffle Melinda, angoissée.

– Mais oui, t'inquiète ! Cela dit, c'est un peu déloyal de me faire passer dans la dernière session. Ces pauvres mecs doivent être totalement exténués. Tu crois qu'ils veulent écouter un énième portrait ?

– Qui a dit que la recherche de l'amour ne devait pas se faire un peu dans la douleur ? plaisante-t-elle en me tirant la langue.

Elle est magnifique dans sa robe bleue évasée. Si elle rentrait dans cette salle, aucune des filles n'aurait la moindre chance.

– Tu as conscience que je ne suis à la recherche de rien du tout ? J'espère que ce pauvre gars ne mise pas trop sur la dernière candidate, parce que je n'ai rien à offrir.

– N'importe quel homme serait content de te rencontrer, Angie. Tu es une boule de peps, tu es jolie, drôle et tu ne te laisses pas marcher sur les pieds.

– Tu dis ça parce que tu m'as appelée en catastrophe il y a deux heures pour me demander de venir et que j'ai accepté sans savoir dans quoi je m'embarquais vraiment.

– Tu me remercieras quand tu remonteras l'allée en robe blanche, un bouquet de pivoines à la main.

– Je ne suis plus vierge depuis longtemps. J'ai toujours été contre l'idée de me marier, et les pivoines, c'est pour les grands-mères.

Ma grimace lui tire un sourire.

Les dernières candidates sortent par la porte adjacente sans nous accorder un regard. Le but est qu'aucune information ne filtre. Nous devons simplement pénétrer dans la salle et nous diriger vers l'homme attaché à son numéro. Pas de changements, la copine de Melinda a appelé ça « la roulette de l'amour ».

Je me place en bout de file, autant laisser ces jeunes femmes excitées pénétrer les premières dans la pièce. D'après ce que j'ai entendu, elles attendent toutes beaucoup de cette soirée.

– Êtes-vous prêtes, Mesdames ?

L'effervescence parcourt notre petit groupe.

– Avant d'entrer, je vais vous donner vos numéros.

Melinda écarte le rideau, ouvre la porte et nous laisse pénétrer dans la petite salle. L'endroit est tamisé et un air beaucoup plus jazzy s'échappe du haut-parleur très astucieusement caché. Très vite, mes yeux se posent sur les hommes présents, à la recherche de mon numéro, le cinq. Weston hausse un sourcil en souriant quand nos regards se croisent. Je suis moi-même étonnée de le trouver ici. Le numéro sur sa table indique qu'il est le quatre et je suis soulagée de voir une jeune femme s'asseoir en face de lui. Ça aurait été bizarre.

Je repère la table cinq, mais celle-ci est vide. Pas d'homme en attente de son âme sœur, seule une veste reposant sur la chaise m'indique que je ne vais pas passer la prochaine demi-heure avec Casper. Weston me montre la porte des toilettes d'un air rieur puis, un clin d'œil plus tard, se concentre sur son *date*.

– C'est bien ma chance, je suis tombée sur le seul incontinent du groupe, marmonné-je.

J'essaie de deviner quelle tête aura l'homme qui va normalement me rejoindre bientôt. Est-ce qu'il est petit ? Grand ? La peau mate ? Le nez aquilin ? Est-il fan de sport ? Du style à aimer regarder le foot, mais sans jamais le pratiquer ? La porte du fond émet un grincement sourd, attirant mon attention.

Non, mais dites-moi que je rêve.

Je ne sais pas si je le dis tout fort, mais nos regards se croisent et je suis heureuse de voir qu'il est aussi surpris que moi. Alors qu'il avance, je me relève. Il a troqué ses jean et tee-shirt pour un pantalon en chino et une chemise grise qui moule son torse à la perfection. Ses cheveux bouclés sont pour une fois coiffés, même si je dois avouer que je préfère quand il les laisse indisciplinés, ça lui va bien. La tête haute, il slalome entre les tables pour se poster devant moi. J'ai déjà mon sac sur l'épaule et je suis prête à partir. Mon regard cherche Melinda, mais celle-ci a comme par magie déserté la salle.

Elle va m'entendre !

Parker sourit en me détaillant de bas en haut et soudain, je regrette d'avoir osé le décolleté.

– Tu t'en vas déjà ?

– Hors de question que je fasse ça, grincé-je, ce qui a pour effet d'accentuer son sourire.

La situation, une fois le choc passé, a l'air de l'amuser. C'est bien le seul.

– Quoi donc ? T'asseoir en face de moi et discuter un peu ? continue-t-il en me faisant signe de prendre place.

Nos yeux ne se lâchent pas. L'électricité crépite entre nous. Quand on me dit que je ne peux pas arriver à faire quelque chose, j'ai tendance à être obstinée. Sans le quitter du regard, je m'assieds face à lui.

– Arrête de te moquer de moi, Parker. C'est un rendez-vous et je ne ferai pas ça. Pas avec toi.

Il m'observe un instant, comme s'il se souvenait de quelque chose.

– Ah ! J'ai compris, tu as peur.

– Quoi ? Mais non, pas du tout.

– On dirait bien que si.

Mon cœur se met à battre plus fort.

– Qu'est-ce que tu as bu ? On se voit tous les jours, on se parle aussi. Tu es mon patron et…

– Plus depuis dix-huit heures. Et puis, comme si tu me considérais comme tel.

Il n'a pas tort. Notre relation est un peu *particulière*.

– Je te supporte déjà assez en journée pour ne pas avoir à continuer la nuit.

– La nuit, hein ? dit-il en haussant un sourcil. On commence par la soirée si tu veux bien, Roxy.

– J'espère que tu as trouvé la perle rare avant, parce qu'honnêtement même en y mettant toute ta bonne volonté, tu n'aurais pas réussi à me séduire.

Parker pince les lèvres, sceptique. D'accord, peut-être que je mens un peu.

– On parie ?

– Tu n'as rien qui m'intéresse, le provoqué-je.

– Et moi je crois que si, suppute-t-il avec un rictus. Je te défie d'accepter. Si je parviens à te charmer, tu me révèles si tu m'as volontairement donné un faux numéro.

– Et si tu n'y arrives pas, ma dette est effacée.

Il me tend la main, je le jauge puis avance la mienne. L'enjeu est de taille. Si je gagne, je pourrai partir sitôt mon contrat avec Fish & Man achevé, puisque plus rien ne me liera à Parker. Plus de David. À moi la liberté.

– Pas d'entourloupes ni de mensonges, Angie, argumente-t-il en me retenant par le poignet.

Je hoche la tête.

– Une dernière petite chose. Rien de ce qui se dit ici ne sera utilisé à l'extérieur. C'est une parenthèse. Un simple jeu.

Très dangereux.

– On fait comme si tu n'étais pas toi et que je n'étais pas moi. C'est ce que ça signifie ? rigole-t-il.

– Si tu veux le dire comme ça, oui.

– On efface notre histoire commune, notre présent, tu n'es qu'Angie et je ne suis que Parker. Marché conclu.

J'acquiesce en le détaillant. Faire table rase du passé, je peux y arriver.

– Il te reste quinze minutes, Captain.

CHAPITRE 37

PARKER

Ça ne devrait pas me plaire autant de la trouver là.

– Parker, enchanté ! lancé-je en lui tendant la main.

Elle me regarde, surprise. Je compte bien profiter de ces quinze minutes pour en apprendre le plus possible sur elle.

– Angie, de même, fait-elle finalement avec un sourire charmeur.

Nos paumes se joignent, mes doigts caressent son poignet l'air de rien, mais ce simple geste me vaut un regard noir. Tous les coups sont permis et je compte bien utiliser tous les atouts dont je dispose pour la faire succomber. Je joue avec le feu comme un pyromane et j'en redemande. Mais quand je l'ai vue, les cheveux tirés et son rouge à lèvres framboise brillant, tout mon sang s'est logé bien loin de mon cerveau. Cet air farouche qu'elle a affiché quand elle m'a aperçu a continué à agir sur moi comme un aphrodisiaque. J'ai tout de suite eu envie d'elle. Et alors qu'elle me toise, cette envie ne me laisse pas tranquille. J'oublie pour un moment le regard indéchiffrable que m'a lancé Weston quand elle s'est installée face à moi.

Roxy est belle au naturel, mais ce soir, elle a l'air de sortir tout droit de mes fantasmes. Cette histoire n'est clairement pas une bonne idée. Si j'y réfléchis à deux fois, je devrais lui dire qu'on annule ou que je plaisantais. Dommage que je sois un mec têtu. Et tandis qu'elle fait cliqueter ses ongles sur le bois avec l'air de se rendre à un combat, je commence à comprendre qu'elle ne me facilitera pas la tâche.

– Alors Angie, qu'est-ce qui t'amène ici ?

– Je me suis laissée convaincre par Melinda qui m'a appelée, tellement désespérée que je me suis sentie obligée de venir.

– Je vais devoir la remercier, alors… affirmé-je d'une voix plus basse.

Elle hausse un sourcil mais ne fait pas de commentaire. Le pire, c'est que je suis sincère. La situation m'amuse plus qu'elle ne devrait et, contrairement à Angie, je ne suis pas contrarié de la voir là. C'est vrai que ça a été un choc, mais la surprise est assez agréable à regarder.

– Tu as décidé de venir au *speed dating* parce que tu cherches l'amour, Parker ?

– Si je te réponds non, est-ce que tu vas prendre tes jambes à ton cou ?

– Il faut que tu saches quelque chose sur moi. Je préfère qu'on soit vrais. Je déteste quand on joue à être quelqu'un que l'on n'est pas. Lorsque les masques tombent, c'est bien plus amer.

– Alors il faut que tu apprennes aussi un truc sur moi, Angie. Je ne mens jamais pour faire plaisir et je dis toujours ce que je pense. Même si parfois, je ferais bien de prendre sur moi, ajouté-je avec un clin d'œil.

– Tu sais ce qu'on raconte : se retenir, c'est mauvais pour la santé, approuve-t-elle.

Je savais qu'elle serait d'accord avec moi.

– Pour répondre à ta question, je ne cherche pas l'amour.

– Tu as déjà été amoureux ?

Sa bouche affiche une moue désabusée.

Si sexy.

– J'ai un cœur, Angie, bien sûr que je suis amoureux.

– De qui ? me demande-t-elle avec un brin de curiosité.

Ses iris pétillent en attendant ma réponse.

– De toi.

Elle lève les yeux au ciel, mais un sourire en coin apparaît quand même sur ses lèvres.

– Je suppose que *Toi* est son prénom. Elle vit ici ? C'était il y a longtemps ?

– Qui te dit que c'est une femme ?

Là, elle affiche carrément un air choqué. Je vois ses joues se colorer, quelques secondes passent. J'ai envie de rire, mais je me retiens.

– Tu es gay ? demande-t-elle. Impossible. Tu…

– Je… ? avancé-je pour la taquiner. Non, je ne suis pas homosexuel, mais j'aurais pu. Enfin, dans une autre vie où je n'aimerais pas autant tenir une femme dans mes bras.

– Je ne croyais pas Weston quand il m'a dit que tu étais un mec drôle. Je prenais ça pour un mythe, un peu comme les orgasmes multiples…

J'éclate d'un rire franc tandis qu'Angie prend conscience de ce qu'elle vient de lâcher. Mon sourire s'étire davantage alors que je me penche par-dessus la table.

– Les orgasmes multiples, Roxy ?

On a explosé la sphère professionnelle. Je me demande même si elle a un jour existé.

– Ce n'est pas ce que je voulais dire, bredouille-t-elle.

Je hausse un sourcil. Sa peau parsemée de taches de rousseur a pris une teinte rosée. J'adore la sentir dans l'embarras.

– Je crois que si.

Le rouge s'accentue dans son cou tandis que ses yeux verts lancent des éclairs. Vulcano est de sortie. Je laisse mon regard errer sur son corps mince, sa poitrine cachée par son haut échancré.

– Oublie ça !

Comment ? L'entendre dire « orgasmes multiples » a déclenché un truc dans mon cerveau. Le problème, c'est que ce n'est pas simplement ça avec Angie. Son humour, sa repartie, sa présence, tout me trouble.

Lâche l'affaire ! C'est une mauvaise idée ! Reviens sur un sujet moins dangereux.

Pourtant, je fais tout le contraire.

– Tu n'es simplement pas tombée sur le bon mec, Roxy.

– Ne me dis pas que tu es du genre romantique, soupire-t-elle.

– On a tous une part de sentimentalisme.

– J'ai du mal à te croire, mais soit ! Après tout, on ne se connaît pas, je suis obligée de prendre pour argent comptant tout ce que tu me racontes.

– Tout à fait ! Mais dis-moi, tu as un problème avec les attentions ? Tu n'aimes pas les bouquets de roses et les dîners aux chandelles ?

– Parce que tu fais ça ? Je suis allergique et je déteste les bougies. Tu viens de perdre tout ton sex-appeal, là.

– Mon charme, hein… Ravi d'apprendre que tu trouves que j'en suis pourvu.

Il faut vite que je ramène la discussion vers un autre sujet.

– Bon, passons aux choses sérieuses… Viande saignante ou carbonisée ?

– C'est quoi cette question ?

– Réponds juste.

– Cuite à l'excès.

– Mince, je crois que toi et moi, ça ne sera pas possible. Je ne peux pas être avec une fille qui n'apprécie pas le vrai goût de la viande. C'est rédhibitoire.

Elle éclate de rire. Je tiens le bon bout !

– C'est que même en amour, tu es exigeant. Moi qui croyais que ce n'était qu'au travail…

– Tu oublies qu'on n'est pas censés se connaître, Roxy, lui rappelé-je d'un air sévère.

– Au temps pour moi. Reprenons, alors. Frites ou pommes de terre au four ?

C'est à mon tour de rire, mais je réponds tout de même à la question avec arguments à l'appui. Les pommes de terre, il y a diverses possibilités de les manger, tandis que les frites, ça reste toujours pareil. Angie me dit que je n'y connais rien.

– Tu vivais où avant d'arriver à Fairban ?

– Un peu partout. J'ai voyagé avec ma meilleure amie Lara, puis j'ai dû retourner dans ma ville d'origine et j'y suis restée quelques mois. J'ai fait l'Asie avant de venir ici. D'ailleurs, Lara est actuellement au Pérou !

– Jolie destination. Ça veut dire que tu comptes t'installer à Fairban ou tu vas te laisser porter vers de nouveaux horizons ?

– Tu jauges si tu vas bientôt être débarrassé de moi, Parker ? Je suis outrée !

– Bien sûr, confessé-je en essayant de garder mon sérieux.

Elle sourit et son visage s'illumine.

– Je le savais. Ne t'inquiète pas, je comprends totalement qu'on est incompatibles. Moi non plus je ne pourrais pas être avec un homme qui ne rajoute pas de mayo dans son sandwich rôti-cornichons.

– J'ai horreur des cornichons. Impossible que tu me fasses avaler ça !

– C'est parce que tu n'as jamais goûté *le spécial* Angie ! Tu verras, tu ne pourras plus jamais déguster un en-cas autrement après ça.

Elle semble si enthousiaste que je serais presque tenté d'essayer.

– Tu me proposes déjà un deuxième rendez-vous ? Tu vas un peu vite, je ne suis pas un homme facile.

– Ce que tu peux être lourd ! râle-t-elle en prenant l'air exaspérée.

Sa lèvre se tord, attirant mon regard.

– Oh, allez, Angie ! Je sais que tu te retiens de rire.

J'essaie d'oublier que le simple fait qu'elle morde sa peau m'envoie dans une autre dimension. Je me demande ce que ça ferait si je la touchais…

– C'était nul, Parker.

– Peut-être, mais ose me dire que tu ne passes pas un moment agréable.

– Je te l'accorde, juge-t-elle.

– Ça me fait plaisir, vraiment. J'ai une autre question. Tu as ton permis depuis longtemps ?

Sa mine offusquée me donne davantage envie de l'embrasser. Si je m'écoutais, je l'attirerais à moi pour savoir si ses lèvres sont aussi douces que dans mon esprit.

– C'est une simple question, Angie. Le sujet a l'air sensible. On peut parler d'autre chose si tu veux…

Elle marmonne quelques insultes à mon encontre, et ça la rend encore plus sexy. Finalement, je ne vais peut-être pas étouffer Melinda dans son sommeil.

– Quatre ans et zéro accident où je suis en tort.

– C'est que tu dois être une bonne conductrice alors…

– Excellente !

Nos regards ne se lâchent plus. J'y lis le même désir que celui que je ressens, puis elle détourne la tête.

– Maintenant, dis-moi un truc inavouable sur toi, souffle-t-elle en me lançant un regard de défi.

– Ah ! On passe aux révélations croustillantes ? Très bien, mais seulement si tu me confies à ton tour un de tes petits secrets.

Je me penche par-dessus la table et lui indique d'un geste de faire de même. Son odeur d'agrumes a envahi mes sinus depuis assez longtemps, pour que je ne sente plus que ça à chacune de mes respirations. Je me livre à un jeu dangereux. Si je ne me retiens pas, je risque de faire une connerie plus grosse que moi.

– Tu es jolie quand tu souris.

Ses yeux s'écarquillent sous la surprise et elle me remercie du bout des lèvres. Elle me regarde, j'en fais de même. Tout ça me semble beaucoup plus sérieux que ça ne devrait.

– J'ai une question à cent mille dollars à te poser et tu es obligée d'être honnête.

– Je t'écoute.

– Si on ne s'était pas rencontrés…

Lors de cet accident. C'est ce que j'allais dire, mais je reformule.

– Si tu m'avais croisé dans la rue, simplement croisé, Roxy… Est-ce que j'aurais pu te plaire ?

– À quoi tu joues, Parker ? On n'est pas censés se connaître, se renfrogne-t-elle.

– Réponds à ma question. Elle est plutôt simple.

Ses sourcils se froncent. Par-dessus la table, mes doigts viennent agripper les siens. Ma peau se couvre d'un frisson inattendu et l'envie de dévorer sa bouche légèrement ouverte devient encore plus violente.

– Ou peut-être que là aussi, tu as peur ?

– C'est toi qui dois me séduire, pas l'inverse. Je ne vois pas ce que ma réponse pourrait apporter. Et puis, avec des si, on referait le monde.

Revoilà le petit volcan au port altier.

– Poule mouillée.

– Tu as besoin d'être flatté ? M'entendre t'avouer que tu es plutôt pas mal dans ton genre ?

– Et si je t'embrassais là, tout de suite, qu'est-ce que tu dirais ?

Elle veut reculer, mais ma main retient son mouvement. Elle déglutit sans me quitter des yeux. Je vois briller une flamme de désir dans ses pupilles.

– Oui ou non ?

Ses dents maltraitent sa lèvre et me poussent à me pencher davantage vers elle.

– Oui ou non, Roxy ? répété-je d'une voix plus basse.

Je désire tellement l'embrasser que je ne pense plus qu'à ça. J'oublie que nous sommes dans un restaurant entourés d'une partie de ma famille et surtout que Weston est attiré par elle. Ça et toutes les raisons qui font que ça ne devrait pas arriver.

– Je… chuchote-t-elle avant d'être interrompue par le bruit insupportable du gong.

Celui qui a retenti à chaque fin de session et que je maudis à ce moment. Angie se recule comme si mon contact l'avait brûlé. Sa poitrine monte et descend à un rythme effréné. Elle se soustrait à mon regard en tournant la tête vers ma petite sœur.

– Bien, Mesdames. Les vingt minutes sont écoulées. Je vous remercie toutes et vous demande de patienter dans la pièce adjacente.

Putain !

Une rumeur s'élève dans la salle, les chaises crissent lorsque les couples éphémères se saluent. Je pourrais hurler de frustration. Angie se lève à son tour, prête à s'enfuir, mais ma main la rattrape par le poignet. Quand nos regards se croisent à nouveau, je la sens troublée. Autant que je le suis à présent. Ce que je pensais être un jeu s'est retourné contre moi. Mais la partie est finie et la distance que je dois mettre entre nous est réelle. Je ne peux pas m'embarquer dans une pseudo-idylle qui, je le prédis, se terminera mal. Même si j'ai fait plaisir à ma sœur en étant là ce soir, je suis loin d'être prêt à me lancer dans quelque chose qui inclut plus qu'un rendez-vous. Pourtant, je ne veux pas la lâcher. Missie me jette un regard heureux, mais je fais comme si je n'avais rien vu. Tout ce qui importe, c'est Roxy.

– Alors ? Verdict ? demandé-je en me rapprochant de son oreille. Est-ce que j'ai relevé le défi ?

Son corps frissonne, le mien s'enflamme. Elle expire avant de récupérer son poignet d'un geste sec. Je ne résiste pas et replace une mèche de ses cheveux derrière son oreille.

– Match nul, Captain, souffle-t-elle. On ne peut pas gagner à tous les coups.

Sur ces mots, elle se dégage et détale avant que j'aie su trouver quoi lui répondre. Je fixe la porte par laquelle elle vient de s'enfuir et un sourire naît sur mes lèvres.

Qui dit match nul, dit match retour.

CHAPITRE 38

ANGIE

Je suis dehors à peine le laïus de Melinda fini.

– Angie, n'oublie pas mon anniversaire ! hurle-t-elle alors que le battant de la porte se referme.

Je lève la main pour signaler que son message m'est bien parvenu, mais ne ralentis pas la cadence. Il n'y a qu'un mot qui résonne dans ma tête : fuir.

Bon sang de bon Dieu ! Que vient-il de se passer ?

Mes jambes sont encore sciées. Comme si j'avais décidé de faire un *trail* en talons aiguilles et sans eau dans une des régions les plus chaudes du monde. Je n'avais pas besoin de ça, de ressentir l'irrépressible envie de le gifler et en même temps de savoir s'il est aussi doué de ses mains pour le sexe qu'avec une ponceuse. Cette situation sent l'embrouille à plusieurs kilomètres.

À peine arrivée à ma voiture, je saute sur le siège conducteur et m'y enferme. Mes doigts tremblants composent le numéro de ma meilleure amie avec l'espoir qu'elle ne soit pas occupée par une folle session d'ivresse ou de tissage de laine. Les sonneries sont interminables. Une, deux, puis trois, avant que sa voix ne me parvienne. Je soupire de soulagement.

– Service amitié, Lara à votre écoute.

– Je suis dans la panade.

– Quoi ? Qu'est-ce qui se passe ? s'inquiète Lara en perdant son air jovial.

– Parker, grogné-je. Je le déteste.

– Qu'est-ce qu'il a encore fait ? souffle-t-elle, rassurée.

Il m'a retourné le cerveau.

Parker est un peu comme le tic-tac de l'horloge lorsqu'on n'arrive pas à s'endormir. Agaçant.

– Angie ?

– Laisse-moi deux minutes. Je ne sais pas par où commencer.

– Il y a tant de choses à dire que ça ?

– Deux mots : *speed dating*, Parker.

Encore embrumée, tandis qu'elle me presse de lui balancer les informations, je lui confie tout. Je lui raconte ma soirée dans le détail et cette garce se marre.

– Et donc tu voulais l'embrasser ?

– Là n'est pas la question.

– Je crois bien que si, justement. Alors ?

Les phares des voitures balaient l'habitacle par intermittence, captivant mon regard. Est-ce que je voulais embrasser Parker ? La réponse me fait tellement flipper que j'hésite à la prononcer. Parker sature mon esprit avec sa gueule de mauvais garçon et ses sourires sarcastiques. Il fait bouillir mon sang comme nul autre, à tel point que je le sens parfois échauffer ma peau.

Et sa voix… Ce timbre grave, légèrement sombre, me colle des frissons dès que je l'entends. C'est encore pire lorsqu'il me prend par surprise. Chaque fois, mon cœur manque de dévaler ma poitrine pour atterrir sur le sol gris de Fish & Man. À cette allure, je vais finir par faire un arrêt cardiaque. Et la dernière chose que je verrai, ce sera Parker et ses yeux noirs…

J'ai toujours pensé que seuls les individus qui n'ont rien à cacher n'ont aucun problème à soutenir un regard. Dans un regard, on peut tout découvrir et rien à la fois. Le vide quand plus rien n'a d'importance. L'intérêt quand quelque chose aiguise notre curiosité. L'amour, la haine, le désir, l'envie… Tous les sentiments qu'un être peut ressentir sont là, plantés.

Mais dans son regard à lui, moi qui habituellement suis forte pour déceler ce qui n'a pas besoin de mots, je ne vois rien. Il y a comme un bouclier imperméable, un mur qui m'empêche de connaître le fond de ses pensées.

– Je ne sais pas… finis-je par répondre.

– Tu ne sais pas si tu as envie de l'embrasser ?

– Oui, c'est ça.

– Arrête de mentir, mon ange. Ça ne te va pas au teint.

C'est ce que me disait toujours ma mère lorsqu'elle me prenait en flagrant délit. L'entendre la citer me fait sourire. Elle me manque même quand je suis bien et davantage quand je suis perdue.

– J'ai du mal à savoir où l'on va, avancé-je.

Parker me perturbe. Et je n'aime pas ça. Je déteste ce que je ne comprends pas. Moi qui parle parfois pour ne rien dire juste pour combler des blancs, moi qui aspire à être libre… Et lui, qui ne prononce les choses qu'à demi-mot. En réalité, c'est ce que nous faisons tous les deux parce que cette tension entre nous ne peut pas exister que dans mon imagination. Sauf que Parker est un mur fait de pierres, de ronces et de barbelés. Un obstacle sur lequel personne ne peut grimper. Il est brutal, franc, bougon, solide, mais j'ai la sensation que ce courant électrique entre nous l'a pris par surprise autant que moi.

– En gros, il te plaît, résume Lara.

– Il est attirant, mais c'est juste un jeu. Rien n'est sérieux. On aime tous les deux avoir le dernier mot. Dans tous les cas, tu sais très bien que je ne suis pas certaine de rester à Fairban.

Mes mains tapotent le volant en cadence pour évacuer mon stress.

– Tout est une question de lâcher-prise, Angie. On a compris, tu es *badass*. Rentre les canines ! Tu es toujours celle qui part. Et si, pour une fois, tu te décidais à rester ?

– Tu dis ça comme si je fuyais, me braqué-je. Ce n'est pas ce qui se passe.

– Ne déforme pas mes paroles.

– Quoi de mieux que l'aventure, la découverte, le souffle de la nouveauté ?

– Un équilibre ?

– Je t'ai toi, c'est suffisant.

– Ce que je veux de te dire, Angie, c'est que tu ne devrais pas te refréner par peur. Tu brilles comme une luciole, mais pareille à elle, si on essaie de te toucher, tu t'éteins.

– C'est ton Lilian qui te rend poétique ?

Elle ne se laisse pas distraire par ma tentative.

– Parker te plaît, assure-t-elle à nouveau. Sinon, tu ne m'en parlerais pas autant, et je suis certaine que c'est réciproque vu ce que tu viens de me raconter. Essaie, laisse-toi porter. Qu'est-ce que tu risques ?

De me casser les dents.

De me brûler les ailes.

D'être abandonnée.

– On verra.

– Bon, je vais devoir te quitter, on m'attend pour préparer le repas. Tiens-moi au courant de ce que tu auras décidé. Tu me manques.

– Toi aussi.

Je raccroche en soupirant. Ma tête cogne contre le volant et appuie sur le klaxon, me provoquant un sursaut. Un homme promenant son chien se tourne dans ma direction avant de continuer son chemin.

Je me renfonce dans mon siège et rigole toute seule. Cette soirée est pour le moins inattendue.

Un bruit à ma vitre me prend par surprise.

– Qu'est-ce que… commencé-je avant de reconnaître Parker.

Il me parle, mais je ne comprends pas. Ses sourcils se froncent. Il me sourit et me fait signe de baisser la vitre. J'hésite un instant parce que mes mains tremblent et que je ne suis pas certaine d'y arriver, mais ce serait encore plus idiot de ne pas le faire.

– Sors de la voiture, Roxy.

– Je n'en ai pas vraiment envie. Je suis bien, là.

Je me sens ridicule. Parker doit penser la même chose, un petit rictus apparaît sur ses lèvres.

– Sors de cette voiture, répète-t-il en se penchant à la fenêtre.

Je soupire et consens à ouvrir la portière. Je me glisse à l'extérieur de l'habitacle avec réticence.

– Je ne pensais pas te trouver encore là. Missie m'a tenu la jambe.

– Si j'avais su que tu serais là, je n'aurais pas accepté ce *speed dating*. Je t'assure que je ne te suis pas…

Le coin de ses lèvres se retrousse tandis qu'il appuie un bras contre la voiture d'un air nonchalant. C'est sexy. Un peu trop.

– Je suis content que tu aies clôturé cette soirée, prononce-t-il en soutenant mon regard.

– Je… OK.

Il rit. C'est dommage qu'il ne le fasse pas plus souvent. Son rire est comme une couverture chaude dans laquelle on veut s'envelopper pendant une longue soirée d'hiver.

– Tu me dois une réponse, Roxy.

– Le jeu est fini, Captain.

– Dommage que le gong ait sonné, n'est-ce pas ? argue-t-il en posant sa main sur le toit de la voiture.

Il se rapproche, son odeur m'enveloppe et je ne prête pas attention aux quelques passants venant récupérer leur véhicule.

– N'est-ce pas, hein ? chuchoté-je.

– Je te parlais de ce matin… Est-ce que je dois te mettre au défi ? souffle-t-il en me détaillant.

– Ce serait déloyal de ta part.

Je n'arrive plus à réfléchir. Il est trop près, trop loin, pas assez ?

– Ne me regarde pas comme ça, Roxy…

– Tu sais que je fais toujours le contraire de ce que tu me demandes.

Ses yeux se posent sur mes lèvres. Sa main se crispe un peu plus sur ma voiture.

– Je devrais peut-être te contraindre à faire tout ce que je veux.

– Où serait le jeu dans ce cas, Captain ? Je sais que tu n'as pas la gagne facile. Tu n'es pas ce genre de mec.

– Et quel genre d'homme je suis ? Dis-moi, Angie…

Le genre à souffler le froid et surtout le chaud. Le genre à me faire tourner la tête. La tension s'étoffe entre nous. Il est si près que son odeur est la seule chose que je respire. Son doigt tape doucement contre ma tempe tandis qu'il continue de me fixer intensément. J'inspire, le corps en feu. Il a gagné l'enjeu du *speed dating*, cent fois oui.

– Je te défie de me dire ce qui passe par ta jolie tête… murmure-t-il en laissant traîner son pouce de ma tempe jusqu'à mes lèvres.

J'arrête de respirer, consciente qu'après ce soir, rien ne sera plus comme avant. Alors, autant sauter, non ? Ma bouche se retrouve sur la sienne la seconde suivante. Ses lèvres sont douces et contrastent avec toutes les piques acérées qu'il a pu me dire depuis que je le connais. J'expire contre ses lèvres ce souffle qu'il m'a coupé. La surprise brille un instant dans ses pupilles, vite éteinte par un désir brut, charnel. Son torse dur. Sa main ferme contre la base de mon cou. Parker force la barrière de mes lèvres. Droit au but. Je gémis quand sa langue caresse la mienne. Il a le goût du rhum-cola. Il joue avec moi et je lui réponds de la même manière. Aucun de nous ne laisse la place à l'autre, aucun de nous ne veut se soumettre ou capituler.

Je m'enflamme.

Parker brûle.

Il mordille ma lèvre inférieure, des étincelles de plaisir picotent mon bas-ventre. À entendre ses soupirs de contentement, je m'envole. Je devrais me contenir, ou au moins mettre fin à ça, mais à l'inverse je l'attire davantage contre moi pour sentir la preuve évidente de son désir. Il caresse mes hanches, joue avec ma bouche avec lenteur… Je suis dans un état second, prise entre l'envie qu'il continue et celle qu'il arrête de me torturer pour m'en donner plus. Ma main se perd dans ses cheveux, tire sur ses boucles soyeuses.

– Roxy, gronde-t-il contre ma bouche avant de m'embrasser plus durement.

D'un geste, je m'envole pour me retrouver plaquée contre la voiture, les jambes croisées dans son dos tandis que ses mains pétrissent mes fesses. Le temps s'étire, comme son sexe qui frotte contre moi. Je suis incapable de retenir mon gémissement. Parker est doué et me fait en vouloir plus. Carrément plus. Comme s'il avait entendu mes prières muettes, ses lèvres dévient le long de mon cou. Sa barbe me laissera sûrement des marques, mais je m'en moque. Je me fiche de l'endroit où nous sommes, de qui nous sommes. Il y a juste lui et moi. Tout ce qui compte à cet instant, ce sont ses dents qui viennent mordiller ma peau rendue sensible, ses mains qui agrippent mes hanches et qui repartent à l'assaut de mon corps comme s'il ne voulait plus jamais me laisser filer. Il retrouve mes lèvres avec force et s'empare des dernières miettes de ma raison. À bout de souffle, notre baiser s'achève. Nos bouches se décollent. Nos yeux se cherchent. Il me repose en me faisant glisser contre son torse. Le silence s'éternise, mais je me sens bien. Il caresse mes lèvres, le regard encore brillant de désir. Son cœur bat fort contre ma main tandis que j'essaie de revenir à la surface après m'être noyée avec lui.

– Tu es impossible, souffle-t-il.

Et je sais que dans sa bouche, il s'agit d'un compliment.

CHAPITRE 39

PARKER

Le goût de sa langue, la douceur de ses lèvres, la courbe de ses reins, la rondeur de ses fesses… J'essaie encore de me remettre de ce baiser. Je me gratte la gorge, passe ma main dans mes cheveux en cherchant quoi dire. Il faut que je lui avoue que je ne peux pas aller plus loin. Pour deux raisons : je ne veux plus me mettre en couple, et j'ai accepté de participer à l'étude de Melinda, même si la deuxième me sert aussi de prétexte.

Une voiture de police lancée à plein régime sur la route me fait détourner les yeux. Les gyrophares nous éclairent un instant et le bruit de l'alarme trouble le silence avant que celui-ci ne retombe.

– Ah bah, t'es là ! s'exclame Weston en nous rejoignant. Avec Roxy…

Je me recule vivement avant qu'il n'arrive à notre hauteur. Est-ce qu'il nous a vus ? Il se penche pour l'embrasser sur la joue, le plus naturellement du monde.

– Je suis déçu, je pensais que tu venais pour moi, Angie.

– La place était prise.

– Je t'aurais offert un bout de genou, mais je vois qu'entre les deux frères Doretta, tu ne sais pas lequel choisir.

Angie se mord la lèvre avec un sourire et secoue la tête.

– Bon, je crois que je vais y aller, avance-t-elle en nous observant tour à tour.

J'acquiesce en silence et la regarde entrer dans sa voiture avant de démarrer, me laissant seul avec mon frère, mal à l'aise. Le problème avec Wes, c'est qu'on ne devine jamais quand il est sérieux.

– Tu sais qu'avant d'arriver ici, Angie a fait plusieurs missions humanitaires à travers l'Asie ? Lors de la dernière, elle s'occupait d'enfants dans un orphelinat. On ne dirait pas, quand tu la vois comme ça, hein ?

Je suis au courant. Et c'est ce qui la rend d'autant plus dangereuse à mes yeux.

– Tu en fais une de ces têtes. Ça va, Parker ?

– Ouais. Tu te sens de prendre le volant ? Je crois que j'ai un peu abusé du rhum.

– Ça me va, de toute manière je comptais dormir chez toi, m'apprend Wes en tendant la main pour que je lui donne mes clefs.

– Sympa de me prévenir.

– Ce n'était pas prévu, mais mon cher colocataire ramène la candidate numéro quatre chez nous et je n'ai aucune envie de les entendre forniquer. Et sinon, tu faisais quoi dehors avec Angie ?

– Je…

– Encore à vous chamailler tous les deux, hein ?

– Oui, c'est ça.

– Sois sympa avec ma future femme, OK ?

Je me fige, le cœur serré. Mes tempes se mettent à battre et je sens mon cou se raidir.

– Tu es vraiment sérieux ?

– Elle me plaît beaucoup.

– Tu blagues, m'exclamé-je en lui tapant dans le dos.

Mais il secoue la tête et je me décompose.

– Non, je suis on ne peut plus sérieux.

– Angie n'est pas une fille pour toi. Tu n'as pas rencontré quelqu'un ce soir ?

– Tu as toujours un problème avec elle ? m'interroge Wes qui m'observe avec beaucoup d'attention.

– Quoi ? Non !

– Alors, pourquoi tu essaies de me dissuader ?

– Pas du tout. C'est juste que je pensais que tu plaisantais. Si j'avais su je…

– Tu quoi ? Elle t'intéresse ?

– Quoi ? Non. Pas du tout… Elle te plaît alors… tu vois… Je…

– Je plaisante, Parker ! Si tu voyais ta tête.

Je me détends instantanément. Elle ne lui plaît pas vraiment. Je n'ai pas à m'en vouloir. Weston fait son Weston.

– Je sais très bien qu'elle ne t'intéresse pas ! reprend-il avec un grand sourire. Elle cherche quelque chose de sérieux. Moi aussi.

Et c'est la dégringolade en moi.

– Angie est au courant ?

– Pas encore, pas encore… Mais tu sais ce qu'on dit ? Les attaques furtives sont les plus efficaces.

CHAPITRE 40

ANGIE

Respire, Angie !

Tu n'es pas la seule fille à avoir fait l'erreur d'embrasser ton patron. Si c'est bien une erreur. Parce que, soyons sérieux deux minutes, il m'a foutu des papillons partout. Si Parker fait l'amour comme il embrasse, j'ai vraiment envie de voir ça. Sauf que je n'ai aucune certitude. Je n'ai pas vu sa voiture en arrivant alors qu'il est toujours là plus tôt, surtout le vendredi.

Zen.

Ce n'est pas si terrible. Au moins, je verrai sa réaction : s'il m'embrasse à pleine bouche de lui-même, je saurai que je ne me suis pas fait des films. Pourquoi me suis-je mise dans une telle situation, déjà ?

J'ouvre ma messagerie pour tenter de me changer les idées. Il y a des demandes de devis que je vais devoir traiter, des pubs que je mets tout de suite à la poubelle et plusieurs e-mails de prestataires. J'essaie de me concentrer sur le travail, mais je n'arrête pas de revenir à Parker. Mes yeux ne cessent de guetter la porte. Ce n'est qu'à 9 h 15 que je me souviens qu'il m'avait informé être en excursion aujourd'hui. Je suis un peu déçue, mais ça va me permettre de mettre de l'ordre dans ma tête.

– Coucou chérie ! Je suis rentré, s'exclame Weston en arrivant.

Il lève un sac en papier rose à bandes blanches et mon estomac réagit immédiatement.

– Dis-moi que ce sont des muffins de chez Louis. Et que tu en as pris aux pépites de chocolat.

– Ça fait combien de temps que tu habites à Fairban, déjà ? Tu m'expliques comment tu connais toutes les boulangeries ?

– Passion sucre. Alors ?

– Un thé et un muffin triple choco pour la demoiselle.

– Tu es génial !

La matinée passe plus rapidement que les vingt minutes d'attente de ce matin et j'ai abattu un travail considérable. Les bureaux sont déserts : en fin de semaine débutent généralement les courts séjours, et les gars sont tous en mer. Je préfère prendre de l'avance en sachant qu'avec le séjour sur l'île Malahoe qui se profile, je serai absente trois jours, et qu'au retour il faudra rectifier la simulation initiale de la prestation.

Après un sandwich sur le pouce, je décide d'appeler Lara. Je ne la contacte jamais quand je suis au bureau, mais c'est une urgence. J'attends désespérément qu'elle décroche, et dès que j'entends le fameux bip, je ne lui laisse pas le temps d'en placer une.

– *J'ai-embrassé-Parker*, débité-je à toute vitesse.

– Ça, c'est une nouvelle pour le moins étonnante. C'est allé vite.

– Oui. Tellement que je ne sais pas trop où on en est.

– S'il t'a embrassée en retour, c'est qu'il n'est pas indifférent.

– Ça reste mon patron. C'est bancal, comme situation.

– Et alors ? Il embrasse bien ?

– Pire que ça.

– Donc tu vas sortir avec ? reprend-elle.

Je baisse la voix au cas où des oreilles indiscrètes traîneraient, même si Wes et moi devrions être les seuls au bureau.

– Je ne vais pas faire ça. Ce n'est pas…

Bon sang, je ne sais même pas quoi répondre.

– Il te plaît ! Arrête de tourner autour du pot.

– Mais c'est…

– Ton patron ! Oui, je sais, mais ça reste un mec sexy que tu veux dans ton lit. Et d'après ce que tu me dis, lui aussi, alors pourquoi pas ?

– D'accord, j'aime son côté brut de décoffrage, mais non ! Hors de question que je m'embarque là-dedans.

– Tu dirais non s'il te mettait la fessée pour ne pas avoir fini tes dossiers à temps ?

– Non.

– Non tu accepterais ou non tu refuserais ? En fait, votre guéguerre, c'était une sorte de préliminaires.

– Lara !

– Angie ! L'excuse de ton travail, c'est nul. Tu as un contrat de trois mois, il t'en reste à peu près deux. Au mieux, tu risques de prendre du bon temps, au pire, tu pars et ne le revois jamais après ton dernier jour. Pourquoi ne pas voir où ça vous mène ?

Pourquoi pas, après tout ?

Je vibre d'excitation et de trouille, mais je vibre quand même et ça, ça ne m'était pas arrivé depuis un moment.

– OK, soufflé-je.

– Hihaaaa ! s'enthousiasme Lara. Et tu vas enfin pouvoir répondre à une question capitale : les connards font-ils vraiment les meilleurs amants ?

***

La reine de la soirée se déhanche sur la piste. Melinda fête aujourd'hui son anniversaire et elle n'a pas lésiné sur la décoration. Le lieu est plus coloré qu'un arc-en-ciel. On s'imaginerait presque sur une plage hawaïenne.

– Quand tu m'as dit que tu paierais pour voir la photo de moi en Cupidon, c'était cher comment ?

Je tourne la tête vers Weston en souriant. Nonchalamment appuyé contre le bar, il a autour du cou un collier de fleurs hawaïennes, identique au mien. Sauf que comme à son habitude, il n'a pas fait les choses à moitié. Son look est pour le moins fleuri. Il arbore fièrement un ensemble bermuda-chemise vert et rose couvert de plantes exotiques.

– Je suis plus intéressée par ce pari entre Parker et toi. Je consentirais à payer très cher pour en connaître l'origine.

– Moi qui pensais que tu avais oublié.

– Je peux toujours me liguer avec toutes les filles qui veulent ta peau pour te faire parler. Il y en a combien, que je sache le nombre de cagoules que je dois prévoir pour venir te kidnapper ?

– Une cinquantaine, à vue de nez.

– Tu as couché avec cinquante filles ? m'exclamé-je.

– C'est un nombre raisonnable. Je suis dans la fleur de l'âge.

– C'est une jolie expression pour dire que tu es un coureur. Tu comptes battre un record du monde ou bien…

Il éclate de rire en secouant la tête. Le cri que pousse Melinda en tapant dans une énorme *piñata* en forme de homard nous déconcentre quelques secondes. Avant qu'elle ne soit attaquée, je n'ai pas résisté à l'envie d'envoyer une photo d'elle à mon collègue avec un petit mot. La coïncidence était trop belle.

– Pourquoi, tu as couché avec combien de types, toi ?

– C'est une information que je ne te communiquerai pas, Weston.

– Moins de vingt ? (Il continue alors que je lui lance un regard sévère. S'il croit que je vais répondre à cette question, il se met le doigt dans l'œil). Plus de dix au moins ? Tu ne vas pas me le dire, c'est ça ?

– C'est bien, tu as compris tout seul !

– Bon, que je t'explique. Il y a une fille qui me plaît, à mon avis c'est réciproque et j'ai bien envie de lui faire sa fête à la mode Weston et ça, avant la fin de la semaine.

J'éclate d'un rire sonore. On ne s'ennuie jamais quand il est dans les parages.

– Tu sais que je pourrais t'épouser, Wes ? Tu es tellement romantique ! plaisanté-je en prenant un air béat.

– J'en ai bien conscience. Je suis beau, intelligent et drôle.

– Et tout ce qui est de plus humble, aussi, souligné-je. Finalement, je crois que notre relation est vouée à l'échec. Je ne peux pas cohabiter avec ton ego.

– Je n'en ai pas autant que Parker !

Au prénom de son frère, mon cœur a un raté. J'appréhende de le voir ce soir. J'aurais aimé que nous puissions discuter de ce qui s'est passé, mais je ne l'ai pas vu depuis jeudi soir. Je fais bonne figure alors que Weston passe son bras autour de mes épaules. Et alors qu'il fait mine de se pencher pour m'embrasser, je le repousse en riant.

– Arrête tes âneries, Wes !

Il pose ses lèvres sur ma joue tandis que je me redresse.

– Weston ! s'exclame une jeune femme en se plantant devant nous.

Elle tient par la main un homme qui n'a pas l'air ravi qu'elle le traîne ainsi. Leurs styles vestimentaires sont à fond dans le thème de la soirée. Elle porte un ensemble aux motifs banane, tandis que lui a une chemise bleue à motifs de tongs multicolores. À côté de tous les invités de Melinda, je me trouve presque trop soft dans ma robe traditionnelle polynésienne.

– Caldie, tu as la banane aujourd'hui, la salue Wes.

– Et toi, tu es très fleuri !

Mon ami sourit en tirant fièrement sur sa chemise. C'est tout juste s'il ne se met pas à faire un défilé.

– T'as la classe ou tu l'as pas !

– La classe serait de venir seul à l'anniversaire de ta sœur, avance-t-elle en me lançant un regard froid.

OK, d'accord.

La dénommée Caldie me jauge et je ne sais pas ce qu'elle s'imagine, mais elle ressemble à une maman faucon prête à fondre sur moi pour me crever les globes oculaires au moindre faux pas. Après la discussion que nous venons d'avoir sur le nombre de conquêtes de Wes – et encore, je n'ai pas demandé en combien de mois –, je comprends qu'elle a l'habitude de le voir avec tout un tas de femmes. Elle ne semble pas ravie.

Si j'avais été avec Weston, aucun doute que je serais allée me terrer dans les toilettes. Qu'est-ce que je raconte ? Je lui serais rentrée dedans fissa, quitte à me mettre à dos mon ami.

– Pourquoi tu l'as épousée ? marmonne Weston. On n'avait pas à rajouter une chieuse à la famille. On a déjà l'autre, souffle-t-il en pointant sa sœur du doigt.

Nous nous tournons tous les quatre vers la reine de la soirée qui actuellement se déhanche en chantant avec un faux micro en forme de kiwi. Sa couronne de fleurs est prête à tomber, mais elle sourit à en faire pâlir la dépression. Sa robe verte la moule comme une seconde peau et je m'interroge sur l'état de ses pieds. Vu les talons vertigineux aux motifs hawaïens qu'elle porte, à mon avis elle ne va pas tarder à avoir des ampoules.

Je me racle la gorge pour attirer leur attention. Autant me présenter tout de suite.

– Si un jour tu me retrouves suspendue aux lèvres de Weston, c'est sûrement que je serai en train de faire un AVC et qu'il tentera de me réanimer, avancé-je avec un air bravache.

Elle ouvre de grands yeux et sa bouche se pince avant qu'elle n'éclate de rire.

– Ça fait mal. Tu viens de blesser mon petit cœur en guimauve, pleurniche Wes. Angie, je te présente frère numéro un, Lucan et belle-sœur numéro un, Caldie.

– Angie, comme la chargée de séjour qui bosse pour Parker ? m'interroge Lucan.

– Exact ! Je suis ravie de vous connaître.

– Je comprends tout, maintenant ! s'exclame la belle-sœur en me détaillant.

À croire que c'est de famille de ne jamais faire comme tout le monde, même les présentations.

– Tu ne comprends rien. (Weston enveloppe son visage de ses mains et bat des cils, la bouche en cul de poule.) Tu supposais qu'elle était tombée sous mon charme mystérieux, ajoute-t-il avec théâtralité.

– Ce n'est pas l'adjectif que j'aurais employé pour te définir, mais soit, consent Caldie. Désolée, je pensais que tu étais une de ces greluches que Weston adore dénicher.

– La dernière était championne de gymnastique rythmique, rétorque-t-il, choqué. Je ne sais pas si vous vous rendez bien compte, les gars !

Des cœurs brillent dans ses yeux tandis qu'il nous observe, la bouche grande ouverte. Il ne comprend pas qu'on ne soit pas aussi emballés que lui par cette information.

– Lucan, s'il te plaît soutiens-moi ! dit-il en joignant les mains. Tu sais ce que c'est d'avoir un bout de bois tout raide dans son lit. Tu ne peux rien en tirer, mais là…

– Le bout de bois t'emmerde, Weston ! répond Caldie.

Drôle de dynamique, mais personne n'a l'air fâché.

– Chérie, n'oublie pas que c'est l'anniversaire de ma sœur. Si tu dois le battre, patiente au moins jusqu'à ce qu'on ait soufflé les bougies, se désole Lucan en caressant affectueusement sa nuque.

– Je t'attends, l'invite Weston en mimant un combat. D'habitude, je ne frappe pas les femmes, mais parfois je ne sais pas trop si tu as plus de gènes masculins ou féminins.

Il lève sa paume pour que quelqu'un tape dedans, mais nos bras restent sagement le long de nos corps.

– On va faire comme si je n'avais rien entendu. Je botterai ton petit cul blanc tout à l'heure, le prévient-elle. Où est mon beau-frère préféré ?

– Il a été retenu avec les derniers clients. Il prend sa douche et il nous rejoint.

Mon cœur s'arrête une seconde fois. Il arrive.

Parker.

CHAPITRE 41

PARKER

Le parking devant le bar privatisé pour l'occasion affiche complet. À tous les coups, ma sœur a invité la terre entière. On n'a pas tous les jours vingt et un ans. Avec un peu de chance, mon retard passera inaperçu et elle ne m'en voudra pas.

Une musique hawaïenne et un brouhaha convivial m'accueillent. Missie s'est surpassée pour la décoration. Je jette un coup œil circulaire à l'espace et repère Weston en grande discussion avec un type barbu, Caldie qui essaie de faire avaler à Lucan une espèce de gelée verte gluante et quelques cousins qui ont fait le déplacement. Je prépare mon plus beau sourire en voyant ma sœur se diriger droit sur moi avec un air déterminé. Je me renfrogne lorsque j'analyse son look. Quand elle décide de s'apprêter, elle ne fait pas les choses à moitié. Elle est sublime, même un peu trop. Parfois, je préférerais qu'elle soit du genre à ne pas se faire remarquer, mais Missie a autant de caractère que moi, si ce n'est plus. Trois grands frères pour la protéger, même si elle n'a presque jamais fait appel à nous, ça n'a pas aidé à l'assagir.

– Tu es en retard ! attaque-t-elle en mettant les mains sur ses hanches.

– Qu'est-ce que le retard ? Une invention des bureaucrates ? Le temps qui s'envole ? plaisanté-je en embrassant sa joue.

– Très drôle. Quelle est ton excuse ?

– Je suis allé chercher ton cadeau ?

– Tu mens.

– OK, j'avoue. Allez, Miss Hawaï, tu ne vas pas me faire la tête pour une petite heure de retard…

Missie m'observe quelques secondes avant de décider qu'elle ne m'en veut plus. Elle se pend à mon cou en rigolant quand je lui pince les côtes.

– Joyeux anniversaire ma puce, murmuré-je contre son front. Si tu pouvais juste arrêter de grandir, ce serait bien.

Elle me tire la langue et je suis rassuré de voir qu'elle a encore cette part d'insouciance. Comme elle est arrivée, elle repart et je me fonds dans la foule pour dire bonjour aux uns et aux autres. Caldie m'accueille en me jaugeant de haut en bas. Je suis dans le thème avec ma chemise à fleurs jaunes et bleues agrémentée de mon bermuda, mais je sens qu'elle a quelque chose à me dire.

– J'ai fait la connaissance d'Angie.

– Tu dis ça comme si je la cachais. Tu n'avais qu'à venir à l'agence si tu voulais la rencontrer.

Je sais que Roxy est là et même si j'ai passé la journée en mer, elle a occupé mon esprit. Je n'ai cessé de repenser à notre baiser de jeudi. C'est l'une des premières personnes que j'ai repérées. Seulement, entre le moment où nos bouches se découvraient et ce soir, j'ai la sensation que plusieurs mois se sont écoulés.

– C'est vrai, affirme-t-elle avant de passer à autre chose. Sinon, tu connais la dernière ?

– Non, mais tu vas me le dire…

– Ma sœur s'est réveillée en se souvenant de mon existence. Juste comme ça, en plein été.

On ne peut pas dire que Caldie ait beaucoup de contacts avec sa famille. Ils n'ont pas vu d'un bon œil qu'elle ne les suive pas à plusieurs milliers de kilomètres quand son père a été muté. Il paraît que ça ne se fait pas, de choisir un garçon plutôt que sa famille. Surtout celui qui a fait pleurer votre fille à plusieurs reprises. Lucan et Caldie, ça n'était pas joué d'avance. Enfin, tout le monde savait qu'ils étaient faits l'un pour l'autre, sauf que mon frère a fait pas mal de conneries avant de se ranger. Aujourd'hui, j'espère qu'il n'est pas en train d'en faire une nouvelle.

– Laisse-moi deviner, tu l'as envoyée promener ?

La conversation se poursuit et l'air de rien, je garde un œil sur Roxy. Elle semble parfaitement à l'aise, cependant, je la soupçonne de m'ignorer.

Je dois dire que ça m'arrange. Je ne suis pas encore prêt à lui faire face. Pas alors que toute ma famille nous entoure et que nous devons parler de ce baiser.

– Elle a l'air d'avoir un sacré caractère, débute Caldie en montrant Angie qui s'agite sur la piste de danse avec ma sœur.

– Tu comprends pourquoi elle me rend dingue !

– Hmm hmm.

Je lève les yeux au ciel.

– Dis ce que tu penses, Caldie.

– Tu adores ça, Pakou. Qu'on te tienne tête, que ça ne se fasse pas toujours comme toi tu l'as demandé. Dis-moi le contraire !

– Pas dans le cadre du travail.

– Je croyais que vous aviez enterré la hache de guerre.

Je passe la main sur mon visage, ne voulant pas m'attarder sur le sujet.

– Tu ne serais pas le seul à te taper ta secrétaire. Bill Clinton l'a fait.

– N'importe quoi. Et Angie n'est pas ma secrétaire. Mais ne t'inquiète pas, elle va bientôt entrer dans la famille.

– Haaaaan ! crie-t-elle. Il s'est passé un truc ?

– Je te parle de Weston. Elle l'intéresse et tu connais sa persévérance quand il souhaite quelque chose.

Elle fronce les sourcils et se retourne pour se planter devant moi.

– Tu fais fausse route.

– Je t'assure que non.

– Elle a dit…

– Stop, Caldie. Je m'en moque. J'ai juste hâte d'en finir avec cette étude pour retrouver ma vie.

– OK, monsieur Grognon, concède-t-elle.

– Je suis de bonne humeur !

Je la prends par l'épaule et elle me donne un coup dans le ventre. Je n'ai pas envie de parler de Roxy. Je m'en veux assez comme ça de ne pas avoir pu lui résister.

– Comment ça va, vous deux ? m'inquiété-je en montrant Lucan.

– On fait aller, souffle-t-elle en coulant un regard en direction de son mari. J'ai eu les résultats ce matin.

Le suspens me tue, mais je patiente.

– Tu veux qu'on sorte pour en parler ?

Elle secoue la tête en croisant les bras contre sa poitrine.

– Tout va bien. Enfin, je ne sais pas vraiment si le mot choisi est correct. Je ne… (Elle baisse la voix, même si la plupart des personnes autour de nous ne prêtent pas attention à nous.) Je ne suis pas stérile mais Lucan refuse toujours ces foutus tests.

Je pose ma main sur son épaule et la serre doucement, le cœur lourd en pensant à mon frère.

– Tu vas finir par lui faire entendre raison, Caldie.

– Le truc, tu vois, c'est que je ne devrais pas avoir à faire ça. C'est à lui de faire ces fichus tests. Et si on découvre quelque chose, on sera fixés. Il doit se contenter d'éjaculer dans un petit pot, Parker ! Si je pouvais le faire moi-même, je le ferais, mais on est deux dans cette galère.

– Tu veux que je lui en parle ?

– Non, ça envenimerait la situation.

– Je suis désolé…

– Je sais, Pakou, moi aussi. Et toi ? dit-elle, coupant court à la discussion.

– Quoi, moi ?

– L'étude de Melinda ?

Mon regard dévie vers Angie. Sa robe polynésienne lui va un peu trop bien. J'ai l'impression d'avoir lancé une machine que je ne peux arrêter.

On s'est embrassés. J'ai même fait pire que ça, je l'ai plaquée contre sa voiture et je me suis collé à elle comme un chien en rut. Son parfum a eu raison de moi. Ou peut-être était-ce le frôlement de ses tétons contre mon tee-shirt, ou son gémissement quand je lui ai mordu la lèvre ?

Le hic, c'est que tout ce qu'elle semble attendre ressemble plus à un enfer qu'à un paradis pour moi. Je me souviens parfaitement de notre discussion sur le port, et je ne suis pas prêt à avoir une famille, des enfants, ou à me mettre en couple.

– Allô la terre, ici la lune ! m'interpelle Caldie.

Je me gratte la tête, gêné.

– Pardon. J'étais perdu dans mes pensées.

– J'ai remarqué. Alors ? Une fille t'a tapé dans l'œil ? Tu vas m'annoncer que tu as eu le coup de foudre au *speed dating* ?

– Tu me connais, non ? C'était terrible…

Terrible parce que je suis dans la merde, jusqu'au cou. Totalement dans la panade.

Le reste de la soirée, je reste loin d'elle et, aidé par les centaines de mètres carrés de la salle, j'ai pour l'instant réussi à l'éviter. Chaque fois que je me dis que je vais aller la voir, je repousse l'échéance. Angie ne vient pas non plus vers moi, trop occupée à s'amuser.

Elle enchaîne les pas de danse avec Wes et je dois dire qu'ils font un très joli tableau. Angie est harmonieuse, comme si elle avait pratiqué régulièrement, et Weston a ça dans le sang. Petit, il bougeait en couche-culotte sur la musique dès que le poste était allumé. Les stroboscopes caressent leurs corps et même si la lumière m'aveugle, j'ai du mal à détourner les yeux. Assis sur l'un des canapés, je sirote une bière en attendant que Lucan me donne le top départ pour l'ouverture des cadeaux. Weston la prend par la taille et plante un baiser sur sa joue. Ils terminent leur danse, essoufflés, et se dirigent vers l'extérieur, certainement pour prendre l'air. Ils sont complices et même si je ne distingue pas ce qu'ils disent, je vois clairement leur sourire à tous les deux. Wes s'affale sur le canapé aux coussins gris de la terrasse, Angie lui dit quelques mots et se dirige vers le bar pour passer commande.

Je la détaille et quand elle se retourne, mes yeux rencontrent les siens. Je pense qu'elle va venir vers moi, mais elle fait demi-tour. Elle tourne la tête et je vois qu'elle a un sourire en coin. Je secoue la tête. Cette fille n'est pas possible. Alors qu'elle rejoint mon frère, Weston l'attrape par le bras et la fait tomber sur ses genoux. Elle renverse la moitié de son verre sur le sol et, à en croire sa mine renfrognée, elle doit très certainement rouspéter. Pourtant, alors qu'il enroule un bras autour de sa taille, elle s'esclaffe et ne dit rien.

Je me crispe, mais ça me conforte dans ma décision. J'ai retourné toute cette situation dans ma tête depuis jeudi soir et j'en suis venu à une conclusion, la meilleure pour tout le monde.

Je me lève d'un bond. Il faut que je lui parle. Maintenant.

CHAPITRE 42

ANGIE

Fuis-moi, je te suis.

J'essaie de rigoler, de ne pas faire attention à Parker, pourtant, alors que je le vois me rejoindre, mon cœur fait un triple salto arrière dans ma poitrine. Je me lève, l'air de rien. Il a cet air déterminé qui m'électrise. Pourtant, s'il pense que je vais lui faciliter les choses, il se trompe. Je l'ai attendu toute la soirée, et si sa bouche veut toucher la mienne ce soir, il va devoir sortir les rames et pagayer un petit moment. Toutes les occasions sont bonnes pour le rendre dingue.

Lorsque sa main se pose sur la poignée de la porte vitrée, j'inspire un peu plus fort que nécessaire. Sauf qu'au moment où il s'apprête à la tourner, Lucan l'interpelle. Parker fronce les sourcils, tourne la tête de nouveau vers l'extérieur et nos yeux s'accrochent quelques instants avant qu'il ne se reconcentre sur son frère. Il discute deux minutes puis se dirige vers la cabine du DJ. Je lâche un soupir inaudible. Ce n'est pas encore maintenant que je vais jouer avec lui. Cinq minutes plus tard, la voix suave de Parker résonne dans les haut-parleurs.

– Vous êtes tous conviés à vous rapprocher de la piste de danse, à lâcher vos clopes et à nous rejoindre pour ouvrir les cadeaux de la Vahiné Missie. Merci.

J'accepte pour une fois de faire ce qu'il me dit sans rechigner. Un gâteau à six étages arrive au même moment. À ses côtés, une pile de cadeaux est entassée dans un équilibre précaire. Melinda est éclatante alors qu'elle remercie ses amis et sa famille en envoyant des baisers. Elle rayonne tandis qu'une de ses amies se met à lui chanter un joyeux anniversaire *a cappella* et que nous nous joignons tous à elle dans une joyeuse cacophonie.

– Fais un vœu ! lui crie Weston quand elle se penche au-dessus des bougies. Et n'oublie pas : cette année… il est pour moi !

Sa sœur lui tire la langue, mais hoche la tête.

– Un vœu pour lui ? murmuré-je, amusée.

Tout le monde applaudit quand les flammes s'éteignent.

– C'est une tradition chez les Doretta, m'apprend Lucan à mes côtés. Au lieu de faire un vœu pour soi, on le fait pour une personne de notre famille. Ça permet de partager un peu de son bonheur le jour J et de renvoyer tout l'amour qu'on a reçu.

Je trouve le geste magnifique. Je savais tous les frères et sœurs soudés, mais je n'imaginais pas à quel point.

– Vous avez de la chance de pouvoir compter les uns sur les autres. C'est vraiment beau.

– On le fait depuis les sept ans de Parker. À son anniversaire, j'étais triste et j'ai fait la tête toute la journée. Mon frère l'a vu et au moment où il allait faire son vœu, il m'a demandé ce que je souhaitais le plus au monde. Il avait cet air déterminé, très sérieux…

Plus j'en apprends sur Parker, plus il m'intrigue.

– Il l'a conservé, même vingt ans après, plaisanté-je.

– C'est vrai, admet Lucan.

– Et ensuite ?

– J'ai répondu que je voulais le nouveau skateboard WXM avec les rayures jaunes et vertes. Et c'est ce qu'il a souhaité. Bien évidemment, mes parents ont trouvé ça tellement adorable qu'à mon anniversaire, je l'ai eu en cadeau. Depuis, nos vœux ne visent plus forcément des choses matérielles, mais c'est le principe.

– Je ne te vois pas du tout faire du skateboard ! rigolé-je.

– Je me suis cassé le bras à trois reprises et la dernière chute m'a servi de leçon.

J'imagine bien. Je n'ai essayé qu'une seule fois et j'ai fini les fesses par terre.

Le gâteau est emporté en cuisine pour la découpe et bientôt, son décor imitant une plage de sable ne sera qu'un vague souvenir. Mon ventre émet un gazouillis. J'ai le palais sucré, ce n'est un secret pour personne, et les petites fleurs en pâte d'amande me font déjà saliver.

– C'est l'heure des cadeaux ! s'exclame une des copines de Melinda en se jetant sur elle pour la serrer dans ses bras.

Cela a le mérite de la faire glapir, plus excitée que jamais. On lui apporte une chaise et elle s'y assied comme une princesse tandis que Parker lui tend les paquets un à un. Le regard qu'il pose sur elle est empreint d'amour et de fierté.

Les papiers cadeaux volent autour de Melinda alors qu'elle déchire les emballages. Chaque nouveau présent est accompagné d'une exclamation émerveillée ou d'un rire. Quand elle sort la machine à pop-corn que je lui ai achetée, ses pupilles brillent comme celles d'une enfant.

– J'ai toujours rêvé d'en avoir une ! Je ne sais pas qui m'a offert ça, mais mon fessier et moi te vouons un amour éternel, s'extasie-t-elle en la serrant contre sa poitrine.

J'informe Lucan qu'il s'agit de mon cadeau.

– Tu es consciente qu'après ça, Melinda va t'inviter à chacun de ses anniversaires ? rigole-t-il en secouant la tête.

– Si je peux venir, ce sera avec plaisir ! Tu lui as pris quoi, toi ?

– Le week-end thalasso et la tablette tactile.

Weston lui a réservé un rendez-vous chez son tatoueur. Il paraît que ni Lucan ni Parker ne doivent le savoir, alors je garde la bouche fermée. Il se débrouillera avec ses frères.

– Vous ne plaisantez pas avec les cadeaux, chez les Doretta. Pour information, mon anniversaire, c'est le 9 mars.

– Que veux-tu, on l'adore, notre petite dernière !

Lucan est vraiment sympa, avec un caractère posé et plutôt en retrait. Sa femme est volcanique, mais je suppose qu'il doit la canaliser. C'est un joli couple et on sent qu'il aime sincèrement Caldie.

Parker tend le dernier paquet à sa sœur. Il s'agit d'une enveloppe rouge d'une taille surdimensionnée et habillée d'un nœud doré. Elle l'ouvre avec empressement, et déplie le papier pour le lire. Et là, elle fond en larmes. Tout le monde se fige. Parker lui chuchote quelques mots à l'oreille et essuie ses joues avec tendresse. Il n'en faut pas plus à Melinda pour entourer le cou de son frère de ses bras et se remettre à pleurer de plus belle. Quelques secondes de plus, ils se murmurent des paroles qu'eux seuls entendent, avant que Melinda ne se tourne vers nous à nouveau.

– Les gars, je pars à Hawaï ! Et merci d'effacer toutes les photos de moi avec la morve au nez, pleurniche Melinda, toujours émue.

Mon cœur fond en les voyant tous les deux. Parker cache bien son jeu. Il est borné et colérique, mais il est aussi généreux.

– Je crois que Pakou a remporté la palme du meilleur cadeau cette année, s'écrie Caldie en nous rejoignant.

– Vous faites un concours ?

– Pas tout à fait, répond Lucan en se massant la nuque.

Je repère là une des habitudes de Parker, mais des frères et sœurs, c'est celui qui a le moins de ressemblance avec les autres.

– Tu rigoles ! Ces trois-là parient sur tout et n'importe quoi, s'exaspère Caldie. Une fois, ils ont même misé sur le nombre de points qu'avait la coccinelle qui s'est posée sur la table.

Les mecs sont de vrais coqs !

Tout le monde se disperse et la soirée s'enflamme un peu plus. Parker et Weston portent les cadeaux dans une salle privée et je patiente le temps qu'ils aient fini. Ça a assez duré ! Hors de question qu'il m'échappe, j'ai fait preuve de suffisamment de patience pour un mois entier. Weston sort de la salle le premier et repart en direction de la piste de danse. Il me fait signe, mais je refuse : j'ai une mission plus importante à accomplir. Je patiente, les bras croisés, devant la porte, prête à faire face à Parker. Quand il sort à son tour, il semble à peine surpris de me voir plantée là.

– C'est moi, ou tu m'as volontairement ignorée toute la soirée ?

CHAPITRE 43

ANGIE

Mon cœur se met à battre un peu plus fort tandis que je lui indique la terrasse. J'ai besoin d'avoir l'esprit clair et un peu d'air ne me fera pas de mal. Il me suit en silence.

– Alors, on m'évite, Pakou ?

– Il faut qu'on p…

– Tu sais que je ne comptais pas te manger.

Je m'arrête près d'un canapé, le cœur battant la chamade.

– Enfin, pas tout de suite…

– Angie, écoute, à propos de jeudi soir, je pense qu'il faudrait que ça reste entre nous.

Les yeux écarquillés de surprise, je contemple Parker, totalement perdue.

– Oui, je comprends, je n'ai pas trop envie de faire face aux rumeurs qui risquent de circuler au travail si on nous voit ensemble.

Il se passe une main dans les cheveux, visiblement gêné.

– Non Angie, je veux dire qu'il faut qu'on oublie, personne ne doit savoir. C'était une erreur et ça ne doit pas se reproduire.

– Personne ne doit savoir ?

– Ne t'inquiète pas, ça n'aura aucune incidence sur ton poste. On est adultes, il suffit de faire comme si rien ne s'était passé, et voilà.

– Et voilà ?

– Tu as fini de répéter tout ce que je raconte ?

Qu'est-ce qu'il veut que je lui dise ? Que je suis au fond du trou ? Parker me plaît, je l'admets enfin après des semaines de déni, on s'embrasse comme si on était les derniers survivants sur Terre, je m'attends à ce qu'on officialise, et je me fais rejeter comme une ado ! Quand est-ce que ça a dérapé ?

Je cligne des paupières. On se pousse lorsqu'un fêtard manque de nous rentrer dedans en faisant tomber la moitié de son verre sur le sol. Au moins, il y en a qui s'amusent.

– Laisse-moi récapituler. Tu t'es jeté sur moi, tu m'as embrassée, m'as laissée une journée complète à me poser des questions sans me contacter, pour finalement me dire que c'était une erreur et que surtout, personne ne doit savoir. C'est bien résumé ? J'oubliais : je n'ai pas à m'inquiéter pour mon taf. Tout va bien, alors. Merci pour cette mise au point, Parker.

La dernière fois que l'on s'est vus, sa bouche me faisait voir des étoiles. Aujourd'hui, elle m'achève. Parker secoue la tête.

– Écoute, c'est mieux comme ça. Tu es une fille bien, Roxy, mais pas pour moi.

– C'est mieux pour qui, toi ou moi ?

– Pour tout le monde.

On avait l'air plutôt sur la même longueur d'onde, pourtant, et je pensais que lui aussi avait senti ce courant électrique entre nous. Nos regards s'affrontent et alors que je crois qu'il va faire marche arrière, il hoche la tête. Sa mâchoire se serre, accentuant sa courbe et sa barbe de trois jours.

Au moins, c'est clair.

Je ne sais pas ce qui me gêne le plus : le fait que j'y croyais ? Mon ego blessé ? Ou le fait qu'il ait honte de ce qui s'est passé entre nous ? Je suis une fille bien, mais pas assez pour lui, c'est ce qu'il a dit. Je m'appuie contre la balustrade et lève la tête pour expirer.

– Très bien.

Je le plante sans un mot de plus. La fête continue et le homard qui pendait royalement au plafond gît désormais sur le sol, éventré. Mon cœur bat beaucoup trop vite et rien que pour ça, je me maudis. Mes émotions sont sens dessus dessous.

Quelle idiote !

Pourtant, je reste là, je donne le change le reste de la soirée. Je prends une tonne de selfies avec Weston, Melinda et toutes les personnes pour qui je suis assez bien. Et à cet instant, je déteste Parker plus que tout de faire écho à mon passé.

***

J'ai besoin d'un truc ultra sucré pour me remettre de ma soirée. Il est plus de 4 heures du matin et le taxi vient de me déposer devant chez David. Je lève les yeux vers le ciel et contemple un instant les étoiles. Maintenant que la musique ne bat plus dans mes tempes, je me sens un brin mélancolique. La solitude n'a pas la même saveur quand on est entouré. À défaut de m'éclater avec Parker, je me suis amusée sur la piste de danse avec les amis de Melinda. En partant, elle m'a remerciée et m'a fait promettre de l'appeler rapidement pour nous organiser une soirée. J'ai vraiment envie d'accepter, mais j'ai peur de trop m'investir dans cette amitié et de le regretter.

– Je suis cassée, maman, murmuré-je vers le ciel.

Je retire mes chaussures une fois arrivée dans l'entrée. Mes talons risquent de faire trop de bruit et même si mes relations avec David ne sont pas au beau fixe, ma mère m'a appris le respect. Comme prévu, je me dirige vers la cuisine et constate que la lumière d'appoint est allumée.

– Tu es encore réveillé ? m'étonné-je en apercevant David assis sur l'un des tabourets de l'îlot.

– Je n'arrivais pas à trouver le sommeil. Je ne savais pas où tu étais alors…

– Désolée, j'ai oublié de te prévenir. Pourquoi tu ne m'as pas envoyé un message ?

– Je ne voulais pas que tu penses que je te fliquais. Enfin, ce n'est rien.

Il s'est inquiété pour moi. Quelque chose se réchauffe dans mon cœur, mais je me refuse à le laisser s'épanouir. Je me rends cependant compte que j'ai été une véritable garce avec lui. Même si notre dernière conversation a été houleuse, je ne peux pas lui donner tous les torts.

– J'ai fait du chocolat, tu en veux ? me propose David. C'est toujours ta boisson préférée ?

– Toujours. Justement, je voulais quelque chose de sucré.

Je m'installe face à lui tandis qu'il sort la grosse tasse orange avec mon prénom inscrit en lettres blanches. Il l'a sortie le premier jour de mon emménagement et, sur le coup, je l'ai à peine remercié. Je trouvais ça surfait, comme s'il me forçait à rester, mais ce soir, elle m'apporte un certain réconfort.

– Je rajoute de la cannelle ? m'interroge-t-il en secouant le bocal.

– Tu te souviens de ça ?

– Ce n'est pas parce que tu crois que je t'ai oubliée que c'est le cas, Angie.

Il se retourne pour ajouter les copeaux de chocolat et saupoudrer de la cannelle sur la tasse fumante avant de me la tendre.

– Ta soirée s'est bien passée ?

Il change de sujet, à mon plus grand soulagement.

– Oui. C'était un anniversaire sur le thème d'Hawaï.

– Je suis allé à Hawaï. Tu te souviens ? Je t'avais ramené cette jupette rose et le sac en noix de coco. Tu voulais dormir avec, la mettre sur tes pantalons pour aller à l'école. Ta mère m'en a voulu quand tu l'as portée pour Noël alors qu'elle t'avait préparé une tenue particulière.

– Après, elle a disparu. J'aimais beaucoup cette jupe.

J'avais l'impression que tu étais toujours avec moi, comme ça.

– Un peu trop, dit-il avec un sourire nostalgique.

Quatre heures et demie, c'est trop tôt ou trop tard pour avoir cette conversation. Si j'ouvre la boîte de Pandore, je sais qu'on ne pourra pas la refermer.

Je souffle sur mon chocolat.

– Il est excellent. Comme dans mes souvenirs. Tu as rajouté ton ingrédient secret ?

– Essence de vanille, révèle-t-il. Je t'avais promis qu'un jour tu saurais.

– Ah ! C'est donc ça ! J'ai presque tout essayé.

Il me sourit et son regard me perturbe. Là, dans cette cuisine, on pourrait presque penser que notre relation est normale, qu'elle n'est pas étouffée par les remords et les regrets.

– Est-ce que tout va bien ? s'inquiète-t-il.

– Oui. C'est simplement que la soirée a été forte en rebondissements.

– Tu sais, je peux casser la figure à l'individu qui t'a fait du mal.

– Pourquoi est-ce que tu penses qu'il y a quelqu'un ?

– Parce que tu es tellement forte… La seule chose qui peut t'atteindre, c'est le rejet des personnes que tu apprécies.

À cet instant, il a l'air tellement… paternel.

– Merci. Mais je pense que tu n'aurais aucune chance contre lui. Même s'il aurait trop de respect pour lever la main sur un petit vieux de toute manière.

– Je suis jeune et alerte, rétorque-t-il en palpant ses muscles.

– J'entends tes genoux craquer d'ici, pépé !

David s'esclaffe en me lançant un regard plein de sollicitude. Il se racle la gorge.

– Je suis désolé pour ce que je t'ai jeté au visage la dernière fois.

– Tu n'as pas tort quand tu dis que je mets des barrières, mais j'ai toujours la sensation de ne pas être à ma place ici.

– Angie, tu es ma fille. Tu seras toujours la bienvenue. Quoi que tu puisses penser, je serai toujours là pour toi.

– Merci. Et tu sais, s'il n'y a que Lara dans ma vie, c'est juste qu'elle me suffit…

– Parce que tu t'en contentes, mais ils ne sont pas tous moi. Ce que je veux dire, c'est que je sais que tu m'en veux. J'ai fait des erreurs, je me doute que ça n'a pas été facile, j'en ai conscience.

Mais ils ne feront pas tous les mêmes bêtises. Et moi… je suis là, maintenant, je veux juste que tu le saches.

Je fixe le fond de mon chocolat chaud, la gorge nouée.

– Je le comprends à peine, avoué-je.

Il a ce sourire triste qui me donne des regrets, mais si c'était aussi simple que ça de faire une croix sur notre passé, je serais de nouveau en train de l'appeler papa. Pour l'instant, je ne m'en sens pas capable. David se lève et débarrasse son mug. Quand il passe à côté de moi pour rejoindre sa chambre, il me serre doucement l'épaule. Je reste quelques instants devant ma tasse vide à regarder la nuit au-dehors avant d'à mon tour retrouver mon lit. Ma prise de tête avec Parker aura au moins eu du bon : jamais je n'avais parlé ainsi avec David.

La journée de dimanche est bien entamée et pour le moment, je n'ai pas trouvé le courage de bouger. Je suis dans la même position depuis que j'ai ouvert un œil, à 11 heures passées. En fond sonore, une vieille série se déroule, mais je n'y prête pas attention. Mon téléphone vibre sur la table de chevet. Dans un grognement, je déplace mon corps inerte pour l'attraper. Le nom de Lara est affiché.

Et c'est parti !

– Alors ? débute-t-elle à peine ai-je décroché.

– Alors quoi ?

– Ouh là, j'en connais une qui a mangé un bol de gaîté ce matin. Ça s'est mal passé, je suppose.

– Pas envie d'en parler, grogné-je tandis qu'à l'écran, le héros se décide enfin à embrasser la fille qu'il convoite.

Ça me met davantage en colère. Il n'y a que dans les téléfilms que tout est aussi simple. Dans la réalité, le gars propose à ladite fille de garder ça pour elle, et si possible d'oublier. Voilà le nouveau conte moderne. Lara reste muette au bout du fil avant de passer à un autre sujet. Elle me connaît et sait qu'il ne faut pas me brusquer.

– J'ai brossé des alpagas et c'était vraiment chouette.

– Si tu me dis que tu veux en adopter un, je raccroche.

– Ce sont des animaux super utiles ici. J'en ai aperçu un qui ressemblait à mon ex.

– Finalement, il est peut-être mort dans d'atroces souffrances et s'est réincarné en lama. Ça lui convient plutôt bien, vu sa propension à brouter toutes sortes de gazons, ricané-je.

– Très drôle, Angie, soupire-t-elle d'un ton désespéré.

– On peut en rire maintenant que tu as ce fameux Lilian dans ta vie.

– Il est parfait. À tous les niveaux. Tu sais ce qu'il m'a dit aujourd'hui ? « J'aurais bien ramassé toutes les fleurs de ce vallon pour faire un bouquet aussi joli que toi, mais je n'y parviendrai jamais. »

Je fais mine de vomir.

– Je suppose que tu as rougi et qu'il t'a passionnément embrassée dans l'herbe. Qu'il a coincé une fleur derrière ton oreille et que…

– Pour une fille qui n'est pas romantique, tu en connais un rayon.

– Ça m'aiderait plus de savoir comment me sortir de la situation dans laquelle je me suis fourrée.

– Qu'as-tu fait, Angie Baffin ?

– Des films. Tout ça, c'est ta faute ! C'est toi qui m'as mis dans la tête que je lui plaisais.

– J'en déduis qu'il t'a foutu un vent ?

– Pire !

– Il a embrassé une fille devant toi ? Il a une copine ?

– Non, il m'a dit texto : on oublie.

– Tu m'as fait peur ! Relève-toi, c'est juste ton ego qui a été froissé. Même si je ne m'attendais pas du tout à ça.

– Moi non plus.

Je lui fais un résumé de la soirée. Ce doit être la dixième fois que je me repasse ce moment, pourtant il y a un truc qui cloche et je n'arrive pas à mettre le doigt dessus. Son regard était trop fuyant.

– Le truc, c'est que je ne parviens pas bien à le cerner. Je pense que je lui plais.

– Pourquoi est-ce qu'il t'a demandé ça, alors ?

– Parce qu'il est fou… ou qu'il a quelque chose à se reprocher… Ma main à couper que c'est ça. Il ne me reste plus qu'à découvrir quoi.

CHAPITRE 44

PARKER

Roxy n'a pas du tout réagi comme je m'attendais. Si elle est partie un brin vexée lors de l'anniversaire de Melinda il y a de ça trois jours, elle est revenue douce comme un agneau le lundi matin. Je m'attendais à ce qu'elle m'assassine du regard, mais rien n'a changé dans sa manière d'interagir avec moi si ce n'est que j'ai la sensation qu'elle fait exprès de me solliciter. Elle ne cesse de monter dans mon bureau alors que j'essaie de mettre de la distance entre nous, sauf que je ne peux rien lui reprocher car il s'agit de travail. C'était la meilleure chose à faire mais elle ne me facilite pas la tâche, c'est tout. Comme maintenant, alors que j'entends de nouveau ses pas dans l'escalier.

– Je peux entrer ?

Je lui fais signe et elle flotte jusqu'à moi, transportant dans son sillage son odeur d'agrumes.

– On vient de recevoir cette proposition de dernière minute. J'ai pensé qu'il fallait que je te la montre avant de partir. C'est une prestation pour après-demain. Je sais qu'on est complets, mais ça vaut le coup d'œil.

Elle s'approche et je me tends. Angie fait exprès de me frôler dès qu'elle le peut et je me retrouve à avoir envie de poser les mains sur elle chaque fois que je la croise.

J'écarquille les yeux en voyant le nom indiqué sur la demande.

– C'est une blague ? Stéphane Burne ?

– Pas du tout. J'ai appelé pour vérifier avec le client et je lui ai dit qu'on reviendrait vers lui. Et oui, je sais de qui il s'agit. Son nom de famille m'a fait assez marrer pour que je me souvienne de lui.

– Depuis quand es-tu calée en pêche ?

– Depuis qu'il y a des magazines qui traînent un peu partout et que mon téléphone m'a lâchée pendant ma pause déjeuner. Et aussi parce que je suis consciencieuse.

Il s'agit d'un des plus grands skippers de notre génération et je me demande comment il a entendu parler de nous, mais toujours est-il que c'est un projet qui ne se refuse pas. Je suis ravi qu'elle ait anticipé, c'est une grosse opportunité pour Fish & Man. Sauf qu'il attend le devis pour 22 heures au plus tard.

– Je vais te donner un coup de main, annonce Roxy avec un sourire.

– Non, ça ira, ne t'inquiète pas.

– Je t'assure que je peux rester pour t'aider.

– Tu peux rentrer chez toi, tu es censée avoir fini depuis trente minutes. Si besoin, j'appellerai Weston.

– Tu ne pourras jamais faire ça seul, et le temps que Weston revienne, il sera déjà trop tard. Il nous reste quatre heures. Occupe-toi des chiffrages et des coûts, je gère le reste.

– Angie…

– Allez, on se retrousse les manches, Captain ! Laisse-moi juste envoyer un message.

Je cède finalement. Roxy prend place dans le siège face à moi tandis que je lui fais un peu de place pour qu'elle puisse poser son ordinateur. Un litre de café et une pile de documents posés sur la table plus tard, nous nous mettons au travail sans tarder.

Au bout de deux heures, les colonnes deviennent floues et mes épaules sont nouées à force d'avoir gardé la même position devant l'écran. C'est la voix d'Angie qui me tire de mes tableurs. Elle lève les bras bien haut et ses seins pointent dans ma direction. Je déglutis et tente de me reconcentrer sur mon fichier.

– Il me faut du sucre, geint-elle en se frottant les yeux. Une grosse tablette de chocolat.

Je hoche la tête. En plus de devoir assimiler des centaines de chiffres, je dois aussi faire en sorte de ne pas bloquer sur les lèvres de Roxy, qui les pince lorsqu'elle est concentrée.

– Commande-toi un truc si tu as faim.

– Pas le temps de manger, répond-elle en grignotant le bout de son stylo.

Nous terminons finalement avec dix minutes d'avance. Roxy se lève en brandissant son poing quand j'envoie l'e-mail au client et se met à effectuer une petite danse de la joie.

– S'il ne signe pas, je vais le chercher chez lui et le contrains avec… un couteau à beurre !

– Un couteau à beurre ? rigolé-je. C'est que tu es menaçante, comme femme ! Rentre, c'est mieux pour tout le monde.

J'éteins mon ordinateur et me lève à mon tour pour fermer les volets. Elle récupère son sac et nous descendons au rez-de-chaussée.

– Merci, Angie. Tu as raison, ça aurait été beaucoup plus compliqué de le faire sans toi.

– Je te l'avais dit !

J'ouvre le boîtier de l'alarme et invite Angie à sortir tandis que j'actionne le code. Elle m'attend dehors, la tête levée vers les étoiles, et notre conversation sur le port me revient en mémoire. Je me prends à mon tour à les contempler avec un pincement au cœur. Ses longs cheveux roux brillent sous les rayons de lune, et alors qu'elle me surprend, un sourire vient illuminer son visage.

– J'ai le cerveau en compote, mais mon corps est rempli d'adrénaline, s'exclame Angie. Il va falloir que je me dépense, sinon je ne vais jamais arriver à dormir. La faute à tous les cafés que tu m'as servis.

– Une bonne douche et ça ira mieux. Personnellement, je ne dors que très peu. Maximum cinq heures par nuit.

– Cinq heures ? Le jour où je n'ai pas mon quota, tu le verras le lendemain. J'ai tendance à être grognon.

– Comme si ça changeait de d'habitude !

– Non, là, c'est quand il manque du sucre dans mon organisme. Je tuerais pour une tarte tatin.

– Il y a de la glace dans le congélateur.

– Pourquoi je ne suis pas au courant de ça ? Allons-y. Toi aussi tu as besoin de ta dose de douceur.

– Je ne mange pas de sucré, Roxy.

– Tu ne vas quand même pas me laisser seule ?

Je soupire en la suivant en direction de la salle de pause, qui n'est pas reliée à l'alarme.

Son sourire m'éblouit quand elle constate que je ne la laisse pas en plan. Je lui dois bien ça, non ? Elle abaisse toutes les défenses que j'avais mises autour de moi la concernant. Si j'avais parié avec l'un de mes frères que je la suivrais pour prendre un dessert sucré à plus de 22 heures, j'aurais perdu. Mais Roxy est tellement forte tête et fonceuse qu'elle détruit tout ce qui ne lui convient pas sur sa route.

Elle pénètre dans la salle et se dirige vers le congélateur. Tout heureuse, elle sort le pot de glace au chocolat du congélateur et récupère deux bols.

– Je vais seulement prendre un café.

– Hors de question ! intervient Angie. Tu prends de la glace.

Elle cède après avoir bataillé quelques minutes avec moi. Ça sera donc un café et c'est tout. Une fois servis, nous nous installons sur un banc à l'extérieur, face à la mer. Angie ne cesse de me jeter de petits regards en coin en léchant sa glace et ça me rend dingue. Elle n'arrête pas de sortir sa langue rosée pour laper le chocolat. Si elle continue comme ça, je ne réponds plus de moi. J'ai vraiment essayé de ne pas compliquer la situation. L'avoir embrassé comme un dératé il y a quelques jours était déjà une très mauvaise idée, mais celle qui tourne en boucle dans ma tête est encore plus mauvaise.

Fais les choses bien, me répété-je comme un mantra.

Elle lève les yeux vers le ciel dégagé, pensive, puis me regarde.

– Si tu avais le pouvoir de revenir en arrière une fois dans ta vie, qu'est-ce que tu choisirais de changer ?

Sa demande me prend de court. Si j'avais ce pouvoir, je remonterais à la nuit du 23 août. Je ne prendrais pas ma voiture pour rentrer chez moi. Je n'aurais pas écouté Gwen. J'aurais écouté ma putain d'intuition et j'aurais fait demi-tour. J'aurais été là. Mon corps tout entier frémit quand je repense à cette soirée. Il y a toujours cette douleur constante et lancinante qui fait se tordre mon estomac. Je ne suis pas du genre à pleurer, à me plaindre, mais ça, c'est quelque chose dont on ne se relève jamais. J'ai toujours cette sensation de marcher à cloche-pied, d'être un peu bancal sans vraiment savoir comment me redresser. Mes poings se serrent et je baisse la tête sur mes mains tremblantes. C'est si facile de plonger la tête la première dans le travail. Intérieurement, je sais que si Melinda, Wes et Lucan sont aussi souvent chez moi, c'est parce qu'ils ont peur de me laisser seul. Ils appréhendent qu'un jour, je pète les plombs. C'est ça, la famille. Être là alors que je n'ai même pas conscience d'avoir besoin d'eux.

– Tu en mets du temps ! Il y a tellement de choses que tu regrettes dans ta vie ?

Si seulement elle savait…

– Ça ne se peut pas, Angie.

– Tu es trop terre à terre. Tu veux goûter ?

Elle me tend la cuillère avec un air de défi, mais je refuse. Il ne faut pas tenter le diable.

– Trop sucré.

Elle hausse les épaules.

– Tant pis pour toi.

Angie reprend sa dégustation, et je me dis qu'elle est passée à autre chose, mais elle reprend :

– Tu ne m'as pas demandé ce que je ferais si j'avais le pouvoir de revenir en arrière.

– C'est vraiment important, Roxy ?

– Non. Ce qui l'est en revanche, c'est la raison qui t'a fait changer d'avis à propos de nous deux. Parce que tu me dis que ce n'est pas possible de remonter le temps, mais c'est pourtant ce que tu essaies de faire pour nous.

– Tu sais que tu fais un brin désespérée, là ?

Elle secoue la tête, mais continue de sourire.

– Peut-être, mais je sais aussi que tu me caches quelque chose. Je vois la manière dont tu me regardes et, flash info Captain, je te plais. La question est : est-ce que tu vas me dire pourquoi tu as fait demi-tour ou est-ce que je vais devoir te forcer la main ?

Je soupire. Je savais bien que Roxy n'allait pas abandonner si vite. Ce n'est pas dans son caractère.

– Est-ce que tu veux un chien ? demandé-je.

– Un chien ? Quel est le rapport ?

– Réponds juste à la question, Angie.

– Oui, un Schnauzer noir.

– Un quoi ? Laisse tomber, ça n'a pas d'importance. C'est exactement pour cette raison que c'est mieux que nous n'allions pas plus loin. Après le chien, tu voudras une nouvelle maison plus grande, et une ribambelle d'enfants aux cheveux roux. Je ne veux pas de relation. Être en couple, ce n'est plus pour moi.

– Tu vas loin, Captain. Lécher de la crème glacée au chocolat sur ton torse et voir ce que ça donne après, c'est déjà pas mal. Je ne sais même pas si on est compatibles. Je ne comprends pas que tu te prennes la tête.

J'ouvre la bouche, choqué par tant d'honnêteté, et l'image de ce qu'elle vient de me décrire s'incruste dans mon esprit. C'est exactement pour ça que je n'aurais pas dû me trouver ici avec elle. Je sens que les choses ont changé. Je n'aurais jamais dû commencer ce petit jeu avec elle. Je ne suis pas prêt à remettre le couvert. Pas après Gwen. Mais le plus important, c'est que je ne peux pas faire de peine à mon frère, et ça, même si Angie me donne envie de sourire dans les situations les plus merdiques.

Je suis un mec solitaire qui vit pour son travail. Qu'on arrête avant qu'on ne soit tous les deux trop impliqués et que je ne la fasse souffrir. Parce que c'est ce qui va se produire si nous nous entêtons dans cette voie.

– Hé ! Tu essaies encore de trouver une excuse, c'est ça ?

– Roxy…

Pendant quelques minutes, nous observons l'eau qui clapote contre le ponton dans le silence. Quand Angie se tourne de nouveau vers moi, elle ne sourit plus, mais je vois la détermination briller au fond de ses iris.

– Arrête de me prêter des intentions et de choisir pour moi. Tu me forces à utiliser tous les outils en ma possession, Captain D. Je te défie de me dire la vérité.

– Arrête, nous ne sommes pas en train de jouer, là.

Elle souffle en me lançant un regard de travers. La voilà qui s'énerve. Il ne manquait plus que ça.

– Parce que c'est ce que j'ai l'air de faire ? Je veux juste que tu sois honnête. Si je ne te plais pas, tu me dis : « Angie, désolé, mais tu n'es pas mon genre. » Et ne me sers pas ta soupe. « Il vaudrait mieux oublier », c'est lâche.

– Ce n'est pas à moi de t'en parler… essayé-je.

– Alors, c'est à qui ? Au pape ? Si tu ne veux rien me dire, tu reconnais ta défaite, Captain.

Je devrais. Ce serait mieux pour tout le monde… sauf qu'on ne me refait pas. J'expire. Après ça, tout va changer. Plus moyen de revenir en arrière.

– Weston a des sentiments pour toi.

CHAPITRE 45

ANGIE

Weston, amoureux de moi ? Ça, c'est la meilleure ! J'essaie de retrouver mon calme, mais je suis prise d'un rire irrépressible.

– Je ne plaisante pas, Angie, répète Parker avec tellement de sérieux que ça m'arrête net.

– Tu ne crois pas que tu as mal compris ? Il me l'aurait dit. On se voit tous les jours et il n'est pas du genre timide.

– Il me l'a avoué après le *speed dating*. Je crois que la phrase « Angie me plaît » est assez claire.

Parker me lance un regard équivoque. OK, ça, c'est autre chose. Je me sens soudain super gênée. On s'entend très bien, mais je ne l'ai jamais considéré autrement que comme un ami.

– Mais il ne m'intéresse pas, plaidé-je.

– Tu n'as même pas essayé.

– Qu'est-ce que c'est que cette réflexion ? Pour toi, il faut tenter de se mettre en couple avec une personne qui ne nous intéresse pas pour voir si ça fonctionne ?

– Mon frère est un chic type, ne parle pas de lui comme si c'était un mec que tu avais rencontré un soir de beuverie.

Mais qu'est-ce qui lui prend, là ? S'il s'énerve, moi aussi je peux le faire !

– Qu'est-ce que ça aurait changé ? Vu ta manière de penser, j'aurais dû me mettre avec lui aussi.

– Tu es impossible !

– La dernière fois que tu m'as dit ça, tu venais de m'embrasser comme un affamé. Qu'est-ce qui te différencie des autres gars avec qui tu veux me caser ?

Ses dents se serrent.

– N'en parlons plus.

– Pas d'accord. Tu as dit à Weston que nous nous sommes embrassés ?

– Je ne comprends pas pourquoi tu remets ça sur le tapis. Ça n'a rien d'important. Je te dis que mon frère est amoureux de toi. C'est la première fois.

Parker a réussi à me mettre à bout de nerfs en cinq minutes. C'est quoi son problème, sérieux ? Weston ne m'intéresse même pas, ce n'est pas comme si j'avais un jour hésité entre les deux. J'ai du mal à me dire que cette situation arrive pour de vrai. Je n'ai rien contre Wes, mais ça veut dire que quoi ? Je dois me sacrifier ? Ça se saurait, si c'était aussi simple de tomber amoureux. Je vois rouge, et ce n'est jamais bon signe. L'ex de Lara s'en souvient encore.

– Tu veux vraiment que j'essaie avec ton frère ? Ça ne te poserait aucun problème ?

– Non. Ce n'était qu'un minuscule baiser.

Qu'est-ce que c'est quand il y met vraiment du sien, dans ce cas ? Je me sens vexée et terriblement en colère. Il croit vraiment que je pourrais alterner entre les deux frères sans états d'âme ? Qui fait ça ?

– Super ! Maintenant que tout est clair, je crois que je vais y aller. Merci pour la glace.

Nos regards s'affrontent. Parker semble mécontent. Alors, pourquoi me proposer ça ? Un instant, je me demande si ce n'est pas un test. Si c'est le cas, il apprendra qu'on ne joue pas avec moi.

À peine entrée dans ma voiture, j'actionne le Bluetooth en espérant que Lara décroche. J'aurais tellement aimé qu'elle soit là, j'aurais foncé jusqu'à chez elle pour m'enfoncer dans son canapé à peine confortable et nous aurions picolé jusqu'à oublier l'existence de cet enfoiré de Doretta.

– *WESTON-EST-AMOUREUX-DE-MOI*, hurlé-je dès qu'elle décroche.

– Whouaaa, il va falloir que tu arrêtes de m'annoncer les nouvelles de but en blanc comme ça, s'insurge Lara. J'ai besoin d'un petit temps de préparation. Tu veux bien m'expliquer comment on est passé de « j'ai embrassé le capitaine connard » à « son frère est amoureux » ? Tu ne m'as pas tout dit ?

À sa voix, j'entends qu'elle est sceptique, mais moi je respire à peine.

– Mais si ! Je ne comprends même pas comment je me suis retrouvée dans cette situation.

– Il me faut tous les éléments, mon ange.

Je lui relate ma conversation avec Captain Connard et termine à bout de souffle.

– J'avais la sensation qu'on accrochait bien, tous les deux. Son revirement me laisse perplexe. Même les pires manipulateurs ne peuvent pas être aussi convaincants.

– Je pense que tu lui plais, mais que Parker se sacrifie… C'est tellement mignon !

– C'est surtout idiot. Pourquoi faut-il que tout soit toujours aussi compliqué dans ma vie, Lara ?

– Parce que la vie est ainsi faite. Je suppose que tu as répondu ne pas être intéressée et que tu te sens mal à l'aise de retourner au bureau vis-à-vis de Weston.

– Blesser Weston est la dernière chose que je souhaite. Le pire, c'est qu'il va falloir que je lui en parle. Un jour. On n'a qu'à faire comme si je ne savais pas, non ?

Le rire de ma meilleure amie résonne à mes oreilles. Je grimace en me traitant d'idiote.

– Impossible. Dans l'attente d'avoir éclairci les choses avec Weston, promets-moi de ne pas empoisonner Parker.

– Rappelle-moi de ne pas te demander de témoigner en ma faveur si jamais un jour je suis présumée coupable. Tu m'envoies directement en prison.

– Je mentirai pour toi.

– Encore mieux ! Bon, tu as un conseil pour aborder la situation ?

– Fuir ?

Merci, Larry, vraiment !

***

Le lendemain, j'ai plongé mon nez dans le travail dans l'espoir de ne pas me retrouver en tête à tête avec Parker ou Weston. Idem aujourd'hui. Je passe mon temps à essayer de les éviter. Lorsque Wes m'a proposé de prendre une pause café-sucreries comme nous avons l'habitude d'en faire tous les jours, j'ai décliné. J'ai fait la même chose pour la pause déjeuner et pour le goûter. Il a commencé à se poser des questions. Il m'a même demandé si j'étais malade quand j'ai refusé lorsqu'il m'a offert de l'accompagner à la boulangerie qui fait ces moelleux au chocolat dont je raffole. Péché mignon.

J'ose à peine le regarder dans les yeux tellement cette situation est gênante. Je suis pourtant du genre à ne pas mâcher mes mots, mais cette fois-ci, c'est différent. Wes est non seulement mon supérieur, mais c'est également un ami. C'est la deuxième partie qui m'enchante le moins. Je ne suis pas du genre à laisser entrer n'importe qui dans ma vie, pourtant Weston a ce grain de folie qui vous force à l'aimer même si parfois il vous agace. C'est un peu comme un chiot mignon et parfois insupportable.

Le bananier dans le pot en osier dans le coin de la pièce tire la gueule, un peu comme moi. Je m'apprête à l'arroser lorsque la porte d'entrée s'ouvre sur la fille que nous avons croisée lors de notre rendez-vous en ville avec Parker. Elle se dirige vers moi en souriant et je prends le temps de la détailler. Son jean blanc et son blazer bleu pastel tranchent avec sa peau caramel, mais ce que je remarque, c'est le sac de marque qui pend le long de son bras. Je me moque des articles de luxe, mais Lara fait une fixette sur les belles pochettes et si je me souviens bien, celle-ci coûte près d'un mois de ma paie.

– Salut ! Angie, c'est ça ? lance-t-elle en s'approchant de moi.

– Bonjour. Oui…

– Gwen, me rappelle-t-elle. On s'est croisées au centre-ville.

– Je m'en souviens. Vous avez rendez-vous avec Parker ?

– Non, je suis juste venue l'enlever, il m'attend. Et le voilà… s'enthousiasme-t-elle avec un grand sourire.

Parker arrive dans un jean brut, un tee-shirt blanc qui met en valeur son torse et je ne peux pas m'empêcher de le trouver canon. Sa barbe de trois jours vient ombrager son menton et je me prends à fixer ses lèvres un instant. Sa bouche est faite pour les baisers.

– Gwen, je t'avais dit de m'attendre dehors.

– Tu sais bien que je fais toujours ce que je veux, rigole-t-elle.

Il me glisse un regard. C'est moi ou il est gêné ? Je ne peux pas m'empêcher de ressentir une pointe de jalousie lorsqu'elle pose ses lèvres sur la joue de Parker avec cette familiarité particulière.

– On y va ? lui demande Parker.

– Je suis tout à toi, avance-t-elle avec un sourire.

Parker lui fait signe de passer la première tandis qu'il lui tient la porte. Il me lance un dernier coup d'œil et laisse le battant se refermer sur eux. Vivement la fin de cette journée.

Je continue à travailler, mais je suis contrariée et mon clavier fait une nouvelle fois les frais de ma mauvaise humeur.

Tout à toi, mon cul !

Ils ont cette proximité qui ne trompe pas. Ils ont été amants. Je sens la colère soufflée par une jalousie venue de nulle part grossir dans mon estomac.

– Je peux approcher ? demande Wes en arrivant près de mon bureau.

– Pourquoi tu me dis ça ?

– J'ai l'impression que tu as envie de planter ton coupe-papier dans le plexus de quelqu'un et hors de question que ce soit moi. Je suis trop beau pour mourir.

– L'expression ce n'est pas « trop jeune pour mourir », Wes ?

– Faire comme tout le monde, ce n'est pas mon genre. C'est ce qui me rend unique.

Je n'ose pas répondre. Tout pourrait être mal interprété. Il lève les bras vers le ciel et lâche un gros soupir.

– Sérieux ? Pas de commentaires ? Bon, tu m'expliques ce qui se passe ? Tu m'évites ?

Ça y est, le grand moment est arrivé. Il continue de me fixer et mes paumes deviennent moites de sueur. Je dois prendre mon courage à deux mains. C'est comme retirer la bande de cire sur la zone la plus douloureuse. Il faut y aller franco.

– Je ne t'évite pas…

– À d'autres ! me coupe-t-il. J'ai fait ou dit quelque chose ?

Il a raison, c'est ridicule. Il faut que je lâche la bombe.

– Écoute, il vaut mieux qu'on en parle ailleurs qu'ici. On se retrouve dans un bar après le travail ? Celui que tu veux.

– OK, 19 h 30 devant chez *Yolo*.

Parfait. *Je vais te briser le cœur, alors autant avoir de quoi faire passer la pilule.*

***

Dix-neuf heures trente, l'heure du crime.

J'ai failli annuler trois fois, mais me voilà en ville face à la devanture minimaliste noire et blanche du *Yolo*.

Je repère la haute stature de Weston à peine arrivée. Ses avant-bras tatoués posés sur la table devant lui, un tee-shirt jaune moulant son torse, et son éternel sourire au visage. Il a tout du type canon sur lequel on bave en attendant sa consommation. Le mec de qui l'on regarde l'annulaire gauche pour savoir s'il y a une bague. J'essaie de m'imaginer ce que je ressentirais si vraiment j'allais en rendez-vous avec lui, mais rien. Même pas une petite étincelle.

Du nerf ! Comme une bande de cire, on tire un bon coup et c'est fini ! Je m'affale sur la banquette faite de palettes et coussins orange en soupirant.

– Chérie ! Tu es magnifique, comme d'habitude, s'exclame-t-il en embrassant ma joue.

Son attention me fait me sentir mal. J'aurais dû voir que je l'intéressais. Je lui souris en essayant de ne pas paraître coincée lorsque son bras se pose nonchalamment derrière moi. J'ai la sensation que la brise a subitement cessé à travers les baies vitrées ouvertes. Je transpire et les cheveux de ma nuque commencent à friser, signe du malaise qui m'envahit.

– Je nous ai commandé un cocktail à base de canneberge et de citron, m'apprend Weston en poussant le verre devant moi.

– Je ne sais pas ce qu'est la canneberge, mais je te fais confiance. Rassure-moi, il y a quand même de l'alcool dedans ?

– Je me suis dit qu'il fallait un truc bien fort. Vodka, Mademoiselle !

– Merci.

– C'est intéressé ! rigole-t-il. Je veux savoir pourquoi tu agis bizarrement depuis quelques jours.

– Ah, tu ne me laisses même pas boire ma première gorgée. Tu attaques direct.

– Tu as refusé des chocolats, toi ! Ça fait plus d'un mois que tu es là et du poto sympa, tu te transformes en petite meuf rigide.

Le jus de canneberge a l'air soudain beaucoup plus intéressant.

– Déjà, qu'on soit clairs, je ne suis et ne serai jamais une petite meuf.

– Angie ! me houspille-t-il.

Je retire la paille de mon verre et le porte à mes lèvres pour boire une bonne partie. J'ai à peine le temps de sentir le goût sucré et la brûlure de l'alcool. Wes secoue la tête, l'air espiègle. En espérant qu'il le garde après ma révélation. Je prends mon courage à deux mains et me lance :

– Parker m'a fait part de…

Les mots butent contre mes lèvres. La musique festive autour de nous ne pourrait pas moins bien coller au côté dramatique de ce qui est en train de se dérouler. J'échangerais bien ma place, même avec ce mec qui a du mal à tenir debout près du bar alors que la soirée vient à peine de commencer.

– De… reprend Weston. Trop de suspense !

– Ce que tu ressentais pour moi, débité-je à toute vitesse.

– C'est-à-dire ?

OK. OK, OK. Pas de panique. Je cherche mes mots pour le blesser le moins possible, mais afin qu'aucun doute ne subsiste.

– Que tu es tombé amoureux de moi. Tu es vraiment un mec génial, Wes. Je t'adore, mais comme un ami.

– Oh le con ! Je comprends mieux, maintenant !

Il se retourne dans un geste rapide et son corps est pris de soubresauts. Mes mains deviennent moites. Est-ce qu'il pleure ?

J'arrêterai de fourrer des bonbons dans mes poches quand je vais au restaurant et que le patron a le dos tourné ! Je ferai même plus d'efforts avec David ! Je ne me moquerai plus des gens qui font de la chorale ou des mecs bodybuildés sur la plage ! Mais, pitié, faites qu'il ne soit pas en train de pleurer !

– Wes… l'appelé-je doucement en posant ma main sur son dos. Je préfère être honnête. Je ne voulais pas te blesser.

Il fait volte-face et je comprends alors ma méprise.

– Si tu voyais ta tête ! s'exclame-t-il.

Wes éclate d'un rire franc, loin de toute colère. Pendant d'interminables minutes, il se bidonne devant mon air ébahi et j'ai envie de le frapper très fort.

– Tu ne m'intéresses pas, Angie.

– Je ne te plais pas ? Genre pas du tout ?

– Non. Attention, tu es très jolie, hein, mais je suis comme les blés, je vole au gré du vent.

Le soulagement a une douce saveur.

– Pourquoi est-ce que ton frère m'a dit ça, dans ce cas ?

– Je voulais juste emmerder Parker, Angie. Il m'a dit de ne pas t'approcher.

– Et comme d'habitude, tu as voulu faire le contraire !

– Je ne pensais pas qu'il me prendrait au sérieux.

– Commande-moi un autre verre !

C'est tout ce que je trouve à dire tellement je suis sous le choc. Weston se lève sans attendre et se dirige vers le bar avec un air penaud. Je m'affale contre la banquette, à bout de forces. J'ai manqué de faire une crise cardiaque avec ces conneries. Il revient avec deux cocktails et un petit pot de bonbons.

– Pour me faire pardonner, avance-t-il en le poussant dans ma direction.

– J'accepte le verre à condition que tu me dises ce qu'il en est vraiment de ce pari que tu as fait avec Parker.

– Toujours pas.

– Ça n'a pas de rapport avec moi, au moins ?

– Toi aussi, tu penses être le centre du monde, rigole Weston.

– Je ne t'intéresse vraiment pas, donc ? C'est juste pour confirmer, soupiré-je alors que mon ami éclate de rire.

– Je te le jure sur la tête de Melinda.

J'acquiesce et coince la paille entre mes dents avant de siffler la moitié du cocktail. Trois jours que je me ronge les sangs pour rien.

Foutue famille Doretta !

– Je suis désolé, Angie. Je ne pensais pas qu'il irait t'en parler.

– Tu pensais qu'il ferait quoi ?

– Je ne sais pas, je voulais juste le forcer à aller vers toi en titillant sa jalousie. Tu lui plais, même s'il scande le contraire. S'il pouvait, tu aurais déjà pu tâter son monstre du Loch Ness.

L'image d'un Parker nu avec une chaussette représentant la créature sous-marine comme cache-sexe apparaît dans mon esprit. Je me mords la lèvre pour ne pas sourire.

– Il aurait pu ! On s'est embrassés, avoué-je entre mes lèvres et en fixant le bois de la table.

– Je veux tous les détails ! C'était quand et où ? Oh, je sais. À la fin du *speed dating*, c'est ça ? Je vous ai trouvés bizarres, tous les deux. C'est pour ça que tu avais les joues toutes rouges. Oh, mon Dieu, tu vas devenir ma belle-sœur numéro deux. Enfin ! Tu vas être ma préférée, mais ne le dis pas à Caldie, hein ?

– Je ne dirai rien, même sous la torture.

– La torture peut-être pas, mais l'alcool c'est sûr ! La dernière fois chez Omar, tu m'as révélé que tu rêvais de vivre au Moyen Âge et que tu avais eu ton premier orgasme l'année dernière.

– Je n'ai jamais dit ça ! m'époumoné-je en sentant mes joues devenir rouges.

– C'est peut-être une autre personne, en effet, mes souvenirs sont flous. Bref, dis-moi tout… À quel moment vous êtes passés de « on se déteste » à « embrasse-moi bébé » ?

Autant tout lui raconter, sinon il ne va jamais me lâcher.

– Si je te dis que je ne sais pas, tu me crois ? Je voulais lui arracher la tête, et du jour au lendemain, j'ai commencé à me dire qu'il n'était pas si mal, même avec son fichu caractère. Le *speed dating* a vraiment tout changé. Il était drôle, sexy et… ça a en quelque sorte déclenché un truc chez moi.

– Un truc ? répète Wes en haussant un sourcil.

– Tu veux un dessin ? grogné-je, mal à l'aise.

Parker est travailleur, proche de sa famille et, pour ne rien gâcher, il est plus qu'agréable à regarder. Il y a une myriade de petits éléments qui me plaisent chez lui.

– Et cinq jours après, il m'avoue que tu es amoureux de moi et qu'il regrette. Il me dit de n'en parler à personne et de tout oublier. Comme si c'était facile, marmonné-je.

– Peut-être que tu embrasses mal et qu'il n'a pas envie de retenter l'expérience ? se marre Weston.

– Pourquoi tu veux me faire flipper ? Je vais devoir avoir une bonne conversation avec ton frère…

– Bon courage, rigole-t-il.

C'est vrai qu'il va m'en falloir ; j'ai l'impression que Wes n'était qu'un prétexte pour m'éloigner de lui. Pourtant, je sais que j'intéresse Parker. Et maintenant que Weston n'est plus dans le paysage, c'est juste son frère et moi. Et, malheureusement pour lui, j'ai tendance à être obstinée quand je veux quelque chose…

CHAPITRE 46

PARKER

J'étouffe entre ces quatre murs. Je rêve de grand air et de navigation, mais ce n'est pas possible parce qu'Angie et moi, nous finalisons le dossier de l'île Malahoe avant notre prochain séjour et j'en ai la migraine. Heureusement que nous sommes vendredi.

– Tu as mangé toute la roulotte du cirque ce matin ? demande Angie en me lançant un regard taquin.

– Qu'est-ce que tu racontes ?

– Tu m'éblouis tellement tu souris.

En revanche, elle, elle est étrangement de bonne humeur.

– On peut se remettre à travailler ou tu comptes me sortir tout un tas de blagues loin d'être drôles ? grogné-je.

– Parker, on peut parler de ce que tu m'as dit sur Weston ? me demande Angie.

Je me fige, mon cœur s'est mis à battre plus vite. Je ne pensais pas qu'elle remettrait ça sur le tapis.

J'ai appris par un SMS de mon frère hier soir qu'Angie était sortie avec lui. Je ne comprends même pas pourquoi il m'en a informé. Cependant, c'est mieux ainsi.

– Pas la peine de revenir dessus.

Elle ouvre la bouche, surprise par mon ton.

– Mais si !

– Non, Angie. Je suis passé à autre chose. Toi aussi. C'est tant mieux. Range la salle de réunion avant de descendre, s'il te plaît.

Son regard m'assassine, mais je suis déjà en dehors de la salle. Je fuis, c'est vrai, mais je ne veux pas avoir cette conversation, pas encore. Son téléphone sonne et je remercie le client qui me permet de m'évader. Je dévale les marches pour sortir quand j'entends Weston à l'accueil.

– Ce n'est pourtant pas jour de paie ! Je suis étonné de te voir là.

– Très drôle. Parker est à l'agence ?

Je secoue la tête. *Qu'est-ce que Gwen fait ici ?*

Même si la journée s'est passée sans heurts, j'ai tout de même peur des répercussions que ne manquera pas d'avoir la journée d'hier. Nous avons signé des documents chez un agent immobilier pour mettre en vente le terrain et le chalet. C'est une chose qui traînait depuis trop longtemps.

– Je suis là, indiqué-je.

Ils se retournent tous les deux vers moi. Gwen est comme à son habitude élégante dans un tailleur vert sapin et des escarpins vernis. Une fois à ma hauteur, elle m'embrasse à la commissure des lèvres.

– Hey, toi.

Son parfum caresse mon visage. Quand elle se recule, je me revois, un an plus tôt, respirant son odeur dans son cou, le souvenir remontant à la surface comme un bouchon de liège dans l'eau. Alors que je m'attends à ressentir un petit quelque chose, c'est le vide qui me saisit.

– Qu'est-ce qui t'amène, Gwen ?

Son sourire s'accentue.

– Le boulot. Bilan de début de saison. Je t'avais dit que je t'apportais les documents quand on s'est vus hier.

Wes me fait un rictus dégoûté dans son dos.

– Comment va Rob ? l'interroge-t-il.

– Je ne sais pas, avoue Gwen.

Sa réponse me laisse perplexe. Le connaissant, il doit être sur son Jet Ski à flamber tout l'argent que je peine à gagner. La saison estivale, ce n'est pas le charbon pour tout le monde.

– Comment ça ? Aux dernières nouvelles, vous viviez ensemble.

– Aux dernières, oui.

Gwen lui lance un regard froid sans pour autant poursuivre. Je lui fais signe de me suivre jusqu'à mon bureau.

– C'était un plaisir de te voir aussi, lance Weston en riant.

Quand nous atteignons la dernière marche de l'escalier, Gwen s'arrête. Elle me jette une œillade que je ne mets pas cinq secondes à déchiffrer.

– Tu n'aurais pas dû te déplacer. J'aurais récupéré les documents à l'agence.

– Je n'étais pas loin. Et hier m'a fait prendre conscience que tu me manques plus que tu ne le devrais.

– Gwen…

Elle pose sa main sur mon épaule en soupirant.

– Je mets les choses en ordre pour qu'on puisse redémarrer tous les deux.

Pile au moment où j'ouvre la bouche pour répondre qu'il n'y aura plus jamais de *nous*, mes yeux se posent sur Roxy. Quand nos regards se croisent, je manque de brûler sur place. Elle ramène ses cheveux derrière son épaule et s'approche pour se poster à quelques centimètres de moi.

– Je comprends pourquoi tu étais pressé de finir ce dossier.

Son irritation disparaît subitement lorsqu'elle se tourne vers mon ex.

– Bonjour, Gwen.

Elle me fait ensuite de nouveau face.

– Parker, j'ai essayé de remettre tout en ordre dans la salle de réunion…

Elle baisse les paupières, ses cils papillonnent, elle se mord la lèvre. À quoi joue-t-elle ?

– … Mais je crois qu'on s'est un peu… éparpillés.

La pause dans sa phrase, l'air qu'elle prend quand elle me regarde… Bon sang, tout ça est divinement érotique. Le dossier Malahoe semble d'un coup beaucoup plus obscène que cette succession de prestations que nous avons dû planifier. Roxy me sourit en me lançant un regard brûlant, puis s'en va comme si de rien n'était. Je n'ai pas besoin d'examiner Gwen pour savoir qu'elle n'est pas ravie. L'ambiance est saturée en électricité. Une fois la porte de mon bureau refermée, ça se confirme.

– Tu couches avec elle ? C'est pour ça que tu ne veux plus me voir ?

– Pas du tout. Tu connais ma politique stricte sur les relations au bureau, avancé-je pour mettre fin à toute discussion. Et elle est avec Weston.

Gwen a un rictus suffisant. Elle s'approche, faisant claquer ses talons sur le carrelage de mon bureau.

– OK, ce n'est pas ton genre de toute manière.

Si elle savait...

– Et pourquoi ?

– Elle est jolie, mais elle a l'air d'une adolescente. Ce serait presque comme si tu t'intéressais à ta sœur, rajoute-t-elle.

Elle glisse ses doigts le long de mon torse et avant que j'aie pu faire quoi que ce soit, saisit mon sexe.

– Non, toi, ce qu'il te faut, c'est une vraie femme. Comme moi.

Je lui enserre le poignet, mais elle persiste en se collant davantage à mon torse. La porte s'ouvre sur

Weston qui affiche un air de surprise. Combien de fois lui ai-je dit de frapper ? Pour cette fois, je ne vais pas l'engueuler.

– Laisse tomber, Gwen, lance-t-il. Il a un problème à la queue. Elle est genre KO, *kaput*, *muerte*, hors service. Par contre, si tu veux, je te prête la mienne, fait-il avec un grand sourire.

Mon ex le fusille du regard. Elle se décolle enfin, se dirige vers son sac, en sort un papier qu'elle me tend.

– Prends-en connaissance. Je dois retourner travailler.

En moins de deux minutes, elle quitte mon bureau en me laissant seul avec mon petit frère.

– Je suis arrivé au bon moment, on dirait !

– Ta gueule, Wes.

Il se bidonne.

– Un merci suffira. Au moins, elle te laissera tranquille quelque temps.

– Tu aurais dû la laisser faire, tu aurais peut-être gagné le pari.

Il secoue la tête.

– Ma bite au feu que ça ne serait pas arrivé, même si elle y met du sien. Je me serais bien sacrifié, mais on sait tous les deux qu'elle ne vient pas pour mon petit cornichon.

– Qu'est-ce que tu racontes comme connerie encore ?

– Allons, Parker, tu sais très bien ce que je veux dire. Je t'ai déjà surpris en mauvaise posture, je sais à quoi tu ressembles, précise-t-il avec un clin d'œil.

– Tu sais que je ne pourrai plus jamais manger de cornichons, maintenant ?

– Tu détestes ça, de toute manière.

– C'est vrai, je crois que j'ai toujours pressenti que le moment où tu comparerais ton sexe à ce condiment arriverait…

CHAPITRE 47

ANGIE

Je fais les cent pas dans la salle de pause, j'ai besoin d'évacuer mon irritation avant de faire quelque chose que je vais regretter. Je comprends mieux son « *je suis passé à autre chose* ». Gwen. Weston a bon dos ! Moi qui trouvais ça presque mignon qu'il se sacrifie pour son frère parce qu'il ne voulait pas lui faire de peine. Digne d'une comédie romantique. Tu parles ! Parker est comme tous les autres, il échange la fille moyenne contre le canon aux jambes de gazelle.

Petit enfoiré.

Il me ferait presque regretter de manger autant de sucre. Pour la peine, je rajoute une cuillère de miel dans ma tasse de thé. Le sucre, c'est la vie.

– C'est là que tu te caches ! s'exclame Wes en pénétrant dans la pièce.

– J'avais besoin d'une pause.

Ma voix fait l'effet d'un crissement de pneus. Weston ricane.

– Toi, tu as vu Gwen !

Je porte ma tasse à mes lèvres dans l'espoir d'avaler la boule de colère qui me consume. Une fois que je me suis reprise, je me tourne vers Wes.

– Tu la connais ? C'est qui, pour ton frère ?

Je retiens toutes les insultes que j'ai envie d'ajouter. Mon ami s'appuie contre le meuble de cuisine et croise les jambes devant lui tout en m'observant.

– Tu es jalouse.

– Je ne t'ai pas demandé de faire de commentaires. C'est avec elle que Parker est parti hier soir. C'est son plan cul ?

Il secoue la tête. Toute cette histoire a l'air de bien l'amuser.

– C'est son ex. Ils sont restés ensemble cinq ans avant qu'ils ne se séparent l'année dernière.

Je digère l'information du mieux possible. Ça en fait quelqu'un d'important pour lui. Cinq ans, ça ne s'oublie pas en un claquement de doigts.

– Ils se sont séparés pour quelles raisons ?

– C'est compliqué. Mais ça s'est fini récemment. Jusqu'à il n'y a pas longtemps, ils baisaient encore ensemble.

– Pas longtemps, genre…

– Un peu avant que tu arrives. Elle a du mal à le laisser partir et ils ont vécu tellement de trucs tous les deux que Parker cède chaque fois.

Mon cœur se serre. C'était donc elle, la fille dont il était amoureux. Peut-être qu'il veut remettre le couvert avec Gwen. Ou alors peut-être que c'est déjà fait et il s'en veut d'avoir cédé à son attirance pour moi. C'est pour ça qu'il ne voulait pas que ça se sache.

Bon sang, ça ne devrait pas autant m'énerver. J'ai échangé des baisers avec plusieurs mecs sans que ça ne donne rien. Il y en a même un que j'ai surpris dans les toilettes avec la fille avec qui je partageais ma chambre à l'auberge de jeunesse six minutes après que sa langue sorte de ma bouche. Et même là, je n'ai pas été autant atteinte.

– Et elle vient le déranger au bureau, juste comme ça ?

– Elle bosse pour les Dalley. Une pierre deux coups.

– Dalley comme l'île aux Oiseaux ?

– C'est ça.

J'ai encore plus envie que le package Malahoe fonctionne. Je mets mon visage entre mes mains et grogne. Cette fixette que je fais sur Parker n'a rien de normal.

– Ne t'inquiète pas, il ne se passe rien entre eux. Si ça avait été aussi simple pour moi de gagner, je l'aurais appelée depuis longtemps.

Je relève la tête. Il faut que je sache de quoi retourne ce pari, si c'en est un. Captain mérite que je le torture un peu pour m'avoir baladée ainsi, et je suis certaine que cette information est plus que compromettante. Weston ne sortira pas de cette pièce sans que je connaisse les tenants et aboutissants de ce pari mystère.

– Bon, fini le suspense, tu vas me dire les termes exacts du pari, et que ça saute.

– Si je fais ça, Melinda et Lucan vont me découper. Je suis censé garder le secret.

– Je serai une tombe.

Weston soupire en grattant son crâne rasé.

– Angie, je ne peux pas.

– Si. Tu y as fait référence le premier, il ne fallait pas m'en parler si tu ne souhaitais pas m'en dire plus. Maintenant, assume !

Mon ami me lance un regard de travers avant de céder.

– Si mes frères me renient, tu vas me voir souvent. Tu vas devoir compenser cette perte d'affection.

– Je serai une vraie sœur pour toi. Maintenant, je t'écoute.

Wes grogne une dernière fois avant de finalement céder.

– Je sais qu'il ne s'est rien passé hier soir avec Gwen parce que Parker a interdiction de coucher avec une femme pendant trois mois. Il a encore un mois et demi à tenir.

– C'est une blague ? Pourquoi ?

– Tu m'en demandes trop, là.

Il tourne la tête et je lui tape le bras pour qu'il se remette à parler.

– C'est parti d'une étude psychologique de Melinda. En gros, selon elle les relations sexuelles sont un frein au développement de la relation dans un couple tout nouveau. Sauf qu'on a fini par parier qu'il y en aura bien un qui craquerait avant la fin des trois mois.

– Parce que toi aussi tu es impliqué ? Vous faites ça pour le plaisir ?

– Bien sûr que non. Parker et moi avons parié mille euros.

– Vous êtes malades ! Mais je croyais qu'une fille t'avait tapé dans l'œil la semaine passée ?

– Ce n'est qu'un petit détail, glousse-t-il.

Je me laisse tomber sur l'un des fauteuils, choquée. Wes se marre et me bouscule pour se faire une place à mes côtés. Je ne sais pas comment prendre cette nouvelle. C'est totalement tordu.

– Quand Parker m'a dit qu'il ne refusait jamais un défi, je n'aurais pas cru qu'il serait capable d'aller si loin… C'est quoi, les règles ?

– L'ego des Doretta, c'est notre charme et notre poison. Et quant aux règles, c'est simple : pas de sexe du tout. Melinda est intransigeante.

– Et tu vas me dire que tu n'as pas craqué ? Je ne te crois pas.

Il mime une serrure avec sa bouche et jette la clef.

– OK, je ne dirai rien.

– Il n'y a rien à dire, rit-il. Bon, je suppose que tu vas vouloir que je rétablisse la vérité ?

Peut-être.

Ou peut-être bien que non finalement.

– Ton frère m'échange comme une vache de transhumance…

Wes éclate de rire et je le fusille du regard. J'ai l'impression d'être dans un film. Il aurait suffi de se parler pour que rien de tout ça n'arrive. J'ai les nerfs contre Weston : s'il n'avait pas joué à faire tourner son frère en bourrique, nous n'en serions pas là. Sauf qu'il y a aussi matière à torturer Parker. Mon cœur balance entre rétablir la vérité et me venger. Juste un tout petit peu. La vie serait bien triste si l'on faisait toujours ce qu'il faut, non ? Et puis, il l'a bien mérité.

– Pourquoi as-tu cette étincelle dans le regard, Angie ?

– Tu serais fâché jusqu'à quel point, si je t'utilisais encore un peu ?

Si Parker veut jouer, nous allons jouer selon mes règles.

Règle numéro un : me servir de ce pari pour torturer le Captain Doretta jusqu'à ce qu'il craque.

CHAPITRE 48

PARKER

Et ça se chahute, ça ricane, ça se parle à l'oreille. Cela fait plus d'une semaine que ça dure. Une semaine que je prends sur moi pour ne pas aller à la pêche aux informations pour savoir pourquoi ils rigolent autant. D'après ce que m'a dit Wes le lendemain de leur premier rendez-vous, tout s'est enchaîné. Il lui a révélé ses sentiments après qu'elle est venue le trouver, et si j'en crois leur complicité, Roxy n'a pas mis longtemps à changer son fusil d'épaule. Depuis, c'est restaurant, cinéma, spectacle en plein air et même visite en règle de l'appartement de Weston. Ils « apprennent à se connaître ». Tu parles, c'est tout vu !

Hier soir, je suis rentré après ma fuite dans les toilettes de ce bar miteux. J'avais envie de me changer les idées, mais cette sortie n'a rien apporté de bon. À 2 heures du matin, j'ai abandonné et me suis retrouvé sur mon bateau. Je suis resté à quai, avec ma canne au bout de mes mains, essayant de me contrôler pour ne pas la tordre, en souvenir de mon grand-père. Il aurait été d'excellent conseil, lui. Il me manque. S'il avait été là, je ne me serais peut-être pas perdu comme c'est arrivé. Il aurait su gérer l'après, toutes ces choses qui me paralysent et qui me prennent en étau.

Mon attention se braque vers la porte de mon bureau alors qu'on y toque. Je m'y suis enfermé depuis un moment : voir Angie et Weston roucouler me donne envie de naviguer pendant les trois prochaines années. Dès que je les croise, ils rigolent ou se chamaillent comme un vieux couple. Je devrais être content de voir mon petit frère heureux, non ?

– Entrez !

Roxy s'avance avec un grand sourire, détendue et heureuse. Elle s'assied sur la chaise face à moi.

– J'en connais un qui n'a pas eu son quota de sommeil, s'exclame-t-elle en me dévisageant.

– Ce n'est pas ton cas, visiblement.

– C'est vrai. Je suis tellement sereine en ce moment ! Tu ne me demandes pas pourquoi ?

– Non, articulé-je comme si ma langue était couverte de bouts de verre.

Je sais déjà ce qu'elle a fait. Merci les réseaux sociaux et merci Weston qui a pris une photo d'eux devant une fresque toute fraîche. La veille, c'était soirée pop-corn, tequila et Woody Allen.

– J'enchaîne les soirées mémorables. On est allés voir le show d'un graffeur, Wes et moi, hier soir.

Le gars a peint un énorme tableau représentant Rio en trois heures. C'était vraiment chouette. Ton frère connaît de bonnes adresses.

Elle secoue la tête et ses cheveux roux s'envolent autour de son visage. Dans un geste souple dévoilant son décolleté, elle pose ses avant-bras sur mon bureau.

– Est-ce que je peux te poser une question ? J'ai besoin de ton avis.

– Je t'écoute.

– Il y a un nouveau bar à haches qui ouvre et je voudrais y emmener Wes pour lui faire la surprise. Tu penses que ça pourrait l'intéresser ?

J'ai soudainement envie de lui répondre de se débrouiller, mais après tout, c'est ce que je voulais, non ? J'ai vu le concept : bières, lancers de haches dans une cible. Ça va plaire à Wes, c'est certain. Ça m'aurait bien tenté aussi. Ou alors peut-être était-ce l'idée de passer la soirée avec Angie ?

– Il adore tester de nouvelles choses et il apprécie tout ce qui sort de l'ordinaire, dis-je, les dents serrées.

– Parfait ! Merci beaucoup. C'est vrai qu'entre son goût pour la nouveauté et le sucre… On est toujours en train de se disputer le chocolat qu'ils donnent avec le café quand on va au restaurant. Vous êtes tellement différents !

– Je n'ai pas totalement banni le sucre de mon alimentation… Enfin bref. Wes adore crapahuter dans la montagne, son groupe préféré est Impluse, l'art tient une place importante dans sa vie et il a peur des abeilles.

Si je lui donne toutes les informations dont elle pourrait avoir besoin d'un coup, elle ne reviendra pas m'en réclamer plus tard. Cette conversation est suffisamment agaçante une fois, je n'ai pas envie de l'avoir de nouveau.

– Sérieux ?

– Traumatisme d'enfance.

– OK, c'est bon à savoir pour les cadeaux. Au pire, je lui offrirai une paire de lunettes insolite. Je sais qu'il en fait la collection.

– Il t'a parlé de ça ? m'exclamé-je, sous le choc.

C'est un peu son petit secret honteux. Leur relation va beaucoup plus loin que je ne l'aurais cru. S'il se met à lui révéler même ses informations inavouables, on va arriver plus vite au mariage que prévu, et ça me met les nerfs. Ça ne devrait pas.

– Oui ! On a pas mal papoté hier soir.

– Et qu'est-ce qu'il a appris sur toi ?

– Des choses que tu ne sauras pas, dit-elle en riant. Tu risquerais de t'en servir contre moi le jour où tu seras énervé. Bon, au départ, j'étais venue pour te dire que j'ai confirmé notre heure d'arrivée à la propriétaire de l'hôtel de Malahoe.

– Parfait. Tu as bien finalisé le circuit ? Je peux envoyer la validation pour le voilier ?

– Oui chef.

On a officiellement réservé toutes les dates de la saison. Je devrais être ravi, tout roule.

– Et merci pour tes tuyaux. Je suis contente que tout aille bien entre nous, ajoute-t-elle.

C'est ce que je voulais, oui. Weston l'apprécie, c'est réciproque. Et vu la vitesse à laquelle ils vont, ils sont faits l'un pour l'autre. Alors, pourquoi mon cœur se serre-t-il à ce point ?

CHAPITRE 49

PARKER

Je gare ma voiture devant la maison de mes parents. Je suis à peine sorti que déjà, Francis se colle à mes jambes, quémandant des caresses. Je lui en accorde quelques-unes avant de pousser la porte d'entrée. L'odeur des fruits de mer est impossible à manquer et j'en salive déjà ; ma mère a dû faire son couscous *alla trapanese* à base de poissons et de crevettes. Demain matin, je suis bon pour un footing. De toute manière, je les enchaîne depuis que mes insomnies me tiennent de nouveau compagnie. Penser aux semaines qui approchent me tord l'estomac. Je sais que tant que je n'aurai pas passé ces premiers jours de septembre, ça n'ira pas. En attendant, il faut donner le change et conserver mon sang-froid.

– Je ne sais pas trop. Je pense que oui, entends-je dire Weston.

Sa voix grosse voix résonne dans la cuisine et c'est étonnant que maman ne l'ait pas encore mis dehors. Il est du genre à dévorer la moitié des *arancini* avant qu'ils ne soient servis à table.

– Je te dis que c'est une mauvaise idée, répond Melinda. Tu n'es pas du genre à savoir décrypter les comportements humains, habituellement.

– Quand il s'agit de ça, je peux t'assurer que j'excelle. Au pire des cas, qu'est-ce qu'on risque ?

– Tu plaisantes ? Si j'ai fait tout ça pour rien, je te tue.

– Fais-moi confiance.

– Je n'ai pas le choix, apparemment, mais on n'a qu'une chance. J'espère pour toi que tu ne te trompes pas.

Quel plan sont-ils encore en train de monter ?

– Tu ne devrais pas lui accorder ta confiance ! lancé-je en me montrant.

Ils me saluent de la main en se lançant des regards entendus. Quand ils se font des messes basses, ce n'est jamais bon signe. Weston est avachi sur le plan de travail. Si ma mère le voit, il va passer un sale quart d'heure.

– Qu'est-ce que vous faites encore tous les deux ?

– Rien de particulier.

Missie et Wes ont toujours tendance à me mettre au milieu de leurs histoires même quand je demande explicitement à rester en dehors. La preuve avec cette étude qui n'a ni queue ni tête. Finalement, je décide de ne pas chercher à savoir : si pour une fois ils m'oublient, c'est parfait.

– OK Mini-puce, dis-je en l'embrassant sur la joue. Où sont papa et maman ?

Elle se décale pour me regarder dans les yeux. Mon regard dévie sur le plan de travail à la recherche de la suite du repas. À côté du grand saladier de semoule, un papier cellophane recouvre un plat de *panelle* et je grimace. J'ai horreur de ces beignets au pois chiche ! Dès que j'ai le malheur d'en manger, c'est comme une pierre sur mon estomac. Je pourrais couler à pic si je sautais dans la mer.

– Dans le jardin avec Caldie et Lulu.

Elle enfonce son doigt dans ma joue pour m'embêter. Je l'attrape et lui mets une pichenette sur le front.

– Arrête, Melinda.

Elle ouvre la bouche, choquée.

– Tu m'as appelé Melinda avec ce ton de grand frère mécontent. Pourquoi t'es de mauvaise humeur ?

Elle m'observe, suspicieuse.

– Je suis normal.

– Il s'est passé quelque chose ? Tu avais l'air plutôt détendu ces jours-ci, continue-t-elle.

J'essaie de paraître serein, mais je ne sais pas si j'y arrive. Je regarde partout, la verveine séchée, les citrons dans le panier à fruits, sauf en direction de mon frère.

– Rien du tout. Bon, je vais dehors. C'est dommage de rester enfermé quand on peut profiter de la douceur de la journée.

– C'est l'un des jours le plus chauds de l'été, Pakou. Tu as vraiment un grain !

Ma sœur me jette un torchon à carreaux rouges au visage tandis que je fuis jusqu'au jardin. J'embrasse ma mère, qui replace mes cheveux comme à son habitude, et salue le reste de ma famille.

– Tu bois quoi, fils ? me demande mon père.

– Un cognac Pa, s'il te plaît.

Il s'arrête de remplir le verre de limonade de ma mère et me toise.

– Boisson des mauvais jours ?

– Envie de changement, précisé-je en haussant les épaules. Il y a de la glace ?

Lucan me tend le bol réfrigéré. Je sens tous leurs regards sur moi et ça ne me plaît pas.

– Tout le monde va bien ? lancé-je en piochant dans le plateau d'olives maison.

Ma grand-mère s'amuse à les ramasser avec son club et nous en envoie des dizaines de pots depuis qu'elle s'est mise à la cueillette.

– Weston Adriano Doretta, s'insurge ma mère alors que celui-ci nous rejoint avec Melinda. Enfile-moi un tee-shirt, on est à table !

– C'est pour faire bronzer mon torse d'éphèbe, Mamma !

Elle lève un doigt signifiant que si elle a besoin de le répéter, ça va mal aller pour lui et il s'exécute dans la minute.

– Trouillard, le nargué-je.

– Tais-toi, Parker Ugo Doretta. Ça se voit que tu es le chouchou et que tu as pris moins de coups de tatane que moi. Bizarrement, quand ça me concernait, maman devenait la championne olympique du lancer de chaussures.

– Si tu n'étais pas aussi turbulent, tu les aurais peut-être moins vues voler, lui rétorque ma mère avec un sourire aimant.

– Je suis adorable ! C'est Angie qui l'a dit.

Mon sourire meurt sur mes lèvres.

– Oh, comment va-t-elle ? s'enthousiasme Melinda. Il faut que je l'appelle pour sortir.

– Super ! On s'est vus hier soir, c'est pour ça que je n'ai pas pu vous rejoindre pour le match.

– Pourquoi est-ce que tu ne m'as rien dit ? J'aurais préféré venir boire un coup plutôt que d'assister à ce match désolant. Et Caldie s'est barrée à la mi-temps pour aller dormir.

– Désolé, mais on avait des choses à se dire…

Weston me glisse un regard et je baisse les yeux vers mon verre. Un profond malaise vient comprimer mes poumons.

– Eh bien, la prochaine fois, appelez-moi, se plaint Missie.

– On a prévu d'aller à l'anniversaire du bar *Ice*, tu sais, celui où tu te croirais dans un igloo ?

– En plein été ? demande Caldie en frissonnant. Il y a de quoi attraper une pneumonie.

Lucan passe son bras autour de ses épaules et l'embrasse tendrement. Je me demande s'ils ont eu l'occasion de parler, mais la situation a l'air un peu moins tendue entre eux.

– Ça, c'est parce que tu es frileuse. Tu veux toujours mettre le chauffage à fond dans la maison dès le mois de septembre, mon cœur.

– Ils prêtent des blousons de ski et si ce n'est pas suffisant, mon corps est comme un charbon ardent, fanfaronne Wes.

J'essaie de suivre la conversation, mais mon esprit est resté focalisé sur le fait qu'Angie et Weston ont prévu une nouvelle sortie rien que tous les deux.

Deux heures plus tard, nous tentons de nous rafraîchir dans la piscine tandis que mes parents sont rentrés se mettre à la clim. Missie avait raison, il fait vraiment chaud. Mes cheveux n'arrêtent pas de tomber devant mes yeux, si bien que Caldie s'amuse désormais à me faire des tresses tandis que j'observe mes deux frères, consterné par leur âge mental.

– Je te parie que tu mets moins de cerises dans ta bouche que moi, s'exclame Lucan alors qu'ils se battent tous les deux avec le bol.

– Accepté ! Celui qui perd va chercher Nonna la semaine prochaine. Il paraît qu'elle doit ramener un meuble pour les parents.

Je lève les yeux au ciel et rencontre la mine affligée de ma belle-sœur. Elle sait pertinemment que son mari va perdre et ça ne manque pas. Le pire, c'est qu'il crie au scandale.

– Bon, vu qu'on est tous là et qu'on en est aux deux tiers de l'étude, ce serait bien de faire un point, non ? les coupe Melinda.

– Je serais curieux de voir ce que tout ça donne. Tu me montreras ce que tu as déjà écrit, demandé-je.

– Non, tu le verras à la fin !

– J'ai quand même le droit de savoir.

– Ça va fausser les résultats. Tu as fait le plus gros, tu peux tenir un peu plus. Et puis de toute manière, vu ce que vous me donnez, je vais peut-être devoir prolonger l'étude.

– Hors de question ! Tu écriras quelque chose avec ce que tu as.

– Ouais ! approuve Weston.

– Facile à dire, mis à part Lucan et Caldie qui jouent le jeu avec leur tête-à-tête toutes les semaines, vous deux, vous ne me servez à rien.

– Parle pour toi ! Moi, je pense que cette étude fonctionne, la contre Wes.

Je me tais. De toute façon, même si je le voulais, je serais incapable d'émettre le moindre son.

***

Assis sur ma terrasse, mon ordinateur portable sur les genoux, je fais ce que je sais faire de mieux : je bosse. Je ramène de plus en plus de travail chez moi pour m'empêcher de réfléchir. Roxy accapare une partie de mes pensées alors même que je m'efforce de m'éloigner d'elle. Mes yeux plongent vers la mer paisible au loin. L'eau a toujours apaisé toutes mes émotions. Une vibration sur la tablette en bois à mes côtés m'indique un message. Je me penche pour prendre mon téléphone et fronce les sourcils en voyant un numéro inconnu.

Bonsoir !

Bonsoir.

Tu vas bien ?

Si la personne me tutoie, cela signifie que nous nous sommes déjà vus. Je croise les doigts pour que ce ne soit pas un plan d'un soir qui refait surface. Je ne suis pas d'humeur à gérer ça.

Je suis navré, mais je n'ai pas
enregistré ton numéro.
Qui est-ce ?

Devine…

OK… Ça commence mal. Je déteste ce genre de petit canular.

Je n'ai pas le temps
pour jouer à ça. Merci.

Je pensais que tu aimais
tous les jeux, pourtant…

Quelques secondes plus tard, je reçois une photo et je secoue la tête.

Angie.

Ses cheveux sont retenus dans un chignon bien serré dévoilant sa nuque gracile. Et son sourire… Je ne la vois que de profil, mais il ne fait aucun doute que l'échancrure de son tee-shirt est un appel à y laisser glisser ma paume.

Tu as fini par me donner
ton vrai numéro.

Tu n'en démords pas, Captain.
Si seulement tu avais gardé
ce fichu papier, on aurait pu
vérifier que je t'ai dit la vérité.

Un éclair de génie monte à mon cerveau. Je sors mon portefeuille de ma poche et fouille à l'intérieur jusqu'à trouver le bout de ticket sur lequel Angie a gribouillé les quelques chiffres qui ont déclaré le début de cette guerre entre elle et moi. Je pensais l'avoir jeté ! Je le déplie et compare ce qui est noté au numéro indiqué sur mon mobile. Seul un chiffre change et je comprends que ce que je prenais pour un cinq est en réalité un huit… Ça veut dire qu'Angie n'a jamais menti et que… Merde. Quand je remémore la manière dont j'ai réagi lorsque je l'ai revue, j'en frissonne.

Puéril. Totalement puéril.

Je me demande pourquoi je n'y ai pas pensé avant. Dire que je l'ai traitée comme une criminelle… pour rien. Pour le coup, c'est moi qui me sens merdeux.

Tu as perdu ta langue, Captain ?

Son message est suivi de plusieurs smileys tristes. Cette fille m'en fait voir de toutes les couleurs. Que se serait-il passé si nous nous étions rencontrés pour signer le constat ?

Je ne peux pas m'empêcher de sourire devant son côté solaire. Elle a toujours une attention pour tout le monde, même pour moi qui ne le mérite pas. Elle a un grand cœur qui fait écho à mes propres valeurs. J'apprécie un peu trop ce que je vois chaque jour d'elle, même son côté ronchon est adorable. Mais surtout, ce que j'aime le plus chez Angie, c'est qu'elle me fait rire alors même que je n'en ai aucune envie. Et surtout, cet instant où son sourire n'est rien que pour moi.

Je touche mes lèvres d'un geste mécanique avant de me reprendre.

Je dois te présenter des excuses…

Je veux bien te demander pourquoi,
mais la liste va être tellement longue
que je ne me coucherai pas avant
6 heures du matin.

Très drôle, Roxy.

Dis-moi, je suis tout ouïe.

Je viens de retrouver le papier.
Tu écris mal.

Tu es tellement de mauvaise foi !
Je veux des excuses encadrées
que je pourrai placarder sur le mur
derrière mon bureau.

Elle est infernale.

Tu rêves !

Je reçois la photo d'un cadre noir avec une inscription dorée : « *Je suis désolé. J'ai mal lu ton numéro. Tu n'es pas le chauffard de la mafia et tu n'as pas cherché à m'arnaquer. Tu n'as plus besoin de me rembourser.* »

J'éclate de rire.

C'est bien essayé, Angie.
Tu voulais me dire quelque chose
ou tu voulais juste t'amuser un peu ?

Un peu des deux.
Je vais être en retard demain.
Je rattraperai l'heure le soir.

Refusé.

Je souris en lui répondant. Je sais que ça va la rendre dingue. Je ne devrais pas faire durer cette conversation plus longtemps et pourtant, je ne peux pas m'en empêcher.

Ce n'était pas une question.
Je t'en informais simplement.

Tu sais que je suis ton patron ?

Je rattrape une heure.

Si c'est pour faire la grasse matinée,
ce n'est pas un vrai motif.

Non. J'ai un rendez-vous.
Elliot attend que je lui mette
une rouste à *Street Fighter*. Je file !

Tu es chez mon frère ?

À la colocation, oui.
Je lui avais promis de faire
des crêpes.

Arrête de lui parler, idiot !

Et tu ne pouvais pas les faire
chez toi ?

Tu es jaloux ?
La dernière fois que j'ai voulu t'offrir
quelque chose, tu n'as pas voulu !

Aucun souvenir.
Ça devait être intéressé.

Qui te dit qu'avec ton frère,
ça ne l'est pas ?
Bye Captain.

Puis elle rajoute une flopée d'émoticônes sourires.

– Ouais, c'est ça, bye, marmonné-je en me dirigeant vers le frigo pour décapsuler une bière.

CHAPITRE 50

ANGIE

Je me laisse choir sur le pouf en face de Weston. Son appartement est aussi éclectique que ses occupants, mais je le trouve plutôt cool. Elliot m'a mis une tannée, cela dit, je suis bonne perdante.

– Ça ne fonctionne pas ! me plains-je.

Wes lève la tête de son téléphone et me fait signe d'attendre deux minutes. Je souffle pour lui faire comprendre que la situation est grave, mais il continue de pianoter avec un grand sourire.

– Tu parles à qui ?

– Une fille. Un canon que j'ai rencontré lorsqu'on est allés voir la fresque Rio.

Je mets ma main sur ma poitrine, outrée.

– Tu m'emmènes en rendez-vous et tu prends le numéro d'une autre fille. Ça ne peut pas marcher entre nous, Wes !

– Tu seras toujours ma préférée jusqu'à ce que Parker décide de se sortir les doigts du cul.

– Il doit faire des plans avec Gwen, marmonné-je.

– Nope. Il ne l'a pas revue.

C'est très bien, mais ça me fait presque douter du bien-fondé de notre plan. Si Parker n'avait pas l'intention de revoir Gwen, je me suis peut-être emballée pour rien ? Je suis désormais blanchie de tout soupçon au sujet de l'accident, Parker sait que je n'ai pas essayé de l'entuber. Seulement, n'est-ce pas ce que je suis en train de faire ? Non, il a quand même essayé de me refiler à son frère ! Toutefois, que je veuille me venger, c'est une chose, mais que Wes saute à pieds joints dans cette mascarade en est une autre.

– Et il semble de tellement mauvaise humeur que je peux t'assurer qu'il est en train de regretter de t'avoir poussée vers moi, ajoute-t-il.

– Il s'en moque, bougonné-je. Je lui ai tendu plein de perches par messages, il n'en a saisi aucune.

Notre relation est tellement lisse que ça me fait grincer des dents. Il m'adresse à peine un regard au travail et ça commence à me gonfler. À croire que si on avait un contact visuel quelconque, ça le ferait imploser direct.

– Je n'en serais pas si sûr. La dernière fois, il n'a pas été loin de te plaquer au mur pour te faire taire.

– Peut-être que c'était un mauvais plan. S'il ne veut pas te blesser, il ne tentera rien avec moi.

– Oui, mais en attendant il est vert de jalousie et quand je te larguerai, il pourra te consoler.

– Attends, pourquoi c'est toi qui me quitterais ? On ne laisse pas Angie dans un coin !

– Superbe référence cinématographique de plouc, utilisée un milliard de fois. Pendant que tu es ma fausse petite amie, je vais améliorer tout ça.

– Fausse petite amie ? Arrête ! Tu crois que je devrais tout révéler à Parker ?

– On a à peine commencé ! Non, ce qu'il faut, c'est pousser mon frère un peu plus dans ses retranchements. Qu'il soit tellement frustré qu'il n'ait plus le choix que de t'embrasser pour évacuer toute la tension qui s'accumule entre vous. Enfin, peut-être que ça restera une consolation platonique, parce que Parker est le genre à respecter le *Bro Code* et toutes ces règles qui disent qu'on ne touche pas à l'ex de son frère.

– Tu ne ferais pas tout ça pour faire perdre Parker, Weston ?

– S'il perd, je pars aux Canaries avec Eliott, mais non. Je vous aide. C'est pour ça que tu dois venir chez mes parents le week-end prochain. C'est leur anniversaire de mariage.

– Non, merci. Ce serait trop bizarre.

– Franchement je suis d'excellente compagnie. Et ma mère fait des tiramisus à tomber par terre.

– C'est moche de m'appâter avec des desserts.

– Alors, tu viens ?

– … Ouais.

– J'ai hâte de voir ça. Mon Dieu, on va bien s'amuser. En attendant, va faire mes crêpes, femme !

Règle numéro deux : tout faire pour que Parker devienne dingue. *De moi ?*

***

Lundi. Pousser Parker dans ses retranchements. C'est bien ce qu'a dit Weston, non ?

Je monte dans la salle de réunion pour tout préparer. Il s'agit d'un point de mi-saison organisé par Parker pour l'ensemble du personnel. Il ne me faut que quelques minutes pour tout arranger. J'organise les documents et ouvre mon tiroir pour récupérer mon agrafeuse. À côté des paquets de chocolats enrobés, entre les stylos quatre couleurs et la cartouche de colle, se trouve un petit présent que j'ai acheté spécialement pour Parker. Je me mords la lèvre et hésite. C'est tentant. Je me saisis de la boîte sans réfléchir davantage et grimpe les marches d'un pas décidé. C'est totalement puéril, mais ça va me faire du bien au moral. Et puis, peut-être que ça le forcera à me parler ?

Quinze minutes plus tard, une fois les douze employés de Fish & Man autour de la table, Parker commence son laïus.

– Bon, si tout le monde est là, on peut commencer la réunion. Une fois qu'elle sera finie, vous pourrez rentrer chez vous, nous informe-t-il.

Son annonce est acclamée par l'ensemble du personnel qui se voit déjà les pieds en éventail avec une bière bien fraîche à 16 heures, alors que les salariés sont rarement chez eux avant 20 heures – et encore, quand ils ne sont pas en excursion.

Parker arpente la pièce pendant qu'il débite les résultats des dernières semaines. Sa voix grave résonne entre les murs et je ne peux m'empêcher de le trouver plus que sexy. Le fait qu'il ne soit pas obligé d'élever la voix pour que tous l'écoutent avec tant d'attention… Je ne sais pas, ça m'émoustille. Je glisse un coup d'œil vers ses fesses moulées dans son habituel jean et mes joues s'échauffent.

Reprends-toi, ma fille ! On le déteste, aujourd'hui !

Au fur et à mesure que les minutes avancent, je le vois se tortiller. Il passe sa main dans ses cheveux, son cou rougit et je souris.

Je suis un génie démoniaque.

Je zieute la zone de crime et évite de rire quand il fronce les sourcils. Il persiste quelques minutes, mais il continue de se gratter. Captain Doretta termine ainsi la réunion en buvant plus d'eau qu'il n'en faut pour remplir une piscine pour enfant. Tout le monde sort, mais je suis obligée de tout remettre en ordre dans la salle. Je m'acquitte de ma mission en un temps record et je passe la porte avec un sourire victorieux. J'espère être loin quand il s'apercevra que je suis à l'origine de ses déboires. Oui, mettre du poil à gratter sur sa chaise, c'est vraiment puéril, et il en a pour un moment avant de sortir des toilettes, mais ça lui fera les pieds.

Règle numéro trois : fini de jouer à la loyale. Maintenant qu'on a réglé nos comptes, on va pouvoir passer aux choses sérieuses. Je te veux, je t'aurai.

CHAPITRE 51

PARKER

– Est-ce que tu crois que c'est ça, le coup de foudre ? me demande Wes.

Mon estomac se révulse.

– Elle est vraiment tout ce que je recherchais. C'est trop tôt pour la présenter à papa et maman comme ma copine ?

Toute mon existence a été modelée selon un principe simple : la famille avant tout. Et pourtant, je n'ai pas réfléchi une seconde avant d'embrasser Angie, alors que je savais que Wes avait déjà un faible pour elle. J'ai agi comme un enfoiré, et je continue en me taisant. Mais si je lui révèle tout, je fous leur relation en l'air. Weston ne lui pardonnera pas, et à moi non plus. Je suis vraiment une enflure. Parce que j'ai beau savoir tout ça, un autre sentiment tourne en boucle dans ma tête : la jalousie.

Je malmène les poivrons que j'embroche sur un pic en fer dans la cuisine de mes parents. Tout le monde vaque à la préparation du grand repas de l'anniversaire de leur mariage et malheureusement, je suis coincé avec Weston qui me raconte sa soirée avec Angie. Et à quel point elle est fabuleuse.

– Tu es sûre qu'elle est OK ? C'est une étape importante.

Moi, je ne suis pas prêt pour ça.

– On n'en a pas vraiment discuté. Mais si je suis certain que c'est la bonne, pourquoi hésiter ? D'ailleurs, j'espère qu'il n'y a pas de malaise.

– C'est-à-dire ?

– Entre Angie et toi… Tout est réglé ? Je sais que vous vous êtes embrassés.

Ah. OK. Je me sens comme un con. Jamais je n'aurais pensé qu'elle lui en parlerait. Il faut croire que leur relation prend un autre tournant.

– Tout roule. C'était juste sur un coup de tête.

Il m'observe un instant et je fais de même. Il finit par me sourire en me tapant dans le dos.

– Parfait s'il n'y a pas de malaise !

Si, il y en a un énorme. Je n'arrive pas à m'enlever Angie de la tête. Mais Weston est mon frère et je ferai tout pour qu'il soit heureux.

– Je te laisse gérer en cuisine. Papa doit avoir besoin d'aide avec les tables, baragouiné-je pour m'éloigner de lui.

Dans le jardin, je m'arrête près de la niche, le seul coin un peu isolé, et souffle.

Deux heures plus tard, l'intégralité des Doretta et invités est arrivée. Angie aussi, dans une robe couleur soleil avec des sandales hautes qui galbent ses jambes. Melinda lui a sauté dessus en la présentant comme une amie et même si j'appréhendais le moment où Weston et elle se retrouveraient face à face, je n'ai pas détourné le regard. À mon grand étonnement, il l'a embrassée sur la joue et en lui chuchotant quelques mots à l'oreille. Elle a hoché la tête et ses yeux se sont posés sur moi. Elle a soutenu mon regard jusqu'à ce que je me détourne.

Nous sommes tous installés autour de la table décorée de tournesols et d'assiettes assorties. Les rires et les effusions vont bon train, comme chaque fois que l'on se retrouve. Ma grand-mère Lucilla met de l'ambiance. Maman et papa roucoulent en bout de table, quand ils ne sont pas mêlés à une conversation ou debout pour apporter un énième plat. J'écoute d'une oreille distraite mon cousin me parler de sa nouvelle lubie, plus concentré sur Weston et Angie en face de moi. Ils rigolent, se chamaillent et tout semble naturel entre eux. Je ne suis pas le seul à l'avoir remarqué, car les yeux de faucon de Lucilla les fixent déjà depuis quelques minutes.

– Alors, ma chère enfant, comme ça, vous travaillez avec mes deux *amore* ?

Angie décale une mèche de ses cheveux derrière son oreille en acquiesçant.

– Tout à fait. Mais, sans vouloir vous vexer, *amore*, ce n'est pas trop le terme.

Ma grand-mère hausse un de ses sourcils blancs et moi, je fais comme si je ne prêtais pas attention à la conversation.

– Vous voulez dire qu'ils vous maltraitent ?

– Non. Seulement qu'il y en a un sur deux qui est un amour. L'autre, c'est plutôt le Grinch.

Roxy met sa main devant sa bouche en se rendant compte de ses paroles avant d'éclater de rire devant la mine outrée de Nonna. Elle me glisse un regard discret et sourit à nouveau à mon aïeule.

– Weston, je t'ai toujours dit de mieux te comporter, le réprimande ma grand-mère.

– Ah non, je parlais de Parker, le défend Angie.

Nonna perd son air mécontent pour en prendre un plus mélancolique qui me frappe en plein plexus.

– Il ne faut pas lui en vouloir. Avec ce qui s'est passé, il peut être changeant. Quand on…

– Nonna, tu veux une *bruschetta* ? l'arrête Weston alors que j'ouvre la bouche pour changer de sujet.

– Non, merci. Donc, je…

– Ou un verre de prosecco ?

Un regard en direction de Roxy m'indique qu'elle n'est pas dupe du petit jeu de Wes. Ses sourcils sont froncés et je prie pour qu'elle n'essaie pas d'en savoir plus.

– Tu veux me soûler *tesoro mio* ?

– Il faudrait plus qu'un verre, Nonna ! lui sourit gentiment Wes. Ça fait un moment que je n'ai pas entendu l'histoire de la vieille et du pot d'olives.

Je remercie silencieusement mon frère. Cette anecdote va la tenir occupée assez longtemps pour qu'elle oublie ce qu'elle s'apprêtait à dire. Quand j'attrape mon verre de vin, mes doigts tremblent légèrement. Nonna est comme tous les grands-parents, à dire les choses de manière si naturelle qu'on a du mal à lui en vouloir, mais ce à quoi elle fait référence ne se partage pas à un repas de famille. Personne n'oublie, mais ils savent à quel point je me sens mal quand on en parle. Mes paumes se mettent à transpirer. J'ai besoin d'un moment pour retrouver mon calme. Je palpe la boussole du côté de mon cœur et tente de remonter à la surface.

Allez, Parker, reprends-toi ! Je sais que je peux le faire. Ça fait deux ans que je nage au-dessus de la surface.

Pourtant, la date approche.

Je n'aurais pas dû partir en voiture.

Je n'aurais pas dû écouter Gwen.

Je n'aurais pas dû être aussi têtu.

Je n'aurais pas...

Mon cœur cogne contre ma poitrine, prêt à s'échapper. Je termine mon verre de rouge d'une traite et me lève pour rejoindre la salle de bain. Mon regard croise celui de Missie. Je lui souris pour qu'elle ne s'inquiète pas. Il me faut juste cinq minutes pour souffler. Cinq petites minutes pour que je retrouve la maîtrise de mon corps qui a décidé de s'engourdir rien qu'à une pensée que je m'efforce pourtant de repousser. Celle que bientôt… bientôt, ça fera deux ans que ma vie a basculé.

Je grimpe les marches de l'escalier menant à l'étage. Dans le couloir, des photos de famille tapissent le mur. Je détourne la tête au moment où mon regard découvre un cadre vide. Je crois que je vais vomir. Je me précipite sur le palier et fonce dans la salle d'eau. La porte claque quand je la referme avec un peu trop de force. Le miroir me renvoie mes pupilles dilatées, la transpiration qui perle sur mon front et je serre le lavabo jusqu'à arriver à respirer normalement. Il faut juste que je me recentre.

Mon portable que je tiens à la main.

Le moment où mes yeux quittent la route.

Le nom de Gwen qui s'affiche sur mon écran.

Ma voiture qui pile sur l'asphalte.

Le trou noir qui m'engloutit.

– Pakou, tu fais quoi là-dedans ? s'inquiète ma sœur, de l'autre côté de la porte.

Ma voix est écrasée par mes émotions. Je souffle un coup avant de lui répondre.

– Je me lave les mains.

– Je n'entends pas l'eau couler, m'accuse-t-elle en ouvrant la porte.

Elle me détaille et ses sourcils se froncent. Ses bras s'enroulent autour de mon corps et je la laisse faire. Quand je n'arrivais plus à respirer, il n'y avait que Melinda qui parvenait à me faire reprendre contenance.

– Je t'aime.

Mon corps se couvre de frissons. Il ne s'agit pas d'un simple élan d'amour. Non, c'est un cri du cœur, c'est un témoignage qui m'indique qu'elle sera toujours là. Nous n'avons pas besoin de plus de mots. Elle est présente et c'est suffisant. Elle reste quelques instants la tête posée sur mon torse, à écouter les battements de mon cœur s'apaiser.

– Je te rejoins, Missie, dis-je en la repoussant doucement.

– Ne tarde pas trop, Mamma a déjà remarqué que tu es monté.

– J'arrive. Promis. Ça va.

Elle me sourit tendrement avant de passer la porte. Je descends deux minutes après elle. Je croise ma mère qui entre dans la cuisine et l'embrasse sur la joue quand elle arrive à mes côtés. Je la prends dans mes bras pour la faire tournoyer sur la musique et elle rigole en s'accrochant à mon bras.

– Joyeux anniversaire de mariage, madame Doretta.

– Merci pour la bibliothèque, mon chéri.

– Je devais le faire depuis un moment.

Et ces jours-ci, tout était bon pour ne pas penser à ma vie qui part une fois de plus en lambeaux. Toutes les excuses sont idéales pour m'éviter de réfléchir : à l'étude, à mon frère, à Angie, à ce que je ressens, à cet anniversaire qui arrive…

Je me rassieds à ma place. Quand je lève la tête, je remarque que les yeux d'Angie ne me quittent pas.

Elle mord sa lèvre et je sais qu'elle se retient de dire quelque chose. Finalement, elle se détourne et reprend sa discussion avec ma belle-sœur.

Le repas se poursuit dans une bonne ambiance, mais je suis déconnecté. Je n'ai qu'une envie, c'est de rentrer chez moi. Melinda nous mitraille de photos, on prend des nouvelles des uns et des autres, profitant de cette réunion exceptionnelle.

– Vous êtes célibataire, Angie ? attaque ma grand-mère juste après le limoncello.

Elle lance un regard vers Wes qui lui sourit.

– Oui.

– Hmmm, pour le moment, ajoute Nonna.

– J'essaie d'atteindre son cœur depuis que je la connais, s'exclame Wes en l'embrassant sur la joue.

Elle lui fait la moue, mais il l'attire contre lui.

– Ce n'est pas encore gagné, dit-elle en le repoussant.

– J'espère que vous êtes une dame de caractère pour tenir ce joli cœur.

De caractère, c'est peu dire.

– Je ne me laisse pas marcher sur les pieds. Ce sont les femmes qui dirigent le monde, et j'en fais partie, plaisante Roxy.

Les yeux de ma grand-mère pétillent de contentement.

– Bien sûr, *cara* ! Parlez-moi un peu de vous. Vous avez de la famille ici ?

– Famille, c'est un bien grand mot.

Ses traits se tirent et je remarque à quel point cette question la gêne. Je pourrais lui venir en aide, mais je suis bien trop curieux d'en apprendre plus sur Angie. Weston n'intervient pas non plus, et je comprends qu'il n'en sait pas davantage sur ce pan de sa vie.

– Ma mère est morte et nous n'avons été que toutes les deux pendant très longtemps.

– Oh ! Vous êtes toute seule, ma pauvre enfant.

– Pas vraiment. Je vis avec David. C'est… mon géniteur.

– Je comprends. Bon, assez parlé des choses contrariantes. Un petit tour de *limbo*, ça vous dit ?

Roxy approuve et rejoint ma grand-mère qui fait rouler ses hanches. Elle joue le jeu. Je ne peux pas m'empêcher de la regarder. Elle a l'air tellement à l'aise ici avec ma famille. Plus que Gwen ne l'a jamais été. Sauf qu'elle n'est pas avec moi. Elle n'est pas pour moi. Quand je détourne enfin les yeux d'elle, je remarque que Weston est en train de me dévisager. Il contourne la table et vient s'asseoir à mes côtés, son bras recouvert d'un nouveau tatouage nonchalamment posé sur le dossier de mon siège.

– Elle est super, hein ? dit-il avec un sourire.

Je ne sais pas quoi répondre. Qu'elle est géniale ? Que je regrette presque de lui avoir fait ce cadeau ? Puis je me rappelle que je ne veux rien de tout ça. Pas de dîners, pas de fêtes d'anniversaire, pas de Saint-Valentin, pas de baisers pour le Nouvel An, pas de week-ends romantiques.

– C'est sûr que tu ne vas pas t'ennuyer avec elle.

Je me lève sous prétexte de débarrasser les assiettes vides et de faire un peu de place pour la suite. Par la fenêtre, j'observe toute ma famille réunie. J'ai de la chance de les avoir. Sans eux, je ne sais pas ce qui se serait passé. Cependant, les dernières paroles d'Angie font étrangement écho à ce sentiment en moi. La solitude. Derrière son air de forte tête, je déchiffre qu'elle se sent peut-être aussi seule que je le suis. J'ai envie de connaître toute son histoire, mais après tout ce que j'ai mis en œuvre pour l'éloigner, ce serait stupide. J'essaie de me convaincre que ce n'est pas mon problème parce que je le sens : il se passera ce que je veux éviter à tout prix. Je m'attacherai à elle, j'aurai envie d'être celui qu'elle contactera quand ça ne va pas. Je me secoue et positionne l'assiette propre dans l'égouttoir avant d'en attraper une autre. Weston fera ça bien. Il sera parfait. Il a toujours le mot pour rire, non ?

– Bouh !

Deux mains fraîches se posent sur mon cou, me faisant frissonner.

– Caldie, tu as passé l'âge !

– Sûrement, et alors ?

Elle me renvoie un sourire éclatant. Ma belle-sœur est rarement aussi enthousiaste, surtout quand Lucan boit du limoncello avec mon père depuis la fin du repas.

– Tu as l'air d'excellente humeur.

– Et toi, tu sembles morose.

– Toi d'abord.

– Lucan a accepté de faire les tests, déclare-t-elle, rayonnante.

– Quand ça ? J'en suis heureux, vraiment.

J'espère de tout cœur que les résultats seront négatifs. Si le problème vient de mon frère, la nouvelle sera beaucoup trop dure à encaisser pour lui. Lucan est celui qui se confie le moins, le plus discret. J'ai essayé de le faire parler, mais c'est comme obliger un agent de la Défense à dévoiler les codes d'un missile nucléaire.

– Ce matin. On parlait de…

Elle marque une pause, puis ferme la bouche.

Je sais très bien de quoi ils discutaient. Elle se faufile sous mon aisselle pour me forcer à la regarder alors que je tiens toujours l'assiette sale dans ma main. Elle lève les yeux vers moi, l'air plus sérieuse.

– Weston m'a dit que tu partais sur l'île Malahoe avec Angie. Est-ce que tu crois que c'est une bonne idée ?

Je sais qu'ils se font tous du souci pour moi. Je remarque les regards qu'ils me lancent comme si j'allais soudainement exploser sous leurs yeux.

– On y va pour le travail. Pourquoi ce serait une mauvaise chose ?

– Je vois déjà une raison : tu vas naviguer alors que ton esprit sera ailleurs, et je n'ai pas envie qu'il t'arrive quelque chose.

– Ça va, Caldie. Ça ira. C'est une bonne chose pour moi de ne pas être ici à ce moment-là.

– C'est toi qui vois, mais concernant Angie, tu devrais peut-être parler à Wes.

– De quoi ?

– Du fait que tu craques pour elle.

– Je ne…

– Elle te plaît, mais tu es trop peureux pour la laisser approcher, alors tu trouves toutes les excuses possibles pour la tenir à distance.

– Weston est amoureux. Il me l'a dit, Caldie.

– Comme il t'a aussi dit qu'il avait gagné à un jeu à gratter pour t'empêcher de payer son billet de retour quand il s'est retrouvé en rade à Punta Cana. Ou comme il t'a fait croire que grand-père comptait te donner son bateau pour tes dix-huit ans. Ou…

– C'est bon, j'ai compris, mais là il n'y a aucun doute.

– Arrête de te sacrifier pour nous. Personne ne te demande ça. Peut-être que c'est la leçon à en tirer, cette fois. Réfléchis-y.

CHAPITRE 52

PARKER

Vendredi arrive trop vite. Le départ sur l'île Malahoe est pour aujourd'hui et même si j'ai passé la semaine à faire comme si c'était loin, je ne peux plus reculer. Je n'ai pas parlé à Angie, ni à Weston. J'ai même tout fait pour éviter leur contact. Caldie est habituellement de bon conseil, mais à quoi bon ? Cette date si proche me rappelle bien trop douloureusement que je n'ai rien à offrir de ce qu'une femme pourrait désirer. Je passe la main contre mon visage pour essayer d'effacer la fatigue qui me tient compagnie depuis quelques jours maintenant. Je dors mal. Et quand j'arrive à sombrer, mon sommeil est peuplé de cauchemars. Depuis mon réveil, je n'ai qu'une envie : prendre le large sur mon bateau et ne jamais revenir. Alors que je suis sur le point de m'en aller, on sonne à la porte. Je l'ouvre pour tomber sur Gwen.

– Salut. Qu'est-ce que tu fais là ?

– Je suis venue apporter le cadeau pour tes parents. Je n'ai pas osé le leur déposer.

Elle me tend un paquet doré joliment emballé. Ses doigts restent accrochés aux miens un peu plus longtemps que nécessaire, mais je n'ai pas la force de replonger dans une énième discussion.

– Merci. Je le leur donnerai. Je ne te propose pas d'entrer, je ne vais pas tarder à partir.

– Ne t'inquiète pas, je suis juste passée. J'ai pensé qu'on pouvait se voir demain…

– Je suis absent tout le week-end.

– Seul ?

– Non, avec Angie.

– Tu pars avec elle ? À cette date ? Cette fille te court après !

– C'est pour le boulot. Elle est avec Wes. Je dois filer, Gwen, avancé-je en consultant ma montre.

– À ton retour, il faudra qu'on se parle, Parker.

– On s'appelle, dis-je en la saluant d'un bref signe de tête avant de refermer la porte.

J'emporte mon sac et vérifie que tout est en ordre. Je ne prends pas la peine de descendre tous les volets, ma main au feu qu'un des squatteurs va passer. Une fois dans la voiture, je me mets en route vers l'adresse que m'a envoyée Angie par message. Ça se trouve de l'autre côté de la ville, dans le quartier de Fish & Man, et je résiste de peu à aller y faire un tour pour m'assurer que Weston gère.

La circulation est fluide malgré l'heure matinale et la température, déjà élevée. La météo prévoit un soleil éclatant, parfait pour tester les prestations. Je m'arrête devant une grande bâtisse de deux étages entourée d'une pelouse bien entretenue. Vu le lieu où Angie habite, je ne comprends pas qu'elle ait besoin d'argent. Je l'avais imaginée se serrer dans un deux-pièces aussi coloré que sa personnalité avec à peine une plaque pour cuisiner ; rien à voir avec le quartier calme et bourgeois qui s'étale devant mes yeux.

Elle sort de la maison en claquant la porte avec un peu plus de force que nécessaire. Ses cheveux sont laissés libres dans son dos et sa robe bleue fluide caresse ses jambes au fur et à mesure qu'elle avance dans ma direction. Ce week-end va être une torture.

Elle est avec Weston. Caldie se fait des idées.

Je pourrais lui poser la question directement, sauf que je ne suis pas sûr de vouloir entendre la réponse. Je sors du véhicule pour ouvrir le coffre et lui prends sa valise des mains pour l'y placer. Elle sourit alors que je m'attendais à la voir faire la tête.

– Je pensais que tu serais tendu, rigole-t-elle en me jetant un objet que j'attrape au vol. Ça n'a pas l'air d'aller fort depuis quelques jours.

Elle n'a pas idée.

Il s'agit d'un poisson de toutes les couleurs et assez mou. Elle éclate de rire en remarquant mon air sceptique.

– C'est une balle antistress. Ne me remercie pas !

Elle monte dans ma voiture et attache la ceinture de sécurité. Sa main se met à tripoter les boutons de la radio jusqu'à trouver, vu sa mine réjouie, la chanson qui lui convient.

– En route, moussaillon, dit-elle en tapant sur ma cuisse une fois que je l'ai rejointe.

Je me raidis.

– Tu sais que nous allons travailler, n'est-ce pas ?

– Bien sûr ! Mais je suis heureuse de partir de cette baraque au moins pour quelques jours. Ça me met en joie, même si c'est avec toi.

– Sympa.

– On se *destaime*. Je me suis fait une raison.

– Ce mot n'existe même pas.

– Ça veut dire qu'on ne peut pas se supporter, mais qu'on s'apprécie quand même. Il y a des jours avec et des jours sans, résume-t-elle en haussant les épaules.

Elle n'a pas tort. Je démarre et enclenche la marche avant pour rejoindre le port. Mon humeur est loin d'être au beau fixe, mais je vais essayer de faire ce qu'il faut pour ne rien rater de ces trois jours. C'est ma société qui est en jeu.

Nous arrivons sur le lieu de rendez-vous une demi-heure plus tard. La première partie du séjour peut commencer ! J'espère que ce sera concluant. Dans tous les cas, je suis comme un gamin à l'idée de tester ce nouveau bateau. La coque rouge est flambant neuve et la plaque, sur laquelle s'étale le nom du *Poséidon*, rutile au soleil. Mon cœur s'emballe et l'excitation me parcourt.

– Contemple-moi cette beauté !

Angie rigole.

– Je n'ai pourtant pas fait beaucoup d'efforts ce matin ! J'accepte le compliment, cela dit ; de toi, c'est si rare.

Je lui lance un regard courroucé. Elle sourit, fière de sa repartie.

– Si j'avais su qu'il suffisait d'un voilier pour te faire sourire, je t'aurais poussé à faire un tour au port depuis longtemps. Je suppose que c'est notre vaisseau, Captain ?

– Tout à fait, nous indique le propriétaire en sortant de la cabine. Parker, bienvenue sur le *Poséidon*.

Il saute sur le quai en me tendant la main. Mark a tout à gagner si je décide à acheter ce voilier. Nous nous saluons et faisons le point sur le programme afin de vérifier que nous sommes toujours sur la même longueur d'onde. Je grimpe sur le bateau et tends la main à Angie pour l'aider à monter à son tour.

– Ne fais pas exprès de me lâcher, me prévient-elle.

– Pour supporter ta mauvaise humeur ? Non, merci.

Angie est attentive quand Mark nous présente la cabine. Elle vérifie que tout ce que nous avons prévu sur la check-list a été fait. Bien sûr, ce ne sont que les échantillons et le matériel test, mais le but est justement de vérifier ce qui va ou non.

– J'ai reçu l'équipement que vous avez fait livrer. Tout est en place pour que vous puissiez essayer la bête ! estime-t-il avec un regard fier.

– Parfait. Merci de votre collaboration.

– Je vous donne les clefs, à part si vous avez besoin de moi ? Mon mari va me tuer si je le laisse seul avec les touristes.

– Tout est OK pour moi. On se retrouve dimanche, je vous passe un coup de téléphone quand nous quittons l'île.

– Bien. Je pense que cette partie du travail est la moins désagréable, dit-il en jetant un regard entendu vers Angie. Profitez bien.

Angie emporte sa valise qu'elle cale dans la cabine et s'extasie de nouveau sur le fabuleux canapé qui peut accueillir toute la famille. La table est spacieuse, le bois de qualité et tout est en ordre. Elle remonte sur le pont quelques instants plus tard avec sa feuille presque entièrement cochée. C'est même avec dix minutes d'avance sur le programme que nous quittons le port. Quand l'air marin caresse mon visage et que je déplie la grand-voile une fois au large, j'ai la sensation que plus rien autour n'existe.

Roxy s'est calée dans un coin et prend des notes sur le paysage pour en faire la description sur le site, agrémentée de quelques photos. Tout semble en ordre et notre temps de navigation avant d'arriver sur l'île est d'environ trois heures. La mer est calme. Il y a juste assez de vent pour ne pas solliciter l'intégralité des moteurs. Je tiens la barre, la tête tantôt en l'air, tantôt tournée vers les flots, et ça me fait un bien fou.

– L'horizon à perte de vue ! s'écrie Angie en me rejoignant.

Elle prend un accent à couper au couteau en imitant un vieux loup de mer qui aurait passé sa vie sur un bateau. Son rire brise le silence. Elle me sourit alors que ses doigts se referment sur la corde. Elle n'a pas peur de la houle ou des vagues qui renvoient parfois leurs embruns sur son visage.

Je garde la bouche fermée, mis à part quand Angie me pose des questions. À vrai dire, elle se contente d'admirer les vagues et l'horizon dans un calme apaisant. Je ne sais pas si elle a compris que j'ai besoin de cet instant. Ça ne m'étonnerait même pas venant d'elle. Angie prête attention à tout ce qui l'entoure et s'adapte. Et je l'en remercie. Me concentrer sur ma navigation apaise le tumulte de mes pensées.

– Oh regarde, un dauphin ! s'exclame-t-elle.

Elle se penche sur la cordelette sans aucune crainte, poussant ses fesses vers l'arrière.

– Passe-moi l'appareil, vite ! me demande-t-elle en tendant la main.

– On dirait que c'est ta première fois.

– Ça l'est !

Elle bombarde de photos le cétacé qui se roule dans les vagues produites par le bateau avec une candeur qui me donne envie de la prendre dans mes bras.

Alors que je l'observe, je n'arrive pas à m'enlever de la tête ce qu'elle m'a avoué lorsque je suis venu la chercher. Roxy est heureuse de quitter sa maison et malgré moi, je m'inquiète. Est-ce qu'elle est bien traitée ? Est-ce que, sous couvert de son caractère de feu, elle ne vit pas un moment difficile ?

Mes doigts se resserrent sur la barre.

Mêle-toi de tes affaires, Parker !

Je me retiens quelques minutes, mais finis par craquer.

– J'ai cru comprendre que tu habitais avec David… avancé-je.

Roxy lâche l'appareil pour le laisser pendre à son cou. Elle m'observe un instant avant de me répondre.

– Mon géniteur, qui veut se faire passer pour mon père. Oui.

– Ta mère est…

– Morte. Depuis un an. Et j'ai emménagé ici.

– Pourquoi es-tu venue à Fairban si tu ne le voulais pas ? Tu n'es pas du genre à faire ce qui ne te plaît pas.

– Pour la même raison qui fait que je suis restée chez Fish & Man alors que tu étais imbuvable.

– L'argent ?

Roxy grimace en secouant la tête.

– Tu fais toujours ça ?

– Quoi ?

– Ne pas donner de réponses à mes questions.

Elle s'esclaffe. Elle se mord la lèvre avant de la relâcher pour me sourire.

– Tu es observateur.

– Seulement quand ça m'intéresse.

– Parce que je suis un sujet qui t'intéresse, maintenant ?

– Angie… Tu vas répondre à ma question ?

– Pourquoi ?

– Je… je veux en apprendre plus sur toi.

Elle me regarde intensément, comme si elle essayait de me décrypter.

– Tu sais que tu es une véritable énigme, Parker ?

– Je te retourne le compliment, rétorqué-je. Alors ?

Elle laisse son regard errer sur l'étendue d'eau et soupire.

– Il y a des promesses qu'on ne peut pas briser, et celle-ci en fait partie. Avant que ma mère ne parte, elle m'a demandé d'essayer de renouer les liens avec David.

– Et tu as accepté…

Elle hoche la tête nerveusement.

– Comment le lui refuser ? Je crois que ça la rendait triste de savoir qu'après son décès, je me retrouverais seule. Et moi, à ce moment-là, tout ce que je voulais, c'était la voir sourire.

Je comprends plus qu'elle ne l'imagine. Il y a des moments dans la vie où on fait passer les autres avant soi simplement pour les rendre heureux.

– Ça signifie que tu vas repartir ?

– Encore cette fichue question, Captain ! Je vais vraiment finir par croire que tu veux te débarrasser de moi, dit-elle avec un sourire un coin.

– On est en pleine mer, c'est le moment. Je pourrais toujours prétexter un accident…

– Un peu radical pour ne plus avoir à me supporter… Je vais garder un œil sur toi maintenant.

– C'est ça, Roxy. En tout cas, sache que si tu pars, tu vas faire des malheureux chez Fish & Man.

Je ne sais pas pourquoi je lui dis ça. Angie me renvoie un regard espiègle.

– Ah bon ?

– Les gars se sont habitués à ta présence. Travailler avec toi, ce n'est pas si mal.

Et moi aussi…

– Tu me complimentes avant de me donner à manger aux poissons ?

– Tu as tout compris. Ça attendrit la viande. Une dernière parole, Roxy ?

– Je ne partirai pas sans me battre !

Son rire est communicatif et je me surprends une nouvelle fois à sourire. Finalement, peut-être que ce séjour ne sera pas si terrible…

CHAPITRE 53

ANGIE

Ce week-end, je tente le tout pour le tout. Je l'ai dit : je le veux, je l'aurai.

Règle numéro quatre : ne pas hésiter à sortir les armes pour abattre toutes les défenses de Parker.

Nous avons navigué les trois heures nécessaires avant d'apercevoir l'île. Nous n'avons pas eu le temps de lézarder au soleil, le travail passe avant tout ! Nous avons fait le point sur la journée de demain et sur ce que nous devons vérifier chacun de notre côté. Un petit bungalow est loué dans un complexe écotouristique. Donnant sur la plage, il compte deux chambres, ce qui est idéal pour une famille ou un couple.

– Plus jamais je ne veux revenir sur le continent, m'exclamé-je.

Le paysage est magnifique. Le sable fin de couleur grise borde la mer turquoise. Les couleurs des fleurs et de tous les végétaux attirent l'œil : du rose, du jaune, du vert et toujours cette impression de beauté sauvage. Même la brise chaude qui souffle dans les cordages complète ce tableau paradisiaque. C'est une vraie carte postale.

– La première fois, ça fait toujours cet effet. Fin du voyage, annonce-t-il en faisant les vérifications nécessaires à l'amarrage du bateau.

Ici, pas de grands emplacements, seulement trois mouillages.

– C'est un bijou. J'ai vu les photos, mais ça ne rend pas justice à la beauté des lieux.

– C'est bien que tu sois venue, ça apporte un œil neuf, confirme-t-il en sautant sur le petit ponton.

– Tu veux que je te rappelle que c'est moi qui l'ai trouvée ?

Il secoue la tête en souriant. Une fois débarqués, nous marchons quelques mètres pour rejoindre notre lieu de séjour. L'air sent le sable et l'iode. Je me délecte de ce panorama à travers l'appareil photo. L'île est de taille modeste. La végétation, luxuriante, où la faune peut se développer sans avoir à subir les activités humaines.

Nous sommes accueillis par une jeune femme à la peau mate et au sourire avenant. Elle se présente comme la propriétaire. Je continue à prendre quelques clichés tout en la suivant alors qu'elle nous réexplique le fonctionnement de l'hôtel. Toute l'électricité est produite grâce à des panneaux solaires, les logements sont faits à partir de matériaux recyclés, le restaurant sert des légumes du jardin attenant et même les fruits sont produits sur place. Tout est fait pour respecter au mieux l'environnement. Le bois foncé des poutres de l'entrée renforce l'atmosphère zen et cosy dont on est enveloppé dès le premier pied posé sur l'île. C'est époustouflant et alors que nous continuons la visite, cette idée ne me quitte pas. Si nous mettons cette prestation en vente, je suis convaincue que rien que grâce à l'île, elle fonctionnera. Nous nous arrêtons devant un bungalow après avoir marché le long d'un couloir ouvert donnant sur un jardin exotique.

– Et voilà votre clef. Comme convenu, le repas sera servi quand vous en avez envie, entre 19 et 22 heures. Nous vous livrerons en chambre. Vous pouvez me contacter à tout moment si vous avez des questions. Je vous laisse vous installer.

Je la remercie chaleureusement et pénètre dans le salon à la suite de Parker. Tout est fait en rotin et bois, égayé par des couleurs vives. Un vrai paradis. Depuis la grande porte-fenêtre ouverte, la mer nous salue et la petite terrasse y donne un accès direct.

– Tout a l'air conforme, approuve Parker. Je prends la chambre de droite et toi celle de gauche, ça te va ?

– Oui, peu importe. L'avantage, c'est que chaque pièce a une porte menant à l'extérieur.

– C'est pour ça qu'on a sélectionné ce bungalow. Comme ça, si deux couples veulent y séjourner, ils ne sont pas obligés de se croiser à moins de le vouloir.

– Exact ! Bon, je vais prendre quelques photos avant qu'on s'installe.

– Et moi, je dois aller voir si tout est OK pour la pêche.

– À plus tard alors.

Parker hoche la tête et repart de là d'où nous venons. Je me mets au travail et commence ma rédaction afin de ne rien oublier.

Une fois mes tâches accomplies au bout d'une longue heure, j'envoie quelques clichés à Lara. Elle ne répond pas tout de suite, sûrement occupée à traire un lama ou à tricoter un bonnet en poil de yack sur les genoux de son expatrié. En revanche, j'ai la bonne surprise de voir le nom de Weston s'afficher sur mon téléphone.

– Salut ma belle !

– Salut Lenny ! Je te manque déjà ?

– Bien sûr ! Je viens aussi m'assurer que tu es vivante. Aucun de vous deux n'est passé par-dessus bord ?

– Pas encore, m'exclamé-je en riant. La journée s'est plutôt bien déroulée.

– Tant mieux. Prête pour ta première nuit avec mon frère ?

– Tu es au courant qu'on a deux chambres séparées ?

– Rien ne t'empêche d'aller le rejoindre dans ses draps. On verra s'il résiste, ricane-t-il.

– Je ne veux pas coucher avec Parker…

Le silence me répond.

– Bon, peut-être que je le veux un peu.

Weston s'esclaffe au bout du fil.

– N'oublie pas ce que je t'ai dit.

– De réserver *la* nuisette pour *la* nuit ?

– Qui parle de nuisette ! Tous les mecs préfèrent les filles nues. Non, ne brusque pas Parker, sinon il va se braquer. Amène les choses en douceur.

– Ne t'inquiète pas, je gère.

– J'ai hâte de te voir pour que tu me racontes tout ça. Ne me fais pas trop languir.

– Promis ! Dès que je reviens.

– Tu es sûre que Pakou va bien ?

– Il a l'air un peu à l'ouest mais je suppose qu'il a passé une mauvaise nuit. Pourquoi ?

– Comme ça.

– OK. Bye Wes.

Je raccroche. Maintenant qu'il en parle, c'est vrai que Parker est un peu étrange. Je l'ai trouvé absent mais j'ai mis cela sur le compte de la navigation. Je pensais qu'il se concentrait pour ne pas nous perdre en mer. Peut-être qu'il y a autre chose finalement ? Je lève les yeux de mon téléphone et mon cœur a un raté. Parker se tient sur la terrasse, les mains dans les poches.

– Tu es là depuis longtemps ?

– Quelques instants.

Merde, merde, merde !

– C'était ton frère, dis-je bêtement.

– D'accord. Je souhaitais juste te prévenir de faire ce que tu voulais une fois que tu aurais terminé. On se retrouve plus tard.

Sympa.

Puisque je suis en permission, j'en profite pour visiter l'île. Le tour se fait à pied en une heure environ, mais les sentiers sont bien aménagés et la vue sur la mer est époustouflante. Il y a un petit espace extérieur pour le repas, une plage de sable chaud qui donne envie d'y enfouir les pieds et cette ambiance de dépaysement total. Je croise peu de touristes, ce qui est un point positif, et chacun semble évoluer dans le respect des uns et des autres.

Quand je rentre au bungalow, celui-ci est vide. Une heure passe, et toujours pas de Parker. Vers 22 heures, je suis tout de même inquiète. J'ai pris mon repas seule dans la chambre, l'assiette de Parker toujours sous cloche. Au bout d'un certain temps, je me retrouve à remettre mes tongs et à aller voir ce qu'il fabrique. La plage est déserte, le salon à l'entrée également, reste à vérifier le restaurant avant de le chercher dehors.

Pas la peine.

Quelques pas plus loin, je le découvre accoudé au bar, la tête penchée vers l'avant et la main sur sa nuque, perdu dans ses pensées au point qu'il ne m'a pas entendue arriver – ni moi, ni personne d'autre, d'ailleurs.

CHAPITRE 54

PARKER

Je sens ma colère contre le monde entier se raviver à chaque inspiration que je prends. Un peu comme un brasier qui ne s'éteint jamais. Je n'aurais jamais dû partir, j'aurais dû rester cloîtré chez moi. Je contemple ma bière et serre les dents pour m'empêcher de l'exploser. J'ai besoin de garder mon corps intact pour au moins le reste de la saison. Je ne peux pas être malade et encore moins me fracturer quelque chose. Ce serait idiot. Une réaction enfantine qui pourtant me démange.

J'ai donc choisi l'autre solution, celle que je regretterai demain aussi, mais dans une moindre mesure : boire jusqu'à plus soif, jusqu'à oublier mon prénom, et surtout quelle date nous serons à minuit.

Je commande une nouvelle bière au serveur. Après être resté assis sur le bateau à l'abri des regards pendant je ne sais combien de temps, j'alterne depuis deux heures entre ça, le whisky et le rhum, en espérant sombrer plus vite. Il me fallait un endroit pour me cacher. Ma mère m'a envoyé un message et ça n'a pas été loin de me faire craquer. Deux simples phrases : « N'oublie jamais que tu peux être fier de toi. Je t'aime mon tesoro. » Qui m'ont pourtant retourné la tête. L'adrénaline qui court dans mes veines ne semble pas vouloir s'en échapper.

– C'est tellement triste de boire seul, prononce la voix de Roxy.

Je lève à peine la tête vers elle. Qu'elle s'en aille, c'est tout ce que je lui demande. Le serveur arrive avec ma bière, mais Angie s'en empare avant. Je n'ai aucune réaction, je ne suis pas d'humeur à me battre contre elle ce soir. Elle hausse un sourcil puis secoue ses cheveux roux qu'elle a laissés libres. Ils ondulent sur ses épaules, couvrant en partie sa poitrine.

– Tu es trop mignonne, grincé-je. Maintenant, va-t'en. Le club Mickey, c'est de l'autre côté.

– Très drôle, Captain. Allez… Ne sois pas comme ça. Tu vas bien ?

Je la regarde me sourire et imagine tout un tas de réponses que je pourrais lui fournir pour la faire fuir.

– Trinquons ! s'exclame-t-elle.

Je ne devrais pas la fixer ainsi. Pourtant, sa bouche qui entoure le goulot me maintient en haleine. Je n'arrive pas à détacher mes yeux d'elle.

– On n'a qu'à faire un jeu. Ce sera moins déprimant que d'enchaîner les verres comme ça. Tu vois la table là-bas ?

Je fixe le couple qui se tient à un coin isolé du bar. L'homme ressemble à ce genre de type que l'on trouve dans les clubs de golf, trop jeune pour porter le polo correctement, et trop vieux pour la Rolex qu'il a autour du poignet.

– La fille veut plus, mais le mec n'en a rien à faire. Il n'a pas cessé de regarder sa montre depuis le début du dîner.

– Comment tu sais ça ? Tu ne viens pas juste d'arriver ?

– Pas du tout, je me demandais quand tu me remarquerais. Je disais donc : chaque fois qu'elle rit pour attirer son attention, tu bois, et dès que lui regarde sa montre, je bois.

À peine a-t-elle fini sa phrase que l'objet de notre jeu se met à rire.

– Tu bois !

– Ce n'est pas vraiment équitable. Elle a l'air d'être le genre de fille à glousser pour rien.

– Tu voulais te bourrer la gueule, non ?

– Seul.

– Tu vas me faire confiance un jour ? Je t'ai remboursé, enfin presque, et je crois t'avoir montré que je suis une bonne salariée.

Elle est bonne tout court. OK, de toute façon, j'ai besoin de penser à autre chose. Je garde les yeux fixés sur Polo-Rolex et lui balance :

– Bois.

Elle soupire en s'emparant de nouveau de ma bière.

– Tu ne comptes pas t'en payer une ?

– Revalorisation de mes heures supplémentaires, rétorque-t-elle en buvant une gorgée.

Je bloque une nouvelle fois sur ses lèvres, mon regard dérive de lui-même vers son décolleté. Elle est magnifique dans sa robe vaporeuse vert d'eau.

– Je ne te force pas à rester, tu sais.

– Je n'ai rien de mieux à faire.

Les verres s'enchaînent et le rhum remplace la bière. Contre toute attente, Polo-Rolex est reparti avec Pintade dorée.

– Quel est le point commun entre un pêcheur et un mannequin ? me questionne Roxy.

Elle me laisse réfléchir deux secondes puis enchaîne :

– Ils surveillent tous les deux leur ligne.

– C'est vraiment nul !

Pourtant, je rigole.

– Nous allons fermer, Monsieur et Madame.

Nous tournons la tête vers le barman, puis vers la salle. Vide. Je n'ai vu personne partir, trop occupé à descendre l'alcool et à m'empêcher de poser trop longtemps les yeux sur Angie.

– Vous pouvez nous laisser la bouteille ? demande-t-elle en battant des cils.

Du moins, je crois que c'est censé y ressembler. Le serveur lui jette un regard consterné et repart au nettoyage de son comptoir.

– Mon charme n'a pas opéré. Suis-moi, je sais où on peut trouver du ravitaillement, applaudit-elle, guillerette.

Elle n'attend pas ma réponse et file comme une flèche. Ses hanches balancent tandis qu'elle danse sur une musique imaginaire dans le couloir, et je cours presque derrière elle pour ne pas la perdre de vue. Je ne vois que la cambrure de son dos, ses cheveux roux qui chatoient même dans la nuit, les taches de rousseur qui parsèment ses épaules. Mes yeux se fixent de leur propre volonté sur son cul rebondi comme une pêche. Et je manque de lui rentrer dedans alors qu'elle s'arrête.

– On dévalise le minibar et on repart à la plage, rigole-t-elle en ouvrant la porte en grand.

J'observe la chambre similaire à la mienne sauf qu'une tornade a l'air d'être passée dans cette partie de l'hôtel. Des vêtements traînent par terre, des produits sont étalés sur la commode, c'est le bordel. Comment fait-elle pour se retrouver dans ce capharnaüm ? Son parfum est partout. Une odeur acide et fruitée qui me monte à la tête. Je mate sans vergogne ses fesses quand elle se baisse pour récupérer les fioles. Brouillée par les vapeurs de l'alcool, ma tension grimpe en flèche. Mes réflexes ne sont pas aussi bons que d'habitude, je n'ai pas le temps de détourner le regard quand elle se redresse, victorieuse. Si elle remarque où mes yeux étaient posés, elle ne fait pas de commentaire.

– Tu veux continuer au rhum ? Parce qu'il va falloir faire un choix, m'apprend-elle en me montrant toutes les bouteilles miniatures.

– Tout me va, dis-je en m'affalant sur le fauteuil.

– Très bien, alors tu prends le cognac.

Elle me jette la fiole puis s'assied sur l'édredon et s'adosse à la tête de lit en palette. Elle dévisse le bouchon avec ses dents avant de le recracher devant elle. Elle lève ensuite la bouteille, comme pour trinquer à distance, et proclame, l'air solennel :

– À notre future gueule de bois !

Je la rejoins en vidant le contenu de la mienne avant de grimacer. Si seulement la gueule de bois était le seul truc que je devais affronter demain…

– J'ai toujours détesté le cognac, marmonné-je.

Soudain Roxy se lève, balance sa crinière sur le côté pour détacher le lacet qui maintient sa robe. J'écarquille les yeux puis tourne vivement la tête pour contempler un tableau au mur et empêcher mon regard de dévier sur ses cuisses nues. J'ai chaud. J'entends la baie vitrée s'ouvrir, l'air de la nuit s'engouffrer dans la chambre, apportant une odeur de sel.

– Qu'est-ce que tu fous ?

Je regarde de nouveau vers elle et suis cloué sur place. Roxy glisse le tissu le long de ses jambes, se retourne et me balance :

– Je vais nager. J'ai toujours adoré les bains de minuit !

Je secoue la tête alors qu'elle court déjà vers la mer en poussant de petits cris. Malgré moi, je souris. Son côté insouciant est rafraîchissant. Ça m'évitera de penser que…

Elle vient de dire minuit ?

Mon cœur se serre dans ma poitrine. J'ai du mal à respirer. Il faut que j'oublie, il faut que je pense à autre chose, que je me distraie de mes pensées avant de m'écrouler au sol. Si je tombe, je ne me relèverai pas. Dans l'urgence, je me lève, retire mon pantalon et mon tee-shirt et m'élance dans l'eau fraîche. Le froid anesthésie mes souvenirs, engourdit mes idées noires. Le calme, le silence.

Au loin, Angie fait la planche, ses petits seins pointant sous ses sous-vêtements noirs. Une distraction. Voilà. Je me rapproche d'elle tandis qu'elle chantonne je ne sais quelle chanson les yeux fermés.

– Fais comme moi.

– J'ai passé l'âge de ces enfantillages, Roxy Red.

– C'est ça le problème avec toi. Tu es toujours trop sérieux, même bourré. Détends-toi ! On est en vacances.

– C'est comme ça que tu vois le travail ?

– Parker, grogne-t-elle avant de se remettre à la verticale.

Ses mains agrippent mes bras, sa jambe s'enroule autour de ma cuisse. Elle essaie de me faire basculer, mais ça ne marche pas. Elle peste, rapprochant nos corps toujours un peu plus l'un de l'autre, jusqu'à ce que sa poitrine se colle à mon torse. Elle cesse de bouger, se rendant soudain compte de notre proximité. Nos yeux se rencontrent, ma respiration s'emballe.

– Tu pourrais y mettre du tien, murmure-t-elle à quelques centimètres de mon visage.

J'ai envie de l'embrasser, là, tout de suite.

Mais ce n'est pas une bonne idée.

J'ai la tête à l'envers, Roxy. Si tu savais comme je suis foutu...

– Ce que tu vois te plaît, Captain ?

– Passable. Peut mieux faire.

Elle jette sa tête en arrière et rit à gorge déployée puis s'éloigne en pouffant. Les rayons de lune se reflètent sur sa peau. Elle ressemble à une sirène, tentatrice et dangereuse. Son corps m'appelle comme leur chant, tandis qu'elle me lance un regard par-dessus son épaule.

– On n'a qu'à faire un jeu, vu que Monsieur est du genre difficile en affaires. Mais sortons de là, je viens de me souvenir d'un film où le héros se faisait dévorer par un requin géant.

Elle me fait rire. Encore. Parce qu'elle est totalement libre et qu'aucun problème ne semble s'accrocher à son sourire.

– Roxy, on ferait mieux d'aller se coucher.

– J'ai plein de petites fioles qui ne demandent qu'à être bues… avance-t-elle.

Elle court en direction du bungalow. De mon côté tout est bon pour oublier cette journée, même si je fais sûrement une énorme connerie qui va briser ma relation avec mon frère. Je lève la tête vers le ciel et reste là quelques instants à observer les étoiles. Un poignard vient s'enfoncer dans mon cœur et je sens les larmes embuer mes yeux. J'inspire.

Angie m'interpelle de la terrasse, me sortant de ma torpeur. Je la rejoins sur le pas de la porte de sa chambre. Au fond de moi, je sais que je devrais m'éloigner. Je n'ai qu'à prendre à gauche, ouvrir ma porte et m'écrouler sur mon lit. Mais si je fais ça, je m'effondre. Je vais glisser dans mes souvenirs, dans mes cauchemars, et je ne suis pas sûr d'être capable de remonter la pente. Ce soir, j'ai besoin de me sentir autrement que pathétique et fou furieux.

Je la contemple. Son ventre plat, sa nuque gracile, son sourire…

– OK, mais je prends la vodka, m'entends-je alors répondre.

CHAPITRE 55

ANGIE

J'ouvre les yeux et je constate que je ne suis pas dans mon lit, mais dans celui de Parker. Mon cœur s'emballe. Qu'est-ce qui s'est passé hier soir, bon sang ? Je bâille et le geste me déclenche une migraine instantanée. Un pivert tape très fort dans mon crâne, pourtant rien ne pourrait me faire rater le spectacle de Parker torse nu avec seulement un short bas sur ses hanches.

L'image s'imprime dans ma rétine comme un flash.

– Tu ronfles, souffle-t-il en fouillant dans sa valise.

Puis il se tourne pour me faire face, et je bloque. Il est plus que canon. J'ai envie de passer ma main dans ses cheveux pour y remettre de l'ordre.

– N'importe quoi !

– Je t'assure. Plus fort qu'une tractopelle.

Je lui envoie le coussin qu'il esquive avec grâce.

– Qu'est-ce que je fais dans ton lit ? demandé-je d'une petite voix. Est-ce qu'on a…

Je ne crois pas, cela dit. Nous avons parlé et nous avons ri, mais nous ne nous sommes pas embrassés, pas dans mes souvenirs les plus frais.

– Tu as vomi dans ton lit. J'ai dû changer les draps, et le temps que je me retourne, tu étais déjà en train de ronfler dans le mien.

Non, mais quelle honte !

– Désolée…

Il secoue la tête. Mon cœur fait un bond, même plusieurs, tandis que mes yeux dessinent les lignes de ses épaules.

– C'est normal que j'aie aussi mal au crâne ? On doit vraiment passer la journée en plein soleil ?

– Oui, Roxy. Tu vas voir, rien de tel qu'une journée en mer pour se mettre d'attaque.

– Génial, marmonné-je en tapotant le coussin pour qu'il soit plus moelleux. Moi, je vais me rendormir, si tu veux bien.

Il me détaille avant de détourner les yeux.

– Non. Je vais me préparer. Si tu pouvais juste retourner dans ta chambre…

– Aucune compassion pour les personnes à terre.

– Je te rappelle que j'ai bu autant que toi !

– Je fais deux têtes de moins que toi.

– Il faut assumer, Roxy. Sois prête dans une demi-heure, m'informe-t-il avant de s'enfermer dans la salle de bain.

Je n'ai aucune envie de me lever. J'entends l'eau de la douche couler et c'est encore pire. J'imagine très bien son corps nu dessous. Que dirait-il si je le rejoignais ? Est-ce qu'il me demanderait de quitter la pièce ou est-ce qu'il me plaquerait contre le carrelage pour me dévorer ?

Finalement, je vais peut-être me lever. Rien ne vaut une bonne douche pour se rafraîchir les idées.

L'ambiance au petit déjeuner est détendue. Parker a encore les cheveux mouillés et je peine à contrôler ma libido. Même lorsqu'il croque dans une pomme, le bruit et sa manière de la manger me font de l'effet. Pourtant, ce matin, il a toujours l'air absent. Qu'est-ce qui cloche chez lui ? Il se lève pour prendre un autre jus d'orange et je me morigène pour reprendre mes esprits. Je ne vais pas tenir le week-end à ce rythme.

Je ferme les yeux et respire calmement, mais le téléphone de Parker sonne, me tirant de mes pensées. Le nom de son ex s'affiche sur l'écran. Une partie de moi a envie de répondre, mais la plus rationnelle me dit de rester sagement les mains accrochées à mon melon. Parker revient vite, se rassied et consulte son téléphone. Ses sourcils se froncent. Je jubile. Trop vite. L'appareil émet une nouvelle vibration, une seule, avant qu'il ne décroche. Avec un regard d'excuse, il se lève et s'éloigne de la table, mais pas assez pour être à l'abri de mes oreilles indiscrètes. Le bruit des couverts et des voix m'empêche de capter avec clarté leur discussion, mais je m'accroche aux quelques mots qui me parviennent.

– Non, Gwen… Je sais… C'est dur pour moi aussi.

Un souffle de jalousie me saisit. Ne le laissera-t-elle donc jamais en paix ? Au bout d'un an, il faudrait qu'elle passe à autre chose ! Comment est-ce que Parker pourrait faire de la place à une autre si elle lui rappelle constamment ce qu'ils ont partagé ? Il marque une pause et frotte sa main contre son cou.

– On en parlera plus tard.

Il raccroche sur ces derniers mots et revient à notre table. Ses yeux sont teintés d'une soudaine tristesse et je ne peux pas m'empêcher de m'inquiéter. Parker est souvent en colère, bougon, froid, mais il n'a jamais eu l'air aussi désemparé que maintenant. Il touille un instant son café, l'esprit ailleurs. Je ne suis même pas sûre qu'il me voie. Qu'est-ce qui est dur ? Est-ce qu'il parle de leur relation ? Est-ce que ça a un rapport avec l'état dans lequel il s'est mis hier soir ? Même si j'aimerais lui dire qu'il peut se confier à moi, je ne suis pas certaine qu'il le fasse.

– Parker ?

Il lève la tête, cligne plusieurs fois des yeux comme si cela lui permettait de revenir dans le monde réel, et plante ses pupilles dilatées dans les miennes.

– Oui, pardon, excuse-moi.

Pour lui qui ne s'excuse jamais, ça fait beaucoup d'un coup. Comme si de rien était, il reprend là où nous l'avons laissée notre conversation sur notre lubie d'enfance commune : l'élevage de dinosaures sur écran. Un genre de Tamagotchi qui m'a occupée une bonne partie de mon temps, notamment quand ma mère était trop crevée pour se soucier de moi. Il s'avère qu'hier soir, nous avons abordé de nombreux sujets. De mon appareil dentaire à nos passions. Bien entendu, ça ne pouvait être que les bateaux et la mer pour Parker. J'ai compris pourquoi il semble si exalté par son entreprise. Je lui ai raconté quelques-uns de mes voyages et j'ai été surprise lorsqu'il m'a demandé ce qui me manquait le plus sur cette terre. Bien entendu, je n'ai pas hésité. Ma mère a laissé un trou béant dans ma poitrine à sa mort. Quand je lui ai retourné la question, il n'a pas répondu. À vrai dire, toutes les interrogations un peu personnelles, je me rends compte qu'il les a évitées avec brio. Avec deux grammes d'alcool dans le sang, ça n'a pas dû être compliqué de me duper. Il m'a aussi fait rire à coups d'anecdotes et de blagues ridicules. Et si, ce matin, je me suis sentie plus proche de lui, je comprends que Parker est comme un animal sauvage. Il faut plus d'une nuit pour l'apprivoiser.

– J'ai eu une idée sous la douche ! m'exclamé-je pour changer de sujet.

D'un geste, il me fait signe de poursuivre.

– On pourrait organiser des petits quizz pour les enfants pendant la traversée. Tu sais, quelque chose de ludique en rapport avec le voilier, la mer et les poissons.

– Ça pourrait être intéressant, oui… Nous avons des novices qui réservent. On pourrait l'étendre à tout notre public.

– On peut même faire gagner un lot siglé Fish & Man, ça nous fera de la publicité gratuite. Un porte-clés ou une casquette pour les enfants, un tire-bouchon pour les adultes…

– On ne dit jamais non à de la pub !

À sa mine concentrée, je vois qu'il réfléchit sérieusement au projet.

– Je ne suis pas un si mauvais investissement, Captain ! balancé-je en riant.

– Il me faut encore un peu de temps pour m'en assurer.

Il secoue la tête, mais le léger sourire sur ses lèvres ne trompe pas.

Nous grimpons sur le bateau à 9 heures. Parker m'explique que pour les véritables amateurs de pêche, ce circuit n'ira pas car les poissons sont là au lever du jour et au coucher du soleil. En revanche, pour le séjour détente/familial que nous programmons, c'est parfait. Je photographie l'île qui s'éloigne alors que nous sortons de la baie. Parker s'affaire et a rapidement retiré son tee-shirt, la température grimpant à mesure que nous avançons. Le soleil brille sur son torse tandis qu'il tire une corde qu'il enroule autour de son bras.

Pourquoi faut-il qu'il soit aussi sexy ?

Au bout d'une petite heure de navigation pendant laquelle, je l'avoue, je n'ai fait que roupiller sur le matelas à l'avant du pont, Parker se plante devant moi. Dans sa main, une canne, et dans l'autre, une boîte pleine de vers.

– C'est l'heure pour toi de pêcher, Roxy !

Depuis ce matin, il ne m'a pas appelé une seule fois par mon prénom, et je ne sais pas… J'ai la sensation d'être plus proche de lui.

– Je n'ai jamais fait ça, expliqué-je en me mettant sur mes coudes.

Ses yeux parcourent mon corps une fraction de seconde, le haut de maillot et le petit short que j'ai enfilés pour faire face à la chaleur étouffante, pour revenir à mon visage.

– Je vais t'expliquer.

– Non, merci, Captain.

– C'est un ordre.

Je soupire, mais il n'en démord pas. Je consens à faire un effort et grimace en prenant l'appât pour lui enfoncer l'hameçon dans le bide. Mon estomac se révulse, mais je tiens bon. Finalement, je ne plante rien dans mon doigt et j'arrive à envoyer la canne après que Parker, le super pédagogue, m'a expliqué comment faire.

– Tu vois, ce n'est pas si compliqué, dit-il, goguenard.

– J'admets. C'est plutôt paisible.

Nous hochons tous les deux la tête et nous concentrons sur nos lignes.

– Tu n'as pas mis de crème solaire. Tu en veux ? J'en ai apporté.

– Non, ça ira. Je ne crains pas.

– D'accord.

Soudain ma ligne pique vers l'eau et je hurle en me relevant. Parker rigole quand je lui demande en sautillant ce que je dois faire. Il se positionne derrière moi et stabilise la canne tandis qu'il m'indique calmement les gestes à effectuer. Ses grandes mains se plaquent sur les miennes, il me chuchote de remonter le fil en douceur, et je frissonne.

– Il faut y aller progressivement, sinon le poisson va s'échapper. Tu te débrouilles super bien, Angie.

La canne est le dernier de mes soucis.

Nous remontons la ligne, le poisson au bout, et Parker me félicite.

– Je suis douée pour tout ! C'est inné, le talent, que veux-tu !

Il sourit et se rassied à sa place, les jambes dans le vide. Pendant que je me réinstalle, il repart dans son mutisme, perdu dans ses pensées, avec cet air mélancolique qu'il porte depuis deux jours.

– Est-ce que tu vas me dire ce qui s'est passé hier ? demandé-je au bout d'un petit moment.

Je le vois réfléchir, les sourcils froncés, puis baisser les épaules.

– Je ne sais pas trop, dit-il sincèrement. Et si on rentrait ?

– C'est une proposition ? l'interrogé-je avec un sourire en coin.

Il secoue la tête en se remettant à la barre. Parker me plaît de plus en plus.

Règle numéro cinq : lui dire la vérité. Avant la fin du séjour, Parker saura tout. Quand j'en aurai trouvé le courage, parce que mon petit doigt me dit qu'il ne va pas apprécier toutes mes révélations.

CHAPITRE 56

PARKER

Depuis que nous sommes rentrés, j'ai la sensation d'avoir un poids qui me colle au matelas, m'empêchant de respirer. L'avantage, c'est que la nature m'a donné une excuse toute trouvée pour ne pas avoir à expliquer mon immobilité.

On toque à la porte de la chambre.

– Entre ! crié-je en restant étalé sur mon lit.

– Voilà, monsieur Je-ne-crains-pas-les-UV ! se moque Roxy en brandissant sa crème apaisante.

Mon dos est en feu et ma peau, si rouge qu'on pourrait la confondre avec celle d'une tomate. Chaque mouvement me fait serrer les dents si fort que si j'avais un plombage, je l'aurais très certainement pété.

– Merci, tu peux la laisser sur la table de chevet. Je m'en occuperai plus tard.

– Tu devrais l'appliquer maintenant. Plus tu attends, plus tu auras mal.

Je grimace rien qu'en me remémorant la sensation de l'eau sur ma peau. Bon sang ! Je n'aurais jamais cru qu'un coup de soleil pouvait être aussi douloureux.

– Oui, oui. Merci.

Ses yeux verts espiègles me scrutent avec attention.

– On pourrait presque penser que me voir dans cet état te procure du plaisir, marmonné-je.

– Ce n'est pas faux.

Nos yeux s'accrochent.

– Bon, je ferais mieux d'aller me préparer pour le repas, annoncé-je.

– Oui, c'est vrai. On se retrouve dans une demi-heure devant la porte ?

J'acquiesce et ce n'est que lorsqu'elle quitte ma chambre que je relâche le souffle que je retenais. Ce qui s'est passé hier ne peut pas se reproduire.

Nous marchons sur le ponton en bois bordé de lampions et bercé par le bruit des vagues pour rejoindre la cabane qui fait office de restaurant. Elle a été aménagée dans un coin plus reculé de l'hôtel afin d'apporter de l'intimité. De quoi plaire à nos excursionnistes. Au loin, nous apercevons les lumières qui scintillent comme des lucioles dans la nuit, et je dois dire que le cadre est magnifique.

– C'est comme si on allait dans un lieu secret, s'enthousiasme Angie.

– Pour le moment, le séjour tient toutes ses promesses.

– Presque, approuve-t-elle avec un sourire énigmatique. J'ai hâte de goûter au repas. J'espère qu'il y aura des fruits frais. J'en raffole.

– Je pensais que tu avais une inclination pour le chocolat uniquement.

Elle me tire la langue et je secoue la tête. C'est bête, mais je n'ai pas l'impression d'être en mission pour ma société, mais plus de profiter d'un week-end de détente. Roxy a fait en sorte que j'oublie un instant le cadre qui nous liait tous les deux. Nous arrivons sous la paillote privatisée et Angie émet une exclamation enthousiaste.

Une table est entourée de chaises rembourrées par des coussins couleur crème. Cela confère au lieu une atmosphère cosy accentuée par le grand lustre en bois qui surplombe la table. La cabane est à moitié fermée, si bien qu'en cas de pluie, l'endroit est abrité.

– C'est magnifique ! Vous avez fait un travail fantastique, s'exclame-t-elle à l'intention de la propriétaire.

– Oui, je confirme.

La femme nous remercie puis nous abandonne. Une fois que nous sommes seuls, Angie se tourne vers moi, ses yeux pétillant de malice alors que ses doigts s'emmêlent dans la décoration.

– Ta grand-mère aurait été ravie ! plaisante-t-elle en voyant l'énorme macramé suspendu à l'une des poutres en bois.

– Tu te souviens de ça ?

Je suis étonné. Ce n'est qu'un détail que je lui ai raconté au détour d'une conversation et pourtant, elle se l'est rappelé. Elle hoche la tête et hausse les épaules.

– Je vais prendre des photos, m'indique-t-elle.

Roxy sort l'appareil photo de sa sacoche et fait quelques réglages avant de mitrailler la table dressée avec des fruits exotiques, du bambou tressé et des assiettes recyclées. C'est une décoration minimaliste, mais bien en adéquation avec ce que Fish & Man propose. Angie se concentre en s'arrêtant quelques fois pour noter des indications dans son carnet et, encore une fois, j'ai du mal à détacher mon regard d'elle. Dans sa robe blanche souple et avec ses cheveux relevés en chignon, elle a l'air presque trop sage. Aucune trace de maquillage sur son visage, si bien que je peux voir que le soleil a déjà rougi ses pommettes. Elle se déplace avec une certaine grâce et, même au naturel, elle enveloppe tout l'espace de sa présence.

Une légère brise salée vient caresser ma peau et le remous de l'eau me berce. C'est un peu trop romantique alors que j'ai essayé toute la journée de maintenir une certaine distance entre Angie et moi. Ce qui s'est produit hier n'aurait pas dû arriver. Je ne saurais même pas comment expliquer la situation à Weston si je le devais. Nous nous installons l'un en face de l'autre et quelques minutes plus tard, les plats arrivent. Angie lève son verre dans ma direction et je fais de même.

– À quoi trinque-t-on ?

Les flammes du brasero dansent dans ses yeux.

– C'est une bonne question. À quoi as-tu envie de trinquer ?

– Au soir d'été, à Fish & Man, et à toi, qui me permets de vivre cette parenthèse enchantée.

– Tu as fait le plus gros du travail, tu devrais te féliciter.

– C'est vrai, ça. À moi ! rigole-t-elle avant d'approcher son verre du mien.

– À toi, alors…

– On se regarde dans les yeux, Parker, sinon ça porte malheur, me sermonne-t-elle.

Nos regards s'accrochent et j'ai du mal à déglutir quand je porte le verre à mes lèvres. Angie est dangereuse pour moi.

– Pourquoi pêcher si c'est pour relâcher les poissons après ? m'interroge-t-elle.

Je soupirerais presque de joie.

– Pourquoi pas ? Ce que beaucoup de personnes aiment, c'est l'adrénaline quand on sent la ligne tirer.

– C'est vrai.

– Pour une fois que nous sommes d'accord.

– Cette date devrait être notée dans les annales. Est-ce que c'est parce que tu as navigué toute la journée ? J'instaure dès à présent un jour de bateau par semaine pour toi.

– Tu instaures ? Depuis quand es-tu devenue gérante de Fish & Man, Roxy ?

Elle marmonne qu'il faut toujours que je casse son délire avant de se concentrer sur son assiette.

La soirée se poursuit tranquillement. Nous discutons de la journée tout en mangeant au bruit des vagues. Je n'ai aucun doute sur le fait que cette partie de la prestation va plaire. L'ambiance est parfaite et tout a un air de vacances, ici.

– Point noir, il n'y a pas de chocolat ! rouspète Angie quand le dessert arrive.

– Coupe de fruits et gâteau au coco. Je pense que tu as de quoi faire.

– Rien ne remplacera le chocolat dans mon cœur, reprend-elle en se levant pour récupérer l'appareil photo. Tu ne veux pas poser ?

– Je ne suis pas mannequin, Roxy.

– Ton frère non plus, pourtant il se prête volontiers au jeu. Son compte Instagram a de plus en plus de followers.

Je ne suis pas Weston. C'est justement pour ça qu'elle est avec lui, et pas avec moi.

– Son profil ne te dérange pas ? Et les commentaires ?

Elle hausse les épaules en braquant l'appareil photo dans ma direction.

– Roxy !

– Les commentaires ? Je t'avoue que je ne suis jamais allée voir.

Quand Angie prend son téléphone et se juche sur l'accoudoir de mon fauteuil, je sais que j'ai manqué une occasion de me taire.

– Tu n'es pas obligé d'aller voir, tenté-je.

– Ça doit valoir le détour si tu en parles.

J'espère qu'Angie n'est pas de nature jalouse.

@Issacarla : Je voudrais être à la place de la plante que tu touches.

– C'est mignon.

@Lola. lalatine : J'adore tes tatouages. Si je peux me permettre, tu es super beau.

– Ça aussi.

@Sarababa : Donne-moi ton adresse, je peux être là dans cinq minutes.

– Ça, un peu moins.

– Tu peux t'arrêter là. De toute manière, on sait très bien que les gens se lâchent quand ils sont derrière un écran. Si ça se trouve, ce sont des trolls.

@Doriane95 : Quelle est ta position préférée ? Moi c'est celle où je suis sur toi !

– Wouah, OK. Tu crois que 95, c'est son tour de poitrine ? Parce que clairement, je ne peux pas rivaliser, soupire-t-elle.

– Je ne dirai rien à ce sujet. Je voudrais continuer la soirée sans que l'un de nous deux dérive en pleine mer.

– Sage décision, Captain. Tiens ! Wes vient de mettre une story.

Elle clique sur l'onglet et la vidéo se lance sur un DJ faisant un set. La musique électro est assourdissante si bien qu'on l'entend à peine parler. La vidéo continue et je comprends que ce n'est pas mon frère qui filme : il est assis à côté de son meilleur ami, la tablée pleine à craquer. L'objectif se tourne vers le cameraman, l'un de ses colocataires, tout sourire. Quand il pivote l'écran et que l'on a de nouveau vue sur Weston, je me fissure.

Qu'est-ce qu'il est en train de foutre, bordel ? Pourquoi sa bouche est-elle collée à celle d'une fille alors que sa copine est juste à côté de moi ?

CHAPITRE 57

ANGIE

– Est-ce que ça va ? m'interroge Parker, la mine aussi grise que son tee-shirt.

Je me mords la lèvre. J'ai envie de tuer Weston. J'avais dit que j'allais révéler la vérité à Parker, mais pas de manière aussi brutale.

– Ça va.

– Weston n'a rien dans le crâne ! Je suis désolé que tu aies vu ça. Mon frère est un parfait idiot.

J'expire un bon coup pour prendre un peu de courage. C'est le moment ou jamais.

– Ton frère et moi ne sommes pas ensemble, lâché-je.

– Comment ça ? Vous vous êtes séparés quand ? Tu n'étais pas au téléphone avec lui, hier ?

– Ce que je veux te dire, c'est que nous n'avons jamais été ensemble…

Parker perd un peu plus de ses couleurs.

– Explique-toi parce que j'ai du mal à te comprendre.

– Je suis au courant de tout. De l'étude, du pari que vous avez fait.

Il se lève brusquement et s'éloigne de quelques pas.

– C'est une blague ?

Bon, maintenant que je suis lancée, il faut que je joue cartes sur table.

– J'ai été vexée quand j'ai entendu Gwen lorsqu'elle est venue au bureau. Je pensais que si tu m'avais recalée, c'était parce que tu voulais retourner avec elle.

– Je ne compte pas me remettre avec mon ex.

– Je ne savais pas. Je ne sais même pas par quel bout t'expliquer ça.

– Par le putain de début, Angie ! grogne-t-il.

Il est marrant ; s'il ne me fixait pas avec son regard incendiaire, j'arriverais peut-être à ordonner mes pensées.

– Roxy, feule-t-il. La vérité, et tout de suite !

– OK, OK ! On s'est embrassés au *speed dating*, et j'ai compris que tu me plaisais. J'ai mis du temps à l'admettre, tu sais ? Et je te plais aussi, alors quand on s'est revus le samedi, je n'ai pas compris pourquoi tu me repoussais. J'ai cru que Gwen avait quelque chose à voir là-dedans. J'ai vrillé. Tu me connais : quand je suis énervée, j'ai du mal à garder les idées claires…

– Et vous vous êtes dit : tiens, et si on faisait semblant d'être ensemble ? C'était quoi le but ?

– Je voulais te rendre jaloux. Weston n'a jamais eu la moindre attirance pour moi. Lui aussi a compris qu'il se passait un truc entre nous et il a voulu te titiller pour te faire craquer.

– Vous êtes tous les deux complètement barges ! Je n'aurais jamais rien fait qui puisse faire de la peine à mon petit frère.

Il se passe une main sur le visage, comme s'il était au bord du gouffre.

– Ce n'est pas l'idée la plus brillante que j'aie eue, c'est vrai, mais c'est fait. Désormais, la question est de savoir si je te plais.

Il relève la tête, les yeux écarquillés, puis fait demi-tour et s'élance vers le ponton.

Oh non, mon vieux ! Hors de question !

– C'est ça le problème avec toi, Parker ! lui hurlé-je alors qu'il me tourne le dos. Tu fuis toute discussion. Si tu m'avais laissée te parler lorsque j'ai voulu le faire, on n'en serait pas là !

Il s'arrête brusquement, fait volte-face et revient dans ma direction. J'ai la sensation qu'une tempête tropicale fait rage dans son regard quand il se poste à quelques centimètres de moi.

– Parce que c'est ma faute, maintenant ? Vous me prenez pour un con depuis trois semaines et c'est moi qui suis en tort ? Ne te fous pas de moi, Angie !

– Si tu m'avais écoutée, tu aurais su que Weston n'a aucun sentiment pour moi ! Je t'ai aussi dit qu'il ne m'intéressait pas, mais tu étais bien trop content de voir des signaux là où il n'y en avait pas.

Nos respirations sont erratiques. Nous nous regardons avec tellement de colère que je peux presque la sentir.

– Weston ne t'a jamais embrassée ? Il n'est pas amoureux de toi ? Vous n'avez pas passé la nuit ensemble ? débite-t-il.

– Rien de tout ça. Je n'aurais pas dû faire ça, je suis désolée. Mais je ne m'excuserai pas de penser que tu as été trop lâche pour assumer l'attirance que tu as pour moi. Est-ce que je te plais, Parker ?

– Je n'aime pas que l'on se foute de moi.

– Est-ce que je te plais ? répété-je en plaquant mes deux mains sur son torse.

Sous mes paumes, son cœur bat à une allure folle. Je dois jouer le tout pour le tout. Je sais que derrière la façade austère, je ne le laisse pas indifférent. Et même si je ne sais pas ce qui le retient à ce point, je suis sûre de pouvoir l'assumer. Il faut juste qu'il me laisse entrer.

– Embrasse-moi, Parker, soufflé-je.

Ses yeux noirs me fixent et je vois le moment où il cède. Il se jette sur ma bouche. J'encaisse l'assaut de ses lèvres en m'accrochant à ses épaules. Nos langues jouent dans un baiser sensuel.

– Si tu savais comme tu me rends dingue.

– Je crois te l'avoir déjà entendu dire.

Il picore mon cou, s'attarde sur ma poitrine qu'il empoigne et je soupire. Ce son lui fait reprendre ses esprits ; il se redresse, me serre contre lui avec force en me jetant un regard torturé.

– Je te désire tellement, Roxy, mais je ne pourrai rien t'offrir de ce que tu désires… Juste ce week-end.

– Tu me plais, Parker, mais je ne te demande pas de m'épouser.

– Je ne le ferai pas.

Encore cette lueur sombre au fond de ses yeux. Qu'a-t-il bien pu vivre pour être aussi prudent ?

– Dans ce cas, Captain, je te défie de me faire jouir comme jamais.

Et je prie tous les dieux pour qu'il mette de côté ses craintes. Je ne lui demande pas de me dédier sa vie, seulement qu'il m'accorde un petit bout de lui. Quand Parker se lâche, il crame toutes mes zones érogènes d'un simple baiser. Je n'ose imaginer ce que ça peut donner avec mon corps entier à disposition. Je frissonne à cette pensée.

– Embrasse-moi, Roxy, et ferme-la.

J'ai ma réponse.

Quand nous arrivons enfin dans la chambre, j'ai l'impression que je vais prendre feu. Tous nos gestes sont désordonnés, mais il passe ma robe par-dessus ma tête, contemple un instant ma poitrine et souffle avant de recommencer à m'embrasser. Vu l'ardeur de son baiser, je crois que ce qu'il voit lui plaît. Mes doigts naviguent sur son corps et s'il ne se décide pas très vite à aller plus loin, je vais me consumer dans ses draps. Il bouge entre mes jambes, son sexe au garde à vous, et je gémis de plaisir. D'attente. Mes doigts s'attaquent à son short et glissent par-delà le tissu élastique. Je caresse ses fesses fermes, il mord la pointe érigée de mon sein en réponse. Quand il atteint mon tanga, j'expire et me cambre vers lui. Ses mains me caressent par-dessus mon sous-vêtement avant de se faufiler dessous.

– Roxy, gronde-t-il en traçant mon anatomie du bout du pouce.

Alors que je pense qu'il va prendre son temps, il enfonce deux doigts en moi sans préambule. Ma bouche s'ouvre de surprise. Dans un sourire goguenard, il se met en mouvement, son autre main volant sur l'ensemble de mon corps. Il est à couper le souffle, ses dents plantées dans la chair de sa lèvre. Il ne cesse ses va-et-vient que pour m'embrasser ou me contempler. Il m'enflamme d'un simple regard. Au bout de quelques minutes, je jouis entre ses bras, son prénom sur mes lèvres. Parker ne me laisse cependant pas le temps de redescendre : son short vole au-dessus de moi avant qu'il ne se replace à genoux sur le lit. Je ne rate rien du spectacle. Mes yeux détaillent ses abdos, ses avant-bras musclés, et se posent sur son érection. J'ai tout de suite envie de la prendre en bouche, de lui faire tout oublier à part la caresse de ma langue. Je me redresse, captivée par la virilité qui exsude de lui. Ma main vient à la rencontre de la peau chaude de son membre. Il expire. Je souris. Mon poing se resserre autour de lui et je commence à faire des petits va-et-vient. Sa respiration se précipite. Je le mets au supplice en ralentissant puis en accélérant la cadence.

– J'ai besoin d'être en toi, dit-il en m'arrêtant.

– Viens alors.

Il hésite un instant et je comprends ce qui le retient.

Je me lève et pars en courant pour aller fouiller dans ma valise où je récupère le sésame. Je jette la boîte sur le lit.

– Ne me pose pas de questions, rétorqué-je en le voyant ouvrir la bouche.

Ses lèvres rejoignent les miennes. Il attrape mes hanches et, sans se faire prier, me pénètre avec douceur, avant de jurer entre ses dents. Sa langue trace le contour de mon oreille qu'il mordille avant de me chuchoter combien c'est bon d'être là, en moi. Je tourne le visage vers lui pour capturer sa bouche, mon bassin ondulant contre le sien. Déjà, je perds la tête. Ses mouvements sont contrôlés, mais ses grognements me prouvent qu'il est dans le même état que moi.

Trop d'attente. Trop de tensions.

Je resserre les jambes autour de lui pour lui signaler que j'en veux plus. Plus de nous, plus de ça. Plus je me cambre, plus il résiste. Je râle, je gémis, j'exulte, mes paumes sur ses fesses le poussent à accélérer la cadence. Il se penche pour m'embrasser et accède enfin à ma demande muette. Ses coups de reins sont plus violents. Sa main trouve sa place sur mon clitoris. Je halète.

– Je ne vais pas tenir longtemps, putain !

Ses mots me provoquent des frissons. J'aime le voir ainsi, sauvage, libre et rien qu'à moi. Je griffe ses fesses en l'embrassant tandis qu'il y va toujours plus fort. Je sens mon deuxième orgasme grimper avant qu'il n'explose tout autour de Parker.

– Bordel ! s'exclame-t-il en complétant sa phrase de tout un tas de jurons.

Il jouit quelques secondes plus tard en gardant ses yeux plantés dans les miens. Il m'embrasse une dernière fois avant de s'écrouler à mes côtés. Le silence se fait autour de moi et j'appréhende le moment où il va péter les plombs en m'accusant de l'avoir séduit. Il ne vient pas. À la place, son bras m'attire à lui et il m'embrasse sur les cheveux.

– Tu es magnifique, soupire-t-il en caressant mon sein.

– Tu dis ça parce que…

– Parce que c'est vrai. Roxy. Qu'est-ce que je vais bien pouvoir faire de toi ?

– J'ai plein d'idées…

CHAPITRE 58

PARKER

Ma main sur ses reins. Sa jambe sur la mienne. J'ai couché avec Angie et bordel, c'était aussi explosif que nos relations en dehors du lit. On a fait des étincelles. Sa bouche affiche cette moue insolente qui a le don de me déclencher des érections et je sais d'avance qu'elle va dire une bêtise.

– Je suis désolée, débute-t-elle. Que tu aies perdu ton pari. Et surtout que tu n'aies pas pu me résister.

– Vous m'avez roulé dans la farine. Je me sens con, avoué-je.

Et soulagé. Savoir qu'ils n'ont rien fait avec Weston a retiré un poids sur ma poitrine.

– Ça, c'est parce que tu es un idiot de n'avoir pas voulu me parler. Ah, et désolée pour les marques que je viens de te faire aussi, souffle-t-elle en caressant ma peau rougie par le soleil et ses ongles. Pour ça, je peux me faire pardonner.

Elle récupère le tube sur la table de chevet et verse une noisette de crème dans sa paume. Ses mains fraîches apaisent un instant la chaleur qui irradie de mon derme. Elle me masse délicatement et tout mon corps se réveille. Ses doigts parcourent mon dos, mes hanches, mes trapèzes, la moindre parcelle de peau rougie. Elle dénoue les nœuds de mes épaules et je m'affaisse dans le coussin sous ses mains expertes. Jusqu'à ce qu'elle me chatouille le flanc. J'essaie de ne rien laisser paraître, mais elle recommence.

– Voyez-vous ça ! Parker Doretta est chatouilleux.

Je me retourne brusquement pour la retenir par les poignets tandis qu'elle se tortille sous moi. Roxy est trop jeune, trop insouciante, trop libre pour attacher sa vie à quelqu'un comme moi. Qui traîne ses casseroles et son sale caractère. C'est une mauvaise idée et pourtant, j'en redemande. Je fixe sa bouche. Elle veut trouver un équilibre, avoir une famille, rien de ce que je veux. Plus maintenant, plus alors que la douleur est aussi vive qu'au premier jour. J'ai vraiment essayé de la maintenir à distance, mais ça n'a pas fonctionné.

Je m'éloigne légèrement, douché par mes réflexions. Il est temps d'avoir une discussion avec elle, même si je n'en ai absolument pas envie.

– Roxy…

Elle cesse de bouger et fronce tout de suite les sourcils.

– Tais-toi. Je sais très bien ce que tu vas me dire, et ce n'est pas la peine.

– Roxy, il faut qu'on parle. Je ne suis pas un mec pour toi…

– Ça tombe bien, parce que je ne suis pas une fille pour toi, réplique-t-elle avec un sourire éblouissant.

– Je suis sérieux, dis-je en me redressant. Je ne peux rien t'accorder d'autre que cet interlude, Angie. J'étais sincère tout à l'heure. Je ne pourrai rien t'offrir de ce que tu désires. Juste…

– Ce week-end. J'ai compris, Parker. Nous en parlerons plus tard, dit-elle en approchant ses lèvres des miennes. OK ?

Je suis conscient que c'est une mauvaise idée, pourtant je la soulève pour m'allonger sur elle. Je vais juste faire l'égoïste pour une fois et ne penser qu'à ce dont j'ai vraiment besoin. À savoir, l'embrasser jusqu'à plus soif, profiter de son sourire et dire à l'attirance qui existe entre nous qu'elle peut enfin exploser sans crainte.

***

– Encore ! Laisse-moi dormir, s'exclame Angie alors que je viens me coller à elle.

Je rigole en embrassant son cou tandis qu'elle se tortille pour échapper à mon assaut. La nuit a été plus que brève et même si l'ensemble de mes muscles est endolori, je ne regrette rien. Pas même le fait d'avoir couché avec elle et d'avoir peut-être gâché l'étude de Melinda. Rien. Roxy tire le drap blanc sur elle pour se cacher, mais je le fais voler en dehors du lit.

– Ce n'est pas ma faute si tout chez toi me fait bander.

– Vil flatteur, grogne-t-elle.

– Tu me plais, dis-je en continuant de parcourir son épaule de ma bouche. Ton tempérament, ta fougue, ton cul et même tes petits seins.

– Ce qui te plaît, c'est d'être bien au chaud en moi.

Pourtant, la voilà qui pousse ses fesses pour être plus proche de moi. Je ne mens pas : tout chez elle me captive et je compte bien explorer chaque parcelle d'elle avant de retourner sur le continent et de revenir à la réalité.

– Et qu'est-ce qui te plaît d'autre chez moi ? chuchote-t-elle.

– Le fait que personne ne puisse te marcher sur les pieds, que tu me tiennes tête et… tes cheveux aussi.

– Tu viens de me décrire comme une casse-pieds !

Elle ronchonne en essayant de se dégager de mes bras. Hors de question. Roxy, toi et moi, c'est encore pour quelques heures.

– Je me languis de toi, Angie. Si tu savais combien de fois je me suis branlé en pensant à toi.

Elle rit, stupéfaite.

– Combien ?

– Un nombre incalculable.

– La première ?

Sa voix se voile. Le désir est là, tout près.

– Après notre rendez-vous avec M. Martin, mens-je.

– Les vieux friqués te font de l'effet ?

– Petite maligne.

Je mords son épaule en riant, lui faisant pousser un cri. Elle se retourne pour me sourire. Ses cheveux flamboient davantage sur l'oreiller blanc et la courbe de son corps ravive l'espoir que tout ça ne soit pas seulement un de mes fantasmes. Ses yeux pétillent comme une forêt de sapins après la pluie. Elle se mord la lèvre avec cet air insouciant qui me donne envie de la recouvrir de mon corps. Ses doigts caressent mon torse, me provoquant des frissons. Je la veux. Tout de suite. Dans toutes les positions. Je veux entendre ses soupirs. Sa voix lorsqu'elle m'appelle par mon prénom. Ses cris aigus quand elle jouit. Mon sexe se tend un peu plus.

– Est-ce que tu as vécu plusieurs longues relations ?

Elle me surprend. Je refrène mon envie d'elle, curieux d'en apprendre plus.

– Non. Seulement Gwen. Et toi ?

– Aucune. J'évite de m'attacher aux gens.

– Pourquoi ?

– La peur de l'abandon, tu connais ? Savoir que je ne serai pas celle qu'on choisit, tous ces trucs que je dois à mon père. Il nous a laissées tomber. C'est une histoire banale, sauf que je ne l'ai pas bien vécue. Il est parti avec toute sa famille et je suis restée seule avec ma mère.

Je n'imagine pas une vie sans les squatteurs, sans mes parents ou Caldie.

– Je suis désolé. Qu'est-ce qui s'est passé ?

– C'est assez flou et je ne compte pas lui poser la question. Maman n'en parlait presque jamais.

Nous restons silencieux, elle se love dans mes bras et je me dis que c'est bien. Que c'est bon. Avant de me reprendre.

– Avec combien de mecs as-tu déjà couché ?

– Pas tant que ça. Peut-être une dizaine.

– C'est déjà pas mal.

Beaucoup trop. Quand j'imagine tous ces mecs, ça ne me plaît pas.

– Qu'est-ce qu'il y a ? On dirait que je viens à nouveau d'emboutir ta voiture.

– Très drôle, Roxy.

Elle ne m'appartient pas. Je n'ai pas le droit d'être jaloux.

– Est-ce que maintenant, tu es partante pour un orgasme ?

– Ne change pas de sujet ! Et puis, qu'est-ce qui te dit que je vais en avoir un ?

– Roxy, franchement ! Tu souhaites qu'on parle de ce qui s'est passé ?

– Tes chevilles enflent, Parker.

– Et pas que mes chevilles, si tu veux tout savoir.

Je caresse mon sexe sous ses yeux soudain plus lumineux.

– Tu es impossible.

– Ça, c'est un compliment qui me va droit au cœur.

***

Sa main s'attarde dans la mienne alors que je la fais descendre du bateau. La journée est passée vite. Les excursions, nos baisers, le sel sur sa bouche. Je rechigne à la lâcher parce qu'après cet instant, tout va partir à vau-l'eau. Comme si elle sentait mon hésitation, Angie glisse ses bras autour de ma taille et pose sa tête sur mon cœur qui bat beaucoup trop vite.

– Tu rends le bateau demain, c'est ça ?

Son regard se perd sur la coque du *Poséidon*.

– Oui.

– Alors, je crois que c'est la fin de l'aventure, dit-elle en levant la tête pour planter ses iris dans les miens.

Elle a un sourire triste, un peu las, et je ressens un étrange pincement au cœur. Elle se détache de moi avec un baiser sur ma joue.

– C'était sympa, Parker. Vraiment chouette.

– Laisse-moi te raccompagner.

– Je préfère prendre un taxi. Rentre bien.

Elle récupère sa valise à nos pieds et me fait signe de la tête en partant. Je devrais me sentir heureux qu'elle ne fasse pas durer ce moment, mais je me sens juste merdique. Je la suis du regard jusqu'à ce qu'elle disparaisse dans la foule estivale.

Tout peut maintenant revenir à la normale.

CHAPITRE 59

ANGIE

Son odeur. Sa peau contre la mienne. Ses sourires. Son regard d'un noir hypnotisant. Son caractère. Ses fêlures. Ses doigts. J'efface les souvenirs de ce week-end à chaque pas. Dans ma tête, j'imagine que je suis en train de passer toutes ses qualités au broyeur à papier. J'essaie d'oublier ce qui m'a sauté aux yeux cette nuit alors que ses bras étaient enroulés autour de mes hanches et qu'il me chuchotait toutes ces choses qu'il rêvait de faire avec moi. Je me flagelle et mords l'intérieur de ma joue en avançant. Au bout du quai, les touristes sont toujours aussi présents dans les restaurants, en train de rire, de profiter de la chaleur estivale alors qu'à l'intérieur de moi, je gèle. Je me cristallise pour ne pas imploser. J'éprouve pour cet homme plus de sentiments que ce que j'ai pu ressentir durant toute une vie, alors qu'il n'attend qu'un jour et qu'une nuit. Au fur et à mesure de ces heures, il a grignoté mon cœur comme de l’encre sur un buvard. Il me faut quelques minutes pour rejoindre la station de taxis. Aucun n’est disponible, alors je m’assieds sur le muret pour en appeler un. Une voix de standardiste m’informe que le prochain peut arriver d’ici dix minutes. Je confirme la course, les yeux perdus sur la foule. Les lumières de toutes les échoppes éclairent le port comme en plein jour. Je me sens vidée. J’ai besoin de me retrouver seule.

Quelques minutes plus tard, une voiture s’immobilise devant moi, j’attrape ma valise et me lève. Je m’arrête net alors que le conducteur descend sa vitre.

– Roxy ?

Mon cœur se met à battre beaucoup trop fort, trop vite. J’ai envie de lui crier oui, alors que je ne sais même pas quelle question Parker va me poser.

– Tu ne veux vraiment pas que je te raccompagne ?

Tout est si compliqué. Je veux rentrer chez moi, tout oublier et faire semblant qu’il n’a pas ébranlé une partie de mes convictions.

Laisse-moi partir, Captain !

– Grimpe.

– Ça ira. Le taxi va arriver et…

– Grimpe ! me coupe-t-il en se penchant pour ouvrir la porte côté passager.

Je reste plantée là. Le taxi se gare juste derrière Parker. J’aurais préféré qu’il me défie de le faire, j’aurais eu cette excuse pour me cacher.

– Mademoiselle ? La course est pour vous ? me demande le chauffeur.

Parker patiente en me contemplant. Je ne devrais pas monter dans sa voiture.

– Non, m'entends-je répondre.

Le taxi souffle en pestant contre l'irrespect des gens. La culpabilité est bien loin de ce que je ressens. Je suis agitée, stressée, fébrile. Je jette ma valise à l'arrière et m'assieds aux côtés de Parker. Juste un trajet. La portière claque dans un bruit sourd. La voiture ne bouge pas. Le silence nous enveloppe. J'expire en essayant de calmer les battements de mon cœur, désappointé de ressentir tout ça, lui qui n'y est pas habitué. Le regard acéré de Parker ne me quitte pas. Lentement, je lève les yeux vers son visage et expire à nouveau.

– Je ne peux pas te laisser partir comme ça, énonce-t-il avec honnêteté.

– Une nuit.

– Pas de questions pour aujourd'hui, Roxy.

– Pas de questions, Captain.

Son sourire vaut que je fasse cette connerie. Mais cette fois-ci, c'est moi qui dicte les règles.

Règle numéro six : mettre cartes sur table.

CHAPITRE 60

PARKER

J'ouvre la porte de chez moi et pénètre dans mon entrée en allumant au passage. Je laisse tomber mon sac dans un bruit sourd et me tourne vers Angie, qui entre à ma suite avec hésitation. Je ferme la porte, la forçant à s'écraser légèrement contre le mur. Son parfum citronné est altéré par l'odeur du sel marin. Le mélange des deux me donne envie d'enfouir ma tête dans son cou. Sa respiration s'emballe quand le bruit de la serrure se fait entendre. Ses iris s'assombrissent. Angie expire. L'instant d'après, je l'amène à moi pour prendre sa bouche d'assaut. Sa main me retient tandis qu'elle souffle contre mes lèvres :

– Tu as de mauvaises manières. Tu me sautes dessus alors que je n'ai même pas visité.

– Plus tard, grogné-je contre son oreille en la plaquant davantage contre moi.

Nos langues se mêlent aussitôt. Je soupire de soulagement quand elle répond enfin à mon baiser.

J'avais peur qu'elle ait changé d'avis pendant le trajet. Une nuit de plus, c'est tout ce que je souhaite. Ses doigts se referment dans mes cheveux qu'elle tire presque jusqu'à me faire mal pour me maintenir contre elle. Je l'embrasse à en perdre haleine. J'ai la sensation d'en vouloir plus et de n'en avoir pas assez. Je la repousse d'une main et tombe à genoux devant elle sans cesser de l'observer. Son visage est rouge, ses yeux brillants. Mes paumes empoignent ses fesses avec envie et elle crie de surprise. J'embrasse sa cuisse puis remonte vers son entrejambe. Angie tressaille sous mes doigts. C'est parfait, exquis. Ma tête part en dessous de sa robe et cajole son ventre. Ma langue glisse dans son nombril. Elle tremble en soupirant sensuellement. D'un mouvement, je fais descendre sa culotte qui s'échoue sur le sol et lève sa jambe pour l'embrasser à nouveau, mes mains arrimées à son corps pour ne pas céder à la tentation de la prendre tout de suite contre ma porte d'entrée. Je trace les contours de son intimité en la faisant gémir. Bientôt, mes doigts délaissent ses jolies fesses pour la pénétrer doucement.

– Délicieuse…

Un coup de langue juste pour le plaisir de la goûter, un autre pour l'entendre soupirer et encore d'autres parce que son goût m'excite assez pour que je ne tienne plus. Elle se cambre, sa main toujours prise dans mes cheveux, et émet de petits bruits sexy qui résonnent jusque dans ma queue. Angie est prête à jouir. À la manière dont sa chair se resserre autour de moi, je dirais qu'il ne faudrait pas plus de deux minutes. Je me redresse, la laissant sur le fil.

– Ça ne se fait pas ! râle-t-elle en me jetant un regard incendiaire, brouillé par le plaisir.

– Je veux que tu jouisses quand je serai enfoncé en toi. Pas avant.

– Te voilà bien sûr de toi, Parker.

Je lui réponds par un sourire et la tire par le poignet pour la faire pénétrer dans la pièce à vivre et continue d'avancer en récitant :

– Salon, cuisine, salle de bain au fond, terrasse là-bas…

Angie ne doit rien voir, tout est plongé dans l'obscurité, mais elle esquisse un sourire en hochant la tête.

– Et maintenant ma chambre, présenté-je en la guidant dans la pièce.

Nos bouches se rejoignent cette fois avec plus de douceur. Nous nous embrassons avec ce qui ressemble à de la tendresse, même si la passion brûle toujours entre nous. Mes mains recommencent à la caresser, mais elle m'arrête.

– Il faut que j'aille faire pipi ! dit-elle en souriant.

– Tu plaisantes ?

– Pas du tout. On ne rigole pas avec les besoins primaires, Parker !

Roxy ou comment casser l'ambiance en une phrase. Ma verge est tellement compressée que ça me fait un garrot.

– Viens là, je te montre les toilettes… soupiré-je en faisant demi-tour.

J'entends son rire derrière moi et secoue la tête. Cette fille a été créée pour me rendre barge. Je profite qu'elle soit dans la salle d'eau pour vérifier que tout est en ordre. Le lustre au plafond s'allume, dévoilant mon intérieur intact. Seul le paquet de chips vide dans la poubelle et les capsules de bouteille formant un énorme visage qui sourit me prouvent que les squatteurs sont passés. Angie revient quelques minutes plus tard et pose ses coudes sur le comptoir, les yeux rivés sur le chef-d'œuvre de mon frère.

– Sympa la déco.

– Un cadeau de Weston.

– Il est venu pendant ton absence ?

– Melinda, Lucan et Wes ont tous les trois les clefs de chez moi. Ça leur arrive souvent de passer, même quand je ne suis pas là.

– Tu me surprends, Parker.

– Pourquoi ?

– Parce que tu semblais plutôt être du genre à aimer ta tranquillité.

– C'est le cas, mais même sur une île déserte ils me retrouveraient.

Ses doigts jouent avec l'une des capsules pendant qu'elle réfléchit.

– C'est mignon.

– De quoi ?

– Toi, sourit-elle.

Je me gratte la tête et redeviens sérieux un instant.

– Je suis loin d'être mignon, Roxy, et à mille lieues d'être le mec idéal. Tout ce que j'ai à te proposer, c'est cette nuit, lui rappelé-je.

– Tu vas au moins m'offrir à manger ?

– J'avais plutôt dans l'idée de te prendre sur le plan de travail, mais on peut rajouter ça au programme.

D'une main, Angie fait glisser sa robe qui tombe à ses pieds. Sa culotte a dû rester dans l'entrée et ce n'est pas pour me déplaire. Elle contourne l'îlot jusqu'à moi et se met sur la pointe des pieds afin d'accéder à mes lèvres.

– Adjugé, approuve-t-elle.

Je la soulève et l'assieds sur la surface fraîche. Elle entoure mes hanches de ses jambes et je ne me fais pas prier pour me coller contre son corps nu.

– Tu attends quoi pour te foutre à poil, Captain ?

***

Je ne verrai plus jamais le comptoir de ma cuisine de la même manière, ni mon canapé ou le tabouret. Il sera difficile de m'enlever de l'esprit Roxy jouissant sur à peu près toutes les surfaces de ma baraque. Une assiette composée de sandwich au poulet dans une main et dans l'autre deux bières, je la rejoins sur ma terrasse. Elle est allongée sur le transat et relève à peine la tête quand je dépose notre repas sur la table d'appoint.

– J'ai rajouté des cornichons dans le tien. Ne viens pas m'embrasser après ça.

– Merci Captain. C'est paisible, ici. C'est aussi super spacieux pour un mec seul… avance-t-elle.

– Je ne suis jamais vraiment seul. N'oublie pas, j'ai une grande famille.

– Tu es généreux en plus. Tu aurais pu m'en faire profiter, je te rappelle que je paie toujours les réparations de ta voiture…

Ça m'était complètement sorti de l'esprit. Je me sens soudain très nul.

– On n'a qu'à dire qu'on est quittes ?

Elle se redresse, faisant grincer le mobilier. Sa bouche est pincée et son air est le même que celui qu'elle arborait la première fois que je l'ai rencontrée… furieux.

– Pourquoi ? m'interroge-t-elle.

– Parce que ? Il y a besoin d'une raison ? Tu viens de le démontrer, je suis généreux.

– Je vais te le dire, pourquoi. Parce que tu as couché avec moi.

– Roxy…

– Traite-moi de pute la prochaine fois, ça ira plus vite !

Elle boude en prenant la bière avant de la porter à ses lèvres.

– Bon, je retire, tenté-je.

– Non. C'est trop facile.

– D'accord.

– Non, pas d'accord. Tu veux savoir ce qui m'énerve ? Tu me sors tes grandes phrases sur le fait que tu n'es pas un mec pour moi, mais à aucun moment tu ne m'expliques pourquoi.

Maintenant, c'est à moi d'être en colère.

– On a dit qu'on laissait ça de côté pour aujourd'hui, répliqué-je d'une voix sévère.

– Il est minuit. Nous sommes demain.

– Tu n'as même pas l'heure, Roxy…

– Il n'y a qu'à voir la lune. J'ai appris ça quand j'étais scout !

– Tu n'as jamais été scout, soupiré-je.

– Qu'est-ce que tu en sais ? Parce qu'en réalité, qu'est-ce que tu connais de moi, Parker ? Que j'ai emménagé ici il y a quatre mois ? Que je n'ai pas de famille ? Quelle est ma couleur préférée ? Ou ce que je pourrais manger sans m'arrêter ?

Je grogne en me frottant le visage. Comment en est-on arrivés là ? Chassez le naturel, il revient au galop.

– Pourquoi est-ce que tu m'engueules, exactement ?

– Parce que !

– Tu détestes le orange parce que tu trouves que ça jure avec tes cheveux.

– Je t'ai demandé ma couleur préférée pas…

Je lève la main pour l'arrêter.

– Tu n'as pas de plats favoris parce que tu penses que c'est dommage de se cantonner à une seule chose, mais tu pourrais tuer quelqu'un pour du chocolat. Tu as un grigri attaché à tes clefs qui est moche, mais je sais que si tu le gardes, c'est que quelqu'un d'important pour toi te l'a offert.

– Pffff, tu aurais pu retrouver ça sur mon profil en ligne.

– Ah, parce que tu es inscrite sur un site de rencontres ?

Jaloux. Je suis jaloux, putain !

– Si j'en avais un, souffle-t-elle en secouant la tête. Alors, que sais-tu d'autre ?

– Tu as voyagé et tu connais assez de monde pour remplir une salle de concert, mais personne ne t'appelle jamais. Tu es solitaire, têtue avec un sale caractère, mais tu es aussi sensible et prête à t'investir à fond à partir du moment où tu as donné ta parole. Tu sens la mandarine, le citron ou je ne sais quoi et cette odeur me rend dingue. Et tu es la seule qui aurait pu me faire perdre le pari. Ça te suffit, Angie ?

Elle hoche la tête en se mordant la lèvre. Elle approche et m'embrasse doucement. Notre baiser est plus tendre que ce que nous avons partagé jusqu'à présent.

– Sur une échelle d'un à dix, tu regrettes à combien ? chuchote-t-elle.

– Pas du tout, mais c'est une belle excuse pour te mettre une grosse fessée.

Je me lève et la jette sur mes épaules. Ma main claque sur son cul qui rebondit.

– Réflexion faite, je vais t'en mettre plusieurs, dis-je en réitérant mon geste. Une pour chaque fois que tu m'as rendu fou, que j'ai voulu t'embrasser et pour toutes les prochaines où ce ne sera pas possible.

– Ça risque de faire beaucoup pour une seule nuit, Parker.

– Ne t'inquiète pas, je ne compte pas beaucoup dormir…

Pour accompagner mes paroles, je la porte jusque dans ma chambre et la jette sur mon lit. Je suis un peu trop heureux. Un peu trop euphorique. Un peu trop fébrile. Et complètement insensé.

Demain, il sera temps de rétablir des règles.

À savoir, rester loin de tout ce qui pourrait ébranler mon quotidien.

CHAPITRE 61

ANGIE

Un vacarme me sort de mon sommeil. J'essaie de me rendormir, mais le bruit continue.

– Mince ! Réveille-toi, Roxy !

– Encore cinq minutes, marmonné-je en serrant mes bras autour de l'oreiller.

Des mains retirent mon coussin, me faisant grogner. Ma tête retombe mollement sur le lit et je suis sur le point de me rendormir. Tout à mon état comateux, je sens le matelas s'affaisser à côté de moi avant qu'une main ne se pose sur mon épaule. J'ouvre un œil pour voir Parker parcourir mon corps du regard. Quand il remarque que j'ai enfin émergé, il me sourit.

– Tu es une vraie marmotte.

Je bouge pour le frapper, mais je n'arrive même pas à le frôler. Mon être est endolori et j'ai la sensation de ne pas avoir du tout dormi. C'est presque le cas. Il rigole en secouant ses cheveux emmêlés. Je me redresse pour passer ma main dans ses boucles puis me ravise, mon humeur joyeuse remplacée par le poids de la réalité. Nous sommes lundi matin.

– Si tu ne te dépêches pas, on va être très en retard.

– Je ne peux pas bouger.

– Va à la douche, dix minutes et on part.

Tortionnaire et foutrement sexy. Je profite de ce qu'il regarde la pendule pour le mater un peu. Bon d'accord, beaucoup, mais c'est sûrement la dernière fois que je le vois avec aussi peu de vêtements.

– Laisse-moi là. J'appellerai mon patron pour lui dire que je suis malade, grimacé-je en étirant mon corps.

Il essaie de détourner le regard quand mon sein sort de sous la couverture, mais c'est peine perdue, je vois son intérêt s'allumer.

– Roxy… souffle-t-il.

– Quoi ? demandé-je innocemment.

– Plus que huit minutes !

– Bon, d'accord ! Tu permets ? dis-je en m'enveloppant dans le drap. Je voudrais me lever.

Il se retire en ricanant. Une fois debout, je peux admirer sa superbe érection, et malgré le fait que j'ai la sensation d'avoir passé une pierre ponce sur mon sexe, je ne peux pas m'empêcher d'être excitée. Si hier soir je n'ai pas pris le temps d'admirer sa chambre, à la lumière du jour, je fais un rapide examen des lieux. Sauf le lit défait, tout est en ordre.

La pièce n'est pas très meublée et, mis à part un cadre représentant un bateau accroché au mur beige, la commode et une fausse plante dans un panier en osier, rien ne dépasse. On se croirait presque dans une chambre d'hôtel.

– Angie. Salle de bain, me rappelle-t-il à l'ordre.

– Tu n'es pas encore mon chef à cette heure-ci. Garde tes directives pour plus tard, Captain.

– Tu ne disais pas ça cette nuit, répond-il du tac au tac.

Puis il prend conscience de ce qu'il vient de dire. Nous nous scrutons, un long moment, jusqu'à ce qu'il se racle la gorge et détourne le regard. J'ai compris. Le soleil est levé et on oublie tout ce qui s'est passé ce week-end.

– Je file à la douche avant que tu ne continues ton décompte.

Une fois la porte de la salle de bain refermée, je m'accorde une minute pour souffler. Et maintenant ? Comment vais-je faire pour le regarder dans les yeux en sachant ce dont il est capable ? Et mon Dieu, quel talent !

J'essaie de ne pas paniquer. On est adultes. On peut très bien passer au-dessus de tout ça. Lara me conseillera. Elle a l'habitude de gérer ce genre de cas alors que moi, pas du tout. Pas qu'elle ait eu plusieurs histoires avec des patrons, mais elle est du style à se fourrer dans des situations cocasses. Pour ma part, j'ai toujours évité tout ça.

– Je n'entends pas l'eau couler, fait la voix de Parker derrière la porte. Dépêche-toi, je dois prendre ma douche aussi.

– Je te proposerais bien de te joindre à moi, mais je crois que c'est hors contrat…

Parker met quelques secondes à me répondre.

– Bouge ton cul, Roxy, c'est tout !

Je souris. Tout va bien se dérouler. La preuve, on arrive à plaisanter.

Quand je suis sortie de la salle de bain avec mes affaires sous le bras, une tasse de café fumant m'attendait sur le plan de travail. Je me suis habillée en vitesse avec le jean que j'avais glissé dans ma valise et un tee-shirt à peu près propre avant de m'affaler sur le tabouret. Des images de mon ventre râpant contre l'assise tandis que Parker excellait à me faire voir des étoiles me sont revenues en mémoire. Si bien que j'ai à peine le temps de poser mes lèvres sur la tasse et de boire une gorgée que déjà, l'objet de mes fantasmes ressort de la salle de bain frais comme un gardon.

– Je te conduis chez toi au passage, m'apprend-il en me jetant un bref coup d'œil.

Je m'apprête à lui demander pourquoi quand je comprends qu'en effet, arriver tous les deux au travail dans la même voiture, ça semblerait louche.

Comme convenu, il me dépose devant ma maison. Nous nous regardons quelques instants, ne sachant pas trop quoi dire.

– On se voit au bureau.

– Pas sûr, j'ai beaucoup de trucs à faire ce matin. Ne sois pas en retard ! dit-il avec une moue faussement sévère avant de démarrer.

Voilà, ce n'était pas si compliqué.

***

J'ai été en deçà de tout aujourd'hui. Si on m'avait évaluée, j'aurais sûrement été renvoyée. Je n'ai même pas trié les photos, m'attardant un peu trop sur certaines où mon boss apparaissait. Je retire ce que j'ai dit. Rien n'a été facile. Chaque fois que j'ai croisé le regard de Parker, je me suis souvenue de ses grognements à mes oreilles, des moments que nous avons passés à deux. Tout ça m'a empêchée de travailler, même si avec notre absence la messagerie est pleine d'e-mails et que les skippers nous ont laissé dans la bannette toutes les fiches satisfaction des clients.

Mince, mince, mince !

Je jette un coup d'œil à mon téléphone en attendant que l'heure avance, allongée sur mon lit. Quand l'horloge numérique indique 19 heures, je compose le numéro de Lara.

– Salut mon petit poulpe, comment était la navigation ?

– J'ai couché avec Parker.

– Waouh, si je m'attendais à ça ! Ah, ben si, en fait. C'était comment ?

– Tu as cinq minutes pour que je te déballe la liste de tous les substantifs ? Prouesse, sensualité, sex-appeal, hécatombe, orgasmes, multiplication…

– Multiplication ? Il faut que tu m'expliques, là.

Je ricane comme une démente.

– Donc, ça veut dire que vous avez enfin cédé à votre passion et que vous vous bisoutez tellement que c'en est écœurant ?

– Pas tout à fait… nuancé-je, un peu moins enjouée.

Je commence par le début et déroule notre séjour jusqu'à lui décrire comment nous sommes arrivés au Big Bang.

– Ouais, donc il t'a proposé un plan cul à durée limitée.

– Ça me va pour l'instant, rétorqué-je, vexée.

– Pour le moment, oui, mais je sais à la manière dont tu parles de lui que t'es attachée. Oui, toi, Angie ! Celle qui laisse tout le monde à portée de main, mais assez loin pour ne pas être blessée.

– Je ne fais pas ça !

– Je suis ta sœur de cœur, mon ange. Je pense que tant que tu n'auras pas parlé à David, rien ne changera dans ta vie.

Lara a raison. J'ai laissé traîner les choses pendant trop longtemps. Si le problème Parker est en stand-by, le problème David est, lui, tout à fait soluble. Du moins je l'espère. Après avoir raccroché avec Lara, je vais fouiller dans ma valise pour récupérer ce bout de papier qui me suit depuis quelques années désormais. Il est froissé, corné et n'a jamais trouvé le bon chemin jusqu'à aujourd'hui. J'ai passé des années à en vouloir à David, des années à nourrir une rancœur qui n'a jamais trouvé d'exutoire. Lorsque nous nous sommes retrouvés, je me suis promis de faire des efforts, de mettre de côté mon ressentiment et de l'écouter. Pourtant, je ne lui en ai jamais laissé l'occasion. De peur de tomber de haut, d'être encore une fois déçue, même si j'essaie toujours de me convaincre que je n'attends rien. Et c'est ce voile que je souhaite lever aujourd'hui. Si je veux pouvoir enfin me poser, avoir un chez-moi, où que ce soit, je dois lui tendre la main. Pas pour Parker, pas pour Lara, mais pour moi. J'en ai marre de me battre.

Une fois le sésame en main, je rejoins mon géniteur dans le salon. Il est temps de régler nos comptes.

Lorsqu'il m'entend, David lève la tête et m'accueille avec un sourire timide que je lui rends. Normalement, face à son père, on est censé être détendu, en confiance, pas sur le fil et bizarre.

– Salut ma puce.

– On peut parler ? demandé-je, incertaine.

Il coupe le son de la télé. J'inspire et soudain le poids de toutes les années passées m'écrase. D'un geste maladroit, je m'assieds sur l'accoudoir en face de lui. Surpris, il écarquille ses yeux identiques aux miens.

– Je t'ai écrit une lettre. Il y a de ça quelques années. Je n'ai jamais trouvé le courage de te l'envoyer, mais je la complétais chaque fois que j'en ressentais le besoin. Est-ce que tu souhaites entendre ce qu'elle dit ?

Je le vois retenir sa respiration. Ça fait des semaines qu'il attend ce moment, mais je sens qu'il est aussi tendu que moi.

– Bien sûr Angie, je t'écoute, souffle-t-il.

Mon cœur est comprimé par l'angoisse. Je déplie le papier chiffonné, témoin de mes doutes, de mes pleurs, de mes errances et de ce manque de mon père. Mes doigts tremblent, mon taux d'oxygène est si bas que ma tête tourne, mais il faut que je le fasse.

Cher Papa Da,

Treize ans aujourd'hui et tu n'es encore pas là. Je ne sais même pas pourquoi j'espère encore. Le dernier appel où l'on a parlé plus de deux minutes remonte à l'année dernière. Je te croyais encore quand tu me disais que tu allais venir à ma compétition de gymnastique, mais tu n'es pas là. Peut-être que tu m'enverras une carte postale avec un beau paysage que je mettrai près de mon lit.

Cher Papa,

Lara, ma meilleure amie, m'a dit qu'elle écrivait quand ça ne va pas, alors j'ai décidé de tenter. Je pense à toi souvent. J'espère que c'est aussi un peu ton cas. Quatorze ans, c'est vraiment une année pourrie. Est-ce que tu penses qu'un été, je pourrais venir te voir ? Parce que sincèrement, tu me manques.

Papa,

Quinze ans, ce n'est pas mieux. Où es-tu ? Pourquoi ton numéro est-il passé en non attribué ? Peut-être t'es-tu fait manger par une lionne, mais en tout cas j'espère que tu as une bonne excuse pour avoir raté une fois de plus mon anniversaire.

Edit : Tu m'as contactée. Tu ne captais pas dans la brousse. J'espère que le safari en valait la peine.

Cher toi,

Parce que je ne sais plus comment t'appeler, cela fait tant d'années que papa n'est plus qu'un mot que j'entends dans la bouche des autres alors que j'aurais voulu moi aussi l'employer. Il y a tellement de choses que j'aimerais parfois te dire, des moments qui me reviennent qui me font souffrir, mais la seule question vraiment importante est : où es-tu ?

Pourquoi n'étais-tu pas là quand je souffrais de maux de ventre ? Quand je me suis cassé le poignet ? Ou quand mon cœur a eu l'impression d'exploser quand Loïc m'a quittée ? Loïc, ça a été mon premier amour et un véritable con. Tu vois, maintenant je jure parce que j'ai bientôt seize ans et que tu n'es pas là. J'ai arrêté de croire que tu allais apparaître le jour de mon anniversaire. J'ai cessé mes appels, mes courriers qui restaient parfois sans réponse ou que tu ne prenais en compte que des semaines plus tard. J'espère que les lions sont beaux, que les ciels étoilés sont un joli spectacle parce qu'aujourd'hui, je ne suis plus sûre que tu aies encore une fille.

Cher David,

Je voudrais te dire que je te pardonne de ne pas être là sauf que c'est faux. Je t'en veux dès que je pense à toi. Je t'en veux parce qu'à cause de toi, j'ai cette peur insurmontable d'être à nouveau abandonnée. Je crois toujours ne pas être assez bien. Je pense sans cesse que les autres vont partir. J'ai dix-huit ans aujourd'hui et tu n'es pas là. Tu aurais pu m'offrir ma voiture ou simplement m'emmener faire une virée avec toi dans cette campagne où nous allions quand tu étais encore présent. On aurait soufflé mes bougies, ouvert mes cadeaux puis tu m'aurais dit que tu m'aimes. Mais tu ne m'aimes pas, n'est-ce pas ? Sinon, tu aurais été là.

David,

Maman est malade. Tu aurais dû être là pour me soutenir. J'aurais pu pleurer cette nuit sur ton épaule après sa première chimio. Tu m'aurais enlacée en me disant que ça va aller. Parce que ça va aller, n'est-ce pas ? Tu me l'as dit au téléphone, mais j'ai besoin de toi.

David,

Maman est partie. Je te déteste de me laisser affronter ça toute seule. Pourtant elle m'a fait promettre de renouer avec toi. Une sainte, ma mère, une sacrée sainte. Nous l'avons enterrée aujourd'hui et Lara m'a tenu la main.

Angie.

Je n'ai plus de voix quand j'arrête ma lecture, elle semble engloutie par le sac d'émotions que je viens de sortir. Les larmes se sont mises à couler sans que je puisse les arrêter. J'ai la sensation de revivre cette souffrance, de me revoir à ces âges où je l'attendais encore, de ressentir la déception m'étreindre et de revivre cette lente agonie quand j'ai appris que maman n'allait jamais guérir. Quand je relève la tête, je constate que David pleure. Il a les yeux rougis et j'ai la sensation qu'il va s'effondrer devant moi. Nous nous regardons et toutes ces années de non-dit me submergent.

– Je suis tellement navré, Angie… Tellement, répète-t-il avant de se remettre à pleurer.

– Je t'en veux, David, mais je suis ici aujourd'hui parce que je l'ai promis à maman. Je lui ai juré de faire des efforts sur son lit de mort. Mais c'est dur. Tout ce que je voulais, c'était avoir un père présent la première fois que mon petit ami est venu me chercher à la maison. Peut-être que si tu avais été là, il aurait pris peur en se disant qu'un homme me défendrait s'il merdait. Je n'aurais pas dû faire plusieurs kilomètres à pied dans le noir et le froid pour rentrer chez moi.

– Je ne savais pas… Je…

Il bute sur les mots, ravagé par une souffrance que j'ai ressentie pendant des années.

– Je n'ai jamais pris conscience que tu voyais la situation ainsi.

– Tu n'as pas appelé souvent. Tu n'es pas venu.

Ma voix tremble tandis que les larmes dévalent le long de ma joue. Il esquisse un mouvement pour l'essuyer, mais je me recule.

– Pourquoi est-ce que tu m'as abandonnée ? demandé-je, à bout de souffle.

La tension parcourt son corps. Il se racle la gorge sans rompre notre contact visuel avant de lâcher un soupir. Ses mains se tordent sur ses genoux.

– Je n'ai aucune fichue excuse. Je suis un idiot. Je sais que je n'ai pas fait les choses correctement avec toi, mais je ne peux pas rattraper toutes ces années. Je m'en excuse. Je sais que mes mots sont vains, mais je suis profondément désolé.

– Explique-moi.

– Tout ce que je vais te dire semble dérisoire. Même moi, quand j'y réfléchis, je sais que ce ne sont pas des excuses valables. J'ai beaucoup voyagé pour le travail. Je n'ai jamais voulu briser nos liens. J'ai même souhaité que tu partes avec moi, mais ta mère n'était pas d'accord. Ne t'énerve pas, je n'ai rien contre elle.

– Je… Maman n'aurait jamais coupé les ponts entre nous de son plein gré.

Il hausse les épaules, las. La douleur qui passe dans ses pupilles fait écho à la mienne.

– C'est elle qui a quitté la ville où nous habitions. Mon activité décollait et je me suis retrouvé coincé… J'avais déjà accepté de partir deux ans au Zimbabwe. Si je renonçais au dernier moment, je me serais tiré une balle dans le pied. Quand je suis revenu, tu n'as pas voulu me voir…

Je m'en souviens. J'étais une enfant blessée, que son père appelait de moins en moins souvent et qui ne l'avait pas vu depuis tellement d'années qu'elle avait oublié son odeur.

– Tu aurais dû me choisir moi plutôt que ta carrière.

– Je sais. C'est le plus grand regret de ma vie.

Il essuie une larme sur sa joue, les yeux baissés. Effectivement, il n'a aucune excuse. Aucune.

Pourtant, je comprends. Un peu. Je ne cautionne pas, je ne valide pas, mais j'arrive à comprendre ce qui l'a poussé à faire ces choix, à l'époque. Et de l'entendre le dire, de voir sa peine, un poids s'ôte de ma poitrine. Il regrette. Il aurait voulu être avec moi.

– Est-ce qu'un jour tu pourras me pardonner ? reprend-il. Je ne te dis pas tout de suite, mais réfléchis-y, d'accord ?

– On peut toujours essayer, non ?

Il me sourit et pose sa main sur ma cuisse qu'il presse avec douceur. Il me faudra sûrement des années pour lui faire de nouveau confiance, mais chaque chose en son temps et un pas après l'autre. C'est bien ainsi qu'on avance n'est-ce pas ?

– Pizza, ça te dit ? lui proposé-je.

– Mozzarella, jambon, champignons, olives supplément olives ? complète David.

– Toujours !

Je souffle pour essayer de déloger la boule dans mon estomac.

– Je suis désolé d'avoir été un mauvais père, Angie. Je t'aime, il n'y a pas un jour où je n'ai pas pensé à toi.

– Merci.

Et je le pense, parce qu'il vient de me délivrer d'une prison dans laquelle j'étais enfermée depuis beaucoup trop longtemps. Celle dans laquelle les murs me chuchotaient que s'il était parti, c'est que je n'avais pas été assez bien pour le retenir.

CHAPITRE 62

ANGIE

Une semaine depuis que nous sommes rentrés de l'île Malahoe et que l'on se cherche, Parker et moi. Entre les regards en coin, les sourires et même un baiser volé, je ne sais plus quoi en penser. Je vois bien qu'il se passe quelque chose entre nous, mais que Parker se contient. Il n'ose pas aller plus loin.

– Il m'a dit ne vouloir qu'une seule nuit mais nous n'arrivons pas à nous passer l'un de l'autre. Il trouve toutes les excuses du monde pour venir me voir alors qu'avant, il restait cloîtré dans son bureau. Même les *fishermen* ont été surpris de le retrouver aussi souvent dans la salle de pause. Lara, je fais quoi maintenant ?

Lara m'écoute pour la énième fois me plaindre depuis que je suis rentrée.

– Tu passes à autre chose et tu te tapes le petit frère ?

Je grogne. Où est ma romantique de copine quand j'ai besoin d'elle ?

– Mauvaise réponse ? rigole-t-elle. Bon, j'ai une question à te poser.

Je me pince l'arête du nez.

– Est-ce que tu le veux ? Vraiment ? Parce que si tu vas le chercher, ça risque de faire mal, Angie.

– Il me plaît.

– Ça ne suffit pas, ça. Le rappeur avec sa coupe décolorée te plaisait aussi à une époque, puis il y a eu le serveur du fast-food. Par ta faute, j'ai pris cinq kilos en un été. Et après on a eu le mec de l'entretien.

Je ne peux pas m'empêcher de sourire. Lara ne se rappelle pas qu'elle aussi a craqué pour lui.

– Quand tu dis gars de l'entretien, je vois le vieux type avec sa serpillière et son uniforme gris. Il était sexy, lui. Toutes les filles du lycée attendaient de faire un tour dans son placard à balais.

– On s'égare. Ce que je voulais dire par là, c'est que son ex est toujours présente, il a dû vivre quelque chose de fort. Si tu veux mon avis, ça pue le gars qui fuit l'engagement.

– Pitié, si tu me reparles de ce truc que tu as lu sur la psychologie en attendant l'avion, je raccroche.

– Vas-y et tu te retrouveras toute seule avec ton problème de cœur.

C'est le mien qui s'emballe. Parker ne veut pas se mettre en couple. La grande question est : pourquoi ? Je lui ai dit être d'accord sur les termes du contrat : une nuit, sauf que ce n'est pas le cas. Plus je le côtoie, plus mon cœur, ce traître, décide de n'en faire qu'à sa tête. J'aime le voir, l'entendre et cela même quand il est de mauvaise humeur et que je fais tout pour le faire sourire. Quand j'y arrive, j'ai la sensation d'être importante.

Je fais toujours dans le compliqué. Il fallait que je m'entiche d'un mec avec la phobie de l'engagement. Sauf que ce n'est pas n'importe quel homme.

– Est-ce que tu veux être avec lui, Angie ? reprend Lara.

– Oui… soufflé-je. Je crois que je suis amoureuse.

– Ça fait peur, hein ? demande gentiment Lara.

Je ne conteste pas. La panique est en train de m'envahir. Elle me connaît, moi et ma foutue terreur de l'abandon. Elle sait que si j'avais eu une autre option, jamais je n'aurais fait le choix de tomber amoureuse, et encore moins d'un gars qui m'a clairement dit ne rien avoir à m'offrir.

– Si tu veux mon avis, c'est un défi à ta hauteur. Si toi, tu n'arrives pas à le faire céder, personne d'autre n'y arrivera.

– C'est n'importe quoi.

– Bon d'accord, mais ça me semblait être une belle phrase d'encouragement.

– Je fais quoi ?

– Il ne faut pas attendre, plus tu patientes, plus les chances deviennent faibles. Là, il a encore ton odeur sur les doigts et votre séjour en tête. Va le rejoindre ce soir et propose-lui un nouveau deal.

– Je me pointe chez lui comme une fleur ?

– Tu peux bien trouver une excuse. Si tu regardais les films romantiques, tu saurais que la fille égare toujours un objet chez le mec…

– Comme quoi ? Sa coupe menstruelle ?

– … et qu'elle doit y retourner. Ne sois pas si cynique, Angie Baffin !

– Le seul truc que j'aie oublié chez lui, c'est un bout de mon cerveau, une partie de mon cœur et… ma culotte !

Qu'il m'a enlevée avant de plonger sa tête dans ma… Je m'égare. Est-ce que je vais vraiment faire ça ? Me pointer chez lui pour la récupérer ? L'excuse est ridicule, mais ma meilleure amie a raison. C'est ce soir ou jamais.

– OK, je fonce ! m'écrié-je, soudain excitée par l'entreprise.

Lara renifle dans le combiné.

– J'ai l'impression d'être une maman oiseau qui va voir son oisillon se jeter du nid pour la première fois.

– Je vais éviter de m'écraser au sol.

– Au moins, tu pourras passer à autre chose si c'est le cas. Vole, mon petit papillon.

– Je croyais que j'étais un oiseau.

– On s'en fout, Angie. Arrête de retarder le moment où tu raccroches. Ce soir, tu prends tes ovaires en main et tu fonces chez Parker.

Je prends mes ovaires en main et je fonce chez Parker !

Plus facile à dire qu'à faire. J'ai hésité à faire demi-tour à peu près un million de fois. J'ai même emprunté le chemin le plus long pour arriver jusque chez lui. Au final, je me suis perdue. Il a fallu que je me remémore le trajet de tête, sachant que la semaine dernière j'étais plus concentrée sur Parker que sur la route. Le point positif, c'est qu'il est là. Sa voiture est garée dans l'allée. Je me stationne derrière la file de véhicules parquée le long du trottoir. Mes mains sont moites et je suis sûre qu'en période de sécheresse, je pourrais remplir un petit étang avec toute l'eau que je perds. Je les essuie, prends mon courage à deux mains et sonne à la porte. Pendant le laps de temps qu'il lui faut pour ouvrir, je répète mon entrée.

« *J'ai oublié quelque chose le week-end dernier, je peux le récupérer ?* »

« *Tu n'aurais pas trouvé un truc à moi, par hasard ?* »

« *Je voulais juste une excuse pour pouvoir sonner chez toi et je me suis dit que te réclamer mon sous-vêtement pouvait en être une.* »

« *Hey, on peut remettre ça pour une durée indéterminée ?* »

La porte s'ouvre. Je lance la première chose qui me vient en tête, paniquée.

– Hey, toi…

Je m'arrête net, la bouche toujours ouverte, et déglutis. Mes ovaires sont au sol à se faire piétiner par la faute à pas de chance.

– Mais qui voilà ! s'exclame Weston avec un sourire en coin. Si ce n'est pas ma petite femme.

– Qu'est-ce que…

– C'est qui, Wes ? l'appelle une voix féminine.

Si seulement un trou géant pouvait s'ouvrir pour m'engloutir, ce serait le moment idéal. Un bout de femme passe la tête dans le couloir et quand elle m'aperçoit, son visage s'éclaire.

– Angie ! Tu viens nous aider ?

– Euh… euh…

C'est tout ce que je baragouine tandis que Melinda nous rejoint à la porte. Weston hausse un sourcil amusé.

– Entre, ne reste pas plantée là ! On est en train de coller les lettres.

Je hoche la tête et la suis dans le salon… qui ne ressemble pas du tout à ce dont je me souviens. Les meubles sont poussés, la table à manger en bois est recouverte de banderoles bleues et blanches, tandis qu'au sol, des bouts de papier empêchent d'en distinguer la couleur. Parker revient de la terrasse en toussant, couvert de paillettes or et rose.

Je pouffe dans ma main en le voyant. Nos yeux se rencontrent et je cesse immédiatement de rire.

– Tu es plus coloré qu'une petite fille pour le carnaval, raille Wes.

Deux options : Parker me fout dehors à coups de pied ou ça passe.

– Regarde qui vient nous donner un coup de main !

– Angie…

– J'ai oublié un truc dans ta voiture, je me suis dit que je pouvais le récupérer maintenant… Si je dérange, je peux repasser, dis-je en me raccrochant aux branches.

– On est là ! s'exclame une voix chantante.

Pitié. Tuez-moi.

Des pas annoncent l'arrivée de plusieurs personnes. Dans la famille Doretta, j'ai demandé le père, la mère, le frère et la belle-sœur. *Famille !* Lucan se précipite vers la table pour poser de grands tubes, je me pousse pour le laisser passer alors qu'il rouspète.

– Angie, *cara* ! me salue Maria. C'est gentil de venir nous aider. L'événement caritatif est le week-end prochain et il nous reste pas mal de choses à faire.

– Elle ne reste pas, la coupe Parker. Angie est là pour récupérer un *truc* oublié…

– Un truc ? s'exclame sa belle-sœur.

Tous les regards sont tournés vers nous. On entendrait presque chanter les grillons au-dehors.

– Oui, quand je l'ai raccompagnée… chez elle. Bref !

Ça devient carrément gênant. Et au sourire que fait Weston, je devine qu'il a bien compris que son frère raconte un mensonge.

– OK, donc, je prends mes clefs… continue Parker, mal à l'aise.

Caldie me détaille avec une étrange expression. Mon teint a dû passer de blafard à rouge. Le malaise. Pire que ça, même. J'avais imaginé plusieurs scénarios, mais aucun où je devrais affronter une partie de la tribu Doretta.

– Mais… tente Maria.

– C'était sympa de tous vous voir. Bonne soirée !

Je me précipite hors de la maison, le cœur battant à cent à l'heure. La voiture à mes côtés clignote, signalant que l'ouverture centralisée est activée. Parker avance dans l'allée, pailleté et sérieux. Ça ne va pas ensemble normalement. Au moins, ça a le mérite de dédramatiser la situation. Presque.

– Qu'est-ce que tu fais là, Angie ?

– J'ai oublié mon… ma… chez toi la semaine dernière. Enfin… je pense… Je ne suis plus sûre, bafouillé-je. Bon, ce n'est pas grave. Je suis désolée si je tombe mal. Je m'en vais. À demain.

Ma phrase n'a ni queue ni tête. Parker m'attrape par la main et me force à rester en place.

– La vérité, Angie.

– J'ai laissé ma petite culotte. J'y tiens parce que c'est un cadeau.

– Un cadeau. De qui ?

Je vois que ça ne lui fait pas plaisir. Parker serait-il jaloux ?

– Bon d'accord, c'est un mensonge.

Je me tords les mains en plantant mon regard dans le sien.

– Ce n'est pas un cadeau ?

– On peut le considérer comme ça, mais…

– Roxy !

– Je voulais une nuit de plus… avec toi. Même plus qu'une nuit, d'ailleurs. Une journée peut-être ? Ce n'était pas dans le contrat, mais… les règles sont faites pour être enfreintes, non ?

CHAPITRE 63

PARKER

Je ne sais pas quoi lui répondre. Moi aussi j'ai envie de cette nuit de plus, mais après ? Ce qui se passe dans mon salon m'ancre assez à la réalité pour me rappeler que je ne peux lui donner que ça. Je ne suis pas prêt à offrir plus.

– Tu es consciente qu'il y a toute ma famille à l'intérieur ?

– Que j'ai déjà rencontrée. Vous faites quoi, d'ailleurs ?

Voilà le moment que je redoutais.

– Nous sommes en train de créer des banderoles.

– Pourquoi ?

– Ce n'est pas le bon moment, Angie, soupiré-je. Écoute, on peut parler de ça demain ?

Je me sens mal. Roxy ne sait pas où elle a mis les pieds ce soir.

– Non, répond-elle après quelques instants. Je veux une réponse.

– Roxy, ce n'est juste pas le bon moment.

– Et ce sera quand, exactement ? Ta famille est à l'intérieur, occupée. Je suis certaine que ce que tu as à me raconter peut tenir en une phrase.

Mon cœur se comprime. Si seulement cela pouvait être aussi simple. Elle a raison. Je pourrais lui résumer tout mon passé en quelques mots, mais ce ne sera jamais suffisant.

– Tu es tellement secret, Parker. J'ai bien compris que tu as peur de te mettre en couple. Mais pourquoi ?

– Je ne suis pas fait pour ça.

Arrête de chercher plus loin. Je la supplie du regard, mais elle ne m'écoute pas. Ses yeux me montrent sa détermination. L'angoisse me saisit au fur et à mesure que les minutes défilent.

– J'en ai marre de tourner autour du pot, reprend-elle. Tu me plais. Beaucoup. Un peu trop peut-être pour que je garde la tête froide mais voilà, c'est comme ça. Quand je m'engage, je fais tout à l'excès. Cependant je ne suis pas assez inconsciente pour le faire en ne sachant pas tout.

– Tu m'en demandes trop.

Elle détourne un instant son visage et je vois que je l'ai blessée. Ce n'est pas ce que je veux. Je suis attaché à elle. Elle me plaît aussi, trop, comme elle le dit si bien.

– OK, donc je m'en vais, dit-elle en secouant la tête, dépitée.

– Roxy… Ce n'est pas facile.

– Je comprends, Captain. On a tous des casseroles, des problèmes, des histoires mais…

– Nous faisons des banderoles pour le stand de l'association Per il tuo sorriso, l'interromps-je.

Mon pouls s'emballe. C'est un début. Le début de mon histoire.

– C'est bien de vous investir dans une cause. C'est en faveur de quoi ?

Je déglutis. Ce n'est pas un secret, c'est simplement qu'en parler me fait souffrir. Mon cœur se comprime davantage.

– Des familles dont les enfants sont malades.

Ou pire.

– D'accord, répond simplement Angie.

Les larmes me montent aux yeux. Mon cœur manque un battement alors qu'il se brise pour la millième fois depuis que…

– J'ai perdu ma fille. Pìa. Et cette association est en son honneur.

Je vois dans son regard qu'elle encaisse le choc. Elle ouvre la bouche et ses yeux expriment l'incompréhension. Je sais qu'elle se pose dix mille questions.

– Ta… fille ?

Je hoche la tête, incapable de parler, un sanglot dans la gorge.

– Parker, je suis désolée…

Elle s'avance vers moi, passe ses bras autour de mon buste et me serre contre elle. Son cœur bat si fort que je le sens résonner contre le mien.

– Ce n'est pas ta faute, Roxy.

Elle se mord les lèvres.

– Je suis vraiment vraiment vraiment désolée de t'avoir forcé à me révéler la vérité. Si j'avais su…

– J'aurais dû t'en parler. Ce n'est pas un secret inavouable. C'est juste que…

Parler de Pìa me fait chaque fois le même effet. Tout mon être se brise en un milliard de petits morceaux.

– Je comprends.

Elle pose ses lèvres sur les miennes dans un baiser d'une extrême douceur. Lorsqu'elle commence à se reculer, je la retiens et accentue notre échange. J'en ai besoin. J'ai besoin de me sentir vivant à nouveau. Quand je l'embrasse plus durement, Angie me répond avec la même intensité. Je n'ai pas envie qu'elle me voie comme une personne fragile. Je veux qu'elle continue de me tenir tête et qu'elle me rende coup pour coup. Pourtant, elle insuffle cette douceur, cette acceptation à défaut de le faire avec des mots, qui me vont droit au cœur. Lorsque nous nous séparons, elle me sourit.

– Je suis la reine du gonflage de ballons et je fais de superbes arches. Si tu veux bien, je peux vous aider ? dit-elle en me prenant au dépourvu.

– Une arche, tu dis ?

Elle acquiesce, craquante avec son sourire. Si je ne me retenais pas, je l'embrasserais sur-le-champ.

– Une nuit, Roxy Red.

– Même une soirée, si c'est ce que tu souhaites…

Je ne sais pas ce que je veux, ma tête est beaucoup trop en vrac, surtout aujourd'hui. Mais je sais que même si c'est une mauvaise idée, je ne peux pas m'en empêcher. Parce que c'est elle.

Nous rejoignons le salon. C'est bruyant, comme d'habitude, comme si nous ne nous étions pas absentés et que cette conversation n'avait jamais eu lieu.

– Pendant que j'y pense ! Gwen m'a téléphoné pour me dire qu'elle nous avait apporté un cadeau ! s'exclame mon père.

– J'espère que tu l'as brûlé, râle Missie.

– Ce ne sont pas des manières, Melinda, la houspille ma mère.

– Je suis civilisée, mais pas avec les garces.

– Pour info, Angie, c'est l'ex de Parker, rajoute Caldie d'un air entendu.

Celle-ci hoche la tête.

– Je l'ai rencontrée, avoue-t-elle. Elle est passée déposer un papier la dernière fois.

Si maman n'était pas là, certainement que ma sœur jurerait.

– Pour info, on la déteste. Donc toi aussi, avance Melinda.

– Ça me va, chuchote-t-elle à ma sœur.

Je perçois le sourire de Roxy juste avant qu'elle ne détourne la tête. Elle trouve vite sa place entre mes frères et sœur. Elle parle cuisine avec ma mère, peinture avec mon père, s'engueule avec Caldie.

Je suspecte soudain qu'une guerre nucléaire va exploser, mais ma belle-sœur se contente de rire. Elle se fond parfaitement bien dans mon monde fait de blagues, de pizzas commandées chez Pepe et de mots italiens lancés dans les airs par mes parents. Weston et elle sont très complices, mais ça ne me fait plus la même impression qu'il y a quelques jours. Ils se sont bien moqués de moi.

– Pourquoi les garçons ont-ils tous des prénoms américanisés ? demande Angie à ma mère alors qu'elle bataille avec la machine à badges.

– Ah non, Angie ! soupire Lucan. Ne lance pas mes parents sur ce sujet, s'il te plaît.

– Parce que ma chère femme est tombée amoureuse d'une sitcom et qu'elle a menacé de divorcer si je ne la laissais pas faire ce dont elle avait envie.

– Oui, mais trois fois quand même…

Je souris.

– Que veux-tu *micetta*, quand on aime, il faut faire des sacrifices.

Cette phrase résonne bizarrement en moi, surtout quand, quelques secondes plus tard, mon regard croise celui d'Angie.

– *Basta* ! s'écrie maman. Arrête de parler de moi en mal.

– Et c'est reparti, déplore ma sœur.

Tout le monde rit et le travail avance. Angie fait ce qu'on lui demande avec entrain. Elle est même force de proposition en indiquant qu'un stand photo attirerait plus de personnes et donc plus de dons. L'événement se déroulera samedi et réunira plusieurs associations, toutes en faveur des enfants. Chaque association décide de l'organisation de sa journée, le but étant de lever des fonds. Tout l'argent récolté sera ensuite utilisé pendant l'année. Avec Per il tuo sorriso, nous aidons les familles qui n'ont pas les moyens d'offrir un enterrement à leur enfant, attribuons un budget pour payer des chambres d'hôtel aux parents dont les enfants sont hospitalisés. C'est aussi un soutien psychologique, en les mettant en relation avec d'autres personnes qui vivent la même chose.

– On pourrait immortaliser cet instant en famille, parce que chaque moment de vie est important. Surtout quand on est bien entourés... explique-t-elle.

Elle recherche quelques images sur Internet pour nous montrer ce que ça donnerait. L'idée nous plaît tout de suite.

– Le problème, c'est de trouver un photographe qui accepte de venir si vite, soulève Lucan.

– Je peux demander à David.

– Tu ferais ça ? l'interrogé-je, étonné.

– Oui. Je lui en parle quand je le vois, OK ?

Je suis touché qu'elle me le propose. Je sais que sa relation avec son père est compliquée.

Ma maison se vide au fur et à mesure que l'heure avance et que nous terminons. Angie a tenu sa promesse et m'aide même à ranger le capharnaüm qui règne dans la pièce. Nous arrivons au bout du collage, du tulle et de tous ces trucs dont je ne connais pas le nom avec quelques blessures de guerre. Ses cheveux roux sont couverts de paillettes et c'est à se demander si elles vont partir un jour.

– Ça ne laissera pas de séquelles, à part peut-être dans la salle de bain. Il faudra juste bien frotter, assure-t-elle en ébouriffant sa chevelure.

– Tu vas y passer des heures.

– Tu t'es vu ? Tu ressembles à une version Coachella de Ken.

– Bon d'accord, je risque aussi d'utiliser tout le ballon d'eau chaude. Tu veux prendre un verre sur la terrasse ?

Je n'ai pas envie de te laisser partir.

– Juste un café.

Je fais couler deux tasses et en pose une devant Angie.

– Tu n'as aucune question sur la soirée ?

– Est-ce que les *fettucine* aux champignons sont aussi bonnes que ce que prétend ta mère ?

– Mieux que ça, j'assure.

– Comment vous faites pour ne pas peser une tonne ?

– Je cours, je bosse, je…

– Tu ponces…

– Quoi ?

– Tu sembles oublier la première fois qu'on s'est revus. Tu étais torse nu et…

– Ça t'a fait de l'effet, avoue. Même si tu as agi comme une vierge effarouchée.

Au lieu de me répondre, elle soupire avec désespoir.

– Tu peux toujours te mentir, chuchoté-je à son oreille. Moi, je sais la vérité.

Nous restons silencieux, ses doigts glissent avec douceur sur ma main et pour la première fois depuis longtemps, je me sens bien.

– Ta famille est géniale, admet-elle.

– Oui. Et étouffante. Et bruyante.

– Et tu les aimes tous. J'ai appris à te connaître Parker, pas besoin de jouer le gros dur. Même tes côtés fragiles me plaisent.

Je m'esclaffe en me tournant pour la regarder dans les yeux.

– Ma fragilité et moi te remercions.

– Ne le prends pas comme ça, bougonne-t-elle. Je voulais juste dire que j'apprécie ce que j'ai vu de toi. Le fait par exemple que tu accompagnes ta mère dans son projet. Elle m'a expliqué qu'elle l'a lancé il y a deux ans. Pourquoi avoir choisi le nom Per il tuo sorriso ?

– Parce qu'elle avait le plus joli sourire qui existe sur cette terre.

Elle.

Pìa.

Ma fille.

– Tu as une photo ?

Je secoue la tête. Aucune chez moi. *Trop difficile. Trop douloureux.*

– Ma mère a tout, réponds-je.

– Tu es courageux d'avoir affronté tout ça, chuchote-t-elle.

Si seulement.

Je me sens exténué. À bout de forces. Au bout du rouleau.

– Je n'ai pas eu le choix. Tu te souviens, quand je t'ai dit que je ne voulais pas d'enfant ?

Elle hoche la tête, attendant que je poursuive.

– Et tu te souviens que tu m'as dit que tu en voulais ?

– Je ne vois pas…

– Eh bien, si je ne veux pas d'enfant, dis-je en la coupant, c'est parce que je ne veux plus jamais ressentir ce que je suis en train de vivre, soufflé-je.

Roxy m'a aidé à surmonter cette journée et la voir si proche, si docile, fait craquer toutes les barrières que j'ai érigées entre nous. Elle se déplace pour se rapprocher de moi.

– Parker, je suis vraiment désolée.

– Tu n'y es pour rien. La faute à pas de chance. Elle est née avec une malformation. Ils ne l'ont pas vue malgré tous les tests, les bilans, les prises de sang, les échographies, ils sont passés à côté. On l'a opérée le premier jour de sa vie. Elle a tenu bon pendant un mois et demi, et après…

Sa main caresse mon biceps, ses yeux emplis de larmes. Je ne veux pas qu'elle pleure pour moi. Je souhaite juste qu'elle comprenne pourquoi je ne me remettrai jamais en couple ni ne fonderai de famille. Je ne peux pas revivre ça.

– Deux mois avant, mon grand-père est décédé. C'était une sale année.

– Je sais ce que c'est de perdre un être cher. Tu es fort, Parker.

Surtout lâche. Je mets ma vie entre parenthèses depuis plus de deux ans parce que j'ai peur de la vivre et de me réveiller un matin pour m'apercevoir que tout recommence.

– Est-ce que Gwen est la mère de Pìa ?

– Oui, c'est sa mère.

– Pourquoi vous vous êtes séparés ?

– Parce que la perte de Pìa a provoqué un énorme gouffre entre nous. On ne s'entendait plus. Gwen a totalement vrillé dans les semaines qui ont suivi. Elle n'était plus que l'ombre d'elle-même et même si j'ai tout essayé pour maintenir à flot notre relation, ça n'a pas marché.

Elle reste silencieuse et je me demande à quoi elle pense. Je sais que cela fait beaucoup d'informations et que ce n'est pas forcément ce qu'elle veut entendre mais voilà, c'est la vérité.

– Je comprends. Je ne pourrais jamais me mettre à ta place, mais je comprends, murmure-t-elle.

– Je ne suis pas tout blanc non plus dans cette histoire. Je lui en voulais parce qu'elle m'a forcé à partir de l'hôpital le jour où Pìa a rendu son dernier souffle.

Mes yeux qui se voilent d'une lueur froide et douloureuse. Mon cœur se comprime. Roxy me prend la main mais je suis déjà loin. Je revis cette journée à nouveau noyé par le chagrin et le désarroi. Roxy se love contre moi et je l'embrasse sur le crâne.

– Tu ne m'interroges pas ?

Je m'attendais à ce qu'elle ait plus de questions que ça, même si ça me fait mal d'en parler. D'une certaine façon, ça me fait aussi du bien.

– Si tu veux me parler, je suis là, mais je ne vais pas te forcer à te replonger dans des souvenirs qui ne te sont pas agréables.

Je secoue la tête en souriant avant de poser mes lèvres sur les siennes.

– Tu peux être douce et volcanique. Tu es le mélange parfait de ce que je préfère.

– Si tu me dis ça, comment vais-je faire pour ne pas craquer pour toi ?

– Tu ne devrais pas.

Et pourtant elle est là, prête à entendre ce que je retiens depuis bien trop longtemps.

– Nous étions tous les deux au chevet de Pìa. Les médecins nous donnaient de l'espoir, je pensais vraiment que ma fille s'en sortirait. J'en étais tellement convaincu que ça a été d'autant plus dur pour moi de l'accepter. Gwen était dans le même état d'esprit que moi, elle m'a poussé à rentrer pour aller lui récupérer de quoi se changer et mon ordinateur portable pour pouvoir travailler. Je ne sais pas comment j'ai réussi à maintenir Fish & Man pendant cette période, mais les gars ont fait du bon boulot et Weston m'a beaucoup aidé.

– C'est un mec bien.

– Bien sûr ! C'est seulement pour cette raison que je t'ai poussée vers lui.

– Sauf qu'un autre Doretta m'avait déjà tapé dans l'œil et que je suis têtue.

– Ou inconsciente de te lancer dans une histoire avec un type qui n'a plus rien à offrir.

Elle secoue la tête mais se tait.

– Gwen a tellement insisté que j'ai fini par prendre ma voiture et j'ai quitté l'hôpital. J'avais un mauvais pressentiment, mais je ne l'ai pas écouté. Je voulais éviter une nouvelle crise entre elle et moi. Il y en avait déjà beaucoup à cette époque. Il pleuvait et sur le chemin, j'ai reçu un appel. Pìa a fait un arrêt cardiaque. Je n'ai pas été là pour lui dire au revoir, et tout ça pour une putain de tenue de rechange.

Je serre ses doigts dans ma paume et caresse ses cheveux. Ils glissent entre mes doigts comme de la soie.

– Ça a dû être très dur pour toi. Je suis désolée que tu aies eu à vivre ça si jeune, souffle-t-elle.

– Merci, murmuré-je.

Elle lève la tête. Nos yeux se soudent. Nos mains se lient. Je l'enlace et nous restons ainsi pendant quelques minutes. Elle me repousse doucement et me sourit.

– Je suis vannée, bâille-t-elle. Je vais y aller.

– Il est 2 heures du matin. Reste.

– Tu me proposes de rester parce qu'il est tard, que tu as peur que je percute un sanglier ou que tu en as envie ? m'interroge-t-elle en dardant ses yeux verts sur moi.

Je me lève et lui tends la main.

– On s'en fout, non ?

CHAPITRE 64

PARKER

Jeudi. La journée s'est déroulée selon le programme, ni plus ni moins. Je n'ai pas cessé de focaliser sur ce week-end qui approche. Je me suis forcé à sourire, à ne pas être désagréable. Seulement, plus la semaine avance, plus je me sens mal. Je ne pense qu'à laisser couler ma peine en espérant que demain arrivera vite. Je reçois régulièrement des messages, tous de ma famille, auxquels je réponds toujours par la même phrase : « Ça va. » Sauf que ça ne va pas.

Ne venez pas.

Ils ont été là pour moi à l'anniversaire de la naissance de Pìa, et m'ont soutenu aussi à l'anniversaire de sa mort, même si j'ai préféré m'éloigner de tout ça pendant un week-end. Ça n'a pas été si désastreux, puisque j'ai fini dans le lit d'Angie.

Enfin, c'est encore à prouver. Mais aujourd'hui, j'ai juste besoin de souffler. D'être seul et de lâcher prise. L'été, c'est un condensé d'émotions pour moi, avec les trois dates les plus merveilleuses et les plus atroces de ma vie.

La sonnette de ma porte d'entrée retentit et je soupire, énervé. Je leur ai pourtant dit que je voulais rester seul. Ils ne m'écoutent jamais. Cette famille est étouffante.

– Dans certains hémisphères, il fait nuit tout le temps, s'exclame Angie lorsque j'ouvre la porte. C'est presque comme s'il n'y avait pas de jour. On n'a qu'à dire que c'est pareil ici, OK ?

Elle me passe devant avant même que j'aie le temps de répondre. Plus d'une semaine qu'elle me rejoint chez moi le soir et pourtant, je n'ai pas encore trouvé le courage de mettre fin à tout ça. Elle me passe devant, pose un sac sur le comptoir de la cuisine et va directement dans la chambre pour retirer ses chaussures et son jean. Elle revient dans le salon avec un simple tee-shirt mauve et une culotte en dentelle blanche. Je sais qu'elle ne fait pas ça pour m'aguicher. Pas besoin. Je finirai en elle à un moment ou un autre de la soirée.

J'ai envie d'être seul, c'est vrai. Mais Angie… avec elle, c'est supportable. Mes soirées sont supportables.

– Comment tu te sens ?

– Ça va.

J'implose. Je suis au bord du gouffre.

– OK alors.

Ce que j'aime chez Roxy, c'est qu'elle ne me brusque jamais. Si je n'ai pas envie de parler, elle ne me force pas.

– J'ai quand même tout apporté pour te faire mon sandwich spécial.

– Je suis habitué à l'excellence.

– Tu n'as pas goûté, alors ne dis rien et laisse faire le maître. Mais d'abord, je vais terminer cette arche de ballons. J'espère que tu n'as pas trop faim parce que j'en ai encore pour une bonne heure.

– Ça ira, je vais attendre.

– Va bosser, si tu veux. Je t'appelle quand j'ai fini.

Elle m'embrasse sur la joue et allume l'enceinte Bluetooth. Du rap se diffuse dans les haut-parleurs, me faisant grimacer.

Personne n'est parfait.

Je récupère mon ordinateur dans ma sacoche et vais me poser sur la terrasse, mon endroit préféré de la maison. Vite accaparé par mes dossiers, je me plonge dans le travail avec en fond sonore les fausses notes d'Angie sur des paroles qu'elle n'arrive pas à suivre. J'ai décidé d'investir dans le *Poséidon*, reste à savoir si le propriétaire acceptera mon prix. Angie a monté tous les séjours avec les photos et ça m'a convaincu. Je pense vraiment que ça pourrait faire décoller le chiffre d'affaires de Fish & Man, et surtout que ça me permettra d'arrêter de travailler avec Dalley.

Mon regard est attiré par Roxy qui se dandine en passant devant la baie vitrée. Elle bouge en rythme en effectuant de grands gestes, ce qui me tire un sourire. Cette fille est incroyable. Mon portable vibre et je décroche, les yeux rivés sur la fenêtre, sans prêter attention à l'interlocuteur.

– Allô ?

– Salut Parker.

– Gwen. Salut.

– Tout va bien ?

– Oui.

Je regrette d'avoir pris cet appel.

– Tu seras à la marina samedi ? Tu vas participer à l'événement ?

– Oui.

– Tu veux que je passe ? Je veux dire, maintenant ? Je sais que c'est difficile pour toi…

L'année dernière, j'ai été assez idiot pour me retrouver dans ses bras. J'ai pensé qu'elle seule pouvait comprendre ma souffrance, c'était notre enfant à tous les deux. Après ça, on a replongé dans ce qu'on fait de mieux, être ensemble sans vraiment l'être. Mais pas cette fois.

– Non. À part si tu voulais me dire un truc ?

– Je suis là pour toi, c'est tout.

– J'ai fini, se réjouit Roxy en accourant sur la terrasse.

Quand elle me voit au téléphone, elle met la main devant sa bouche.

– Merci, Gwen, mais ça va aller. On se voit samedi. Bye.

Je coupe la conversation.

– Désolée, je n'avais pas remarqué que tu étais en communication.

– Ce n'est pas grave. Rien d'important.

Une lueur étrange passe dans ses yeux, mais c'est avec entrain qu'elle me dit :

– Tu viens voir mon chef-d'œuvre ? Avant de déguster l'autre ?

– Ton petit cul ?

– Mon sandwich, Doretta !

L'arche est très réussie et aura fière allure sur le stand. Je la remercie, mais elle balaie ça d'un geste avec un « Pas de quoi ! ». Elle essaie de me changer les idées et je la trouve incroyable, sachant que nous ne nous sommes rien promis. Elle tend juste la main et moi, je m'y accroche. Tout ce que j'apprends sur elle me donne encore moins envie d'arrêter cette nuit qui dure des jours.

– Et la touche finale… exagère-t-elle après avoir assemblé tous les ingrédients.

Elle prend le couteau et le plonge dans le pot en verre. Vu tout ce qu'elle met comme mayonnaise, je me demande si ce n'est pas plutôt la nouvelle recette pour mourir du cholestérol.

– Si avec ça tu ne tombes pas amoureux de moi, tu es une cause perdue, s'exclame-t-elle en poussant l'assiette dans ma direction.

– Désolé de te décevoir, mais je ne crois pas qu'un pauvre sandwich réussisse cet exploit.

– Goûte ! m'engueule-t-elle.

Un sandwich ne peut peut-être pas faire ça, mais elle, oui.

CHAPITRE 65

ANGIE

– C'est toujours bon pour toi demain ?

– Je t'ai donné ma parole, Angie. Au parc de la marina, à partir de 10 heures. J'ai déjà installé tout le matériel dans la voiture.

J'ai été surprise qu'il accepte, mais David n'a pas hésité une seconde quand je lui ai parlé du projet.

– OK, merci.

Je mets de côté mon envie de rejoindre Parker et décide de finalement passer la soirée avec mon père. Un soir sans moi le fera peut-être réfléchir ? J'aimerais qu'il se rende compte que je lui manque et que tout ce que nous vivons a plus l'air d'une relation suivie que d'une histoire d'un soir.

Vers 23 heures, mon téléphone m'indique que j'ai reçu un SMS.

Tout va bien ?

Je souris. *Parker.*

Impec.

Je vois plusieurs points apparaître puis disparaître avant de recevoir un nouveau message.

Tu ne viens pas ?

Non, je passe la soirée
avec David. Pourquoi ?
Tu t'es habitué à ma présence ?

Oui.
Ainsi qu'à ta bouche sur la mienne.

Ma bouche, c'est tout ?

Ne flirte pas avec moi
si tu ne peux pas venir éteindre
ce que tu as déclenché.

Tu sais ce qu'on dit ?
L'attente décuple le plaisir.

Je souris à mon téléphone sans pouvoir m'en empêcher.

Tu sais ce qu'on dit ?
La frustration, c'est mauvais
pour la santé. Ramène tes fesses
ici quand tu as fini.

Non, Doretta. On se voit demain.

Tu es sûre ? Mon matelas
est confortable, tu te souviens ?

Je rigole mais ne lui réponds pas. Ça fait déjà quelques minutes que David dort sur le canapé, la bouche ouverte et en faisant trembler la moitié de la maison. Je pose la main sur son épaule pour le réveiller doucement. Il cligne plusieurs fois des yeux et se redresse.

– Je crois que je me suis endormi, rigole-t-il en bâillant. Je vais aller me coucher.

– Moi aussi.

Prise d'un soudain élan d'affection, je me penche vers lui et l'embrasse sur la joue.

– Merci pour la soirée. C'était sympa.

– Bonne nuit, Angie, souffle-t-il, sa voix rendue rauque par l'émotion.

Une fois dans mon lit, je me rends compte que la présence de Parker me manque. On s'habitue vite à ces choses-là, finalement. Moi qui fuis la dépendance comme la peste, je me retrouve à récupérer mon téléphone portable pour prolonger ce moment avec lui.

Si demain tu as besoin de souffler,
tu pourras m'embrasser.
Je serai ton oxygène.

Je patiente, le cœur battant. Contre toute attente, il m'appelle.

– C'est mignon, Roxy.

Sa voix résonne, rieuse, dans le combiné.

– Je suis mignonne.

– Je te manquais trop, tu voulais une excuse pour entendre ma voix suave ?

– Peut-être.

– C'est vrai.

Nous restons silencieux quelques instants.

– Bon, je vais me coucher. Bonne nuit, Angie.

– Bonne nuit, Captain.

– Eh ! Roxy ?

– Ouais…

– Mes draps m'ont chargé de te dire que tu leur manquais ce soir…

– Dis à tes draps qu'ils me manquent aussi ! Fais de beaux rêves Captain.

***

Je suis excitée et anxieuse à l'idée de cette journée. À 7 heures tapantes, je suis debout, habillée et prête à boire un café dans la cuisine. Moi qui adore les grasses matinées, pour une fois ça ne me fait rien de me lever. Pour faire passer le temps jusqu'à 9 heures, je consulte mes messages, surfe sur Internet et les réseaux sociaux. Melinda est déjà sur le pied de guerre et arbore fièrement son tee-shirt bleu turquoise où il est inscrit « Per il tuo sorriso », le nom de l'association. J'écoute sa vidéo dans laquelle elle explique comment se rendre à l'événement, quels sont les enjeux, à savoir aider des dizaines de familles, et invite la totalité de ses contacts à venir se dégourdir les jambes du côté de la marina. Ses cheveux bruns sont remontés en un chignon, ses yeux pétillent et elle continue en dévoilant le programme de la journée. Diverses activités sont organisées : saut d'obstacles, peinture sur cailloux par le père de Parker, défis, collier de perles, vente de gâteaux et conférences. Autant d'occasions pour expliquer pourquoi cette cause est importante.

Une deuxième tasse de café plus tard, David émerge de sa chambre, habillé et rasé.

– Déjà debout ? s'étonne-t-il en regardant deux fois sa montre.

– Trop impatiente.

– On peut partir plus tôt si tu veux et ne prendre qu'une voiture ? Je conduis.

– Tout ça parce que l'unique fois où tu me l'as prêtée, j'ai eu un accident.

– Je n'ai rien dit ! affirme-t-il en levant les mains. Laisse-moi juste boire un café et on décolle.

La marina est transformée, des dizaines de familles et exposants sont regroupés dans le parc. Nous rejoignons les Doretta qui nous accueillent avec de grands sourires. Je leur présente David, mais pas de Parker en vue.

– Tiens, c'est pour toi ! Tu l'as bien mérité, s'exclame Melinda en me tendant un tee-shirt aux couleurs de l'association.

Cela me fait un petit quelque chose, surtout quand elle me prend dans ses bras pour me remercier d'être là.

Parker arrive quelques instants plus tard. Ses traits sont tirés, mais il me sourit lorsqu'il m'aperçoit, et je ne peux pas empêcher mon cœur d'avoir un sursaut.

– Tu t'es levée, un samedi ! plaisante-t-il.

– Je n'ai qu'une parole, Captain.

– Merci d'être là.

J'ai envie de lui répondre que s'il me laissait un peu de place, je serais là chaque fois qu'il en aurait besoin. Au lieu de ça, je me contente de hausser les épaules dans un geste désinvolte.

– Je voulais voir mon arche de ballons.

– Lucan l'a installée. On a dû faire un aller-retour juste pour l'emporter. Tu t'es un peu lâchée, mais ça a de la gueule, confirme-t-il en levant la tête.

Il est vrai que ça a fière allure, et avec toutes les couleurs, on repère le stand de loin. J'ai bon espoir que ça aidera l'association à récolter davantage de fonds.

– Quand je suis impliquée, j'ai tendance à m'emballer.

– Je sais ça, souffle-t-il avec un sourire en coin.

Même si je fais le geste de lui taper sur l'épaule, il n'en reste pas moins qu'en une simple phrase il a réussi à me rendre toute chose. Parker a ce petit truc en plus qui a le don de me faire fondre comme neige au soleil. Pourtant, je me reprends ; ce n'est ni l'endroit ni le moment.

– Tu gères ?

– Je gère, confirme-t-il.

– Pakou, l'appelle sa sœur, tu peux aller récupérer les boîtes qu'il reste dans la voiture s'il te plaît ?

– Tu viens avec moi, Roxy ? me propose-t-il en me fixant intensément.

Tout ce que tu veux.

– Ah, non, non ! s'exclame Missie. Angie va m'aider à mettre en place la banderole. Débrouille-toi avec Lucan ou Wes.

On trouvera bien un moment dans la journée pour se voir seul à seule. Même s'il me garantit qu'il va bien, j'aimerais m'en assurer sans toute sa famille autour. Ses épaules sont tendues et son sourire, un brin bancal. Mon cœur se serre quand je pense à ce qu'il doit endurer. Je ne sais pas comment j'aurais réagi si j'étais à sa place, mais sûrement pas aussi bien que lui. Melinda me tire de mes réflexions en me jetant la bobine de fil en plein plexus.

– Tu essaies de me faire du mal, râlé-je.

– C'est le seul moyen efficace de te faire détourner les yeux de mon frère, explique-t-elle avec un sourire.

– Je regardais le château gonflable, là-bas.

– Je sais, je l'ai vu ! Ça me donne envie d'aller y faire un tour. Peut-être quand tout sera fermé.

– Tu as passé l'âge, non ?

– La vie est trop courte, il faut en profiter.

Ses cils se bordent de larmes, elle les chasse en secouant la tête. Alors qu'une heure ne s'est pas encore écoulée depuis mon arrivée, j'ai déjà le cœur chaviré et l'envie moi aussi de pleurer.

Je comprends que même s'ils n'en parlent pas, Pìa a créé un vide dans le cœur de tous les Doretta.

– Tu as raison. Je viendrai sauter avec toi.

Elle me prend dans ses bras dans un câlin qui me coupe le souffle.

– Bon, allez ! Cette banderole, Angie, s'exclame-t-elle en me relâchant.

CHAPITRE 66

PARKER

Je reviens du stand de boissons et passe devant le chapiteau dédié aux conférences. Un homme est debout sur une estrade. La quarantaine, propre sur lui et souriant à la foule qui rigole très certainement à ce qu'il vient de dire. Tout le monde applaudit, il y a même des personnes qui sifflent pour l'encourager.

Curieux, je m'arrête avec mes sodas dans chaque main et ma bouteille d'eau sous le bras.

Il nous parle de son enfance, de sa rencontre avec sa femme, de l'arrivée de leur premier enfant qui est maintenant un adolescent boudeur, puis du second, et je me prends à sourire à cette vie qu'il nous décrit. Il dégage une aura qui capte l'attention, si bien que je me retrouve à m'asseoir pour l'écouter.

– Puis est venue *l'annonce*, continue-t-il. Celle qui a changé notre vie, la mienne, celle de ma femme, de mon fils et de toute ma famille.

La salle larmoie quand il explique comment la tumeur de son fils de quatre ans s'est déclarée, tout ce qui a été fait ou non et ce qui aurait pu être fait avec plus de moyens. Je manque d'écraser la canette dans ma main tellement je la serre fort. J'ai envie de sortir de ce chapiteau, mais quelque chose me pousse à rester jusqu'au bout.

– Il est décédé un jour ensoleillé comme celui-ci.

Je pensais qu'il y avait de l'espoir derrière son message, mais mon cœur vient de s'arrêter. L'homme poursuit, nous parle de sa descente aux enfers, de sa dépression et de tout ce qui a suivi.

– Pour survivre, je me suis mis en tête de croquer la vie à pleines dents. J'ai fait la fête avec tout ce que ça suppose : alcool, drogue. Les soirées s'éternisaient, j'ai rencontré des mecs, des filles plus jeunes qui, eux, n'avaient pas toutes les responsabilités que malgré tout j'assumais. Alors que je souriais, que je dansais, j'avais l'impression de me noyer. Que chaque inspiration que je prenais me faisait couler un peu plus.

Moi aussi.

– Je sais que je ne suis pas le seul à être dans ce cas. On se dit que les hommes doivent être forts, ne pas pleurer, ne pas montrer leurs sentiments, mais le deuil d'un enfant, c'est quelque chose qui vous fait revoir votre vie. De fond en comble. Alors peut-être que chacun réagit différemment, en passant des heures au bureau par exemple, ou en faisant comme si toute cette période avec leur enfant n'avait jamais existé…

Merde.

– Mais ce n'est pas la solution. Je ne prétends pas posséder de recette miracle, je dis seulement que chacun doit trouver comment surpasser ça. Un matin, j'ai trébuché sur un des jouets appartenant à Joey, et j'ai craqué. Qu'est-ce qu'il faisait en plein milieu de mon salon, je ne l'ai jamais su. Pourtant, c'est à partir de là que tout a changé. J'ai commencé à faire un pas en avant vers la guérison. J'utilise ce mot avec beaucoup de sérieux. La perte d'un enfant vous tue à petit feu, ça vous blesse dans votre chair, dans votre âme. Il faut en guérir, trouver ce qui vous fera aller mieux.

Mon cœur se comprime. Il met des mots là où je n'ai pas réussi à le faire. Tout ce qu'il dit, c'est exactement ce que je ressens depuis la mort de Pìa.

– Et même si ce n'est pas aujourd'hui, vous irez mieux un jour. Il suffit de garder à l'idée que la peine finit par être moins douloureuse, même si elle ne s'efface jamais vraiment. N'oubliez pas de vivre, pas comme moi, rigole-t-il, mais à votre manière, parce que le fait que je sois là devant vous aujourd'hui prouve que la vie est un cadeau. Merci à tous.

Les applaudissements résonnent sous la tente et les participants commencent à sortir pour rejoindre les autres événements. Quant à moi, je suis sous le choc. Ces paroles font écho en moi. L'idée que cela puisse être un signe, j'en aurais ri, avant, mais aujourd'hui… Tout sonne comme s'il n'avait parlé que pour moi, pour me dire de me sortir les doigts du cul et d'avancer.

– C'était assez vrai, tout ce qu'il a raconté…

Je me retourne et constate que Caldie est debout derrière moi, les yeux légèrement rougis.

– Tu es là depuis quand ?

– Je suis arrivée quand il parlait de Joey. À la base, j'étais juste venue vérifier que tu n'étais pas allé acheter de quoi boire à plusieurs kilomètres de là.

– Tu avais peur que je m'enfuie ?

– Un peu, sourit-elle, mais tu tiens le coup comme un chef.

– Mouais, on va dire ça.

– Je suis fière de toi. Pìa aurait été fière de son papa… (Elle me lance un regard indéchiffrable.) Bon allez, on meurt de soif là-bas et on aurait besoin d'aide pour gérer la foule d'enfants qui courent avec des tubes de peinture autour de nous. Quelle idée de dessiner sur des cailloux, franchement !

Je lui souris.

On ne le saura jamais, mais j'espère qu'elle a raison.

Après le témoignage sur le petit Joey, la journée est passée à deux mille à l'heure. L'idée du *photobooth* a fonctionné à merveille et notre stand n'a pas désempli. Des dizaines de familles se sont pressées pour immortaliser ce moment, si bien que nous avons dû organiser une file de fortune pour que les personnes puissent faire la queue. Le parc ferme ses portes et je suis rincé. On peut dire que ça a été un succès.

– Tu m'écrases le pied, grand dadais ! se plaint Caldie en me poussant.

Je la prends par les épaules et la colle contre mon torse dans un câlin, juste pour l'embêter. David nous a proposé de finir cette journée en beauté par un cliché de famille. Ma mère a sauté sur l'occasion et même Lucan, pas très fan de photo, se prête au jeu. Le problème, c'est que nous sommes tout sauf disciplinés. Il va sans dire que ça colle bien à notre cercle. Angie nous observe avec un grand sourire, riant aux pitreries de mon frère et soudain, j'ai envie de la voir là, au milieu de nous tous.

– C'est dans la boîte, la famille Doretta ! nous apprend David en abaissant son appareil.

– Merci beaucoup. On va pouvoir la mettre sur le site Internet.

– Pas celle où Weston a la bouche en cœur, en revanche, plaisanté-je.

– Attends, David ! Angie, tu devrais être sur la photo ! Après tout, tu en as fait autant que nous, émet ma sœur en l'incitant à se joindre à notre petit groupe.

– Non, non, je…

– Allez, *cara*, l'appelle mon père.

Après un concert de sollicitations, elle finit par craquer. Roxy se met sur le côté et sourit timidement. Au moment où David déclenche le flash, mon visage est toujours tourné vers elle. Nos regards se croisent, se lient et je sens qu'il se passe un truc, c'est juste là. Cet élan du cœur qui court vers elle. J'inspire en retenant mon souffle parce que je le sais, je le comprends en plongeant mes yeux dans les siens, Roxy a réussi l'impensable. Elle m'a ramené là où je ne voulais plus aller, sur ce chemin pavé d'incertitudes et de mots doux. Je suis amoureux, c'était juste là. Je suis amoureux, bon sang ! Et je flippe parce que je m'étais juré que plus jamais je ne m'attacherais à quelqu'un. Soudain, j'aimerais que tout le monde disparaisse. Je dois afficher un air étrange car Roxy fronce les sourcils. J'ai envie de l'enlacer et de partir en courant.

– Le rangement nous attend et c'est la partie la moins drôle, boude Melinda.

– Enfile ta casquette multitâches, madame la reporter réseau, et bouge-toi, la houspille mon grand frère.

– N'empêche que quelques-uns de mes abonnés sont venus et ont fait des dons !

– Une grande majorité de mecs qui se disent que s'ils se montrent sous leur bon jour, tu vas les recontacter, rétorque Wes en finissant d'engloutir le reste des bonbons.

– Tant qu'ils ont contribué ! répond mon père. Bon, on peut vous laisser gérer ? Maria et moi devons faire le point avec la responsable de l'événement.

– Bien sûr ! On a su installer, on saura désinstaller.

Ma mère hoche la tête, satisfaite.

– David, Angie, merci d'avoir participé à cette journée, continue mon père. Demain, on organise un barbecue pour fêter ça, vous êtes bien entendu conviés.

– Ça aurait été avec plaisir, mais j'ai un shoot sur une des villas en bord de mer.

– Et on appelle ça du travail, plaisante Angie. Comptez sur moi, merci pour l'invitation !

Leur relation semble avoir pris un nouveau tournant. Si nous avons au moins pu contribuer à réunir un père et sa fille, c'est déjà que la journée est gagnée.

Une fois mes parents partis, tout le monde s'active. Weston replie les banderoles avec mon aide, mais je suis focalisé sur Angie qui montre une photo à son père en rigolant.

– Tu me signes le chèque quand ? C'est dommage, la fin était proche, raille mon frère en suivant mon regard.

– Qu'est-ce qui te dit que j'ai quelque chose à te donner ?

Il hausse les épaules avec un grand sourire.

– Très bien. On va faire comme si rien n'était joué. Du coup, je peux dire à papa et maman que je compte emménager avec elle ou…

Mon grognement le fait marrer.

– C'est une fille géniale, foire pas tout, affirme-t-il, soudain plus sérieux.

– On est juste…

Alors que je m'apprête à dire *amis*, je me trouve ridicule. Avec ce que je viens de comprendre, je ne peux plus mentir.

– Ouais, on va essayer, baragouiné-je à la place.

Weston me tape dans le dos et je vois dans son regard une étincelle d'amour et de fierté qui me coupe le souffle. Chaque membre de ma famille a contribué à m'empêcher de sombrer pour de bon, et si je me tiens debout aujourd'hui, c'est entièrement grâce à eux.

Nous remplissons les cartons avec les goodies restants et bientôt, nous arrivons à bout du stand.

– Encore un dernier aller-retour et on pourra y aller, nous indique Lucan en revenant du parking. Vivement qu'on rentre à la maison, je suis naze.

– Tu te souviens de ce bon pour un massage que tu m'as fait il y a dix ans ? lui demande Caldie. C'est le jour où je l'utilise !

– Il est périmé, râle mon frère. J'ai mal au dos.

Je profite du fait qu'ils sont en train de négocier pour rejoindre Angie. Elle lève la tête en m'entendant approcher.

– Hé, Captain ! On va y aller, David et moi.

– OK. Merci pour tout, dis-je en serrant la main de son père.

– Avec plaisir. Je vais dire au revoir à tes parents. Angie, je t'attends dans la voiture…

Il s'éloigne en saluant ma fratrie au passage. Je fixe son dos quelques instants avant de me concentrer sur Roxy.

– Merci à toi aussi. Ton arche a eu un franc succès.

– Tout réside dans mon doigté, tu sais !

Je la contemple. Avec la fin de journée, la brise s'est levée et fait flotter ses cheveux autour de son visage. Elle les replace et me lance ce regard qui me cloue au sol. Espiègle, sexy, intéressé, incertain, tout ça à la fois.

– Je meurs d'envie de t'embrasser, déclaré-je subitement.

C'est même pire que ça, j'ai besoin de la sentir contre moi, de la serrer dans mes bras pour ne plus jamais la laisser partir. Je frôle sa main, résistant à l'envie de convertir mes paroles en actes.

– Et c'est mal ?

Bon sang. Ce sourire me donne envie de faire plus qu'un simple baiser.

– Toute ma famille est ici, réponds-je simplement.

Après cette journée éprouvante, je ne suis pas prêt à subir une série de questions sur le pourquoi ma bouche, ma langue et mon corps se retrouvent collés à Angie. Elle semble un peu déçue, mais acquiesce tout de même.

– Viens, ce soir.

– Pourquoi ?

– Parce que je te le demande.

– Tu sais que dans la vie, on n'a pas toujours ce que l'on veut ?

– Mes draps ne résisteront pas à une nouvelle nuit sans toi.

Et nous devons parler.

– Je dois trier toutes les photos avec David. On remet ça à demain ?

– Je suis déçu, mais c'est pour la bonne cause, dis-je en l'embrassant sur la joue.

– Du coup, tu comptes me remplacer ?

– Peut-être, plaisanté-je.

Je retrouve mon sérieux et plante mon regard dans le sien. Je veux qu'elle comprenne à quel point ce qu'elle a fait pour moi aujourd'hui m'a touché. Pas seulement aujourd'hui, tous les jours depuis une semaine.

– Merci, Roxy. Pour tout. Cette journée n'aurait pas été la même sans toi.

Son sourire s'élargit.

– Tu vas me gêner. À demain, Captain ! Profites-en pour te reposer.

Et elle s'en va avec un clin d'œil. Je fixe le balancement de ses hanches avant de secouer la tête. Si j'avais su qu'un accident de voiture me conduirait là…

Mon cœur se met à battre plus fort quand elle se retourne pour me sourire et ça me frappe une nouvelle fois. J'ai envie de la serrer dans mes bras et qu'elle s'endorme à mes côtés cette nuit. La seule personne que je veuille auprès de moi à cet instant, c'est elle. Ce n'est pas comme si je n'avais pas essayé de lutter. J'ai même tenté de la pousser dans les bras de mon frère pour m'empêcher de céder. Sauf que Roxy est comme un volcan. Elle a enflammé toutes mes barrières pour se frayer un chemin jusqu'à mon cœur. Elle m'a forcé à réagir comme personne ne l'avait fait depuis longtemps. Pas de cadeaux, pas de quartiers. Elle ne connaissait rien de mon passé et elle m'a traité comme un homme. Elle m'a poussé au-delà de mes retranchements. C'est comme si je reprenais enfin vie à son contact…

Je suis amoureux d'elle.

Je suis amoureux alors que j'avais cru que ce n'était plus possible.

CHAPITRE 67

ANGIE

Enfin à la maison. C'est la première fois que j'utilise ce mot pour désigner l'endroit où je vis.

– Tu vois tous ces sourires, m'explique David, c'est pour ça que je fais ce métier.

Ses photos sont fantastiques. Devant nos yeux se dévoilent toutes sortes de familles et je me rends compte que ce schéma que j'idéalisais enfant n'existe pas. Il y a des parents seuls, des couples mixtes, des couples gays, des grands-parents… Tellement de différences qui désormais me sautent aux yeux, mais toutes ces personnes sont magnifiques. David a réussi à capturer l'émotion et à la sublimer derrière son objectif.

– Ça va te faire de la pub, c'est bien, souligné-je en me penchant sur l'écran.

– Je ne vais pas mettre mon logo. Je souhaite juste que tout soit parfait pour l'association. (Il marque une pause.) Si je l'ai fait, c'est surtout pour toi.

David recouvre ma main de la sienne et la serre doucement.

– Je suis désolé, Angie. J'espère que tu pourras me faire une place dans ta vie. Même une petite, pas plus grande qu'un trou de souris si tu le souhaites…

Je suis troublée. Ces paroles, je les ai attendues pendant des années et, maintenant que je les entends, je ne sais pas comment les accueillir. Bien sûr que je veux qu'il soit là. Inconsciemment, je l'ai toujours voulu, même quand je crevais avec ma colère. Et si ma mère m'a fait promettre de le revoir, c'est peut-être qu'il y a une raison, non ?

– Il faudra aussi que je mette de l'emmental dans ce trou ? Ce n'est pas le fromage que je préfère, avancé-je en souriant.

Le pardon commence bien quelque part.

– Bon, on se remet au travail ! juge-t-il en tapotant gentiment ma cuisse.

La journée se redécoupe à l'écran : des enfants qui jouent, Maria la main sur l'épaule d'une maman en pleurs et sur la suivante Parker, les yeux dans les miens et un léger sourire en coin. Mon cœur s'arrête puis repart à mille à l'heure. L'évidence me frappe sans me laisser le temps de reprendre mon souffle.

Se rend-il compte de cette envie de lui tenir la main, alors même que sa famille est là ? J'aurais voulu qu'il m'embrasse devant tout le monde au lieu de me promettre un plus tard.

Chaque chose en son temps, Angie.

Oh, et puis merde !

On va suivre les conseils de Lara et sortir les ovaires, les poser sur la table et tout lui déballer.

Je me lève d'un bond, faisant sursauter David à mes côtés. Je serre les poings devant moi et les secoue d'un air victorieux ; ce soir, je lui dis qu'en plus de me rendre chèvre, il a réussi ce qu'aucun autre n'a fait avant lui : me faire tomber irrémédiablement amoureuse.

– Je dois filer ! lui apprends-je en récupérant mon sac. Tu peux finir sans moi ?

Je crois qu'il me dit oui, mais à vrai dire, j'ai déjà passé la porte avant d'entendre la réponse complète. David peut bien se débrouiller, c'est son métier.

Cette fois-ci, j'emprunte le chemin le plus rapide. J'ai peut-être fait un léger excès de vitesse, mais l'amour n'attend pas ! Si Lara était là, elle m'aurait fait un *high five* pour me féliciter. Je suis une adulte qui va dire au mec qu'elle kiffe… eh ben, qu'elle le kiffe. Je rigole comme une dingue dans ma voiture, tout haut, rendue hystérique par le stress qui m'enveloppe tout entière.

Au pire, qu'est-ce que je risque ? Qu'il me propose un plan cul. Le sexe est génial, ce serait un moindre mal. Non. Angie. On vise le cœur direct. Bam. Bam. Parker, tu es à moi.

Bon. Qu'est-ce que je vais lui dire ? Même topo que la dernière fois, on répète en espérant qu'il n'y ait pas une invasion de Ritals dans son salon. Là, je n'y survivrais pas.

« Parker. Tu me plais et j'ai envie de voir où cela peut mener. »

« Parker. En plus de ton sexe, est-ce que tu pourrais me donner ton cœur ? »

Nouveau rire hystérique. Je ne vais jamais y arriver. Je suis toujours celle qui part. Celle qui ne s'attache pas. Qu'est-ce que j'ai dit au dernier mec qui m'a demandé de rester ? Je crois que c'était une phrase du genre : « Mon avion est à 16 heures, je peux t'accorder deux heures. »

Le karma est une saloperie.

J'espère que Parker ne va pas encore me sortir cette histoire d'une nuit. Cela fait plusieurs jours que l'on a dépassé la date de péremption.

Je me gare dans la rue en bas de chez lui et la remonte à pied. Je secoue tout mon corps pour faire cesser les tremblements. Ce n'est plus le moment de faire ma frileuse.

Je n'ai même pas pris le temps de me changer et je dois très certainement sentir le fauve après une journée au soleil, mais c'est trop tard.

Règle numéro douze mille : il y a un temps pour réfléchir et un temps pour agir.

Je m'avance dans l'allée pavée, rassérénée. Il se passe un truc entre nous. Impossible que je me trompe. Ça se sent, ces choses-là. J'hésite à sonner, mais autant le prendre par surprise. Ça marche bien pour les lions, les guépards et tous ces prédateurs, quand ils chassent. La porte n'est pas fermée à clef, c'est un coup du destin. Tous les astres sont alignés.

Je tourne la poignée et me glisse à l'intérieur sans faire de bruit. Je longe le couloir, le cœur battant. Le salon est éclairé, parfait. Vu son côté écolo, s'il n'y était pas, la lumière serait éteinte. Il n'aura pas le temps de réfléchir. Je vais directement lui poser la question, à savoir s'il veut être avec moi, oui ou non. J'ouvre la bouche, déjà prête à me lancer dans mon grand solo, et la referme sous le choc. Je me recule, le cœur battant. Mes pas me portent de nouveau dans le couloir puis au-dehors, alors que mon esprit est resté à l'intérieur. Tout me semble plus agressif. La nuit est plus fraîche, les moustiques, plus présents, les étoiles, moins brillantes.

Et tout s'écroule comme un château de cartes.

CHAPITRE 68

PARKER

On sonne à la porte et je me dirige vers l'entrée le sourire aux lèvres. Je savais que Roxy craquerait et j'en suis plus qu'heureux.

– Je te man…

Ma phrase meurt sur mes lèvres.

– Gwen ?

– Parker ! Je peux entrer ? Je n'en ai pas pour longtemps, explique-t-elle après m'avoir vu hésiter.

Je me décale pour la laisser passer et referme la porte derrière elle. C'est la dernière personne que je m'attendais à voir ce soir. D'autant qu'elle n'est pas venue à la marina aujourd'hui. Une fois dans mon salon, je m'assieds sur le tabouret de l'îlot central, Gwen face à moi.

– Qu'est-ce qui t'amène ?

– Tu ne reconduis pas le contrat avec l'île aux Oiseaux l'année prochaine ? me demande-t-elle.

– Non. Cela nécessitait que tu viennes chez moi à cette heure-ci pour en parler ?

– Non, mais…

– Écoute, Gwen, je suis crevé. La journée a été compliquée à gérer et je n'ai pas envie de me disputer avec toi sur un sujet qui ne te concerne pas.

– C'est grâce à moi que tu as pu avoir ce contrat, Parker !

Je secoue la tête, incrédule. Si je me souviens bien, je suis celui qui en a négocié les termes avec Rob. Et comme si me prendre tout mon fric n'était pas suffisant, il a aussi eu la fille. Ce qu'elle insinue m'énerve passablement.

– Je crois que tu mélanges tout. À moins que tu aies quelque chose à m'apprendre ?

– Je t'ai toujours fait passer avant les autres. Au travail, je t'ai souvent arrangé et toi, tu me plantes un couteau dans le dos, m'accuse-t-elle en levant les bras au ciel.

– Arrête ton mélodrame, Gwen. Tous les professionnels du tourisme rêvent d'avoir un contrat avec les Dalley. Tu trouveras vite quelqu'un pour me remplacer.

– Tu parles du travail ou pour…

– Gwen, la coupé-je. On ne va pas revenir là-dessus.

Ses épaules retombent brusquement. Des larmes perlent au coin de ses yeux.

– C'était dur sans toi aujourd'hui, sans elle, débute-t-elle, la voix tremblante. C'est la première année où tu n'es pas près de moi…

Sa main rejoint la mienne, ses doigts caressent mon poignet. Je comprends mais, même si c'est triste à dire, ça ne me concerne plus. Pas de remords, pas d'amour. On ne peut plus s'accrocher l'un à l'autre comme ça, c'est malsain. Je me recule afin d'éviter son contact.

– Il va falloir t'y habituer, Gwen.

– Tu te rends compte qu'elle aurait eu deux ans ? souffle-t-elle, les lèvres tremblantes.

– Elle me manque chaque jour que Dieu fait.

Même quand je n'y pense pas, la douleur dans ma poitrine est continuellement là pour me le rappeler. Pìa est ce que j'ai fait de plus beau. Quand ses grands yeux noirs se sont ancrés aux miens, j'ai compris qu'avant elle, je ne savais pas ce qu'était l'amour. Sauf qu'en partant, elle a arraché le moindre souffle, la moindre étincelle de vie en moi. Les semaines après sa mort ont été horribles, parce qu'en plus de ma peine, j'ai dû porter celle de Gwen. J'ai dû être fort pour deux.

Pour sept.

Ma famille a vécu la perte aussi mal que nous. J'ai tenu le cap, gardé la tête haute alors que je m'enfonçais sans savoir comment apaiser la douleur qui me brûlait le corps du matin au soir. Il n'y avait pas un moment de répit, pas une seconde où je pouvais respirer sans être au supplice, mais j'ai continué à avancer. C'est ce qu'on attendait de moi. C'est ce que j'ai toujours fait. J'ai travaillé d'arrache-pied, développant Fish & Man au rang d'acteur local majeur du tourisme. Avant la mort de Pìa, l'entreprise fonctionnait, mais je n'engendrais pas autant de bénéfices. Si mon bilan est aussi bon désormais, c'est que j'ai mis le reste de mon âme dans des heures de travail pour ne pas penser que ma vie s'écroulait autour de moi. Et Gwen, au lieu de me tenir la main, s'est noyée dans la colère. Ses crises après la mort de notre fille sont devenues incontrôlables et finalement, elle a tout simplement quitté le navire pour recommencer une nouvelle vie ailleurs. Je ne lui en veux pas. *Plus* serait le mot juste. Notre couple battait de l'aile. Ses accès de rage, ses caprices me tapaient sur les nerfs et sa présence me rappelait tout ce que nous avions perdu. Je crois que c'était pareil pour elle. Alors je l'ai laissée partir sans me battre. Par amour et aussi par égoïsme. Et pendant cette année, nous n'avons rien fait de bien à part aggraver les choses. Notre histoire est bel et bien finie. Il ne subsiste entre nous que des souvenirs d'un amour partagé.

– Rob et moi, c'est terminé, confesse Gwen.

– Je suis désolé de l'apprendre.

Parce que c'est vrai, je lui souhaite tout le bonheur du monde, mais sans moi. Elle entoure son buste de ses bras comme pour se donner du courage, avant de se lever pour arpenter mon salon.

– Je crois que ça n'aurait jamais pu marcher. Tu es trop dans ma tête, Parker.

– Gwen…

– Laisse-moi finir, s'il te plaît. J'ai déménagé cette semaine. C'est ce que j'étais venue t'annoncer avant que tu ne partes pour ton petit séjour sur l'île.

Elle chancelle sur ses jambes et je me lève pour la rattraper. Un malaise indescriptible m'envahit. Ses bras se crochètent autour de mon cou, elle plante ses yeux brillants dans les miens.

– Je t'aime, Parker. Je voudrais qu'on réessaie, pour de vrai.

Je l'observe vraiment, pour la première fois depuis longtemps. Ses traits sont tirés et elle n'a pas l'air si impeccable en dépit du masque qu'elle porte. Au fond de ses yeux, il y a le vide, la tristesse, le désespoir.

– Je ne peux pas, Gwen, soufflé-je.

– Pourquoi ? On était heureux tous les deux.

Elle pose ses lèvres sur les miennes dans un dernier espoir. Je la repousse. Je maintiens son visage entre mes mains afin qu'elle ne détourne pas le regard. Je veux qu'elle comprenne que tout est vraiment fini.

– Je ne t'aime plus.

Et c'est comme si prononcer ces quelques mots à voix haute me libérait d'un poids. Gwen encaisse le choc, la main sur la poitrine.

– Tu… Ne dis pas ça !

Elle pose ses lèvres sur ma bouche, me prenant par surprise, mais je la repousse avec douceur.

– Je ne t'aime plus, assené-je tandis qu'elle s'accroche à mes bras. Et toi non plus, Gwen, tu le sais. J'espère sincèrement que tu trouveras quelqu'un qui te comprendra et qui t'aimera comme nous nous sommes aimés. Mais nous, c'est fini. Tu devrais y aller.

Les larmes roulent sur ses joues. Je me dirige vers l'entrée et elle me suit, tête baissée.

– C'est Angie, c'est ça ?

– Oui et non. Je suis tombé amoureux d'elle, c'est vrai, mais nous deux, c'était déjà terminé avant.

Gwen fonce sur moi et frappe sa main contre mon cœur. Je la contiens tandis que sa rage m'enveloppe comme un nuage noir.

– Tu la connais depuis quand ? Deux mois ? Trois peut-être ? Je t'ai donné un enfant. Nous avons passé cinq ans de notre vie tous les deux. Tu m'as fait l'amour, Parker ! Je suis toujours revenue et toi aussi !

– Tu devrais partir…

– Comment peux-tu me faire ça ! sanglote-t-elle.

Je secoue la tête.

– Je ne te fais rien. Je choisis juste d'avancer.

– Avec… elle ! Pas avec moi.

– Je suis désolé que ça se termine ainsi. Je pense que c'est mieux si on ne se revoit plus pendant un moment…

– Parce qu'Angie te le demande ? C'est ça le deal ? Que tu rayes la femme de ta vie de ton existence pour elle ?

Je secoue une nouvelle fois la tête. Angie ne me demande rien. Elle ne sait même pas ce que j'éprouve pour elle. Comment le pourrait-elle ?

Les joues mouillées, les yeux rougis, Gwen attend ma réponse, mais je ne peux pas la soulager. Pas de bouc émissaire, pas de responsable à cette situation, simplement la vie qui a fait que nous nous sommes perdus.

– Prends soin de toi, Gwen.

Je vois la résignation dans son regard. C'est dur, mais elle s'en sortira, comme je l'ai fait. Je lui ouvre la porte et, une fois sortie, je referme un pan de ma vie.

CHAPITRE 69

PARKER

Qu'est-ce qu'elle fait ? Je commence sincèrement à m'inquiéter. Je suis même sur le point d'aller sonner chez elle.

– Angie dit qu'elle est désolée, elle a attrapé un rhume. Elle ne pourra pas venir, nous apprend Weston.

Pourquoi est-ce qu'elle envoie un SMS à mon frère alors que je l'ai appelée plus de trois fois et ai laissé plusieurs messages ? Il doit forcément y avoir une raison valable au fait qu'elle ne me réponde pas. Je m'enfonce dans ma chaise de jardin. La journée me semble soudain plus fade.

– Dis-lui qu'elle se repose, surtout ! crie ma mère de la cuisine.

– Qu'est-ce que tu as ? m'interroge Weston. Tu fais la même tête que lorsque tu as découvert que Melinda n'était plus vierge.

– Rien, rien.

Je voulais juste voir Angie aujourd'hui. J'ai besoin de lui dire certaines choses et attendre un jour de plus me ronge.

Je m'en vais à peine le dessert pris et me dirige directement vers la terrasse une fois arrivé chez moi. Je tripote mon téléphone qui ne m'a pas quitté une seule seconde depuis ce matin.

J'espère que tu vas bien.

Rappelle-moi, Roxy.

Je tourne en rond le reste de la journée, toujours pas de réponse.

Tu dors ?

Jusqu'à l'heure du coucher, je lui envoie des messages, mais rien.

Tu as dû choper un sacré microbe.

Repose-toi bien, on se voit demain ?

Je finis par capituler et poser mon appareil sur la table de chevet. Dans mon lit, son odeur embaume encore les draps. Une main sur mon visage, je soupire. Elle a intérêt à être à l'article de la mort pour ne pas m'avoir répondu.

Comme d'habitude, je me lève aux aurores et la première chose que je fais est de consulter mon téléphone. Aucun message en attente. Ça me fout en rogne. Elle n'a quand même pas dormi trente-six heures d'affilée ! Elle a bien dû se réveiller pour aller aux toilettes ou boire quelque chose, non ?

J'arrive chez Fish & Man peu avant 8 heures et ne cesse de guetter la porte dans l'attente de voir apparaître Angie. Le temps ne m'a jamais semblé aussi long. Tout le monde arrive, sauf elle. Un message me parvient dix minutes après son horaire de prise de poste habituel.

Je ne pourrai pas venir
au bureau aujourd'hui. Désolée.

Je l'appelle et suis redirigé vers sa messagerie. J'essaie de nouveau et même chose. Je vais jusqu'à vérifier le numéro de téléphone. Ni une ni deux, je file dans le bureau de Weston. Peut-être qu'il en sait plus.

– Tu sais ce qu'a Angie ? l'interrogé-je.

– Non, elle ne vient pas ? Mince, elle doit être vraiment malade.

Je ne sais pas pourquoi, mais je sens que ce n'est pas ça. Une angoisse me saisit. Au point qu'il me semble inconcevable de ne pas aller vérifier par moi-même. J'espère que tout va bien, qu'il ne lui est rien arrivé de grave.

– Tu peux gérer ? Je m'absente.

– Ouais, OK.

Je quitte la pièce et saute dans ma voiture la minute suivante. Si j'avais pu me téléporter jusque chez elle d'un claquement de doigts, j'aurais choisi cette solution. Sur la route, mes mains se crispent sur le volant. Mon cœur bat un peu trop vite. J'ai un mauvais pressentiment. Même malade, je suis certain que Roxy m'aurait répondu.

Arrivé devant sa maison, je fonce vers la porte. Je sonne une fois, deux fois, impatient. Je m'apprête à réitérer mon geste quand la porte s'ouvre enfin. Roxy se tient face à moi dans un short de jogging noir et un tee-shirt gris classique. Ses cheveux sont attachés haut sur sa tête dans un chignon décoiffé. Mon regard balaie son corps à la recherche du moindre problème. Depuis hier, je me suis imaginé des milliers de choses. Ses yeux sont rougis, mais elle semble aller bien. Je peux enfin relâcher le souffle que je retenais.

– Qu'est-ce que tu fais là ? me demande-t-elle avec agressivité.

Surpris par son ton mordant, je cligne des yeux.

– J'ai cru devenir fou tellement j'étais inquiet. Ça va ? Il s'est passé quelque chose ?

Je veux lui prendre la main, mais elle recule.

– Je te l'ai dit, je suis malade. Tu peux repartir.

Tout ça sonne faux. D'autant plus qu'elle ne me regarde pas dans les yeux.

– Qu'est-ce qu'il y a, Roxy ?

– Pourquoi tu insistes ?

Elle a l'air en colère. Je ne comprends pas ce qui se passe.

– J'ai fait quelque chose de mal ?

– Non. Tout va bien. Tu n'es juste pas obligé de faire ça. Ce n'est pas dans le plan.

– Qu'est-ce que tu racontes, enfin !

Ma main attrape son poignet. Je veux qu'elle me regarde. Ça ne lui ressemble pas, ce genre de comportement. Ses yeux si clairs d'habitude sont noyés de rancœur. D'un geste sec, elle se détache de moi. J'ai l'impression qu'en cet instant, un océan ne serait pas suffisant pour décrire la distance qu'il y a entre nous.

– On était convenus d'une nuit, Parker. Je prends soin de moi. Seule. J'y suis toujours arrivée et je n'ai pas besoin que tu viennes mettre ton nez dans ma vie, crache-t-elle.

D'où est-ce que ça vient, ça ?

– Angie…

– Tu peux t'en aller, Parker. Maintenant.

– Non, m'énervé-je. Je croyais qu'on avait dépassé ça tous les deux.

– Ah. Ravie de l'apprendre. Tu as pris cette décision avant ou après samedi soir ?

Je secoue la tête, incrédule.

– Avant ou après samedi soir ?

– Tu as tout pour toi, Parker. Tu es beau, drôle, intelligent. Fais marcher ta tête.

– Angie, explique-moi.

Elle expire sa colère avant de se mordre la lèvre.

– Je suis venue, Parker. Je vous ai vus. Je n'ai pas la force de davantage m'attacher à toi pour qu'au final, tu te rendes compte que ce n'est pas terminé avec ton ex. Que tu l'aimes encore ou je ne sais quoi…

La douleur se peint sur son visage et je comprends enfin.

– Tu m'as vu avec Gwen.

– C'est ce que je viens de dire. Ne me force pas à le répéter.

Elle s'apprête à refermer la porte, mais je l'arrête en mettant mon bras en travers.

– Il ne s'est rien passé, Angie. Je ne sais pas ce que tu as cru voir, mais…

– Ne me prends pas pour plus idiote que je ne le suis. C'est difficile de mal interpréter quand tu la tiens dans tes bras et qu'elle a sa bouche sur la tienne.

C'est bien ma veine, il fallait qu'elle arrive juste à ce moment-là ! À croire que quelqu'un m'en veut là-haut.

– Tu aurais dû rester au lieu de t'enfuir, Roxy. Je l'ai repoussée.

– Tellement cliché, Parker. On n'est pas dans un film. Ce n'est qu'une excuse parce que tu t'es fait prendre la main dans le sac. Tu comptais jouer sur les deux tableaux ? Facile, avec moi qui ne te pousse jamais dans tes retranchements pour savoir ce que tu penses vraiment.

– Je l'ai repoussée, Angie.

– Ne joue pas avec moi.

Toujours ce regard fuyant… Mes mains se posent délicatement sur ses épaules. Je ne veux pas la brusquer. Je comprends qu'elle a envie de faire machine arrière parce qu'elle croit que je ne vaux pas mieux que toutes ces personnes qui l'ont abandonnée. Ne pas avoir de ses nouvelles pendant ces vingt-quatre heures a confirmé ce que je m'évertuais à me cacher : mes sentiments pour Angie ont dépassé la simple attirance. Ce qu'elle ne sait pas, c'est que je l'ai dans la peau.

– Ça fait longtemps que j'ai arrêté de tenir les rênes. Tu ne vois pas que tu me mènes par le bout du nez ?

– Je…

– Tu me plais. Plus que ça, j'éprouve des sentiments pour toi. J'aime tout ce que je découvre chez toi, même ces petites manies agaçantes qui consistent à tout laisser traîner et à ne jamais ranger. J'aime que tu ne sois pas du genre à te lancer tête baissée dans une relation parce qu'au moins, j'ai la certitude que c'est sincère. J'aime que tu relèves les défis même les plus idiots.

Je la sens fébrile. Roxy la forte tête semble perdue. Mon pouce vient caresser sa joue. À cet instant, j'aimerais faire tellement plus que ça, mais je sens que si je me laisse aller, je la perdrai. Je dois l'approcher en douceur.

– Tu ne sais même pas pourquoi j'ai fait semblant d'être avec ton frère, juge-t-elle en essayant de garder la face. La vraie raison.

– C'est le moment de jouer cartes sur table, non ?

– Est-ce que tu es sincère ?

– Bien sûr, Angie. Fais-moi confiance. J'ai autre chose à faire que de me lancer dans une relation juste pour m'amuser, alors que j'ai tout fait pour l'éviter.

– Que tu as tout fait pour l'éviter ? répète-t-elle.

– Depuis le début, tu me fais faire des choses inconsidérées. Je suis même allé jusqu'à te pousser dans les bras de mon frère pour ne pas céder. Ça m'a rendu malade. Quand tu as accepté, j'ai cru devenir dingue. Je t'en voulais et en même temps, je ne pouvais m'en prendre qu'à moi. Sur le moment je n'ai réfléchi à rien d'autre qu'à te tenir le plus loin de moi possible. Je craque pour toi, Roxy. Depuis bien longtemps, même si je ne m'en suis pas rendu compte.

– Ce n'est pas suffisant. Je ne peux pas vivre sans avoir la certitude que tu ne vas pas partir pour la rejoindre. C'est au-dessus de mes forces.

– La seule fille que j'ai envie de retrouver, c'est toi. Essayons, Angie… Vraiment ! Pas en donnant à notre relation une date de fin. Pas pour un jour, une nuit ou je ne sais quoi.

J'ai l'impression de me mettre à nu devant elle. Mon cœur n'a pas récupéré son rythme habituel depuis le début de cette conversation.

– J'ai besoin de temps, lâche-t-elle en secouant la tête.

Du temps. C'est toujours ça de pris.

– Combien ? (Elle fuit mon regard.) Une minute ? Cinq ? Une journée ?

– Je n’en sais rien, Parker. Juste, laisse-moi un moment pour digérer tout ça.

– Angie, je te défie de ne pas laisser tomber…

– Je n’ai plus envie de jouer, Parker.

Elle secoue la tête et rentre, me laissant sur le trottoir, mon cœur entre ses mains.

***

Je conduis comme un automate jusque chez mon frère en espérant que Caldie sera là. Je sais qu’elle ne travaille jamais le lundi matin. Je me gare devant le pavillon et suis soulagé de voir la voiture de ma belle-sœur. J’ai l’impression que tout mon corps est engourdi. Mon doigt appuie sur la sonnette et deux minutes plus tard, la porte s’ouvre. Caldie fronce les sourcils, et sa mine devient soucieuse.

– Il s’est passé quelque chose ?

– Tout le monde va bien.

Elle pose sa main sur son cœur avant de me frapper le bras.

– Qu’est-ce que tu fais là, alors ? Il est à peine 10 heures.

Nous entrons dans la maison directement dans la pièce à vivre où il règne un joyeux désordre. Une paire de chaussures rouge électrique traîne près du canapé gris tandis que la table est recouverte par un paddle.

– Tu allais faire une promenade ?

– Non, pourquoi ?

– Ton paddle est sur la table à manger.

Elle se dirige vers la machine à café et sort deux tasses aux couleurs vives. Une création de Nonna lors d'un atelier art déco. J'ai hérité des mêmes horreurs sauf que je ne les sors que quand elle me rend visite, c'est-à-dire jamais.

– Tu es venu pour me parler de ma déco ?

– Je suis amoureux.

Caldie repose le réceptacle de la machine qu'elle s'apprêtait à remplir d'eau et conserve une expression neutre.

– D'Angie, précisé-je, car elle n'a toujours pas émis le moindre commentaire.

– *Mazeltov !* s'exclame-t-elle. Et quel est le problème ?

L'éléphant en céramique posé sur la table basse retient mon attention le temps que je trouve comment formuler mes pensées. Mais j'ai beau retourner la phrase dans ma tête, ça sonne toujours aussi laid.

– Gwen est passée me voir après la journée associative et m'a embrassé, avoué-je.

– Sérieux ? Tu ne retiens rien de tes erreurs ? J'ai envie de t'ébouillanter, là ! Ne me dis pas que tu hésites !

– C'était un baiser d'adieu, Caldie. Je ne ressens plus rien pour elle. Je te le jure.

– Alors quel est le problème ?

– Angie est arrivée et elle a tout vu. Elle pense que je me moque d'elle.

Ma belle-sœur secoue la tête, dépitée.

– Tu vas devoir sortir les rames, mais pour ce que j'en ai vu, elle semble attachée à toi. Elle te regarde avec cet éclat dans les yeux qui ne trompe pas. Tu as juste été un peu long à la détente.

– J'ai vraiment envie de tenter le coup avec elle.

– Tu sais ce que j'en pense ? Si elle est faite pour toi, elle reviendra. Sinon, ça veut dire que ce n'était pas le cas.

– Je ne suis pas du genre à laisser ma vie entre les mains du destin. Je te rappelle qu'il ne m'a fait aucun cadeau.

– Dans ce cas, accroche-toi bien parce qu'Angie a l'air d'avoir un sacré caractère.

– Elle mérite que je donne tout.

Caldie sourit en posant le café devant moi.

– Ah oui, tu es amoureux amoureux. Tu as une idée pour la reconquérir ?

– Une petite, dis-je avec un sourire.

– OK ! Alors à toi de jouer, Pakou.

***

Je me traîne. Mon bureau, mes locaux, ma vie, tout a l'air vide. Une semaine que Roxy n'est pas revenue travailler. Je me rends bien compte d'à quel point elle s'est rendue indispensable depuis qu'elle est arrivée : la messagerie déborde, les clients demandent à lui parler, mais c'est surtout cette habitude de la voir chaque fois que je rentre chez Fish & Man qui me manque le plus.

Elle m'a demandé de lui laisser du temps, mais pour moi qui suis toujours dans l'action, c'est un calvaire. J'aimerais lui prouver que je suis sincère. J'ai de réels sentiments pour elle, même si j'ai tout fait pour que ça n'arrive pas.

Je suis tombé amoureux de son sourire.

De sa bonne humeur.

De sa fragilité.

De ses cheveux de feu.

Je suis tombé amoureux quand elle a fait semblant de s'étouffer, qu'elle m'a regardé avec ses yeux vert sapin et qu'elle a fouillé dans mon âme pour en ressortir mon cœur. Alors c'est hors de question que je la laisse s'en aller. Je termine mon café la mort dans l'âme. Même ça, ça n'a pas la même saveur maintenant que je ne me dispute plus avec Roxy. Elle a mis de la couleur dans ma vie et j'ai la sensation que depuis qu'elle n'est plus là, tout a été repeint en gris. Il est à peine 9 heures, mais je suis là depuis que le soleil s'est levé. Lorsque Angie est arrivée, je fuyais les endroits où elle était, désormais je guette sa moindre trace. Mon téléphone sonne et je me précipite dessus, mais ce n'est que Caldie qui vient aux nouvelles.

– Alors, Pakou ? me demande-t-elle dès que j'ai décroché.

– Elle n'est toujours pas revenue.

– Tu penses qu'elle va t'envoyer sa lettre de démission par la poste ?

– Je n'avais pas pensé à ça. Je n'espère pas, sinon tout mon plan va tomber à l'eau.

Je descends l'escalier et comme chaque fois ma tête se tourne pour voir la place qu'occupait Roxy. Sauf que cette fois, je m'arrête net.

– Angie…

CHAPITRE 70

ANGIE

C'est moi ou il vient de raccrocher au nez de son interlocuteur ? Mon cœur ne devrait pas battre aussi fort, mais ce n'est pas ma faute. Je suis angoissée à l'idée de reprendre mon poste et de revoir Parker.

– J'espère que ce n'était pas un client, dis-je en pointant son téléphone.

Il contourne mon bureau pour venir se planter devant moi. Il me sourit et j'ai l'impression d'être la plus belle créature au monde à cet instant.

– Tu es revenue, souffle-t-il.

– Mon patron n'aurait pas été très compréhensif si j'avais manqué encore plusieurs jours.

– Ça veut dire que… tu veux bien mettre cette histoire derrière nous ?

Je soupire. Je m'attendais à devoir lui donner une réponse, sauf que j'en suis toujours au même point que lorsque nous nous sommes quittés devant la maison de David.

– Parker… Je ne sais pas.
– Alors, laisse-moi te convaincre, répond-il avant d'embrasser ma joue.

Et je comprends ce qu'il veut dire lorsque, l'après-midi, je retrouve posé sur mon clavier un petit mot.

Je te défie de me sourire
même quand tu n'en as pas envie.

Puis, le mardi, une nouvelle inscription manuscrite qui me fait secouer la tête.

Je te défie de rester
même si tu as envie de partir.

Le mercredi, je lève les yeux au ciel.

Je te défie de me dire que je ne te manque pas comme tu me manques, toi.

Bien sûr qu'il me manque. J'aime discuter, me disputer et recommencer avec lui. Sauf que ce n'est jamais aussi simple. Je n'ai pas envie de tout donner pour qu'un jour, il me reprenne tout. Je suis peut-être peureuse, mais la peur de souffrir à nouveau me paralyse. Je triture le papier entre mes mains. Je me rappelle bien des conditions. Si je ne lui réponds pas, le jeu se termine – c'est bien pour ça que je me suis forcée ces derniers jours. Enfin, pas totalement *forcée*. Je prends mon stylo rouge et écris :

Tu me manques. Un peu.

Parker arrive au moment où je replie le morceau de papier.

Puis jeudi, alors que je m'attends à retrouver un mot quelque part, je n'ai rien. À midi je me dis que Parker a abandonné, mais lorsque je reviens de ma pause déjeuner, je trouve une assiette avec une tarte tatin posée sur mon bureau. Sur le fond blanc est inscrit en lettres cursives : « Mange-moi. Je fais tomber amoureux. » C'est tellement mignon que mon cœur ne peut s'empêcher de fondre. Parker a toutes ces attentions, mais il ne me force pas pour autant à lui donner une réponse. Je prends en photo le plat et l'envoie à Lara dans un texto.

C'est ultra romantique.
Tu ne veux toujours pas lui donner
une chance ?

Oui. Non. Je ne sais pas.
Je n'en dors plus la nuit.

Vendredi, Parker arrive devant mon bureau avec un pot de cornichons qu'il me tend.

– Si tu es prête à nous donner une chance, je te promets de ne jamais râler si tu manges ces horreurs à côté de moi.

Je secoue la tête en souriant tout en contemplant le pot entouré d'un nœud doré. Parker n'attend pas que j'ajoute quoi que ce soit et s'en va.

Le week-end arrive et alors que je suis en train de me morfondre devant un film avec David, un livreur toque à ma porte et me tend un bouquet de confiseries composé de toutes sortes de chocolats, suivi d'une dizaine de SMS de Parker.

– C'est Parker ?

David m'a observée rougir devant le livreur et faire la moue à chaque message reçu.

– Oui.

– Est-ce que je dois aller lui casser la figure ? Tu sais que ma proposition tient toujours.

Je souris en reniflant le bouquet aux arômes de cacao. J'avais vu ce genre de présent dans l'une des boutiques en centre-ville, mais je n'aurais jamais pensé en recevoir un. Il a même rédigé une petite carte sur laquelle il est écrit :

Ne mange pas tout d'un coup.
Pense à ta crise de foie.

Et je souris. Encore.

De petites attentions.

Des SMS.

Des Post-it sur mon bureau.

C'est tout ce que j'ai reçu de Parker cette semaine. Il est doux, attentionné, bougon et je vois qu'il commence à perdre patience. Ce n'est pas qu'il n'a pas l'habitude, mais… il n'a pas l'habitude.

Je prends une photo et la lui envoie avec un merci. Bien sûr, il me répond dans la minute.

P. S. : Si les chocolats ne suffisent pas
à te réconforter, sache que je suis là.

Je voulais te faire livrer de la glace
au chocolat, mais je me suis dit que
ça n'allait pas tenir le trajet.

Est-ce que tu me pardonnerais
si je t'apportais un gros pot
de chez Gadendas ?

Je peux venir tout de suite.

J'ai envie de lui répondre « Je te défie de me laisser tranquille », mais quelque chose me retient. Pourtant, je n'arrive toujours pas à céder. Alors je réponds simplement :

À lundi, Parker…

Lorsque j'arrive au bureau le lundi matin, une tasse m'attend avec la mention « Bois-moi, je fais tomber amoureux » et un petit mot à côté :

Vu que ça n'a pas marché
la première fois, je réitère l'expérience.

Et cette fois-ci, j'éclate vraiment de rire.

CHAPITRE 71

ANGIE

Parker ne m'a pas lâchée de la journée, et je dois avouer que j'ai aimé ça. Pourtant, je n'arrive pas à passer le cap. Il est adorable, toutes les attentions qu'il a eues la semaine passée m'ont touchée. Sauf que je meurs de trouille. Épuisée, je m'apprête à partir lorsque Parker me rejoint à mon bureau. Son regard me cloue sur place, si bien que j'hésite à avancer.

– Ça me tue, Roxy. J'ai besoin d'une réponse, souffle-t-il en se touchant le cœur.

Et ce simple geste me fait fondre. Je regarde la porte, mais je n'arrive pas à faire bouger mes jambes.

– Je…

– Tu ne sortiras pas de chez Fish & Man avant de m'avoir répondu, Roxy, dit-il avec une voix douce.

Cet homme va causer ma perte. Comment résister lorsqu'il me regarde comme ça ? Je plonge mes yeux dans les siens, et ce que j'y vois me fait encore plus flipper. *Non non non, je ne suis pas prête !* Je tourne la tête de gauche à droite ; il bloque la sortie, mais pas toutes les portes. Je ne sais pas ce qui me prend, mais je détale en direction des toilettes et m'y enferme avant que Parker n'ait le temps de réagir – même si j'ai le temps de voir l'incrédulité se peindre sur son visage. Je m'adosse à la porte, essoufflée, puis entends Parker rigoler à travers le battant alors que je suis mortifiée.

– Ouvre la porte. Il faut qu'on parle tous les deux.

– Non.

Son rire me parvient de nouveau.

– De quoi tu as peur ?

De toi. De nous. De souffrir.

Je tends l'oreille mais je n'entends plus aucun son pendant cinq minutes jusqu'à ce qu'un bruit de ferraille me parvienne.

– Qu'est-ce que tu fais ? m'exclamé-je.

– Je démonte la serrure.

Quoi ? Il est sérieux ?

– Tu ne peux pas faire ça.

– Bien sûr que si.

– Non.

– Laisse-moi cinq minutes. Je ne te laisserai pas te défiler, Angie. Je suis sérieux.

Mon cœur bat la chamade et je secoue la tête, cette fois morte de rire. Je sens que mon petit jeu de cache-cache a épuisé toute la patience qu'il lui restait.

– Je vais entrer, Roxy ! annonce Parker.

Je l'entends farfouiller, tirer un peu sur la poignée. Je recule et tourne le dos à l'entrée – on ne sait jamais, s'il lui prenait l'envie de défoncer la porte.

– Roxy… C'est bon, j'entre !

Et il le fait vraiment. Il pénètre dans la pièce d'un pas décidé et se poste derrière moi. Ses yeux expriment tant de tendresse que je me sens fondre. Il n'a pas menti. Il ne m'a pas laissé d'échappatoire, cette fois. Malgré moi, je souris, lui donnant le feu vert pour se rapprocher.

– Est-ce qu'on en est encore au moment où tu me fais la tronche ?

Je hausse les épaules et me retourne pour lui faire face. Il me sourit, de ce sourire craquant qui retrousse légèrement ses lèvres pour dévoiler ses dents. Ses yeux noirs pétillent comme ces bonbons acidulés qui fondent sur la langue dont je raffolais étant petite.

– Je ne suis plus en colère. Tu m'as expliqué. J'ai compris.

– Mais tu refuses toujours de reprendre là où nous en étions. C'est dur d'être puni pour un crime que je n'ai pas commis. Tu refuses de m'embrasser.

Mon regard se pose de nouveau sur sa moue triste. Quand je reviens à ses yeux, ce que j'y lis me cloue sur place. J'ai envie d'envoyer valser cette distance entre nous, sauf que je suis blessée. Il s'approche et ne s'arrête qu'à quelques centimètres de mon visage.

– Dis-moi que tu craques, Roxy Red… murmure-t-il comme une supplique.

Son souffle chaud caresse ma bouche. Ma respiration s'emballe. Parker est trop près de moi et de mon cœur.

– Non, Captain.

Il décale une mèche de mes cheveux avec affection.

– Arrête de faire la dure à cuire, Roxy, et embrasse-moi !

– Tu sais que j'ai juré que si je t'embrassais, le dieu des orgasmes devait me punir à jamais ? Alors, qu'on soit clairs : un baiser de toi ne vaut pas la frustration d'une vie, affirmé-je en essayant de garder mes mains le long de mon corps.

Tout mon être me hurle de les passer dans ses cheveux.

– Je peux t'assurer qu'avec moi, tu en auras à chaque fois, contre-t-il d'une voix rauque.

Je n'en doute pas, c'est bien ça le problème. J'ai beau lui en vouloir, une image bien nette de ce qu'il pourrait faire de moi échauffe mon visage. Avant que j'aie pu réagir, ses doigts attrapent mon bras pour le passer derrière mon dos. Sans que je comprenne ce qui m'arrive, je me retrouve bloquée face au miroir entre le meuble et son corps de géant.

– Tu sais que tu es vraiment une chieuse, Roxy ?

Sa bouche plane au-dessus de mon cou, me déclenchant des dizaines de frissons.

– Et toi, un idiot qui fricote avec son ex.

– Angie, arrête de jouer avec mes nerfs, me prévient-il avant de mordre ma carotide. Je t'ai expliqué que je lui faisais mes adieux.

– Elle n'est pas morte. Alors…

– Je ne veux que toi, souffle-t-il en calant son bassin contre mes fesses.

Je sursaute, mais le désir que je sens grimper dans mon ventre n'est pas feint.

– Dommage, je ne suis plus intéressée.

En réponse, il me mord, fort. Sa langue vient apaiser la morsure de ses dents avant qu'il ne dépose un baiser léger comme une plume sur ma peau. Son odeur, un mélange de sable chaud et de café, est partout. Quand il relève le menton, nos regards se percutent dans le miroir. Il me sourit, carnassier, juste avant de décaler ses mains sur mon abdomen et de plaquer mes fesses contre lui. Ma bouche s'ouvre, muette. Il me relâche légèrement puis réitère son mouvement. Il mime l'acte sexuel, frôlant par intermittence mes cuisses nues, mon ventre, mon épaule tandis que son érection vient frotter contre moi. C'est érotique, interdit et je sens que je pourrais jouir ainsi.

– Tu me rends totalement dingue, grogne-t-il sans cesser de me dévorer du regard. Tu es une véritable tête de mule. Tu ne m'apportes que des problèmes…

– Je prends ça comme un compliment, le coupé-je en me retournant.

– Mais bon sang, je ne t'échangerais pour rien au monde. Même pas pour un modèle avec de plus gros seins.

– Ça, c'était le truc mignon de l'année, Doretta !

– Essayons tous les deux, Roxy, me demande-t-il à nouveau.

Je… Mon Dieu… Des milliards de papillons s'envolent dans mon estomac. Je les calme et les remets sagement dans leur boîte. Combien de fois m'a-t-il répété cette phrase cette semaine ?

– Peut-être que je ne suis pas ton genre. Que tu voulais juste essayer quelque chose de nouveau, avancé-je en dernier recours.

– Qu'est-ce que tu racontes ?

– Ton ex est le sosie de Halle Berry. La peau toujours dorée, le teint parfait, les cheveux frisés.

– Donc, tu insinues que je n'aime qu'un genre de femmes ?

– Je ne sais pas. Peut-être. Elle est métisse, je suis blanche comme les fesses d'un Islandais. J'ai les cheveux roux, elle les a bruns. Je suis minuscule et elle… elle a la bonne taille.

Elle est sublime, mais plus que ça, il a été amoureux d'elle.

– Tu es en train de jouer au jeu des sept différences ? Sinon, il faut que tu m'expliques cette histoire d'Islandais…

– Réfléchis, Parker ! On ne pourra jamais faire certaines positions. Tu te casserais le cou et le dos.

– Si c'est ça qui te dérange, on a toujours la possibilité d'innover. J'ai plein d'idées qui me viennent, là… contre-t-il avec un rictus.

Surtout, ne pas se laisser amadouer. Rester focus.

– Tu l'as aimée au point de lui faire un enfant. Ce n'est pas rien.

– Elle fera toujours partie de mon histoire, mais tu as raison. J'ai *aimé* Gwen. Au passé.

– Tu as gardé contact et tu couchais avec elle encore récemment.

– On fait tous des erreurs. C'était facile. Ça me donnait l'illusion de maîtriser la situation. Je me trompais. Je ne ressens plus rien. Je lui souhaite d'être heureuse et de trouver la paix.

– Et si elle te demandait de vous remettre ensemble ?

– Elle l'a fait.

Je le sais, il m'a raconté tout ça. Pourtant, il faut croire que j'aime me faire mal. Un élan de haine me submerge. Parker est à moi. *À moi. À moi. À moi.* Je me le répète en boucle comme une enfant capricieuse.

– Et ?

J'essaie de prendre un ton détaché, mais son sourire s'accentue. Ma jalousie doit être visible sur mon visage. Sa main passe sur ma nuque pour m'empêcher d'effacer la distance que je m'efforce de mettre en nous.

– Je lui ai dit que j'étais déjà pris.

En émoi, j'ai du mal à me reconnaître. Je ressemble à une adolescente lors de son premier béguin.

Il m'énerve !

Il rive ses yeux aux miens, m'empêchant de mettre de l'ordre dans mes pensées.

– Elle doit me détester. Je me détesterais, bafouillé-je dans un ultime sursaut.

– Pourquoi ?

– Parce que renoncer à un mec comme toi, ça doit être compliqué à encaisser.

À l'instant où il me sourit, je sais que c'est perdu d'avance.

– Tu n'es pas prêt. C'est toi-même qui me l'as dit.

– Personne ne serait prêt pour toi, Angie… Mais tu es parfaite pour moi. On peut juste essayer ? Qu'en dis-tu ?

Parker est suspendu à mes lèvres, la tête légèrement penchée sur le côté dans l'attente de ma réponse.

– Et si ça ne fonctionne pas ?

– Et si ça fonctionne ? soupire-t-il, à bout d'arguments.

Ses mains englobent mon visage qu'il tire à lui jusqu'à ce que je sois assez proche pour effleurer ses lèvres.

– Je flippe, Angie. De tomber amoureux, de t'aimer, de te perdre, mais encore plus de ne pas vivre tous ces moments avec toi. Ce sera peut-être douloureux de s'aimer, mais je veux bien essayer si tu le souhaites également. Parce que le plus important ici, c'est que je n'ai pas envie de passer à côté de toi…

Je cligne des yeux, mes émotions sens dessus dessous.

– Roxy, je te défie de m'aimer. Rien qu'un peu. Juste un peu.

Mon cœur se gonfle jusqu'à exploser dans ma poitrine et à me donner cet élan qui brise les centimètres qui me séparent de lui. Encore une de mes foutues règles que je ne respecte pas. J'attrape son visage pour coller ma bouche à la sienne et l'embrasser de tout mon soûl.

Si je tombe, tu as intérêt à être là pour me ramasser, Captain !

CHAPITRE 72

PARKER

Dimanche sacré.

Bordel de merde.

– Lève-toi, Parker, on va être en retard.

– Encore un peu, maman, ronchonné-je.

Je me reçois un coussin en pleine tête avant qu'Angie ne me grimpe dessus. Elle me secoue par les épaules. Ses cheveux lâchés caressent mon torse à chaque mouvement.

– Je ne suis pas d'humeur à supporter tes blagues à deux balles, Parker.

– On dirait presque que tu es stressée !

J'ai dit à ma famille qu'aujourd'hui, je viendrais avec la personne avec qui je sors. Depuis que j'ai donné cette petite information à Angie, elle est montée sur ressorts.

– Qu'est-ce qu'ils vont penser de moi ?

Je rigole, ce qui me vaut un regard noir. Je ne me lasse pas de la taquiner. Pour une fois que j'ai l'avantage, je compte bien en profiter.

– Arrête tout de suite de te moquer !

J'accroche mes mains à ses hanches que je caresse. Tout en elle fait battre mon cœur. Même à cet instant, alors que ses cheveux ont l'air d'un nid d'oiseaux, je la trouve ravissante.

– Ils te connaissent déjà et ils t'adorent. Tu veux qu'ils disent quoi de plus ?

– Oui, mais avant je ne sortais pas avec leur fils chéri.

– Ah, bon ? On sort ensemble ?

– Parker ! grogne-t-elle en quittant la chambre.

Mon sourire s'accentue tandis que je la suis dans le salon. Après notre réconciliation, nous sommes convenus d'y aller progressivement. Seul Weston est dans la confidence. Il faut dire que même au travail, il m'est compliqué de détacher mes yeux d'elle ou de ne pas la toucher. On se donne une chance et je crois que nous essayons tous les deux de ne pas la foirer. Avec nos caractères, ce n'est pas tous les jours évident, mais Angie illumine mon quotidien.

– Il y a peut-être un truc que tu peux faire pour qu'ils t'aiment plus, déclaré-je en arrivant à sa hauteur.

– Quoi ? demande-t-elle, le regard plein d'espoir.

– Te détendre. On dirait que c'est la première fois que tu fais ça…

Elle tire la tête.

– Ça l'est ?

– Oui. Tu crois que je t'ai dit que j'avais eu peu de relations sérieuses pour rire ? Aucune n'est allée jusque-là, et je comprends pourquoi ! C'est tellement angoissant ! s'exclame-t-elle en mettant deux sucres dans mon café.

Sacrilège !

Bon, je peux bien lui pardonner cet écart. Elle est trop mignonne.

– Je connais une technique qui a fait ses preuves pour se déstresser, avancé-je en lui retirant la tasse des mains.

– Tu crois vraiment que j'ai le temps pour une séance de yoga ? Quoique… J'ai le temps ?

Je secoue la tête et l'enveloppe de mes bras. Mon menton se pose dans le creux de son cou alors que je lui chuchote :

– Non, c'est une activité qui se pratique à deux.

Elle m'envoie son coude dans le flanc.

– Si tu crois que je vais coucher avec toi alors qu'on va chez tes parents, tu te mets le doigt dans l'œil, contre-t-elle en me repoussant.

Un picotement d'anticipation me brûle les lèvres tandis que je l'observe.

Elle est incroyable et elle veut être avec moi. Je suis un foutu chanceux.

– Ah bon, pourquoi ?

– Parce que… ils vont le voir, souffle-t-elle, les yeux exorbités.

La Roxy stressée est totalement cinglée et adorable. Ce qui me donne davantage envie d'elle.

D'un geste, je la colle à moi. Avant qu'elle ne proteste, ma bouche se pose sur la sienne pour la faire taire. Je capture ses lèvres dans un baiser pressant, la forçant à lâcher prise. Mes doigts survolent son corps, caressant sa peau nue. Mentalement, je calcule combien de temps il me faudrait pour retirer ce tee-shirt et reprendre sa bouche. Je sens qu'elle capitule quand ses mains tirent sur mes cheveux avec possessivité. J'adore lorsqu'elle fait ça. Fier et surtout excité, j'accentue la ferveur de mon baiser avant que ma langue ne prenne d'assaut la base de son cou. Je sais qu'elle apprécie. Un soupir rauque s'échappe de ses lèvres entrouvertes, me faisant lever les yeux vers son visage.

– C'est déloyal, râle-t-elle sans pour autant m'arrêter.

Son regard de braise me chauffe et je me languis déjà de la suite avec plus d'impatience…

***

Le comptoir de la cuisine se remettra sûrement de notre élan passionné, mais désormais nous sommes bien en retard. Roxy grommelle depuis que nous avons passé la porte de la maison, mais elle a ce sourire en coin qui ne trompe pas. Je me gare devant chez mes parents, juste quand mon téléphone sonne dans ma poche. Sûrement Weston pour m'engueuler et me dire qu'il a faim. Ils ont l'habitude. Nos portières claquent. Je prends la main d'Angie pour embrasser ses phalanges.

– Ça va bien se passer, assuré-je avec un clin d'œil.

Elle jette un regard paniqué derrière elle. Et je sais qu'elle se demande si elle peut encore fuir.

– Tant que je suis heureux, ils le seront pour moi.

– Et tu l'es ?

– Comme ce n'est pas arrivé depuis longtemps.

Quand nous pénétrons dans la cuisine, l'odeur des lasagnes chatouille mes narines. Le fameux plat que ma mère a toujours fait pour impressionner les invités. Cette fois-ci, je ne pense pas que ce sera la peine.

– On est là, m'exclamé-je en resserrant ma prise sur la main d'Angie.

On est vraiment à la bourre, car Mamma est déjà dans le jardin. Tous les regards se tournent vers nous. Mon cœur s'accélère. Parce que même si je joue le grand costaud devant Roxy, cette étape-là, c'était celle que je m'étais juré de ne plus jamais franchir.

Ne plus s'attacher, ne plus aimer, ne plus souffrir. CQFD.

– Je ne vous présente pas Angie, déclaré-je en allant embrasser ma mère.

Elle me tapote la joue, les yeux brillants, avant de passer sa main dans mes cheveux. Nos regards se croisent et je lis son bonheur.

– Bon, bah, je crois qu'on peut dire que mon étude est réussie ! s'écrie Melinda en brisant le silence.

Je baisse la tête vers ma petite amie et soupire.

– Pas tout à fait… rigole Roxy, gênée.

Melinda ouvre la bouche, puis la referme en grattant son crâne avec le crayon qu'elle vient tout juste de retirer de ses cheveux. Pas besoin de lui faire de dessin.

– Qui veut un apéritif ? s'exclame mon père en levant la bouteille d'Aperol.

Un peu plus tard dans la journée, après une partie de volley dans l'eau, nous reprenons des forces autour de la piscine. Il est près de 16 heures et je suis étonné, car à aucun moment le pari ou l'étude n'ont été remis sur le tapis. J'ai avoué avoir perdu et aucun de mes frères n'a réclamé son dû. Peut-être hésitent-ils avec Angie dans les parages ? Mais après tout, elle est déjà au courant. Je décide de mettre les pieds dans le plat ; autant en finir tout de suite avant qu'ils ne réclament des intérêts. Officiellement, le pari est terminé depuis plus d'une semaine.

– Bon, vous voulez être payés comment ? Par chèque, espèces, virement bancaire ? Un pari est un pari et je tiens toujours mes engagements.

Lucan se gratte la tête et lance un regard conspirateur à Melinda et Wes. Ces derniers font de gros yeux. Quelque chose ne tourne pas rond.

– Il faut qu'on t'avoue quelque chose… commence mon frère.

– Quoi ?

– Ça ne va pas te plaire, avance Missie en se tordant les mains.

OK. Donc il y a bien anguille sous roche.

– Cette étude était bidon, lance Weston fièrement.

Je crois un instant avoir eu une hallucination auditive, mais à voir la mine coupable qu'affiche ma petite sœur, mes oreilles ne m'ont pas joué des tours. Je croise les bras en attendant qu'ils s'expliquent. Ils comprennent que je ne suis pas loin de tous les noyer dans la piscine. Je crois que je ne suis pas le seul à être étonné, Angie affiche la même mine sidérée que moi.

– J'ai fouillé dans tes textos, admet Melinda. Il y avait des messages de Gwen et ça m'a mise en colère.

Tout ça pour ça ? Tant de problèmes pour un malheureux message ? Je passe une main dans mes cheveux et inspire à fond.

– Et j'ai lu cette étude sur la cigarette disant qu'il fallait trois mois pour se sevrer. J'ai pensé que ça pouvait être pareil avec l'amour. J'en ai parlé à Wes et Lucan, sur le moment on a décidé que c'était une bonne idée, mais vu ta tête…

– Tout était faux ?

J'ai besoin de l'entendre.

– Ouais. De A à Z, confirme Missie.

– Il n’y avait pas d’étude ? Pas de prof ? Tu es allée jusqu’à organiser un *speed dating* et à créer un questionnaire ? Sérieux, Melinda, tu n’as pas autre chose à faire ?

– Weston et Lucan m’ont aidée ! À la base, je voulais vraiment la faire, mais Wes a craqué au bout de trois jours.

Je jette un regard noir à mon cadet qui lève les mains en l’air.

– L’appel de la chair est plus fort que tout.

– Alors, au lieu de tout annuler, on s’est dit que ça allait servir pour t’exorciser de l’autre, continue Melinda.

– Et tu as vraiment lu mes réponses à ce questionnaire ?

– Tu es fou ? Je les ai brûlées ! J’ai juste regardé celles de Weston.

– Hé ! s’exclame celui-ci.

– Donc ça veut dire que vous vous êtes tous moqués de moi ?

Ils ont au moins la décence d’afficher un air coupable.

– Tu ne peux pas nous en vouloir, tout est bien qui finit bien, non ? Tu as rencontré Angie ! s’exclame Melinda. Quand je l’ai vue, j’ai su qu’elle allait être parfaite pour toi. Donc on a poussé le vice un peu plus loin.

– Vous vous rendez compte qu’on aurait pu ne pas se mettre ensemble ? Wes a un peu trop bien joué le jeu. Heureusement qu'Angie et moi sommes têtus.

Je tourne la tête vers Roxy et je remarque qu'elle se retient de rire.

– Quand tu disais que ta famille est intrusive, tu ne mentais pas ! pouffe-t-elle.

Elle vient se lover sur mes genoux et m'embrasser sur la joue.

– Allez, Parker, ne fais pas la tête. Tes frères et ta sœur t'ont fait le plus beau cadeau du monde cette année, avance-t-elle avec un sourire.

– Ah bon ?

– Eh bien oui, on s'est rencontrés et maintenant on est ensemble. Si ça se trouve, tu aurais été trop occupé à voir si l'herbe est plus verte ailleurs pour me remarquer.

Je lui pince les fesses, ce qui la fait crier, et plante un rapide baiser sur ses lèvres.

– Tu as embouti ma voiture, Roxy, bien sûr que j'étais voué à te remarquer !

– Je crois que c'est ce qu'on appelle le destin, ajoute Melinda, rassurée.

Je tourne la tête vers ma fratrie et annonce :

– Je laisse passer ça, mais promettez-moi que plus jamais vous n'interférerez dans ma vie !

Lucan ouvre la bouche, mais je le coupe :

– Plus jamais, allez !

– D'accord, cèdent-ils en chœur.

Je soupire et les regarde tour à tour. Quelle famille de dingues !

– Hé, Parker ! m'interpelle Missie au bout de quelques minutes. (Son sourire ne me dit rien qui vaille.) J'ai croisé les doigts.

Je secoue la tête et finis par lâcher un rire nerveux. Je sais qu'ils ont fait ça parce qu'ils s'inquiétaient pour moi, et même si je ne l'avouerai jamais à haute voix, si aujourd'hui je suis si heureux, c'est un peu grâce à eux.

ÉPILOGUE

ANGIE

Un an plus tard

Je délaisse la préparation du mojito un instant et me tourne vers Parker. Depuis que j'ai eu le malheur de faire goûter ma recette à Maria, je suis la préposée à l'apéro tous les dimanches.

– Tu te souviens que tu m'aimes ? débuté-je avec un sourire.

Parker arque un sourcil. Il me connaît et sent l'embrouille venir de loin.

– Oui.

– Dis-le.

– Je t'aime, Roxy.

Chaque fois qu'il prononce ces trois petits mots, j'ai le cœur qui fond comme une guimauve au soleil.

– Bien, parce que j'ai peut-être avancé à Lucan qu'on pouvait tenir un mois sans se voir.

– Roxy…

– Il m'a énervée en me traitant de faible guidée par son cœur. Je me demande comment tu as fait pour passer autant d'années sans lui tordre le cou.

– Hors de question. Je n'accepte pas ça. Tu omets que tu emménages ce week-end ? me rappelle Parker.

Non. Comment oublier que je quitte mon petit studio pour m'installer chez lui ? Enfin, chez nous. Lorsque j'ai loué mon appartement, il y a huit mois, il m'a fait la tête pendant des jours entiers, arguant que c'était inutile. Il n'avait pas tort. J'ai payé un loyer dans le vent, mais j'avais besoin de ça pour me retrouver.

– Trop tard, avancé-je avec un grand sourire.

– Tu es sérieuse ? Je t'ai déjà dit de ne pas parier avec ma famille. Ce sont des tricheurs.

– Mais…

– Tu veux que je te rappelle ce qu'ils ont fait ?

– Remets-toi, Captain ! Chut, ta mère arrive, le coupé-je avant qu'il ne dise un mot de plus.

Maria passe la main dans les cheveux de Parker avant de la poser sur mon épaule avec tendresse. Cette femme est d'une douceur et d'une poigne sans pareil. Je l'adore !

– Je suis venue vérifier que vous n'étiez pas en train de faire un petit dans ma cuisine.

– Maman ! s'exclame Parker en soufflant.

Elle lui sourit et balaie sa remontrance d'un geste. Nous avons l'habitude de ses commentaires.

– C'est prêt ! dis-je pour apaiser la tension.

– Bien, à table avant que vos pères ne finissent toute la mozzarella panée.

David et Lucio s'entendent comme larrons en foire. Deux artistes incompris, le peintre et le photographe, si bien que chaque dimanche, mon père est également convié aux repas.

– J'adore la mozzarella panée ! m'exclamé-je avec l'eau à la bouche.

– C'est bien pour ça que je l'ai préparée, ajoute Maria avec un clin d'œil.

– Depuis qu'Angie est là, je n'existe plus, ronchonne Parker en enlaçant sa mère.

– Pauvre petit ! ricané-je en lui plantant un baiser sur la joue.

Nous nous dirigeons tous les trois vers la terrasse avec un grand sourire. Je dépose le saladier devant mon père qui s'empresse de servir tout le monde. Les rires et les conversations fusent autour de la table. Un dimanche normal dans cette famille. Je m'assieds entre Lucan et mon petit ami, le cœur léger. En face de nous, Weston se dispute avec Melinda à propos du compte Instagram de celui-ci. Après la photo *#Lenny*, son profil est devenu viral, si bien qu'il a été sponsorisé par plusieurs marques. Chez Fish & Man, nous avons même eu le plaisir d'avoir la visite de quelques jeunes femmes à la recherche de Wes. Autant dire que Parker n'a pas du tout apprécié, et moi non plus. Si Weston est beau, mon mec est un canon et je n'ai aucune envie de voir des filles en chaleur tourner autour de lui.

– Angie, tu es d'accord avec moi que sa dernière photo est ridicule ! me hèle Melinda.

– Tu ne comprends rien ! C'est censé être artistique, s'énerve son frère.

– En quoi poser avec un ananas et torse nu, c'est de l'art ?

– On n'a qu'à demander à David !

Je retiens mon rire juste le temps que Weston s'éloigne et avoue :

– On dirait une veille pub pour ménagère des années 1980 !

– Merci ! Tu pourrais le lui dire s'il te plaît ?

– Nope. Il doit m'aider à convaincre ton frère d'avoir un chien, chuchoté-je en vérifiant que Parker ne nous écoute pas.

– Bon courage ! Il n'avait pas l'air décidé.

Je hausse les épaules en souriant.

– Ne t'inquiète pas, je garde mon arme secrète en dernier recours.

– Je ne veux pas savoir ce que tu fais avec Parker, s'exclame-t-elle en bouchant ses oreilles.

– Je devrais peut-être tout te raconter pour me venger de m'avoir fait remplir ce questionnaire ? intervient l'intéressé.

– Non merci. En revanche, tu devrais me vouer une reconnaissance éternelle. Si vous êtes ensemble aujourd'hui c'est grâce à moi.

– Petite peste !

Je me colle contre le flanc de Parker. Ma vie ne pourrait pas être plus parfaite qu'à présent. Lara a prolongé son séjour au Pérou et si j'en crois sa joie chaque fois que je l'appelle, elle n'est pas près de revenir. Elle me manque, mais la tribu Doretta est aussi collante qu'un chewing-gum dans les cheveux. Ils ne me laissent pas le temps de m'apitoyer sur mon sort et c'est très bien ainsi. Cela rassure ce petit côté de moi qui a toujours peur qu'on l'abandonne. En venant à Fairban, j'ai trouvé une famille d'adoption, un copain génial et un père qui a su me montrer que, finalement, il n'était pas si mauvais. Même si on s'apprivoise encore. Parfois, je monte sur mes grands chevaux, vestige de cette carapace bien accrochée autour de mon cœur, mais la plupart du temps, on arrive à se comprendre. Pour avancer, il faut savoir pardonner et c'est ce que je m'efforce de faire chaque jour. Même quand Parker oublie exprès mon pot de cornichons parce qu'il en a marre de manger des sandwichs ou de m'entendre les mastiquer près de son oreille. Avoir peur n'empêche pas le danger. Elle n'a pas empêché mon père de partir ni ceux qui m'importaient de m'abandonner. La peur empêche seulement de vivre des tas de choses fabuleuses.

– Alors ? On le fait, ce pari ? chuchote Lucan en se penchant vers moi.

– Encore en pourparlers, mais je t'assure que je peux tenir.

– Si tu es certaine, tu n'as qu'à accepter, me nargue-t-il.

Parker lui jette sa serviette au visage en le menaçant du regard. Caldie rigole à nos côtés avant de porter son eau pétillante à ses lèvres.

– Si tu crois que je vais accepter de ne plus te voir pendant autant de jours, tu te trompes ! m'engueule Parker en prenant mon visage dans ses mains.

Il m'embrasse d'un baiser doux plein d'amour avant de me relâcher. J'étais terrifiée à l'idée de devenir dépendante de quelqu'un, quelqu'un qui pourrait partir en emportant mon cœur, qui pourrait encore me montrer que je n'étais pas assez bien, mais j'ai pris le risque et je ne le regrette pas. Pourtant, quel risque ! Parker a mauvais caractère, il travaille trop, mais il est aussi celui qui me prouve chaque jour que le bonheur est à portée de main et qu'il suffit parfois juste d'aller le chercher.

Qui aurait pensé qu'avoir un accident de voiture, s'engueuler avec le type, le retrouver en tant que patron et faire un pari débile me conduirait à ça ?

– Toi, quand tu décides de mettre ma vie sens dessus dessous, tu ne fais pas semblant ! rouspète-t-il.

– Je t'aime, réponds-je pour l'amadouer.

– Hors de question, Roxy.

– OK, de toute manière, je n'avais pas plus envie que ça d'être séparée de toi…

***

PARKER

Trois ans plus tard

J'observe Angie assise sur la terrasse avec Désirée, et mon cœur se gonfle d'amour. Elle la berce en lui chuchotant des paroles à l'oreille tandis que les yeux de ma filleule papillonnent. À les voir toutes les deux jouer dans le jardin une partie de l'après-midi, c'est à se demander qui est l'enfant. Roxy l'adore et c'est réciproque. Cette petite terreur ne jure que par sa tata. Lucan et Caldie m'ont fait le cadeau d'être le parrain de leur fille qui égaie notre quotidien à tous. Désirée est arrivée il y a un an. Après des procédures d'adoption longues et douloureuses, elle a rejoint notre famille un 22 juin. Un signe, d'après Missie. Angie a beaucoup contribué à cette adoption, elle avait gardé ses contacts en Asie, là où mon frère et Caldie sont allés rencontrer l'amour de leur vie. Le jour de son arrivée fut aussi l'un des plus beaux jours de ma vie et nous la prenons à la maison dès que nous avons un instant de libre, pour notre plus grand plaisir.

Nos regards se croisent et le sourire rempli d'amour d'Angie achève de me couper le souffle. Si j'ai appris quelque chose au cours de ces dernières années, c'est qu'éprouver des sentiments, ce n'est pas être faible. Personne n'est parfait, et il faut parfois laisser sa cape de super-héros au placard. On peut courber les épaules, être triste, en colère, mais il ne faut pas oublier qu'au bout du compte, on est encore vivant. Tout ça, je l'ai compris à travers ce bout de femme que j'avais comparé lors de notre première rencontre à un renard fourbe et sans âme. J'étais bien loin du compte. Ce petit volcan-là n'a pas fait qu'irruption dans mon quotidien, il a aussi déraciné mes *a priori*, mes doutes, ma lâcheté, il a enflammé mon cœur. Angie m'a insufflé cette envie de croquer la vie à pleines dents au lieu de la laisser filer entre mes doigts.

Cela fait deux ans que je n'ai plus de nouvelles de Gwen. J'ai entendu dire qu'elle s'était mariée avec Rob Dalley et j'espère qu'elle est heureuse. Il restera toujours un lien entre nous. Ma petite fille… Dans le salon, il y a désormais des photos de Pìa. Roxy ne m'a pas laissé le choix et je l'en remercie. Elle m'a aidé à faire mon deuil tout en me montrant que continuer à vivre n'était pas l'oublier. Pìa me manque chaque jour, mais j'arrive désormais à penser à elle sans avoir envie de m'arracher le cœur. Et même si elle n'est pas là, elle continue de vivre avec l'association Per il tuo sorriso, à travers tous les témoignages, toutes les actions que nous menons pour tous ces parents qui eux aussi ont perdu un enfant… Je ne remercierai jamais assez ma mère pour ce cadeau qu'elle m'a fait.

Quand je repense à tout ce qui s'est passé, je n'ai plus aucun regret. Je me dis que tout cela m'a permis de me construire et de trouver l'amour de ma vie.

– Chut, chuchote Angie alors que je m'approche d'elles. Elle s'est enfin endormie.

Je m'assieds à ses côtés et embrasse son front.

– Ça te va bien, murmuré-je en enlaçant nos doigts.

En disant ces mots, je me rends compte que je les pense sincèrement, que je suis prêt à construire notre famille. Cela fait un moment que j'y réfléchis, et voir Angie avec Désirée a confirmé mon envie. Je veux tout avec cette femme, même ce que je ne pensais plus possible.

– Quoi donc ? La terre dans les cheveux ou l'herbe ? rigole Angie. Cette petite est une véritable tornade.

– Même avec un paillasson sur la tête, tu seras toujours magnifique.

– Arrête ta flatterie, Doretta ! Tu sais bien qu'on finira au lit ce soir tous les deux. Je vais la coucher, je reviens.

Elle se lève et se dirige vers la chambre d'amis où le lit parapluie de Désirée est installé. Ça, ses jouets, ses pyjamas et toutes ses petites affaires. Cette enfant a tout en triple, ici, chez mes parents et bien sûr chez elle. Caldie râle en prétendant que nous la gâtons trop, mais impossible de faire autrement et de taire mes craintes de la perdre elle aussi un jour. Et pourtant, aujourd'hui, je suis prêt à recommencer… Avec Angie.

Ma petite amie me rejoint et reprend sa place à mes côtés. Je l'attire sur mes genoux, et elle se love contre moi. Je vis un moment fort et elle n'en a même pas conscience. Mon cœur est sur le point de céder dans ma poitrine.

– Je t'aime, Roxy.

Ses yeux brillent de cette manière particulière chaque fois que je prononce ces mots. Je ne sais pas si elle s'en rend compte, mais je remarque tout chez elle. Elle comble ma vie avec son bordel, son rire et son caractère de feu. Il n'y a pas un jour où je regrette qu'elle soit à mes côtés et la seule chose qui pourrait me rendre plus heureux, c'est de savoir qu'elle sera là encore de longues années. Mes mains viennent caresser son ventre tandis que je la serre plus fort contre moi. Ses doigts sont plongés dans mes cheveux et elle m'observe avec tant d'amour que je me sens chanceux.

– Épouse-moi, soufflé-je.

Elle écarquille les yeux, surprise.

– Pardon ?

Je feins un air innocent :

– Je sais, c'est soudain, mais j'ai perdu un pari avec Melinda.

Elle se lève d'un bond, le regard brillant d'indignation.

– Tu es en train de dire que tu me demandes en mariage à cause d'un foutu pari ? Non, mais Parker, va te…

J'éclate de rire et me lève à mon tour.

– C'est une blague ! Il faudra que quelqu'un m'explique pourquoi les paris ne sont drôles que lorsque c'est moi qui suis piégé.

Son regard s'adoucit et elle sourit d'un air espiègle.

– Et la demande en mariage, c'est une plaisanterie ?

Prenant une grande inspiration, je sors la bague que j'ai glissée dans ma poche depuis quelques heures déjà.

– Non. Je veux que tu sois ma femme et que tu portes mon enfant, Roxy. Je souhaite tout avec toi… Et je te défie de rester auprès de moi toute notre vie…

Les larmes emplissent ses yeux. Il ne lui faut que quelques secondes avant de me sauter au cou en me criant un grand oui. Je l'embrasse comme si demain n'existait pas et la serre un peu plus fort contre moi.

– Défi accepté, Captain, murmure-t-elle contre mes lèvres.

Une belle aventure nous attend, et même si elle me fait peur, j'ai bien l'intention de foncer sans hésiter, car je sais que là-haut, une petite étoile du nom de Pìa brille pour moi…

REMERCIEMENTS

En écrivant ces remerciements, je me rends compte d'à quel point je suis bien entourée. Ce livre n'aurait pas été le même sans toutes les personnes qui vont suivre, alors simplement : merci !

À Anne, ma bêta d'amour. Je crois que sans toi *Le Défi* n'aurait pas existé. Tu m'as poussée à aller au bout de mes capacités, m'encourageant et me boostant comme seule une amie peut le faire. Merci d'avoir lu mes quarante versions différentes. Une fois je t'ai dit que quelqu'un t'a mis sur ma route pour une bonne raison, et je le pense sincèrement.

À ma team supplément Saint-Jacques, mes acolytes, mes meilleures amies, mes petits coquillages accrochés à mon rocher : Émilie et Flora.

Émilie Parizot, merci de toujours trouver le temps pour moi et de me fournir en thé lorsque je viens toquer à ta porte. Sans toi Parker aurait été encore plus beauf et j'aurais certainement jeté mon ordinateur par la fenêtre. Merci d'être là pour tout et n'importe quoi et surtout, toujours !

Flora Armonie, merci de faire des brainstormings à n'importe quelle heure de la journée ou de la nuit. Sans toi ma vie aurait été beaucoup plus fade et je serais toujours en train de chercher LA solution. Ton talent en tant que bêta n'est plus à faire.

À la team #bambam de m'avoir poussée à faire le concours Fyctia alors même que j'étais morte de trouille. Vous êtes une bouffée d'oxygène dans ce monde morose. Avec vous, je ne suis jamais seule même à deux heures du matin alors que j'essaie parfois de dormir.

Merci Luna Joice pour ton aide précieuse, ta relecture et tes punchlines qui ont égayé mes corrections. Camille CS Quill, merci encore de m'avoir lue et conseillée. Maloria Cassis, Marjy Noname, Manon Kaljar, Fanny Myjany, merci de votre soutien. Vous êtes toutes des filles en or et des auteures plus que talentueuses.

À ma famille, mes parents qui m'encouragent dans tous mes projets et qui sont si fiers de moi. Maman, je t'avais dit que le jour où je sortirais un livre, je prendrais ton nom, et c'est chose faite.

À mon mari, d'avoir été si compréhensif pendant que je faisais des rushs d'écriture. Je t'aime. Tu es mon histoire d'amour à moi.

À ma sœur Christelle, mon tout, merci de toujours me suivre dans mes délires et mes folies, de m'encourager et de m'épauler… Et ça même si cela veut dire lire des scènes en imaginant que ce n'est pas ta petite sœur qui les a écrites.

À Cindy d'avoir gardé mon fils d'à peine deux mois quand je devais rendre mon manuscrit. Merci de le faire voler comme superman et d'être une tata et une belle-sœur au top.

À mon éditrice, Marie d'avoir été là pour m'aiguiller et me fournir ses précieux conseils pour sublimer mon texte. Je n'aurais pu rêver à une meilleure personne à mes côtés sur ce projet.

À la team Fyctia de m'avoir donné ma chance. Vous avez fait de mon rêve une réalité.

À vous lecteurs de la première heure sur Wattpad et Fyctia et aux nouveaux. Vos encouragements m'ont portée jusqu'ici et échanger avec vous est toujours un réel plaisir.

Et pour finir, merci à vous d'avoir lu *Le Défi*. En espérant vous avoir fait passer un agréable moment.

À très vite pour de nouvelles aventures.

Émilie

Composition et mise en pages
Nord Compo à Villeneuve-d'Ascq